U0728682

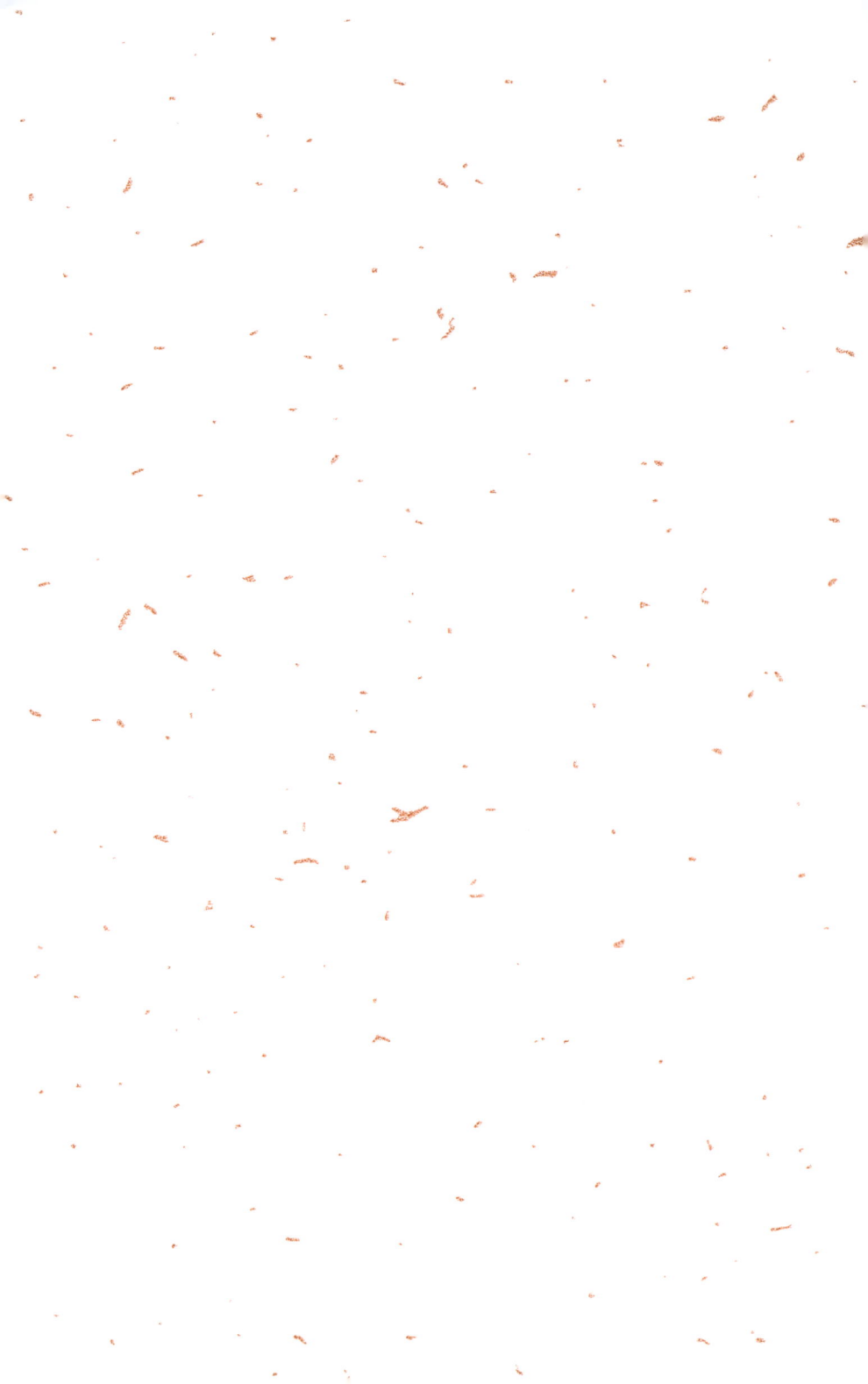

数不清的触足从四面八方涌了上来，

如同无数只冰冷的手扣住她的手脚，

贪婪地汲取着她皮肤的热意，迫使

她下坠。

和他一起下坠。

爱上他，本就是一场下坠。

怪物的新娘

爆炒小黄瓜 〔著〕

上 册

青岛出版集团 | 青岛出版社

图书在版编目（CIP）数据

怪物的新娘 / 爆炒小黄瓜著. -- 青岛 : 青岛出版
社, 2025. -- ISBN 978-7-5736-3281-4

Ⅰ. I247.5

中国国家版本馆CIP数据核字第2025QQ1017号

GUAIWU DE XINNIANG

怪物的新娘

爆炒小黄瓜 著

策　　划	崔　悦
责任编辑	方泽平
特约编辑	崔　悦
责任校对	李玮然
插　　图	野山羊大王　山山 tss　陶　然
装帧设计	王晶璎
出版发行	青岛出版社 (青岛市崂山区海尔路 182 号)
本社网址	http://www.qdpub.com
邮购电话	18613853563
照　　排	梁　霞
印　　刷	三河市良远印务有限公司
出版日期	2025 年 7 月第 1 版　2025 年 7 月第 1 次印刷
开　　本	32 开 (880mm × 1230mm)
印　　张	22
字　　数	612 千
书　　号	ISBN 978-7-5736-3281-4
定　　价	79.80 元 (全 3 册)

编校印装质量服务电话　4006532017　0532-68068050

编校印装质量服务

目 录

掠食者克制

暴风雨又来了。

周姣出门没有带伞，浑身被淋得湿透。

她见怪不怪地披上橡胶雨衣，继续往前走。街道瞬间被雨水灌满。她的鞋子里全是又冷又黏的污水。

周姣的表情没什么变化。

她早已习惯了屿城的雨季。

想到马上就要见到那个人，她忍不住蹙了一下眉头。

周姣是一个感情淡薄的人，从小到大不管做什么，她的情绪都很难有起伏，哪怕整日跟尸体与变异种为伍，用手术刀剖开灰白色的皮肤，她的心率也始终稳定在正常水平。

可只要那个人一靠近她，她就会莫名其妙地面颊发烫、心跳加速，简直像中了蛊一样。

幸好对方并不喜欢她，甚至厌恶她。

她不小心与他对视一眼，都能看到他眼中极其明显的排斥情绪——他比任何人都厌恶她的靠近。

然而今晚，他们要在狂躁的暴风雨里共度一夜——如果地点不是实验室的话，还挺浪漫的。

周姣自嘲地笑了一下，回头一看，发现激浪已经与防波堤持平，连忙加快了脚步。

半个小时后，她抵达了特殊案件管理局。

大厅和办公室早已空无一人，只剩下凌乱的、湿漉漉的脚印——除了她和那个人，其他人都回家了。

周姣脱下橡胶雨衣，挂在雨伞架上，走向电梯。

大厅一共有三部电梯。因暴风雨天气，另外两部电梯都已关闭，只有最左边的电梯还在运行，鲜红色的数字停留在"-2"。

很明显，那个人已经到了。

跟那个人共事那么久，周姣知道，大多数情况下，他都是一个极其冷静理性的人，为人处世挑不出半分毛病，即使极为厌恶她，抽烟之前也会询问她的意见。

假如她摇头，哪怕他已经拿出烟盒，正在嗅闻香烟，也会神色平淡地扣上烟盒，放进大衣兜里。

因为这一点，周姣一直对他生不出恶感。

当然，她那古怪的身体反应也不允许她对他生出恶感。

真奇怪，为什么偏偏是他呢？周姣摇摇头，按了电梯的下行键。

"叮——"电梯门开启，一个修长的身躯冷不防地出现在她的面前。

男人身形挺拔，穿着垂至膝盖的白大褂，手上戴着蓝色橡胶手套。

他长相冷峻，戴着金丝细框眼镜，即使白大褂和长筒靴被溅了些血污，整个人也显得清冷而洁净。

在这座肮脏、泥泞、湿漉漉的城市中，他因为气质过于洁净，显得有些格格不入。

周姣朝他点头："江医生。"

江涟瞥了她一眼，冷漠地说："周医生，你来晚了。"

太奇怪了，她跟任何人都能正常相处，唯独跟江涟——他对她说一句话，她的后脑勺儿会泛起阵阵麻意，不是害怕的麻，是心跳过快，从心脏蔓延到后脑勺儿的酸麻感。

假如他离她再近一些，她甚至会像发烧了似的喉咙发干，一阵一阵地打冷战。

还好江涟讨厌她，从不靠近她。周姣庆幸地想。

但周姣忘了，现在的江涟并不是一般情况下的江涟。

下雨天，尤其是暴风雨天气，他会变得格外烦躁，眉眼间压抑着几分可怕的戾气。

有时候，他甚至会在实验过程中突然扔下手术刀，扯掉橡胶手套，走进消毒室，在弥漫的白色雾气中伸出一只手撑在墙壁上，神色漠然地吞咽唾液。

江涟从未解释过他为什么会这样。

但同事们闲聊的时候，曾聊到过他的身世背景。

他并非专业的医生，从没有系统地学习过人类及非人类解剖学，整个部门却极少有人喊他的名字，都叫他"江医生"。

因为他是特殊案件管理局"招安"进来的。据说，他的基因有缺陷，天生缺乏单胺氧化酶A，因此他的大脑无法像正常大脑一样对血清素做出反应。

研究表明，这类人大多冷血、好斗、崇尚暴力、报复心极强，缺乏基本的道德意识，会在他人痛苦不堪时感到强烈的愉悦，简而言之，就是心理变态。

虽然周姣认为，基因并不能完全决定一个人的行为，但江涟的情况有些特殊。

他的家族有着非常严重的精神病史，从高祖辈开始，几乎每一代人都是犯罪后回到现场欣赏成果的愉悦犯，声名狼藉。江涟本人头脑出色，智商极高，不费吹灰之力就考上了国际排名前十的大学。所以，在他展现出破坏力之前，特殊案件管理局赶紧把他"招安"了。

因为他对解剖尸体和变异种极感兴趣，并且上手很快，特殊案件管理局便把他安排到了周姣的部门。

除了有意疏远周姣，江涟其他地方挑不出半点儿毛病。他相貌俊美，气质温润，待人温和有礼，怎么看都不像心理变态。渐渐地，大家便以为他只是一个家世过于离奇的天才罢了。

周姣也这么以为。

江涟实在不像一个坏人。

暴风雨仍在肆虐，门窗关得越严实，越能听见笛声般尖厉呼啸的风声。

周姣走进电梯，按了楼层。

江涟没有看她，走到电梯的角落里。

他没有跟她寒暄，也没有告诉她，他们等下要做哪些工作。

周姣早已习惯。

江涟一向如此，能离她多远就离她多远，能不跟她说话就决不开口说一个字。

很快，电梯抵达负二楼。

周姣正要去换上防护服，忽然，她脚步一顿。

她看到了他们今晚的解剖对象之一，是一个男人。他平躺在停尸台上，皮肤呈僵冷的灰白色，似乎已经死去多时，双脚在不停地往下滴水。

"滴答，滴答——"尸体的脚下已积起一摊浑浊的污水。

周姣朝江涟投去一个疑惑的眼神。

江涟说："他被寄生了。"

周姣懂了，去消毒室换上防护服和护目镜，走到尸体旁边。

很明显，尸体被低等变异种寄生，已发生一定程度的畸变，耳后长满了橡胶般的触足，鼻孔像正在愈合的伤口一样，被两团粉红色的嫩肉堵塞住，脖颈处浮现出两道刀割似的鳃。

有的鱼死后，鳃会继续翕动，这具尸体也不例外。

周姣走过去时，它的鳃仍在颤动，一张一合，渗出乌黑的污血。

周姣问道："变异种寄生在哪儿？"

江涟走到她对面。他也戴上了护目镜，这种只讲究实际不讲究时尚的打扮，却衬得他的五官更加冷峻、美丽。

不知是否周姣的错觉，她总觉得，今晚的江涟显得有些……湿黏。

明明他的身上没有一滴水，周姣却感觉他的发丝、眉毛、眼睫毛，甚至不时往下一压的喉结，都笼罩着一层阴冷的湿气，跟尸体往下滴落的黏液如出一辙的阴冷。

"周姣，"江涟突然开口，一字一顿，带着不耐烦的语气，"不要看我。"

周姣移开视线："抱歉。"

江涟拿起手术刀，剖开尸体的肚子。

很难想象他没有受过专业的训练，他下手极稳，没有一丝一毫的颤抖，也没有一丝一毫的偏离，精准而利落。

灰白色的皮肤刚一被剖开，密密麻麻的卵便倾泻而出，如同一颗颗储满脓水的白色石榴籽。最外面的卵已经有开始孵化的迹象，透过透明的薄膜隐约可见胚胎的雏形。

周姣用特制的镊子夹起那枚卵近距离观察，更觉得恶心——卵里居然蜷缩着一条人脸鱼。

周姣放下镊子，有些想吐。

果然，不管什么生物，只要长得像人，就丑得让人反胃。

"这是什么变异种？"周姣问，"第一次见……哕。"她忍不住干呕了一声。

"海里的变异种，"江涟平淡地说，"没有智力，只有生存的本能，逮到什么寄生什么。在孵化的过程中，它会伪装成身边最强大的物种吓退天敌。"

周姣了然："原来是这样，怪不得长得这么恶心。"

她望向江涟，想讲个笑话活跃一下气氛，问他有没有看过一个丑猫合集，世界上本没有丑的猫猫，但因为长得像人，便成了丑猫。这条鱼很明显也是这种情况——本来在鱼界是一枝花，但因为生物本能，遇到强者便模仿对方的形态，莫名其妙地沦为了一条丑陋的人脸鱼。

谁知，这笑话她还未讲出口，江涟突然用两根手指捏住了那枚卵。

他手指修长，骨节分明，即使戴着蓝色橡胶手套，也可以看见流畅的指骨轮廓。

江涟看着那枚卵，神色喜怒莫辨。半晌，他淡淡一笑，放下那枚卵："确实恶心。"

被他这么一打断，她也没了讲笑话的心情。

暴风雨越来越大，怒涛的轰鸣声和狂躁的雨声如钢绳般在头顶鞭笞，伴随着海风尖厉的呼号，有那么一刹那，周姣不禁生出了一种错觉——在这酷烈的暴风雨之夜，整个世界似乎只剩下她和江涟两个人。

不过，她一低头，这种错觉就消失了。

除了她和江涟，还有好几具被变异种污染的尸体等着他们去鉴定归类呢。

周姣叹了一口气，走进消毒室，给全身做消杀。

对一般变异种不用这么麻烦，但这是寄生类变异种，她不得不防。

她没有注意到，在她走进消毒室的那一刻，原本被他们收进容器里的卵突然蠕动了起来，透明薄膜里的人脸纷纷露出惊恐的表情。它们退缩着、颤抖着，恨不得突破生物的限制，长出四肢，手脚并用地逃离面前的男人。

江涟摘下护目镜，摘掉蓝色橡胶手套，重新戴上金丝细框眼镜。

他的五官依然冷峻，气质依然洁净，与面前肮脏、湿黏、密密麻麻的人脸鱼卵形成强烈的对比。然而，如果有人仔细观察就会发现，镜片后那双形状美丽的眼睛，已经很久没有眨动过了。在他的身后，灯光照射不到的地方，更是蠕动着一团十分恐怖的阴影。那阴影犹如一只庞大的活物，带着深不可测的恶意与力量，悄无声息地侵占了整层负二楼。

"嘭——"有鱼卵承受不住江涟身上可怕的威压，直接爆裂而亡，透明的黏液顺着停尸台滴落到地上。

江涟看也没看一眼那些鱼卵。他并不在意这种低等变异种的死活，也不在意工作是否能顺利完成，就连刚刚周姣说了什么他也没有听清。他只觉得饿，很饿。

每次见到周姣，他都会被这具身体的情绪影响，感到极其可怕的饥饿感，不得不离她远一些。

这倒不是因为他拥有极高的道德感，宁愿忍受被饿意灼烧的痛苦，也要远离无辜的人类。他只是觉得，周姣不足以成为他的食物。

她太普通了，他每次完整地吞食一个人，都会暂时继承对方的人格和意志。他不想继承周姣的平庸的人格和意志。

也许在人类里，周姣称得上精英。她五官姣美，举手投足间透出一种雪峰般的清冷锋利之感，身手利落，用一只手就能撂倒一个成年男子。

但在他看来，她还是太弱了。

要不是这具身体对她抱有浓烈的兴趣想要征服她、杀死她、吃掉她，江涟甚至不会注意到她。

在江涟的世界里，周姣就像被鲸吞下的上万条小鱼里的其中一条。

巨大的鲸决不会去深究某一条小鱼的滋味，即使那条小鱼的确美味得要命。

周姣一出来就看到一地狼藉。她不由得蹙起眉头，怎么做个消杀的工夫，这些鱼卵都自爆了？

她以前也碰见过这种情况，但那是因为变异种碰到了更加可怕的存在——变异种之间等级森严，低等变异种面对高等变异种的威压，会爆体而亡，就像人类无法对抗山崩海啸一般。

难道这些尸体中有高等变异种？

周姣的表情微微变了。如果是这样的话，那就糟了。她没有单独处理高等变异种的能力。

她上一次遭遇高等变异种，还是在半年前。

哪怕时间过去了这么久，她都还记得当时的场景：海边突然爆发了高达十多米的海啸，如同一堵浪涛汹涌的玻璃墙。

他们赶到后才发现，那根本不是什么海啸，而是一头高等变异种在那边大肆屠杀。

她开车赶到时，那头高等变异种已被逼到桥梁之上，发出尖厉的啸声。它的眼睛藏在半透明的硅化皮肤下，正在急速紧缩着，瞳孔紧压成一条线，像是在畏惧什么。

然而，它的面前只有一个人——江涟。

当时，周姣距离江涟太远了，没有看清具体的情形。

海滩上全是特殊案件管理局的车辆，人声嘈杂，特勤人员极力疏散围观群众。

就在这时，江涟不知出于什么想法，忽然朝那头变异种伸出一只手。

变异种浑身骨刺倒竖，似乎被他的动作吓了一跳——要知道在此之前，特勤人员对着它打空了弹匣，都没能让它后退一步。

最后，那头高等变异种在众目睽睽之下逃跑了。

作为密切接触者，江涟被送去做全身检查。

整个检查过程，周姣也在场。

检查显示，江涟所有身体指标均在正常范围内，他没有受到感染或发生变异。然而，他的大脑扫描结果却显示出一种前所未有的活跃状态，数以亿计的神经元同时释放出异常强烈的电流。

尽管整个过程只持续了几秒钟，但他的神经元竟未被烧毁，这引起了公司的注意。

公司派出研究员，对他进行了长达十几个小时的问话，包括但不限于心理测量。

在此之前，他们无论给江涟准备怎样的测验量表，最终结论都是"反社会人格障碍"。

原本的江涟知道自己可以在量表上撒谎，但不能在脑部扫描图和基因检测上造假，于是，他一直把量表测试分数控制得相当精确，始终维持在 23 分左右——超过 25 分便会被诊断为"高危人群"。

但是这一回，他的测试分数竟变得极低。

测试结果表明，江涟居然变成了一个内向、善良、不善言辞的普通人，这跟以前的测试结果大相径庭——

上一回，他还是一个情商极高、社交能力出色、高度自信且自私的完美主义者。

显然，他在这一回的测试里说谎了。可是他为什么要说谎呢？大家都知道他是一个怎样的人。

周姣不是一个多管闲事的人，之前很多次这样的"例行问话"，她都睁一只眼闭一只眼——管了也没用，都是公司高层做主。

当时，她却鬼使神差地停下了刷短视频的动作，认真地看着研究员对江涟的问话视频。

屏幕上，江涟西装革履，神态平静，却隐隐透出一股古怪诡异之感。

周姣盯着屏幕看了十几秒钟，终于发现了怪异在哪里——他直直地盯着研究员，眼轮匝肌竟从头到尾没有收缩一下。这对正常人来说是完全不可能发生的事情——眼轮匝肌不受人的主观意识支配。

而且，他看似坐得十分端正，双手却垂落在椅子两侧，既没有交握，也没有放在桌上或腿上，简直像……没有意识到自己还有两只手似的。

直到研究员也坐了下来，他才以一种极其缓慢的速度抬起双手，搁在桌子上，十根手指如同掉帧的影片般一卡一卡地交握在一起。

周姣看得浑身发冷。

是她的错觉吗？江涟似乎是看到研究人员以后，才发现自己的两只手可以动弹。

研究员："名字？"

江涟没有说话。

近距离接触过变异种的人，都会出现一定程度的精神恍惚，研究员见怪不怪，继续问道："高等变异种的分泌物具有强腐蚀性，你作为特殊案件管理局的外聘人员，应该知道这一点。我们想知道，你当时为什么要接近它，甚至朝它伸出一只手？"

江涟还是没有说话。

研究员把他没有回答的问题标注出来，接着往下问。

半个小时后，研究员问到最后一个问题："你现在感觉怎么样？"

江涟终于有了反应。他的眼轮匝肌像是被激活了，他第一次做出眨眼的动作，却犹如生活在深海沟的底栖生物般迟缓，充满了令人毛骨悚然的不协调感。

周姣眼皮一跳，心里生出一个诡异的想法：他学会了怎么眨眼。

江涟极慢地吐出一个字："饿。"

"什么？"研究员一愣。

"我，"江涟一字一顿地说，"很，饿。"

"哦，稍等，我去给你拿吃的。"研究员起身离开。

在研究员离开的一刹那，江涟的眼睛突然发生了非常恐怖的变化——眼球上爬满了难以计数的血丝，每一根血丝都散发出荧蓝色的生物光。

但在肉眼看来，这丝丝缕缕的生物光一闪而逝——他似乎发现这里并非永恒黑暗的地带，释放生物光不能帮他捕获食物。

很快，研究员带回来一个速食餐盒。

这种餐盒里的食物看上去量不多，热量却极高，一盒食物能提供一个成年男性一天所需的能量。尽管江涟身材高大，手臂、胸腔、腰腹上均有着结实有力的肌肉，但到底不是外勤人员，一盒应该够他吃了。

江涟接过速食餐盒。

他穿着深灰色的修身西装，里面是白衬衫和黑西裤，整个人看上去冷峻而优雅，两只手更像生来便不带烟火气一样，从指节到腕骨，再到手背上微微凸起的淡青色静脉，均如曙色一般洁净无瑕。这样的人，应该吃不惯餐盒里咸腻的饼干和牛肉干。

江涟却直勾勾地盯着餐盒，喉结一滚，发出一声清晰而迫切的吞咽声。

周姣觉得怪异极了：他有这么饿吗？

接下来十多秒钟的画面，是周姣见过最惊悚的——江涟突然张开口，口中猛地钻出一条紫黑色的触须，前端如海葵般倏地张开，牢牢包裹住铁皮餐盒。

几乎是一眨眼的工夫，餐盒就被触须上的黏液溶解殆尽，连渣都没剩。

研究员目瞪口呆，当场就傻眼了，半天才回过神儿，惊慌失措地倒退一步，颤声问道："江……江医生？你……你还是江医生吗？"

江涟的表情始终呈现出一种可怖的平静，尽管他的面部肌肉纹丝不动，颈间却浮起几根青筋。

下一刻，那些青筋居然开始游动、扩张，在转眼间爬满了他整张脸庞，随即又消失不见。

"我是。"半晌，江涟回答，语气如常，却像阴湿的底栖生物般，每个字都粘连着冰冷的黏意，"我只是……太饿了。"

与此同时，周姣也一个激灵，回过神儿来——她终于知道那种怪异感来自哪里了！

研究员虽然毕业于国际知名大学，在学术界声名远扬，但就像大多数学者都内向、不善言辞、不懂拒绝一样，研究员也有这些毛病。

所以，哪怕整个问话过程中江涟一直没有说话，研究员也没有强行让他开口。

内向、不善言辞……这不是江涟的心理测试结果吗？

周姣的手心渗出冷汗，一股寒意从脊椎底部蹿起——江涟很可能被那头高等变异种感染到了一个难以想象的程度。

她当机立断，按下警报键。霎时间，审讯室警报大作，红光闪烁。

在一片刺目的红光中，江涟似乎顿了一下，随即慢慢站起身，转过头，精准无误地捕捉到了墙角的隐形摄像头，视线笔直、冰冷而又隐晦，不像是看到了周姣，更像是通过某种幽微的气味线索"嗅"到了她的存在。

周姣的唇抿成一条直线。

被变异种感染到这种程度，江涟……还能算作人吗？

没人知道江涟正在遭受怎样的折磨。

他的身体被一分为二，一半仍然属于自己，另一半则被一种极其恐怖的未知存在吞食。这似乎是一种违背自然规律的怪异生物，人类无法直视，无法反抗，甚至无法想象。

只要他试图去想象对方的样子，头脑就会被极大的压迫感笼罩，发出不堪重负的"嘎吱"声响。

尽管变异种出现的时间很短，江涟却对这种生物颇有研究——吞食他的怪异生物，绝对不是任何一种已被发现的变异种。

必须承认，特殊案件管理局对江涟的侧写完全正确。

江涟的确是一个冷血、没有同理心、极富攻击欲的变态，却不像家族里的那些败类一样对烹食人类抱有兴趣。到目前为止，除了周姣，他只对变异种产生过兴趣。

江涟对周姣没有食欲，只是对她抱有好感——周姣人如其名，容貌姣美，肤白若瓷，有一双美丽的眸子，却绝对不是易碎的白瓷花瓶，江涟曾亲眼看到她一刀捅穿一只低等变异种的眼睛。

他很欣赏这种冷静、聪慧的女性，可能是因为遗传基因的关系，他只要对一个人产生兴趣，就会对那人的气味上瘾。

为了不被基因控制，他只能暂时离周姣远一些。

被怪异生物吞食的过程十分痛苦，江涟能清晰地感受到，对方在一点点地侵吞他的意识、内脏和躯壳。

他不是一个意志薄弱的人，面对此情此景，他却感到了难言的恐惧——有什么东西钻进了他的胸腔，正在骨肉里疯狂蠕动，发出令人毛骨悚然的"嗡嗡"声。那些声音低沉而机械，"嗡嗡"不止，不像怪物咀嚼血肉的动静，更像是神明降临以后，信徒虔诚而疯狂的赞歌。

吞噬他的，是信徒，还是神明？

随着被对方侵吞的部位越来越多，江涟的神志也越来越恍惚，头发被冷汗浸湿，垂下来遮住一只镜片，脸上看不出一丝血色，脖颈的起伏也逐渐微弱下去。

很快，他就会死去，成为一个没有思想的容器，迎接未知存在的降临。

既然他无论如何都会死，无论如何都会成为未知存在的容器，那他为什么不掌握主动权，直接向未知存在献上自己的躯体？

我的身体脆弱不堪，我的头脑偏执疯狂，我的基因充满缺陷……你想要？我都给你好了。

江涟闭上双眼，冷峻的脸庞在一刹那变得癫狂扭曲至极，面部肌肉不可遏制地痉挛着、颤抖着，苍白而修长的脖颈上青筋根根凸起，似乎下一秒钟就会有血液迸射而出。有那么一瞬间，他整个人看上去竟有些恐怖。

半晌，他倏地睁开双眼，一根狰狞的触须从眼眶中一闪而过。

吞噬完成了，最终还是未知存在占据了上风。原本的江涟作为失败者，被"他"吞噬得一点儿不剩。

现在，"他"变成了江涟，西装革履，五官俊美，气质冷冽而洁净，但在某些时候，"他"的瞳孔会变得如针一般细，充斥着阴森诡异的非人感。

在这场人类与怪物的角力中，江涟可以说一败涂地，他的意志被怪物消化得一干二净。然而，怪物也因此继承了他的偏执、疯狂和充满缺陷的基因，于是"他"一睁开眼睛，就感受到了可怕的饥饿，无穷无尽的饥饿。

偏偏这种感觉并非纯粹的饥饿，而是一种混合着爱欲、狩猎欲和凌虐欲的古怪欲望，如沟壑般深沉，如水栖动物般滑腻，在"他"的胃部缠绕、揪紧。

"他"从未体会过这么复杂的感觉，不由得有些烦躁。只能说，人类无论是思想还是躯体，都太脆弱了——肉体受限于时间和空间也就算了，连认知都被限制在"肉眼可见"和"手可触碰"的范围内，多少有些可悲。

这具身体更是可怜，居然会对平平无奇的同类产生这么强烈的兴趣。

幸好"他"不是真正的人类，估计马上就能摆脱这种饥饿的状态。

另一边，周姣按下警报键以后，江涟就被特勤人员控制住了。

特勤人员对待被感染的人群有一套成熟的应对方案，他们将江涟送入隔离病房，试了十多种药剂，总算从他的体内逼出一条高等变异的蠕虫。

据说，就是这条蠕虫影响了他的神志，使他变得饥饿难耐。

怕江涟吃了铁皮餐盒后留下什么后遗症，医护人员又给他洗了几次胃，才允许他出院。

不知是否周姣的错觉，她总觉得江涟从病房里出来后，看她的眼神不仅没有感激，反而充满了厌恶和轻视。

厌恶她可以理解，轻视是为什么？

周姣耸耸肩，没有放在心上。

在那之后，江涟越来越疏远她，除非必要，决不跟她说一个字，但他每次跟她说话，喉结都会剧烈滚动，如同疯狗看到了甘美诱人的食物。

周姣觉得很奇怪，想让他去医院看看，又不想被说多管闲事。

现在，距离江涟被高等变异种寄生已经过去了半年的时间。

半年过去，她早已把当时的惊悚画面忘得差不多了，却始终记得与高等变异种对视时那种头皮发紧的感觉。

高等变异种绝不是她一个人能解决的，她必须跟江涟合作。希望在这种危急关头，江涟不要跟她玩什么"女人不准靠近我，我对你不感兴趣"的把戏。

江涟察觉到了周姣的视线。

事实上，他根本不用特意去寻找周姣的视线。他的感官就会像嗅到腥味的鲨鱼一样，拼命捕捉她留下的每一个气味分子。

江涟神色平静，戴上蓝色橡胶手套，仿佛竭尽全力地嗅闻周姣气息的是另一个人一般。

如果这时有人站在他身后的话，就会发现他的影子根本不是人形，而是一个恐怖的庞然大物，几乎挤满了室内的阴影处，仔细看的话甚至会发现，那个恐怖之物正在疯狂蠕动，发出人类喉舌难以描述的"嗡嗡"声响。

靠近她，嗅闻她；靠近她，嗅闻她；靠近她，嗅闻她……

"越压抑越渴望。"它们对他说，"难道你不知道吗？"

靠近她，嗅闻她……让我们闻她，闻她，闻她。你明明也很喜欢她的气味，上前一步，靠近她，跟她搭讪，让她说话，释放出更多好闻的信息素。

江涟眼皮没抬："不行。"

为什么不行？乘电梯的时候，你禁止我们闻她，自己却深深吸了一口气，恨不得把她留下的气味分子吮得一干二净。

闻她闻她闻她闻她闻她……

假如此刻有人靠近江涟，就会发现他的四周全是令人眩晕的低频噪声，多听一秒钟都会让大脑抽痛，陷入某种谵妄状态。

江涟早已习惯这样的噪声，神色毫无变化。

他忘了自己的来历，只记得自己似乎活了很久很久，从黑暗到光明，再到深不可测的海洋。

他不会死亡，只会陷入沉睡。沉睡期间，他必须进食——影子，也就是触足，就是他进食的工具。

触足有一定的自我意识，但不多。因为不需要觅偶和交尾，自出生起，它们的任务便只有一个——进食。

它们必须进食，饥饿是它们一切活动的根本动机。

不过，它们真的太吵了。

江涟闭了闭眼，再度睁开时，金丝细框眼镜后的瞳孔已压成一条细线，但仔细一看，就会发现那并不是掠食野兽的竖瞳，而是一根极细的触腕。

那触腕在他的眼中疯狂扩张，迅速挤满了他狭长的眼眶，带着可怖的杀意翻滚着。

他没想到那个人类死前奋力一搏，能影响他到这个地步。

现在，他的头脑很乱。

一方面，他看不上周姣，事实上他也看不上原本的江涟，吞食那人完全是一个意外——有人利用某种咒术，强行让他降临到了江涟身上。

他对人类毫无兴趣。在他的印象里，人类是一种肮脏、腐臭的生物，喜欢往海里扔废纸、塑料瓶、金属瓶盖，肺腑里蓄满了恶心的黑色黏液。

然而，另一方面，他又想靠近周姣，像影子说的那样，让她释放出更多让他感到愉快的信息素，然后扣住她的颈骨，放纵自己深深嗅闻。

与其被她的气味挟制，他不如杀了她。

他的体液具有高腐蚀性，能溶解一切生物组织。只要周姣陷入他的触足里，不到两秒钟就会化为一摊血肉烂泥。

但他不确定的是，自己用触足钳制住她的那一刹那，会不会被她的气味俘获，忘记原本的目的。

他不想碰这种低级又肮脏的生物，更不想陷入对她的气味的迷恋。

周姣不知道江涟的心理活动，但她常年与危险打交道，几乎在江涟对她生出恶意的一瞬间，她便若有所感地回头。

她对上了江涟的眼睛。

他们视线相接的一刹那，江涟顿了一下，先她一步移开目光："你还要在那里站多久？"他声音冰冷，带着不加掩饰的厌恶。

周姣迟疑一瞬："江医生，我怀疑……"

"你怀疑什么，不用告诉我。"江涟冷冷地说，"我不是你们的人。为你们工作是因为我有这方面的癖好，而这是唯一合法的途径。除了解剖，我不想跟你们扯上任何关系。"

周姣的嘴角微微抽搐。

她就知道会这样。这人平时看着脑子挺灵光，但只要她和他说两句话，不管她的语气多么温和，说的内容多么正常，他都会立即变得冷漠刻薄，难以沟通。

周姣很想撂下他不管，但她这个职位算半个警察——江涟虽然是潜在的变态杀人犯，但在他真正犯下滔天大罪之前，她都得保护他。

周姣只能忍气吞声地给他做思想工作："江医生，我知道我们俩有点儿隔阂……"虽然她完全不知道隔阂是什么，"但在危险面前，不知道您能不能先把过去的恩怨放一放，听我讲两句话呢？"

江涟不答，走到下一具尸体前，垂下头开始解剖归类。

行吧，谁在工作道路上还没遇见过几个极品同事？

周姣深吸一口气，开了瓶矿泉水，喝了一大口，然后"砰"地搁在一边，去帮极品同事掏尸体肚子了。

这时，头顶的白炽灯管忽然发出"嗞嗞"的声响，因为过于轻微，简直像被飞蛾撞了一下，周姣并未注意到这一异样。

同时，她也没注意到身后的阴影在扩大。

那阴影如同水波般朝她漫去，所到之处，凡是被她碰过的东西，全被溶解得一干二净——包括那瓶没喝完的矿泉水。

很快，阴影便无声无息地融入她的影子里，下一秒钟却猛地腾起，射出一根森冷的螯针，朝她的后脑勺儿袭去——

这一切都发生在短短一瞬间，周姣完全没察觉到身后的危险，江涟的神色也毫无异样。

谁知，就在螯针即将刺入周姣后脑的一瞬间——周姣忽然一个箭步冲上前，闪电般扣住江涟的脖颈，同时抄起手术刀抵住他的咽喉。

江涟一僵，螯针也停滞在半空中。

江涟个子极高，将近一米九，周姣比他矮20厘米，制住他花了不小的力气。

他只是看上去瘦削，一副斯文相，实际上手臂、肩背、腹部和腿部覆盖着结实优美的肌肉，每一根线条都蕴蓄着凌厉的爆发力。

周姣担心他骤然发力反制住她，一只手按住他的肩膀，同时纵身一跃，用一记非常标准的剪刀腿绞住他的颈骨，整个过程中，手术刀始终紧紧贴在他的咽喉上。

其实，周姣完全多虑了——在她搂住江涟的一瞬间，后者就失去了正常思考的能力。

恶意与顾虑犹如离岸的潮水般迅速离他而去。

疯狂的欲望从他的心中升起，程度之强烈，令他的头皮、背脊、舌根乃至每个汗毛孔都有些战栗。

他闭上眼，吞了一口唾液，几乎是竭尽全力，才没有往前一倾身，用鼻子去蹭她的刀锋，只为了能闻到更多她的气味。

从这个角度，周姣看不清江涟的神情，也不想看清他的神情。

她持着手术刀，居高临下，淡淡地说："手上的工作先放一放，我有些话不吐不快——江医生，你是不是觉得我没脾气？"

说着，她话音一顿，并非受到了什么阻拦，而是心跳忽然加快了，"怦怦怦"，震得她的胸腔阵阵发麻。

她手指一软，差点儿没能拿稳手术刀——那古怪的身体反应又出现了，为什么在这种时候出现？

她不可能远离江涟，要是这时候从他肩上悻悻地下来，她这辈子都别想好好工作了！

周姣重重地呼出一口气，用腿重重地一勒江涟的脖子，冷冷地问道："问你话呢。"

江涟一言不发。

"姓江的，我知道你不喜欢我，我也不在乎你喜不喜欢我。我只希望你能像个成年人一样，分清楚事情的轻重缓急——这些尸体里很可能混入了一只高等变异种……"

话音未落，周姣神色一变，手一抖，险些血溅三尺——江涟侧过头，镜片后的眼睛里仍然充满了对她的厌恶，却一不小心用唇擦过了她的手指。

随后，他喉结微动，似乎在回味这个转瞬即逝的手指吻。

周姣："……"

他不想跟她说话就不说呗，不用玩这么大吧？！

周姣的眼中浮起一丝薄怒："江涟，我没跟你开玩笑！你被高等变异种寄生过，我不信你不知道它们的危险性……"

"高等变异种？"江涟一字一顿，神色看似冷静又专注，实际上完全没听清周姣在说什么。他的心神已经被触足的嗡鸣声占据。

假如这时有人用透视仪器检查他的身体，就会发现里面根本不是人类的骨骼和脏器，而是某种恐怖、狰狞、悖逆自然规律的不可名状之物。

那些东西在他的体内翻滚着，跟他身后的阴影一起发出令人毛骨悚然的低频声波：闻她，闻她，闻她……就是现在，捕捉她……让她再也不能离开我们的感官……盯着她，盯着她，盯着她，嗅闻，嗅闻，嗅闻，嗅闻……

但很快，这些声音就被压制了下去——主体不允许它们觊觎她。

"是，"周姣表情凝重，"高等变异种。如果是哺乳动物的话还好说，就怕它来自深渊带或超深渊带……我们对海洋的了解太少了。"

相较于海洋45亿年的历史，人类600万年的历史简直是沧海一粟。

万一在海洋深处，有的生物像石炭纪的节肢动物一样长得异常巨大，或是像虎鲸那样已经形成一定的社会规则，甚至产生了语言和文化……他们又该如何应对？

毕竟，到现在他们连浅海带的变异种都没有探索明白。

江涟想：她情绪激动的时候更香了，近乎甜腻的香。

他极深地吸了一口她的气息，冷峻的脸上显出几分痴迷的醉态，眼睛逐渐爬上红血丝。

他真的要碰触这么低级的生物吗？

其实他也不明白自己为什么那么抗拒接近她。人类的确肮脏又污秽，但她显然是一个例外——至少闻上去是。

他没有族群，没有道德，没有羞耻心，根本没必要在这件事上迟疑那么久。

然而，当他因她而分泌出大量唾液时，他每往下吞咽一口，都能听见原本的江涟在愉悦地轻笑，他似乎在说——你也不过如此，什么神明、高维生命，不过是一头连人性和兽性都对抗不了的怪物罢了。

"闻吧，"那个人类含着笑，语气温和，却充满了戏谑的意味，"我也很想知道……她从外到里的气味。"

江涟神情僵冷，几乎显得有些扭曲，说不上是因为狂躁的欲望，还是因为那个人类的挑衅，抑或是别的什么。

他不可能跟那个人类分享周姣，哪怕只是一个气味分子。

江涟体内的触足狂暴地搅动，他面上却看不出丝毫异样。半晌，他吐出一个字："滚。"

那个人类的话音消失了。

江涟闭了闭眼，正要叫周姣下来，却对上了她又惊又怒的眼神。他这才发现，自己刚刚不小心把"滚"字说出口了。

周姣简直莫名其妙。她是感情淡薄，不是没有感情，更不是不会生气。这人三番五次地给她脸色看，不分场合地冒犯她，她心中早已蓄满了怒意，恨不得给他俩耳刮子。

古怪的是，她还没有付诸行动，就被一阵激烈的心跳袭中了胸腔，一股麻意从脊髓深处蹿起，令她手脚发软。有那么一瞬间，她差点儿没能抓住手术刀。

周姣抿紧嘴，看向自己的手指。她很清楚自己的握力，绝不可能抓不住手术刀——她用咬骨钳断的骨头，不说绕实验室一圈吧，堆成江涟那么高是没问题的。

所以……这究竟是怎么一回事？为什么每次碰见他，她的身体反应都那么奇怪？

她没有谈过恋爱，跟异性的亲密接触也屈指可数，但这并不代表她对两性关系一无所知。

心跳加速、呼吸困难、血压上升，再加上瞳孔开大肌向外周收缩，眨眼的频率增加……

周姣深吸一口气：无论从哪个角度看，都像是她对江涟产生了某种不可言说的兴趣。

这下，周姣真的想把手术刀丢出去了。

她往后一仰，从他的身上跳了下去，轻喘着倒退三大步，想要离他远远的——在弄清楚那古怪的反应是什么之前，她暂时不想靠近他了。

但她没能如愿，江涟伸手把她拽了回去。

不知是否她心律失常的缘故，她完全没有看清江涟的动作，仿佛他凭空生出了第三只手，强硬地将她拽到了身前。

周姣瞳孔微放，刚要挣扎。

下一刻，她的下巴被两根手指抬起，江涟俯身贴上了她的唇。

周姣不由自主地打了个寒战——江涟的唇又冷又黏，犹如幽深海底的底栖生物般阴冷而滑腻。

但就像之前一样，她并不排斥这种湿冷的感觉，心脏反而跳得更快了，震得她的耳膜轰轰作响。

我到底怎么了？周姣想，连太阳穴都在战栗，心脏"怦怦"乱跳。

江涟的反应比她更大。

他不可遏制地贴着她的唇，一动不动地嗅闻着她口中的气味。

就是这个气味，像熟透了的水果般甜腻，闻久了他甚至能感受到微妙的醉意。

可惜这香气被两排牙齿挡住，他只能压在她的唇上，重重地、死死地用唇摩着她的唇，试图从里面挤出更多的甜腻气息。

连周姣自己都不敢相信，最先打破这一僵局的，竟是她自己。

她张开口，咬了一下江涟的下唇。

像是按下了什么开关，江涟立刻紧紧地扣住她的下巴，不允许她的头偏离半分，舌尖如同深海掠食者的触须一般，强势而迅速地钻入她的齿间。

在这短短一瞬间，所有声音、颜色都消失了。他仿佛回到了黑暗的海底，只能听见鱼尾搅动的黏稠水声。

过了好一会儿，江涟才回过神儿，神色冷漠，喉结往下一压，做了一个很明显的吞咽动作。

她跟他闻到的一样，甜得发腻，令他头皮发麻。

江涟盯着周姣，又做了几个吞咽动作，呼吸逐渐紊乱。

他原本只是想浅闻一下她的气味，证明自己并不是不能对抗人性和兽性，然而第一口就失控了。

等他回过神儿时，身后已裂开一条缝隙，紫黑色的触足猛然朝周姣袭去——

就在这时，电梯发出"叮"的一声响，有人来了。

江涟倏地松开周姣，触足也随之消失不见。

周姣也清醒过来，迅速远离他。

一个年轻男子提着纸袋子，出现在他们面前："周姐，江医生，你们还没剖完呢？"

他25岁上下，相貌俊秀，气质温和，脸上挂着一丝令人亲近的笑意。

年轻男子放下袋子，取下白大褂，走进独立消毒室："我还以为以你们的速度，不到半个小时就能搞定呢。夜宵都给你们买好了。"

周姣这才想起，还有个高等变异种藏在尸体堆里。色令智昏，她居然把这事给忘了。

她不由得低咒一句，转头瞪了江涟一眼。

谁知他正在看着她，眼神隐晦，目不转睛，喉结微微滚动，似乎还在回味刚才的吻。

变态。

周姣冷冷地移开视线。

这时，年轻男子从消毒室走了出来。他叫谢越泽，去年才从海外回来，因为专攻生物医学工程，留在了屿城。

谢越泽情商高，会找话题，有他在的地方从不冷场，也不会有人难堪。

即便是周姣这样寡言少语的人，跟他聊天儿的时候也会变得热络一些。

周姣朝他点点头，随口问道："什么夜宵？"

谢越泽含笑说："芝士小蛋糕，不过是合成的。没办法，这个天气，只有门口那家蛋糕店还在营业——不知道周姐吃不吃合成食物？"

周姣："我的口腹之欲不强，什么都吃。谢谢你的夜宵。"

谢越泽轻笑一声："不客气。"

周姣抬手准备摘下橡胶手套："多少钱？我转给你。"

"就十几块钱，不用转。"他低头瞧着她，慢悠悠地笑着说，"真想还我的话，明天请我吃饭吧。最近阴雨绵绵，正好来顿火锅，去去湿气。"

周姣忍不住笑了："连吃什么都想好了，我还能说什么呢？行啊。"

谢越泽正色："还能说工作。发生了什么，你跟江医生居然耽搁了这么久？"

听见这话，周姣对谢越泽的好感倍增——这才是正常的同事，不像某个神经病，一举一动都莫名其妙——莫名其妙地呛她，又莫名其妙地吻她。

最令她莫名其妙的是，他吻她的时候，神情仍然冷漠又厌恶，动作却像饿犬一样急切，扣着她的后脑勺儿，一个劲儿地吮吸和嗅闻。

疯子……变态……不过，他本来就是疯子和变态。

周姣吐出一口气，把江涟的诡异行径抛至脑后，对谢越泽说了高等变异种的事情。

谢越泽皱眉："这事确实棘手，必须谨慎处理。高等变异种跟低等变异种不同，低等变异种只会寄生和进食，也只会攻击阻拦它们寄生和进食的人，高等变异种却有很强的攻击性和污染性，连植物都能感染……普通人对上它们完全没有胜算。"

他顿了顿，又温和地安慰道："别担心，高等变异种进入人体后，会有二到四个小时的胚胎期，然后才会与宿主彻底融合。我们有足够的时间通知特勤人员。"

周姣对谢越泽的好感飙升。

正常情况下，她不会觉得谢越泽这番话有多么难得。但在江涟的衬托下，她感觉谢越泽简直是难得一见的正常人，不禁朝他一笑："好，谢谢你。"

她长相清丽，双眼皮的褶皱很深，却隐没在上眼皮里，只有眼波流转时才会显现出一条清晰的线，勾勒出娇媚的情态。

谢越泽看得喉咙发干，连回话都忘了。

他对周姣很有好感，不然也不会记得她喜欢吃芝士蛋糕——上次部门聚餐，餐桌上全是昂贵的有机食物，她的餐盘上却堆满了烤得焦黄的芝士面包片，她站在角落里，一口一口地吃到了聚餐结束。

在那之后，他每次经过甜品店，都会鬼使神差地多看一眼。

今天，终于让他找到了献殷勤的机会。

不知为什么，周姣今天一反常态，完全不拒绝他的靠近，甚至对他露出了浅浅的笑意。他的心脏不由得狠狠跳了一下，他心想：这是否说明他可以离她近一些……再近一些？

谢越泽看着她，眼神幽深，刚要俯过去试探一下她的态度，一个声音突然在他身后响起："你打算怎么通知特勤人员？"

谢越泽一愣，回头一看。只见江涟站在他们的身后，正在一根一根手指地扯手套，气质如霜雪般洁净，镜片后的目光却有些轻蔑："电话早就打不出去了。"

谢越泽脸色骤变。

暴风雨天气，高等变异种，电话打不出去——种种变数结合在一起，似乎指向了一个不祥的结局。

周姣忽然开口："卫星电话呢？"

江涟说："也打不出去了。"

其实电话打得出去，但他有的是办法让这里变成一座死寂的孤岛。

至于为什么这么做，他也不太清楚。不过很多时候，人的行为是没有具体动机的，更像是基于基因的选择。既然他选择了人类作为容器，接受了人类未被优化的基因，就得忍受他们的基因里某些愚蠢的本能。

周姣见谢越泽的脸色不太好看，想了想，从他带来的纸袋里拿出一个芝士小蛋糕，递到他的手上："没事，这事不一定要今天解决。实验室有隔离装置，可以防止污染源外泄。明天通知特勤人员也是一样的。"

她不常安慰人，话题转移得有些生硬："吃个蛋糕压压惊吧。"

谢越泽眼神闪动，接过蛋糕，低声说道："谢谢周姐。"

"有什么好谢的？这是你买的蛋糕。"周姣笑着说，"还有，别老叫我周姐，我好像比你大不了多少。"

谢越泽笑道："这不是怕叫'姣姣'被骂一顿吗？只好嘴甜一点儿叫'姐'了。"

江涟看着这一幕，神情没什么变化，眼镜后的瞳孔却逐渐紧缩，再次显现出恐怖的非人感。

他不明白，明明谢越泽提供的解决方案是错的，为什么还是得到了周姣的认可，这不符合自然界雌性选择雄性的定律。

在自然界，雌性选择怎样的雄性，决定了物种的进化方向。雄极乐鸟就是一个例子，为了得到雌性的青睐，即使会引起捕食者的注意，雄鸟也要进化出长而绚丽的鸟羽。

假如真的有一个可以屏蔽电磁信号的高等变异种，谢越泽不仅不能帮她逃生，反而会降低她的生存概率。

她却仍然对那人释放了愉悦的信号，愉悦到他离她一米远，都能嗅闻到她身上的甜香，比他贴着她的唇，重重地闻她的气味时要甜腻太多。

她作为雌性，青睐这样劣质的雄性，简直愚不可及。

江涟摘下眼镜，从裤兜里拿出眼镜布，缓缓地擦拭镜片。镜片很干净，他只是想用机械性的动作驱除内心的烦躁。这是原本的江涟的习惯，但他毕竟不是原本的江涟，眼睛也没有近视，心里的烦躁不仅没有减少，反而生出了一股戾气。

江涟戴上眼镜，侧头瞥了一眼某具尸体，眼神晦暗不明。

实验室只有三个人，周姣一下就注意到了江涟的动作，但不清楚个中缘由。

她检查过那具尸体，死者被藻类变异种寄生，窒息而死，肺部堵满了浓绿色的海藻，剖开时那些海藻还在无意识地蠕动。

对付植物变异种只能用喷火枪，她强忍着恶心，用镊子夹起绿藻，用喷火枪烧了半天，确定都烧死了才归的档。

难道她判断有误，里面除了绿藻，还有别的变异种？

她没有注意到，江涟挺拔的后背上蓦地裂开一线缝隙，伸出一条触足，闪电般钻入尸体灰白色的皮肤。

仿佛有无形的心脏除颤仪往下一压，尸体突然全身痉挛，面目扭曲，以心脏为中心，放射出静脉纹般的紫黑色纹路，伴随着骨骼"嘎嘎"破裂的声响，手肘"咔嚓"一声，猛地长出一排锋利的骨刺。

周姣转头一看，瞳孔霎时紧缩——居然真的有别的变异种！

她当机立断，三步并两步地冲到控制台前，调出隔离装置的画面，按下启动键。AI（人工智能）却用冰冷而机械的声音告知她：

"未检测到污染源，当前情况不符合隔离装置启动的标准。"

周姣忍不住骂了一句脏话。

听说公司正在研发超级 AI，一旦研发成功，那将是世界上最完美和最安全的人工智能。

只能说，公司的话果然不能全信——这都不符合隔离装置启动的标准，那什么情况才符合？哥斯拉复活吗？他们研发的是什么人工智障？！

周姣只能放弃启动隔离装置这一方案，转而调出应急武器的画面。"嘀"的一声，虹膜信息验证通过，一把泰瑟枪弹了出来。

她级别不高，只能兑换泰瑟枪这种常规武器。但即使这种枪能释放出 100 万伏的电流，只要变异种的外壳具有绝缘的功能，这种枪就等于一把废铁。

谢越泽也反应过来，在控制台输入了自己的虹膜信息，但他跟周姣一样，只能兑换泰瑟枪。

与此同时，尸体的关节发出令人牙酸的摩擦声响，尸体的手脚痉挛着，绞折出一个不可思议的诡异角度，似乎想从停尸台上挣扎着坐起。

安全的范围在肉眼可见地缩小。

阴冷的危机感袭上背脊，令人浑身汗毛倒竖。

周姣屏住呼吸，攥紧泰瑟枪，慢慢地倒退一步，用口型对谢越泽说道："躲起来。"

谢越泽点点头，深深地看了周姣一眼，转身离去。

尸体挣扎得越发激烈，紫黑色的静脉纹几乎爬满了每一寸皮肤，手肘、膝盖、背脊上长满了锋利的骨刺，似乎随时会从停尸台上一跃而起。

"滴答，滴答——"黏液滴落的声音越来越清晰，空气中的腐臭味也越来越浓烈。

周姣也想离开，但想到还有个"编外人员"没有武器。她抬头一看，那位"编外人员"正站在停尸台前，双手插兜，镜片后的目光清冷而锐利，他正漫不经心地打量着那具"咔咔"变异的尸体。

周姣心想：让他去死吧。

可惜，她是个遵纪守法的好公民，从小接受的是"不能见死不救"的教育，只能咬牙跑过去，一把薅住他的衣领，拉着他转身就跑。

几乎是同一时刻，尸体的心口似乎已膨胀到极限，倏地爆开，飙出一波黏液！

那种黏液似乎具有高腐蚀性，只听"嗞嗞"几声响，实验室的地板瞬间塌陷了下去，暴露出复杂的设备线缆。

周姣心说"不好"，果然，头顶的白炽灯无力地闪烁了几下，"砰"地熄灭了。控制台的屏幕也因电压不够，陷入黑暗。

她入职以来最害怕的事情发生了——实验室停电，而她正在被高等变异种追杀。

强烈的危机感之下，她无意中瞥了一眼旁边的江涟——光线昏暗，只能看到他轻微滑动的喉结。

他任由她拽着衣领，一言不发。

尽管看不清他的双眼，她却知道他正在看她，视线直勾勾的，带着评判的意味，令人不适，或者说……她应该感到不适，甚至应该训斥他无礼且不合时宜的注视。

现实情况却是，她被他看得面颊发烫、心跳加速。

她到底怎么了？

刚刚她特意没跟谢越泽保持社交距离，就是想看看她是对所有人都这样，还是只有江涟是特例，没想到她不管离谢越泽多近，心跳都如死水般平静，脸上也没有燥热之感。

但现在，江涟只是看着她，距离并不近，她的心便遏制不住地狂跳起来，又快又重，扯得她耳根都有些发疼——还是在这样极端危险的情况下。

周姣使劲掐了一把手掌，掌心也变得汗涔涔的，又湿又黏。

她反应激烈到这个程度，似乎已经超过了心动的范畴，更像是……更像是什么呢？

周姣来不及深究，因为尸体正在朝他们的方向移动。

她扯着江涟的衣领，走到消毒室前，一把将他推了进去，然后转过身，独自面对变异的尸体。

泰瑟枪威力不大，她并不指望用这个打死变异的尸体，只希望能绊住它一会儿，她好拽着江涟这个拖油瓶去跟谢越泽会合。

周姣深深地吸气，把气压弹夹压入枪膛内，摈弃杂念，侧耳分辨尸体的位置。

她接受过专业的射击训练，听声辨位对她来说并不困难，困难的是如何调节面对高等变异种的心理压力。

她将呼吸声压到最小，仔细聆听尸体的脚步声和黏液的滴落声。

"滴答，滴答——"随着时间的流逝，黏液的滴落声越来越近，带着一种针刺般的冰冷感，密密地压迫在她的神经上。

"不急，"她告诉自己，"距离越近，我的胜算越大。"但这样与死亡的距离也会变得越来越近。

半空中似乎浮现出一个无形的计时器，秒针每动一下，气氛便压抑沉重一分。

不知是否周姣的错觉，她甚至闻到了腐臭和海潮的腥味。

不能再等了，她举起枪，侧头，分辨，瞄准，扣动扳机——

"砰！"蓝色电弧猝然弹出，两个电极打着旋儿，闪电般钩住尸体的上半身，"刺啦"一声，释放出电脉冲！

电光闪烁的刹那，蓦地照亮了尸体的面庞。

周姣的面色瞬间一变——

那是一个完全失去人类特征的头颅，面部被掏空了似的，只剩下一个空荡荡的肉壳，里面塞满了密集而肿胀的绿藻。

不知是否她的错觉，那些绿藻正近乎谄媚地环绕着一条紫黑色的"蛇"。

那条"蛇"没有鳞片，没有眼睛，也没有口腔，周姣却感觉，它正在对她发出躁动的"嗡嗡"声。那声音是如此诡异，任何一种已知的生物都不可能发出这样的声音，令人毛骨悚然。

她无法形容那一刹那自己心中的战栗感，既像是人面对无法理解的事物时，因头脑过于混乱而产生的幻听，又像是面对压倒性的自然灾害，因无力逃跑而生出的恐惧。

就像是闪电照彻天地，她打了个冷战，突然明白了自己面对江涟的反应更像是什么——不像心动，更像是恐惧，从未感受过的恐惧。

周姣的后背倏地渗出一层冷汗。

她知道自己的猜测多半是真的，江涟寄生前后对她的态度就是最好的证明——他被寄生之前，她的身体也没有这些古怪的反应。

难道，当时特勤人员从他身体里取出的那条变异种蠕虫只是一个幌子？好让他们以为，他体内的污染源已经被清除了？

周姣不敢再想下去，也没时间再想下去——尸体被泰瑟枪的飞镖钩缠住，暂时无法动弹，她必须尽快逃走。

问题是，她要不要带江涟一起走？

假如江涟没有被寄生，她不带他离开，岂不是放任他在这里等死？

这不符合规定。周姣抿紧嘴唇，犹豫不定。

与此同时，虽然尸体没有继续前进，那条"蛇"发出的"嗡嗡"声却越来越阴冷，越来越癫狂，让她背脊发凉，遍体生寒。

很明显，她再不做决定，就永远没机会做决定了。

算了，疑罪从无，下定决心后，周姣把所有的猜测都抛至脑后，按下消毒室的开门键。

伴随着气压释放的声响，金属气密门缓缓开启。

令她吃惊的是，江涟正站在气密门的后面，简直像一直站在那儿等她开门一样。

不知是否心理作用，她与江涟面对面的一刹那，她的后颈陡然蹿起一股寒意。

她心跳加剧，呼吸困难，喉咙发紧，手心渗出滑腻的冷汗。她像被毒蛇盯上的猎物一般，全身上下的汗毛一根一根地竖了起来，她手脚发僵，一动也不敢动。

不知道她之前怎么想的，居然觉得这种感觉是对他有好感。

黑暗中，尸体似乎挣脱了电极飞镖，摇摇晃晃地朝他们走来。黏液的滴落声回荡在黑黢黢的实验室里，让人想要转身就跑。

但她跑不了——她双腿又僵又麻，动不了了。

周姣觉得自己可能疯了，在这种进退维谷的情况下，她居然感受到了一丝前所未有的兴奋。

她的生活太平静了。早些年，她还能靠解剖变异的尸体体会恐惧的情绪，但感官具有边际递减效应，时间一久，她看那些尸体就像看冷冻的生肉一样，再也没有心惊肉跳的感觉。

江涟的身上虽然笼罩着一层又一层的迷雾，但他确确实实给了她从未有过的刺激感。

就在这时，周姣忽然发现自己的手脚能动了。

一时间，她的脑中闪过数十个想法，每一个都充斥着不祥的气息。

最后她听凭直觉，按下消毒室的关门键，仰头对江涟说"待在里面，不要出来"，然后果断地扭头就跑。

她怎么可能不跑？生物求生的本能在疯狂地叫嚣着危险，她再看不出来江涟有问题，就是脑子有问题了。喜欢刺激不代表她愿意为了刺激去死！

她不知道寄生在江涟体内的是什么东西，但能伪装成正常人那么久，绝对不是一般的变异种——据她所知，大部分高等变异种都不具备人类的思考能力。

江涟很有可能是他们从未见过的 X 变异种。

周姣不敢回头，竭尽全力地朝谢越泽的方向跑去。

前方一片漆黑，看不见任何物体。未知的黑暗令人感到生理性的恐惧，恐惧激发人的想象力——于是，明明什么都没有看见，周姣却莫名其妙地觉得有无数双眼睛在黑暗中直勾勾地盯着自己。

好在她对实验室十分熟悉，摸黑也不耽误逃跑。这要是一个陌生的地方，摸黑之前，她可能会先被自己的想象吓死。

不知是否周姣的错觉，跑到一半，她忽然感受到了一道冰冷的吐息，如影随形，若有若无地喷洒在她的后颈上。

她不由得头皮发麻。

要尽快找到谢越泽，这并不是因为她认为谢越泽有能力帮他们摆脱眼前的局面，而是生物遇到危险时的天性——与同类会合的天性。

这个想法刚从她的脑中闪过，她的手腕就被一只冷得吓人的手握住了。

周姣一个激灵，差点儿尖叫出声。幸好她的求生欲够强，硬生生地将惊惧的叫声咽了下去。

"谢越泽？"

对方顿了几秒："是我。"

周姣松了一口气："可算找到你了。"

谢越泽似乎在打量她，没有说话。

他离她很近，冰冷的吐息像针一样刺扎在她的脸上，激起一阵令人不安的麻痒。

等等，冰冷的吐息？

周姣呼吸一窒，胸腔内的心脏重重地跳了两下。她不动声色地背过一只手，手掌一翻，一把锋利的手术刀出现在掌心里。

周姣攥着手术刀，轻轻地问："谢越泽，你怎么不说话？"

她每说一个字，身体就紧绷一分，如拉满的弓一般蓄势待发。只要谢越泽接下来的话让她感到不对劲，这把刀就会毫不犹豫地捅向他。

谢越泽的动作却出乎她的意料。

只听窸窣的衣料摩擦声响起，紧接着"咔嚓"一声响，橘红色的火光照亮了他们近在咫尺的面庞——谢越泽打燃了打火机。

周姣对上他的视线，微微一怔，对方的确是谢越泽本人。

不过她并没有收起刀，而是继续问道："刚刚是你在跟着我？"

她语气很冷，攻击性很强，谢越泽却没有生气，慢慢点头："是。"

"你跟着我干什么？"

谢越泽思考片刻，缓缓地说："我想知道，你还是不是周姣。"

"什么意思？"周姣问。

谢越泽说："高级变异种有寄生的能力，我不相信它只寄生尸体，不寄生活人。"

周姣的脸色有些古怪："它的确不会只寄生尸体。"

谢越泽顿了顿："怎么说？"

周姣把自己的猜测说了出来："江涟也被寄生了，而且我怀疑，他被寄生的时间比那具尸体更长，甚至，尸体之所以被寄生，就是因为他。"

谢越泽安静了几秒，冷不丁地伸出手，捏住她的下巴，借着火光仔细端详她的面庞："你是因为他被寄生，才没有向他求助？"

周姣一愣，蹙眉："什么？"

火光照在谢越泽的脸上，却没有给他的五官增添半分温暖的色彩。相反，他的眉骨、鼻梁、唇角像被罩上了一层阴森的暗影似的，呈现出扭曲而恐怖的割裂之态。

谢越泽就这样目不转睛地盯着她："电梯门打开的时候，我看到你们的嘴唇贴在一起。他就像我这样，握着你的下巴，接收你的气味信息。你们的关系如此亲密，为什么你不向他求助，反而向我这个'外人'求助？"

周姣觉得他的用词古怪极了："我没有向你求助。"

"你有。"谢越泽面容僵冷，手指稍稍用力，像是在提醒她看向他，"你遇到危险的第一反应就是来找我——你喜欢我？崇拜我？还是说，你也想跟我嘴唇贴在一起？"

周姣听完，很想给他一巴掌。但很快她就察觉到了不对劲。

首先，正常情况下，谢越泽不会问这种冒犯的问题。

其次，谢越泽不会把"吻"说成"嘴唇贴在一起"和"接收你的气味信息"，虽然后者更能激起她的羞耻心，但她并不觉得一个心智健全的成年人会为了让她感到羞耻而选择这么尴尬的说法。只有对接吻一窍不通的变异种，才会这样形容"吻"。

最后，火光出卖了他。

明明问的问题都与自己有关，他的神情却逐渐变得阴冷而僵硬，充斥着令人毛骨悚然的非人感，他问到最后一句话时，喉结更是控制不住地滚动了一下，吞咽了一口唾液，像是在回味什么。

会盯着她露出回味表情的人只有一个——江涟。

只有他会这么变态。

当然，她现在确定他是"它"了。

周姣忍不住笑了起来，伸手握住"谢越泽"拿打火机的手，大拇指轻轻地摩挲他按在滑轮上的手指，轻声说："是啊，我想跟你'嘴唇贴在一起'。"

"谢越泽"的面上闪过一丝诡异的痉挛，他眼珠转动，望向她的大拇指："为什么？"

周姣也想知道，为什么他那么在意她想不想跟谢越泽接吻，她跟谁接吻，关他什么事？

见她迟迟不答话，"谢越泽"的面容越发僵硬，他捏着她下巴的力道加重："回答我。"

打火机的火焰晃动起来。他看上去就像一具刚被搭好的骨架，随时会因为过于激动而轰然倒塌。

周姣深知自己应该感到恐惧。她对"谢越泽"一无所知——他是什么，来自哪里，究竟是不是变异种，会不会杀了她？

假如他打算杀了她，她要怎样才能逃出生天？

可对上他冰冷的目光后，她唯一能感受到的竟然只有兴奋。

她的生活太平静了，平静到无趣。她每天最大的烦恼就是上班穿什么、外卖吃什么、购物节打折力度大不大、怎样才能凑到合适的满减。

她没有告诉任何人，第一次用手术刀剖开变异种时，她浑身颤抖并不是因为害怕，而是因为兴奋。

但随着时间的流逝，这点儿兴奋很快就消失不见了。解剖变异种变成了跟点外卖一样稀松平常的事情。

像她这样的人，本该跟以前的江涟一样，成为"重点监管对象"。幸运的是，她有一对明辨是非的父母。他们在世的时候，总是教育她要当一个好人。所以，尽管她感情淡薄，分不清善与恶的界限，兴奋与刺激对她来说就像生肉之于野兽一般诱人，她却永远不会碰让父母失望的东西。

然而，眼前这个"变异种"除外。

他不是人，没有感情，也没有道德，游离于善恶和人类的社会规则之外。最重要的是，他会说人类的语言，行为却完全不具备人类的特征，是一头真正的怪物。

他会伤害她，但她也可以伤害回去，并且不受法律和道德的限制。从某种程度上来说，他是她目前能找到的最好的"玩伴"。

她要刺激，还是要安全？

周姣压抑住内心躁动的兴奋，微微仰头，朝他露出一个微笑，眼尾上挑，娇媚而又恶劣。

"当然是因为我喜欢你。"她说，"你温和、体贴、有礼貌，不会说一些奇怪的话来冒犯我，我为什么不喜欢你？"

"谢越泽"转动眼珠，冰冷而黏腻的视线回到她的脸上。

周姣抬手搂住他的脖子。他僵了一下。

周姣有些好奇地凑近他，果然她离他越近，他越僵硬，面容的割裂感也越发严重，似乎她再靠近他一些，他就会"砰"的一声碎裂开来。

结合他之前的反应，周姣若有所思。

她好像发现了一些……很有趣的事情。

"谢越泽"没有意识到自己不小心暴露了弱点，冷冷地说："我不值得你喜欢。"

周姣挑眉："怎么说？"

"谢越泽"说："我不信你看不出来，我身体孱弱，智力一般，生殖能力低下。如果你跟我结合，最多只能繁育两个后代。"

周姣慢慢敛去笑意："你还想让我生俩？谢谢了啊，我一个也不想生。"

"谢越泽"眉头微皱："你为什么觉得我会让你繁育后代？你的身体更加孱弱，别说两个后代，一个后代都会给你的身体造成不可逆的损伤。"他顿了一下，平静地说道，"当然是我生。"

周姣：等等，为什么开始讨论生育问题了？

"别生来生去了，"周姣冷冷地说，"你到底想说什么？"

"我不值得你喜欢。"他盯着她，缓缓说道，眼里透出一股不达目的不罢休的偏执，"我甚至不能帮你摆脱危险。"

"那你想让我喜欢谁，谁又能帮我摆脱危险？"

"谢越泽"不答话。

周姣琢磨了一下，大概明白了他的意思——这东西绕了这么大一圈，又是变异尸体，又是寄生谢越泽，居然只是为了让她不要喜欢谢越泽。

什么情况？

假如他是人，她会认为他这么做是因为喜欢她，但他不是。那他究竟想干什么？

周姣垂下眼睫，仔细地把他们的对话复盘了一遍，回到了他问她的第一句话——

"你是因为他被寄生，才没有向他求助？"

她明白了。他只是单纯地认为谢越泽弱，她不应该绕过他这个强者，向一个弱者求助，所以才会在她的面前全方位地贬低谢越泽的能力，连生殖能力都没有放过。

琢磨清楚之后，她再次朝他露出一个微笑："你知道我为什么喜欢谢越泽吗？"

"谢越泽"的视线下移，落在她的唇上。他没有注意到她的称呼发生了变化。

"因为他是一个活生生的人，而你扮作人时僵硬、虚伪、造作。"周姣伸手按住他的后脑勺儿，另一只手攥紧手术刀，"正常人遇到危险时，都会选择同类，而不是一个怪物——"

"谢越泽"的头如人偶般猛地向后一转，角度大到让人觉得恐怖，似乎觉察到不对，他想要挣开她的手掌。

周姣却一把抓住他的头发，仰头吻了上去，伸出舌尖，主动濡湿了他的唇缝。

"谢越泽"动作一僵，喉结一动，下意识地贴着她的唇吞咽了起来。

与此同时，周姣手上寒光一闪，狠狠地朝他的后脑勺儿捅了过去。

然而什么都没有发生，手术刀仿佛陷入了黏稠的沼泽，拔不出来，也捅不下去。

周姣当机立断，用力推开"谢越泽"的头，夺过他的打火机，后退三步。

"咔嚓"一声，打火机蹿起火舌，眼前的一幕令她倒吸一口凉气。

她之所以没能把手术刀捅进"谢越泽"的脑袋，是因为他的后脑勺儿倏地裂开了一条鲜红的缝隙，两条紫黑色的触足猛然钻出，带着令人心底发痒的黏腻声响裹住了那把手术刀。

几乎不到十分之一秒的时间，那把刀便被腐蚀殆尽。

她第一次见到这样的变异种。

变异种刚刚爆发时，她参与过救援行动，大部分变异种都是从实验室里逃出来的。实验生物怎么可能有这么强大的能力？

江涟很可能不是变异种，而是某种她闻所未闻的怪物。

"谢越泽"站起来，后脑勺儿的裂隙合拢，他的面容仍然充满了僵硬的割裂感，眼神却透出一丝困惑。他说："你不该攻击我。"

周姣对他的话充耳不闻，左右张望，寻找逃跑的路线。

可惜，周围一片漆黑，如同夜晚的大海，无边无际，充斥着让人恐惧的压迫感。

就在这时，前方突然传来脚步声，隐约有蓝光闪烁。黑暗中，人会朝有光的地方跑去，这是一种本能。

跑到一半，周姣才猛地反应过来——黑暗、光亮，她简直像一些靠趋光性捕猎的掠食者。

她顿时汗毛倒竖，转头往反方向跑去，脚却往下一陷。她打燃打火机一看，地上居然挤满了蠕动的湿黏的肉质触足。

冰冷的触感，犹如某种冷血动物，触足沿着她的脚踝缓缓往上爬。

周姣心底发凉，耳边全是触足发出的令人眩晕的"嗡嗡"声。

人类的听觉器官完全无法承受这样的低频声，周姣立刻神志恍惚起来。她狠狠地咬了一下舌尖，才勉强回过神儿来。

尽管听不懂那些触足在说什么，但她能感受到它们兴奋到癫狂的情绪，那是一种人类绝不可能拥有的、令人毛骨悚然的狂喜之情。

周姣不禁打了个冷战，一股寒意从尾椎骨猛地蹿起，她一点儿也不想知道这些东西在狂喜什么。

她感到自己的意识在逐渐涣散，完全是凭着生物对抗危险的本能，用尽最后一丝力气挣扎起来。

下一秒钟，一条滑腻的触足抵住她的下颌，强制她抬头望向前方。

江涟站在她的面前，身穿及膝白大褂，金丝细框眼镜后的目光冷静而阴沉，气质一如既往的清冷洁净——如果他身后没有蠢蠢欲动的触足的话。

他说："你应该向我求助。"

周姣想：滚。

她奋力一扭头，却对上了"谢越泽"的面庞。他一动不动地盯着她，俊秀的脸庞微微扭曲，嗓音阴冷："'我'不值得你求助。"

滚啊！

周姣紧抿着唇，猛地往旁边一踹，却踹到了一个冰冷僵硬的东西，是那具面部被掏空的尸体。

明明它的眼睛、鼻子、嘴巴都被掏空了，只剩下密密麻麻的绿藻，她却能感受到它的视线，听见它嘶哑的声音。它的呼吸比冰还冷，喷洒在她的耳边，激起她一阵生理性的战栗："向我们求助，成为我们的一部分。"

"我们会庇佑你。"

很明显，成为它们的一部分，她只有一个结局——死。

周姣差点儿被气笑了：左右都是死，我还要你的庇佑干吗——投胎的时候可以比别人多一对爹妈吗？

她转过头，直直地望向江涟，眼里燃烧着怒火："你想都别想。"

江涟也在看她。

他对人类的美丑没有概念，人类在他的眼中不过是行走的肉块，散发着新鲜或腐败的气味。就连周姣，在他的眼中也不过是一个气味异常甜腻的肉块。

但是，与她的嘴唇相互接触以后，他冷不防地看清了她的唇，两瓣，红润，触感温热而滑腻，明明温度不高，却像火焰一样滚烫。

他回想起那种感觉，钳住她下颌的触足不禁凸出几根很粗的血管，看上去就像兴奋到发红一样，触足表面也变得湿滑至极。

周姣就像沾到了一手黏稠的胶水，怎么也甩不掉，黏得她头皮发麻。

但不可否认的是，眼前的生物恐怖而美丽，非常……吸引她。

江涟的皮囊自用不说，鼻梁高挺，轮廓分明，双眼细而长，下颌线十分清晰，流畅而凌厉，即使四面八方全是狰狞蠕动的触足，整个人也显得冷峻而优雅。

至于周围的触足，尽管第一眼看上去如此恐怖，如此可怕，令人脊髓发凉，在蠕动的时候，这些触足表面的薄膜却会散射出荧蓝色的光点，如同幽幽闪光的夜光藻一般，倏忽涌现，又倏忽消逝，仿佛只存在于幻想中的生物，美，却致命。

周姣看着箍住自己手脚的触足，内心涌动着一股古怪的、莫名其妙的情绪——有愤怒，有恐惧，但更多的似乎是……隐秘的兴奋。

就在这时，她下巴一痛，触足把她的两颊箍得更紧了。

她看见江涟低下头，将脸凑到她的面前，与她鼻尖顶着鼻尖，狂乱地嗅了一口气。

周姣："你……"

江涟说："你在兴奋，因为我。"

他盯着她，眼中是隐晦的欲望，这种欲望密不透风地将她包围，令她窒息："你想成为我的一部分，为什么不答应我？"

"我不想。"周姣一字一顿地说，"没人想成为怪物的一部分。"

"你想。"江涟说着，将鼻子伸到她的唇间，用力地嗅了一下，"我能闻到你的情绪。"

说着，他突然张开口，一条紫黑色的触足猝然伸了出来："你不信的话，我还能闻得更深一些。"话音落下，他就要强行捏开她的上下颌，似乎想让触足钻进她的胃里嗅闻一番。

"够了！"周姣打了个哆嗦，咬牙说，"我的确很兴奋，但不是因为想成为你的一部分。"

江涟没有说话。

她情绪激动的时候，果然是最香的，他很想，很想……把嘴唇贴上去？不，不够。寄生她，永远留住她的气味？也不行。寄生虽然能让她心甘情愿地依附他、被他享用，但会让她的气味发生变化。

而且，比起无休止的、不能解渴的嗅闻，他更想吃她的唾液，重温那种舌根被香到发麻的感觉。

江涟想了想，一只手捏住她的下巴，另一手扣住她的后脑勺儿。

他居高临下，触足犹如充满剧毒的海蛇般一闪，想要刺入她的口中。

电光石火间，周姣迅速拔出泰瑟枪，对准江涟的头部扣下扳机——"砰! 砰! 砰! 砰! "泰瑟枪连续射出四道闪着蓝光的电弧，每一道电弧都直击江涟的致命部位，如果他是个人类的话，已经被电得瘫倒在地了。

然而，江涟的神色毫无变化。他侧过头，喉结一动，收回口中的触足，取下缠绕在金丝细框眼镜、鼻梁、颈骨上的电弧，随手扔到一边。

"你不仅错误地对我发起了攻击，"他说，"而且选择了错误的武器。电不会对我造成任何伤害。"

周姣冷冷地说："那什么才是正确的? 躺着不动，让你给我做胃镜吗? "

江涟盯着周姣，没有说话。

周姣越反抗，身上的气味越甜腻。

他有一万种办法压制她，迫使她张开口，但离她越近，他的失控感越强。他怕控制不住欲望，把她撕扯成碎片。

这是一种非常古怪的感觉，他一直看不起周姣，认为她不配成为自己食物链中的一环，此刻她不过是朝他射出四道电弧，他就感受到了……难以言喻的暴怒——她是如此渺小、脆弱、不堪一击，这种程度的电流都能被她视为防身的武器。

他愿意庇佑她，她应该感到荣幸才对。

周姣眉头紧蹙，想要后退，但地上是密密麻麻的触足，她只能被迫站在原地，警惕地看着江涟。

"你在想什么? "她保持着举起泰瑟枪的姿势，一字一顿地问。

"我在想……"江涟居高临下地看着周姣，缓缓说道，"我要不要杀了你，你让我烦躁极了。"

他这么说着，头却离她越来越近。像被某种恐怖的吸引力牵引一般，他一动不动地盯着她，头直直地垂下来，脸庞几乎贴在她的脸上。

这本该是一个旖旎的画面：男人的侧脸线条冷峻而锋利，她戴着一副金丝细框眼镜，肤色苍白，如玻璃器皿般洁净，却垂下头与她呼吸交缠——如果他的皮肤底下没有触足在剧烈蠕动的话。

就在这时，更加恐怖的事情发生了：江涟挺直的鼻梁突然从中间裂开，如同张开血盆大口的食人花，向外伸展开数十条紫黑色的触足，猛地钳制住周姣的颈项。

顶级掠食者终于暴露出让人惊悚的真容。江涟没有说谎，他是真的想要杀死她。他动了杀意，"谢越泽"和变异尸体也失控了。

周姣觉得自己被汹涌而厚重的寒意包围了，生命力在迅速流逝，她艰难地转头一看，原来自己的手脚被"谢越泽"和变异尸体的触足缠住了。

它们的智力不如主体，自控力也不如主体，刚一缠住她的手脚，就开始冷酷而贪婪地汲取她的生命力。

很快，她的手脚就变得冰凉而僵硬，失去了知觉。

江涟没有注意到周姣惨白的面色，事实上，他也没有注意到自己的异样。

一开始，他的确想要杀死她。可是，她太香了，一闻到那种甜得发腻的气味，他从头顶到神经末梢都像过电似的发麻，心神全被她的气味占据。

他甚至不知道自己的眼神变得多么癫狂，似乎从这一刻起，活着只剩下一个念头——嗅闻嗅闻嗅闻，标记标记标记，嗅闻眼前的人，给她打上自己的记号。

这是他的所有物，只有他能嗅闻，也只有他能标记。

除非他抛弃她，否则其他生物都不允许看她、闻她、靠近她，在她附近留下自己的信息素。

不知过去了多久，空气逐渐变得稀薄。

周姣有些缺氧，想要大口呼吸，但不管她吸入多少空气，都会被触足毫不留情地掠夺一空。

她感到越发难受，比溺水窒息还要痛苦。

周姣从来没有离死亡这么近，胸腔火辣辣的，她的脑子似乎变成了一张纸，意识是墨迹未干的字，在水的浸渍下，逐渐变得漫漶。

她在哪里？她怎么了？她要被江涟……杀死了。

她的生命力还在流逝，意识越来越模糊，手脚冷得几近僵硬。

她明明还活着，却已经沦为了一具任人宰割的躯体。在压倒性的力量面前，她没有任何还手之力。

就在这时，她的手指突然传来剧痛。因为过于疼痛，她浑身一个激灵，额头渗出冷汗，骤然清醒过来。

她勉强抬起那只手，手指如同被什么吸干了一般，显现出一种可怖的枯黄干瘪状态。

连江涟的傀儡都能随意宰割她。

不甘的怒火从她的胸中升起，她不能任人宰割，她要活着。

她要怎么做？她要反击。

周姣倏地攥紧拳头，枯黄干瘪的手指传来锥心的疼痛，使她的双眼变得前所未有的清明。

江涟快要溺死在她的气味里。他整个人似乎被一分为二，一方面对周姣极度蔑视，另一方面却古怪地迷恋她的气味。

汗液、血液、唾液、泪液……只要是带着她气味的东西，他都恨不得回味一遍又一遍。

如果他是男人，她是女人，那么他一定是最狂热和最卑微的情人。

可惜他是怪物，她是人类。

江涟死死地盯着周姣。他的金丝细框眼镜早已被电弧击碎，只剩下镜框和碎片，他眼中的欲望狂暴地翻涌。

假如不是周姣意志力超于常人，她已经死在他的手上了。

但是，不够。

触足表面的薄膜具有拟态和生物发光的功能，当外部皮肤进入伪装和防御状态时，甚至无法被检测到热量和电磁场；同时，触足具有极强的抵抗力，既不受温度和压强变化的影响，也不会被枪弹或电击伤害，不过也因此牺牲了一部分的感官。

他要撤下这层薄膜，进一步去嗅闻她吗？她值得他冒这么大的风险吗？

江涟没有思考太久。几乎是立刻，触足的薄膜便被他撤了下去，露出银白色的本体。

如果这时候，周姣能睁开眼睛，就会发现这条触足变得脆弱至极，如同剥了壳的鸡蛋般丝滑，很轻易就能留下咬痕。

但她睁不开眼，她觉得自己在液化，眼前似乎有瀑布在倾泻。

过了很久她才意识到，那并不是瀑布，而是她急速消逝的生命力。

她真的快要死了。

人要怎样才能对抗怪物？

人从水下来到陆地，从树上来到树下，从四肢着地到直立行走，从茹毛饮血到第一次钻木取火。她的体内流淌着先祖的血脉，她的基因承载着最精密的答案——不可能再从遗传、概率、环境、变异和进化的公式中生出另一种人类。

既然她这么完美，为什么她不能对抗怪物？

她不想死，她不能死。

周姣猛然睁开双眼。

她的面庞已是濒死的颜色，但她的下颌骨忽然从面颊上凸了起来，她的两颌骤然发力，狠狠咬住了江涟的触足。

江涟的瞳孔倏地一缩，他想要抽出触足。

但下一秒钟，周姣伸手死死地按住了他的脖颈。

她的掌心像是带着万伏电流，明明他对电流毫不畏惧——对他而言，这跟被马蜂蜇一下没什么区别——然而这一刻，他居然觉得被她碰过的地方，每一个细胞都在发热、发麻，疯狂地一张一合。

周姣的主动触碰，令他浑身上下都欣喜若狂。

但很快，江涟就僵住了——周姣咬断他的触足，吞了下去。

这不是什么大事，触足断了也是他身体的一部分，随时可以回到他的身上。

问题是，一旦他的触足进入另一个生物的体内，那个生物就会被污染，跟被寄生没什么区别。

周姣的气味会被他的触足改变，跟从前大相径庭。他永远失去了这种特殊的气味。

江涟缓缓地站了起来。

攀附在周姣脸上和实验室内部的触足，闪电般缩回了他脸上的裂隙。

顷刻间，他的面庞便恢复正常，神色冷漠，不带一丝一毫的感情。

没了眼镜的遮挡，他双眼的非人感更加严重，呈现出一种完全脱离人类社会的漠然，因为与人无关，甚至让人难以感到恐惧，只会让人感到陌生和怪异。

他看也没看周姣一眼，转过身往外走去。

变异尸体想跟他一起离开，江涟眼也没抬，打了个响指，隔空挤爆了它的头颅。

他本想把"谢越泽"也杀了，但顿了片刻，只抽走了"谢越泽"体内的触足。

短时间内，他不想再闻人类的气味——令他恶心。

周姣做了·个非常痛苦的梦。

她好像在濒死的边缘徘徊，呼吸困难。只要她张口吸气，鲜血就会像泉涌一般从舌根底下喷涌出来。

她的精神在凋零，她的肉体在衰亡，她没有办法阻止。

周姣努力呼吸，努力挣扎，想要抓住遥远水面上的一根浮木。她甚至回忆了一遍自己的人生，想要找出一点儿遗憾，激发体内的求生欲。可惜，她似乎没什么遗憾。她一直都……无欲无求。

冰冷、麻木、窒息、回光返照的剧烈喘息，意识被灌了铅般沉重……她似乎变成了某种软体动物，只知道缠绕以及等待指令。因为她不是独立的个体，而是某一生物的附属品。

附属品？想都别想！

仿佛骤然浮出水面，周姣脸上全是淋漓的冷汗，她竭尽全力地呼吸、呼吸、再呼吸，凋零的精神再次绽放，衰亡的肉体重新复苏。

她绝不是怪物的附属品。

周姣猛地睁开双眼，彻底清醒了过来。

她发着抖低头一看，所有的伤痕都不见了，包括那根被吸食得枯黄干瘪的手指。昨晚发生的一切，似乎只是一个噩梦。

但她知道不是。

周姣深吸一口气，站起身，跨过地上昏迷不醒的谢越泽，拿起一把手术刀。

她面色不变，看上去十分冷静，甚至有条不紊地给手术刀消了个毒。

周姣手持手术刀，重重地朝自己的手臂划去——伤口出现，然而眨眼间便愈合了，只剩下一道浅浅的白痕。她吞下江涟的触足后，身体发生了异变，或许不是异变，而是别的什么。

周姣冷冷一笑，扔掉手术刀。

不管她发生了怎样的变化，她都会杀死江涟，把昨晚遭受的痛苦千倍万倍地还给他。

一般来说，人类被高等变异种寄生后，会进入二到四个小时的胚胎期。

在此期间，宿主的肚子会像怀孕似的鼓胀起来，但并不会"分娩"，也不会像电影里演的那样，有变异种破体而出，而是逐渐被异化成高等变异种的同类。

周姣不知道自己是被江涟寄生了，还是基因突变，成了一个全新的物种。她需要时间来观察自己，不过，观察的前提是不能让特殊案件管理局知道这一切。

特殊案件管理局虽然明面上是中立的国际组织，但人人都知道，真正掌管特殊案件管理局的，是世界三大巨头公司之一——生物科技。

生物科技对待变异种只有两个办法，一是解剖归类用作研究，二是集中灭杀。

周姣并不想知道自己的下场是哪一个。

她顶着突如其来的饥饿感，简单地收拾了一下实验室，然后打开控制台的摄像头，隐瞒江涟的存在，冷静地描述了一遍昨晚的尸变意外，最后把昏迷不醒的谢越泽扛到了休息室。

做完这一切，周姣点开监控记录。不知是否江涟的缘故，昨晚发生的一切没有留下任何影像记录，也不知道是好事还是坏事。

周姣脱下白大褂和橡胶手套，扔进焚烧炉里烧毁，离开了特殊案件管理局。

外面还在下雨，溟蒙的小雨。可能是她的错觉，她总觉得沾了濡湿的雨气后，身上的异变进程似乎加快了。

手指开始变得有黏性。

视力变得更好。

听力变得极为敏锐——马路对面，有两个人在吵架，其中一个人愤怒而粗重的鼻息她都听得十分清楚。

路过便利店时，她闻到了快餐的香气，没忍住，进去买了几盒快餐，想到碳酸饮料可以顶饿，她又拿了一瓶可乐。

结账的时候，店员见她面色潮红，头发汗湿，身上散发出一股消毒液的气味，还以为她刚从医院出来，贴心地问她要不要吃药，店里有现成的热水。

周姣摇头，婉拒了店员的好意，提着袋子回到了自己的公寓。

几乎是关上房门的那一刻，她脑子里那一根象征着理智的弦就绷断了，她一把掀开快餐的塑料盖子，大口吞吃了起来。

一盒下去完全没有饱腹感，她甚至不知道自己在吃什么，吃完后才发现是红烧牛肉盖饭，货架上最廉价的合成食物，所谓的"牛肉"，其实是实验室的人造肉，口感极差，但现在她管不了那么多了。

两盒、三盒、四盒……周姣一口气吃了五盒快餐，还是很饿。

她顿了顿，又拧开可乐的盖子，仰头一饮而尽。谁知，一瓶下去不仅不顶饿，她连个嗝儿都没打。

周姣捏紧可乐的瓶子，有那么一瞬间，她想把害她到这个地步的江涟给活吃了。

她深深吸了一口气，平定了一下激烈的情绪，丢掉空餐盒，强忍住下楼把便利店搬空的冲动，快速冲了个澡，打算用睡眠对抗焦灼的饥饿感。

"丁零丁零——

"丁零丁零——"

凌晨 2 点钟，周姣被电话铃声吵醒了。

她睡得很不好，总觉得有什么东西在身上缠来绕去，触感冰冷而黏滑，令她极为不适，她想睁眼看看是什么，眼皮却像被粘住了一样，怎么也睁不开。

明明从早晨睡到了午夜，她却像连熬了两个通宵般困倦。

电话铃声还在响。

"丁零丁零——

"丁零丁零——"

她没有设置铃声的习惯，来电铃声是厂商的默认铃声，两个音循环播放，旋律原始而机械，在午夜显得格外尖锐、呆板而又瘆人。

周姣像陶罐里的章鱼一样不情不愿地伸出一只手，拿起床头的平板电脑，按下接听键。

平板电脑连接着公寓的智能家居系统，几乎是立刻，冷漠的电子合成音就在卧室内响了起来："姓名：周姣。

"员工编号：TSZ20492077。

"2076年12月4日凌晨3点45分，你与谢越泽——员工编号TSX20492019，利用高级员工生物密钥非法登录生物科技的内部网络，下载并泄露机密文件。这一行为违反了《经济间谍法》和《保护商业秘密法》，这一行为严重侵害了生物科技公司的合法利益，涉嫌构成侵犯商业秘密罪……请立即开门，配合我们的调查工作。"

周姣一个激灵，彻底醒了过来。

与此同时，外面传来"嘭、嘭、嘭"的匀速敲门声，一个冷冰冰的声音响起："周姣，在不在？"

周姣没有搭理外面的人的问话，强迫自己冷静下来，把眼前发生的事情迅速捋了一遍。

谢越泽用高级员工的生物密钥登录了生物科技的内网，下载并传播了机密资料——这一点她并不怎么惊讶，因为昨天晚上，谢越泽根本没必要去特殊案件管理局。

她被认为是谢越泽的从犯——这一点，她也不怎么惊讶。

毕竟，尸体发生异变，迸射出的强酸液腐蚀了地板下的线缆，正好让实验室停电了一晚上，这一切发生得太巧合了，如果她是生物科技的人，也不会相信她是无辜的。

"周姣，在不在？"外面的人还在敲门催促，"在不在？周姣，现在开门还来得及，如果你是被迫的或无辜的，公司绝对会还你一个清白，但你要是顽抗到底，拒不开门，公司有权力破门而入，强制将你带走审讯！

"开门，周姣！"

周姣不知道自己该不该开门。

假如她没有吞下江涟的触足，最优解当然是开门，配合生物科技的调查。

毕竟这里是屿城，是生物科技的地盘，在这里，像生物科技这样的大公司甚至拥有执法权。

但她还没有弄清楚身体的变化，配合调查的结果很有可能是：虽然洗清了窃取机密的嫌疑，但"荣幸"地成了公司的研究样本。

大概过了一分多钟，随着她犹豫的时间变长，敲门声逐渐变得紧迫起来："嘭嘭嘭！嘭嘭嘭！"

"周姣，在不在？"外面的人的声音也从冷漠严肃，变得诡异和神经质，"在不在？在不在？在不在？"

无法形容的怪异感袭上心头，周姣眉心一跳，只觉得一股寒意从脊椎底部猛地蹿上头皮，她控制不住地打了个冷战。

外面的人的声音为什么变成了这样？发生了什么？

"周姣，在不在？在不在？……"

就在这时，敲门声突然停了下来，神经质的声音也戛然而止，然而两秒钟后，更加诡异的事情发生了——门上传来指甲的抓挠声，外面的人想用指甲把门缝挠开。

伴随着指甲尖厉的刮擦声，那人的声音再度响起："你在吃什么？好香……"

听见这句话，周姣一怔，随即全身上下的汗毛都竖了起来——因为她根本没吃东西。

敲她门的，不是人。

但如果不是人在敲她的门，那是什么东西？除了江涟，还有别的具有人类思维的变异种？敲门者甚至能根据她昨天的经历，编造出她和谢越泽窃取公司机密这种逻辑缜密的谎言？

周姣越想越觉得浑身发冷，强迫自己冷静下来后，又否定了这个猜测。

江涟是她见过的最强大和最恐怖的怪物，对人类的压迫感几乎可以用"浩瀚无尽"来形容，但即使是江涟，也不知道谢越泽昨晚是来窃取公司机密的——当然，极有可能是不屑于知道。因为他过于强大，力量如同天体般巨大，所以对谢越泽的意图完全不感兴趣。

那门外的东西……为什么会知道呢？它又为什么会用这个理由让她开门？

只有一种可能：它说的都是真的。

它确实是生物科技派来的。

很久之前，网上就有过传言，生物科技一直在进行灭绝人性的人体实验，试图让变异种与人类形成共生关系，成为可供他们操控的超级战斗机器，以赢下未来有可能发生的公司战争。

周姣的思绪如闪电般迅疾，很明显，传言是真的。

生物科技很可能已经掌握了人类与变异种共生的办法，但他们并不知道江涟的存在，也不知道她的身体被江涟改造了，所以才在她这里露了馅儿。

想到这里，周姣迅速从床上坐了起来。顾不得还在绞痛的胃，她两三下穿好衣服，打开壁毯后面的保险箱，取出一把微型手枪，利落地上膛。

这把手枪经过改造，虽然还是没办法杀死变异种，但威力强大，应该能给她争取逃跑时间。

同一时刻，敲门声越发急促，简直如骤雨般密集。

"嘭嘭嘭！嘭嘭嘭嘭嘭！"

那东西的声音也越发神经质，透出一股令人毛骨悚然的贪婪和狂热："周姣，在不在？在不在？在不在？我知道你在……你在吃什么？好香好香好香好香好香……求你了，开门，让我闻一下……我不跟你抢……让我闻一下……好香好香好香好香……"

到最后，它只会重复："在不在在不在在不在，开门开门开门，好香好香好香好香……"

周姣当然不可能给它开门。

这幢公寓是特殊案件管理局分配的，46楼，一室一厅，没有厨房。周姣记得厕所的窗户紧邻天台，她只需要踩在窗台上，伸手扣住天台的边沿，借力往上一跃，就能金蝉脱壳。

然而，她一推开窗户就看到了毕生难忘的一幕——楼下被车灯照得亮如白昼，上百名生物科技的安保人员正整齐划一、一动不动地盯着她，因为姿势过于统一，有的安保人员的头和脖子几乎形成了一个诡异的弧度。

她住在46楼，这些人是绝无可能"看"到她的，即使戴着材质特殊的护目镜，也不可能瞬间捕捉到她的身形，只有一种可能：这些人像之前的江涟一样，通过某种气味线索"嗅"到了她的存在。

周姣"砰"地关上窗户，忍不住骂了一句脏话。

江涟那条触足，究竟是把她变成了一个无坚不摧的怪物，还是一个去哪儿都能被闻到的香饽饽？

逃跑是不可能逃跑的，她只能配合生物科技的调查。

午夜时分，天上又下起了阴湿的小雨，细雨如菌丝般密密地坠落下来，整个城市都笼罩在一层幽冷而滑腻的雨雾中。

江涟穿着一身灰白色大衣，两手插兜，行走在轻雾般的雨中。

路过一家歇业的眼镜店时，他盯着橱窗里的金丝眼镜看了片刻，缓缓伸出一只手，穿过玻璃，拿走了那副眼镜——他的手指触及玻璃的那一刹那，构成血肉的分子便瞬间解构为量子，带着极大的势能穿过了玻璃分子之间的微小缝隙。

因为这一切都发生在千分之一秒内，肉眼看上去就像是直接穿过了玻璃一般。

江涟低头，看了看那副金丝眼镜，架在了鼻梁上。

镜片立刻沾上了几丝雨雾，使他的眼神蒙上了一层白色的阴影，却没有给他带去任何污浊之气，反而衬得他更加清冷、洁净。

突然，他用大拇指擦了一下嘴唇，眉头轻轻一皱："什么东西？"

他在街上散步的时候，顺手把身上的触足放了出去，随便它们觅食——除了人类和人类的食物。

但有一条触足违背了他的命令，送了一大堆人类的食物回来——红烧牛肉盖饭、番茄鸡蛋盖饭、卤肉饭，还有600毫升含有大量糖分、防腐剂、香精和色素的碳酸饮料。

它简直是在给他喂垃圾，还喂了很多。

江涟眉头紧皱，大拇指和食指反复摩挲，他很想隔空捏爆那条触足的意识，但沉思片刻，又松开了手指。

因为那条触足送回的食物，散发着一股熟悉的甜香——熟透了的水果一般的甜腻，很像周姣的味道，但又有所不同。这股香气更加甜腻，如同熟得快要烂掉了的果实，果皮下不再是青涩而坚硬的果肉，而是随时会流溢出来的鲜果汁液，比周姣的味道更令他神魂颠倒。

可惜他已经知道，人类的唾液是一种不洁之物。即便是恩爱至极的人类情侣，也没有一方对另一方的唾液痴迷着魔的情况。

周姣的味道已经消失了。

从今天起，他不会再对人类的唾液生出任何低贱的兴趣。

这么想着，他却循着那股跟周姣相似的气味走了过去。

离那股气味越近，他身上的割裂感越严重，冷峻而洁净的身形后面隐隐浮现出一团巨大的、恐怖的、深渊般幽暗湿黏的暗影，如同某种绝非人类可以想象的邪恶生物，缓缓展开了天体般庞大的双翼。

当他走近那股气味的源头时，身上释放出来的可怖威慑力，令周围的一切活物都感到惊惧。

有那么一瞬间，街上的行人和车辆甚至感受到了一股微妙的阻力，似乎有无形的海水漫过，冷冰冰地流过他们的脚踝或车轮。

江涟站在一幢公寓底下，朝顶层投去一个不带任何感情的注视。

那股气味来自这幢公寓的 46 楼……不，40 楼，气味的主人正在下楼。

江涟注意到周围站着不少"人"，他们正直勾勾地盯着公寓的出口，似乎只要气味的主人一出来，它们就会像饥饿到极点的野狗一样扑上去又闻又咬。

江涟看着这一幕，目光毫无波澜，只用大拇指轻擦了一下嘴唇。

他并不打算跟这群低等变异种争抢那股气味——是的，周围全是低等变异种，根据原本的江涟的记忆，这是一种比人类更加低级的生物。

让他跟一群比人类还要低级的生物抢夺人类的气味，简直是比迷恋人类的唾液还要滑稽可笑的事情。

江涟这么想着，正要离开，却冷不防地对上了周姣的面容——气味的主人是她。

她被一个"男人"押着走出了公寓。

那个"男人"戴着黑色护目镜，只露出鼻梁和下颌，全身被包裹在生物科技的安保制服里，尽管他已尽力掩盖变异种的身份，却还是暴露出了非人的特质——"男人"的鼻子正剧烈地抽动着，以一种足以让鼻子痉挛的力道，贪婪而癫狂地嗅闻着她身上的气味。

而她没有任何反抗，如此温顺，如此服从，跟在他面前时判若两人。似乎除了他，谁都可以闻她的气味——包括周围那群即将扑上去的低等变异种。

江涟的表情一下子变得极为狰狞。

一瞬间，周围的温度急剧下降，地上的水洼顷刻间凝结成冰。

"男人"和那群低等变异种连逃跑的想法都还没有生出来，便被一股强大而暴戾的力量碾成了烂泥。

周姣没想到江涟会来。

她趁"男人"发疯似的到处嗅闻气味时，偷偷打开了个人终端的网页，在网上浏览有关"生物科技"的传闻。

一个叫"生物科技什么时候倒闭"的账号引起了她的注意。这个账号从两年前开始就一直在发一些流浪汉的照片，没有任何文字说明，只有一个"点蜡烛"的表情。

周姣保存了几张流浪汉的照片，利用特殊案件管理局的权限检索，发现这些都是屿城的失踪人口，有的甚至已被警方通报死亡。

奇怪的是，这些人从出生到死亡，人生中竟从未出现过生物科技的影子。

这很不正常，因为生物科技是一家巨型垄断公司，除了制药、基因工程和生化芯片外，还涉及医疗、能源、物流、安保和媒体等行业。

没有哪个屿城人能避开"生物科技"这四个字。

当然，你完全可以不用生物科技的产品，毕竟生物科技并不是唯一的巨型垄断公司——除了它，还有两家巨型垄断公司直接或间接地影响着人们的生活。

但你真的可以保证，网上购物时，卖家不会用生物科技的物流发货吗？就算你标注了"不要生物科技的物流"，你能保证运输车的牌子不是生物科技的吗？

就算以上情况你都能完美地避开生物科技，但有一样东西，你无论如何也避不开——生物科技的生化芯片。

现代人的生活早已离不开芯片：身份芯片、信用芯片、视神经芯片、通信芯片……没有芯片，你打不了电话，付不了账单，看不了时间、天气和健康状况，扫不了路边广告牌上的二维码。

而生物科技几乎垄断了生化芯片的专利。

这些流浪汉却连身份芯片都不是生物科技的——太不正常了。

生物科技避嫌到这个地步，就不是避嫌了，而是在向全世界宣告——对，这些流浪汉的死，就是我们生物科技干的，但你没办法定我们的罪，因为他们从来没有用过生物科技的产品，甚至连身份芯片都不是生物科技的。

看来，生物科技暗中进行人体实验的传闻多半属实了。

"生物科技什么时候倒闭"这个账号只更新到了今年6月份。

倒数第二次更新，是在6月1日的6点45分，这是他第一次发布全是文字的博文：

"受不了，周围全是一群怪物！为什么只有我知道那些东西的真面目，你们都瞎了吗？！那人想把全世界的人都变成怪物怪物怪物怪物！你们再这样浑浑噩噩下去，迟早有一天也会变成怪物！我不懂你们为什么不害怕！我每天都怕死了！怕它在□□□里下毒！哈哈哈哈哈，没想到吧，□□发明出来的那一刻，阴谋的齿轮就开始转动了！□□用多了必须打□□□，而□□和□□□都是它的！世界迟早被它统治，哈哈哈哈，大家一起完蛋吧！"

周姣往下翻评论，只有寥寥几条："新的发疯文学？没见过，抄了。"

"什么鬼，原来你是活人啊，我还以为是自动发图程序。"

"□□和□□□是什么？都2076年了，谜语人能不能滚出地球？"

7点整，"生物科技什么时候倒闭"发布了最后一条博文："我找到让生物科技倒闭的办法了。神明降临以后，一切都会终结。"

这一回，他附上了图片，但图片被平台屏蔽了。

相较于上一条博文的寥寥几条评论，这一条博文足有五千条评论，周姣刚要点开评论区，脸颊突然一热，一股散发着浓重腥锈味的液体飞溅到她的脸上。

她伸手一抹，是变异种特有的蓝色血液——四周的变异种，也就是生物科技的安保人员，不知怎么回事，竟然全死了。

她迷茫地抬头一望，看到了一个让她意想不到的身影。

江涟站在不远处，一身灰白色大衣，身材修长而笔直，整个人显得冰冷而美丽——如果不看他阴冷到让人觉得恐怖的表情的话。

周姣不知道说什么好。

她原本打算将计就计，去生物科技的大厦内部看看究竟发生了什么，江涟一来，完全打乱了她的计划。

她有种直觉，江涟的出现——或者说，他身体里那个怪物的出现，跟那个叫"生物科技什么时候倒闭"的账号有关。

但想要知道那个账号的主人到底经历了什么，最后一次发图为什么被屏蔽，她就必须进入生物科技的大厦内部。

然而，能带她去生物科技公司内部的"人"全都死光了。

周姣的眼角微微抽动——不对，还有一个"人"没死。

周姣眯起眼，望向江涟。

他也在看她，他似乎想到了什么，眼底血丝密布，冷峻的脸庞有些扭曲，神情比之前任何一次都要森寒可怖。

是了，江涟可以带她去生物科技的大厦内部，而且没人能阻拦。

想到这里，周姣朝江涟露出一个微笑，眼尾上挑，娇媚而恶劣，跟她之前发现江涟可以当她的玩伴时的表情一模一样。

江涟的眼神仍然冰冷，却往下一移，停留在了她的唇上。

周姣被他看得背脊一麻。她很确定，这种酥麻感并非因为恐惧，而仅仅是因为他的眼神。

不知是否吃了他的触足的缘故，她能隐约感知到他的一部分来历。

他来自大海的超深渊带，那是地球上生存条件最恶劣的区域之一，是众所周知的死亡地带，终年黑暗、寒冷，一片死寂。

他对人类的一切都毫不在意，但并非狭义上的轻蔑鄙视，而是一种基于自然法则的冷漠无情，如同活在三维世界里的人类，对二维世界的生命的爱恨、战争和灾难也漠然置之一般。

人不会对二维生命生出狂热的迷恋，因为二维生命看不见人，无法与人沟通，也无法理解人的存在，人却能轻易毁掉一个二维世界。

在这种情况下，人怎么可能对二维生命生出迷恋？

然而，江涟作为人类无法理解的高等生命，却对她生出了不正常的欲望。

就像现在，他十分想要移开视线，视线却像胶似的死死地粘在她的唇上，怎么也撕不下来。

周姣忍不住笑了起来。

看到向来目中无人的高等生命对她这样迷恋，她真的很难不感到……兴奋，甚至暂时忘了他差点儿杀死她。这一刻，她心里想的全是怎么抓住他的视线，加深他对自己的迷恋，想让他高高在上、漠视一切的眼神，彻彻底底地刻上自己的身影。

周姣垂下眼，心想：我果然是有些疯狂的。

昨天晚上，她才差点儿被江涟杀死，看到了他令人悚然的真面目，知道他是无法控制、无法打败的怪物。今天，她就对他生出了强烈的征服欲，并且仍然想要杀死他。

周姣觉得自己的体内有什么东西被释放了。

从一开始，她就不满足于平庸且平静的生活，渴求命悬一线的刺激感。江涟的非人特质不仅没有让她感到恐惧，反而令她生出了诡异的期待感。

这时，她眼前突然笼罩了一片阴影。

江涟走到她的面前，声音很冷："你笑什么？"他顿了一下，提醒，"你快死了。没有我给你输送能量，你马上就会饿死。"

周姣本想说"你不会让我死"，但想了想，又把这话咽了下去。

以这怪物诡异的作风，她很可能刚说完这句话就被他弄死了。

她没必要在这个时候去试探他对自己的容忍度。她琢磨片刻，忽然笑了，狡猾地转移了矛盾："笑你也快死了。"

江涟平静地陈述："我不会死。"语气中没有傲慢，也没有轻鄙，他仿佛在叙述一个绝不可能失效的客观定律。

周姣摇头："不，你会，你招惹了公司。"

江涟的眉头轻轻一皱，注意力果然被转移了："公司？"

周姣不敢演得太用力，怕他看出破绽，尽量用一种与平时相差无几的语气说道："是啊，公司。你不是人，不知道公司多么可怕。这么说吧，五十年前，世界上有将近两百个国家，人们自我介绍时，会说自己是哪个国家的人，现在却只会说自己来自哪个公司——至于无业游民和小公司的职员，连自我介绍的资格都没有。"

江涟的眼都没眨一下："你的意思是，人类换了一种划分社会群体的方式？这是你们的事，跟我有什么关系？"

"以前可能没关系，但现在有了。"周姣歪着头，故意做出一副天真无邪的表情，迎接他冷漠的审视，"你杀了生物科技这么多安保人员，肯定已经引起了他们的注意。这座城市到处都是生物科技的摄像头，每个人的后脑勺儿都被植入了生物科技的芯片……他们掌控着这座城市的一切，是真正的神……"

"神？"

周姣点头："神是什么？神永生不死，无所不能。只要公司掌握了延长人类寿命的办法，那他们就能造神。"

"这些，"她朝地上的变异种尸体扬了扬下巴，"就是公司造神的证据。他们在试探人体的极限，想把人类变得像变异种一样长寿而无坚不摧。"

江涟没有说话。

"也许你是世界上最完美的生物，无限接近于神，但你一个，怎么能抵挡一群呢？生物科技的员工少说有几千万，他们想杀你，简直易如反掌。"

江涟的神色没什么变化，视线却再度落到她的唇上，喉结滚动的频率也增加了——他快被说动了。

周姣垂下眼，遮住眼中狡诈的微光，继续说道："当然，以人类现有的科技水平，是无法杀死像你这样的高等生物的。但你要知道，有时候活着比死了还痛苦。

"当公司发现无论如何也杀不了你时，你猜，他们会把你当成神供起来，还是会想尽办法抓住你，研究你，把你的不死特质转移到他们的掌权人身上去呢？"

江涟面无表情，还是没有说话，喉结滚动的速度却更快了。

很好，她应该挑拨成功了。

虽然是挑拨离间，但她说的每一句话都是真的。如果公司知道了江涟的存在，第一反应绝对是动用一切武力消灭他——要是真的能消灭他，那就好了。

现实情况却可能是，公司耗费几十亿元资金研究出来的战斗机器在江涟面前不堪一击。无法消灭，那就研究，公司的人马会像白蚁一般，争先恐后地朝他涌去。

即便是千里之堤，也有溃于蚁穴的那一刻——江涟虽然对变异种有着绝对的压制力，但公司的安保人员可不只是人和变异种，还有尚未投入使用的生化人和战斗机器人。

这么想着，周姣突然有些不确定江涟是不是真的能干过这些巨头公司。

她得给自己想一条后路。这个想法刚从她的脑中闪过，她的下巴就被两根手指扣住了，一种超出人类承受能力的压迫感当头笼罩了下来。

江涟的眼珠缓慢地转动，镜片后的视线如同锋利的刀刃，沿着她的脸庞一寸一寸地往下割。

这种带有强烈实质感的视线，令她一阵发毛——他看出来她在挑拨离间了？因为不喜欢被人类算计，所以他决定动动手指弄死她？

更令她发毛的是，空气似乎在变得稀薄、湿黏，仿佛有无形的巨大的触足在空中蠕动、伸缩，封锁住她的退路，不允许她往后倒退一步。

周姣的手心渗出冷汗，她定了定神，打算坦白从宽："好吧，我承认，我是想……利用你对付生物科技。"

话音未落，只听江涟突然说道："你变得更香了，为什么？"

啊？

周姣怔住："什么？"

"你吃了我的触足，却没有被我控制，为什么？"江涟看着她，目光令她有些喘不过气，"你在骗我。你想利用我牵制住你的'神'，跟你的'神'两败俱伤，但你更希望我被你的'神'杀死。"

"你不敬畏我，想要远离我，对我充满了恶意。"他看着她，金丝镜框后的眼神看似冷静，却隐隐透出一种怪异的破碎感，似乎随时会裂开一条缝儿，暴露出某种不可名状的恐怖，"可是，你却变得更吸引我了，为什么？"

周姣无言以对。

她要是知道为什么，第一件事就是疯狂地散发香味，把他迷得神魂颠倒，然后趁他不备一把给他套上缰绳和马嚼铁，指挥他去攻打巨型公司、统治全世界，而不是在这里小心翼翼地挑拨离间。

江涟眯起眼睛，盯着她看了很久很久，突然说道："也许我该杀了你。"

嗯？她不是更吸引他了吗？

周姣嘴角一抽，刚要说话，只听他语气平缓地继续说道："你太弱，又太香，任何一个低级生物都可以觊觎你。与其让你活着被别的脏东西嗅闻，不如我现在就杀了你。"

怪物就是怪物，上一秒还说她变得更香了，下一秒就扣住了她的脖颈，手如铁钳般沉重。

几乎是立刻，她的颈骨发出了不堪重负的脆响。周姣毫不怀疑，只要接下来她有一句话没有说对，他就会毫不犹豫地折断她的脖子。

她该怎么做，是向他示弱或示好，还是赌一把……释放出全部恶意来引诱他？

在她思考的同时，她的喉骨传来了危险至极的"咯咯"声，脖子能承受的压力已达到了极限。

要不是她的身体经过改造，恐怕此时她已经气绝身亡。

电光石火间，周姣做出了决定，她决定赌一把。

"我就知道，你不敢面对我。"她用力掰扯着江涟的手指，艰难地呼吸着，每一个字都说得又冷又清晰，"半年前，你就取代了原本的江涟吧……你这么厉害，却一直没有离开特殊案件管理局……是不能离开，还是不想离开？"

她瞳孔浓黑，焕发出某种亮丽的色彩："你连生物科技都不怕，怎么会害怕特殊案件管理局呢……是不想离开吧？"

她一顿，饱含恶意地笑了起来："你，舍不得离开我的气味。"

江涟倏然加重了手上的力道，手背青筋暴起，仔细看的话，会发现那青筋竟是紫黑色的。

颈骨传来的"咯咯"声越发响亮，脖颈被弯折到一个可怕的程度，周姣却对这把豪赌有了五成的把握——五成，已经够了。

"这半年来，你过得很不舒服吧？"她断断续续地说道，"表面上是你取代了江涟，实际上却是江涟困住了你……有人把你强行关在了江涟的身体里……"

这是她猜的，但看到他骤然变冷的眼神，她知道自己猜对了。

"江涟不是普通人，他的基因跟正常人不太一样，他天生冷血、躁狂，充满攻击欲……他的父系亲属全是谋杀犯……你对我如此排斥，却又如此迷恋我的气味……我猜，"她笑，"是受了他的影响吧？"

有那么一瞬间，江涟的目光森冷到令她感到些许刺痛，但他手上的力道没有继续加重——他一边冷漠地看着她，一边控制不住地垂下头，把鼻子凑到她的唇边，使劲地嗅闻她呼出的气息。

"你看不上人类，却因为人类的基因而对另一个人类产生了无法解释的迷恋……你远比人类强大，却被人困在了人类的身体里……无法回到自己的栖息地。"她喘息着，轻轻地说，"我真可怜你。"

话音落下，她的颈骨陡然传来恐怖的裂响，她感到脖颈一阵绞痛，颈骨似乎随时会因巨力而绞折断裂。

他真的对她生出了杀意。

她再次命悬一线——五成的把握已不足一成。

周姣发出濒死的呛咳声，全身上下每一个细胞都在因恐惧而疯狂战栗，生物的求生本能令她眼尾泛红，疯了似的想要示弱求饶。

可她还有一张底牌没有打出去。

"跟我合作吧，"她竭力伸出一只手，抓住江涟的肩膀，手指用力到骨节变色，"你帮我摆脱生物科技的追杀，我帮你摆脱人类的身体……送你回到原本的栖息地……"

江涟看着她，眼神冰冷，没有回答，似乎对她的提议完全不感兴趣。

但周姣并不需要他的回答，说完这话就搂住他的脖子，重重地吻了上去，唇齿交缠。

怪物冰冷而干燥的舌尖被人类的唾液一点点地濡湿了。

雨雾弥漫，淅淅沥沥的细雨声盖住了黏腻的水声。

不知不觉间，她喉骨上的压迫感消失了。

大量的空气涌入气管，周姣强忍住呛咳的冲动，继续亲吻江
涟——她不敢想象咳在江涟的口中，他会是什么表情。

说起来，她虽然暂时脱离了生死危机，但有一点令她很不安——
江涟一直没有回吻她。

他在想什么？她这张底牌到底起作用没有？

不知过去了多久，她的耳边传来一道很重的吞咽声。

周姣紧绷的身体猛地放松了下来——她赌赢了。

一吻完毕，周姣膝盖一软，差点儿跪倒在地。

她后退几步，靠在后面的路灯上，头发、身上全是劫后余生的冷
汗。冷汗如虫爬一般缓缓滑落，令她连打了几个寒噤。

江涟始终没有说话。他站在原地，一动不动看着她，整个人显
得十分冷静，看上去衣冠楚楚，比她这个人类还要像人类，但他眼中
的非人感却比之前更为强烈——不知节制，不知羞耻，不知餍足。

他投向她的视线里，明明白白地写着三个字：还想要。

他完全是兽类的思维——因为不喜欢被她的气味束缚，不喜欢她
被别的生物觊觎，所以想要杀了她。

但当她努力释放恶意，给了他充满吸引力的一吻以后，他又立刻
放弃了杀死她的想法。

她不无恶意地想：虽然他是一条会咬人的狗，但幸好她给点儿甜
头，就能让他戴上止咬器。

这时，阴影笼罩下来，"会咬人的狗"朝她走来。

周姣一个激灵，瞬间清空了脑子里乱七八糟的想法。

既然她能感知到他的来历，那么他肯定也能感知到她的一些什

么，她可不想死于骂怪物是狗。

江涟却只是对着她动了动鼻子："你还在变香，真奇怪。"

周姣愣了一下，随即眼角微抽：合着我骂你是狗，反倒奖励了你是吧。

继续讨论这个话题太过危险，周姣赶紧另起了一个话题："江医生，我真心想跟您合作——既然您喜欢我的气味，而我需要您的帮助，为什么我们不能合作呢？"

她微微侧头，把布满青紫掐痕的脆弱脖颈完全暴露在他的视线之下："我是如此弱小，对您毫无威胁……要不是您的触足，我现在甚至没办法站着跟您说话。您完全掌控着我的生死，跟我合作，完全不用担心我会背叛您……我会竭尽全力帮您摆脱这副孱弱的人类身体。而您只需要分一点点心思在我身上，保护我不被生物科技杀死就行了。"

她表情乖顺，姿态驯服，似乎真的因他的力量而臣服了。

江涟静了片刻，开口说道："说下去。"

见他愿意听她说下去，周姣稍稍松了一口气："如果我猜得没错的话，您应该是被某个人用某种办法'请'到了'江涟'的身上。这个人很有可能是您的信徒，他对生物科技恨之入骨，想要毁掉生物科技，于是想到了请您帮忙。"

尽管这只是她的猜测，但她有种直觉，这个猜测跟真相十分接近。

使她串联起这一切的，是那个名为"生物科技什么时候倒闭"的账号。

那人在最后一条博文中说："我找到让生物科技倒闭的办法了。神明降临以后，一切都会终结。"

单看文字，其实没什么好在意的，社交平台上每分每秒都在产生类似的内容。真正让她在意的是这条博文的配图——这人几乎每天都在发不利于生物科技的图片，却只有这条博文的配图被屏蔽了，为什么？

这个社交平台属于北美的一家巨型垄断公司，从不屏蔽有争议的内容，有时甚至会故意颠倒因果，怂恿人们互相攻击。

曾有业内人士曝光，该平台长期给人们推送具有强烈争议性的内容，只要能增加用户在平台上的留存时间，不管内容多么虚假、无耻、无下限，都会被立刻推送到用户的面前。

这张配图却被平台屏蔽了——为什么？

周姣思来想去，只想到了一种可能性：平台承受不起公开它的代价。

可是，作为一家巨型垄断公司，有什么代价是它承受不起的呢？

公司机密？政治丑闻？绝对不是，平台同样鼓励人们在这些内容上争执不休。

那是什么？

周姣隐隐猜到了答案：超出人类认知的东西。

是了，这样就说得通了，只有超出人类认知的东西才会让这种巨型公司讳莫如深。

周姣猜测，那张配图可能涉及江涟真正的来历。

"生物科技什么时候倒闭"这个账号的持有者，应该是接触到了某种非自然学说，找到了"请神降临"的办法。于是，"神"被他强行请到了"江涟"的身体里。

她之所以会产生这个猜测，不仅仅是那张配图的缘故，也有"江涟"本人的原因。

"神"为什么会降临到"江涟"的身上？为什么会是"江涟"，不是谢越泽，也不是她？

因为"江涟"有异于常人的基因。他属于被特殊案件管理局监管的高危人群，是天生的心理变态，犯罪分子的预备役，生来就没有感情，也没有同情心，而特殊案件管理局又是被生物科技掌管的国际组织。

假如怪物没有过分迷恋她的气味的话，剧情的发展应该是这样的：

怪物降临到"江涟"的身上，受"江涟"的基因影响，变得冷血、狂躁，对人类充满食欲和恶意。

很快，特殊案件管理局就会监测到"江涟"的异常，发现"他"的体内多了一个从未见过的变异种。特殊案件管理局的高层对生物科技忠心耿耿，必然会将这个情况上报给生物科技。而生物科技对待新的变异种只有两种方案，要么消灭，要么研究，不管哪一种方案都会导致一种结果——激怒江涟。

假如江涟真的具有"神"的力量的话，生物科技激怒他的结局只有一个——被他毁灭。

正好应了那句话——

"神明降临以后，一切都会终结。"

周姣忍不住打了个冷战。

这个计划看似十分周密也十分合理，似乎真的能终结生物科技的统治，但有个问题没有解决——江涟体内的怪物是不可控的。

他毁灭生物科技的同时，很可能会顺手把整个人类文明也毁了。

"生物科技什么时候倒闭"这个账号的持有者是没有想到这一点，还是明知道江涟有可能会毁灭全世界，还是毅然决然地让他降临了？

周姣不敢深想下去。她怕江涟察觉到她的想法，发现除了闻她的气味，还可以毁个世界玩玩。

周姣隐瞒了最后一段，把她的猜测给江涟说了。

她深吸一口气，靠近江涟，努力在心中回忆充满恶意的念头。她不知道这样能不能散发出让他着迷的气味，但是值得一试。

"跟我合作吧，"她抓起他的手，贴在自己的脸上，自下而上地望着他，"您帮我摆脱生物科技的追杀，我帮您摆脱'江涟'的身体。"

说完，她微微歪头，用脸颊轻蹭他冰凉的掌心，身体却有些紧绷。

因为她偷换了概念——她真正想要摆脱的，从来不是生物科技的追杀，而是面前的怪物。

江涟低头，居高临下地盯着她。

被他这么盯着，周姣心中一跳。

他伸出一根手指，沿着她的面部轮廓往下移动。也许是因为潮湿的雨气，又也许是因为他伸出的……根本不是手指，他的指腹冰冷、湿滑，如同冷冻过的鱼肉，散发着令人头皮发紧的冷气，令她的后背一阵一阵地发麻。

他的手指停在她的唇上。不知是不是她的错觉，有什么东西从他的指腹中钻了出来，轻轻嗫了一下她的唇角。

周姣示弱的表情有些开裂。

江涟却喉结微动，若有所思："你思考问题的时候，也很香。"

周姣：所以我刚才说了那么多，你是一个字也没听，净琢磨我什么时候最香了是吧？我骂你是条狗，你还真把自己当狗啊？

可能是因为她的表情真的没绷住，他的眼中有淡淡的笑意一闪而过。

这是他第一次露出如此人性化的一面，周姣不由得怔住了。

下一秒钟，他的手指轻轻一按，挤进了她的唇缝里。

几乎是触及她濡湿的口腔的一刹那，他的手指便化为细长而黏腻的触足，与她的舌尖追逐、缠绕。

周姣快速眨了眨眼，表情难得有些无措。

半分钟后，江涟收回手指，喉结重重地滚动了一下，眼神愉悦而餍足："合作愉快。"

他答应了。

解决了性命之忧，周姣开始琢磨接下来她和江涟住哪儿。特殊案件管理局分配的那套小公寓肯定是不能再住了，她只能带着江涟去旅馆开房。

问题是，开房的时候会用到身份芯片，而芯片是生物科技制造的，她在旅馆睡觉，等于在生物科技的眼皮子底下睡觉。

周姣并不想在睡得正香时被生物科技的安保人员猛地踹开房门。

不过，要是这样能给江涟带去一点儿困扰的话，她倒是很乐意去住旅馆。

她就是这么坏。反正他喜欢她的坏，不是吗？

周姣只是在心里想一下，并不是真的认为江涟对她的所有恶意都感兴趣。

谁知，这个想法刚从她的脑子里闪过，江涟就低下头，对着她的颈窝很深地嗅了一口。

周姣：我这样也奖励您了吗？

湿冷的呼吸喷在她的颈侧，江涟的声音在她的耳边响起："你……"

她扭头。

从这个角度，她看见他的下颌绷得极紧，喉结剧烈地滚动着，冷白色的脖颈上凸起一根很粗的青筋——也许不是青筋，而是兴奋得想要钻出来的触足。

明明是耳鬓厮磨的姿势，周姣却心口一跳，汗毛倒竖——是因为他的脑袋太靠近她的大动脉了吗？

半晌，江涟才抬起头，神色平静，呼吸却并不平静："你不要一直散发出这种气味，太吸引我了，让我……"他眉头微皱，似乎在寻找合适的词语。

周姣心脏狂跳，很怕他说出一些虎狼之词。

跟他接吻已经够奇怪了，她不想再跟他发展出更加奇怪的关系。

只听江涟说道："让我很不舒服，想杀了你。"

听见这句话，周姣居然松了一口气——还好还好，他只是想杀了她。

不过，还是那句话，她要是能对自己的气味收放自如，第一件事就是控制他统治全世界，而不是在这里伏低做小。

可惜，这番话她不能说出来，就算她说出来，他估计也听不懂。

周姣只能朝他露出一个甜美的微笑："好的，我尽量。"

江涟直起身，眼神晦暗不明地盯着她的微笑。

也许，他答应跟她合作是一个错误的决定——她真的太香了，如同一根无法挣开的绳子，死死地勒在他的脖颈上。

他很不喜欢这种被束缚的感觉，躁戾的杀意在心中翻涌。

一个声音在他的意识深处响起：杀了她，束缚就能解开，勒在脖子上的绳子也会消失，他不会再被任何东西引诱，也不会再被任何东西控制。

江涟的眼睛一眨不眨地看着周姣，镜片后的目光森冷得令人窒息。在他的身后，有裂隙打开又合拢——每一次打开，都能看见紫黑色的触足在疯狂蠕动，带着极其恐怖的杀意。

一瞬间，周姣浑身一冷，背脊发毛——这狗东西是真的想杀了她！

他虽然答应了跟她合作，可根本不懂什么叫信守承诺，随时有可能毁诺，把她弄死。

周姣倒是理解他的想法。毕竟，她要是一时兴起，答应跟蝼蚁合作，也不会真的跟蝼蚁合作到底。但她理解的前提是，自己不是那个蝼蚁。

半空中似乎有无形的倒计时器亮起，时间一秒一秒地流逝。

周姣表面上不动声色，实际上脑筋在疯狂转动，冷汗大颗大颗地渗出，转瞬间便沁满了后背。

尽管四周没有任何变化，气温也没有下降，但周姣非常确定，一旦江涟认为她没有活下去的必要，她就会死，连像刚才那样垂死挣扎的机会都没有。

说服他不要杀死她是行不通的，他根本不在意她说什么——不是听不懂，是根本不在意，他太强大了，强大到对一切变化都视若无睹。

被困在"江涟"的身体里又怎样？

他知道人类社会没有东西能伤害到他，所以这半年来，他从未深究过自己为什么会来到陆地上，也没有想过回到海底，就这么用江涟的身份活了下去。

只有远远凌驾于人类之上的强大生物，才会有这份随遇而安的自信。

她想保住自己的性命，运用人类的逻辑是说服不了他的，只能……

周姣咬咬牙，伸出手，扣住他的后脑勺儿，把他的头按在了自己的脖颈上！

你想闻是吧？那就闻个够！

空气一下子变得非常安静，只能听见窸窣的雨声。

尽管她已经与他唇齿交缠了不知多少次，但他的脸庞还是第一次直接贴在她的脖颈上。她感受到了他冰冷而高挺的鼻梁，金属质地的眼镜框，仍在抽动的鼻翼……想到他的面部能像食人花一样倏然裂开，她忍不住打了好几个哆嗦。

周姣攥紧拳头，试图冷静下来，但脖颈的皮肤太娇嫩敏感了，下面就是"怦怦"跳动的大动脉。

这个动作，相当于羚羊把自己的咽喉送到了顶级掠食者的口中，她怎么可能不打冷战？

周姣深深地吸了一口气，努力平复激烈的心跳。

她歪过脑袋，尽量亲昵地蹭了蹭江涟的侧脸："我知道您不是不喜欢我的气味，而是不喜欢这种被束缚的感觉……毕竟降临到'江涟'的身体里之前，您从来没有过偏爱的东西，但因为'江涟'的基因，您对我生出了不正常的欲望……"

她垂下眼睫，用手指轻梳他的短发，动作看似温柔冷静，仔细观察的话就会发现，她的额上全是冷汗，瞳孔也在微微颤动。

然而，她的语气竟丝毫没有表露出来："您觉得不适是正常的。但其实您根本没必要在意这种感觉，毕竟，我是那么弱小……"她再次强调自己的弱小和无害，"还得罪了人类社会中的'神'——生物科技，一旦失去您的庇护，我就会被他们杀死。您无论如何也不会被我束缚。"

刚被套上绳子的野兽都会剧烈挣扎，只有当它认为绳子毫无威胁性时，才会习惯绳子的存在。时间一长，它甚至会忘了脖颈上还有一根绳子。

可是，绳子再怎么无害，毕竟是人类控制野兽的工具，必要时仍会狠狠勒紧野兽的脖颈，使它动弹不得。

周姣按着江涟的后脑勺儿，努力散发出纯良的气息。

虽然她不知道能不能散发出来。

气氛僵滞了，江涟一直没有动作。

周姣的手开始发僵了。

这其实是一个接近拥抱的亲密姿势，江涟埋首于她的肩窝，她能清晰地感受到他额前的头发、挺直的鼻梁、冷峻锋利的轮廓……但也能感受到他身上那种诡异的、绝不属于人类的阴冷和湿滑。

肩上像是被压了一块寒冰，再加上生死一线的紧迫感，周姣半边身子都开始发僵了。

不知过去了多久，就在她的脚趾开始发僵时，一股冰冷的气流终于拂过她的颈窝。江涟开口："好。"意思是不会杀她。

周姣长长地松了一口气，她的衣服已经完全被冷汗浸湿了。

从昨天到今天，她脑子里的某根弦就一直是绷着的。她原以为这种感觉会让自己觉得很疲惫，毕竟再怎么渴望刺激，也不可能希望自己一直活在刺激之中。真实情况却是，她一点儿也不反感这种感觉，反而认为这才是她应该过的生活——惊险、刺激、命悬一线，而不是平庸、无聊、三点一线。

不过，她喜欢惊险刺激的生活并不代表她心甘情愿地被人钳制，是死是活都要看一个怪物的脸色。

周姣垂下眼睫，轻轻碰了碰自己肿痛的脖颈，眼神冷漠。她迟早……

这时，江涟似乎吸完了她，从她的颈窝上缓缓抬头。

周姣立刻灿烂一笑："接下来您想干什么？我陪您。"

虽然周姣很想今天就攻打生物科技，明天就送江涟回老家去，但这显然是不可能的，即使江涟非常强大，这事也得从长计议。

她不能太依赖江涟的力量，否则生物科技一倒，她就会失去套在他脖颈上的绳子……虽然这绳子现在看上去就要断不断的。

当务之急是找个歇脚的地方，好在她和江涟现在是无业游民，可以一边闲逛，一边找旅馆。

一路上，周姣都在心事重重地思考问题，直到晨光熹微才抬头扫了一眼街景。

她忽然发现，自己已经很久没有仔细看过这座城市了。

在乳白色的晨光下，这座城市像极了一具工业残骸，深灰色的烟囱，白色的摩天大楼，由廉价塑料和霓虹灯牌构成的贫民街区，一眼望去是那么肮脏、黝黑，充满了精密但混乱的矛盾感。

街上看不见一丝一毫的绿色，绿色植物是不会出现在工业区和贫民区的，只会出现在公司大厦附近。

无论你在什么地方，无论当日是否有雾霾或酸雨，无论明灭闪烁的霓虹灯和全息影像是否让你眼花缭乱，你总能一眼看到公司的摩天大楼。

如果把整座城市比喻成一个社会达尔文主义实验，那么公司的摩天大楼就是一切的终点。

为了爬上终点，为了留在终点，这里的人什么都做得出来。

周姣被调到特殊案件管理局之前，在生物科技的医院里工作过一段时间。

医院的工资是特殊案件管理局的三倍，但她没能通过生物科技的员工忠诚度测试，被下放到了特殊案件管理局。

在医院，她曾接诊过一个使用兴奋剂过量的病人。

那个病人出身贫民区，却成功跻身为公司员工。这几乎是不可能发生的事情。在屿城，从底层阶级奋斗到中层阶级，是比杀人还要困难的事情，但她却做到了。

因为她一天工作十八个小时，大脑被植入了十多种不同功能的生化芯片，高强度使用网络设备。

她被送到医院时，几乎已经抽不出一管正常的血液，随便一滴血液都含有高浓度的兴奋剂——过度使用芯片，使她的大脑变得异常迟钝，她必须服用强效兴奋剂，才能让神经元正常活动。

但是，人会出现抗药性，身体的感觉阈值也会提高，时间一长，就必须服用更加强劲的兴奋剂，才能让大脑正常工作。

最终，她因频发室颤而猝死在抢救室里。

周姣之所以对那个病人印象深刻，是因为她是当时的值班医生，她亲手给那个女孩盖上了白布——等下，等下！

周姣猛地抬头，瞳孔一缩。仿佛滞涩已久的关节被打通，她突然想通了某件事的前因后果。

"生物科技什么时候倒闭"那个账号，在倒数第二条博文用"□□□"取代的部分，她不是不好奇，只是暂时没有这方面的线索，才没有深究下去而已。

但就在刚刚，她突然知道了"□□"和"□□□"指代的是什么。

周姣紧抿着唇，打开网页。

社交平台的画面倏然出现在她的眼中，但从表面上看，仅仅是她的瞳孔比别人多了一丝闪烁的银光而已。

她翻到那条博文：

"受不了，周围全是一群怪物！为什么只有我知道那些东西的真面目，你们都瞎了吗？！那人想把全世界的人都变成怪物怪物怪物怪物！你们再这样浑浑噩噩下去，迟早有一天也会变成怪物！我不懂你们为什么不害怕，我每天都怕死了！怕它在□□□里下毒！哈哈哈哈哈，没想到吧，□□发明出来的那一刻，阴谋的齿轮就开始转动了！□□用多了必须打□□□，而□□和□□□都是它的！世界迟早被它统治，哈哈哈哈，大家一起完蛋吧！"

这么看上去，谁都会对"□□"和"□□□"毫无头绪。

但是周姣联想到那个病人的遭遇，把"□□"换成"芯片"，把"□□□"换成"兴奋剂"，一下子都读得通了。

"我每天都怕死了！怕它在'兴奋剂'里下毒！哈哈哈哈哈，没想到吧，'芯片'发明出来的那一刻，阴谋的齿轮就开始转动了！'芯片'用多了必须打'兴奋剂'，而'芯片'和'兴奋剂'都是它的！世界迟早被它统治，哈哈哈哈，大家一起完蛋吧！"

除了江涟，周姣从没害怕过什么，但是这一刻，她整个人简直不寒而栗。

仿佛有一瓢冷水从天而降，浇在她的头上，刺骨的寒意渗进骨头缝儿里，让她狠狠打了个冷战，这个手段真的太阴毒了。

公司内部竞争激烈，为了不被解雇，人们都会尽可能地植入芯片，芯片的副作用是会导致注意力不集中和轻微的情感障碍，解决办法只有一个，那就是购买生物科技出品的"吸入式兴奋剂"。

但不到半年，人们就会产生抗药性，为了继续工作，不被解雇，只能咬咬牙加大剂量。

如果生物科技在兴奋剂里动手脚……后果简直不堪设想。

怪不得账号主人的精神状况几近癫狂，这种事情，的确是谁想谁都得发疯。

这时，周姣忽然想起了什么似的，视线往下一移，望向最后一条博文。之前被江涟打断，她没来得及点开这条博文的评论区。

五千条评论，都说了些什么呢？

她做足心理准备，点了进去——

"你终于发现了。"

"你终于发现了。"

"你终于发现了。"

"你终于发现了。"

"你终于发现了。"

"你终于发现了。"

…………

五千条评论密密麻麻的，居然全是同一句话。

周姣眼皮一跳，不由自主地倒退一步。她的神经太过紧绷，没注意到旁边是台阶，脚下一绊，眼看就要跌倒。

千钧一发之际，江涟的身后倏地钻出一条紫黑色的触足，托住她的后背。

熟悉的寒意渗进她的皮肤，却不是被公司阴谋吓到的刺骨寒意，而是来自深海未知生物的、超越人类认知的森冷寒意。

尽管这种寒意同样令她头皮发麻，但不可否认的是，也让她松了一口气，让她有了一点点安全感，就一点点。

周姣定了定神，倒回去一看，前面那些评论果然是用机器刷出来的，再往下翻几页，就能看到正常的评论了。

"吓我一跳！"

"机器刷评是上不了热门的，老哥。"

"这人干吗的？为什么这么恨生物科技？"

"什么叫为什么这么恨生物科技？恨生物科技还需要理由吗？现在失业率那么高，不就是生物科技造成的吗？没有生物科技，你还能在岗位上干十年，因为生物科技，你不到 30 岁就会被优化，这还是在全球平均寿命为 100 岁的情况下！"

"别生气，可能他全家都是无业游民吧。"

…………

再往下翻，就是网友的互相辱骂了。

因为失业率前所未有的高，每天都有因精神失常而被解雇的公司员工。人们的压力大得惊人，网上几乎每时每刻都在发生争执。

社交平台鼓励人们在网上互相谩骂，既是为了流量，也是为了社会的稳定——在网上宣泄戾气，总比在现实中宣泄戾气好，不是吗？

忽然，周姣的视线锁定在某条评论上：

"你是生物科技的员工？"

她微微蹙眉，点击这条评论的头像，却弹出一个对话框——"该用户为匿名状态"。

这也是社交平台鼓励人们互相攻击的手段之一——允许用户匿名。

在匿名效应下，人的情绪会极端化，攻击欲会大幅度提高，冷漠、偏激、非黑即白的言论也会变多，很轻易就能争吵起来。

撇开这人的匿名行为不谈，"生物科技什么时候倒闭"的账号主人的确有可能是生物科技的员工。

仔细观察他的言论，可以提炼出以下几个关键词："周围全是一群怪物""为什么只有我知道""真面目""那人""我每天都怕死了"。

"周围全是一群怪物"——说明他经常接触生物科技的员工。

"为什么只有我知道"——他很有可能是生物科技实验室的核心成员，接触到了低级员工无法接触到的核心机密。

"真面目"——这是一个带有揭秘性质的词语，只有前后语义出现反转时，才会出现，例如"我一直以为你是个好人，没想到你的真面目这么恶心"。

在此之前，账号主人可能一直以为，他参与的实验是有利于人类发展的，却在实验过程中发现了颠覆世界观的恐怖真相。所以，他才会如此激动地质问道"为什么只有我知道那些东西的真面目"。

他用"那人"，而不是"那东西"，也不是"他们"，说明账号主人清楚地知道是谁提出的这个计划。"那人"很有可能是生物科技的掌权人，也有可能是某个野心十足的科学家。

"我每天都怕死了"——结合"周围全是一群怪物"这一句子，

更加确定了账号主人生物科技员工的身份。

虽然大致猜出了账号主人的身份，周姣紧皱的眉头却没有松开，因为账号主人……很有可能已经遇害。

周姣对账号主人没什么感情，既没有同情，也没有惋惜，毕竟他不顾后果地召唤怪物的行为差点儿害死了她。

但他跟江涟的来历有关。失去账号主人这一环……她想把江涟送回老家的计划估计要困难很多。

周姣心念电转。问题太多，线索又太少，她的太阳穴不由得隐隐作痛，于是她决定先将一切疑问按下不表，找个地方睡一觉再说。

幸好江涟只是看上去比较难搞，实际上非常好糊弄。

她问他能不能住廉价旅馆，他盯着她看了一会儿，说："我可以筑巢。"

周姣："哪儿能让您亲自动手？还是住廉价旅馆吧。"

他们也只能住廉价旅馆，她的信用芯片被冻结了，这个世道只有廉价旅馆还在收现金和抵押物——是的，联邦政府早已禁止现金交易。

周姣用身上的微型手枪做抵押，开了一间双人房——反正江涟在她身边，有没有这把枪都一样。

周姣又饿又困，再加上精神紧绷了一晚上，躺在双人房的床上，不到两秒钟就昏睡了过去，连江涟在干什么都没太注意。

她睡得很不好，就像是在深海中缓缓下沉，光线逐渐变得昏暗，压力从四面八方涌来，一点点地挤压她的四肢百骸。

她艰难地呼吸着，后背因惊恐而渗出冷汗，她觉得自己随时会被沉重的海水压成两张粘在一起的纸。

在密不透风的压力之下，她梦见了死去很久的父母。

跟大多数屿城人不同，她的前半生很平静，很普通——从小到大，她甚至没碰见过几次帮派火并，不是平静普通是什么？

这座城市混乱而疯狂，公司如同一只巨大的机械蜘蛛矗立在城市中央，向四周吐出罪恶的蛛丝。

在这里，每天都有人在棺材房里哭到背过气去，每天都有人因兴奋剂过量而猝死，每天都有人因过于炫耀身上的"高科技"而被拐卖到地下诊所去。

五十年前，那群科幻作家仰望星空时，会想到他们万分憧憬的未来是这个样子吗？

周姣不知道，她甚至不知道父母为什么会死。

他们死得毫无预兆，就像演奏到一半的钢琴曲般戛然而止——他们死于一场爆炸，一场完全意外的爆炸。

那天，他们去上班，乘坐地铁时，那节车厢毫无征兆地爆炸了，就是这样。

地铁公司给出的解释是，有一名自杀式袭击者在车厢中启动了恐怖组织研发的自爆程序。

二十多年来，周姣很少怀疑公司，也很少浏览网上的阴谋论，毕竟她从小到大受的是公司的教育，身边的人也大多是公司的员工。她对公司并不忠诚，但也没有想过推翻公司的统治。

江漣的出现使她猝不及防地看清了公司的黑暗面，他危险、恐怖、怪诞，却替她拨开了眼前的重重云翳——有没有一种可能，她的父母并不是死于自杀式袭击？

每天都有人因过度使用芯片而精神恍惚，你怎么确定那个自杀式袭击者不是"芯片疯子"呢？

无形中似乎有一只慈悲的手，替她一帧一帧地倒退画面，使她看见了被隐瞒的真相——几秒钟后，穿过地铁隧道的风声锐响，她站在了那节即将爆炸的车厢里。

她看到父母眼中银光闪烁，正在用芯片处理公务，而他们的对面坐着一个神情恍惚的男人。

那个男人面色苍白，嘴唇干燥，头发油腻，一绺一绺地粘连在一起，他似乎已经在地铁上住了很久。

因为地铁是 24 小时运行，这种人并不少见，他们往往是才被解雇的公司员工，刚从公司分配的公寓里搬出来，既找不到合适的寓所，也拉不下脸来去棚户区，干脆在地铁里住了下来。

周姣在医院里接诊过太多类似的病人，一眼就能看出男人正在经历兴奋剂戒断的症状，必须尽快注射镇静剂，让紧绷的神经放松，不然极有可能患上神经退行性疾病。

但男人的手上显然没有镇静剂。

周围的人也没察觉到他的异样，都在各忙各的——不争分夺秒的话，怎么在日益激烈的公司竞争中活下去？

周姣是整个车厢里唯一走近他的人。

她看见男人深深埋着头，脸色白得隐隐发青，干裂的嘴唇一开一合，一直在喃喃自语。

这一幕不知是她的潜意识虚构出来的，还是真实发生过的——周姣更倾向于是真实发生过的，有一股凌驾于人类之上的力量正在带她回顾过去。

周姣低下头，想要听清男人在喃喃什么。但他的声音太小了，地铁又太嘈杂，她听得断断续续："我都说了，不是我干的……为什么要解雇我？为什么要停掉我的药？我活不下去了……我活不下去了，我活不下去了……"

"药"，显然是兴奋剂。

男人应该是公司的高级员工，因为只有高级员工，公司才会针对他们的身体状况专门配"药"，还会给他们植入一种特制芯片，监控他们的心率、血氧等数据，表面上是为了他们的健康着想，实际上则是为了更好地监视他们。

随着时间的流逝，男人的表情越发癫狂，声音也越发喑哑怪异，半晌，他突然站了起来，对着车厢内的所有人吼道："我要死了，我要死了，我要死了，你们也去死吧——都去死吧——都去死吧！！！"

因芯片而发疯的事情并不少见，有几个人立刻反应过来，一边拨打急救电话，一边靠近男人，试图安抚他过激的情绪。

其中也包括周姣的父母。

她的父母一直是老好人形象，就连提前写好的遗嘱里，也不忘叮嘱她要当个好人，说他们什么都放心，唯独担心她走上歪路，此刻他们自然一马当先地接近了男人。

但他们不知道，男人是某个垄断公司的高级员工。

高级员工会接受军事训练，就像周姣明明只是一个医生，却接受过专业的射击训练一样。

高级员工接触到的训练，要比她接受的全面得多，包括如何启动芯片中的自爆程序。

霎时间，虚幻的迷雾被拨开，所有线索被串联起来：她的父母并不是死于自杀式袭击，而是死于一个被解雇的高级员工在精神错乱之下启动的自爆程序。

只见男人眼中红光闪烁，周姣站在旁边，完全无力阻止即将发生的一切，眼睁睁看着男人的身体遽然四分五裂，迸发出狰狞扭曲的火光——

"轰！轰！"整节车厢在惊天动地的巨响中被炸毁，车窗轰然碎裂，时间在一刹那静止，成千上万块玻璃碎片飘浮在半空中。

浓烟、火光、血肉、黑暗的隧道以及十多双愕然抬起的眼睛，给这场事故画上了冷漠的休止符。

很快，事故现场灰飞烟灭，重组成正在进行的新闻发布会现场。

地铁公司的发言人身穿纯黑西装，走上讲台，面对台下众多的媒体。他面色平静，表示对此次事故深表痛心，把一切过错推到了恐怖组织的身上："我们会努力配合联邦政府的调查，在今后的日子里，尽力将此类事故的概率降到最低。"

电视台的转播到此结束，新闻发布会却仍在进行。

台下的媒体大多来自其他垄断公司，提问时毫无顾忌："有消息来源说，那并不是自杀式恐怖分子，而是某个公司的高级员工，您怎么看？"

发言人冷静地答道："公司的员工都是社会的精英，毕业于国际顶尖学府，对自己、对他人都有着极高的道德要求，我相信他们不会做出自杀式袭击这种损人不利己的事情。"

"你们打算怎么安置遇难者的家属？"

"会有人对他们进行人道主义慰问。"

…………

一片有序的提问中，突然响起一道尖厉而愤怒的声音："为什么安检没有检测出他身上的自爆程序？生物科技的CEO（首席执行官）来屿城时，我们连瓶水都不能带上地铁……还说他不是公司员工，你们只会给公司员工开后门！"

发言人没有回答这个问题，冷淡地一挥手，把这名记者"请"了出去。

提问还在继续，但有了前一个记者的下场，接下来的提问都温和了不少。

大家心知肚明，即使有后台，有一些红线也是不能踩的。

原来是这样，周姣想。

可是，知道了父母的死因，她又能怎样呢？

自爆的人已经死了，归根结底，那不还是一场意外吗？

一个声音在她心底响起：你知道，这不是意外。

公司明知道芯片过度使用会致人精神错乱，却仍然大力推广，且要求旗下每一个员工都植入一定数量的芯片；公司明知道员工在精神错乱之下很有可能启动自爆程序，却仍然允许他们乘坐公共交通工具。

地铁公司能说什么呢？虽然他们拿的是政府合同，但那些合同是谁交到他们手上的人们都心知肚明。

周姣的头更痛了。她忽然觉得自己很蠢笨，二十多年来，居然完全没有意识到，那只机械蜘蛛正顺着罪恶的蛛丝向她逼近，随时会将她吞入腹中。

她有种很深的无力感。

这种无力感跟面对江涟时完全不一样。人类在面对海啸等自然灾害时，虽然也会感到无力，但更多的是想怎么自救——江涟就是一场海啸，带着压倒性的恐怖力量，骤然颠覆了她的生活。她不会因江涟而感到绝望和无力，因为她知道，海啸总有结束的那一刻。

但没人知道，公司的统治什么时候结束。

一时间，那种在深海中逐渐下沉的感觉更加强烈，周姣有些喘不过气。她昏昏沉沉地想："为什么我要面对那么多？江涟，公司……我真的应付得过来吗？"

她应付不过来，直到现在，她都不确定自己能不能在江涟的手中活下去。

她的身体还在下沉，巨大的压力挤得她的骨骼"嘎嘎"作响——要不就这样吧，放弃抵抗，抛弃一切。什么公司，什么芯片，什么怪物，统统见鬼去吧，顺着海水往下沉，直到深海的压强将她挤压成一团血雾。

到那时，她就解脱了。

然而就在这时，她的身上突然传来一道湿冷沉重的力量，有什么东西紧紧箍在她的腰上，将她从无止境的下坠中猛地拽了出去。

刹那间，天光猝然落下，周姣眼前的一切逐渐清晰——昏暗的荧光灯，印满小广告的墙壁，阴暗的光线从满是灰尘的百叶窗中渗漏下来，投射到她的眼皮上——周姣想起来了，这是她上午用一把枪租的廉价旅馆。

与此同时，她腰上的力量继续加重，带着浓浓的不悦。

周姣转头看去，随即眼角微微抽搐，连梦中的丧劲儿都消了不少。

有没有一种可能，这不是她租的房，是她开的房，他们睡一晚就要退回去的那种？

除了她刚刚看到的地方，整个屋子挤满了狰狞恐怖的紫黑色触足，连墙角、门缝儿、床底都有触足紧密贴合，一眼望去，全是一伸一缩的肉质薄膜，如同噩梦中怪物的巢穴。

最让她头皮发麻的是，这些触足明明没有眼睛，她却感受到了强烈的被注视感，似乎有无数双眼睛正直勾勾地死盯着她，随时准备覆盖上来，争抢她呼出的气息。

她真想再睡过去。

江涟不喜欢她看那些触足，伸出两根手指，钳制住她的下巴，转过她的头，冷冷地说："你刚才变得很难闻。"

说着，他用指关节强行顶开她的齿列，把鼻子凑过去嗅了嗅，似乎在确定那股气味消失没有，他的眼中仍带着一丝森冷的不悦："再有下次，我会……"他本想说，再有下次，我会杀了你。可他每次想杀了她，都会被她用各种古怪的方式躲过去。

他一时间竟有些卡壳。

周姣没有在意他阴冷的脸色，反正她没有感觉到杀意，才懒得管他的脸色为什么难看。

她只在意一点："是您把我叫醒的？"

"是。"江涟冷漠地说，想到她在睡梦中散发出的濒死一般的腐臭气味，他的神色更加不悦，"如果你睡觉一直这么难闻的话，以后还是不要睡……"

话音未落，他的唇上突然传来温热柔软的触感——周姣仰头，舌尖扫过他的唇齿，轻轻吻住了他。

江涟垂着眼，神情毫无变化，似乎她的吻对他来说无足轻重，他的喉结却重重地滚动着，把她喂过来的唾液一滴不剩地吞了下去，箍在她腰上的触足也越收越紧，几乎在她的身上勒出一道青紫的痕迹。

周姣拍了拍他的触足，示意他放松，她贴着他的唇，黏糊糊地哄他："谢谢您叫醒我。对不起，我不知道我做噩梦的时候……会变得难闻，以后我尽量不做噩梦。"

不知是否噩梦的劲头还未消散的缘故，她身上的气息仍然很难闻。他却没有推开她，也没有收回箍在她身上的触足，反而在她试图挣脱时加重了力道，似乎在警告她别想离开。

他很不喜欢这种感觉，仿佛有什么东西在脖颈上收紧，让他烦躁极了，想要杀掉眼前这个人类。

好几次，他的触足表面都快分泌出神经毒素，想把面前令他烦躁不安的人类给弄死。但神经毒素还未彻底分泌出来，他就将触足闪电般缩回了身后的裂隙中，简直像怕……真的伤害到她一般。

他对这种情况感到陌生，感到不适，甚至感到一丝莫名其妙的……恐惧。

周姣没注意到江涟的异样，还在纠结退房的时候怎么跟老板解释一屋子的黏液——跟老板说，她其实是个章鱼走私商人？

可谁家的章鱼会在天花板上留下胶一样黏的细丝啊——跟蜘蛛结网似的！

周姣嘴角抽搐，她是真的想问江涟：你作为一个怪物，还是活在超深渊带的怪物，为什么筑巢的方式会是吐丝，这合理吗？

周姣没住过廉价旅馆，不知道她这种情况压根儿不算什么——廉价旅馆开设在贫民窟深处，住的都是三教九流中最下三烂的人群。这些人为了活着，要么在客房里进行非法直播，要么在客房里售卖违禁药物，有时客房内甚至会发生鲜血飞溅的斗殴事件。

就是因为这间屋子充斥着香水味、汗臭味、廉价香烟味、违禁药物和土枪的硝烟味，江涟才会用触足把她包裹起来——他不想让她沾染上这种腐烂般的气味，嗅上去全是罪恶、死亡和绝望，会让她变得很难闻。

除了以上那些，有的黑诊所也开在廉价旅馆的内部，为没钱买正版芯片的人植入盗版芯片。

所谓"盗版芯片",大多数其实是从正规生产线上淘汰下来的残次品,但对神经系统的伤害却是正版芯片的两倍。

然而为了活着,这些人别无选择。

周姣忽然想起,贫民窟中很多人都会破解被冻结的信用芯片。她得去试试,总靠抵押可没办法活下去……也付不起客房的清洁费用。

想到这里,她在江涟的触足中换了个姿势,打开网站,搜索"信用芯片解冻"。

不知是否刚被她吻过的缘故,江涟的触足有些躁动,时而钩住她的腰,时而扣住她的脚腕,时而圈住她的脖子,缓缓收紧力道,仿佛下一秒就要勒死她一般。

可她并没有感受到杀意,不由得满脸莫名其妙,不知道他要干什么。

周姣想了想,一把捉住他的触足,低下头,用脸颊轻轻地蹭了蹭——不看狰狞可怖的外观的话,完全想象不出那冰凉滑腻的触感来自怪物的触足,更像是昂贵的真丝被单,散发着丝丝缕缕的寒气。在全球变暖的今天,这样的寒气简直令她通体舒畅。

周姣蹭得毫无心理负担,没有注意到,她将脸颊蹭上去的那一刻,手上的触足就僵住了,像被冻住一般,半天都没再动一下,而江涟本人的神情则更为僵硬。

只听到"哗哗"几声闷响,头顶的荧光灯倏地熄灭了。

由于百叶窗外是山一般高的废品堆,屋内的光线一下子变得昏暗起来。

周姣没有在意。之前在实验室也出现过类似的情况,应该是江涟身上某种强烈的磁场影响到了周围的电压。她不知道的是,只有在江涟情绪异常激烈时,才会出现这种情况。她上次碰见,也是因为半年来江涟第一次对她生出了杀意。

如果这时周姣抬一下头的话,就会发现江涟的脸庞已变得比大理石雕塑还要僵冷。

他冷漠地看着她的头顶，眼轮匝肌停止收缩，呈现出极其诡异的非人感，面部肌肉却每过两秒钟就会出现一阵剧烈的痉挛，整张脸看上去异常癫狂割裂，似乎有什么东西正在皮肤底下狂暴地蠕动。

周姣蹭得有些上头，差点儿把正事给忘了，连忙调出网页，继续浏览。

公司深知"堵不如疏"的道理，民众在现实中过得如此压抑，必须让他们在其他地方发泄出来。

社交平台只是发泄渠道之一，除此之外，还有网络黑市。

在这里，你能买到不知转了几手的盗版芯片，能买到各种各样的全息视频，大多是网络主播在巨额打赏之下做出来的奇葩行为，甚至能买到黑诊所的拟感录像——买这种录像的，穷人富人都有，穷人是为了看有钱人被摘除芯片和高级仿生器官，富人则是为了看人像牲畜一样任人宰割。

周姣找到一个名为"专业解冻芯片"的卖家，把自己的情况发了过去。

几秒钟后，卖家弹了个"共享芯片"的请求过来。

周姣打了几个问号过去。

"共享芯片"看上去跟"共享桌面"差不多，但"共享桌面"共享的是电脑桌面，"共享芯片"却是把自己的脑子共享出去。

一些追求感官刺激的人，会在网上随机找人共享芯片。据他们所说，这会让他们产生一种类似于在山腰公路飙车的刺激感，仿佛有电流在脊髓中奔涌四散。

卖家这个请求，简直跟性骚扰没什么两样。

下一秒，卖家也发了几个问号过来："姐姐，你在想什么？我只是想看看你的芯片型号。"

卖家："只有公司的货才能搞神交，杂牌货只能转账和收款。现在市场上的芯片牌子套得那么杂，不共享我怎么知道你买的是哪个旮旯儿的玩意儿。大家都是穷光蛋，爽快一点儿，别像公司娘儿们似的磨磨叽叽的。"

"公司娘儿们"周姣："……"

卖家凭着多年倒卖盗版芯片的经验，硬是琢磨出了周姣省略号中的万千含义，连忙抱歉道："啊，您还真用的是公司的货啊？对不起对不起，我这店比较小，没接待过几个公司老板。公司的货比较复杂，得去线下解冻。您需要的话，我把线下地址发给您。"

周姣："发给我吧。"

卖家发了一串网址过来。

这串网址不知经过了多少层加密，加载的速度慢得要命，足足过了十秒钟才勉强显示出一张具体的地图来，只见地图上密密麻麻全是绿点，每一个绿点都是一个网络黑市的线下店址。

周姣第一次接触这类东西，才知道这种破解芯片的小店早已开得遍地都是，如雨后疯长的霉菌般爬满了整座屿城。

可能是因为她在网上耽搁的时间太长，江涟低沉冷冽的声音突然在她脑中响起："共享芯片请求？"

周姣："嗯，我的信用芯片被冻结了，想找个人帮忙解……冻……"

话未说完，周姣看着左上方的"已连接"，眼皮开始一个劲儿地狂跳："我可以问问，您为什么会在我的脑子里吗？"

江涟的声音却带着淡淡的不解，像是不明白她为什么这么激动："我叫你，你不理我。"

"然后，"周姣咬牙切齿，"你看到我的芯片是等待连接状态，就直接连进来了是吧？！"

江涟点头，仍不明白她为什么激动。

周姣的眼皮重重地连跳。

她的芯片之所以会显示"等待连接"，是因为卖家弹过来的那个"共享芯片"请求。虽然她拒绝了，但 AI 检测到她身边有"认识的人"，以为她还要用这个功能，便默认为开启状态。功能开启以后，两个人近距离连接芯片，就不再有"同意"或"拒绝"的步骤。

一时间，周姣不知道说什么好。

她没办法告诉一个怪物，不要随便连入他人的芯片，这是一种非常亲密的行为。

因为江涟肯定会问她，为什么连入他人的芯片是一种非常亲密的行为。

但她也不知道啊！直到现在，生物科技也没有明确或推广芯片的相关功能，但人类莫名其妙地开发出来了，还取了一个十分形象的名字——神交。

周姣表情复杂，第一次感受到人类的思想是多么肮脏。在肮脏的人类面前，怪物单纯得就像是鼻子不小心沾上水珠的小狗。

周姣的精神太紧张了，她一紧张，思维就容易发散。霎时间，她脑中转过数十个乱七八糟的念头，包括"他为什么那么像狗""养狗好贵，要交十多万的宠物税""章鱼能当成宠物养吗""他究竟是不是章鱼"等她精神正常时绝不会考虑的问题。

江涟盯着她看了几秒，突然冷不丁地开口说道："我明白了。"

周姣："您明白什么了？"

他眯着眼睛，若有所思："芯片可以调节神经元电活动，模拟出亢奋或欣快的感觉，这种感觉就像……"

他还真明白了啊！周姣赶紧打断他："是是是，就是您想的那样。我们还是在现实中说话吧，这么说话太奇怪了。"

这种负距离般的接触令她心惊肉跳，她满脑子想的都是怎么让他断开连接。

尽管她在特殊案件管理局上班时也曾这么跟人交流过，但跟她交流的都是人——正常的人类。他们深知人脑的脆弱性和隐私的重要性，因此只是交流，绝不会四处窥探或访问。

现在，江涟待在她的脑子里，她就像被熊孩子闯入手办收藏室一般惴惴不安，总觉得他会突然伸手将几个天价手办娃娃开膛破肚。

最难受的是，她不能主动断开连接。

一方面是这样可能会惹他生气，他一生气，她就会有性命之虞；另一方面则是强行断开可能会让他更加……好奇。

这怪物连"调节神经元电活动"都知道，只要他想，弄清楚全部功能简直是分分钟的事情。

因此周姣只能卑微地等他自己离开，这种主动权攥在他人手上的感觉，令她不爽极了。

等她研究清楚怎么把他送回老家……到那时，她一定会把这段时间强咽下去的所有脏话都砸在他的脸上！

就在这时，她的下巴被一条触足顶起。

江漄垂下头，自上而下地看向她。

这一刻，怪异的感觉在脑中膨胀到极致——他还在她的头脑里。

她能清晰地感受到他的存在，甚至能听见他喉咙里的吞咽声。他的一切都被芯片转化为一种特殊的电波，在她的大脑里轻轻流窜。

是她的错觉吗？他的情绪似乎比她还要激烈。

当他的视线下移，停留在她的唇上时，她看到他的神经元网络拓扑图接连亮起，如同爆发了一轮转瞬即逝的美丽焰火。

周姣被他看得浑身僵硬——没办法，本来她就对他本能地感到恐惧，而她又分不清恐惧和心动的界限。

再加上他还在她的脑子里。尽管他完全不知道如何用芯片调节神经元电活动，但被一个恐怖、未知、不可控的怪物入侵大脑，本身就是一种极其强烈的刺激。

啊，她真是怪胎。也只有她这样的怪胎，才会觉得跟非人类共享大脑非常刺激。

忽然，她的脑子里灵光一现，发现自己并不是没办法拿回主动权。

虽然她不想跟江漄发展出更古怪的关系，但她不介意让他体会一下人类世界的肮脏与险恶。

试想，一个不知道活了多少年的怪物，在来到人类世界之前，一直在深而又深的超深渊带内沉睡，除了进食，再没有过别的行为。

这样一个神秘而强大的生物，神经元突然被激发，感受到惊涛骇浪般的陌生感觉，他会想什么呢？他那张永远漠视一切的脸庞，会露出怎样的表情呢？震惊、迷惑，还是……以为自己快死了的恐惧？

周姣光是想想，就觉得五脏六腑都沸腾了起来。

但她是个谨慎的人，思虑半晌，还是把这股冲动强压了下去。

毕竟以江涟的种种行为来看，他会震惊是真的，会迷惑是真的，震惊和迷惑之后……会上瘾估计也是真的，她没必要自找麻烦。

周姣心念电转，决定用老办法对付江涟。她仰起头，对他露出一个乖顺的微笑："江医生，退出连接，在现实中跟我说话，好不好？"

江涟对共享芯片完全不感兴趣，之所以会连进来，只是因为不喜欢周姣被一件事占据太多注意力。

噩梦不行，触足不行，网络对面的陌生人更不行——她是他的，她的头发、她的眉毛、她的眼睛、她的鼻梁、她的嘴唇、她的唾液、她的汗水、她的信息素……她周围的空气、她不小心留下的指纹，都是他的。

就连她的恐惧，也是他的。

他不喜欢她因别的事物而感到恐惧，他更喜欢她生机勃勃地动坏脑筋的样子——这样的她，也更好闻。

江涟紧紧地盯着周姣，镜片后的瞳孔逐渐收缩，直到压成一条人类眼瞳绝不可能出现的竖线，十分诡异，泛出某种只有兽类才会生出的可怖贪欲。

他对现在的情况感到很烦躁，很不满足。

他想让她看着他——但她正看着他。

他想让她待在他的身边——但她正躺在他的触足上，几分钟前甚至还用脸颊在上面蹭了蹭，让他的喉咙和胸腔到现在都有些刺麻。

他想要的，她都做到了，可是不够，仍然不够。

他还想要什么？他还能从她那里得到什么？

烦躁的感觉越发强烈，他那种想要杀人的冲动又出现了。

江涟神色阴冷，恐怖的杀意在他的血管里疯长，横冲直撞——以一种随时会爆炸的强劲力道。

可他隐约知道，这并不是杀意，至少不完全是杀意。

杀意不会让他的胸口生出一种怪异的酥麻感，更不会让他那么饥饿。

那他是想吃了她吗？也不是。

虽然这种感觉类似食欲，但绝不是食欲。

不是食欲的话，那是什么？

江涟冷漠而烦躁地看着周姣。

这究竟是什么感觉？他能从周姣的身上找到答案吗？

周姣好说歹说，总算哄得江涟断开了连接。

啊，脑子终于清净了！周姣长长地吐出一口气，想到江涟停留在脑子里的感觉，仍然心有余悸。

她不好形容这种感觉，他们面对面，却在彼此的大脑里交谈，江涟每在她的脑中说一句话，都会在她的身上引起剧烈的寒战，伴随着刺痛般的麻意，简直像患上了某种会发热的疾患一般。这让她感到危险，脑中警铃大响。

让她更加感到危险的是江涟的眼神——他虽然如她所愿断开了连接，视线却一直落在她的身上，森冷、贪婪，存在感极强，如同千万根细细密密的蚕丝，想要裹缠在她的身上，一圈又一圈，直到将她做成一个可以被他随身携带的茧。

周姣不明白他想干什么。

这种情况今天出现好几次了，每当她觉得他这么看着她，都是想要杀死她时，她却没有在他的身上发现杀意。

那他干吗露出一副想杀人的表情？

周姣想了想，决定把江涟的事搁置在一边，再次打开卖家传来的地图，决定先把信用芯片破解了再说。

假如这是一部恐怖电影，她现在应该想办法甩掉江涟，独自去这种小店，在芯片破解完毕的一瞬间转身逃跑，然后发现江涟正在不远处等她。

但周姣对这种做法完全没有兴趣，不仅是因为她知道自己逃不掉江涟的注视，也因为这种小店很可能藏着不少从黑市上淘来的玩意儿，枪都不算什么，就怕有地雷或炮塔。她不可能甩掉江涟，一个人去这种危险性未知的小店。

想到这里，周姣从床上坐了起来。

她本想直接告诉江涟，等下陪她过去一趟。对上他一动不动的视线，她心中莫名其妙地一动，又慢慢卧倒，一只手撑着面颊，伸出一只脚轻轻碰了一下他的裤腿。

他仍然紧紧地盯着她，却微微侧了一下头，像是在询问她的意思。

周姣眨了两下眼，自下而上地望向他："您等会儿可以陪我去一个地方吗？"

经过几次交锋，周姣确定，他很喜欢她做出这种仰视的情态。

其实她不问这一句也行，但她怕刚才的事对他产生了什么古怪的影响，想要试探一下他。

江涟的视线下移，停留在她的脚上。

周姣看见他的瞳孔紧缩又扩大，像是有某种激烈的情绪在里面极限拉扯。

"你……"他开口。

周姣突然很紧张：万一他没有被刚才的事影响，被她这么一弄，反而生出乱七八糟的想法了怎么办？她的魅力有那么……大吗？想到他对她的气味魔怔似的痴迷劲，她又不确定起来。

一时间，她完全忘了自己之前是如何权衡利弊的，心里只剩下一种诡异的兴奋感。

江涟对她这么着迷，让她很兴奋——即使他的着迷混合着恶意、杀意和危险的欲望。

或许，她真的可以试试进入他的大脑，激发他的神经元，说不定能找到他的弱点……

这一想法刚从她的心中生出，她就听见江涟问道："你为什么用脚碰我？"

周姣冷冷地说："你就说你跟不跟我去吧。"

江涟点了点头。

周姣立刻转身下床，走向浴室，把里面的触足都轰出去后，关上毛玻璃门，打开了淋浴头。

水声响起。

江涟仍然盯着周姣，他的神色看不出丝毫异样，仔细观察的话就会发现，他的头和颈已形成了一个十分怪异的角度，只有接榫人偶才能将头颅扭曲成这样。

江涟完全是下意识地做出这个动作——他的目光离不开周姣——尤其是周姣用脚碰了他以后，更加离不开了。

他不知道她这么做的意图，也不知道这个动作的吸引力在哪里，但就是移不开视线。

浴室的毛玻璃很快被热水熏得模糊一片，连人影都看不见，只能看到潮湿而淋漓的灯光，这水声、这热气、这灯光也令他移不开视线。

数不清的触足黏在浴室周围，伸缩蠕动间，逐渐变得像蛛丝那么细，想要钻进去擦干玻璃上的水蒸气，又因为某种强制性的力量而悻悻地退了下去，只能在周围神经质地嗅闻里面溢出来的气息。

它们想要看着她——你不允许我们吃她，不允许我们嗅她，不允许我们长久地碰触她……到现在，连让我们看着她都不行了吗？

江涟没有说话。他站起来，取下衣架上的大衣，穿在身上，慢条斯理地扣上袖扣。

墙上有一面用黏胶纸贴上去的等身镜，周围装饰着深红浅绿的霓虹灯。

满是划痕的镜面映出他的身影——高大、冷峻、外形优越——他的视线却像墙上肮脏的黏胶纸一般，死死地粘在不远处的浴室门上。

江涟扣好袖扣，眼也没抬，打了个响指，捏爆了几条离浴室最近的触足的意识，意思是——不行。

周姣洗完澡，整个人舒服了不少。她把头发扎在脑后，穿上衣服，走出浴室。令她惊讶的是，屋内的触足都消失了，简直像从没出现过一般。

江涟正站在门口等她。不知是不是她的错觉，她总觉得他看她的眼神变得更加奇怪了，如同某种又黏又滑的浆液在她的皮肤上流淌。

周姣被他看得发毛，坐电梯的时候，下意识地站在了离他最远的位置。

当然，除了他的眼神的缘故，也有习惯的原因，毕竟这半年来，她在特殊案件管理局碰到江涟，一直是能离多远就多远。

原以为江涟只是喜欢她的气味，她站在哪里都无所谓，谁知电梯门还未关闭，她的腰就被一条触足钩住，触足用力地将她拽到了江涟的旁边。

江涟的声音在她的头顶响起："别离我太远。"

他的语气很轻，触足的力道却差点儿将她拦腰勒成两截。

周姣额头渗出冷汗的同时，眉心微微抽跳，这破旅馆电梯那么小，不到一平方米，她就算贴墙站着，也不可能离他太远，有必要使那么大劲儿吗？

她心里恨不得把这条触足给活煎了，语气却虚弱可怜："您弄疼我了。"

话音落下，腰上的触足就消失了，速度之快，简直像落荒而逃一般。

江涟低头看了她片刻，一字一顿地说："我没有用力。"

周姣无力地摆摆手：算了，是我们碳基生物太娇弱了。

破解芯片的小店在高架桥的底部，那是一个景观奇特的地方：以高架桥为分界线，一边是繁茂的绿植、不息的车流、深灰色的高楼大厦，另一边却是堆积如山的垃圾、杂乱无章的棚屋，还有一条暗绿色的污水沟在阳光下闪烁着七彩的光芒。

周姣找到棚屋的门铃，按了下去。

很快，一个声音在扬声器中响起："谁？"

"顾客。"

"什么业务？"

"破解信用芯片。"

"5%，"那声音说，"破解成功后，卡里的钱得分5%给我们。同意就进来，不同意就滚。"

周姣低骂了一句："真是黑店。"

"怎么样，考虑清楚了吗？"那声音问。

"行。"周姣咬牙说，"开门吧。"

这时，江涟的声音在她耳边响起："你要是不喜欢，我可以杀了他们。"

周姣心说：你别什么锅都往我头上扣，我看你就是单纯想杀人。

"您别乱来。"周姣怕他真的动手把这些人全杀了，主动伸手抓住了他的手。

江涟盯着她的手看了一会儿，暂且收敛了杀意。但当她走进去跟里面的人握手时，那股森寒的杀意又笼罩了棚屋，令四周气温骤降。

周姣一个激灵，回头一看，果然，他正盯着她和那人交握的两只手，眼里的戾气沸腾得快要溢出来。周姣连忙松开那人的手，反手扣住江涟的五根手指轻轻晃了一下，示意他不要冲动。

下一秒钟，她的身形微微发僵。她感到江涟的掌心裂开了一条缝隙，从中伸出湿冷的舌，一点点地舔过她的手指，既像是在覆盖她手上陌生人的气味，又像是在警告她，不许再跟其他人握手。

阴冷的触感令她浑身鸡皮疙瘩直冒，她全身上下都僵硬了，背脊发麻，想要甩开他的手，但又不敢。

有人向她投来疑惑的目光，她只能硬着头皮露出一个抱歉的微笑："对不起，我有……"她绞尽脑汁，想找出一个合适的理由，半晌，从齿缝间挤出一句，"我有皮肤饥渴症，离不开我男朋友。"

周围的人还没有对这句话发表什么意见，江涟先做出了反应——有一条触足不知从哪里钻了出来，带着一股莫名其妙的兴奋劲儿，往她的袖管里钻。

周姣不觉得他听懂了这句话，他连她为什么伸脚都看不懂，还懂这个？他只是想钻来钻去罢了！

她咬紧牙关，一把按住那条触足，把它塞回了江涟的衣摆里。

周围的人对她的怪癖表示理解，但表示手术室只有患者才能进去。

周姣完全不敢看他们的眼神，毕竟从外人的角度来看，她和江涟的手简直是以一种令人难以想象的力道胶合在一起的，没有哪个正常人会这样牵手。

周姣费了好大一番劲儿，给江涟画了好几张大饼，总算哄得他暂时松开了手。

她揉着手，走进手术室，心想：是她的错觉吗？总觉得江涟的态度变得非常古怪。

如果说，之前他对她的态度是介于杀意和欲望之间，现在则加入了一种黏胶般的东西，将杀意和欲望黏在了一起，搅成了一种全新的、危险而黏稠的冲动。

他为她的气味着迷，已经让她在生死线上徘徊好几回了，别再对她生出食欲，想吃了她吧？周姣越想越悚然。

这时，她脚步一顿，眼睛微微眯起。她在手术室里看到了一个意想不到的人——谢越泽。

他坐在几个显示器的后面，正在玩俄罗斯方块。每个方块的下降速度都被调快了三倍，他的动作却仍然游刃有余，方块始终维持在极低的位置。

周姣觉得，要不是她进来，他左上角的积分应该会达到一个很恐怖的数字。

像是听见了她的脚步声，谢越泽丢开鼠标，任由方块直直下坠，转头对周姣微微一笑，说："对不起，姣姣，连累你丢了工作。"

周姣没有跟他寒暄："你没死？"

谢越泽苦笑："我可以解释。"

周姣抱着胳膊，冷漠而防备地做了个"请"的手势。

谢越泽站起来，戴上蓝色橡胶手套，示意她坐在一张皮面斑驳的椅子上："你的信用芯片被冻结了，是吧？把你的连接线给我，我一边给你解冻，一边告诉你事情的原委。"

周姣直直地看了他一会儿，抬手拨开发丝，露出耳后的接口，扯出一条连接线。

有的人为了方便，把接口开在了掌心；她却是为了不方便，才把接口开在了耳后——她不希望自己太过依赖科技，也不希望自己迷失在公司的营销之下，像个电子产品一样永远在升级换代的路上。

"别耍花样。"周姣淡淡地说，"你我都知道，我可以轻松毙了你。"

谢越泽接过她的连接线，插进主机的插孔里，低声说道："我当然知道。"

他原本对周姣只是有点儿好感，但这两天，周姣的表现彻底惊艳了他。她居然在江涟和生物科技的夹击中存活了下来，要知道，当时AI计算出来的她的生还概率只有 0.038%，没人知道她是怎么做到的。

她强大、韧性十足，简直是这座霓虹森林中的奇迹。

"你没有在网上隐瞒身份。"谢越泽一边操作，一边说，"网上对

'公司的人'敌意很重，几乎在你暴露身份的那一刻，就有人在给你'开盒'了。卖家发给你的那个网址能实时定位你的位置，我知道的时候，他们已经在聊怎么把你拐到黑诊所去了……"

周姣当然知道使用未加密的身份逛网络黑市是一件多么危险的事情，但她是因为江涟在身边，才没有去加密。

她冷淡地打断谢越泽："谢谢你的提醒，下次我会注意。还是来说说，你拿到了我的什么机密资料吧。"

这一回，谢越泽沉默了很久，才开口说道："我可以告诉你，但是得换一种方式。"

话音落下，他发起了一个共享芯片请求，周姣一脸复杂地同意了。

很快，她复杂的表情就被谢越泽的话语震散了。

"芯片的问题远比你想象的可怕，"谢越泽压低声音，一字一字地说道，"所有芯片致人发疯的事件都不是巧合，而是生物科技的预谋。"

周姣脸色一变。

"很多人都知道，生物科技在试探人体的极限，但这些人只知道生物科技在做人体实验，想让人类和变异种形成共生关系，却不知道除了人体实验，生物科技还有一种更加残忍、更加恐怖，也更加直观的方式——"谢越泽缓缓地说，"客户的数据。"

周姣心底一寒。

谢越泽沉声说："内网显示，生物科技并不是对'芯片疯子'一无所知，相反，从芯片研发至今，每一个'芯片疯子'的档案'它'都严密保存，资料详尽到简直像有摄像头 24 小时监视那些人的生活一般。

"而且早在 2049 年，他们就发现，人体最多只能承受两个生化芯片，超过这个数量，就会出现一系列并发症，比如排异反应、情感障碍甚至是攻击性行为。"

周姣重重地闭了闭眼："你的意思是，生物科技明知道人体无法承受两个以上的生化芯片，却仍然大肆推广和强迫员工植入芯片，并且无时无刻不在监视他们，以得到实验室里不能得到的数据？"

"是，"谢越泽眼中微微闪过一丝赞赏，"芯片里的一切都会上传到生物科技的数据库，包括我们现在的对话。但'它'不会在乎我们说什么。'它'知道我们无法撼动'它'的统治。"

周姣用力地按住眉心，想起梦中那场爆炸，忍不住轻轻打了个哆嗦。

有那么一瞬间，她觉得那个精神错乱男人不再是一个活生生的人，而只是一个工具、一个零件、一根燃烧殆尽的火柴。活着的时候，他是公司的实验数据；死了以后，他仍是公司的实验数据——整个车厢的人都是公司的实验数据，包括她的父母。

可能是因为她的表情太过恍惚，谢越泽握住了她的手，用鼻尖轻轻碰了碰她的指尖，温柔地说："别怕，我会保护你。江涟的来历我也不太清楚，但我知道，你一定很想摆脱他，我会努力帮……"

这下，周姣的脸色是真的变了，她连伤感都忘了，一个劲儿地往外抽手："你别乱说——"

江涟就在门外，你不要拉拉扯扯啊！她不想再被那些鬼东西舔一遍！就算你想帮我摆脱江涟，也不用这样大声密谋吧？！

周姣的右眼皮跳个不停——江涟绝对听见了谢越泽的话，她感觉四周的气温在慢慢下降，空气逐渐凝固成冰。

照这个趋势，下一秒钟，谢越泽的脑袋就会被触足拧下来。

她只能用上这辈子最大的力气一脚踹开谢越泽，冷冷地抽回自己的手："谁说我要摆脱他了？他是我的男朋友，我爱他爱得患上了皮肤饥渴症，只有贴在他的身上我才能活下去。"

谢越泽："……"

周姣："……"

两个人大眼瞪小眼。半晌，谢越泽喃喃地说道："如果我没有记错的话，他好像可以伸出像章鱼一样的腕足……"

周姣没想到他还记得这个，面部表情有点儿发僵。

谢越泽看着她僵硬的表情，低声说："你要是有苦衷……"

"我没有苦衷，"周姣强忍住羞耻，冷冰冰地打断他，"我就是好这一口。"

谢越泽："……"

直到把芯片破解到一半，谢越泽都不知道说什么好。

他不知道自己曾被江涟控制过，只记得几个模糊的画面——昏暗的实验室，阴冷的气氛，到处都是紫黑色的触足，一眼望去仿佛是一个不可名状的恐怖巢穴。

然而这些都比不上那个身影可怕。

那人身形俊峻挺拔，穿着垂到膝盖的白大褂，从鼻梁到唇线，到下颌角，再到修长有力的指骨，都无比优越，无比好看。但仔细观察的话，就会发现他的身形与阴影的衔接处，一直有什么东西在疯狂蠕动，不时响起令人毛骨悚然的诡异的嗡鸣声。

那嗡鸣声至今还在谢越泽的耳边回荡，令他身体发凉。

谢越泽看着周姣，还想说些什么，但他耳中突然有什么东西闪了一下，他只好换了一个话题："你现在感觉怎么样？"

周姣："还行。"

谢越泽想了想，说："如果你还在特殊案件管理局上班的话，我不会帮你破解芯片。信用芯片虽然功能最少，却是最有可能改变你大脑的一种芯片。"

"很多人不理解，为什么生物科技推广得最多的是信用芯片。他们不知道的是，想要建立起一个巨型垄断公司，首先要建立起区别于其他公司的信用体系……"

周姣看着显示器上的破解进度条，有些疲惫地按了按眉心："我在生物科技工作了很长时间，我知道信用芯片的来历……"

谢越泽却摇了摇头："建立信用体系只是第一步。有了信用体系后，公司就可以掌控每一个人的动向，给高信用客户量身定制广告，推荐核心产品；限制低信用客户消费，定位他们的位置，把他们送去旗下工厂做苦力。

"而这，只是最基础的功能。"谢越泽轻轻地说，"更深层次的功能，很有可能是根据大数据推算出人们在政治上的偏好，操控选票……"

与此同时，破解进度条走到了85%。

周姣抬眼望了一圈四周——这是一个很典型的芯片手术室，显示器、主机、皮椅，后面是一排冰柜，里面堆放着兴奋剂、镇静剂和止痛剂，标签很脏，但能隐约看出是生物科技的牌子。

生物科技？

周姣突然垂下眼，颤声说："别说了，我父母就是……"她压抑地抽泣一声，"我现在没办法听这些……"

她长相清冷，肤色极白，忽然露出这种脆弱的表情，让人心生怜惜，尤其是她的脖颈处还有一圈触目惊心的青紫指印，更加让人生不出防备之心。

如果谢越泽离她再近一些的话，就会发现她的肩背到腰腹全部如弓一般紧绷，那是一个随时有可能发起进攻的姿势。

但谢越泽已经信了她的话。

资料显示，周姣的父母死于一场芯片爆炸，她完全有理由这么悲伤。

他往前一倾身，再次握住她的手："别怕，姣姣。只要你相信我，就能给你的父母报仇……"

同一时刻，进度条显示100%，破解完毕。

说时迟那时快，周姣一只手拔掉个人连接线，另一只手闪电般钳住谢越泽的喉咙——速度之快，连她自己都愣了一下，但很快她就反应过来这是改造的缘故，她掐着谢越泽的喉骨，毫不犹豫地将他反掼在了皮椅上！

她将连接线塞回耳后的接口里，膝盖一抬，压在谢越泽的肩上："让我来猜猜你是哪个公司的人。"

谢越泽正要说话，听见这话，身体猝然一僵。

"生物科技给你的罪名是'下载并泄露机密文件'，但是这两天，我一直在网上搜索有关生物科技的信息，你说的那些，网上一个字也没有。"她冷漠地说道，"请问，你传播到哪儿去了？"

"只有两种可能，"她一边说，一边加重手上的力道，几乎是立刻，谢越泽的喉骨就发出了可怕的"嘎嘎"声，"第一种，你是一个佣兵，你窃取这些资料是为了卖钱，传播的对象是你的客户；第二种，你是其他巨型垄断公司的人，是为了自己公司的利益，才去窃取这些资料……"

她掐得真的太重了，谢越泽只能一边痛苦地喘息，一边说道："你真的很聪明，姣姣。我的确是其他公司的人……但我真的对你没有恶意……相信我……"

周姣冷冷地俯视着他。

"我知道，你绝对不是自愿待在江涟的身边……相信我，我可以帮你摆脱他……我知道他有多么可怕……"

谢越泽以为这句话百分百能打动她，毕竟她脖颈上的青紫指印是那么吓人——她很可能经历了一番难以想象的搏斗，才从江涟的手下捡了一条命。

谁知，他的话音刚落，她居然轻声笑了起来。

只见她往前一俯身，紧贴在谢越泽的耳边说："给你挖个坑就往里面跳啊——如果你是其他公司的人，冰柜里为什么全是生物科技的药？"

谢越泽瞳孔骤缩。

"忘了说，还有一种可能——你是生物科技的人，从头到尾都没有窃取机密资料，那晚你过来，只是因为你们监测到了江涟的异常，想看看发生了什么事。"

是的，江涟在特殊案件管理局待了半年，生物科技怎么可能没有发现这个变数，只有一种可能，他们发现了，但不敢轻举妄动。

谢越泽不过是一个监视江涟的摄像头。

"知道你哪里露馅儿了吗？"周姣微扯唇角，"只有公司的人才知道我父母的死跟芯片有关，普通人只知道他们死于自杀式袭击。这是第一点。"

"第二点，昨天我才接触到芯片的阴谋论，今天你就告诉我，生物科技并不是对'芯片疯子'一无所知。你试图用更多的信息让我对你产生信任，好让你们继续监测江涟的动向。但你们一下子给得太多了，我不相信所谓的内网能查到这么多秘密。"

谢越泽沉默。

"最后一点，"周姣手上的力道再次加重，"明明我们连接着芯片，提到江涟的时候，你却换了人声。你在故意试探江涟对我的态度。"

她压低声音，轻而冰冷地在他的耳边说道："但你有没有想过，如果我对江涟价值不大，你说的那些话有可能会把我害死，在这种情况下，还想让我跟你合作？"

周姣真想直接弄死谢越泽。

她对差点儿害死自己的人没有任何容忍度，但她得留他一命，让他去传话。

周姣松开谢越泽的咽喉，后退一步，在桌上抽了一张消毒巾，仔细擦拭自己的手指："换一个更聪明的人来找我吧，你还不够格。"

说完，她扔掉消毒巾，转身走出手术室。

周姣不相信公司的人，这些人说的话，她一个字都不信。

可是，她想要送走江涟，与公司合作似乎是最好的办法。

一个是天生怪物，一个是人造怪物，她该怎么选？

周姣离开后，一个声音在谢越泽耳边响起："你太着急了，你也知道她是一个聪明人。对待聪明人，不能威逼，只能利诱。"

谢越泽轻碰了碰剧痛的脖颈，苦笑道："对不起，大人，我搞砸了。"

"你没有搞砸，"那个人答道，"她太聪明了，凭一点儿信息就能推测出全貌。我们不需要这么聪明的棋子。"

谢越泽意识到了什么，心中一凛："那您的意思是……"

"既然她不愿意合作，那就换一个人去接近江涟。"那个人漫不经心地说，"她不知道，我们能通过芯片看到她经历的一切。她刚才那么对你，是因为她很恐惧江涟，她也无法掌控这个怪物。她现在之所以能活着，是因为怪物喜欢她的气味，而气味作为化学信息，是可以调配出来的。"

谢越泽立刻懂了高层的意思——他们准备调配出周姣的气味，让另一个人去接近江涟，这个人不一定有周姣聪明，但肯定比周姣听话、忠诚、值得信任。

然后，周姣就可以消失了。

出于某种直觉，谢越泽觉得这个计划行不通。

周姣眼角抽搐地看着自己的手——她就知道会被舔！

江涟像没有察觉到她的不适一般，用力扣着她的手，手掌的裂隙开开合合，湿冷而滑腻的触足专心致志地卷着她的手指——如果他像人类一样舔她，她心里会不会好受些？

好受个屁！周姣想，都一样让她起鸡皮疙瘩。

她该不该感谢他跟她接吻的时候，没有用手上这张嘴？想到他用手上的裂隙吻她，她只觉得一股恶寒从心底蹿起，忍不住打了个冷战。

目前唯一的好消息是，江涟好像不是很在意她撒的那些谎……那就好，她完全不知道怎么跟他解释"好这一口"的意思。

她不知道，江涟并不是不在意，而是处于极端愤怒状态，已经没有心思去关注她都说了些什么了——周姣从手术室出来以后，身上有了其他男性的气味。

这个发现令他心底的杀意疯长。他从未感受过如此剧烈的杀意，如同密密麻麻的白蚁钻进关节里咬啮骨头，必须用滚烫的鲜血才能将其浇下去。

假如这时周姣往他的身后看一眼，就会发现他颀长挺拔的身影在此刻变得极为畸形可怖，能清晰地看见触足蠕动凸起的形状，似乎随时都会有触足从皮肤底下猛然钻出——把这里的人都杀死。

江涟的眼神冰冷得骇人，杀意和怒火疯狂交织，但是他首先得覆盖她身上其他男性的气味。

周姣已经放弃挣扎了，任由江涟用掌心裂隙里的东西，把她的手指裹缠了一遍又一遍。

现在，她的手就像刚从泥沼中拔出来一般，手指与手指之间黏着一层难以形容的黏液。

原以为舔完手指他就消停了，没想到那东西开始沿着她的手臂往上爬，带着阴冷的寒意游向她的肩颈。

周姣连忙按住那玩意儿，惊疑不定地望着他。

望过去的一刹那，她还以为自己看错了人。江涟现在的表情不对劲，很不对劲，双眼爬满狰狞的血丝，脸上每过两秒钟，就会有一条触足在皮肤底下剧烈蠕动——看上去就像面部痉挛一般。

"您怎么了？"

江涟没有听见她在说什么，一动不动地盯着她，心神完全被一件事占据——覆盖她身上其他男性的气味。她的身上除了她自己的气味，只能有他的气味。

触足被按住，那他就换一种办法。

江涟掌心的裂隙合拢了。

周姣松了一口气，可以沟通就行，还以为他表情扭曲成这样，已经完全没办法沟通了呢。她清了清喉咙，正要问他怎么了，两只手突然被他用一只手反扣在身后。

她眉头微蹙，看着江涟扣着她的双腕，靠近她，低头嗅了嗅她的头发，又嗅了嗅她的脖颈。整个过程中，他都死盯着她，眼中燃烧着一种让人感动极为恐怖的情绪。

气氛古怪又紧绷，周姣被他盯得头皮发紧——他不会又想杀了她吧？

虽然她并没有在他的身上感受到杀意，但他今天露出太多次这种想要杀人的眼神了……会不会是她的感觉出错了？

想到有可能是她的感觉出错了，周姣脑中警铃大作，心底寒意直冒，下意识地后退了一步。

下一秒钟，她看到江涟上前一步，紧接着整个人从中间裂开了——是的，整个人，从中间，裂开了。

他的神情没有丝毫变化，金丝镜片后的眼睛始终直勾勾地盯着她，颈部以下却裂开了一条巨大的裂隙，暴露出虫洞般幽深的内部，仿佛凭空出现了一个异次元空间。

周姣瞪大双眼，眼睁睁地看着那条裂隙朝她当头罩下，如同蚌壳一般将她的上半身牢牢包裹住。

江涟一手反扣着她的手，另一手按住她的后脑勺儿，把她抱得更紧了一些。这一刻，他几乎要像人类一样餍足地叹息——其他男人的气味终于不见了。

今天一整天，江涟都处于极端烦躁的状态——

周姣在他的身边，他很烦躁。

周姣不在他的身边，他更加烦躁。

周姣在他的身边，却染上了其他男性的气味，烦躁如同烈火烹油，几乎逼得他双眼发红。

但他将周姣完全包裹在自己体内以后，那种暴戾的烦躁就消失了，只剩下无法形容的餍足。

江涟垂下眼。

不知是否周姣的头十分接近这副躯体的心脏的缘故，他的胸腔一阵发胀，传来丝丝缕缕的酸麻感。

对于野兽来说，任何一种从未体会过的感觉都会引起它们强烈的警惕。因为在野外，这往往是中毒或生病的信号。

但江涟知道，这种感觉是周姣带来的，她总是给他带来一些无法解释的陌生感觉。

江涟的头垂得更低了。他眼神晦暗地盯着周姣，红血丝时而爬满眼球，时而迅速退去；但仔细观察的话，就会发现那根本不是红血丝，而是一根根充血的触腕，正在他的眼眶里狂躁不安地伸缩蠕动——他必须知道这种感觉是什么。

周姣好不容易才从江涟的"怀中"挣脱出来，惊魂未定地看看自己，又看看江涟——刚刚发生了什么？！

被江涟按进怀里的一瞬间，她就像失去了听觉和视觉一般，只能感受到难以言喻的温暖和安全，如同坠入了一个深不可测的黑甜乡。

在那一刻，她忘了这是哪里，只想闭上眼睛，在这份黑色的安全感中待到天荒地老。

从他的"怀中"挣脱出来以后，她混乱的头脑立刻恢复清醒，嘴角微微抽搐起来——不用想，肯定是她吃下的那根触足在作祟，触足回到主体的身上，可不就是感到安全吗？！

但她不想要这份安全啊！

周姣伸手抹了把脸，因为情绪激动，脸上透出一丝诡异的潮红。

江涟盯着她脸上的红晕，胸腔的酸麻感更加明显了。他神色莫测地想：为什么她脸颊充血，我这里也会发麻？

周姣一直警惕地看着江涟，见他朝她走近一步，立刻往后退一步，还没来得及开口，脖颈就被他用一只手掐住了。跟前几次要杀她的情况不同，他只是用手掐着她的脖颈，没有用力，但也没有松开。

如同顶级掠食者将猎物放在唾手可得的位置一般，猎物虽然暂时没有生命危险，却仍然被逼得头皮发紧。

江涟的视线粘在周姣的脖颈上，他知道只要自己一用力，她的脸庞就会迅速涨红，甚至发紫。

但是，他下不去手。

他要的也不是那种濒死的红……那是什么？

江涟的目光逐渐变得森冷，这种找不到答案的感觉又让他烦躁起来。

他的手指从周姣的脖颈上，慢慢移到她的头发间，扣住了她的后脑勺儿。

杀意、烦躁和难以描述的黏稠情绪如蚂蚁般从他的胸腔一路爬到指腹，令他的手指麻得厉害，几乎抓不住她的头发。

杀了她，这种感觉会消失吗？他冷漠地想，却低下头，贴上了她的唇。

周姣被他的举动弄得摸不着头脑。

这两天，她已经非常习惯跟他接吻，见他吻上来，立刻伸出自己的舌尖，扫过他的唇沿。

原以为他会像之前一样静等她把唾液喂过去，但这一回，他却像捕猎的蛇一般，迅速攫住她的舌尖，粗暴而凶狠地吮吸起来。

周姣被他吮得舌根发疼。他像渴了十天十夜的旅人一般，扯着她的头发，喉结滚动，几近焦渴地吞咽着她的唾液，一丝一毫都没有放过。有唾液从她的唇角滴落下去，他用余光瞥见，身上当即裂开一条缝隙，一条触足猛然钻出，接住了那滴唾液。

周姣被他亲得呼吸困难。

不知过去了多久，就在周姣喘不上气时，江涟终于松开了她。

他冷峻的脸上毫无表情，大拇指却轻擦了一下嘴唇。

短时间相处下来，周姣已经知道，他只有在非常饥饿的时候才会做这个动作。

周姣眼皮一跳：不是吧？她的口水都快被吸干了，他还觉得饿呢?

江涟不是饿,但跟饥饿一样有种强烈的灼烧感,令他的喉咙阵阵发紧。

之前那种舌根被香到发麻的感觉不见了,变成了一种空虚感,似乎他只有将她拆吞入腹才能彻底缓解。

江涟将大拇指抵在唇间,表情阴郁地盯着周姣看了很久很久,似乎在想怎么处置她。空气中似乎有什么东西在反复拉扯,气氛逐渐紧绷,几近凝固。

半晌过去,江涟冷冷开口:"你去外面等我。"

周姣觉得今天的他十分古怪,简直不可理喻,但想到他不是人,又释然了,放下一切疑虑出去等他。

几乎是周姣走出去的一瞬间,蠕动的紫黑色触足就侵占了墙壁、地板和天花板。如果这时周姣回头一看,就会发现,这些触足比在她的面前时要恐怖十倍,连底部的纤毛都变得如鲨鱼利齿般骇人。

江涟推开手术室的门。

谢越泽正在收拾东西,准备离开,听见开门声,他猛然抬头,随即愣住:"江……江医生?"

他没想到江涟会进来,毫无准备,但他毕竟是生物科技培养出来的特工,立刻去按耳中的通信器,准备向高层说明情况,请求支援。

然而,他的手还未放到耳朵上,一条触足便猛然钻出,攥住他的手腕。

谢越泽愕然抬眼,只见紫黑色的触足覆盖了整间屋子,在墙壁、地板和天花板上翻滚、交叠、蠕动,任何人看到这一幕都会感到毛骨悚然,即使那些触足蠕动时会散射出夜光藻一般美丽的蓝光。

谢越泽张了张口,想说什么,江涟却没有给他开口的机会。

只听一声喉骨断裂的爆响,谢越泽的脖颈被触足硬生生绞断了。他浑身一松,头颅失去支撑,以一种极其恐怖的角度垂落下来。

同一时刻,谢越泽的通信器疯狂闪烁,似乎想跟江涟对话。

江涟看也没看那个通信器一眼，微微闭眼——不够，他杀了谢越泽，心里仍然十分烦躁，再杀几个试试。

监视着通信器的高层惊疑不定地看着这一切——这些人都是生物科技的特工，与普通员工不同，他们的芯片都是量身定制的战斗芯片，能根据他们的荷尔蒙水平发挥不同的作用，有的甚至能增加肌肉的神经募集能力，使每一块肌肉都发挥出 95% 以上的力量。

简而言之，这些人的身体都经过生化改造，有的人改造程度很深，甚至无法再被当成生理上的"人类"，绝不可能如此轻易地死去。

江涟屠杀他们却像割草一样轻松随意。

高层只能眼睁睁看着江涟走进其他房间，他每走进一个房间，屋内就会响起令人胆寒的惨叫声和喉骨断裂声。

有几个人试图反抗，他们背靠背，一只手举着枪，另一只手拿着防爆盾，训练有素地朝江涟射出暴雨般的子弹——这些子弹并非普通子弹，而是 1000℃ 以上的高温合金，打中机体以后会立刻释放超低温液体，使其迅速冷却。这样一来，再坚固的变异种外壳也无法抵御这种子弹的袭击。

如果江涟是一般变异种的话，几乎不可能在这样密不透风的攻击下活下来——但他不是。

只见一条触足倏然钻进其中一个人的身体里，不到两秒钟，所有人包括防爆盾都被那条触足贯穿，触足带着他们的身体上下摇摆撞击，鲜血喷涌而出，骨折脆响声不绝于耳，简直是恐怖片里才会出现的一幕。

高层看着这一幕，面色疯狂变幻——他们还是低估了江涟的力量。

事不宜迟，他们必须尽快调配出周姣的味道来对付江涟。

想到这里，高层"啪"地关闭了监控画面。因此他没有看到，最先被触足贯穿的人突然僵硬地抬起头，一卡一卡地望向门外。

"好……香……"那人喃喃说道，"好香好香好香好香……她好香……”

江涟的眼神瞬间变得极其冰冷可怖，他声音冰冷地说道："你也配觊觎她？"

随着最后一个字音落下，那人的所有骨骼都从皮肤上凸出来，仿佛有一股恐怖的力量在逼他的骨头离开自己的身体，血淋淋的关节一寸一寸地破皮而出。

那人连惨叫声都没来得及发出，就这样失去了所有骨骼，化为一堆血肉落在地上。

与此同时，周姣在外面等得有些无聊。

眼前是一望无际的垃圾堆，她必须仰起头，才能勉强吸入一些新鲜空气。

作为一个意志坚定的人，从发现江涟的真面目的那一刻起，她就知道自己的目标是什么——活下去，她要在这怪物的手上活下去。

但她要为了活下去而跟公司合作吗？

一边是吃人的怪物，一边是吃人的资本，谁会真正地伤害她？她该将刀锋对向谁？

不知过去了多久——也许只过了几秒钟，她眼中银光一闪，给谢越泽发了一条信息："我愿意与你们合作，但你们要给出足够优渥的条件。"

两分钟后，那边的人才回消息："一个星期后，晚上8点钟，带江涟到7号码头。我们在那边等你。事成之后，我们会往你的卡里打5000万元，够你无忧无虑地活十辈子了。"

周姣看着这条信息，微微挑了一下眉。

这时，她身上突然一沉，寒意在她的背上蔓延开来——江涟走到她的身后，从后面抱住她，把头埋进她的颈窝里，重重地吸了一口气。

周姣闻到一股浓烈的血腥味，瞳孔微微紧缩——江涟杀人了。

这一刻，她终于确定了自己的想法。

不错，到目前为止，只有江涟让她体会到了难以言喻的刺激感。她非常清楚，这种刺激感也只有江涟才能给她。但她不可能为了一点儿虚无缥缈的刺激感，而一辈子都让江涟掐着她的咽喉。

跟公司合作无异于与虎谋皮，但是不试试，她怎么知道那张虎皮最终会花落谁家？

就在这时，她耳根一麻，感受到了江涟湿冷的呼吸。

他问："皮肤饥渴症是什么？"

周姣："……"

她差点儿把这茬儿给忘了！

周姣含混道："就是一种病。"

江涟却没有被她糊弄过去。他低下头，又在她的颈窝处重重地吸了一口气，因为整张脸都贴在她的皮肤上，低沉冷冽的声音有些发闷："皮肤为什么会饥渴？"

周姣很想给他一面镜子，诚恳地说：您自个儿照照就知道为什么了。

但她不敢，只能继续含糊道："人类的身体比较脆弱，容易得各种各样的怪病……我见过一个人，他喝了工厂的废水以后，半夜身上会冒绿光……"

江涟沉默半晌，点了点头——人类的确挺脆弱的，自从他不想杀死她以后，都不敢对她太过用力，上次他用触足缠住她的腰，只用了千分之一的力量，她的面色就白得像要死去一般。

想到别的东西也能使她的面色那么苍白，他的神情再次变得阴晴不定起来。

他为什么要在乎一个这么脆弱的生物？她连他千分之一的力量都扛不住，更别说 1000℃以上的高温合金，子弹刚打入她的身体，还未释放出超低温液体——不，她连高温都不会感受到，就会因过强的冲击力而瞬间死亡。

他要这么废物的生物来干什么，当从属吗？

江涟顿了一下，心想：原来我心口发麻，是因为想让她当我的从属？他为什么突然想要一个人类从属？他活了那么多年，从未有过从属，这个人类渺小、脆弱、短寿，连百米左右的水压都无法承受。她凭什么当他的从属？

周姣见他没再提出奇奇怪怪的问题，长长地松了一口气。

她不相信公司，不可能仅凭公司的一面之词就把自己的身家性命都交付到公司手上。

反正还有一个星期的时间，她打算继续调查"生物科技什么时候倒闭"的身份，最好能揪出他身后的组织，形成一个三方狗咬狗的局面。

要是运气好的话，她或许能从这个局面中全身而退，携款逃跑；要是运气不好的话……周姣眯起眼，冷冷地望向远方，她说什么也要拉一方垫背。

就在这时，周姣的后背突然一冷——她难以形容那一刻具体感受到了什么，但是本能警铃大作，告诉她危险！快逃！

只能说多亏了在特殊案件管理局的工作经验，千钧一发之际，周姣猛地一侧身，出手扣住了江涟的触足，触足的顶部有一根长长的螯针，锋利尖锐，闪烁着森寒的冷光。

这狗东西怎么又对她起了杀心？

周姣抓着他的触足，太阳穴突突直跳："您这是……什么意思？"

她的动作太慢了，江涟在心中冷漠地评判，警觉性也不够，螯针快要刺进后脑勺儿了才反应过来。

他究竟看中了她什么？江涟看着她，目光如冰如刃，眉眼间压抑着烦躁的戾气——他不喜欢她的脆弱和低警觉性。

周姣在他冰冷目光的注视下，满脸的莫名其妙，不知道他在发什么疯。

江涟冷冰冰地盯着她看了半天，缓缓开口："你要是能在三天内逃脱我的追捕，我就允许你活下去。要是逃脱不了，我会亲手杀了你。"

如果她连他刻意放水的追捕都逃脱不了，那么死在他的手上，总比死在别的脏东西手上好。

周姣：不是，我招你惹你了？

周姣完全跟不上他的思路，还剩下一个星期，她不太想跟他玩这种无聊的大逃杀游戏。

她勉强露出一个温和礼貌的笑容，想请教他到底在搞什么。

江涟却没有给她开口的机会，冷漠地吐出一句话："跑，别让我说第二遍。"

周姣只能一咬牙，转身就跑！

如果说之前她还有点儿犹豫，不知道是选公司还是江涟的话，现在是一点儿犹豫也没有了！

的确，公司非常坏，每一处都滴着血和肮脏的东西，但公司的人好歹都是活人，具有人类的思维，能正常沟通，江涟却完全不能沟通啊！

上一秒钟，他还将脸庞埋在她的颈窝里，像吸猫一样痴迷地嗅闻她，下一秒钟他就冷下脸，要跟她玩大逃杀的游戏。就凭他那恐怖的嗅觉，她在摄像头另一端都能被他闻到，她怎么可能逃得过他的追捕？

周姣真想放把火，点燃垃圾堆里的沼气，跟他同归于尽算了。但想是这么想，她却只能闷头往前冲。

周围的垃圾太多了，到处都是罐头、塑料袋、速食纸盒、玻璃碎片……在冬日的阳光下折射出刺眼的光，绿头苍蝇成群飞舞。

有的垃圾不知是堆放太久还是什么原因，直接燃烧了起来，浓烟滚滚，刺得她眼睛发疼。

不知过去了多久，她回头一看，还能看到江涟的身影。

这么下去不是办法，他现在只是没提速而已，等他厌倦了一步步地追捕她，她迟早会被他逮住。

她得找个代步工具。

周姣刹住脚步，扫视四周。她一边寻找代步工具，一边用余光观察江涟的身影，心脏"怦怦"狂跳，几乎要从喉咙里蹦出来。

她已经很久很久没有这么胆战心惊了，全身上下每一个汗毛孔都在发紧——太刺激了，被抓住就是死。

这简直是她玩过的最带劲的捉迷藏，如果最后的结局不是她要死的话，她能给这个游戏打满分。

江涟的身影还在逼近。

不知是否她停下脚步的缘故，他的表情冷得骇人，身后紫黑色的触足若隐若现，发出令人不寒而栗的嗡鸣声，带给人极为不适的心理压迫感。

时间有限，周姣咬紧牙关，不再去看江涟的身影，弯腰在垃圾堆翻找了起来。

她需要一辆损坏程度不大的摩托车。如果这里是中心城区，她就直接放弃寻找了，但这里是贫民区的垃圾堆，除了钱，什么都可能在这里找到。

空气中似乎响起了紧迫的倒计时声，时间一分一秒地流逝，每过去一秒钟，都意味着死亡的阴影逼近了一些。

找到了！周姣精神一振，从垃圾堆里拖出一辆摩托车，迅速检查了一遍。

她运气不错，摩托车只是发动机有点儿问题，很快就能修好。

在屿城，买车比修车便宜，要是买的车出了问题，大多数人都会选择换一辆，而不是花钱送去修理。

假如她时间充裕，她能把这辆车修成一辆新车，但现在她只能用一种极端且费车的方式——打燃它。

周姣扶正摩托车，从耳后的接口扯出连接线，准备连在摩托车的发动机上。

江涟的身影越来越近，周围的空气也越来越冷，彻骨的寒意令她的思绪空白了一下，她差点儿没能把连接线插进摩托车的插孔里。

好不容易连上发动机，她开始发动引擎，每发动一下，眼前都会爆出白色的火花——不会摩托车没点着，她的大脑先被这玩意儿给烧了吧？

这时，有一个阴凉而滑腻的东西钩住她的脚踝，顺着她的小腿缓缓往上爬。

江涟的触足来了。周姣头皮发紧，顾不得安全问题，又连续发动了十几下，终于——

"嗡！"摩托车发出了震耳欲聋的引擎声！

她一把扯掉脚踝上的触足，翻身跨上摩托车，引擎发动到底，如同离弦的弓箭一般冲了出去！

几乎在她冲出去的一刹那，身后就传来了惊天动地的爆炸声——"轰！"

灼热的气浪骤然荡开，黑烟冲上天空，火光点燃了四周的沼气，又接连引发了几场爆炸，熊熊烈焰以不可阻挡之势蔓延开来！

江涟站在浓烟与烈焰之中，朝她投去一个漠然的眼神。

周姣被他看得浑身发寒。

他的眼神像是在说：继续跑，别停——停下来，我就杀了你。

那一刻，周姣的求生欲飙升至顶峰，她一转摩托车把手，以这辈子最好的车技冲向废弃公路。

生死一线的情况下，她的脑袋反而转得极快。

眼前一帧一帧地回放线索，最终定格在了"生物科技什么时候倒闭"发布的流浪汉照片上。

照片中，流浪汉表情麻木，身上全是被廉价注射泵扎出来的针孔，后面是一排迷幻的蓝色霓虹灯，烟尘弥漫，污水横流，隐约可见一个女性全息影像在机械地搔首弄姿。

那是屿城最混乱的一条街，每时每刻都在发生谋杀案和抢劫案，遍地都是酒吧、黑诊所和苍蝇馆子。

相较于她后面那位半真半假的疯子，那里全是货真价实的"芯片疯子"。

周姣调出地图，朝那条街疾驰而去。

可能是因为她的运气在修好摩托车的那一刻就全用光了，行驶到一半，摩托车发出了尖厉的警报声，AI 提醒她，如果一分钟内不停下来，可能会发生爆炸事件。

周姣不禁暗骂了一声，回头一看，明明她已经提速到最高了，却还能看到江涟的身影，简直跟她之前徒步逃跑没什么区别。

要是她现在弃车的话，下一秒钟估计就会被他的触足逮住。

他到底在搞什么，不会真的追上她就杀了她吧？

周姣不敢赌。她咬咬牙，眼中银光一闪，解开摩托车的速度限制，将速度提升到极限。刹那间，警报声响彻耳际，震得她两眼发黑，但摩托车成功提速，两轮几乎离地，风驰电掣地飙出十里地，瞬间甩开江涟一大截！

与此同时，AI 冷淡的电子音响起："车辆损坏程度已达 80%，请立即停车，原地等待保险公司联系您……"

周姣嘴角抽动。她这时停下来，等来的可能不是保险公司，而是市政府的收尸车。

周姣咬紧牙关，在震耳欲聋的引擎轰鸣声中再度加速，因为她是靠个人连接线强行打燃发动机的，她眼前顿时火花频闪，头脑一阵一阵地发晕。

她完全是凭着一股超出常人的毅力，在眼冒金星中保持着清醒和理智，驾驶着摩托车全速前进。偏偏这时，AI 还在冷冰冰地提醒她："车辆损坏程度已达 90%，请立即停车，原地等待保险公司联系您……

"车辆损坏程度已达 95%……"

快了——周姣强忍住火在频闪造成的头晕目眩，冷静地打量四周，寻找跳车的位置。

"车辆损坏程度已达 99%，已超出保险公司的理赔范畴……"

周姣"砰"地关闭 AI 的提醒，冷冷地道："弱智玩意儿，老娘压根儿没买保险。"

她一转摩托车，对准一个熊熊燃烧的垃圾堆全速猛冲了过去！

这完全是自杀的行为，街上的人都惊呆了，一个小摊贩正在摊蝗虫煎饼，看到这一幕，差点儿没能拿稳锅铲——不错，这条街都是疯子，但疯到这种程度的人还是相当罕见。

一时间，气氛热闹了起来，脚步声、吆喝声、嬉笑声响成一片。人们纷纷打开录像功能，有打算拍短视频上传到网上的，有操控无人机打算跟车祸现场合影的，还有几个戴着兜帽的小混混儿互相对视一眼，准备等周姣翻车后第一时间冲上去，把她送到黑诊所，摘除她身上完好的器官。

但他们都失算了——风驰电掣之际，周姣突然从摩托车上站了起来。

整个过程中，她的背脊始终紧绷着，她将身体压得很低，如同拉满的弓弦。

下一刻，她双脚蓄力，直接从狂飙中的摩托车上弹跳了起来，凌空旋转一周，在地上顺势一滚，一只脚抵在身后缓冲，整个人如同一只合拢翅膀的鸟，往后滑翔出数十米，掀起滚滚尘烟。

与此同时，摩托车撞上了正好燃烧的垃圾堆，火光轰然升起，气浪挟带着巨大的冲击力，将垃圾掀得到处都是。小摊贩刚摊出来的蝗虫煎饼，直接变成了塑料玻璃煎饼。

在一片混乱中，周姣踉跄着起身，顾不得眼前发黑，转身跑进人堆里。

有滚热的液体从她的鼻子里流出来，"吧嗒吧嗒"地往下滴，她随手抹了一把，在身上一擦，心想：我这身手不去当特工真是可惜了。

她用余光瞥见几个戴兜帽的人跟了上来，不像是公司的人，更像是本地混混儿，这些人就像嗅到血腥味的鬣狗，想跟在她的身后搞事。

周姣冷淡一笑：她对付不了江涟，还对付不了几个喽啰吗？

前面有个租枪摊。她走过去，想租一把枪。小贩见她是个新面孔，有点儿怕她是公司的探子，不太想租给她。

周姣懒得跟小贩周旋，一把抓住他的衣领，眼中银光闪过，强行转账租了一把。

"告诉后面那群傻帽儿，我在巷子里等他们。"她微微一笑说，眼中却没有半点儿笑意，接着动作轻柔地理了理小贩的衣领。

周姣弃车钻进人群后，江涟就到了。

起初，他是想找个由头杀死她——如果她无法逃脱他的追捕，那她就该死。

但他确实想知道，她能在他的追捕下活多久。

当她停下来去修理摩托车时，他的神情一分一分地冷淡了下去，感到了强烈的失望和无趣——她没有把他的话放在心上。

可能在她看来，他的追捕只是一时兴起，抓住她以后，又会被她几句话和一个吻糊弄过去，不会真的杀了她。那她就大错特错了。

江涟盯着周姣的背影，眼神变得冷峻至极。

如果当时修理摩托车的周姣回头看一眼，就会发现空气中挤满了狰狞湿黏的触足，缠住她脚踝的那一条触足，只是其中最不起眼的一条——要是她离开的动作再慢一些，哪怕逃过了垃圾山的连环爆炸，也会被猛然砸下的触足压成肉泥。

这一次，江涟是真的动了杀心，甚至没有让她察觉到另一条触足的存在。

然而下一秒钟，她跨坐上摩托车，引擎骤然发动，朝远处疾驰而去！

这是赌博一般的逃命方式，她却真的用这种办法逃过了他的追捕。

轰鸣的引擎声中，他们的视线瞬间交会。

他看见了她姣好的眉目和白瓷般细腻洁白的侧脸，她的头发、眼睫因被汗水濡湿而显得格外浓黑，整个人就像笼罩着朦胧雨气的山茶花一般，有一种冷冰冰的、雾水淋漓的美。

他闭了闭眼，喉结滚动着，感觉自己遏制不住地亢奋了起来。

她停下逃亡的步伐时，他的神情变得前所未有的冰冷，暴怒与杀意在心中交替弥漫。但当她成功逃脱以后，他又感受到了极度强烈的兴奋，因为过于强烈，他从胸腔到脊椎都有些发麻。

与此同时，他还感受到了一股恐怖的吸引力——他发现自己的视线无论怎样也无法从周姣的身上移开。不管她离他多么远，他的眼睛始终如胶水一般死死地黏在她的身上，简直能拉扯出半透明的细丝。

这究竟是为什么？

江涟闻着空气中周姣的气味，一路追到了摩托车的爆炸现场。

他扫了一眼，这里满地狼藉，他的眼前立刻浮现出周姣站在摩托车上凌空一跃的画面。

作为人类，她其实已经非常强悍。但是对他来说，她仍然是随时可以捏死的蝼蚁。

就在这时，江涟侧头，鼻子微微耸动，嗅到了一丝淡淡的血腥味——周姣受伤了。

连续经历两场爆炸，即使她的身体被他的触足改造过，还是不可避免受了一点儿小伤。

血腥味透露了她的行踪，不出半个小时，她就会被他抓住。

江涟神情冰冷，面上掠过一丝可怕的痉挛。

现在，他整个人处于一种难以形容的矛盾状态。一方面，他非常清楚，周姣已经做得非常好，但除非他不想抓住她，否则她不可能逃过他的追捕；可是另一方面，他又十分急切地想要知道她身上的特别之处。

如果她没有足以超越所有人类的特别之处，为什么他无法从她的身上移开目光？如果她就像表现出来的那样脆弱渺小，寿命长度不及他的亿万分之一，她凭什么让他那么在意，那么烦躁？

尽管他极其矛盾，兴奋的情绪却一丝未减。离周姣的气味越近，他越兴奋，连喉咙都变得干渴起来。

他的皮肤也在变得饥渴，想要紧紧地贴在她的皮肤上，但他更想像之前一样扣着她的后脑勺儿，疯狂地吮吸她的唇舌和唾液——他让她离开才不到十几分钟，就想念她想念到头皮发麻。

江涟的想法极其随心所欲。现在他又不想杀死周姣了，只想抓住她，嗅闻她，亲吻她，贴着她的下嘴唇，吮吃她的唾液。

因此，当他循着周姣的气味找到源头，发现那不过是一件套在另一个人身上的衣服时，恐怖的怒火差点儿令他失去所有理智——那个人就是之前跟踪周姣的小混混儿。

这些混混儿是这条街上的地头蛇，专门绑架周姣这样的上班族，送到黑诊所去"掏心掏肺"，运气好的话，他们能掏到高级芯片和健康的心肝脾肺肾；运气差的话，也能锯下几根完整的胳膊和腿。

谁知，他们刚跟着周姣走进巷子里，余光便瞥见一道人影从天而降——

周姣手持泰瑟枪，"砰砰"两枪干掉了两人，紧接着一记剪刀腿干脆利落地绞紧其中一个混混儿的颈骨。

那个混混儿只觉得脖子上似乎缠了一条柔若无骨的毒蛇，他连呼救声都发不出来，喉骨便发出了可怖的"咔嚓"声。其他混混儿怒喝一声，想上去救他，但周姣的身形简直如鬼魅一般灵活，只见她两腿绞紧那人的脖颈，同时身子柔软往后一仰，躲过迎面一击，又"砰砰"两枪撂倒了两个人。

随着她身形的偏移，身下的混混儿面色发红发紫，已然呼气多进气少了。

最终，这几个混混儿要么被泰瑟枪电得口吐白沫，要么被周姣踢得鼻青脸肿，最严重的那位——也就是被江涟发现的小混混儿，吃了周姣一记剪刀腿，在地上喘了十分钟才缓过气来，还没来得及连滚带爬离开这里，就被江涟一把抓住了衣领。

小混混儿从来没有见过江涟，不知道江涟是非人类，但与江涟对上视线的刹那，他感到一股锥心的寒意从脚底蹿起，一种完完全全来自本能的恐惧在他的脑中炸开。

这种恐惧跟被警察追捕时的恐惧不同，更像是生物层面的恐惧——如同被毒蛇盯上的青蛙，被猎豹盯上的羚羊，被鹰隼盯上的河鱼。被这么一双危险的眼睛盯着，小混混儿的大脑一片空白，汗毛一根根竖起，他哆哆嗦嗦地求饶道："别、别杀我……你想知道什么，我都告诉你……求你，别杀我……"

小混混儿见他一动不动地盯着自己的衣服，立刻明白他是为了那个女人而来，连忙竹筒倒豆子似的全说了出来："她……她往那个方向跑了……我……我没想要她的衣服，但她好像在躲避什么人的追捕，强迫我跟她换了衣服……别看她长得挺漂亮的，完完全全是个心理变态……不仅强迫我跟她换衣服，还强迫我喝了她的血……"

说着，小混混儿忍不住干呕起来："哕，兄弟，你说她不会有艾滋吧？"

话音未落，小混混儿被江涟的眼神冻得汗毛倒竖，磕磕巴巴地问道："我……我说错什么了吗？"

江涟不答，只是以一种极其可怕的眼神打量着他。

小混混儿被江涟用这样的眼神盯着，只觉得有一股寒意从尾椎骨蹿起，"噌噌"地顺着脊椎往上爬："我……我……我瞎说的，她的血非常干净，非常健康，非常好喝……她肯定没有艾滋，相信我，我就是干这行的，没人比我更懂这个——"

最后一个音尚未落地，那人只觉得脖颈被什么东西绞住了，颈骨传来致命的"咔嚓"声——那是他在这个世界上最后听到的声音。

周姣给这个人喝了她的血。

江涟缓缓站起，神情显出一种极度不稳定的平静，面部肌肉痉挛的频率快得骇人。

有那么几秒钟，他的脸上甚至被疯狂蠕动的触足撑出了一个个小小的裂口，整个人看上去非常恐怖——没有杀意，没有怒火，没有任何负面情绪，但看上去就是会让人从心底感到恐怖。

江涟说不清心里是什么感觉。

这又是一种陌生的感觉，与酸麻感不同，这次是难以形容的酸涩感，针一般密密地刺扎在他的心上，令他烦躁到极点，连杀人都无法排解。

不知不觉间，有狂躁的触足从他的身体里钻了出来，带着铺天盖地的阴冷气息，挤满了逼仄的小巷。

这种情况其实是非常少见的，他只有在情绪过分激烈的时候才会失去对触足的控制。可是自从尝到周姣的唾液以后，他就经常处于情绪过分激烈的状态。

就像现在，她为了逃脱他，给这人穿上了她的衣服，又给他喂了自己的鲜血——这只是权宜之计，她成功骗过了他，向他证明了自己的价值，他应该为此感到高兴才对。然而，他的双眼隐隐发红，胸腔如有烈火肆虐，杀意暴烈起伏。

他不喜欢她这么证明自己——她是他的，她的每一滴血、每一块肉、每一次呼吸都是他的，他的！

她用这种办法逃脱他的追捕，比她脆弱又渺小的事实更加令他感到烦躁。

为什么？这种烦躁的感觉到底是什么？他要怎样才能找到答案？

江涟的神色阴森可怖，他没有收起触足，就这样循着周姣的气味追了过去。

但很快，他的神色就变得更加可怖。

周姣故技重施，把她的衣服丢得到处都是。为了迷惑他的嗅觉，她甚至跟一个职业女郎换了衣服，那个职业女郎每天接待几十个客人，有男有女，全身上下都是陌生人的气味。

想到周姣正穿着这样的衣服，江涟的神情疯狂变幻，几近癫狂。

他不想再继续下去了，想要叫停这个游戏。

然而，让游戏终止的权利不在他的手上。

他找不到周姣，联系不上她。每一回，他循着气味找过去，要么是她丢下的衣服，要么是沾有她鲜血的东西。

她为了胜利不择手段，对自己下手极狠，不要命一般泼洒自己的鲜血。

随着时间的流逝，江涟的表情从冰冷暴戾，到阴沉扭曲，再到疯子似的癫狂，最后甚至带上了一丝无法描述的恐惧。

周姣只是一个普通人，体内虽然有他的触足，但仍然是个普通人。这么下去，她会死。

"你以为流血就能死吗？"他自言自语地说道，每个字都带着瘆人的森冷意味，"你死不掉的。"

这时，他已经完全忘了这是一场追杀游戏，周姣不能死，他必须尽快找到她。

但是他找不到，无论如何也找不到，每一次都与她擦肩而过。

有一回，他隔着百米远闻到了她的气味。那是他离她的气味最近的一次，那一刻触足发出的狂喜嘶鸣声几乎令他眩晕，然而等他追过去时，才发现那仍然只是一件带着她气味的衣服。

转眼间三天过去了，她用这种把戏耍了他一次又一次。

他每次都只能嗅到她的气味，见不到她的踪影，更让他发狂的是，这三天里，她身上多了不少陌生人的气味。

烦躁的情绪重重叠加，江涟的表情前所未有的狰狞恐怖。

有个小混混见他攥着一件衣服一直站在巷子里，动了坏心思，走过去拍了拍他的肩膀："傻站着干吗呢，要不要哥们儿带你去个好地方？"

然后，小混混儿看到了此生最为惊悚的一幕——

江涟身体不动，头却转动了180度，以一种超出人类生理极限的姿势，转头望向他。

只见他一半面孔冷峻美丽，轮廓锋利；另一半面孔却像面部肌肉痉挛般，有什么东西在皮肤下激烈蠕动，似乎随时都会破皮而出。

"什么鬼东西？！"小混混儿吓了一大跳，后退一步，下意识地按住腰间的手枪。

江涟察觉到攻击意图，另一半面孔倏然开裂，钻出怪异的触足，带着阴冷的恶意猛地绞断了小混混儿的喉骨。

小混混儿浑身一软，口吐白沫，瘫倒在地。

触足却没有就此收回去。江涟已经没有心思维持人类的形态了，静立于原地，任由大量触足从体内钻出，仿佛污秽的霉菌一般向外蔓延，腐蚀着四周的墙壁与霓虹灯，发出令人头疼欲裂的低频嗡鸣声。

"周姣，周姣，周姣，周姣，周姣，周姣……"

他接受了她渺小又脆弱的事实。

"周姣，周姣，周姣，周姣，周姣，周姣，周姣周姣周姣周姣周姣周姣……"

他接受了自己因一个人类而烦躁不已的事实。

"周姣周姣周姣周姣周姣周姣周姣周姣周姣周姣周姣周姣周姣周姣……"

他不想再让她逃下去。

三天过去，游戏结束，她要回到他的身边。

他要立刻看见她。

此时此刻，周姣正在拉面馆嗦面。

她的手上缠着一条绷带，隐隐有鲜血渗出来，但她连眉毛都没有动一下，嗦到一半，她似乎嫌面条不够辣，还往里面加了两大勺辣酱。

这三天，她一边满世界丢带血的衣服，一边调查"生物科技什么时候倒闭"的身份，还真让她查出了点儿东西。

一个小摊贩告诉她，有个上班族隔三岔五就会到这儿来，给附近的流浪汉送温暖。因为这样的大善人百年难得一见，周围的人对他印象极深，半年过去仍记得他的相貌特征。

"他长得就像个好人，不仅给那些流浪汉送吃的，还帮他们介绍工作，"小摊贩说道，"但流浪汉就是流浪汉，他们只想吃白食，就算送他们去工作，也很快会被老板辞退。"

周姣嗦完面条，喝了一大口辣汤，觉得没吃饱，又点了一碗："然后呢？"

"然后？那个上班族发了很大的火，我们还是第一次看到他发火，再后来他就没来了，那群流浪汉也不见了，没人知道是怎么回事。"

小摊贩问道："你是他的朋友吗？他在附近租了一个公寓，那边最近在闹鼠灾，到处都是耗子。他大概半年没去那边了，你问问他有没有什么重要文件放在那里，别被耗子啃了。"

周姣接过面碗，继续嗦面："行，我等下过去看看。谢谢你告诉我。"

"不客气，"小摊贩搓搓手，"你要是碰见他，能不能帮我问问，那个安保工作还缺人吗？我儿子刚毕业，正在找工作……"

周姣面不改色心不跳地答应了下来："没问题，我一定帮你问。"

吃完面条，周姣扯开绷带，伤口又有了愈合的迹象。

她神色不变，将手握成拳，硬生生挤破了伤口，鲜血立即涌出来，浸湿了绷带。

不知为什么，她这三天只睡了几个小时，除了吃饭就是逃亡，精神反而越来越好，伤口愈合的速度也越来越快。

联想到江涟之前说的，没有他给她输送能量，她马上就会饿死。应该是他给她输送了什么，她的精神才会变得这么好。

周姣忍不住犯起了嘀咕：江涟到底在搞什么，一边追杀她，一边给她输送能量？他们之间的代沟，究竟是物种差异造成的，还是精神状态造成的？她怎么觉得他的精神状态在怪物中也算不上正常呢？

周姣想了一会儿，就把江涟抛到了脑后。

她不能为了打败他，而把自己的精神状态拉低到他的水平线上。她年纪轻轻，还不想疯。

周姣按照小摊贩指的路，来到了那幢闹鼠灾的公寓。这种公寓的安保设施约等于没有，高中生拿根连接线都能黑进去。

她把个人连接线插进房门的接口，不到两秒钟，房门就开了。

一股霉味扑面而来，屋内布满灰尘，遍地都是老鼠的脚印。窗框上的黄色防水胶带被老鼠咬出一个大洞，雨丝飘进来，浸湿了半边墙壁。

塑胶地板上扔着一盒没吃完的蝗虫比萨，长满了令人作呕的白色霉菌。

周姣捂住口鼻，绕过那盒比萨，走了进去。

看得出来，公司的人已经来过这里了，随处可见搜查的痕迹，连沙发内部都没有放过，皮面和海绵被利器划开，弹簧都被扯了出来。

周姣有些失望，掐了掐眉心，正要离开，外面却响起了由远及近的说话声和脚步声："这里我们已经搜了三遍了，为什么今天又让我们搜一遍？"

半晌，另一个人才开口："少说话，多干活儿。"

"大哥，不是我不想干活儿，是这附近太危险了啊……你没看新闻吗？好多人都在这里看到了怪物。"

"相信我，你不好好干活儿，公司会变得比怪物还可怕。"

周姣在他们进来之前，轻手轻脚地翻窗户离开了。

从这二人的对话中，她得到了两个关键信息：一是江涟已经追过来了，不知道为什么，他没有维持人形。她之所以确定是江涟，而不是别的变异种，是因为只有江涟才会被称为"怪物"，别的变异种都会在一个小时内被特殊局收容或消灭。二是公司通过某种途径，知道她查到了这里，准备赶在她之前，把这里再搜查一遍。

相较于第二点，第一点更令她惊讶。

发生了什么? 江涟居然没有维持人形。

自从她发现他的真实身份之后, 他就一直维持着"江涟"的外形, 仿佛有一股力量将他约束在了江涟的体内。

她还以为在找到他降临的原因之前, 他会一直以江涟的面目示人呢。

原本三天过去, 周姣不想再逃下去, 毕竟逃亡对她来说也是一种消耗, 这二人的对话又让她打消了去找江涟的想法。

江涟发疯的时候, 她还是离他远一些吧。免得她回去不到两天, 又被他掐着脖子, 被迫玩大逃杀的游戏。

反正他喜欢追猎的感觉, 就让他一次性追个爽吧。

周姣扔掉手上的旧绷带, 勒紧新绷带, 转身走向不远处的酒吧。

这些天, 她已经试出来了, 职业女郎的衣服最能掩盖气味。

可能是因为接待的客人够多, 当她穿上她们的衣服时, 即使是江涟也很难分辨出她的气味。

又是一条带血的绷带。

江涟走过去, 弯下腰, 捡起那条绷带。

蓝色的霓虹灯明灭闪烁, 他的神色比霓虹灯更加晦暗不明, 眼睛死死地盯着手上的绷带。

半晌, 就像有根弦倏地绷断了一般, 他冷不丁地低下头, 呼吸粗重, 犯了某种瘾一般对着那条绷带深深嗅闻了起来。

起初, 他找到带有她气味的东西, 只想撕碎、销毁, 不愿除自己以外的人触碰带有她气味的东西。

但随着时间的推移, 他渐渐不想销毁她的衣物了, 到最后, 连她随手丢掉的绷带都会让他感到难以自控的痴迷。

他看着那条绷带, 喉结剧烈滚动, 疯魔一般嗅闻上面的气味, 甚至用唇去吮吃残留的鲜血。

他不想跟触足分享她的气味, 嗅闻的时候, 他的面孔冷峻而平静，既没有开裂，也没有痉挛，看上去跟正常人没什么区别。但任何人看到他那神经质的举动，都不会将他误认为正常人。

对周姣气味的渴望，使他的眼睛充血，变得滚烫，他的眼神中充满了迷恋，像极了变态、疯子和精神病。

不知过去了多久，江涟的头才从绷带上缓缓抬起，露出一双红得吓人的眼睛。

不够，他想要更多。

周姣，周姣，周姣，周姣，周姣，周姣，周姣，周姣，周姣，周姣……

周姣周姣周姣周姣周姣周姣周姣周姣周姣周姣周姣周姣周姣周姣……

你在哪里？出来见我。

酒吧内，灯红酒绿，音乐声震耳欲聋，气氛昏暗而浑浊，空气中充满了人的体臭。

周姣刚从一个舞女那里买了件外套，正在吧台喝酒，打算喝完就走，就在这时，她突然听见有人在叫她的名字。

"周姣……"

谁？她敏锐地一回头，什么也没有看到。

"周姣，周姣……

"周姣，周姣，周姣……"

不知是否她的心理作用，空气忽然变得潮湿了起来，她的耳畔传来潮汐的声响，舞池中人们的动作也逐渐慢了下来，变得像底栖动物一般迟缓，散发出一股阴冷的海腥味。

诡异的气氛在空气中蔓延。

下一刻，舞池中的人们突然一卡一卡地扭过头，露出一双双贪婪发红的眼珠，一动不动地、狂热而痴迷地紧盯着她。

周姣被盯得背脊一冷。

这什么玩意儿？他们直勾勾地盯着她，脸上的表情像被干扰的电子屏幕一般癫狂而混乱。

周姣，周姣，周姣，周姣，周姣，周姣，周姣，周姣……看着我们……看看我们，看看我们，看看我们……

他在找你……回到他的身边……回去，回去，回去……回到他的身边，回到他的身边，回到他的身边。

周姣猛地站了起来，用力掐了一把掌心——疼的，有血渗出来，不是做梦。

她还以为自己逃亡三天逃出幻觉来了，这究竟是怎么一回事？

江涟输了游戏，恼羞成怒，还是三天没有近距离闻她，对她渴望到发狂了？

周姣的大脑飞速运转，不知是该相信前者还是后者，如果是前者，她现在肯定不能出现在江涟的面前，出现就是死。

如果是后者……有可能是后者吗？她对江涟的影响力真的有那么大吗？

仅仅是三天没见，他就对她渴望到了这种程度，寄生了整个酒吧的人？

不对，她眯起眼，仔细观察这些人的神情，发现并不是寄生，更像是被某种强大而怪异的磁场影响了神志。

就在这时，她的手腕被一只手扣住了——酒保狂乱地转着眼珠，抑制不住地低下头，对着她掌心的伤口深深吸了一口气："你好香……好香好香好香……回到他的身边，他在找你。游戏结束了，回到他的身边……回到他的身边，回到他的身边……他在找你。"

周姣眉心一跳，反手拿起桌上的酒杯，将酒泼到酒保的脸上，趁他条件反射地缩回手，倒退三大步。

但很快，更多的人把手伸了过来。他们的眼珠全部像酒保一样狂乱地转动着，脸上带着恐怖的痴迷神情，伸手想要抓住她。

然而，这些手还未碰到她，又因为某种无形的力量而硬生生地缩了回去。

一种古怪而低缓的嗡鸣声在他们周围回荡："不许碰她。"

这么一来一去，周姣已经转身逃出了酒吧。

街上的情况似乎好一些，但她还没有走两步，就感受到了一道道滚烫而黏稠的目光。

回头一看，她顿时感到一股寒意直蹿脑门儿。

不知不觉间，所有人都停下了脚步——戴着耳机的少年，提着公文包的男人，穿着红色渔网袜的女人，正在打电话的公司职员，他们的眼神像苍蝇黏湿的脚掌一般死死粘在她的身上。

最让她头皮发麻的是，这些眼神全部是无意识的，既像是被磁铁吸附，又像是青蛙捕猎飞虫一般，他们一动不动地紧盯着她，眼神只会因她的步伐而移动。

江涟到底在发什么疯？

从他要跟她玩大逃杀游戏以来，她的脑中就不停地闪过这个问句。

三天下来，她作为被追杀的一方没疯，为什么他反倒开始发疯了？她想不通。

算了，既然他这么想要见到她，应该不会对她怎么样。

周姣呼出一口气，站在原地，对那些直勾勾地盯着她的人说道："我不逃了，你们让他来见我吧。"

她想了想，警惕地补充道："如果他找我是想杀了我，你们还是别让他来了。因为我还会逃跑的，这一回，我会逃到一个他找不到的地方。要知道气味作为化学信息，是可以改变的，我不过是换了几件衣服，他就闻不出来了，给我一个实验室，我能彻底地瞒过他的感官。"

话音落下，空气几近凝固。

周围人的表情逐渐扭曲，眼底爬满狰狞的血丝，看她的眼神就像要活吃了她："你……在威胁他。"

这场面实在古怪，换作任何承受能力稍差的人都会感到心惊肉跳。周姣却感到了一种诡异的兴奋——怪物对她如此着迷，他离不开她。

不管他对她是否还抱着杀意、恶意或不正常的欲望，他离不开她这件事已经足以令她感到亢奋。

这是他自己把绳子交到她手上的，她攥紧以后，就不会松开了。

周姣浅浅一笑："是啊，我在威胁他。"

说着，她解开手上的绷带，露出鲜红濡湿的伤口。

"要么答应我的要求，要么继续这个游戏。说实话，我对这个游戏已经有点儿上瘾了。"

无数双眼睛死死地盯着她，以一种恨不得将她生吞活剥的力道。

这个场景其实是非常恐怖的——街上每一个人都盯着你，直勾勾地、一动不动盯着你，他们的鼻子还在无意识地耸动，疯狂地嗅闻你的气味。

与此同时，气温直线下降，空气中像有海水流动一般，令人感受到微妙的阻力与寒意。

周姣从未如此直白地感受过江涟的力量。

他强大、恐怖，近乎无所不能，只要他想找到她，就能找到她。

他像鬼魂一样无处不在。即使他本人无法抵达她的身边，诡异的磁场和怪异的声波也会包围她，如同无法消杀的病菌一般，一旦感染，便会终身患病。

但就是这样一个恐怖的怪物，居然会因为一个人类的威胁而停下前进的脚步。

他们盯着她的手掌，眼珠疯狂转动。他们渴望她的气味，渴望她的鲜血，渴望她说话时口中若隐若现的唾液，但同时又害怕她继续逃跑，继续流血，继续受伤。

不知过去了多久，他们发出了同一频率的古怪声波："我答应你。"

怪物妥协了。

他向渺小的人类低头了。

哪怕她已经猜到他会妥协，她的心脏还是重重地跳了一下。

这个场景对她的冲击力太大了。

她理智上知道，现在应该站在原地等江涟来找她，怪物的妥协来之不易，假如她转身去别的地方，很有可能节外生枝，继续被江涟追杀。

但她非常想知道，江涟能对她妥协到什么地步。

这一念头是如此强烈，几乎令她的大脑"嗡嗡"作响，那是兴奋的情绪猛然冲上头顶的声响。

等她回过神儿时，她已经转身走进了旁边大楼的电梯。

说是电梯，其实更像一个铁笼子，周姣按下顶楼键，铁栅栏"唰唰"合拢。

她在铁笼子摇摇晃晃的上升中，对着四面八方投来的垂涎目光粲然一笑。

"让他去顶楼天台找我。"她说。

电梯慢得要死，足足过去一分钟才慢悠悠地升到顶楼。

天台不知多久没有被打扫过了，她走两步就会踢到牛奶瓶、比萨盒和塑料袋，远处的高楼大厦上面滚动着令人眼花缭乱的全息广告。

其中一个广告是一位肥胖的男性在大口吃肉，汁水四溢的煎肉堵满了他的血盆大口，有加粗的黑体字缓缓浮现——

谁告诉你，这座城市已经没有真正的禽肉？

千叶肉制品，不卖合成肉，也不卖蝗虫肉，我们只卖最真实的禽肉！

一看就是虚假广告，家禽已经灭绝得差不多了，即使还有货真价实的禽肉，也不会供应给平头百姓。

周姣走到天台的边沿，一屁股坐了下来。

从这个高度往下望去，她其实什么也看不到。因为她坐得太高，贫民区直接从她的眼里消失了，放眼望去，除了广告还是广告，鲜艳、扭曲、夸张的广告。

广告塞满了空气的每一个分子，对面是一家廉价旅馆，房客打开窗户，迎面就是一个色彩饱和度极高的广告牌，哪怕关上窗户，广告牌时红时蓝的光芒仍然会在窗户上流转。

可能是因为人在高处就会胡思乱想，周姣坐在天台上，自上而下地望去，脑中闪过了不少零碎的画面：呼啸的地铁、扭曲的火光、崩溃的男人……以及一张张被盖上白布的面孔。

他们都是巨头公司的员工，是这座城市的牺牲品。

周姣知道，她不是那个可以改变时代的人——别看她敢跟江涟叫板，正常工作时，老板让她留下来加班，她从来没有说过一个"不"字。而且，过去几十年来，一直有人在反抗公司，但最终结局都像"生物科技什么时候倒闭"的账号主人一样下落不明。

她想，那人可能真的到了走投无路的地步，才会将希望寄托于江涟吧。

江涟能改变什么呢？他只是一个怪物，不懂人情世故，不会信守承诺，也许上一秒钟还答应不会杀你，下一秒钟就将手扣在了你的颈骨上——你能指望他改变什么呢？

就在这时，一道低沉冷冽的声音在她的身后响了起来："你坐在那里干什么？"

江涟来了。

周姣回头一看，江涟正站在不远处，一动不动地盯着她。

三天过去，他挺直鼻梁上的金丝细框眼镜不翼而飞，细长的眼睛完全暴露了出来。

不知是因为他没戴眼镜，还是他眼中的侵略性从未如此露骨，周姣被他盯得头皮发麻，麻意从脊背一路蹿到后脑勺儿。

周姣不由得有些迷惑，这麻意究竟是恐惧，还是刺激，抑或只是单纯的……心跳？

如果是心跳，她为什么会心跳？就因为他向她示弱吗？

周姣咽了一口唾液，将这些乱七八糟的想法清空，抬头一看，却见江涟正紧紧盯着她的喉咙，随着她咽喉的上下起伏，他也做了几个明显的吞咽动作。

周姣的心漏跳了一拍，因为自己对江涟的强大影响力。

必须承认，她很喜欢这种影响力，让她有一种驾驭、操纵怪物的感觉。

这时，江涟再度开口："你还没有告诉我，你坐在那里干什么。"

他的眼神冷得骇人，声音也冷得骇人："我已经答应你，不杀你了。我只答应你这一件事，就算你用自己的性命威胁我，我也不可能再答应你什么。"

周姣听见这话，忍不住笑了。

他真的知道自己在说什么吗？他这话的意思，分明是"继续威胁我，不管你说什么，我都答应你"。

而她还没有把威胁的话语说出口。

江涟看着她的笑容，眼神更冷了，每一个字都裹着恐怖的寒意："你笑什么？"

周姣想了想，稍微往前挪了一点儿——这是45楼，层高为2.5米，是货真价实的百米高楼，即使她的身体被改造过，掉下去也必死无疑。

她看到江涟的面孔肉眼可见地扭曲了一下，下一刻，冰冷、恐怖、诡异的低频嗡鸣声在周围震荡开来："周姣，下来！"

周姣忍不住暗骂了一句，还好她有心理准备，这古怪的低频嗡鸣声对她影响不大，换作其他人，可能已经受惊过度，摔下去了。

江涟到底是想让她活着，还是想让她去死啊？

但是也说明，他是真的慌了。

周姣闭上眼睛，仔细感受内心涌起的愉悦感。

这些天，她担惊受怕，四处逃窜，不敢睡觉，不敢在一个地方久待，经常割伤自己的掌心，穿陌生人的衣服。

她所经历的一切痛苦，都在江漫慌乱的那一刻烟消云散了。

她就这样愉悦地微笑着，对江漫说道："别过来，你往这边走一步，我就往前挪一厘米。"

江漫冷冷地盯着她，身上散发出的寒意使天台硬生生结了一层薄冰。

他开口，声音伴随着极为混乱、极为狂躁、极为冷漠的嗡鸣声："我为什么要在意你的死活？"

话是这么说，他却站在原地，一动也不动："你是死是活，跟我有什么关系？你真以为我对你的气味欲罢不能？对你气味着迷的，是原本的人类江漫。"

他的眼神很冰冷，像是要顺着她的视网膜将她扒皮抽筋："我对你的气味，一点儿也不感兴趣，你威胁不到我。"

周姣笑了："真的吗？"

她举起那只受伤的手，几乎是立刻，江漫的视线就盯在了那只手上，目光又冷又热，直直地刺进她的掌心，像是要从她的伤口里掏出血肉来一般。

她扯下手上的绷带，当着江漫的面丢在了地上。

江漫的视线立刻随着绷带而移动，仿佛上面有可怕的磁力一般，他完全无法控制自己的眼珠不去看它。

半晌，他的视线才从那条绷带上撕下来，由于动作过于缓慢，周姣甚至觉得，他的眼珠和绷带之间还粘着一缕缕半透明的细丝。

周姣饶有兴味地问道："这就是你说的不感兴趣吗？"

她好像把他逼急了。

他逼视着她，双眼急剧充血，爬满了令人毛骨悚然的猩红血丝，每一根血丝都是暴怒地蠕动的腕足。

有那么几秒钟，他看上去像要因不可名状的癫狂而无法维持人形一般。

江涟一字一顿："你到底想干什么？"

周姣微笑道："我要你后退。"

江涟眼神森冷，似乎下一秒钟身体就会裂开，钻出恐怖的触足，直接把她从天台上推下去。然而，他慢慢地往后退了一步。

那一刻，周姣的心跳快极了，一种难以言喻的爽感从她的神经末梢炸开——太爽了！怪不得有人喜欢饲养野兽，给桀骜不驯的野兽套上绳子的过程真的爽得令人头皮发麻。

江涟一直紧紧盯着周姣的表情，见她的脸上露出愉悦的笑意，眉眼间的戾气几乎快要压抑不住，立刻上前一步。

周姣顿时敛起笑意，呵斥道："后退！"

空气瞬间凝固，充满了某种一触即发的紧绷感。

江涟的声音冰冷到极点，已经不太像出自人类的发声器官："你不会跳下去。"他顿了半天，才缓缓说出后半句话，"你，不是这样的人。"

他蔑视人类，对人类毫无兴趣，认为这是一种渺小、肮脏、腐臭的生物。即使对周姣的气味着迷，他也认为她不过是一条小鱼，不值得他分心关注。但现在，他开始分析她的性格，说出"你不是这样的人"这种富有人性的话语。

作为人类无法理解的高等生命，他开始尝试用人类的思维，夫探索和理解她的一举一动——这似乎是他能做出的最大的让步。

周姣却反问道："你怎么知道我不是这样的人？"

她的眼中闪烁着甜美却恶劣的笑意，她语气轻快地说道："你出现之前，我有工作、有住处、有存款，跟大多数普通人一样平凡而快乐地活着；你出现之后，我平静的生活被打破，我不仅丢掉了工作，失去了住处，所有存款被冻结，还被你到处追杀，你不知道我的压力有多大……我做梦都想从这里跳下去。"

全是谎言——她甚至懒得掩饰这是谎言，声音里愉悦的笑意几乎快要满溢出来。

她是如此恶劣，用自己的性命愚弄他，用他发狂的反应取悦自己。

任何一个有尊严的生物，都不会听她的话站在原地。

毕竟她不会跳下去，他能嗅到她对活下去的渴望。她求生的欲望比他见过的任何一个人都要强烈，不然她也不会摆脱他触足的控制。

而且，相较于求生本能，她的灵魂更加坚强不屈。

当他扣住她的颈骨，看着她的面色一点点地发红、发青，她随时有可能死去时，她却没有示弱求饶，也没有痛哭流涕，而是拼尽全力，放手一搏。

他其实并不在意她当时说的话，真正令他松开手的，是她濒死却仍然游刃有余的神情。那一刻，她散发出来的香气令他头晕目眩，他恨不得贴着她狂嗅，直到胸口塌陷下去。

这样一个人，怎么可能选择跳楼这种死法儿？

他有一千个她不会往下跳的理由，却始终不敢上前一步。

不知过去了多久——也许只有几秒钟，江涟才回答："我不会再追杀你，你想要怎样生活都随你。"

周姣却摇摇头："你不是人类，不会信守承诺，我不相信你。"

江涟的脸色瞬间变得极其扭曲可怕："你信不信我现在就杀了你？"

"好吧，"像是见好就收，周姣轻声说，"你别杀我，我不玩啦……你过来扶我下去吧，我坐久了，有点儿腿麻。"

可能是因为往前的命令比后退更容易让人接受，江涟没有丝毫停顿地朝她走去。

经过她扔下的绷带时，他的喉结十分剧烈地滚动了一下，他居然弯下腰，捡了起来。

周姣歪着脑袋，微笑着，朝他伸出一只手。

江涟一手攥着绷带，另一手重重地扣住了她的手。

太久没有触碰她的皮肤，触到她的掌心的一刹那，他马上感受到一股微妙的电流，从她的掌心流窜到他的身上，化为炭火般滚热的酸麻感，直冲他的头顶。

他的手上立刻裂开一条条缝隙，钻出湿冷的齿舌，细细密密地舔舐着她的手指。

仅仅是尝到她手指的味道，他就餍足得胸腔发胀，酸酸麻麻的热流充满了身上的每一个毛孔。

困扰他许久的烦躁感瞬间消失不见，取而代之的是一种巨大的空虚感。

他直勾勾地盯着周姣，粗暴地抓着她的手，呼吸紊乱，喉咙发干。

他想要……将唇贴在她的唇上。

奇怪的是，他想要贴着她的嘴唇的冲动，居然大过了吮吃她的唾液的冲动，为什么？

江涟盯着周姣，慢慢接近她的双唇，越是靠近她的嘴唇，他的胸腔越是发胀，数不清的触足在疯狂蠕动。

他的眼神变得如火般滚烫，目光在她的唇上燃烧着，几乎将她烧出两个窟窿。

就在这时，周姣搂住他的脖颈，结结实实地搂住了他。江涟身体一僵，面上有狂喜的痉挛一闪而过。

周姣却在他的耳边微笑道："怎么办？我可能疯了。"

江涟的神色微微发生了变化，心中生出某种不好的预感。

"你说得对，我的确不是一个容易轻生的人，我做梦都想活下去。"她含笑说，"但我太想验证一件事了，如果不把这件事弄清楚，我就算活着，也会吃不好睡不好，所以……"

她喃喃道："我可能真的疯了吧。"

江涟的瞳孔一张一缩，声音又带上了那种极为混乱、极为癫狂的嗡鸣声："你想干什么？"

"验证一件事。"她说着，从靴子里抽出一把匕首，用牙齿咬掉刀鞘。

江涟以为她要一刀捅过来，下意识地松开了她的手，后退一步——毕竟以他对她的了解，她捅过来才算正常。

然而，她对他浅浅一笑——她笑起来相当动人，有一种难以形容的、光彩照人的娇媚。当女性的媚态仅为取悦自己时，便会焕发出一种不逊色于烈日的光芒，令人感到刺目、灼烫。

她笑得这么热烈明媚，他却感受到了一股坠入冰窟般的寒意——下一秒钟，她展开双臂，往后一倒，直接从百米高楼上摔了下去。

同一时刻，江涟的心口倏然裂开一条缝隙，一条肉质触足猛然钻出，朝她飞驰而去。

但是他追不上，她下坠的速度太快了。

再过两秒钟，他或许可以追上她，可他不敢赌。

江涟没有任何犹豫，跟着跳了下去。

风声呼啸，霓虹灯明灭闪烁，全息广告的闪光从她的脸上接连闪过。

不远处，轻轨穿过高楼大厦，列车发出尖厉的啸声，她就像另一种意义上的伊卡洛斯，在钢铁霓虹灯森林中熔化、下坠。

江涟的视线紧紧地追着她，眼中的怒意比任何一刻都要浓烈。

他追上了她下坠的身体，死死搂住她，恨不得将她按进自己的骨髓里——是真的恨不得将她按进去，他的上半身已经裂开，将她牢牢地包裹在里面。

然而不够，他仍然担心她会在下坠中受伤。

就在这时，他突然感到心口一痛——周姣把匕首捅进了他的心脏。

如果他没有裂开身体保护她的话，这种粗制滥造的刀刃根本不会伤害到他，甚至无法穿过表面那层肉质薄膜。是他自己主动裂开身体，把她放在了心脏的位置。

转瞬间，他们便已落地。

江涟一把扯出周姣，用拇指和食指捏住她的下颌，粗暴地往上抬，毫无情绪地看着她。同时，他的胸腔蠕动，裂隙张开，吐出一把被腐蚀成黏物质的匕首。

他身上散发出的恐怖气压令马路对面的行人都打了个冷战，周姣眼中的笑意却越来越浓。她握住他的手，丢到一边，凑到他的耳畔，轻轻地问："江涟，你不会喜欢上我了吧？"

冬季昼短夜长，不到 7 点钟，天色便黑了下去，一盏盏霓虹灯闪现在夜空中，如同五颜六色的热带鱼群。

周姣在忽明忽灭的彩灯中抬起手，搂住江涟的脖子，狡黠地朝他眨了眨眼。

江涟神情僵冷，像没有听见她的问话一般，半晌都没有说话。

周姣看了一眼地上的匕首，眼中满是遗憾。

她知道，匕首并不能伤害到他，哪怕他主动打开身体，将心脏送到她的刀刃下，最终结果也是刀刃被腐蚀成一摊黏物质。

他就是这么强大。

高等生命，绝不仅仅是寿命长、力量大，他身上的许多部位都超出了人类对世界的认知。所谓的"神"，有时候可能只是另一个维度的生命。

在这之前，她就明白，他对人类的蔑视并非来自情感层面，而是基于亘古不变的自然法则。

换句话说，就像人类和蚂蚁的关系。你可以对别人说，你并不轻视蚂蚁，但你真的会在意一只蚂蚁的一生吗？你真的会用蚂蚁的思维模式去思考一只蚂蚁的行为吗？除了研究蚂蚁的昆虫学家，真的会有普通人做到这一步吗？

更何况，即便是昆虫学家也不会在意一只蚂蚁的死活——相较于个体，昆虫学家更关心某一物种或族群的存亡，个体的生死他们反倒不会加以干涉。

江涟对她的关注，却逐渐突破了自然法则的限制。

周姣记得非常清楚，哪怕一开始，他对她抱有不正常的欲望，他的眼中也没有她——他会带着魔怔一般的贪婪和痴迷，嗅闻她的气味，吸吮她的唾液，眼中却看不到她。

这很正常，你吃饭的时候，也不会去观察每一粒米是否饱满，是否圆润。

但不知从什么时候起，他的眼神就粘在了她的身上，再也撕不下来。

也许是因为她从他的寄生下死里逃生；也许是因为好几次她都摆脱了他突如其来的杀意；又也许是因为她离开了他三天，他出现了某种难以自控的戒断反应。

有时候，一个生物产生戒断反应不一定需要成瘾性质的药物，习惯了某个人的存在，再失去那个人，同样会产生类似戒断的反应。

周姣不确定这种戒断反应能在江涟的身上持续多久，也不确定他是否有喜欢的情感，但她可以混淆两者的概念。

夜晚的屿城比白天任何一刻都要明亮，如同一个被彩灯照彻的玻璃工艺品，霓虹灯光在街上的水洼里闪烁不定。

周姣仰头望着江涟，脸上的笑容从未如此甜美而娇媚。

她仿佛看到绳子正在野兽的脖颈上一点点地收紧。像是意识到危机，野兽用冷血可怖的眼光逼视着她，剧烈挣扎起来，似乎下一秒钟就会猛扑向她。可最终，野兽还是停止挣扎，任由绳子紧缚在喉咙上。

其实到这一步她就该停下了，她应该牢记，江涟是危险、未知、不可控的。

明明之前她一直记得这点，也不想跟他发展出多余的、古怪的关系。可她一想到可以进一步勒紧他脖颈上的绳子，心绪就躁动起来，把所有顾虑抛至脑后。

她微笑着，直直地望着江涟，毫不掩饰眼中的恶意——你为什么那么在意我？我对你来说难道不是渺小的蝼蚁吗？你为什么要迫切地保护一只蝼蚁呢？

　　见江涟始终不答话，她又轻声问了一遍："江涟，你不会喜欢上我了吧？"

　　江涟的神色更加僵冷。

　　他的第一反应是，"喜欢"是什么？他为什么会"喜欢"上她？

　　但很快，"江涟"的常识系统就做出了回答：喜欢是爱情的一种，爱情则是一种受社会因素影响的生理、心理和主观情感结合的复杂现象。在生物学上，喜欢这类情感更像是一种化学反应，由不同的激素和神经递质所驱动，主要是肾上腺素、多巴胺和5-羟色胺。近些年，不少研究都表明，芯片可以通过调节神经元电活动，使人脑模拟出类似爱情的情感。不过，除了激素和神经递质的影响，人与人之间是否能产生爱情，还得看具体的社会语境，故而这一理论一直存在争议。

　　江涟看着周姣，微微扯了一下唇角，似乎想笑。

　　他自诞生起，就没有见过同类，人类建立的社会学理论和进化论学说在他的身上完全不适用。

　　若不是他被迫降临到了人类的维度，人类甚至无法观测到他的存在。

　　因为不死不灭，他曾被当作神明供奉起来，不少教派应运而生，但只要有人试图理解他的存在，就会陷入异乎寻常的恐慌、谵妄和癫狂之中。

　　就像蚂蚁无法理解人类的存在一般———列蚂蚁才能搬动一枚小小的糖块，人类却只需要一根手指就能将糖块碾碎。假如蚂蚁知道人类的存在，是否会觉得一切都毫无意义，活着就是一个笑话？

　　他于人类，正如人类于蚂蚁。在这种情况下，她居然认为他会喜欢上她？

　　江涟冷漠地说："我不会喜欢任何事物。"

他不会有"喜欢"这种情感，等他从"江涟"的身体里离开，甚至不会再对她的气味有特殊反应。

"你在异想天开，"他居高临下地看着她，声音如寒冰一样冷，"我不会喜欢你。"假如他说这句话时，眼神没有像湿冷的黏液一样粘在她身上的话，也许这话更有说服力一些。

周姣原本只是想逗他一下，要是能让他感到不适就更棒了，江涟的反应却超出了她的预料。

这怪物不会真的……喜欢上她了吧？刹那间，周姣的脑中响起尖锐的警铃——怪物的喜欢，肯定不会像人类一样充满着保护与奉献。他喜欢上她以后，对她的欲望可能会变得更加恐怖，更加病态，更加癫狂，甚至可能会把她当成食物。

她的大脑前所未有地高速运转起来，全身上下每一个细胞都在让她放弃欺骗江涟。

她承受不起江涟的喜欢，她的处境已经够糟糕了，不该让自己处于更加糟糕的境地。

她却在本能的警告中抬起受伤的那只手，轻声问道："你真的不喜欢我吗？"

江涟的视线移到她的手上，半晌，他才冷淡地吐出三个字："不喜欢。"

周姣理智上知道现在应该停下，绝对不能再继续下去，冲动却让她用力压破了掌心的伤口，任由黏稠的鲜血滴滴流下。

她问："真的不喜欢吗？"

那一刻，江涟眼中流露出来的狂热贪欲，令她感到毛骨悚然。

有那么几秒钟，她甚至觉得他的眼眶里会钻出触足来，疯狂而饥渴地吮吃她的血肉。

真的不能再继续下去了，周姣这么想着，却鬼使神差地把那只手放在唇边，当着他的面吮了一下伤口。她的口腔立刻被鲜血濡湿了，飘出一缕白雾——那是灼烫的血气遇冷形成的雾气。

江涟冷冷地看着她，鼻子却抽动起来，开始剧烈地吸入她呼出的气息。

随着他吸入的气息越来越多，无数充血的腕足从他的眼底升起，他的眼神逐渐被恐怖的贪婪占据。

他的目光自始至终都没有从她的身上移开，他像是要用视线将她暴力地嚼碎，然后吞下去，但他的语气却非常平静，似乎毫无波动："不喜欢，我不会喜欢你。"

周姣仰起头，吻上了他的唇，腥腻的血液在她的唇齿间流转。

即使他不停地重复不会喜欢她，但贴上她的双唇的一刹那，他还是大口大口地吞咽了起来。

可能是因为过于强大，所以他从不会掩饰自己的本能与欲求——

渴求她的气味，那他就拼命嗅闻。

渴求她的唾液，那他就大口吞吃。

想要看着她，他就再也没有从她的身上移开过视线。

想要她活下去，他就毫不犹豫地跟她跳下高楼，即使暴露弱点也要将她包裹在自己的身体里。

他对她的痴迷是如此露骨，然而基于自然法则，他坚持认为自己不会喜欢上她。

他这副模样，让周姣非常想要……逗弄他，哪怕这种逗弄会让自己失去性命。

曾经消失的冲动又在她的五脏六腑间鼓噪起来——

她想看无所不能的"神"，失去高高在上的姿态；想看他漠视一切的眼神，变得重欲、卑微、躁动不安。

周姣把手指插进他的头发里，吻得更深入了一些。

她几乎是游刃有余地吻着他——每当他循着她的气味，重重地压着她的唇，想要疯狂地吞吃她的唾液时，她就会抓着他的头发，硬生生地把他从自己的唇上扯开。然而，等他逐渐从狂热的痴迷中恢复清醒时，她又会仰头吻上去，含住他的舌尖，将自己的唾液喂过去。

这是一个黏稠到极点的吻，唇与唇之间，像是能拉出黏稠的细丝。

时间像是变慢了，江漉感到了强烈的折磨。

不知不觉间，天上飘起了细密的雨丝，她的唇舌浸润了寒冷的雨滴，却依然烫得惊人。

江漉不会溺水，却在这一刻体会到了溺水者的痛苦——每当他沉溺于她的深吻时，她就会抓着他的头发，强行把他扯开；等他的理智归位以后，她又会迅速吻上来，再度将他拽入深海。

这种若即若离的感觉几乎要把他逼疯。好几次，他都想用触足粗暴地缚住她的双手，不顾一切地回吻上去，但看到她挑衅的眼神后，他又强行压抑了这种冲动。

她的眼神似乎在说：你真的要吻上来吗？你不是不喜欢我吗？这就隐藏不住了？

江漉冰冷地注视着她，双眼带上了浓浓的杀意，他看上去冰冷而狠毒，似乎想把她那双挑衅自己的眼珠挖出来，再不管不顾地深吻上去。

他完全可以这样做，但最终还是一动不动，任由她一次次吻上来，又一次次离他而去。

最后一次，她没有吻上来，而是与他目光相触，鼻尖相抵，对着他的唇轻吹了一口气。

雨雾朦胧，她的眼睛似乎也渗出了几分潮湿而甜腻的雾气。

他喉结滚动，控制不住地把这口气吸了进去。

事到如今，还有什么好说的呢？即使他说一万句"不喜欢"，只要她呼出一口气，他就会马上吸进去。

周姣一只手搂着他的脖颈，另一只手按住他的喉结，感受着他喉结的上下起伏。她的眼睛和动作都在说"你真的喜欢上我了"，嘴上却说："好吧，你不喜欢我，那我和别人接吻你应该也不会在意吧？"

江漉根本没听清她在说什么，因为她话音刚落，就又吻上了他的唇，一触即离。

在一次又一次的交锋中，他的理智已经被她磨得所剩无几，对她的欲望达到了一个可怖的峰值。假如用专业的医学仪器检测他的身体，就会发现他的心率、体温和神经元电活动已完全超出了人体所能承受的极限。只要她再吻他一次，他就会彻底丢盔弃甲、溃不成军。

周姣却没有那么做。她向四周看了一圈，发现不远处有个酒馆，后门堆满了啤酒瓶和塑料垃圾袋，不少男人都等在那里，等着把醉得神志不清的女孩带回旅馆。

天刚刚黑下去，就有男人蹲在那里了。与此同时，一个女孩摇摇晃晃地从酒馆后门走了出来，眼看就要摔倒在地，一个男人立马迎了上去，半强制地扶起她，刚要带着她往旅馆里走，就被周姣拦了下来。

男人以为她要多管闲事，冷笑一声，一个"滚"字还未说出口，就见她甜美妩媚地一笑："请问我可以跟你接吻吗？"

巨大的霓虹灯广告塔下，她看上去就像纯美却艳丽的山茶花，男人瞬间被迷住心神，下意识地松开怀中的醉酒女孩，点了点头。

周姣歪着脑袋，对他勾勾手指。

男人正要上前，下一秒钟突然感受到一股恐怖的巨力，他就像被几吨重的卡车撞了一般，整个人都飞了出去，在"轰"的一声巨响中撞倒了小巷尽头的砖墙。

周围寒意弥漫，空气温度骤然下降。醉酒女孩一个激灵，清醒了过来，踉踉跄跄地离开了。

马路上的喇叭声此起彼伏，司机们都被这一幕吓到了，警用无人机迅速飞过来扫描事故现场。

周姣回过头，故作惊讶地望向江涟："怎么，您不是不喜欢我吗？"

必须承认，她对上江涟的视线的那一刻，心底爬上了一丝无法形容的寒意——他神情暴戾，眼底的血丝狂暴地蠕动，似乎有两种截然

149

相反的情绪在他的体内激烈相撞，以至他面部扭曲到了骇人的程度。在她有技巧的引诱之下，他的情绪重重堆叠到一定程度，终于如山洪倾泻般爆发了。

这一刻，周姣终于无法忽视本能的警示，打了个冷战，往后退了一步。

一切都发生在半秒钟内，如同电影的慢镜头，周姣后退的同时，江涟身上猛地裂开一条缝隙，触足穿过淋漓的雨雾，朝她而去——

他仍然不认为自己喜欢上了她，但他知道掠夺与占有——眼前这个生物，必须是他的。

他不喜欢她，但必须拥有她。

周姣觉得自己可能玩脱了。

江涟的触足如同钢铁一般箍在她的腰上，用力地将她拽了过去。

被拽过去的一瞬间，她就像坠入了一个黑洞洞的巨口般，再也看不见任何画面，再也听不见任何声音。

她怎么了？江涟又用身体把她包裹起来了？

周姣强压下慌乱的情绪，试图打开芯片的夜视功能，却仍然什么也看不见。

怎么可能？芯片是纳米级的，直接植入她的大脑皮质，除非她的大脑皮质功能严重受损，否则不可能无法唤醒芯片。

大脑皮质功能严重受损，意味着她陷入了深度昏迷状态，成了植物人。

所以，她是玩得太过火，把自己玩死了吗？就算她没死，人体处于持续性的植物状态，跟死也差不多了。

周姣闭了闭眼——她不知道自己是否还能做出这个动作，但意识告诉她这个动作执行成功了，当然，也有可能是残存的大脑功能在欺骗她。

她不是第一次濒临死亡了，周姣慌乱了一瞬就冷静了下来。

虽然她从来没有当过植物人，但植物人应该不是现在这个状态……她的大脑功能应该还是正常的，至于为什么无法唤醒芯片？很可能跟江涟有关。

江涟到底把她弄到哪儿去了？假如被他关在身体里的话，她不会一辈子都待在他的身体里吧？那她会被他消化吗？还是说，她会被他同化成另一个怪物？

数不清的疑问、猜测、震惊、恐惧如同一根根细弦在她的脑中穿梭、绷紧，令她的太阳穴隐隐作痛。

不过，疼痛反而给她带来了一丝安全感——至少她还能思考，还能感知疼痛，说明情况还不算太糟。

黑暗的环境使时间、空间的概念消失，她不知道时间过去了多久，也不知道身在何处。因为失去了进食、睡眠和排泄的需求，有时候她甚至会忘了自己还是一个活人。

周姣苦中作乐，觉得自己的心理素质相当强大——普通人处于这种绝对黑暗的环境中，可能早就疯了，她却还能保持清醒的神志，简直是天赋异禀。

当然，也有可能是江涟不想让她发疯。

他的目标十分明确——他不喜欢她，但要占有她。

怪物怎么占有一个人类呢——把她圈养在自己的身体里，从此以后，只有自己能感受到她的存在，也只有自己能让她活下去。

这就是江涟的独占欲，冷血、畸形、恐怖。

人类的爱是欣赏、保护和奉献，最疯狂的爱也不过是具有强烈排他性的爱，不允许伴侣注意除自己以外的人。

江涟则将这种排他性放大到了极致。他想要占有她，就将她彻底隔绝在另一个世界里，仿佛把她关在了一个狭窄、密闭、非自然的巢穴里。

等等，巢穴？周姣突然想起江涟说过，他可以筑巢。她立刻"坐"了起来，向前"伸"出一只手——她并不清楚自己是否做出了这些动作，但意识告诉她，她的确把手伸了出去。

她努力去感知面前的东西。认知与现实之间似乎隔了一层薄膜，足足过了两三分钟，她才意识到面前有一条冰凉滑腻的触足，又过了两三分钟，她感觉到那条触足缠了上来，贪婪而狂喜地摩挲着她的指尖。

很好，她还是一个大脑功能正常的人类。

周姣深深吸气，强迫自己镇定下来，大脑再度高速运转起来。

她应该是被江涟圈养在了巢穴里，因为感知不到时间和空间，她的感觉出现了一些延迟——很可能没有延迟，只是她的大脑产生的错觉。

她再度打开芯片的夜视功能，这一次她耐心地等了很久。果然，半晌过去，她看清了周围的一切，但她更希望自己没有看清。

跟她之前在廉价旅馆看到的画面不同，这一次，触足更加粗壮，更加密集，也更加恐怖和狰狞。它们如同某种黝黑滑腻的蛇类，带着阴森诡异的恶意侵占了她视线所及的每一寸。

它们像是察觉到她能"看见"了，那一刹那，她感觉所有的触足都朝她"望"了过来，湿冷黏腻的视线在她的身上缓慢滑过，似乎在检查她的生理机能是否正常——大脑功能正常，体温、心跳、呼吸、血压正常，无进食需求。

被圈养的人类非常健康，暂时不需要它们输送能量。

检查完毕，密密麻麻的触足却没有移开"视线"，它们继承了主体恐怖的占有欲，必须时时刻刻"注视"着眼前的人类。

她太香了，对它们有着可怕的吸引力。最关键的是，她非常清楚怎么利用这种吸引力，令它们陷入难以遏制的癫狂之中。

她相当诱人，相当脆弱，也相当危险，必须被监控和保护起来。期限是多久？没有期限，她必须时刻处于它们的监控和保护之下，直到它们不再被那种恐怖的吸引力挟制为止。

周姣就像被顶级掠食者盯上的猎物，感到森寒而凶猛的压迫感浇头而下，过了许久，她才一点点地找回知觉。

她想到了一个词——至高。江涟对于人类来说，是一种不可名状的至高存在。

怪不得他没有出现在她的面前，只是让触足监视她。他知道她无法承受他的占有欲——她连他的触足的占有欲都无法承受。

要是他出现在她的面前，毫无保留地释放自己的贪欲，她可能会直接精神错乱，陷入某种难以想象的疯狂之中，再也无法回到自己的维度空间里。

后悔吗？周姣扪心自问，有一点点。

不过，她确实也爽到了，不是吗？

而且，现在后悔也没什么用了，她只能积极想办法解决问题。

周姣试图打开网页，她直直地盯着视网膜上的半透明网页，从未如此期待它能连接上网络哪怕是个诈骗网站也好。

气氛压抑得可怕，周姣在无数触足诡异视线的注视下尽量放缓呼吸和心跳，显得若无其事。

希望只是她对时间的感知出问题了……而不是网速真的变得那么慢。

不知道过去了多久，网络终于连接成功，页面却没有跳转到搜索引擎，而是进入了一个临时搭建起来的聊天室。

"周姣，在不在？

"周姣，请立刻联系我们。"

…………

"一个星期的期限已过，你并没有带江涟到 7 号码头。周姣，你要毁约吗？

"与公司作对是非常愚蠢的决定。你的一举一动都在公司的监视之中。芯片在你的大脑里，我们只需要一句话，就能让你爆炸或变成植物人。好好想想，你确定要跟公司作对吗？"

周姣并不惊讶公司能监控她的一举一动，早在几十年前，就有人曝光了联邦政府的"棱镜计划"，公司会继承这个"优良传统"，完全在她的意料之中。

她想，应该是江涟的"圈养"屏蔽了某种电磁信号，使公司失去了对她的监控，所以公司才会这样慌乱地威胁她。

是的，在周姣看来，公司的威胁说明他们已经慌乱了。很明显，公司已经束手无策了，才会打出"芯片"这张底牌。

周姣却更在意另一个信息——她被江涟圈养了将近五天，是吗？江涟真是个狗东西。

周姣按了按抽动的眉心，深深呼吸，回复："我出了点儿事。"

对面几乎是秒回："周姣？"

"是我。"

"很高兴你还活着，但是很遗憾，我们已经不需要你了。公司合成了你的气味，明天就能投入使用。你的确非常聪明，甚至有能力摆脱公司的监控，但你对我们已经没有价值了。"

周姣看到这条消息却精神一振，如果公司真的能合成她的气味，那就说明——她可以摆脱江涟了！

之前她对摆脱江涟的计划只抱了不到一成的希望，现在却看到了将近五成的希望。

作为公司的前员工，她非常清楚公司的科技水平达到了什么地步——也许在不久的将来，人会彻底变成一台机器，大脑、皮肤、器官甚至是血液都能被拆卸更换。

这种猜想并非天方夜谭，公司的某些高层已经靠更换仿生器官突破了人类寿命的极限，如果不是目前的改造技术还未实现对机体零损耗，这些高层说不定可以借此实现永生。

她相信公司的科技水平，知道他们肯定能制造出一个更加诱人的"周姣"。到那时，她就可以全身而退了。

周姣压下沸腾的情绪，冷静地回复道："但你们仍需要我把江涟带过去。你们联系不上江涟，不知道你们投资了几十亿元的监控系统为什么失效，对吗？"

公司的人陷入了沉默——是的，屿城的监控系统已经瘫痪好几天了。

尽管他们已经造出了另一个"周姣"，却失去了江涟的行踪，不然也不会派人 24 小时蹲守在临时聊天室，一看到周姣的消息就立即回复。

他们没有告诉周姣，在漫长而无望的等待中，有些精英员工甚至生出了一个荒谬的想法——覆盖全城的监控系统失效，只是因为江涟不想让他们看见她。

"他"将她隔绝在另一个世界里，只有"他"能看见她。

要知道，公司一直严密监控着每个人的电子设备，收集、整理、操纵他们的大数据，不留任何死角地监视着他们的一举一动。

然而，他们却因为怪物的占有欲而彻底失去了周姣的行踪。这在现代社会中几乎是不可能的事情——就算你完全不用电子设备，不用网络接入服务，你能保证你身边的人也不上网吗？有网络的地方就有公司的耳目。

周姣之前告诉江涟，公司是另一种意义上的"神"并非故意恐吓他，而是实话实说。

江涟却让周姣消失在了现代科技的监视之下。

一个人类的气味，真的能让怪物疯狂到这个地步吗？

公司只能加紧研究的进程，一个星期之后，终于调配出了类似周姣气味的信息素，浓度是周姣本人气味的几百倍。哪怕周姣在自己的大动脉上开闸放血，也不可能达到这么高的浓度。

诱饵和陷阱都准备完毕，他们现在只差周姣引诱江涟走进陷阱里。但周姣真的会帮他们吗？她会放弃掌控江涟的权利吗？

他们不知道，周姣已经彻底意识到江涟是不可控的。

驯服野兽的感觉她已经深度体验过了，很好，很爽。她也为自己的冲动付出了不小的代价，现在是时候远走高飞，冷眼旁观公司和江涟斗得死去活来了。

她耐心地等着公司的回复。

失去时间概念真的太要命了，在等待中，她只能感觉到一条条蛇一般阴冷湿滑的触足在她的脚上不停地缠来缠去，缠来缠去。

她大概被缠了几十下，那边才发来一条消息："你想要什么？"

触足似乎察觉到了她在跟别人交流，如同千百只死人的手，密密匝匝、层层叠叠地覆盖了上来。

它们冷漠而危险地"盯"着她，充满嫉妒地缠绕着她，发出阴沉而怪异的低频嗡鸣声：

"你在跟谁说话？……

"你想联系谁？……

"你想逃走吗？……

"你是'他'的。

"你是'他'的。

"你是'他'的。"

像是为了清除她想要逃跑的想法，这些嗡鸣声直接作用于她的听小骨，令她头昏脑涨，强烈的呕吐欲从胃部猛地蹿到喉咙。

周姣没有任何犹豫，张口咬破了掌心的伤口。

血腥味弥漫，所有嗡鸣声骤然消失。

周姣一边用力挤血，一边干呕了一声。

疯子江涟……滚去跟公司制造的"周姣"玩吧！

好半天，周姣才粗喘着气找回自己的理智，一个字一个字地回复道："我的诉求很简单，我把江涟带给你们，你们让我离开。如果你们不放心，可以改变我的气味。我不会有任何异议。"

可能是因为所有触足都被她的鲜血吸引了，她对时间的感知恢复正常，这一回公司回复得很快："你真的愿意放弃自己的气味？"

也就只有公司会以为仅凭气味就能操纵江涟了。

周姣面色古怪："真的。需要我跟你们签一份线上协议吗？"

半晌，公司发来消息："我们答应你的要求，但我们不知道你和江涟的位置。"

周姣有一个办法，但是非常危险。她不确定公司是否值得信任。

与此同时，像是发现她放血的行为不过是缓兵之计似的，数不清的触足暴怒地嗡鸣着，重新覆盖了上来。它们像蛇一样湿滑，像冰一样寒冷，像钢铁一样沉重。

"你是'他'的。

"你是'他'的。

"你是'他'的。

"你在想什么？

"你以为自己可以逃离？

"无论你逃到哪里去，'他'都可以嗅到你。

"你永远逃不过'他'的追捕。"

触足在她的唇边贪婪而痴迷地打转，似乎想钻进去，却因为某种恐怖的限制而硬生生地顿住，只敢在她的颈间缠来缠去。

好香，好香，好香，好香，好香……待在"他"的身边……被"他"注视……被"他"保护……被"他"嗅闻……被"他"占有……

占有，占有，占有，占有，占有……你永远是"他"的。

阴冷而暴戾的嗡鸣声几乎吞没她的理智，有那么几秒钟，周姣差点儿真的以为自己是江涟的。

如果她不是江涟的，还能是谁的呢？她是江涟的所有物，没有人格，没有尊严，没有灵魂。她生来就是为了被江涟嗅闻，应该永远被江涟注视，永远待在他的视线范围之内。她甚至应该生长出腺体，像牲畜一样被他标记。这样一来，人人都会知道她是他的，她是他的……她是他的……

至高无上的声音强硬地抹去了她的意识，她的眼睛逐渐失去焦距，整个人似乎变成了一张白纸，任其涂抹和书写——个屁！

周姣视线一凝，牢牢咬紧后槽牙，用力到下颌变硬，两颌猛地显出坚硬的线条。她不可能失去人格、灵魂和尊严。

没人能让她失去自我，公司不行，江涟更加不行。她只是暂时落于下风，只要她的手上还攥着束缚江涟的绳子，她就有机会反败为胜。

周姣完全是凭着某种可怕的意志力，给公司发了两条信息：

"接下来，我会用芯片让自己进入深度昏迷状态。

"江涟会带我过去找你们。"

这是一场豪赌，她完全将自己的性命置之脑后。

如果江涟不带她去找公司，哪怕她凭借强大的意志力重新唤醒自己，等待她的结局也是被江涟抹掉人格。

如果江涟带她去找公司，却被公司制造出来的"周姣"控制住，失去利用价值的她能否顺利逃脱，也不好说。

但她不是第一次在钢丝上行走了。怎么都是死，与其失去独立人格，沦为非人类的所有物，她不如赌上所有筹码，彻底愚弄一次高高在上的"神"。

自从江涟暴露真面目以后，她就被唤起了一种原始而黑暗的冲动——即使前途生死未卜，也要追寻一种疯狂的刺激。

她相信，到时候，江涟也能感受到那种疯狂的刺激。

触足没能抹掉周姣逃跑的想法，变得更加阴冷、暴戾、躁动。

它们不断缩短与周姣的距离，肉质触足蠕动着、伸缩着，每一次收缩、扩张、起伏，表面的薄膜都会散射出夜光藻一般的荧蓝色光点，如同广袤、美丽却令人感到悚然的星海，用恐怖而汹涌的力量清洗着她的大脑。

她的理智维持不了多久，她必须尽快让自己进入深度昏迷状态。

但她要确定公司的态度以及自己的安全。她重重咬了一下舌尖，剧痛使她短暂清醒了一瞬，她继续给公司发消息："但这一切的前提是，我要求你们以我的名义在高科的保管箱里存放以下几样物品。"

高科是另一家垄断公司，以温和、中立、高公信力闻名，旗下最著名的业务就是银行保管箱业务。他们不问客户的国籍，也不问客户的政治立场，更不问客户的身份信息，只要客户付款，就能在他们的保管箱里存入物品——只要你拿得出来，想在保管箱里存放核弹都没问题，高科公司绝不会多问一句。

"这几样物品分别是：10万元、军用面具、气味抑制剂、光学迷彩服。"

那10万块钱公司给不给都无所谓，重要的是后面三样物品。

军用面具，顾名思义，是一种军用纳米级易容面具，人戴上去以后，面具会迅速覆盖面部，根据用户的设定调整面部外观，甚至能通过特殊的隐形材料改变用户的头围、颈长、耳朵大小等特征。在整容手术如此高效且便捷的时代，只有公司培养出来的顶级特工才会需要这种易容面具。

气味抑制剂——她需要一种可以掩盖气味的药剂，不然仅仅是改变外貌，根本没用。

光学迷彩服——原理跟军用面具差不多，也是通过特殊的纳米级材料达到隐身的效果。

只要能拿到这几样物品，她就有把握在死局中闯出一条生路。

时间一点一滴地流逝，她的理智逐渐变得如游丝一般纤细，似乎随时都会被恐怖的嗡鸣声掐断，周姣完全是强撑着一口气在等待公司的回复。

仿佛过了整整一个世纪，她才看到公司的消息弹出来："没问题。"

她喃喃地骂了一句。终于等到了这句话，她可以放心地进入深度昏迷状态了。

江涟虽然没有出现在周姣的面前，却一直注视着她。

触足就是他的眼睛，成千上万条触足就是成千上万只眼睛，如同无数双最新型号的电子义眼，精准而无死角地记录下她每一分每一秒的面部表情。

她微微蹙一下眉头，无意识地抿一下嘴唇，都会被转化为10000帧的影像，相当于蹙眉、抿唇这个简单的动作被分解成10000张图片，在一秒钟内投射到他的眼睛里。

在成千上万只眼睛的注视下，她将无法掩饰任何微表情，也将被他极其缓慢地品味每一个微表情。

她原以为在这样高强度的监视之下，他很快就会对她失去兴趣。毕竟，他再热衷于一样事物，从早看到晚，不放过任何一个细节、任何一个角度、任何一个细微到极点的变化，都会感到生理性的厌倦和厌恶。

他却在这样的监视中对她更加渴望，这种程度的监视远远无法满足他对她那种极端的占有欲。他想要更进一步地监视她——可是，这已经是最严密、最精确、最全面的监视了。

也许不是监视的问题，而是她离他太远了——但她正待在他的触足之中，仿佛在阴冷而黏湿的泥土之中盛开的山茶花，鲜洁、脆弱、渺小。触足是他的一部分，它们代替他监视她，保护她，禁锢她。

但是，不够……不够，不够！他究竟要怎样才能满足？

江涟用力地闭了闭眼。这一次，他并没有被周姣愚弄，却再度生出了那种只有被她愚弄时才会出现的空虚感和烦躁感。

他作为另一个维度的生物，每一条触足都具有独立思考和联合思考的能力，必要时可以像计算机阵列一样联合运算，这种能力令他大脑的运行速度达到了一个极其恐怖的程度。

然而，尽管他拥有完全凌驾于人类的智慧，人脑轻易就能分辨出来的情感他却无论如何也分辨不出来。

烦躁之中，江涟突然看见周姣朝他笑了一下——是那种熟悉的、挑衅的、饱含恶意的微笑。

她要干什么？他冷漠而警惕地注视着她，瞳孔紧缩成一条线。

她又想要什么把戏？他不会再上她的当。

周姣却只是闭上了眼睛。

不一会儿，她的体温下降，呼吸减慢，血压轻度下降，似乎进入了睡眠状态。

江涟却没有放下警惕，冷血动物般的竖瞳一动不动地盯着她。他太清楚她的恶劣本性了，这极有可能又是一个愚弄他的把戏。

与此同时，周姣全身上下的肌肉逐渐松弛，体温和血压越来越低，血氧饱和度不知为什么降到了一个十分危险的数字。

江涟盯着周姣，心底冷不丁地浮现出一个冰凉的猜测。

有那么几秒钟，他像是回到了顶楼天台，看着她明媚热烈的微笑，感受到了一股如坠冰窟般的寒意。

不可能，他冷静地想，她不是会自杀的人。虽然这么想着，但他却以最快的速度回到了为周姣搭建的巢穴里。

假如公司的人能观测到这个巢穴的话，就会发现它在生物科技大厦的最顶端，没有别的原因——这是整座城市最安全的地方。

生物科技大厦内，员工与专家来来去去。

高层特意叫停了一个实验项目，空出了一个实验室，用来合成周姣的气味。

所有员工每年都会进行公费体检，这既是成为巨头公司员工的福利，也是成为巨头公司员工的代价——体检的时候，公司会收集他们的生物信息，重要员工甚至会留下组织样本。

这是员工进巨头公司工作的前提，如果不愿意，他们完全可以辞职。

早在大数据时代，平台的算法就操控了一切，昨天你刚跟朋友说"眼睛有点儿酸，近视度数好像又变高了"，第二天购物平台就会向你推送镜框、配镜和眼药水，任何一个生活平台都会有意或无意地告诉你，最近的配镜店面在哪里，甚至阅读平台也会向你推送有关保护视力的文章。

在这种情况下，人们早就没了保护隐私的概念。

公司想要生物信息和组织样本？那就拿去吧——反正我不是什么要紧的人，只有大人物才需要保护自己的隐私。

周姣之前也是这种心态，所以公司十分轻松地拿到了她的组织样本，合成出了她的气味。

按照江涟对周姣的痴迷程度，他们只需要在空中喷一下这个气味喷剂，江涟就会失去理智，任由他们操控。

不过，这只是其中的一个版本，他们还打算合成出浓度更高的版本，若有必要，甚至会打造类似的生化武器。

周姣想象中的"仿生人周姣"并不存在。

公司没什么心思搞一出"真假周姣"让怪物分辨，他们只想高效而迅速地控制江涟。气味喷剂不能控制江涟，那他们就用人工降雨的方式，让整座城市都充溢着周姣的气味。

他们不信这样江涟不失控，只要他失控，公司就能乘虚而入。

其实周姣完全没必要找公司要气味抑制剂，当整座城市都弥漫着浓度是她的几百倍的信息素时，江涟根本嗅不到她在哪里。

大厦里，实验室洋溢着和谐欢乐的氛围。研究员们互相击掌，庆祝实验成功，高兴地分食着有机肉比萨。

然而距离他们不远的地方——不到两层楼的顶楼天台早就被无法检测到的、密密麻麻的、阴冷而黏湿的紫黑色触足侵占了。

江涟赶到时，它们就像疯了一样蠕动着，一张一缩，发出暴怒、急躁、狂乱的低频声波，几乎到了歇斯底里的地步。

它们不会像江涟一样控制自己的情绪，也不会像江涟一样分析周姣的人格，他们只知道周姣好像醒不过来了。

不管它们怎么暴怒地叫她的名字，朝她的体内输送能量，仿照起搏器向她的心脏传送有规律的电脉冲，都无法使她醒过来。

她会不会死了？

她不能死。

她不能死。

她不能死。

令人毛骨悚然的低频嗡鸣声骤然在城市上空炸开，有那么一瞬间，整栋大厦里的人的面部表情都僵了一下，他们仿佛看到了一座即将坍塌的巨型冰山，抵抗能力稍弱的人眼前阵阵发黑，直接失去了意识。

触足太恐惧了，以至忘了主体至高无上的地位，试图命令主体："让她醒过来。

"让她醒过来。

"让她醒过来。"

江涟被吵得心乱如麻，森寒至极地吐出两个字："闭嘴。"

"我们就是你。

"我们的想法就是你的想法。

"她是你的，你要让她醒过来。

"让她醒过来……"

江涟不是第一次觉得触足吵闹，却是第一次烦躁得想把它们全杀了。

他从来没有生出过这样冷血暴戾的想法。在此之前，他只捏爆过几条触足的意识——剥夺触足的意识跟杀死它们是两码事，触足死了，他也会受伤，他杀了触足相当于自残。

是因为周姣，他才会生出这么疯狂的想法吗？江涟不知道。他只知道，看到周姣昏迷不醒的一瞬间，他整个人就被一种恐慌的情绪淹没了。

他可以杀死她，却无法唤醒她。

好几次，她都差点儿死在他的手上。她是如此脆弱，如此不堪一击，他只要稍一使劲，她的喉骨就会发出即将断裂的脆响。

他在她的面前居高临下，对她生杀予夺，肆意地嗅闻她、享用她。除此之外，他还在她的头脑里灌输了"至高"的概念，告诉她，他是人类无法理解、不可名状的至高存在。

他漠视她、排斥她、蔑视她，即使被她吸引，也始终认为她是一种低劣、渺小、脆弱的生物，并不值得他关注和在意，甚至不值得他生出烦躁的情绪。

可当她陷入深度昏迷时，他却无法将这个渺小而脆弱的生物唤醒。他叫不醒她……他可以让她死去，却无法让她醒过来。

时间仿佛凝固了，暴怒、烦躁、恐慌等情绪在他的心中横冲直撞。

哪怕他万分不想承认，也必须认清现实——现在的他非常害怕。

他害怕她无法醒来。

"江涟"的常识系统告诉他，她现在与其说是陷入了深度昏迷，不如说是进入了植物状态。她真的变成了一朵山茶花——脆弱的、渺小的、即将在他手上凋零的山茶花。

江涟重重地闭上眼睛。

过了很久，他才反应过来，暴怒、恐惧、慌乱，甚至山茶花的比喻都是人类的能力——不知不觉间，他似乎正在变成污浊的人类。

就在这时，他听见一个声音在心底响起——原本江涟的声音又出现了。

他过于恐惧，失去了对那个人类的压制。

"是芯片。"那个人类说。

不知是否他们正在融合的缘故，那个人类的声音不再像最初那么游刃有余。

"她用芯片让自己进入深度昏迷状态。"那个人类冷冷地道，"带她去找公司，蠢货。再拖下去，她会得去皮质综合征，变成真正的植物人。只有你这种蠢货，才会把喜欢的人逼到这个地步。"

那个人类顿了顿，声音再度带上了毫不掩饰的戏谑意味："你要是不知道怎么喜欢她，可以让我来。"

"江涟"的神色晦暗不明，甚至忘了反驳"喜欢"一说，脑中只有一个想法——你也配喜欢她？

生物科技员工忠诚度测试档案。

受试对象：周姣

员工编号：TSZ20492077

忠诚度等级：红色——不可信任

测试一：物质贿赂，向受试对象索要公司机密

在"测试一"阶段中，该对象表现出冷静、理性、高智商的特质，生物监测数据无明显波动，并且尝试反追踪测试员。

结论：可信任，符合核心员工资质，等待进一步测试

测试二：潜意识清洗，向受试对象灌输"公司至上"的概念

在"测试二"阶段中，该对象仍表现出冷静、理性、高智商的特质，生物监测数据无明显波动。

经过 30 个月的潜意识清洗，该对象始终未接受"公司至上"的概念，并且产生了一定程度的逆反心理。

结论：不可信任，不符合核心员工资质，忠诚度划分至红色等级。

以上内容仅限生物科技公司内部阅读。

一个男人坐在办公桌后面，看着显示器上的档案。

他五六十岁，正值壮年，鬓角泛白，却因为做过人造皮肤移植手术而显得像 20 岁一样年轻英俊，鼻梁挺直，轮廓分明，浅蓝色的眼睛里闪烁着冷漠严肃的精光，他正是此次"气味合成计划"的主要负责人之一，荒木勋。

这些天，他有事没事就会看看周姣的档案，想通过她推测出江涟

的弱点，却发现不仅不能推测出江涟的弱点，连周姣本人似乎都没有弱点。

测试一阶段的"物质贿赂"可不是单纯地给钱。

首先，测试的前提是你不可能意识到测试正在进行。

其次，测试一前期，你的大数据会不停地向你推送奢侈品和名人的豪奢生活视频，在你的脑中建立"享乐主义"的概念。

等你接受这个概念以后，你会在毫无察觉的情况下，突然赚一些意外之财，可能是买的基金涨了，可能是投资的产品大热，也可能是上司突如其来的提拔。

生活品质上去后，你再在大数据的诱导下买一些奢侈品，或者像名人一样大手大脚地花钱就变得顺理成章了。

但这仅仅是测试的前期阶段。中后期，你会突然变得一贫如洗——先前大涨的基金一片惨绿，投资的产品被曝光恶性丑闻，上司被调查，你作为他的心腹员工，也将面临牢狱之灾——你的生活品质一落千丈。

在这种情况下，测试员再匿名联系你，向你高价购买一些无伤大雅的公司机密，你是否会答应呢？

大多数人会在这一阶段中毫不犹豫地出卖公司机密，这才是符合人性的反应。

公司也因此放宽了要求，只要不出卖核心机密，就算通过测试一。

周姣却从头到尾都没有踩进测试员的陷阱。

给她推送奢侈品和名人生活视频，她面色冷淡地点了不感兴趣。

基金大涨，她思考片刻，选择了抛售。

某产品大热，不管大数据怎么诱导她投资该产品，她连看都不看一眼，对这种高风险、高回报的投资完全不感兴趣。

上司突如其来的提拔，她欣然接受。

上司被调查，她薪水骤降，面对匿名诱惑，却没有一口答应下来，而是极其冷静地选择了反追踪。

怪不得后来公司放弃了她。

聪明是好事，但聪明的同时不贪心、不急躁、不随波逐流，就意味着这个人没有弱点，没有弱点就意味着不可控。公司不需要不可控的员工。

算了，不过是一个自以为冷静理智，却失去了进入社会精英阶层机会的蠢人，没什么好琢磨的。

他们的目标自始至终都是江涟，周姣只是一个微不足道的小角色。

荒木勋面无表情，关闭了页面，向显示器右下角的时间一瞥，拿起西装外套，反手披在身上。

秘书一边为他推开大门，一边向他低声报告道："荒木先生，一切都已准备就绪。七位狙击手已就位，监控无人机全部投入使用，大楼内不会有任何死角……所有能调过来的安保部队和装甲车都调过来了，装甲悬浮车也在楼顶的机场待命。"

"不过，我们怀疑'他'已经到了……今天很多员工都出现了精神错乱的症状，有的人甚至直接晕了过去。"

荒木勋停顿片刻，问道："气味剂呢？"

秘书答道："已部署在各个楼层的消防喷淋装置里，只要您下令就能启动。"

这时，秘书眼中有银光闪烁，似乎有人给他发了一条重磅消息。

他的瞳孔骤然扩大了一圈，面上的恐惧一闪而过，半晌，他才勉强出声说道："荒木先生，'他'到了，在一楼。"

荒木勋是标准的公司高层成员，冷血、聪明、无情，是社会达尔文主义的狂热拥趸，只要能保住自己高层的位置，必要时，他甚至愿意牺牲家人——是的，他的妻子和女儿也在这栋大厦工作，但他还是选择打开公司的大门，迎接江涟的到来。

因为，江涟对公司来说真的太重要了。

要是能破译江涟基因的秘密，找到他的基因与人类结合的关键，荒木勋就能超过那个提出"人类和变异种共生"的研究员，成为公司中任何人无法撼动的大人物。

　　荒木勋越想越兴奋，呼吸也越来越急促。

　　自从他被植入芯片后，情绪就变得越来越淡漠，神经递质释放的速度也越来越慢。他已经很久没有这么兴奋了。

　　胜利近在咫尺，他一定能超过别的竞争者，成为整个公司最有权势的人。

　　然而，即使是荒木勋这么冷血无情的人，乘坐电梯抵达一楼时，脸色还是猛地变了——眼前的画面，简直是恐怖片里才会出现的场景。

　　生物科技的大厦一直被誉为现代建筑艺术之最，宏伟、壮观、宽阔，线条冷硬，墙壁、地砖和天花板都光可鉴人，肉眼看不见任何拼接的缝隙，充满了顶尖科技和冰冷金属的绝妙质感，整座城市再也找不到第二座比它更为华美奢侈的建筑。

　　但现在，这座华美奢侈的建筑变得阴冷、幽暗、黏湿。目之所及全是紫黑色的肉质触足，它们滴落着有高腐蚀性的黏液，蠕动着侵蚀了一切——纯有机羊毛地毯、非实验室培育的天然植物、饰有黄金的大门、古董油画……整个大厅在顷刻间化为怪物的肉质巢穴。

　　一个高大而修长的身影站在肉质巢穴之中。

　　他外表冷峻，气质洁净，挺直而优美的鼻梁上戴着一副金丝细框眼镜，身穿垂至膝盖的白色修身大衣——如果无视他衣摆上已经凝固、变成黑色的血迹的话，他简直像一个刚从研讨会上离开的年轻教授。

　　荒木勋却无法把他当成一个无害的教授，在看到江涟的一瞬间，他的胃里就一阵翻江倒海，强烈的呕吐欲直冲喉咙——公司也有类似的攻击装置，利用次声波与人体器官发生共振的原理，使人感到眩晕、恶心，想要呕吐，强度较高的话，甚至能致人血管破裂而亡。

但江漪身上传来的低频声波除了令人感到眩晕和恶心以外，似乎还有一种污染精神的力量，跟公司的"潜意识清洗"差不多。

荒木勋的眼神恍惚了一下。

有那么一瞬间，江漪的身影在他的眼中一点点地拔高，变得无比高大，无比可怖，压迫感山呼海啸般碾轧而下。

荒木勋感觉自己的五脏六腑都拧在了一起，终于忍不住俯身呕吐了起来，中午吃的有机肉和有机蔬菜尽数喷涌而出。

荒木勋自从进入公司高层以后，就再也没这么狼狈过。

可是此时此刻，他的第一个想法居然是幸好吐了，不用跟江漪对视了。

人的眼睛是不允许直视神的，只要你试图抬头望向神，双眼就会流下骇人的血泪。

只有神，才会拥有这样原始而冰冷的压迫感。

他们居然想要愚弄神。

荒木勋颤抖着吸了一口气，抓住秘书的手，额上暴出青筋，嘴唇痉挛着，似乎想要说什么。但就在这时，他的眼中有银光闪过，公司的 AI 监测到他有危险思想，对他进行了潜意识清洗。两种强大的力量在他的脑中互相较劲，荒木勋的五脏六腑猛地绞紧，他差点儿把整个胃都呕吐出来。

他半跪在地上，早已不复最初的精英模样，鼻涕、眼泪齐流，面部肌肉剧烈颤动。

若不是他本身就是一个意志坚定的人，恐怕早已变成一个精神错乱的白痴。最终，他想要在高层中更进一步的念头占了上风，混乱的思绪逐渐恢复清明，他攥着秘书的手，缓缓站了起来。

"江医生，"荒木勋拿出手帕，擦了擦面孔，露出一个礼貌的微笑，"一直缘悭一面，今天终于见到您本人了。"

这番话就像被投下一枚无形的重磅炸弹。

下一秒钟，低沉、恐怖、令人内脏收缩的声波猛地炸开："让她醒来。"

江涟一步步走近荒木勋。

随着江涟的靠近，荒木勋全身剧烈颤抖起来，他的眼珠跳动着，控制不住地盯在了江涟怀里的周姣身上。

不知是否受江涟磁场的影响，他闻到了一股摄人心魄的甜腻醉香，仿佛熟透了的水果一般馥郁芬芳，丝丝缕缕地往他的鼻子里钻，粘在他的喉咙上，令他的喉结疯了似的滑动起来。

好香，好香……她好香，怪不得江涟对她的气味如此着迷，她真的太香了。

荒木勋死死地盯着周姣，渐渐露出痴迷的神态。

江涟的面上闪过一丝痉挛，他目光森冷地注视着荒木勋——为什么这只虫子也敢觊觎她？

他的思想能影响周围的生物。之前，他之所以能找到周姣，就是因为对她极度渴望，因而失控，在刹那间控制了一个区域的人的思想，通过那些人的嗅觉器官嗅到了周姣的位置。

但他失控的时候毕竟是少数，大多数时候，只有他和触足能嗅到周姣的气味。

但不知为什么，明明他现在不算失控，还是影响了周围人的神志。

他放眼望去，每一个人——西装革履的员工，身穿安保制服的警卫，蜷缩在前台后面的女孩，全都直勾勾地盯着他怀里的周姣，眼神黏糊糊、湿漉漉，对周姣他们垂涎欲滴。

他甚至能听见这些脏东西的心声——

他们在叫周姣的名字。

他们想靠近她、注视她、嗅闻她。

他们对她垂涎至极……

他想杀了他们。

江涟的脸庞僵冷而扭曲，触足上暴出一根根粗壮的血管，数不清的触足在他的脸上、身上、后面剧烈地蠕动伸缩着，高大而修长的身形一瞬间像是要爆裂开来，化为不可名状而令人惊悚的顶级掠食者，肆无忌惮地屠戮所有碍眼的存在。

可是——他必须克制这种冲动。

他从来没有因为什么而克制过自己的欲求和冲动，顶级掠食者的脑子里没有"克制"的概念，只有掠夺、占有和进食。

周姣只是陷入深度昏迷，并没有死去，还能吸收他输送的能量，也能对外界的刺激做出一些本能的反应。

这其实是一个非常适合她的状态，他可以将她永久地圈养起来，就像人类将美丽的蝴蝶制成标本一样。然后，他就能无节制地嗅闻她、亲吻她，吞咽她甜腻的唾液了。

他却克制了这个饱含恶意的念头。

只有人类才会克制恶欲，因为他们没有能力满足自己的欲求，于是发明了"克制"这个概念来掩饰自己的无能。

他有能力满足自己的恶欲，却还是克制了，这是非常愚蠢的行径。他以为自己只会克制一次，但现在，他又克制了屠戮的冲动——不能碾死这群虫子，他需要他们唤醒周姣。

江涟闭了闭眼，强行压下眼中剧烈翻涌的杀意。

恶欲得不到满足的戾气与对周姣的保护欲狂暴地交织，如同密密麻麻的血丝爬满了他的眼球。

只见他一半脸庞维持着人类的俊美模样，另一半脸庞却有大块大块的血肉溃烂、脱落，暴露出内里丑陋蠕动的紫红色触足。

荒木勋打了个冷战，心底蹿起一股恐怖的寒意。

他研究过江涟，知道"他"无法维持人形是非常危险的征兆。

"让她醒来。"像是为了照顾这群人脆弱的神经，江涟用的是人类的声线，冷漠、平静中不带有任何压迫感，"不然，你们都会死。"

明明"他"没有使用低频声波攻击，荒木勋的内脏还是因恐惧而剧烈抖动了一下。

照"他"说的做，不然他们真的会死！"他"能影响他们的思想，影响他们的感官，甚至能影响他们的行为，只要"他"一声令下，他们就会集体自杀。

太恐怖了，太恐怖了……他们根本无法对抗这样的怪物。天啊，他到底是犯了什么病，招惹了这么一个可怕的东西！

不……不，他不能放弃自己的计划。

他狂打兴奋剂，一天只睡两个小时，不就是为了有朝一日能站在公司的最顶端俯瞰屿城吗？

他已经在这个大型社会达尔文主义实验中超越了 99% 的人，现在成为那 1% 的人的机会就在眼前。

只要他控制住江涟，拿到他的基因，然后送去破译……他就能成为生物科技真正的话事人！

荒木勋近乎癫狂地告诉自己，还有一线生机。

他可以用唤醒周姣当掩护，暗中打开各个楼层的消防喷淋装置，到时候整栋大厦都会是周姣的气味。

一旦江涟因气味而失控，他对他们的精神影响应该也会消失。到时候，他再指挥部署的安保部队攻击他，就能反败为胜了。

至于周姣，能不能醒、醒了以后会干什么，谁管呢？虽然她真的好香好香。

可能是因为主动陷入深度昏迷状态，周姣能感知到外界发生的一切。

她听见了触足阴冷的嗡鸣声，听见了江涟几近疯狂的呼吸声，感受到他湿冷而沉重的气息喷洒在颈间——随着他的呼吸声越来越急促，越来越剧烈，整个巢穴都震动起来，跟随他呼吸的节奏一起收缩，一起扩张，如同蠕动的胃袋般，要将她侵蚀殆尽。

周姣想：她赌错了吗？她对江涟的吸引力其实没有那么大，她进入深度昏迷的状态，反而更有利于他那恐怖的圈养计划。

在昏迷状态下，她的意识就像在黑暗混沌的海水里打转，思考速度变得分外缓慢，哪怕她知道自己现在的处境十分危险，也感受不到半分恐惧。

没关系，周姣告诉自己，她还活着——活着，就有希望。

不知过去了多久，她的意识沉沉浮浮，脑中的画面扭曲斑驳。她好像什么都看见了，什么都听见了，又像是一切都是潜意识制造的幻觉。

仿佛过了几个小时，又像是只过去了几分钟，她的灵魂才冲出漆黑沉重的深海，听见一丝外界的声音："病人内隐意识存在，对外界刺激有反射性反应。

"准备动态磁共振电极，进行意识理疗。

"怎么这么晚才送过来……血氧饱和度已经降到 80% 了！先进行高压氧舱治疗！"

…………

高压氧舱开启，公司的医护人员脚步匆匆。

这时，不知是否动态磁共振电极的刺激起作用了，周姣的眼睛短暂地睁开了几秒钟。

医护人员没有在意，即使是植物人，双眼也有可能自发睁开或受外界刺激而睁开，这是很正常的反射性反应。

周姣也确实是反射性睁眼，瞳孔涣散，没有聚焦丁任何事物，然而就在这时，她突然视线一凝——虽然整个过程只有几秒钟，但也足够她看清前方的人影了。

江涟站在走廊的另一端，一动不动，眼神死死地盯着她。他的状态非常糟糕，一半脸孔维持人的模样，另一半脸孔像被什么腐蚀了一般，暴露出恐怖狰狞的真面目，密密麻麻的触足如同紫红色的无鳞蛇，在他的面部骨骼里疯狂蠕动。

为了治疗顺利，他必须远离她，不然治疗设备会失效，医护人员也会因他的存在而变得精神错乱。但是，这并不代表她可以逃离他。

他没有开口，也没有发出那种能影响人的神志的低频声波。

她却通过某种未知的媒介，听见了他低沉冰冷的声音——

"你是我的。

"你逃不掉的。"

反射性睁眼结束，周姣闭上了眼睛。

意识深海重新淹没了她。

半响，她的大脑才对江涟的话语做出反应——

"你怎么知道我逃不掉？"

生物科技办公室。

来不及等秘书推门，荒木勋一脚踹开大门，疾步走到办公桌前，一把拉开抽屉，取出里面的气味剂，放在鼻子前狠狠地吸了好几下。

刹那间，他的脑中释放出大量的多巴胺，全身肌肉放松下来，露出疯子一般痴迷而沉醉的表情。

但很快，他就硬生生地从这种状态中抽离了出来，一把扔掉空了的气味剂，怒吼着叫来一个研究员："这是怎么回事？！为什么我也能闻到那个女人的气味？！"

生物科技真正的顶梁柱，其实是这些高学历的研究员。他们在公司里拥有超然的地位，并不惧怕荒木勋的训斥。

只见研究员走到显示器前，调出一楼的监控录像——受江涟磁场的影响，不管监控摄像头多么高级，输出的画面都十分扭曲，仿佛被加密处理过一般。

但研究员还是一帧一帧地反复看了好几遍，看到荒木勋和周围的人对周姣露出垂涎欲滴的神情时，他不顾荒木勋骤然变得难看的脸色，按下了暂停键。

"荒木先生，接下来我要说的话，您可能会不爱听，但我必须告诉您——"研究员说道，"'气味合成计划'大概率会失败。"

荒木勋的面色阴晴不定："你知道你在说什么吗？"

"拿高等变异种举例，人只要跟它们同处一室，就会被它们寄生，变异成它们的同类。"

研究员指着显示器上面目模糊的江涞："'他'直接省略了寄生这一步，仅靠某种磁场，就能改变我们的认知，甚至影响我们的潜意识。"

研究员沉声说道："荒木先生，请不要认为嗅觉改变是一件小事，很多神经退行性疾病都会出现嗅觉丧失的症状。"

"嗅觉改变则是比嗅觉丧失更加危险的事情。"研究员继续说道，"人类很多感官都是为了提示危险，比如痛觉，又比如，您现在不希望我继续说下去，人会过分关注负面信息，就是为了警示自己。嗅觉改变之后，您可能会把致命的化学气味当成……"

"你为什么会觉得我不懂这些常识？"荒木勋冷冷地道，"直接告诉我结论，我现在该怎么办。"

"结论就是，以人类现有的生理构造和科学技术，完全无法对抗这样的生物。"研究员面色凝重，对荒木勋深深鞠躬，"放弃吧，荒木先生，否则人类将陷入难以想象的危机。"

荒木勋的胸膛剧烈起伏，他死死地盯着研究员，脸上的肌肉疯狂抖动，一时间竟显现出某种恐怖的非人特质。

半晌，他才从咬紧的牙关里迸出一段话："我不可能放弃！你也说了，我是因为受'他'的磁场影响，认知和潜意识被改变，才能闻到那个女人的气味。

"这说明什么？这恰恰说明我们有可能成功！如果我对那个女人的气味的着迷程度，就是'他'对那个女人的气味的着迷程度，那么消防喷淋装置一启动，'他'就会发狂。没有神志的怪物就像待宰的牲畜一样，只要火力够猛，就能压制'他'！"

研究员沉默许久，然后深深叹了一口气，说："那就准备好过滤面具和神经节阻断药吧，这将是一场硬仗。"

"不过，要是真的能取到'他'的基因……"研究员喃喃道，"人类说不定能迎来第二次进化。"

荒木勋也被研究员口中的"第二次进化"的前景吸引了，他的表情慢慢变得贪婪而狂热起来。

办公室的气氛一度变得平和，所有人的注意力都在江涟的身上，没人注意到左下角的监控画面中，病床上的周姣突然睁开了眼睛——她醒得太快了，按照常理，她至少应该在舱内躺上两天，但她却在短短两个小时内就清醒了。

医生走进病房。

血氧饱和度慢慢提上来以后，她的生物监测数据就基本与常人无异了，一时间医生竟没有察觉到她已经醒了。

就在医生上前一步，准备查看她的磁共振成像时，周姣猛地从病床上坐了起来——她以一种令人难以想象的速度迅速用手肘勒住医生的咽喉，同时眼中有银光闪过，她入侵了医生的芯片设备，掐断了他和公司的联络。

这一切都要感谢谢越泽，他虽然谎话连篇，却实打实地帮她破解了芯片，成功地让她的公司芯片变成了黑市上一淘一大堆的水货，也因此逃过了公司 AI 的自动监管。

医生一愣，但他毕竟是生物科技的医生，也接受过一定程度的军事训练，立刻就要反击。他却不知道周姣的身体经过改造，膂力远远超过成年男性。在她的面前，他毫无还手之力。

病房内如坟地一样寂静，除了医疗设备几不可闻的运转声，只能听见轻微但恐怖的颈骨"咔嚓"声——周姣神情冷漠，手臂肌肉绷紧，逐渐加重力道，硬生生把医生勒晕了过去。

然后，她看也没看头顶的摄像头一眼，就这样脱下医生的白大褂穿在身上，揉乱头发，遮住半边脸颊。

紧接着，她把医生搬到病床上，盖上被子，娴熟地接上各种医疗设备。

做完这一切，她捡起医生掉落在地上的平板电脑，扒开医生的眼皮解锁——感谢在公司工作的经历，她简直像回家了一样悠闲自在。

她并没有立刻走出病房，而是转身走进了卫生间，启动了红色警报。

立刻就有人打电话过来："怎么回事？！还让不让人吃饭了？我刚喝上一口热汤，你那边就来一个红色警报，你知道红色警报是什么意思吗？别告诉我你只是手滑按错了……"

周姣深吸一口气，再开口时，声音已变得异常惊慌失措："病人跑了！格里芬医生被她打晕了……天啊！怎么办？怎么办？现在我们该怎么办？我们会死吗？我不想死，我不想死！"她声音纤细，带着哭腔，似乎随时都会陷入崩溃。

电话那端的人本想核对她的员工编号，听见她慌张刺耳的哭腔，顿时烦躁起来，忘了例行问讯："行了行了行了，别哭了，我已经告诉荒木先生了，等下就会有安保人员过去。到处都是监控无人机，她应该跑不远。"

说完，那人"啪"地挂断了电话。

周姣耸耸肩，把平板电脑丢进了马桶里。

有句话是这样说的——态度恶劣，有助于提高办事效率。这里的态度恶劣，既指大吵大叫，也指大哭大闹，主要是利用对方怕麻烦的心理，只要对方不是机器人，都会为了快点儿解决麻烦而省略一些必要的步骤，比如核对她的名字和员工编号，又比如核对监控录像。

周姣站在卫生间门后，眼神冷静而锐利，她静静地等待着安保人员的到来。

同一时刻，荒木勋收到了周姣逃跑的消息。

他打骨子里轻视周姣这样的小人物，也没想着去看一下监控录像，而且因为受江涟磁场的影响，所有监控录像都变得十分诡异，他看两眼就想呕吐。

也只有实验室的那些怪胎，才会一帧一帧地分析监控。

荒木勋用力按了按眉心。

他知道，周姣的诉求一直都是逃离江涟，这时候做出逃跑的举动也在意料之中。只是太快了，公司还没来得及制作出更加强力的气味剂。不过……应该也够用了。

荒木勋打开通信器，吩咐部署在各个楼层的安保人员："启动一级警报，所有人戴上生化过滤面具，准备战斗！"

他顿了一下，几秒钟后，下定决心般说道："一分钟后，启动消防喷淋装置。

"再重复一遍——所有人，戴上生化过滤面具，这是一级命令，必须执行。"

病房外，急促的脚步声由远及近，紧接着房门被猛地踹开，安保人员进来了。

周姣侧耳仔细聆听，来了两个人，他们应该是过来还原事故现场的——她猜得没错，两个安保人员戴着护目镜和过滤面具，身后跟着一架无人机，过来核查病房里的打斗痕迹和脚步线索。

他们关了病房里的灯光，无人机当即射出幽蓝色光线，映照出地板上的脚印。

自始至终只有两行脚印，一串来自医生，另一串来自周姣，并没有第三串脚印。

两个安保人员对视一眼——那个让管理层大发牢骚的"哭哭啼啼的女医生"在哪儿？

他们再看周姣的脚印，从病床前离开后就径直到了……卫生间？

两个安保人员瞳孔骤缩——目标没有离开！她还在病房里！他们都被她给耍了！那个哭哭啼啼的女医生就是她！

不等他们向其他人发出警示，一道劲风横扫而来——在无人机幽幽的蓝光之下，卫生间的门不知什么时候开了，周姣如鬼魅般出现在他们面前，一脚发力，猛地扫向他们的双腿！

其中一个人惊险地避开，另一个人不相信周姣能让他失去重心，站在原地硬生生挨了一脚，结果被扫翻在地。

周姣立刻扑上去，一手钳制住那人的喉骨，另一手往下一滑，摸向他的腰间，快速摘下上面的电磁手枪。这种电磁枪贵得离谱儿，只对公司员工出售，但威力也大得离谱儿，其特制的钨芯子弹甚至能穿透装甲车。

怎么说呢？还是感谢在公司工作的经历，她完全像回家了一样。

安保人员骇然地看着她"咔嚓"上膛，闪电般接上消音器，冷漠而利落地结束了他同伴的性命，整套流程看上去比他还要熟练。不是……情报不是说她就是一个普通人，没什么特别的吗？

就在这时，周姣低下头，用枪管轻拍了一下他的脸庞，轻声问道："给你两个选择，我送你上路，或者你带我出去。"

"我……我……"安保人员颤声说，"我不能带你出去，头儿会杀了我的。"

"你想多了，"周姣冷淡地道，"他们的目标只有一个，那就是江涟。再说，你不带我出去——"

她的脸上缓缓露出一个甜美的微笑："我也会杀了你的。"

其实像她这种五官冷艳的美人故作妩媚可爱地笑起来，视觉效果是相当惊人的。换作在其他地方，安保人员的心跳指定能像小鹿乱撞一样快，但现在他只能感受到一股森然的寒意蹿上背脊——她说的是真的，如果他不同意，她会眼也不眨地扣下扳机，然后转身离去。

就在这时，病房的落地窗外突然传来一阵骚动。

整栋大厦呈环形，从每一层的窗边往下望去，都可以看到其他楼层的情景。

只见数十架无人机飞过，向下射出幽蓝色的扫描光，每一层都弥漫开浓重的水雾，仿佛阴暗的雾霾一样迅速侵占了所有楼层。

这时，周姣感到脸上湿漉漉的，抬头一望，她头上的消防喷淋装置开始运作，往下喷出细密的水雾。

这是什么？失火了？

她向下一瞥，看见两个安保人员脸上戴着生化过滤面具，猜测这水雾应该是某种生化武器。

想到这里，她二话不说，拽下死人的面具戴在自己脸上，继续飞速思考。

有什么生化武器可以对付江涟吗——她的气味剂。

周姣的眉梢轻轻一跳。她以为公司会制造出一个仿生人去跟江涟交涉，取代她的位置，没想到是把她的气味当成生化武器去对付江涟，这样能行吗？

不管能不能行，这都是一个绝佳的逃跑机会。

她原本还担心躲不过江涟的嗅闻，不知道公司能否牵制住江涟，谁知公司这么一搞，就算江涟长了八百个嗅觉器官，也无法嗅到她的存在，简直帮了她大忙。

"很抱歉，我现在不需要你了。"周姣对着安保人员剧变的脸色微微一笑，"砰"的一声毙了他。

她迅速换上他的头盔、护目镜和制服，将电磁枪往腰间一插，跟随其他安保人员跑向红光闪烁的安全出口。

这些安保人员是普通人眼中相当恐怖的存在。他们冷酷强硬，训练有素，用的是经过专家调配的兴奋剂，装备的是领先普通人半个世纪的芯片和武器。当普通人还在用 20 年代的手枪手动瞄准时，他们的义眼已开启瞄准功能，AI 自动计算射击弹道，不会有任何误差，保证枪枪命中。

然而现在，他们无一不露出了骇然的神色。

触足……到处都是触足，前后左右都是黏液的滴落声。嵌在金属天花板内部的灯管被腐蚀，走廊和安全通道变得一片黑暗，整栋大厦似乎变成了一个深不见底的巢穴，唯一可以看见的光芒则是触足释放的生物光，仿佛覆满夜光藻的潮水在四周汹涌起伏，美丽而危险，幽冷而瘆人。

黑暗与未知催生出恐怖的想象，所有人的背脊上都渗出一层又一层的冷汗。

最糟糕的是，他们明明全副武装，全身上下只露出鼻梁和下颌，却感到气温骤降，寒意一阵一阵地从脚底往上蹿。

这到底是什么东西？这真的是人类能对抗的怪物吗？上面的人，究竟给他们派了一个多么恐怖的任务？！

有人承受不住这种森冷压抑的气氛，抬起电磁冲锋枪，对着前方的紫黑色触足猛烈射击起来！

"砰砰砰砰砰——"电磁枪是利用轨道电磁发射技术，将子弹以光速发射出去，威力大，穿透力强，更何况是冲锋枪这种高射速枪械，一分钟打出的子弹足以将装甲车打成筛子。

但是，电磁枪打不穿那些触足，他们身上的高科技对这些东西无效。

众人一时绝望到极点。

一片死寂中，在无人注意到的角落，周姣开始一步步后退。

她已经能预测到江涟的一些行为。

如果她没有猜错的话，江涟很快就要发狂了。她必须尽快从这里逃走。

果然，下一刻，阴冷、躁戾、恐怖的低频声波如海啸般淹没了整栋大楼。

这是人类无法听见的频段，只有她能听见他在说什么，其他人只能感到一阵恶心的眩晕。

"周姣。"

他在叫她。

"周姣。"

他在找她。

"周姣。"

他命令她回去。

随着声波的振荡频率越发诡异，不少人的脏器都猛地绞紧，有人甚至呕出了丝丝鲜血和内脏碎片。

"周姣。

"周姣。

"周姣。"

不知不觉间，所有安保人员的面容都变得僵冷而麻木，他们似乎在这种怪异的频段下产生了某种异变，暂时成了江涟的从属。

只见他们整齐划一地摘下过滤面具，拼命地嗅闻空气中的气味分子。人工制造的气味是如此低劣，如此廉价，不及她万分之一，但还是好香。

所有人都闻得面色涨红，胸腔明显塌陷下去一块儿。

高浓度的人工信息素气味中，始终浮动着一缕若有若无的天然醉香——那是她的香气。

她在哪里……

她在哪里？

她在哪里？！

回到"他"的身边。

回到"他"的身边……

回到"他"的身边！

你逃不掉的。

"周姣周姣周姣周姣周姣周姣周姣……"这一次是人类的声音。

周姣回头一看，只觉得头皮发麻，血液冻结，汗毛一根一根地参了起来。

每一个人都在呼唤她、寻找她，试图从消防喷淋装置制造的信息素迷雾中分辨出她独特的气味。

就像一场恐怖的捉迷藏游戏，人人都是鬼，只有她是人。

周姣不动声色地按紧生化过滤面具，走到一个消防喷淋装置下面。

浓烈的人造信息素瞬间掩盖了她本身的气味。

就像活尸失去了人类的气味线索，所有人的脖颈发出生锈般的"咯吱"声响，他们挪动身子，朝其他地方走去。那一刹那，无数漆黑人影齐刷刷转身的动作，以及颈骨活动时发出的诡异锐响，简直令人不寒而栗。

周姣忍不住打了个冷战，然后猛地朝反方向跑去。

惊悚的画面、急剧下降的气温、充满不确定性的逃跑令她的心脏"怦怦"狂跳，肾上腺素飙升。她已经没有余力去思考这是兴奋还是恐惧了。

是的，尽管随时都有可能被江涟抓住，被永久关在恐怖的肉质巢穴里，她却还是感受到了一丝难以言喻的兴奋。

她对他来说只是一只蝼蚁——他却在竭力寻找这只蝼蚁。

他无所不能，能在顷刻间影响周围人的神志——他却无法操纵她的意志。

他漠视一切，高高在上，绝不可能喜欢上她——他却逐渐被想要占有她的欲望俘虏。

她陷入深度昏迷，他明明可以趁此机会永久圈养她——反正都是圈养，她有没有自主意识，有什么区别呢？他却用实际行动告诉她：有区别，他想要她醒过来。

她回想起他站在走廊尽头，向她投来的恐怖眼神，可能他早就已经意识到了，她用芯片让自己陷入深度昏迷是为了逃跑。

可他还是把她送到了公司，并且为了不影响医护人员的神志和医疗设备的运转，一步步地远离她。

他当时在想什么呢？他是在想，哪怕她逃跑，他也能轻松地把她抓回去吗？

如果没有公司的人造信息素的话，以他的恐怖能力，的确能十分轻松地抓住她。

可惜，没有如果。

周姣真想告诉他，你对我的感情已经不能用"占有欲"来解释了。

但她应该没机会当面跟他说了。

周姣将江涟抛到脑后，清空心中的杂念，仔细回忆曾看过无数遍的生物科技大厦地图，试图找出一条最短的逃跑路线。

半晌，她睁开眼，拔出腰间的电磁枪，"砰砰砰砰"开了四枪，射穿了落地玻璃，再用手肘猛力一击，只听"哗啦"一声，龟裂的玻璃瞬间破碎。

如果她没有记错的话，生物科技的安保人员会配备一种钩索枪，能射出一条带钩爪的绳索，钩爪的穿透力之强，甚至能深深抓住精钢地板。

她在后腰上一摸，果然有。

只见她拔出钩索枪，打开保险，干脆利落地往地上一射——这玩意儿没法儿装消音器，钩爪猛地抓进金属地面的刺耳声响几乎响彻整层楼！

被异化的安保人员虽然失去了神志，却保留了基本的警惕性，当即转过身，向噪声的源头走来。

周姣看着周围密密麻麻的漆黑人影，离她最近的几个人已经下意识地伸出手，想要抓住她的胳膊——

她没时间慢慢往下爬了！

周姣用力吸了一口气，攥紧钩索的枪柄，后退几步，紧接着往前一个冲刺，从落地玻璃的缺口冲了出去，一跃而下！

刹那间，她的脑中莫名其妙地闪过一个生活小常识：知道为什么蹦极的绳子都具有弹性吗？因为弹性可以吸收突如其来的冲击力，如果换成普通的绳子，下坠形成的巨大冲击力能让人瞬间毙命——谢天谢地，她手上的这根绳子是可以吸收冲击力的动力绳。

不过，她还是得找几个缓冲点。只见她在半空中猛地发力，朝面前的玻璃狠狠撞去，借助绳子的弹性硬生生地缓和了下坠的恐怖冲击力！

正常人那么一撞，绝对会头晕目眩，她却咬紧牙关，强忍了下来，两手始终紧攥着钩索枪柄，手臂肌肉紧绷到极限，沿着大厦的金属墙壁，幽灵一般疾速下滑！

整个下坠过程中，她没敢细看每一层楼的具体情景，却还是瞥见了一些模糊的景象——整栋大厦都被紫黑色触足占领了，宏伟而华美的钢铁建筑变成了一个阴暗而黏湿的肉质巢穴。

昏暗的光线下，除了触足蠕动时的模糊影子，她就只能看到肉质薄膜底下波澜起伏的荧蓝色光点。

随着时间的流逝，触足蠕动的影子显得越发狰狞可怖，光点也在变色，从最初幽森美丽的荧蓝色，变成了晦暗瘆人的黑红色。

周姣看得背脊发冷。

生物发出的光大约90%都是蓝色光，在海水中，蓝光传递的范围最远。因为海水对光波有散射和吸收的作用，从水下10米起就看不到红色这样的长波光了。

如果不是江涟具有改变生物光的能力，那就是他已经暴怒发狂到一定程度，触足充血的颜色完全压过了蓝色生物光。

这个程度，他似乎不止是发狂，而且彻底失控了。

他虽然影响了所有人的神志，却没有耐心等他们慢慢嗅闻下去，打算用触足将整栋大厦包裹起来，直接将她封死在里面——这些念头都只是在她脑中一闪而过，她仍在半空中，还未落地。

就在这时，她往下一瞥，瞳孔突然一缩——底楼的触足数量是其他楼层的好几倍！

最要命的是，它们似乎猜到了她会从楼上纵身跃下，几条最为粗壮的肉质触足呈海葵状张开，如同一株巨大的掠食性植物，冷漠而安静地等待猎物进入口中。

周姣的眼角微微抽搐。

电光石火间，她遽然拔出电磁枪，朝下一层的落地玻璃疾射四枪，紧接着双脚一蹬，往后一荡，等再度荡过去时，"哗啦"一声撞碎了玻璃，在洒了一地的玻璃碎片中就势一滚。

可能是因为她运气好，这一层还未被黑红色的肉质触足入侵。

她站起身来，刚要去找出口。突然，一只冰冷枯瘦的手从黑暗中伸出来，用力抓住了她的手腕！

江涟站在大厦顶层，神情阴冷而暴戾地俯瞰落地窗外的景象。

他似乎陷入了某种难以想象的疯狂，面部、脖颈、身上一直有裂隙打开又合拢，如同密密麻麻的睁开又闭上的眼睛，想要释放出体内强大而恐怖的怪物。然而那些裂隙刚一打开，就因为某种古怪的限制而强行闭拢了。

因为这副身体，他无法动用所有力量，只能借助人类的嗅觉器官，一层一层、一寸一寸地搜索她的气味。

可是，他找不到她。

一直以来，她都在他的掌控之中。

即使是追杀她的那三天，他也并未完全失去她的行踪。当他想要找到她时，怎样都能嗅到她的存在。她是被他牢牢看守的猎物，不可能逃出他的视线和感官。如果她在海洋里，即使海里只有一粒她的气味分子，他也能极其精准地嗅出她的位置。

但现在，无论他影响了多少人的神志，借助了多少人的嗅觉器官，都无法从高浓度的人造信息素中获取她的气味线索——其实他嗅闻得出来，可每次刚嗅到她的气味，就会被更为猛烈的人造信息素冲散。

就像被一根细丝反复磋磨神经般，几次下来，他差点儿被这种感觉逼到癫狂——不，他已经癫狂了。

江涟闭上眼睛。烦躁、暴怒以及害怕失去她的惶恐，如同丝丝缕缕浸染过毒液的蛛网般黏附在他的心脏上，极其缓慢地绞紧。他每呼吸一下，都能感到腐蚀般剧痛。

即使他极不愿意承认，也必须面对自己的内心——他喜欢上了她。

落地玻璃窗上映出江涟现在的模样。他已彻底失去人类的特质，只能看到一个扭曲而模糊的人影。

之前，他不明白自己为什么会在意一个渺小的人类，于是强迫她接受他的追杀，想要找到一个合理的答案。

三天过去，被那场追杀逼疯的却是他自己。

天台之上，明知道她在愚弄他，明知道她不是一个会自杀的人，可当她纵身跃下时，他还是跟着跳了下去。

就像现在，明知道她陷入深度昏迷是想要逃离他，为了唤醒她，他还是强行压下充满恶意的占有欲，一步步后退，亲手给了她逃离的机会。

他什么都知道，却心甘情愿地被她愚弄。

他是人类无法理解的高等生命。他和人类之间横亘着客观存在的自然定律，就像掠食者注定无法与猎物繁衍后代一般——作为掠食者，他却喜欢上了自己的猎物。

他的每一次心跳，每一次呼吸，每一次喉结滚动，每一次吞咽她的唾液，都在释放喜欢她的信号。

不可名状的至高存在喜欢上了渺小的人类。

所有人都因为他的喜欢而对周姣产生了难以自拔的痴迷，只有他自己完全没意识到，那种像杀意一样暴虐而烦躁的情绪是喜欢。

落地玻璃窗前，江涟的身形变得更加扭曲、模糊。

他意识到自己拥有了人类的感情，他的皮肤和血肉脱落得更加厉害，但转瞬就会被另一种力量填补上去。

血肉溶解、大块脱落、愈合、脱落、愈合……他从面庞到身躯都变得鲜血淋漓起来，再加上充血到极致的黑红色触足，修长的身影看上去比之前任何一刻都要恐怖骇人。

这样一个诡异的人形怪物，却陷入了只有人类才有的复杂情绪里。

周姣的逃离让他后悔又恐惧，但他并不知道自己在后悔和恐惧什么。

在此之前，他甚至没有"喜欢"的概念，只知道杀戮、掠夺与占有。

顶级掠食者想要得到一样东西，只会杀戮、掠夺与占有，没有第四种选择，他也想不出第四种选择。

他的生命是如此漫长，如同阴霾天际线传来的声声远雷，自鸿蒙肇判、灵肉未分时就存在，却从来没有想过自己的心脏在为谁而跳。

现在，他终于知道了，自己的心脏在为周姣而跳。

可他找不到她，也不知道该怎样对待她。

因为她，他第一次感到手足无措。

被抓住手腕的一瞬间，周姣的心脏几乎停跳。

她闪电般反扣住那只手，举枪就要射击。

黑暗中响起一个嘶哑的声音："别开枪，是我。"

周姣举枪的手臂纹丝不动，她心说：你是谁？

一道人影缓缓走到落地窗旁微弱的光线下，显现出一张完全陌生的面庞。

他四十来岁，看上去却像七八十岁一样虚弱干瘦，面色青白，嘴唇干裂，双眼布满血丝，似乎随时都会因为某种可怕的疾病而倒地不起。

周姣并没有因为他虚弱的模样而对他放松警惕，冷冷地望着他："你是谁？"

他猛咳了几声，说："我姓卢，叫卢泽厚，你可以叫我卢教授，也可以叫我'生物科技什么时候倒闭'。"

这个荒谬的网络昵称，在这种昏暗的环境下被这个虚弱的男人说出来，显得极其诡异。

周姣仍没有放松警惕："我不相信你。"

"我会让你相信我说的每一个字。"卢泽厚瞥了一眼她手上的电磁枪，"提醒你一句，如果不想腕骨有一天粉碎性骨折，最好少用公司的枪。普通人的手骨承受不住它们的后坐力。"

周姣说："谢谢，但这是电磁枪。"

"那也要小心些，"卢泽厚淡淡地说道，"垄断公司不会设计出十全十美的产品，这是生财之道——如果有一天，你买的电磁枪打到一半没电了，导致你重伤住院，你是打算倾家荡产跟一家顶级公司打官司，还是咬咬牙买一把更好的呢？"

周姣盯着他看了片刻，突然说道："你还是多关心一下自己吧，你看上去时日无多了。"

卢泽厚笑了一声，似乎已将生死置之度外。他又重重地咳嗽两声，说："跟我来。"

周姣没有立刻跟上去。她松开卢泽厚枯瘦的手腕，抱着双臂站在旁边，冷眼旁观他的一举一动。

只见卢泽厚走到一面金属墙前，几秒钟后，那面墙壁竟一分为二，露出一个笼罩着扫描蓝光的银白色甬道。

"过来。"卢泽厚说。

周姣顿了一下，跟了上去。

"'神降计划'暴露之后，我就被关在了这里。"卢泽厚说，"神到了以后，监管我的设备失效，我又被放了出来。"

周姣问："你为什么称呼他为'神'？"

卢泽厚反问道："你听说过默瑟主义吗？"

"没听说过。"

"一百多年前，有人写了一篇科幻小说，有一部分人被抛弃在地球，通过默瑟主义来安慰自己。后来，有个仿生人处心积虑地揭露了这一切，告诉人类默瑟主义是一场骗局，所谓的默瑟老人只是一个早已退休的龙套演员，可这并没有动摇人们心中的信仰。"卢泽厚说道，"神存在与否，与神本身并没有关系。只是人想要一个精神寄托罢了。"

"所以，"周姣冷静地说，"江涟是神吗？"

卢泽厚没有回答。他带她穿过甬道，来到一个类似实验室操纵台的地方。

卢泽厚走上去，在全息投射出来的键盘上按了几下，紧接着，无数由幽蓝色直线组成的三维网络跳了出来。每一个网络的连接点都是一个全息屏幕，正在播放与公司有关的新闻。

"带来一则不幸的消息，今日上午 7 点 20 分左右，本市地铁 7 号线发生一起自杀式袭击案件，目前伤亡人数已达 37 人。

"该起恶性案件使本市轨道交通陷入了短暂的瘫痪，无数市民无法准时到岗，但由于现场专家的精确指导和地铁公司的积极抢修，地铁 7 号线已于下午 3 点整正式恢复运行……"

卢泽厚回头望向周姣，露出一个意味深长的笑容，像是在说：看，你父母的死，不如地铁恢复运行重要。

"报道一则医疗方面的好消息，生物科技的科学家们近日成功研发出一种针对芯片神经退行性疾病的阻断药，该药对由芯片引发的神经系统疾病具有明显的阻滞效果。

"目前，该药仅供生物科技内部高级员工购买使用，暂不对外出售。

"近期枪击案频发，警方在此提醒市民，夜晚请勿外出，如需夜班工作，为了您的安全着想，请向公司申请就地住宿。

"专家强调，枪击案频发与枪械广告增多并无明显关系，市民应当加强个人安全意识，建议家中常备弹药和应急药箱……"

最后一个画面是一个访谈节目，标题是"生化芯片给我们的生活带来了哪些变化"。

节目进行到一半，一个人突然冲进演播厅，声嘶力竭地喊道：

"为什么你们不把真相告诉观众？为什么你们不告诉他们，芯片会篡改人们的意识，改变人们的认知？为什么你们不告诉他们吸入式兴奋剂的危害？你们敢不敢公布每年因兴奋剂而猝死的人数？！

"不要再听这些财阀走狗胡说八道了！芯片是一场骗局，只要植入芯片，你就成了公司的数据！公司想做什么实验都可以往你身上招呼，而你醒来后不会有半点儿记忆，因为芯片能篡改你的记忆——你只是一个工具，公司制造怪物的工具！"

很快，这个人就被保安请了出去。

主持人对这种情况司空见惯，微笑着道："啊，刚刚发生了一个小插曲，演播厅的观众太激动了。每年都有这样或那样的对公司的质疑，好像公司是上帝，无所不能。我只想说，大家也太看得起公司了吧，公司的大老板们也是活生生的人呀……"

画面暂停，停在了主持人完美的微笑上。

周姣自始至终都举着枪瞄准卢泽厚，即使他故意播放她父母被炸死的新闻，她的手臂也没有颤动一下。

卢泽厚像是没有看到黑洞洞的枪口一样，咳嗽着笑了起来："活生生的人，多有意思的话。整座城市活到40岁的人都算少数，他们居然认为，七老八十还像20岁一样年轻的公司老板是大活人。"

周姣说："我对你愤世嫉俗的内心并不感兴趣。"

卢泽厚笑道："你知道我为什么还活着吗？"

周姣顿了一下："说下去。"

"大概在十年前，公司在太空轨道站附近截获了一群星际海盗的走私船，在上面发现了一种成分不明的有机化合物。那群海盗也不知道这是什么东西，公司就将那东西带回了轨道站实验室。

"后来公司发现，他们可以利用这种化合物培育出全新的物种，但新物种表现出极强的攻击性和污染性，甚至能寄生植物。当时，公司的科技并不足以应付这种诡异的生物，他们便强行让它进入了'冬眠'。"

卢泽厚的笑容带上了一丝讥诮："等我加入研究时，这种生物已经在地球上满地乱跑了。没人知道它们为什么会从轨道站跑到地球上来，公司至今也没有给出一个合理的解释。"

周姣问道："所以，江涟是怎么回事？"

"听故事要有点儿耐心。"卢泽厚微笑道，"起初，公司召集我们，是想消灭这群地外生物，甚至为此成立了特殊案件管理局。但很快，他们就发现这群生物无法被消灭，它们具有高攻击性、高污染性、高防御性以及绝对分明的等级制度——高等变异种对低等变异种具有绝对的压制力。"

"公司非常渴望拥有一支这样的军队，"卢泽厚顿了顿，"于是有了'创世计划'。如果计划成功，市内的流浪人口都将有一份新工作，但代价是不再记得自己是谁。"

卢泽厚的笑容越发讥诮，在实验室幽幽的冷光中显得有些阴森。

"你或许会想，我真是一个好人，居然会关心那些可悲的、无家可归的人——不，我是在关心自己。

"总有人觉得，与人体有关的买卖只会剥削穷人，但富人也不是傻子，能买到新鲜的、高智商学者的器官，为什么要去买穷人的？"

卢泽厚轻声而嘶哑地说道："同样，谁知道公司的魔爪最终会不会伸到我的身上来？我不是在关心他们，而是在关心我自己。"

周姣神情微动，像是被他这番话感染了。她侧头张望四周，像是在回味之前的新闻——然而，就在卢泽厚的嘴角露出微笑的那一刻，她突然一个箭步冲到他的身后，一把勒住他的脖颈，用枪口顶住他的太阳穴。

"精彩的演说。"她冷冷地道，"我相信你说的都是真的，可关键信息你还没告诉我呢，江涟到底是怎么回事？"

"我真痛恨你的冷静，"卢泽厚喃喃道，"公司从那艘走私船上搜出了很多东西，其中包括一本神秘的无字书，它能跟人进行意识层面上的沟通……作为科学家，我非常不想相信这个世界上存在着超自然力量，可再怎么不愿相信，我也必须承认，'神'是存在的。"

卢泽厚一提到"神"，表情就变得极为古怪，面部肌肉不自然地抽搐着，透出一股歇斯底里的疯狂来。

"他无所不知，无处不在，曾经是整个世界的主宰……他的身体能无限裂殖，他能操纵一切活物，公司的'创世计划'，不过是对他的拙劣的模仿！"卢泽厚说着说着，突然激动起来，眼珠急剧地跳动着，仿佛陷入了某种诡异而狂热的情绪中。

"我的计划是那么完美，是那么完美！这个世界需要他来拯救……你看不到吗？整个世界都呈现出一种腐败发灰的颜色，每个人都被公司异化了……"

他激动得喉管都在颤抖："我试图拯救那些被异化的人——我告诉网上那群愚民，不要相信公司的大数据，我帮那群游手好闲的小混混儿找工作，我把那群该死的瘾君子送到戒断所……"

"但网民骂我是疯子，小混混儿只想骗我的钱，瘾君子倒是很乐意听我的话……可他们每天清醒的时间还不到 5 分钟！这个世界完蛋了……人类不死，这个世界不会有任何改变，只有让人类灭亡，才能拯救这个世界。我的计划是如此完美，是如此完美！"

卢泽厚"呼哧呼哧"地喘气，胸腔剧烈起伏。

"我的计划是如此完美……如果没有你，他早就杀光所有人了……这本该是全人类距离平等最近的一刻！世界是如此不公平，高级员工和普通员工甚至不配用同一种兴奋剂，更别提更加昂贵的神经节阻断药了！"

就在这时，他的脑袋冷不丁地在她的手肘内旋转了 180 度，朝她露出一个阴森森的笑容："'神'降临以后，一切都会终结——这本该是实现人人平等的伟大时刻，但都被你给毁了！你该死！！"

周姣心头一凛。

她就说为什么卢泽厚没有被异化，原来他不是没有被异化，而是江涟降临之前，他就已经被异化了。

只听他的喘气声越发急促，青白的面孔也越发扭曲，剧烈起伏的胸膛明显塌陷下去了一块儿。周姣心中隐隐有不好的预感，当即一脚把他踹飞了出去！

"砰——"卢泽厚重重地撞到金属操纵台上，喷出一口血沫，误打误撞地关闭了全息三维网络。

幽幽的蓝光消失，室内一下子只剩下阴惨惨的白光。

卢泽厚看上去更加病态了，他直勾勾地盯着周姣，额角的青筋疯狂地跳动着："你不会以为他喜欢上你是什么好事吧……哈哈哈哈！"

卢泽厚苍白的面颊上浮起两团血红色："假如他降临到普通人身上，这或许是一件好事……但他降临的是'江漶'。"

在卢泽厚摔出去的一刹那，周姣的枪口就掉转了方向，始终稳稳地瞄准他的脑袋。

她确实有些过于冷静了，这是一种令对手咬牙切齿的冷静："所以？"

"让我来猜猜你们之间发生了什么，以至你拼死也要逃离他……"卢泽厚呛咳着，"这些天，你发现他对你产生了好感，于是自认为可以掌控他，却发现他不仅没有被你掌控，反而对你更加残忍了。"

卢泽厚笑道："因为原本的江漶是我千挑万选的被降临者，是人类社会中的异类，也是最像他的人。

"他不会对人类产生病态的迷恋，但是'江漶'会；"卢泽厚的嘴角不停地溢出鲜血，笑容也越发扭曲，"他不会对人类产生偏执的占有欲，但是'江漶'会；他不会对人类产生恐怖的控制欲，但是'江漶'会……"

卢泽厚一边说着，一边咳出几口鲜血："同样，'江漶'不会无限裂殖，但是他会；'江漶'不会无处不在，但是他会；'江漶'不会无时无刻不想监视你，也不会用那份病态的感情影响所有人……但是他会。"

说到这里，卢泽厚似乎已达到极限，脸色惨白得吓人，齿缝溢满血丝，眼珠几欲脱眶，嘴也越咧越大，显示出一种非人的吊诡感："一副身躯，两个异类，几种病态的感情叠加，再加上无限裂殖和影响周围人的恐怖能力……你确定，你能承受住神的喜欢？这是你……破坏我计划的代价……你会被他活活玩死……"

周姣直直地看着他，半晌，她忽然笑了："我当然承受不住，所以我打算离开。如果我没有记错的话，变异种泄露事件以后，生物科技每个实验室都会配备一条秘密逃生通道，直达大海。谢了，你帮了我大忙，我还在发愁怎么出去呢。"

卢泽厚愣了一下，随即呛咳着大笑起来，边笑边说："你……你逃不掉的……"

最后一个字还未彻底脱口，他似乎终于无法抵抗江涟的精神侵略，眼神逐渐变得恍惚，紧接着鼻子剧烈抽动起来，露出病态的痴迷表情："好香，原来你这么香……你知道吗？这是他最不可能入侵的地方……公司让我活着，就是为了让我在这里继续研究他……我们做了很多防止他入侵的准备，可我还是被他影响了。你对他的影响，恐怕已超出他自己的想象……"

"你逃不掉的，他会找到你。"说完，他像是灯尽油枯一般，头以一种诡异的角度垂落下去，死了。

周姣在这里听了一大堆关于公司的牢骚，又目睹追查已久的人死去，心情极度复杂。

平心而论，卢泽厚是一个令人尊敬的反叛者。他在这个污浊而混乱的世界里保持着本心，一心想要唤醒被迷惑的民众。可能他请神降临的初心是好的，可他高估了自己的心智，在跟未知力量的接触中变得一日比一日癫狂，最终脑中只剩下毁灭世界这种极端的想法。

周姣想了想，往他的尸体上打了一枪，防止他复活，然后走到操纵台前调出实验室的地图，启动逃生通道。

金属地板开启，露出一条笼罩着应急绿光的甬道。

不管江涟对她抱有怎样的感情，她是否承受得起这份感情，新世界的图景已在她的面前缓缓展开。

而她一旦逃出生天，便决不回头。

两个月后，新联邦。

周姣站在镜子前仔细审视自己的面容。

军用面具的效果非常不错，她现在看上去完完全全是另一个人，眉眼毫无以前的影子。

接下来，她只要再去做一次手术，对自己的声纹、指纹、虹膜、掌静脉等进行重塑和伪装，就能彻底摆脱"周姣"的身份了。

两个月前，她沿着应急绿光，一路走到逃生通道的尽头，刚钻进逃生艇，无数黑红色的触足就如海潮般汹涌而至——或许这些已经不能被称为触足了，更像是一片不断裂殖的肉质薄膜，它们几近癫狂地蠕动着，扩张着，覆盖一切可以覆盖的东西。

几乎是眨眼间，逃生通道就化为恐怖黏稠的肉质巢穴，逃生艇在触足的包围下，也无法发动。她似乎无路可逃，只能向江涟低头。

周姣攥紧电磁枪。片刻后，她从逃生艇上走了下去。

覆盖地面的肉膜顿时伸出几条黑红色触足，带着失而复得的狂喜，绞紧她的脚踝、手腕和腰身。碰触到她的一瞬间，触足表面立刻分裂出数个呼吸孔，贪婪而急切地吸入她的气味。

周姣有些好奇。

如果江涟真的喜欢上她了，为什么还是只对她的气味着迷？他不该对她美好的人格着迷吗？

周姣自嘲地想了片刻，就得出了答案——应该是像卢泽厚说的那样，跟原本的江涟有关。

原本的江涟作为一个天生反社会人格者，情绪淡漠，没有同理心，并且从未想过改变这些特质。

特殊案件管理局对他做过数十次心理测量，他都将分数控制在一个相当精确的数字上，连 AI 都分析不出他每一题的思考时间是否存在异常。

再加上他缺乏单胺氧化酶 A 的基因，以及充满食人魔和变态杀人狂的家族遗传基因，反映到现在的江涟身上，就变成了对她的气味无穷无尽的欲望。

因为他们都不知道怎么喜欢一个人，只知道不断地掠夺与索取。他们喜欢她，但不想让她死去，于是只能掠夺她的气味与唾液，以此满足内心极端病态的欲望。

卢泽厚说得很对，这的确是"两个异类，几种病态的感情叠加"。

一旦被他抓回去，她的余生可能就只剩下一个作用——填满他扭曲而深不可测的独占欲。

她唯一可以利用的筹码，只有"他不想让她死去"这一点。

一时间，周姣的心情复杂到极点。

某种程度上，她和原本的江涟算是同一种人，区别是，她的家人没有恐怖的犯罪史。

在她所处的这个时代，全世界大约有 4% 的反社会人格者，每 25 个人中就有一个人是反社会人格者。其中只有极少数人会像原本的江涟的家人那样，表现出残忍嗜血的一面，大多数人像她这样，尽管是异类，却像正常人一样生活，只是总会在无意间显得与普通人格格不入。他们难以融入社会，缺乏道德感，极具攻击性；行事冲动，毫不顾及自己与他人的安危。

所谓的新世界，也并非她的新世界。作为异类，她似乎应该跟江涟这样的同类待在一起——无论是原本的江涟，还是现在的江涟。

但她不愿意。

她不想被他掌控，她不会为了一点儿虚无缥缈的认同感和归属感，就让他掌控她的人格和命运。

周姣在原地等了一会儿，终于等到了江涟。

从外表上看，他已经不能算作人了，更像是一团竭力维持人形的黑红色黏液，那些黏液似乎是某种具有极高活性的原生质，他每走一步，身上的黏液都沸腾得更为厉害，分裂出一条条湿滑粗壮的触足，将她身后的出口堵得密不透风，仿佛要将她永远困在这里。

当他站在她的面前时，黑红色黏液迅速退去，露出清冷而俊美的脸庞。

一直以来，周姣都能在他的身上感受到强烈的割裂感，但没有哪一刻，他的割裂感像现在这样严重。

在他的脸上，她同时看到了俊美与丑陋、清冷与狂热、洁净与污秽，以及……傲慢与卑微。

他低下头注视着她，黑红色黏液扩张蔓延，从四面八方向她袭去，如同一个逼仄的牢笼，将她牢牢锁在其中。

"跟我回去。"他说，声音低沉，伴随着无数细微的嗡鸣声，令空气微微震动，充满了金属质感的磁性。

很明显，这个频段的声波之所以对她无害，甚至让她感觉颇为悦耳，是因为他不想伤害她。一旦他收回这个特权，她再听见这个声音，就会像其他人一样头昏脑涨，内脏紧缩。

说实话，这个特权在某种程度上满足了她的虚荣心。这是高等生命赋予她的特权，使她凌驾于众人之上，她怎能不感到愉快？

可这种愉快仅持续了一小会儿，因为特权给出与否，都是他说了算。她既没有接受的权利，也没有拒绝的权利。

她想要的是驯服野兽的快感，而不是神明高高在上的施舍。

"如果我说不呢？"她慢慢地说。

江涟没有说话，焦躁而诡异的嗡鸣声却瞬间包围了她。

狭窄的逃生通道内，数不清的肉质触足探了过来，匍匐着、蠕动着，从四面八方靠近她。

在主体的面前，它们想要亲近她，又不敢亲近她。

而且，她的话让它们很生气。

你为什么不跟他回去？我们已经喜欢上你了！除了他的身边，你还能去哪儿？跟他回去，跟他回去，跟他回去，跟他回去，跟他回

去，跟他回去，跟他回去……

它们危险地逼近她的耳朵，阴冷而不怀好意地摩挲着她脆弱的喉骨，留下一条湿滑的、充满标记意味的水痕。

"跟他回去。"它们说，"我们喜欢你。"

它们和主体一样强硬而专横，因为它们喜欢她，所以她必须属于他。

周姣扯下缠在脖子上的触足，表情没什么变化，甚至她还相当轻柔地抚摩了一下那条触足。

可是，她说："不，我不想跟你回去。"

四周一片死寂。

仿佛过了一个世纪那么漫长。肉膜和触足里血丝密布，她目之所及，全是红得发黑的触足，里面的荧蓝色光点已经无法透过密密麻麻的血管散射出来了。

他身上的压迫感是如此森寒锋利，似乎下一刻就会割破她的咽喉。

然而，她重复了一遍："我不想跟你回去。"

她的语气是那么冷静，就像是在陈述一个客观定律——他从自然法则的层面上藐视她那样的客观定律。

江涟冷峻的眼中渗出黑红色的黏液，好不容易凝固而成的人形又陷入了极不稳定的蠕动状态。

从一开始，她就十分冷静。他降临后排斥她，她冷静地远离他；他几次想要杀死她，她都极其冷静地思索对策。即使她情绪波动最为激烈的那一刻——从顶楼天台一跃而下，她也是冷静中带着一丝疯狂。

喜欢上一个人类，已经让他烦躁不安到极点。

他和她不是一个维度的生物，构造也截然不同，她甚至无法承受他的声音。

她弱小得让他烦躁，渺小得让他烦躁，也……冷静得让他烦躁。

他究竟要怎样对待她？

他抓住她，她会逃跑；他圈禁她，她会逃跑；他监视她，她仍然会逃跑。

他捉不住她，关不住她，对付不了她，在与她的交锋中，他一直在败退，最终丧失了所有主动权。

他深陷在欲念的烂泥塘里，她却始终冷静且游刃有余。

江涟的五官显得更加割裂和不稳定，他身上的裂隙不停地撕开又合拢，向外渗出黑红色黏液，转瞬之间再度化为一个蠕动着的人形怪物。

"我，"他一个字一个字，艰涩而困难地说，"求你，跟我回去。"

这是他在"江涟"的常识系统里找到的最卑微的话。

他太恐惧失去她了。如果仅仅是占有欲，没有喜欢的话，他可以不顾她的意愿，强硬地把她抓回去，可他喜欢她，于是有了忧惧。

他不想再体会一遍无法唤醒她的无力感。

"我求你。"他盯着她，眼中仍有高等生命对人类的无形压迫感，声音也仍是人类无法承受的频段，带着古怪诡异的嗡鸣声，但他的恳求是真的。

他不能失去她，不要走，跟他回去。

周姣却轻轻地摇了摇头。

江涟的眼神瞬间变得恐怖至极。

刹那间，数十条触足拔地而起，带着令人头晕目眩的低频嗡鸣声朝她靠近，似乎想把她拎起来、锁起来、囚禁起来。

怎样都可以！她不能离开！她必须是他的！

他的面目狰狞痉挛，他却硬生生遏制住了这股狠毒的冲动。

两种截然相反的情感在他的心中交织、拉扯、碰撞，令他的心脏感受到撕裂般的剧痛。

他已经顾不上姿态是否卑微，也顾不上她脆弱而渺小的特质，只想留下她……留下她……留下她！！！

"求你，跟我回去。"他死死地盯着她，低沉而有磁性的声音变得有些颤抖，有些嘶哑，又似乎只是嗡鸣声过于强烈的错觉，"我不会再把你关起来，我会给你……自由。"

不过，他还是会监视她，不管怎样，她都不能离开他的视线。她是他的，她是他的，她是他的！

占有欲扭曲膨胀，使他进一步崩溃，连人形都快无法维持，然而，他除了忍耐，别无他法。

这种受制于人的烦躁感又让他生出了暴虐疯狂的杀欲。

不能杀周姣，杀了她，他会更加难受。

他不停渗出黑红色黏液的眼中，闪烁着森冷狠毒的光芒。

他只能屠杀其他人来缓解这种被人钳制的不适感。

江涟用冰冷扭曲的眼神注视着周姣——他已经退让了那么多，她总该跟他回去了吧？

可她的表情还是那么冷静。

在失控的暴怒与惶恐之中，他开始饱含恶意地想，如果他咬断她的颈动脉，迫使她看着自己的鲜血喷涌而出，她冷静的表情会不会有一点儿变化？

他不能把她从深度昏迷中唤醒，却可以赋予她强大的自愈能力。哪怕她断了一只手，也可以再生出来。但是作为惩罚，他不会事先告诉她。

这时，周姣叹了一口气。

江涟感到自己的心脏紧缩了一下。

这很奇怪，一直都是他让别人心脏紧缩，他第一次体会到这种古怪的疼痛感。紧接着，周姣的话令他的心脏更为疼痛。

她说："我不想跟你回去。不管你用什么办法让我跟你回去，我最终都会想办法离开你——我想要离开你，跟你没有关系，跟自然定律有关。"

她想了想，露出一个宽慰似的微笑："没有猎物会跟捕猎者在一起。"

有生以来第一次，江涟因心脏剧痛而感到眩晕，他甚至无法再听见触足的嗡鸣声。

他周围的一切在这一刻是完全静止的。他只知道，她不要他，因为自然定律。

在此之前，他也曾漠视她、排斥她、蔑视她，因为自然定律。

她不要他……

她不要他。

她不要他！！！

杀了她，杀了她，杀了她……他的眼眶彻底化为狰狞癫狂的黑红色，整个逃生通道都随着他的发狂而颤动膨胀，他向她逼近，咧开布满齿舌的深渊巨口。

"答应我。"他冷冷地命令道，收回了使她不受他影响的特权，试图从精神上压迫她。

周姣的头脑"嗡"的一声，翻江倒海般的干呕感立刻冲上喉咙。她终于变了脸色，侧头干呕了几下，只呕出了几丝透明的酸液。

按理说，他应该对她的变色感到愉悦，可他仍然感到暴怒和烦躁。

他的恳求没有触动她，她会改变脸色，只是因为她不能接受他声波的振荡频率。她什么都不能接受他，连他的声音都接受不了。

江涟的眼神比之前任何一刻都要阴森恐怖。他对她的杀意前所未有的强烈，他想要杀死她、撕碎她。

他就不该唤醒她，陷入深度昏迷的她比活生生的她要容易控制百倍……也许从一开始，他就不该征求她的意见，直接把她带回去关起来关起来关起来。

可是，她不想跟他回去，她不要他。

他也舍不得……伤害她。

喜欢是一种复杂至极的情感，它似乎是化学反应，所催生的种种行为却完全不能像化学反应那样推导出来。

他喜欢她、恳求她，想要杀死她、撕碎她，却又舍不得碰她一根毫毛。

江涟的眼珠一动不动地盯在她的身上。

随着他的呼吸声越发粗重，覆满逃生通道的肉质薄膜和肉质触足也在剧烈起伏，听上去就像无数个人在疯狂喘息一般，令人毛骨悚然。

然而最终，他一点点地收回了堵在逃生出口的触足——他再次妥协了，不是因为放过了她，而是因为他快要压抑不住失控的杀意。保护欲压过了深不见底的占有欲，他让她离开。

江涟眼神晦暗地看着周姣朝他点点头，对他说了声"谢谢"，然后转身登上逃生艇，毫不犹豫地发动引擎，箭一般冲破了海浪。

她没有回头。

但是，没有关系，每一条鱼都是他的眼睛，它们会替他追踪她的去向。

不管她逃到哪里，他都会找到她。

周姣其实很惊讶江涟会放过她。

在与他对峙的过程中，她看似无比冷静，实际上随时准备用电磁枪瞄准自己的太阳穴。

原以为她要丢掉半条命，直到濒临死亡，他才会放她离开。

谁知，他只是冰冷恐怖地盯着她看了半天——因为他的眼神过于恐怖，铺天盖地的寒意向她倾泻而去，如同钢针一般刺进她的骨缝里。

有那么几秒钟，她以为他要拆解她、撕碎她、吞噬她，用各种残忍暴力的方式留下她。

她全身绷紧，做好了被他扼住脖颈的准备。下一刻，他却撤走了堵在逃生通道的触足。

那一刹那，周姣被他的眼神震了一下。与其说他是一个高高在上、无所不能的"神"，不如说是一头被驯服后又被抛弃的野兽。

周姣收回目光，头也不回地走向逃生艇。她的心脏却麻了一瞬，像是被他的眼神电了一下，又酸又胀的感觉直击中枢神经。

她低下头，一边发动逃生艇，一边深深吸气，竭力稳住有些发软的手脚。

这一次的感觉，是兴奋还是恐惧？是驯服野兽的成就感，还是让上位者低头的快感？

就在这时，她突然发现，这些天她所有激烈的情绪似乎都是因为他。

没有猎物会跟捕猎者在一起，但也没有猎物会像她一样，全身心地沉浸在顶级掠食者冷血的追猎中，享受那种命悬一线的刺激感。

周姣眉头微蹙，把逃生艇的速度加到最大，任由水花迸溅，浪涛起伏。

她没有再深思下去。

太危险了——不是说江涟危险，而是这段关系让她感到危险。

捕猎者与猎物，上位者与弱者，来历不明的"神"与普通人。

远离他才是正确的选择。

然而，不管逃生艇飙出多远，她总能感觉到江涟那边传来的若有若无的磁力，像是有人在问她：你真的能放弃这种特别的经历吗？你还能在其他人的身上找到这种兴奋、刺激、惊险、激烈的感觉吗？这个世界上还有第二个人能陪你从百米高楼上一跃而下吗？

海风重重地撞击她的耳膜，在她的耳边轰鸣作响，但飙快艇的感觉远远比不上与江涟对峙的兴奋感。

不知不觉间，她的情感阈值已被江涟提到了一个很高的水平。

周姣闭了闭眼睛，一转舵，掀起一阵波浪飞沫，找了个码头停靠，径直走向大街上随处可见的高科保管柜。

可能是怕她核实后才愿意进入深度昏迷，公司还算守信。

十几分钟后，她收到了无人机送来的 10 万元、军用面具、气味抑制剂和光学迷彩服。

周姣没有用公司的气味抑制剂，鬼知道里面装的是什么。

她随手把这些东西装在高科公司赠送的背包里，转身租了一辆摩托车，油门一轰，驶向天际线的机场。

…………

转眼间，两个月过去。

周姣在新联邦安顿了下来。

这里的治安比屿城还要一言难尽，几乎每晚都有试图撬她房门的小偷。

有一回，她上班快迟到了，难得抄了条近路，跟着导航拐进一条小巷，谁知刚一走进去，前后就有小混混儿包围了上来。他们拿着小刀、撬棍与从条子那里顺来的电警棍，一脸不怀好意地望着她。

一个"刀疤脸"走出来，朝她咧嘴一笑："小姑娘，你上班的地方已经被我们摸清楚了，你每个月赚多少钱，也被我们的黑客打听明白了。"

"你现在有两个选择，一个是把钱都交出来，""刀疤脸"用舌尖抵着牙齿笑了起来，"另一个，是被我们绑到旁边的诊所去，有多少健康的器官，摘多少——"

他的威胁尚未说完，就被周姣冷淡地打断："我选第三个。"

"刀疤脸"怒道："老子没给你第三个选择！"

周姣迅速扫了一眼周围，不动声色地后退，后背几乎完全暴露在其中一个小混混儿的面前。

边上的小混混儿以为她吓傻了，立刻嘻嘻哈哈地哄笑起来。然而下一秒，他们就笑不出来了——只见周姣的手肘蓄力往后一击，正中身后小混混儿的胃部。

那个小混混儿只觉肚子像被沉重的石头狠砸了一下，连惨叫声都没有发出来，手上的电警棍就被周姣夺去，紧接着整个人都被她踹到了人堆里——

"轰！"所有混混儿都被砸得四仰八叉，阵形被打乱了。

"刀疤脸"大怒："臭西装娘儿们，今天不把你切成块儿，老子以后不用在道上混了！兄弟们，一起上！"

周姣不答。

她的身手比这些装备着廉价芯片的混混要利落太多，再加上在特殊案件管理局工作时，她用得最多的就是电警棍和泰瑟枪，一时间简直是如鱼得水。

一群人高马大的小混混儿被她揍得头破血流，鬼哭狼嚎，浑身抽搐不止。

最后，"刀疤脸"实在受不了了——他被电得白眼直翻，眼珠子都快从眼眶里蹦出来了，连忙求饶道："姐姐，姐姐，我们认输，我们认输！饶了我们吧……我们再也不敢找您的麻烦了！"

周姣点头，却没有关闭电警棍。

"刀疤脸"回想起被电的滋味，脸色一白，小心翼翼地问道："您还有什么要吩咐的吗？"

周姣说："把钱都交出来。"

"刀疤脸"差点儿没听懂，心说：她不是普普通通的上班族吗，怎么打劫起来比他们还要熟练？

"刀疤脸"坚强地问道："您的意思是……让我们把钱给您？"

周姣嗯了一声："要么给钱，要么去旁边的诊所排队，有多少腰子割多少腰子。"

"刀疤脸"算是明白了，他们碰到黑吃黑了。

那一天，周姣迟到了，被上司狠狠地批评了一通，扣了500块钱，但她从小混混儿的身上薅到了1万元，于是心情还算愉快。

唯一比较遗憾的是，这种赚钱方式她只能用一次。经此一役，周围的小混混儿怕是都不敢靠近她了。

周姣坐在工位上，神色冷淡懒散，满眼百无聊赖。

她这份工作没什么技术含量，什么活儿都干，但什么活儿都不让她深入了解，仿佛她是一个随时会被推出去顶包的临时工。

说实话，她到这家公司来工作，就是冲着最后一条，那种随时会陷入顶包危机的惊险感。谁知她工作了俩月，上司除了比较抠门儿以外，还是很和善，同事之间的氛围也非常和睦。有个同事还问她要不要蛋白营养剂，说他有个亲戚在昆虫蛋白提取工厂上班，可以给她捎点儿，保证原料都是真蝗虫。

她微笑着拒绝了。

就这样，又是一周过去。

尽管周姣每天神色都十分平静，晚上躺在床上，不到几分钟就能睡着，但她能感觉到，她心底有什么正在扭曲崩塌。

体会过惊险刺激的神经，不再甘于平凡无趣的生活。

朝九晚五，她站在大街上放眼望去，一切都是如此平静，平静得让人想要发疯。

巨头公司虽然在酝酿天大的阴谋，试图用芯片和大数据操控人们的思想，把他们异化成金钱的奴隶、公司的螺钉，人生的流程只剩下借贷—消费—工作—还贷。可这种阴谋只是听上去骇人，落到每一个人的头上仍是普通得不能再普通的生活。

有好几次，周姣都想辞去这个小公司的工作，去当佣兵或者网络牛仔，虽然不体面，报酬也少得可怜，但胜在危险刺激。

但最终她压下了那股冲动，不是因为觉得那些工作不体面，而是因为没必要。

从顶楼跃下的那一刻，她虽然成功地把绳子套在了江涟的脖子上，但也让自己的情绪兴奋到了极点。

情绪不是水，没有固定的沸点，每一次沸腾都是在预支下一次的兴奋。

佣兵的工作再危险、再刺激，也不会超过江涟带给她的刺激。

而且，哪怕她再和江涟重复一遍当时的情景，也不会再感到那种电流直击神经末梢的爽感，更别提她现在根本看不到江涟。

要不是周姣知道江涟不可能懂什么是欲擒故纵，她几乎要以为他放她离开，是因为猜到了她难以回到正常的生活，在耐心地等她自投罗网。

周姣垂下眼，脸上没什么表情，手指却在微微颤动——想到江涟有可能在黑暗中紧紧地注视着她，将她的一举一动都收入眼底，她就遏制不住地兴奋了起来。

她知道这一想法是不对的、不正常的、十分危险的——既然如此，你当初那么拼命地逃离江涟是为了什么呢？

因为当时如果她落在江涟的手上，真的有可能失去人格和思想，变成一个没有灵魂的躯壳。

如果江涟没有在逃生通道露出那个眼神，她再想念他给予的刺激，也不会想要看到他。他那个眼神让她生出一种感觉——只要她再用些力，收紧套住他的绳子，就能彻底将他驯服。

这些天，她虽然没有失眠，但总是梦见那栋化为肉质巢穴的公司大厦。

一见到她，庞大而诡异的肉质巢穴就疯狂地蠕动起来，裂殖出一条条红黑色触足，自上而下地向她伸去，仿佛某种湿冷光滑的蛇类，充满狂喜地游向它们的猎物。

那是一个让人生理不适的场景，阴冷、黏稠、畸形可憎。

周姣的心脏却狂跳起来，头皮微微发麻。她像是凝视深渊的人，明知前方深不见底，却还是一步步走了过去，想要看清黑暗深处的东西。

醒来以后，周姣转开百叶窗，坐在窗边，点了一支烟。

这里的夜晚呈现出一种非常奇特的景象：一边是黑黢黢的、高矮不一的贫民窟，流经那边的河水隐约闪现出有毒的蓝黑色；另一边却是高大、宏伟，充斥着霓虹灯牌的繁华建筑群。霓虹灯流光溢彩，向她的屋子投来忽明忽灭的光芒。

她闭上双眼，抽了一口烟，靠在墙上，仰头吐了出来。

白色烟雾弥漫。

刚好，半空中开始播放全息广告，投射出一个打扮艳俗的美人，穿着浓丽的衣裙走过她的窗边，白雾在一霎间化为彩雾。

周姣的眉眼在彩雾中逐渐变得模糊不清。

她不愿承认自己对江涟有了特殊的感情。但有一点她愿意承认，也必须承认——只有江涟，才能让她从平静乏味的生活中挣脱出来。

他冷血、怪异、恐怖，不仅是危险未知的生物，而且拥有极其病态的人格。

他不可预测，不可掌控，却剧烈地吸引着她。

即使她逃到8000千米以外的城市，也能感受到那种可怕的吸引力，仿佛她和他之间连接着无数菌丝一般纤细的细丝，黏稠、湿腻、扯不断。

不过，虽然她很需要他来打破平静的生活，却决不会主动去找他，也不会主动向他示好。

怪物不会欲擒故纵，但是，她会。

接下来一个星期，周姣正常上班。

不同的是，她开始有意无意地关注屿城的新闻。

屿城是一座高度自治的城市，它不属于任何国家，也不属于任何种族，只属于生物科技。因此，几乎没有新闻媒体会忽视这座城市。

然而不知为什么，最近关于屿城的新闻只有寥寥几条，并且都对生物科技的最新情况讳莫如深。

社交平台开始流传一种猜测——生物科技的内部出现了某种令人难以想象的危机。据说，屿城那边已经看不见生物科技的大厦了，合作的制造商们也在两个月前失去了生物科技高层的消息。

尽管这一切并未在互联网上大规模地流传开来，生物科技的股价却在持续暴跌。

有市场分析师指出，此轮暴跌，生物科技的市值蒸发逾 2000 亿元。

不少专家对此表示担忧，认为股价再这样暴跌下去，可能会造成数千万人失业，许多地区甚至会面临严重的食物供应危机——生物科技拥有多项合成食物的专利技术，制造商们如果再联系不上他们，可能将无法继续生产这些合成食物。

一时间，超市货架上的合成食物被抢购一空，蝗虫蛋白营养剂从 1 元一条暴涨到 50 元一条。

除了合成食物，有机食物也将面临短缺危机，但整体来看，没有合成食物那么迫切——富人们都有自己的有机食物培育基地。

就在人人自危之际，生物科技突然召开了新闻发布会。

发言人是荒木勋。两个月过去，他的面相苍老了不少，头发完全变成了银白色，眼角下垂，鼻翼两侧延伸出两条深刻的纹路，不再像 20 岁一样年轻英俊，但跟五六十岁的普通人仍然有着天堑般的差距。

公司高层与普通人之间的差距，绝不是两个月的股价暴跌可以填平的。

荒木勋嗓音嘶哑地说道："首先，对于这段时间的沉默，我们深表歉意。最近，公司高层之所以没有及时露面，是因为在进行一项关键的董事会表决。

"现在，这项表决有了最终结果——董事会决定解除 CEO（首席执行官）的职务，同时任命江涟先生为生物科技的新任 CEO。"

话音落下，全场哗然。

生物科技是家族企业，历任 CEO 均出自藤原家族。即使后来有传闻称，真正的掌权者另有其人，表面上却仍然是藤原一家在主导公司的管理和运营。这是第一次他们任命外姓人为企业的 CEO。

所有记者瞬间起立，顾不上现场秩序，连珠炮似的提问道："江涟？！荒木先生，您能否详细介绍一下这位新上任的 CEO？"

"江涟先生似乎并没有相关从业经历……考虑到生物科技的市值

已经蒸发逾 2000 亿元，高层做出这样荒谬的决策，不怕引发新一轮的经济危机吗？"

"荒木先生……"

"荒木先生，请您给个回答……"

荒木勋环顾一周，语气忽然变得极为强硬："公司没有跟你们解释决策的义务。"

新闻发布会到此结束，画面切换，记者七嘴八舌的提问声戛然而止。

周姣有些意外，但又觉得在情理之中。

江涟能影响周围人的神志，而他又拥有无限裂殖的可怖能力，说明只要他愿意，别说成为公司的 CEO，他甚至可以统治全世界。

所以，她两个月没有看到他，是因为他去研究怎么掌控巨头公司了？

周姣的神色没有任何变化，心里却莫名其妙地有些不舒服。

这种不舒服的感觉，对她来说极为陌生。她思考了片刻，将其归咎于落差感——一直以来，她都是江涟视线的中心，他不管是否蔑视她，都只能注意到她。

现在，他的视线里突然多了一个公司，优先级看上去要比她高很多，她感到不舒服是人之常情。

而且，江涟也不是真的什么都不懂。他体内还有一个双商极高的反社会人格，搞不好这两个月他没来找她，又在新闻台上高调宣布掌控生物科技就是那个人的主意，目的是让她感受到落差，引她自投罗网。

想到这里，周姣将江涟抛到脑后，继续工作，就像没看到这场新闻发布会一般。

下班时分，天上毫无征兆地下起了酸雨。

与以前的酸雨不同，现在的酸雨已到了能在短时间内灼伤皮肤的程度，最新研究甚至在里面检测出了严重超标的大肠杆菌，说明有悬浮车随意抛掷未经处理的粪便，人们能不淋雨就不淋雨。

周姣站在写字楼前，跟其他没带伞的人一起等雨停。

就在这时，她的神经末梢蹿起一股麻意，她感受到了一阵强大、阴冷而又熟悉的气息。

就像电影中无限拉长的慢镜头——时间在这一刻按下暂停键，雨雾静止不动，雨丝下坠的速度忽然变得极为缓慢。

街上步履匆匆的行人也停下了脚步，脑袋一寸一寸地往后转动，颈骨发出令人毛骨悚然的脆响。

几秒钟后，那些人居然不约而同地望向她，目光僵冷而怪异，仿佛失去自我意识的行尸走肉。

周姣的心脏重重一跳，她瞬间起了一身鸡皮疙瘩——江涟来了。

这一幕并没有让她身边的人受到惊吓——他们也在以同样的姿势，直勾勾地盯着她。

只见一个西装革履的"男人"撑着雨伞，一步一步，姿势极不协调地朝她走来，语气生硬呆板至极："给你，雨伞。"

这段时间，周姣还以为自己再也不会感到兴奋了，可是这一刻，明明空气的温度在急剧下降，她却兴奋到心脏发疼。

失控的兴奋感伴随着剧烈的心跳声，重重地撞击耳膜，她半边胸腔都已经开始酸麻，面上却十分冷淡："谢谢，不需要。"

"男人"面无表情，呼吸却一霎间变得十分粗重，但"他"什么都没有说，撑着雨伞退到了旁边。

下一秒钟，更多的"人"撑着雨伞走了过来——

"给你雨伞。"

"给你雨伞。"

"给你雨伞。"

所有人都是一样的姿势，一样的表情，一样冰冷而诡异的目光，任何一个正常人都不会因这样的场面而感到兴奋，周姣却露出了两个月以来第一个真心实意的微笑。

可她说："谢谢，不需要。"

刹那间，所有"人"的眼神都变得极其森寒诡异，冷箭般射向她——她还是不要他！

江涟站在人堆里，身形颀长而笔挺，穿着一身黑色大衣，金丝细框眼镜后一双眼睛牢牢地盯着她。

他知道她不想见他，所以这些天尽量没有出现在她的面前，按照人类社会的规则，给她冷静的时间。

同时，他从"江涟"的常识系统中了解到，想要追求一个人，必须拥有优越的外貌、良好的教养以及可观的财力。

外貌方面，他拥有无限裂殖的能力，世界上任何一个人都可以成为他的化身——人类的构造是如此简单、乏味，他却有着强壮、美丽，可以幻化为任何形状的足肢，这是其他追求者无法想象的优势。

至于教养，江涟自动忽略了——他只是喜欢上了周姣，并不是喜欢上了整个落后的人类社会，他不可能学习人类的教养。

他唯一不具备的优势是可观的财力，于是，他花了一些时间侵吞生物科技公司。

整个过程非常简单，他只需要走进生物科技大厦，人们就会对他生出狂热的崇拜之情，推举他为公司的领袖。

不过即使如此，他仍然不能在一夕之间接手整个跨国巨头公司，足足过去两个月，才走完程序，当上新任 CEO。

江涟对管理公司没有兴趣，他接管公司只是想要转变周姣对他的看法。

她想离开他，是因为自然定律。那他就告诉她，自然定律已经发生了变化——冷血残忍的掠食者压下了将猎物拆吞入腹的冲动，打算向猎物献上精心准备的礼物。

她不接受他，至少应该收下他准备的礼物。

然而，她还是不要——雨伞只是一碟开胃小菜，他连正餐还没有送上去，她就拒绝了他。

江涟的眼底血丝密布，他冷冷地紧盯着她。

在周姣看不到的地方，数不清的触足如同疯狂滋生的霉菌一般朝她涌去——它们并没有显出原本的颜色，而是根据环境的变化而快速变色，看上去就像隐形了一样。

她太不识好歹了。

他为什么要那么大费周章地追求她？

他小心翼翼地试探她的想法，不如直接将她捉回去关起来。

他已经掌控了生物科技公司，这一回她不可能再像上次一样逃离他。

透明的触足迫近她的脸庞，与她的嘴唇仅有一纸之隔。

周围的"人"都被他异化了，都是他的傀儡。

"他们"撑着颜色不同的雨伞，一动不动，向她投去监视者冷漠的目光。

只要他一个念头，她就再也不能逃脱。

可是，可是——

相较于永久圈养她，他更想通过献殷勤，向她索要一个心甘情愿的吻。

他已经很久没有跟她唇贴唇，也很久没有吞吃她的唾液了。

只是远远地看着她，他就感到了恐怖的……饥饿。

太饿了，他想要扣着她的下巴，迫使她张开上下颌，直到唾液蓄满她的舌根，快要满溢出来时，再凑上去吮得一干二净。

江涟的瞳孔渐渐紧缩成一条细线，如同进入狩猎状态的、极具攻击性的冷血动物。

尽管他快要被这股饥饿感折磨到发疯，却硬生生地忍住了，一点点地收回了四面八方的触足。

就在这时，周姣抬起头，对送伞的"人们"微笑了一下。

灰暗的天空、灰暗的雾霾、灰暗的雨，一切都是灰色的，只有她是美丽、生动、鲜活的。

她无意识似的抬起手，轻抚自己的唇瓣。

刹那间，周围诡异而冰冷的眼睛都变得滚烫而充血，死死地盯着她的动作，像是要从她的唇上撕下一块血淋淋的肉。这一画面被无数道视线精准无死角地记录了下来，连饱满唇瓣上细细的纹路都被看得一清二楚。

"他们"看着她，透过刺鼻的酸雨和汽车尾气，闻到了她甜腻诱人的气息。

江涟的眼珠纹丝不动地盯着她，他明明还未贴上她的嘴唇，舌根就已经发麻了。

他不知道这是为什么，只知道胸腔像要炸开似的悸痛不已，那两种截然不同的冲动又剧烈地拉扯起来。

撕碎她，圈养她……撕碎她，圈养她……撕碎她……撕碎她！！！

不……这样会失去她，他必须像人类一样靠近她、追求她，才不会被她排斥。

江涟闭了闭眼，凸起的喉结滚动着，他想要平复激烈而充满毁灭欲的情绪。随着他做出吞咽的动作，周围的"人"的咽喉也上下起伏起来。

这时，他听见周姣说："我不要陌生人的伞。"

她认为他是陌生人……这个念头刚从江涟的脑中闪过，一个低沉得令人厌恶的声音就在他的心底响了起来："她的意思是让你亲自去送，蠢货。"

江涟面上掠过一阵恐怖的痉挛，想要将那个人类折磨一番后再彻底吞噬，却强忍了下来。

因为周姣，他已经学会了忍耐——也必须忍耐。他需要这个人类告诉他一些他无法理解的人情世故。

想到这里，江涟冷静下来，伸出一只手，摊开手掌。立刻有"人"给他送上雨伞，荧光黄色的伞面，活泼、亮丽，非常适合情侣共撑。

江涟撑着雨伞，盯着周姣，一步步走向她。

这是一幕诡谲却充满奇异美感的画面——

江涟穿着黑色修身大衣，里面是白衬衫、黑领带，面料均价值不菲，衬得他的气质更为冷冽洁净。然而，他的双眼滚烫发红，似乎储满了无法宣之于口的强烈情感。一时间，他整个人看上去极为割裂，像是随时会脱下冷峻优雅的人皮，暴露出恐怖、混沌、癫狂的非人本质。

而这一切，仅是因为她将手指放在了自己的唇上。

周姣听见自己的血液在汩汩流动，提醒她现在她有多么兴奋、激动。

人类虽然渺小，却拥有无底洞一般的征服欲。工具、火焰、种子、动物、土地……仔细观察人类的进化史，就会发现完完全全是一部征服自然的史诗。

没有征服欲，她不可能作为人类站在这里，同样地，也不可能跟一个不可名状、不可预测、不可控制的怪物对峙。

周姣看着江涟撑着荧光黄色的雨伞，走到她的面前。

伞下，他的目光沉重而黏稠，跟周围的"人"的视线一起压迫在她的身上："我算陌生人吗？"

周姣看了他一眼，移开视线："江医生，我只是换了一个城市生活，并不是失忆了。"

这一次，江涟听出了她的潜台词——她愿意接受他的伞，顿时躁动起来。

周围的"人"受他的情绪影响，脸上也露出了骇人的狂喜表情。触足虽然没有显形，却暴出一根根粗壮的紫红色血管，看上去就像空气在颤动、流血一般。

江涟很想用触足缚住周姣的手脚，把她扯到雨伞下面——他没有耐心等她慢慢走过来。

如果可以，他甚至想扔掉这把伞，直接把她包裹在身体里。人类避雨的方式是如此落后而低效，依靠他才是最优的选择。

但是，他都忍住了。

在人类社会，交往的前提是尊重对方。

江涟完全不懂什么是尊重，只知道杀戮与进食。但他可以假装自己懂得尊重。生物在形态、行为等特征上模拟另一种生物，是适应生态环境的一部分。

江涟紧紧地盯着她，眼神极具侵略性，说出的话却彬彬有礼："既然周小姐认识我，那么愿意收下我这把伞吗？"

周姣伸出一只手。

江涟顿了几秒钟，把伞递了过去。

然后，周姣接过雨伞，就这样离开了，没有等他。

江涟眼神晦暗地看着周姣的背影。

她这是接受了他，还是拒绝了他？他该怎么做，把她抓回来，让她再选一次？

那个人类的声音又在他的心底响起："跟上去。"

换作以前，江涟绝不可能听从这个人类的指挥。从一开始，他就跟这个人类不对付。这个人类的意志力跟周姣一样难缠。降临以后，他本该对"江涟"的基因进行优化选择，修复体内的低活性单胺氧化酶 A 基因，可"江涟"竭尽全力留下了那些劣质基因。

卢泽厚死后，他本该立即离开这具低劣的身躯，彻底摆脱那人类的劣质基因。这样一来，他就再也不用听见那个人类的声音了。

可同时，他也失去了了解人类社会的最佳途径。

为了追求周姣，他接受了那个人类丑陋的外形，忍受了那个人类低劣的基因。

江涟一言不发，快步跟了上去。

这是第一次，他不是因为追杀或追捕而跟在周姣的身后。这种感觉很新奇，令他的胸口一阵发麻，如蚂蚁爬过似的刺痒。

江漪没有跟得太紧——只要他离周姣太近，周围的人就会受他的情绪的影响，对周姣生出狂热的迷恋。

他不喜欢周姣被其他人觊觎，即使这种觊觎是因为他。

周姣始终能感受到江漪的视线。江漪不会掩饰自己的情绪，喜欢她，就直勾勾地盯着她，视线滚烫得惊人，像是要在她的背上钻出两个窟窿。

这种被人疯狂渴求的感觉，令她生出了一种无法形容的快慰。

周姣回到了自己的公寓。

这是一幢廉价公寓，楼道里堆满了塑料垃圾袋，斑驳的墙面上到处都是广告、脚印和喷漆涂鸦，以及长长的指甲刮花的痕迹。

周姣走进铁笼似的电梯，赶在江漪进来之前按下了关门键。

她最后看到的是江漪冰冷而烦躁的眼神。他站在电梯的栅栏前，目光变幻不定，似乎在想要不要用触足把电梯的轿厢扯下来。

周姣后退一步，背靠轿壁，做好了电梯突然下坠的准备。

谁知，江漪竟没有那么做。他按捺住心中的烦躁，站在旁边等待下一趟电梯。

周姣想，如果他把这份耐心放在追捕或圈养她上面，她几乎不可能逃出生天。

她用磁卡刷开房门，刚要关门。

与此同时，电梯门打开，江漪看到了她关门的动作。

他的耐心终于告罄，身后裂开一条缝隙，触足闪电般钻出，硬生生卡住了正要关闭的金属门。

周姣回过头，疑惑地看着他，几秒钟后，恍然大悟地"哦"了一声："抱歉，忘记还你伞了。"

她握着那把荧光黄色雨伞的伞尖，将伞递给了江漪。

如果江漪懂一点儿人情世故的话，就会发现这是一个相当有教养的动作——她特意掉转了伞柄的方向，方便他接住。

江涟却没有感受到她的教养，只觉得她专门握住伞尖，是在暗示他离她远点儿。他冷冷地盯着她，不明白她的意思。她拒绝了傀儡的伞，说自己不要陌生人的伞，然后收下了他递过去的伞，说明她允许他接近她。

一路上，他紧紧跟在她的身后，她也没有表现出任何不满，现在却要把他关在门外，还用雨伞把他隔开——什么意思？

江涟直接说了出来："你收下了我的伞。"

"所以？"周姣歪头。

"为了答谢我的好意，你应该邀请我进去……"江涟顿了顿，似乎在斟酌词句，"坐一坐。"

周姣忍不住笑了，因为江涟那种竭力模仿人类的僵冷语气。

周姣在嘲笑他，他从来没有被嘲笑过。

江涟的瞳孔放大又缩小。不知不觉间，紫黑色的触足已像黏性液体一样覆满了整条走廊，蠢蠢欲动地探向她。

很奇怪，如果是其他人对他发出这样的笑声，他会毫不犹豫地绞断那人的脖子，换作周姣，他的杀意莫名其妙地消失了，变成了一种古怪的冲动——他想要吻她，粗暴地吻她，掠夺她的氧气，直到她眼尾发红，嘴唇发肿，再也发不出那样的嘲笑。

这么想着，江涟分泌出大量的唾液，喉结滑动，发出了一声清晰的吞咽声。

就在这时，他听见周姣说："那你进来吧。不过最好把触足收起来，我怕邻居报警。"

江涟眼神闪烁。

从生物的层面，越多人看到他的触足越好，这样人人都会知道周姣是他的，这个地方被他标记了，是他的领地。

但是，从人类的层面——他现在最好听周姣的话，给她一个好印象。

江浣一点点地收起了触足。

下一秒，这些触足却以隐形的拟态涌入了周姣的公寓，如同又湿又黏的透明蛛网，转瞬间布满了公寓的各个角落。

它们一动不动地"看"着她，仿佛掠食者观察猎物的反应一样，仔仔细细地观察她——公寓里面是他为她准备的礼物。

他和它们，都期待她的反应。

周姣确实惊讶了一下。

客厅的地上堆满了大大小小的纸箱，每一个纸箱都以极其特殊的工艺印着"Organic（有机）"的墨绿色 Logo（标识）。

要问这个时代，什么最奢侈、最有价值、最能象征身份，必然不是那些古老的奢侈品牌，而是有机物。只有金字塔最顶端的那一批人才能享用有机肉类和有机蔬菜——必须是金字塔的最顶端，有钱也有权才行，少了一样都不能得到最新鲜和最安全的有机食物。

至于有机面料，则更加罕见了。

动物都灭绝得差不多了，蚕、貂、鸟、兔、山羊、绵羊、骆驼……只有实验室的试管里才能看到它们的身影，而这些动物也只会流入达官贵人的手里，从不公开出售。

周姣面前的纸箱里，却全是有机面料制成的衣物——内衣、衬衫、T恤、吊带、睡衣、各种剪裁精良的连衣裙，以及完全按照她的尺寸剪裁的西装。

除此之外则是各种样式的鞋子——周姣第一次知道，鞋子能契合脚掌到这种程度，连脚掌中间微微弓起的弧度都完全契合。

她的眼角不由得抽了一下——江浣是怎么知道她脚掌的具体尺码的，连脚掌中间的弧度都一清二楚？

想到江浣趁她不注意，用恐怖狰狞的触足丈量她的脚掌，她就忍不住起了一身鸡皮疙瘩，心底却升起了一丝微妙的满足感——无所不能的"神"为了讨好她，匍匐在她的脚底下，连丈量她的脚掌的尺寸都不敢惊动她。

他之前对她多么冷血、粗暴、随心所欲，现在谨慎又小心翼翼的态度就有多么满足她的征服欲。

但她并不打算收下这些礼物。

周姣绕过这些纸箱，随手脱下外套，走进卧室，拿了两件自己的衣服，准备洗澡。

江涟站在客厅里，面容冷峻，眼珠却随着她的动作而转动。

周姣瞥见他的眼神，想笑的同时，心口却像被什么东西撞了一下似的，莫名其妙地一动。

江涟的眼神太干净了，她第一次发现，他的眼神是那么纯粹。他望向她时，欲望是纯粹的，暴怒是纯粹的，痴迷是纯粹的，哪怕是深不见底的占有欲也是纯粹的。

只有人以外的生物，才会有这么纯粹的眼神。

人总是喜欢把自己的人性强加在动物的身上，认为蛇阴险，狼凶狠，狐狡诈，但只要仔细观察，就会发现无论是蛇、狼还是狐狸，即使它们正在撕咬猎物的喉咙，眼神也是极其纯粹的，除了进食欲，没有一丝一毫的杂质。

而人类永远不会被单一的欲望驱动。

仅仅为了进食，不会有"有机食物"和"合成食物"之分，也不会有制造商和供应链高低之分，更不会出现垄断巨头公司这样庞大的利益集团。

人类的贪欲肮脏、市侩、永无止境。

怪物的贪欲虽然也永无止境，却是如此干净，如此纯粹。

周姣终于知道，为什么江涟的身上总有一种洁净的气质了。

她一直以为，是因为他的相貌如曙色雪山般冷峻清冷，所以不管他做什么，都带着一种难以言喻的洁净之气。现在想想，多半是因为他那毫无人性的眼神——没有人性，所以冷血、残忍、暴力，但也因此显得干净、纯粹、单纯。

了解到这一层后，周姣忽然有点儿不知道怎么看待江涟了。

如果他是一条阴冷、狠毒的蛇，她可以饶有兴味地征服他、玩弄他。

可事实上，他并不阴冷，也不狠毒，反而有这世界上最干净的眼睛。

周姣垂下眼睫，几乎是慌乱地逃进了浴室。

江涟见她毫不在意那些礼物，又烦躁了起来——她不喜欢？为什么？这明明是这个星球上他所能找到的最好的东西。

江涟准备这些礼物时花了不少心思。

首先，他必须确认什么样的东西最有价值——他考虑过华美的珠宝，然而尽管人类对那些金属和矿石追捧至极，他却很难把它们当成罕见的珍宝。他见过硬度更高、熔点更高、化学稳定性更好、在整个宇宙都含量极少的贵金属。那些廉价的珠宝根本配不上她。

他也想过将整个生物科技送给她，但有很大的概率，她掌控公司后会反过来对付他。

他看了她的心理检测报告，她是一个道德感淡薄的人，完全做得出这种事。

他只能送给她昂贵、舒适、稀有的衣物，还在其中一个纸箱中放了一幢别墅的生物钥匙——两个月前，那幢别墅还属于生物科技的前CEO，藤原修。

她连那幢别墅的钥匙都没看到，就转身离开了！

江涟的眼神森冷得可怕。

每次她拒绝他，他都会生出暴怒和惶恐的情绪，仿佛回到了那条逼仄的逃生通道，她不停地拒绝他，最后头也不回地离开了他。他需要花极大的力气，才能压下心中冰冷狰狞的毁灭欲。

作为顶级掠食者，他从来没有小心翼翼地对待过什么，一遇到阻碍，就难以遏制内心暴涨的杀意与毁灭欲。

然而，为了周姣，他却一而再，再而三地忍耐了下来。

没人告诉他这个行为已超出了自然法则的限制，他也不认为自己超出了什么限制，他只觉得难受。

周姣洗完澡走出来，就看到江涟坐在沙发上，眉眼间压抑着一股戾气，正冷冷地盯着那些纸箱，似乎在琢磨怎么销毁它们。

自从发现他的眼神像动物一样干净纯粹后，周姣就有点儿不敢直视他，每看他一眼，她的内心都会涌起一股古怪的悸动。她总感觉像在欺负小猫小狗，可又想看看他还能为她做到什么程度。

周姣一边擦头发，一边在他对面坐了下来。

她的头发不长，刚好及肩，没有烫染，是能消融在黑夜里，却又能渗出黎明光泽的黑色。

随着她的擦拭，几滴水珠从发梢上飞溅出去，还未掉落在地毯上，就被江涟的一条触足接住了。

触足是透明的，她没有察觉到这一动静。

江涟喉结一滚，吞咽下了那些水珠。

他看着周姣，很想做些什么，却又不知道能做什么。

这时，那个人类的声音响起："询问她，能不能帮她擦头发。"

江涟心想：询问她有被拒绝的风险，为什么不能直接抢过她的毛巾？

他的眼珠缓慢转动，瞳孔时而紧缩成针，时而扩大成圆形，最终，他勉为其难地接受了那个人类的提议。

"请问，"他说，"我可以帮你擦头发吗？"

降临到"江涟"身上以后，他一直都使用命令式的口吻，从未用过请求意味这么强烈的句式，听上去生硬又滑稽。

江涟走到周姣的身后，自上而下地注视着她，眼神晦暗不明——她要是敢嘲笑他，他就实践之前粗暴的想象。

周姣却只是看了他一眼，就把毛巾递给了他。

江涟的瞳孔瞬间扩大到极致，几乎填满虹膜——更像小动物了。

周姣转过头，忍了又忍，还是没忍住，轻声笑了一下。

下一刻，她的下巴被捏住，被迫转过头。

阴影笼罩，江涟低头向她压了下来。

周姣闭上眼，却迟迟没有感受到他的双唇的触感。

她睁开眼睛。只见江涟死死地盯着她的嘴唇，似乎很想吻上来，却像被某种无形的力量拦住了一般，怎么也无法顺利吻上来。

刹那间，周姣还以为他遇到了什么难以想象的限制。

几十秒钟后，他神色阴沉，一点点地、极不情愿地松开了她的下巴，直起身，目光幽幽地看着她。

从他的眼神中她看出，他原本是打算冷漠粗暴地钳制住她，然后毫不留情地亲吻她。

所以，他为什么改变主意了？

江涟不知道自己的心思已被周姣全部看穿。

他正在快速调整表情——吻上去的前一秒钟，他想起人类社会交往的前提是尊重对方。

他必须尊重周姣，可她甜腻的唇舌近在咫尺，与他仅有一纸之隔。

掠夺与占有的本性在他的体内蠢蠢欲动。

掠夺……尊重……掠夺掠夺掠夺……

不，他要尊重她。

周姣永远不会知道，他用了多大的力气才将目光从她的唇上撕下来。移开视线的那一刹那，他甚至看到了在空中飘浮的透明胶丝——他太想吻她，以至视线在那一霎化为实质，真的拉出了胶一般的细丝。

江涟顿了许久，才控制住狂乱的表情。

他走到周姣的面前——尊重一个人，必须跟她面对面。

他伸出一只手撑在她的身侧，微微俯身——除了面对面，还要眼睛对着眼睛，平视她。

江涟的视线有些混乱，他不知道该看周姣哪里。

看她的嘴唇，他会失控；看她的眼睛……他莫名其妙地生出了一种很古怪、很不适的感觉。

好像有滚烫的水在他的耳郭上漫延开来——他的耳朵充血了，为什么？

周姣看着江涟的耳朵缓缓变红，她想："神"也会害羞吗？

与此同时，天色变暗，街上的霓虹灯光透过湿淋淋的雨雾投射到客厅里。

江涟冷峻的脸庞一半沉在阴影里，一半浸在流光溢彩的灯光里。

第一次，周姣的心脏不是因为刺激，也不是因为恐惧，而仅仅是因为江涟而狂跳了起来，程度之强烈，重重地牵扯着她的耳根，几乎令她感到些许刺痛——他为了她，在竭力融入人类社会。

"请问，"他的视线紧紧纠缠着她的视线，像是要跟她的缠在一起，"我可以吻你吗？"

周姣的呼吸急促了一下，似是想答应。

江涟喉咙上下起伏，等待她的答案。

她却问："你知道吻是什么吗？"

江涟答："我们之前接过很多次吻。"

周姣摇头："那不是接吻，没有人接吻是为了吃对方的口水。"

江涟的眼神冷了下去，他觉得她在搪塞他——她只是不想跟他接吻而已。

就在这时，她忽然伸出手，搂住他的脖子，仰起头与他的唇轻轻碰触了一下："这才是接吻。"

一触即离，那么短暂，江涟的心却失控地跳动了起来，几近疯狂地撞击着胸腔，发出撕扯一般的"怦怦"声。

为什么会这样？他明明没有尝到她的唾液。

下一秒钟，她又仰头吻了上去。仍然是一触即离，她却伸出舌尖，轻扫了一下他的下唇。他还未捕捉到她的舌尖，她又迅速退开了。

"这才是接吻，"她问他，"明白了吗？"

江涟没有明白，只有一种头晕目眩的感觉，疯狂的心跳从胸腔传到指尖。他的手指在控制不住地发抖。

周姣微微笑着，只好又教了他一次，每一次都是一触即离，短暂、轻柔，既不湿也不黏。

他的身体却在这样的吻里陷入了僵硬的麻痹——为什么？

他明明只是疯了一样地渴望她的唾液，为什么她几个轻飘飘的吻，就将他的这种冲动遏制了下去？

"还没明白吗？"她用手捧住他的脸庞，遗憾似的说道，"那说明你不想吻我，你只是想吃我的口水罢了。"

她往沙发上一靠，面带微笑，双唇轻启，濡湿的口腔若隐若现，像是在邀请他像以往一样吻过去。

江涟隐约意识到，如果他就这样吻上去，他和她的关系又会变回捕食者与猎物。

他很想吻上去，发狂般想吻上去，喉咙有什么东西在蠕动，似乎想冲破这具躯体的桎梏，像以前一样张开，裹住她的脑袋，尽情地掠夺她的氧气与唾液。

但他忍住了。他直起身，后退一步，直到喉咙里蠕动感平息了一些后，才冷冷地说："你在引诱我，我不上你的当。"

周姣忍笑："我怎么引诱你了？"

她五官姣美，宛如鲜艳的山茶花，笑起来娇媚动人，再加上她头发没有完全擦干，有几缕潮湿的发丝贴在脸颊上，看上去就像因接吻而出汗了一般。

江涟直直地看了她几秒钟，移开视线："你之前说过，你离开我跟我没有关系，跟自然定律有关。你不想跟捕食者在一起。"

他顿了顿，声音变冷："但刚才，你在引诱我像捕食者那样吻你。你想让我犯错，然后剥夺我追求你的资格，对不对？"

周姣快要忍不住笑了。她完全没这个意思，但确实存了引诱他的想法。

她微微歪头，手指无意识般抚弄了一下自己的嘴唇："那你会犯错吗？"

江涟盯着她的手指，喉结明显起伏了几下，发出很重的吞咽声。他的目光如同爬行动物般冷血、专注，似乎永远不会满足，不会放弃捕食，不会停止掠夺。然而，他转开头，冷漠地说："我说过，我不上你的当。除非你确定我们的关系不再是捕食者与猎物，否则我不会那样……吻你。"

周姣顿了片刻，忽然问道："为什么那么在意我们的关系是不是捕食者与猎物？江医生，你……不会真的喜欢上我了吧？"

同样的问题，不同的立场。

当时，她问出这样的问题，只是想试探江涟对待她的态度，想看无所不能的"神"变得重欲、卑微、躁动不安。

现在，她已经知道这个问题的答案，却还是问了一遍。

为什么？她不知道，可能就是想问吧。

而且，她确实很好奇江涟会怎么回答，是像之前一样说她异想天开，还是……

"是，我喜欢你。"江涟答得毫不犹豫。

周姣的手指蜷缩了一下。

江涟转头望向她。哪怕承认自己喜欢她，他的眼中仍然看不到人性，这种强烈的非人感使她从生理上感到阴冷和怪异，又从心理上感到悸动和刺激。

他说："我知道你是一个渺小、低劣、脆弱的生物，渺小到与尘埃无异，低劣到以时间计算寿命，脆弱到随时都有可能死去。

"我们之间无论是从宏观层面还是从微观层面，都不可能产生爱情。而且你只有一个大脑，我必须放弃联合思考的能力才能跟你正常交流，否则你永远跟不上我的思考速度。我之前说不会喜欢你，并不是因为蔑视你，而是一个理性而客观的推论。但是……"

他眉头轻皱，似乎十分迷惑："我还是喜欢上了你。"

周姣的牙齿轻颤了一下，就像无意识地打了个冷战。

她发现，先前自己之所以会认为他的眼神可怖，是因为他身上那种顶级掠食者的气质，以及眼中无穷无尽的进食欲，令她感到生理性的恐惧。

人类若无工具，仅凭退化的牙齿、指甲和手脚，绝无可能站在食物链的顶端，所以孤身面对掠食者时总会感到生理性的恐惧。这也是为什么凡是食肉动物必被赋予丑恶的品性，似乎这样就能警示后人，避免被捕猎的悲剧。

谁知，顶级掠食者披上人皮后，不仅毫无丑恶之感，反而因为眼神过于直白纯粹，显示出一种完全不属于人类的洁净气质。

周姣不知道自己该不该深想下去。

她在了解江涟，了解一个人，是非常危险的开始。

为什么网上始终争执不断？就是因为人们很难把网友当成一个独立的个体，总认为对方是某一观点的化身，没有面目，也没有身份，攻击欲自然会大幅度提高。

但了解一个人之后就不同了，从此以后，他有了具体的面貌，复杂的性格。在他的身上，你能同时看见好与坏……甚至开始理解他的一举一动。

这太危险了，比捕猎者与猎物、上位者与弱者、"神"与普通人的关系还要让她感到危险——她在把他当成同类去了解。

周姣脸上的笑意淡了下去。

她抬眼，评判似的望向江涟，目光如霜一样冷。

江涟没有对上她的视线。他看了看手上的毛巾，想起还有一件事没做，于是走到她的身后开始帮她擦头发。

他显然不会做这样"人性化"的事情，动作生硬，有的地方擦得太过细致，几乎要摩擦起火；有的地方又擦得太过敷衍，周姣伸手一捏都能捏出水来。

她眨了眨眼，等他不耐烦地扔下毛巾。

他却一直没有扔下毛巾，只是擦到最后实在擦不干——她感到头上一凉，似乎有无形的触足从她的头顶滑过，化为无孔不入的液态组织，渗进她的发缝里，张开密集的孔隙，蠕动、伸缩，将发丝上多余的水珠吮得一干二净。

周姣："……"

她真是脑子打了结，才会把他当成同类去了解。

她嘴角一抽，一把夺过毛巾，皮笑肉不笑地说："谢谢你的喜欢，江医生，但'坐一坐'的时间已经过了，你该离开了。记得把客厅里的那堆东西带走，免得我等下雇人扔掉。"

江涟顿了顿，说："那是礼物。"

"有送礼，就有拒收。"她答，"我不想要你的礼物。"

江涟沉默。

几秒钟后，客厅里的纸箱缓缓地溶化了，似乎是被某种强酸液腐蚀了，地板却没有丝毫损坏，应该是江涟的触足分泌出来的高腐蚀性黏液。

他不仅学会了忍耐，而且学会了隐匿——以前的他决不可能隐藏起自己的足肢，走到哪里就覆盖到哪里，如同雄狮留下刺激性的气味以标记领地——他在为她压抑生物本能。

周姣的心脏停跳了一拍，潜意识里的危险感在加重。危险感混合着失序的心跳，令她的后背微微发僵。

她想起那些热衷于驯养猛兽的人，总是喜欢将手搁在野兽的利齿之下，以此炫耀自己对猛兽的控制力。事实上，他们并不知道野兽会不会咬下去，伸手进兽口的行为有信任，也有赌博，更多的是一种行走于钢丝之上的危险感。

如果她继续深入了解江涟，这种危险感只会加深。

她倒不是害怕危险，而是太兴奋了，头皮发紧，脸颊发烫，心脏一直"怦怦"地跳个不停。

她不想让江涟知道她的兴奋。而且，他尝到了甜头，也该离开了。

见他一动不动，她站起来，抓住他的手腕。

江涟的视线立刻从空荡荡的客厅里转移到她的手上，又抬眼望向她的脸。

明明他是至高无上的存在，人类一接近他就会陷入不安与疯狂，或是成为他的情绪的傀儡。他的触足恐怖、狰狞、蠕动、蔓延，能无限裂殖，完全悖逆已知的自然定律，超出人类理解的范畴。

这一刻，她却觉得自己在仗着复杂的人性……欺负他。

周姣低声骂了一句，拽着他走到房门口，反手将他推了出去："江医生，谢谢你为我送伞，也谢谢你的那堆礼物。再见。"

话音落下，她毫不犹豫地关上了金属门。

直到金属门彻底合拢，江涟的视线都牢牢地锁定在她的身上，他似乎还没明白自己为什么被推了出来。

周姣回想起他那个迷惑的眼神，忍不住笑了一声。

她闭上眼睛，仔细感受了一下心里的情绪……兴奋、刺激，除去微妙而诡异的心跳，更多的是一种征服欲和虚荣心被满足的爽感。

这还只是第一天。

果然，只有江涟能让她心潮起伏，生活终于又变得有意思起来了。

周姣仰躺在沙发上，从茶几上拿过烟盒，用牙齿叼住一支烟，用打火机点燃，看着窗外的霓虹夜色，吐出一口烟雾。

她看上去就像舒服到极点的猫，有一种懒洋洋的情态。

第二天，周姣照常上班。

开门的一瞬间，她愣住了。

江涟还在门外。

他似乎在这里站了一晚上，还穿着昨天的衣服，见她开门，他的视线立刻像始终处于捕食状态的蛇一样，迅速绞缠在她的身上。

周姣以手抚额："你站在这儿干吗？你现在是生物科技的 CEO，整天这么闲吗？"

江涟顿了顿，问道："你想当生物科技的 CEO 吗？"

刚好这时，隔壁的房门开了，一个穿西装的男人夹着公文包走了出来，一边匆匆赶向电梯，一边奇怪地望了他们好几眼，一脸"几个菜啊？这种梦也敢做"的复杂表情。

不能怪那个男人，周姣也有一种极不真实的感觉。她问："你愿意让我当生物科技的 CEO？"

江涟答："不愿意，你会用它来对付我。"

周姣面无表情地推了推他的肩膀："让一让，我要上班了。"

下一刻，她的手腕被他箍住了。

喜欢上她并没有改变他的体温，他的手指依然冰冷、黏滑，如同某种覆满鳞片的爬行类动物，散发着令人不安的寒意。

他箍住她的手腕时，大拇指下意识地按在她的脉搏上。这是一个危险的动作，她却能感觉到他这么做并不是为了伤害她，而是为了确认她的存在。

"别走，我有一个问题想问你。"江涟低声说道，上前一步，低头迫近她。

周姣本能地后退一步，后背"砰"的一声撞在楼道的墙壁上。

混乱中，她的第一反应是，西装肯定脏了——没人知道廉价公寓的墙上经历过什么，毕竟她现在转头就能看到一排弹孔。

这是一个肮脏又荒谬的场景——头顶是昏暗的荧光灯，楼道两旁堆满塑料垃圾袋，绿头苍蝇发出"嗡嗡"的振翅声，空气中弥漫着呛人的汗臭味和阴湿的垃圾臭味。

江涟作为不可名状的恐怖存在，生物科技的 CEO，却在这样一个污秽、垢腻的场所中与她视线相交，鼻息纠缠。

"至高"和"不洁"联系起来，所产生的效果几乎令她后脑发麻，神经末梢过电似的战栗。

周姣的呼吸变得急促起来，她竭力不动声色地问道："你想问什么？"

江涟没有她想的那么多。他根本没有注意到周围的环境，眼中自始至终只有她。

他想起昨天给她擦头发，用手指梳理她的发丝时，她的脸上露出了明显的享受表情。想了想，他伸出另一只手扣住她的后脑勺儿。扣上去的一瞬间，他的手掌如同某种延展性极好的金属，诡异地变长、扩大，包裹住她整个后脑勺儿。

下一秒钟，他的掌心有裂隙张开，探出无数细小而冷硬的纤毛，轻轻梳过她的头发。

那一刹那，就像有千万道电流窜过头皮，周姣一把攥住江涟的手，用力地扯了下来，咬牙切齿地问："你到底想问什么？"

江涟瞥了一眼自己变长的那只手，有些不解，为什么周姣要扯下来？但他没有过多地纠结这个问题："我想知道，昨天你吻我的时候为什么没有征求我的意见。"

他盯着她，目光变得森冷而阴暗。

"交往的前提是尊重对方。我想跟你交往，才会询问你的意见，但你没有。"他更加迫近她，湿冷的气流擦过她的耳朵，"你不想跟我交往，所以不尊重我，对吗？"

越来越荒谬了，江涟在质问她为什么不尊重他。

周姣 12 岁的时候，就被诊断为反社会人格障碍。

当时，她在生物科技赞助的学校读书，一个男同学当着全班人的面骂她是变态，因为她解剖实验室培育的青蛙时神态冷静、动作利落，毫不抵触两栖动物冰冷、滑腻的触感。

然后，一次下楼做操时，她毫无征兆地伸手推了那个男同学一把，让他从三楼滚到一楼，腿部骨折，在生物科技的治疗舱里待了一个星期。

问题不是出在这儿，问题出在事情发生的两个月后，她才推了那个男同学。

心理医生问她："为什么当时不推？"

周姣答："我当时并不生气，为什么要推？"

心理医生又问："既然当时并不生气，那为什么两个月后要推他？"

周姣说："因为两个月后的我很生气。"

这就是反社会人格障碍的世界，无道德，无羞惭，无计划"行事冲动"不顾后果。

周姣并不记恨江涟几次差点儿杀死她，因为位置对调，她也会那么对待他，而且不会手下留情。

但不记恨不代表她不会在这件事上做文章。

周姣笑笑，推开他："江医生，你有资格跟我谈尊重吗？"

江涟微微侧头，捕捉到她的视线，剖析，但没能理解。

他读不懂她的眼神。

自从他喜欢上了她，决定追求她，他和她的位置就彻底颠倒了——她变成了不可理解的那一方。

周姣抓住他的手。

变长变大的手掌是那么狰狞，看上去跟她的手掌极不相配。江涟顿了一下，手掌变回正常的尺寸。

周姣将他的手放在自己的颈骨上。

江涟的手指轻颤了一下。她的皮肤温热细腻，颈侧动脉"怦怦"跳动，那其实是一种很微弱的感觉，却让他感到怪异而沉重。

她太渺小了。以前的他意识到这一点时，是漠视，是蔑视，是排斥，现在却是一种难以言喻的恐慌——她太渺小了，他必须盯紧她，时时刻刻看着她。

不然他稍不留神，她就会在宇宙间消逝。

人类不会握不住跟手掌相当的东西，却会抓不住一粒沙、一只蚂蚁、一根蒲公英的冠毛。

她的渺小让他失控。

周姣的手覆在他筋骨分明的手背上，带着他缓慢收紧五根手指，扼住自己的脖子。

"还记得吗？"她轻声问，"两个月前，你就这样掐住我的脖子。你可能不记得了，但我一直记得……因为真的很痛。江涟，我很痛，我是一个很怕痛的人，但当时的我不敢表露出来……我只要露出软弱害怕的表情，就会真的死去。"

这是假话。

她并不怕痛，他的心脏却因她的假话而绞痛起来。

"我好像跟你说过，遇到你之前，我一直像大多数人一样平凡而快乐地活着，遇到你之后，我却在不停地经历濒死状态。"

这是假话。

"你以为在天台上时，我是自愿跳下去的吗？不，我是被你逼着跳下去的。如果你不追杀我，我根本不会做出那么极端的事情。"

这还是假话。

他心脏的绞痛感没有消失，反而越来越剧烈。

"同样地，你不圈养我，我也不会铤而走险，用芯片让自己陷入深度昏迷。"周姣问，"江涟，你知道陷入深度昏迷有一定概率变成植物人吗？"

这一句是真话，也是他最不愿回想的一件事。

在那之前，他从未有过无能为力的感觉。然而当时，他第一次感受到了无能为力的恐惧。

他是那么强大，轻而易举就能杀死她，却无法唤醒她。

江涟的手指急剧颤抖起来。

那么多次，他的手指如钢铁般箍在她的喉骨上，令她的颈项发出可怖的"咔嚓"脆响，这一次却颤得那么厉害，像是为她感到疼痛。

周姣安慰似的拍了拍他的手背，却微笑着抛出最后一句话："江涞，现在你还觉得你有资格跟我谈尊重吗？"

她不是一个好演员，或者说，她懒得演，他能轻易地分辨出她哪句话真，哪句话假。可即使是虚假到极点的谎言，也让他有一种溺水的仓皇感与痛苦感。

这是一件违背自然定律的事情。

作为栖息在超深渊带的生物，他永远不会知道溺水的感觉，她却让他体会了两次。

周姣松手，江涞的手从她的脖子上滑了下去。

他在她的面前，一直都是强硬的掠食者姿态，冷酷、贪婪、果断，一旦攫住，决不主动松口。

他不会克制自己的欲求，也不需要克制，想吃她的唾液，就将她的舌根吮到发酸；想摆脱她的气味，挣脱被她钳制的感觉，就随心所欲地收紧扣在她脖颈上的手指。

这一刻，他却像无力扣住她的脖子一般。

顶级掠食者不仅甘愿被套上绳子，而且为以前粗暴的捕食行为感到愧疚——是的，愧疚，他学会了愧疚。

江涞说："对不起……"可能是真的感到愧疚，他忘了用人类的声线，下意识地发出了那种古怪、诡异、令人内脏紧缩的低频声波。

这种频段能影响周围人的神志，一时间，她的四面八方全是不同声线的"对不起"，此起彼伏，如同某种奇特而癫狂的回响。

"神"为她低头，为她学会愧疚。于是，每个人都对她低头，对她感到愧疚。

道歉的声音形成一阵骇人的声浪，一般人都会对这样怪异无比的场景感到恐惧，她却瞳孔微扩，兴奋到微微眩晕，几乎有些失神。

周姣抬手按住眉心。她不能让江涞看出来，只有他才能激起她所有的情绪。

她深深地吸气，哑声说："不够。"人类是复杂的、贪婪的、充满征服欲的。这种程度的道歉远远不够，她想要更多。

等那股劲平息下来后，周姣抬头，眼角微微发红，看上去就像难受到发红一样。

江涟再度感受到了那种心脏紧缩的痛苦感："我该怎么……补偿你？"他感到后悔、愧疚和恐慌，却不知道如何排解，只能看着她。她是他一切情感的来源，是让他溺水的人类。

周姣仰起头，凑上去轻吻了一下他的唇。

他的唇是冷的，她的唇是热的。一冷一热相触，他的神色没什么变化，头顶的荧光灯管却像被某种磁场滋扰般猛闪了几下。

"江涟，"她说，"这得你自己想。"

江涟看着周姣离开。他站在肮脏阴湿的楼道里，愧疚痛苦的神色逐渐消失，变得冷漠、晦暗、阴沉。他的愧疚是发自内心的，道歉是发自内心的，却不是发自内心地看着她离去。

只要他看着她的背影，莫名其妙的恐慌感就会在他的心底灼烧、沸腾。

他想要把她抓回来，用视线拴住。

如果不将她牢牢地拴在视线范围内，他会一直想着她，为她恐慌，为她失措。

她能轻易牵动他的情绪，让他学会人类低劣、软弱、脆弱的情感。

她是他唯一的弱点，这样的存在，他应该要么杀死，要么藏起来。

但他不想杀死她，也不想把她藏起来，没有别的原因，仅仅是因为不想让她难受。

他已经后悔之前那么对她了。他学会了后悔，却不知道怎么补偿她——她不愿意教他。

江涟眼中燃烧着失控而疯狂的情绪。

他从来没有体会过这么复杂的感情：迷恋、占有、掠夺、克制、后悔、痛苦、恐慌、不安……甚至还有一丝尖锐的恨意，让他的神经战栗不止。

她得到了他，却不要他，也不愿教他怎么讨好她。

他恨她那么游刃有余，又希望她能一直游刃有余下去。

他比她强大太多，如果她不能一直这样游刃有余地掌控他，最后受伤的一定会是她——野兽在担心有一天会咬伤驯服它的人，希望脖颈上的绳子能勒得更紧一些。

这又是一件违背自然定律的事情。

但江涟没有意识到自己在思考另一件事——要不要求助人类"江涟"？

周姣理所当然地迟到了，又被扣了500块钱。

她有些郁闷，早知道不让江涟把那堆礼物全腐蚀了，随便一件衣服就价值几万元，够她迟到大半年了。

不知是否她跟江涟的交锋太过激烈的缘故，本就无聊的工作显得更加无聊了。

周姣百无聊赖地打了好几个哈欠，在想要不要换个工作，就这样无所事事地混到了中午。

这家公司系属一家运输垄断公司，那家垄断公司承包了世界上80%的运输服务，生物科技也是他们的主要服务对象。

一般来说，运输公司的业务不仅仅限于货物，偶尔也会运送大活人——要么帮雇主出城，要么让雇主指定的对象永远无法出城。要是运输的货物过于昂贵，有时候甚至会遭遇火并。

但她入职以来，这些令人激动的事情她一件也没有碰到过。她都快怀疑自己是不是入错行了。

中午，她吃完午餐，拿着水杯去茶水间接水，忽然听见办公室传来火气冲天的训斥声："你说什么？！那批货丢了？你知道那批货值多少钱吗？把你剁成块儿拿去卖都堵不上那批货的缺口！

"别给我编故事，你觉得我会信吗？监控画面失效，通信器失灵，义眼的录像功能也自动关闭了，那你怎么没死在那儿呢？别说了，我不想听。"

周姣一边听墙角，一边拆开一包速溶咖啡。

她漫不经心地想：这破公司终于要倒闭了？也好，省得她打辞职报告。

速溶咖啡有一股烟灰水味，这还是合成咖啡里最贵的一种。

周姣喝了两口就倒掉了，要不是为了下午工作时不睡过去，她根本不想碰这玩意儿。

洗杯子时，她听见办公室传来隐约而激烈的谈话声。

丢货对运输公司来说是重大公关危机，更何况还是一批非常值钱的货。这家公司基本上已经被宣告死亡了。

她不想知道上司此刻在说些什么，但这时，电话铃声突然响了起来。

"丁零丁零——"

来电人是她的上司，理查德。

周姣立刻有了一种不祥的预感，这是她在生物科技和特殊案件管理局工作多年培养出来的敏锐直觉。

她轻轻放下杯子，接通电话："喂，尼尔森先生，有什么吩咐？"

理查德·尼尔森语气平静，听上去毫无异样："下楼去给我买杯咖啡。要圣伊内斯的豆子，不要合成咖啡。钱转给你了。"

他肯定不是让她买咖啡，但周姣只能答应下来，在这里拒绝对方，只会让对方撕破脸面，直接在写字楼动手。

如果她没有猜错的话，她期待已久的事情终于要出现了——上司准备让她这个临时工出去顶包，为那批丢失的货物负责。

周姣不动声色地披上外套，手往兜里一摸，泰瑟枪还在，稍稍安心了一些。

她没有等电梯，走了楼道。

走到一楼的时候,她撞见了一个意想不到的人——江涟。他站在写字楼大门前,身形高大挺拔,穿着白色大衣,戴着金丝细框眼镜,一只手插兜,另一只手拿着香烟,许久才吸一口,已经蓄了一截烟灰。

像是瞥见了她的身影,他侧头,轻轻抖了抖烟灰,微微一笑:"周姣,好久不见。"

尽管他没有吐露一个字,周姣却隐约猜到了他的身份——原本的江涟。

她眉梢微挑。

他居然还活着,或者说,"他"居然愿意让他出现。

"聊聊?"

周姣走过去:"你来得不是时候,我正在被人追杀。"

"没事,"江涟说,"'他'也在。我们会保护你。"

周姣跟原本的江涟接触不多,不太相信他能保护她。她没有放松警惕,手指始终放在泰瑟枪的保险上,一边仔细留意周围的动静,一边问:"这到底是怎么回事?"

两个江涟的区别其实颇为明显。"他"总是直勾勾地盯着她,眼神永远是狂热的、直白的,含着令人毛骨悚然的迷恋。

原本的江涟则将那种迷恋藏在复杂的目光之后,令人捉摸不透。

"你给'他'出了一个难题。"江涟说,"'他'不知道怎么补偿你。"

周姣觉得有些奇怪了:"所以'他'求助你了?"

江涟抽了一口烟,淡淡地说:"'他'只能求助我,你不愿意教'他'。"

周姣觉得更加奇怪。她不由得收起对四周的关注,眯着眼睛看了江涟好几眼:"那你是怎么教他的呢?"

江涟顿了一下:"回答这个问题前,我有一个问题想问你。"

周姣想起早上"他"追问她,为什么不尊重"他",有些想笑,忽然想起什么似的，慢慢收敛笑意，正色说："你问。"

江涟拿着烟，上前一步，镜片后的目光一动不动地定在她的脸上："你知道'他'对你的气味着迷是因为我吗？"

周姣眉梢一挑："我知道。"

"那你知道，"江涟捏住她的下巴，抽了一口烟，失礼地对她喷出一口烟雾，"我和'他'早就融合了吗？"

他冷峻立体的眉眼在这口烟雾中逐渐模糊，隐约间似有一丝阴郁的嫉妒闪过。

周姣捕捉到那一丝嫉妒，心中的奇怪感更甚："你和'他'早就融合了？这我真不知道。"

江涟似乎冷笑了一下："'一副身躯，两个异类，几种病态的感情叠加'，卢泽厚对'我们'的评语，你这么快就忘了？"

他加重手上的力道，语气生硬："还是说，你很享受被两个异类喜欢的感觉？"他的神情看似冷静，脸上却显出疯狂骇人的痉挛，似乎有紫红色的触足在癫狂地蠕动。

周姣大概知道是怎么回事了，忍笑："如果我说是呢？"

江涟再度冷漠地笑了一下，用大拇指和食指拿着烟，吸了一口，吐出烟雾的时候，大拇指却轻擦了一下嘴唇。

这个动作让周姣更加确定了自己的猜测——眼前的人根本不是原本的江涟，而是她最熟悉的那个怪物江涟。

刚开始，她确实被他的伪装骗到了，但他的破绽太多了。

首先，原本的江涟绝对不会说"你给'他'出了一个难题"和"你不愿意教'他'"这样的话，这两句话太像那个怪物的语气。

其次，原本的江涟是一个情商极高的人，即使非常不屑于遵守社会规则，抽烟之前仍然会询问女士的意见，几乎不可能做出朝人脸上喷烟这样失礼的动作。

最后，只有怪物才会用大拇指轻擦嘴唇——怪物每次感到饥饿时，都会做这个动作。

周姣不免恍惚了一下——原来不知不觉间，她已经那么熟悉这个怪物了吗？

她的走神儿被他捕捉到，他轻轻地晃了晃她的下巴，不悦地命令道："看着我，周姣。"

周姣眨了眨眼，望向他。

"今天，你必须在我和'他'之间做一个选择。"江涟冷冷地说，"告诉我，你选谁。我想知道，你会选谁。"

江涟快要疯了——虽然自从喜欢上周姣，他就无时无刻不处于癫狂的状态，但没有哪一刻像现在这样疯狂又……嫉妒。

是的，嫉妒，他又学会了嫉妒，一种比愧疚还要令他痛苦的情绪。

他终于知道了为什么之前总有一种发狂般的烦躁感，原来，那是嫉妒。

她跟别人说话时，他嫉妒；触足想要看着她时，他嫉妒；她跟别人握手时，他也嫉妒。

一个陌生人喝了她的鲜血，他几乎被嫉妒的毒焰焚烧殆尽。那是他第一次难以维持人类的形态。

如果不是彻底接纳了"江涟"的意识，他可能永远都无法意识到这种情感是嫉妒。

他其实早已与"江涟"融合，只是一直对人类社会的种种规则心存蔑视，从未真正接纳过"江涟"的意识。若不是周姣给他出了这个"难题"，他可能永远不会接纳人类社会的一切。

谁知，他接受之后，"难题"并没有迎刃而解，反而衍生出了一个他永远也无法解答的难题——他可能永远也无法独占周姣。

如果他们在一起，他必须忍受她被其他低劣的人类注视着，必须忍受她被他的触足觊觎，甚至必须忍受她用那个人类的名字称呼他。

其实，"江涟"已经彻底消亡，他继承了"江涟"的偏执、疯狂和基因，从某种程度上讲，他就是"江涟"。

他们是同一个人，但他仍感到嫉妒。

原来在爱情中，嫉妒是一种比克制、恐慌、不安更加令人难以忍受的情绪。

江涟有一种可怖的错觉：他不是正在变成渺小低劣的人类——不，他已经变成了渺小低劣的人类。

她把他变成了人类，只有人类才会知道溺水的感觉。

江涟森寒而暴戾地盯着周姣。

生物的本性让他想撕碎面前的人——她驯服他，引诱他，往他的头脑里灌输低等的情感，让他变得软弱、可悲，充满了弱点。

她在改造他。

他应该杀死她。

然而，尽管他的杀意是如此汹涌激烈，眼中的红血丝也充血得发烫，但来到她的面前，他也只想问她——你会选谁？原本的江涟，还是我？

江涟突然感到一阵不甘与绝望。

他为她学会了那么多人类的情感，因她而变成了一个真正的怪物。

万一，到最后她还是不要他，他该怎么办？

他不能再让她难受。所以，他不能伤害她、强占她、圈养她。如果她要离开他，他只能看着她离开。

江涟的喉咙发紧，呼吸声压抑又粗重。

有那么一刹那，他几乎想要恳求她，不要离开他。可紧接着，他意识到，如果仅仅是喜欢她，他绝无可能沦陷至此——他爱上了她。

一时间，周围炸开一阵令人毛骨悚然的可怖音波。

那一刹那发生的事情用人类的喉舌简直难以描述：天花板的吊灯电花爆闪，底楼的落地窗倏然爆裂，玻璃碎片如暴雨般向外飞去。

恐慌的气氛和恐怖的音波瞬间侵袭了整栋楼的人。

与此同时，周姣的上司——理查德·尼尔森正在悠闲地喝着咖啡，一口还未咽下去，大脑冷不丁地抽痛，他当场剧烈干呕起来。

尽管所有人都因江涟的情绪而痛苦不堪，却没有一个人听见他的心声，知道他有多么不甘，多么痛苦。

因为，那本就是一段人类无法听见的低频音波。

就在这时，他的唇上一热，周姣仰头吻了他。

她伸手钩住他的脖颈，一边轻轻吻他，一边贴着他的唇闷笑："你为什么觉得我会认不出你呢？"她在他的耳边轻声问道，"你又在发什么疯？我的小怪物，想好怎么补偿我了吗？"

她认出了他。江涟脸上的表情没有任何变化，还是那么森寒，那么暴戾，维持着一分钟前的模样，心底却炸开惊涛骇浪般的狂喜。

有那么一刻，他似乎又听见了那个人类的声音："你完了。"

那又怎样？

江涟垂下眼，专注地盯着周姣，忍了又忍，半晌，终于遏制不住地钩缠住她的舌尖，深深地吸吮。

他呼吸沉重，喉咙起伏——反正现在吻她的人是他，而不是一个被吞噬的人类。

同一时刻，写字楼顶层。

理查德·尼尔森冲进卫生间，对着马桶疯狂呕吐，鼻涕眼泪乱流，甚至呕出了*丝丝缕缕的鲜血*。

几分钟过去，他才停止呕吐，脸色变了几变，他还以为是生物科技改了主意，直接朝这栋楼投放了声波冲击武器——他们丢的那批货是生物科技的，全是有机面料剪裁而成的高级时装，价值高达几百万元。

送货的那小子说，他根本不知道发生了什么，所有电子设备失灵，一闭眼一睁眼，货就丢了。

尼尔森追踪了他名下的所有账户，在他体内植入了纳米级定位芯片，发现他确实没说谎。

生物科技的人说，那批货是他们的 CEO 送给妻子的礼物，让他们必须给一个交代。

鬼知道那批货去哪儿了！一上午，尼尔森都快疯了。他到处打听生物科技新 CEO 的身份，想要亲自赔礼道歉，却什么也没有打听到。

最恐怖的是，他在生物科技的上级知道这件事后，居然专程打电话过来警告他不要胡乱打听。

尼尔森忍不住问："为什么？我记得我当初想见藤原先生时，您都没这么警告过我……这个江涟到底是什么来头？连您都这么讳莫如深……"

话音未落，上级立刻喝道："谁允许你直呼他的名字？！"

尼尔森愣住了，不可思议地问道："连名字都不准提吗？"

上级的面容投射在尼尔森的视网膜上。尼尔森从未见他害怕过什么，然而此刻，他却牙关打战，脸颊肌肉绷得极紧，整个人剧烈地发抖，那分明是恐惧到极点的模样。

不少媒体都认为，新任 CEO 江涟是藤原家族的傀儡，把他推到大众面前不过是为了转移大众的视线——巨头公司的权力斗争一向腥风血雨，没必要让大众知道个中细节。

但如果真的是傀儡的话，怎么会让他的上级恐惧到这个地步？这不像是对 CEO 的敬畏，更像是不愿提及某个令人悚然的恐怖传说。

尼尔森背脊上的汗毛一竖，他不敢追问下去了。

半晌，上级才继续说道："我不能跟你说太多，只能提醒你一件事。如果看到'他'，有多远跑多远。不要试图跟'他'交流，也不要试图接近'他'，更不要试图讨好'他'。这是我看在你效忠我那么多年的分儿上，对你最真切的忠告。"

电话被挂断。

尼尔森想到上级惊惧的表情，浑身发冷，当即通知生物科技的人，告诉他们周姣已经下去了，她就是弄丢那批货的人，让他们不要耽搁，马上带走她。

另一边，江涟好不容易吻到周姣，不想那么快结束这个吻，极力克制着吮吸她唾液的欲望，只跟她唇贴唇，舌碰舌。

但他毕竟不是人类，即使学会了克制，也难以遏抑心中激荡的爱意。

几秒钟后，他直勾勾地盯着周姣，舌尖控制不住地变长，不动声色地碰触了一下她的咽喉。

你差不多得了！她一个激灵，抓住他的头发，一把拽开他的头："行了，我还有事要忙，你在这儿等……"

这句话还未说完，几十名身穿生物科技制服的士兵突然冲了进来。

他们手持冲锋枪，枪口漆黑冰冷，射出猩红准星，牢牢锁定在她的身上。

周姣一愣，这是什么情况？生物科技造反了？

为首的一名士兵出列，冷冰冰地说道："周姣女士，您涉嫌侵害公司财产安全，请跟我们走一趟。"

周姣抬头望向江涟。

江涟的眉头微微一皱，他扣住周姣的手腕，将她拽到身后。

几乎是同时，所有红色准星都转移到他的身上。

为首的士兵警告道："公司正在实施抓捕行动，请无关人员立即离开，不要妨碍我们执行任务！"

周姣歪头，用手指轻轻挠了挠江涟的手心，轻声询问："你不是生物科技的 CEO 吗？为什么他们还会来抓我？"

江涟俯视着面前的士兵，镜片后的目光阴沉躁戾，透出森寒的杀意。

刹那间，四周温度下降，光线昏暗处似有紫黑怪影恐怖蠕动，所有士兵都晕了一下，齐刷刷打了个寒战。

怎么回事？士兵们面面相觑，为什么突然生出了一种怪异的胆怯感？

江涟没有注意到，有的士兵已经握不住冲锋枪了。

他感到暴怒和……耻辱。为了追求和讨好周姣，他才屈尊掌控了生物科技，谁知，生物科技不仅不能帮他讨好她，还试图伤害她。连他都不敢追捕她，他们怎么敢？

一时之间，气温下降得更加厉害，地板甚至凝结了一层薄薄的寒冰，令人不安的湿冷触感从士兵的脚上爬过。

明明每个人都听见了爬行类动物蠕动的黏湿声响，低头一看，却什么都没有看到。这种危险未知的氛围，几乎将每一个士兵逼疯。

有个士兵的神经紧绷到极致，猛地抬起冲锋枪，下意识就要向周姣扫射——千钧一发之际，江涟朝他看了一眼，那个士兵的手腕立刻向后弯折，形成一个人类完全不可能做出的可怖姿势。

"啊啊啊……啊啊啊啊啊——"那个士兵手一松，冲锋枪"啪嗒"落地。他痉挛着跌倒在地，发出凄厉的尖叫。

生物科技的士兵都见过不少骇人的场景，也听过同伴痛苦的惨叫，却是第一次因同伴的惨叫而感到不寒而栗——他们的肌肉和骨骼都经过生化改造，能徒手拽动十几吨的货车，这个人碰都没碰到他们，就硬生生地掰折了他们的手骨。

这……怎么可能？这一想法刚从生物科技的士兵们脑中闪过，下一秒钟，只听几声"咔嚓"脆响，所有士兵的手骨都被一股无形的力量攫住，反方向猛力一扯，同时扭曲成了一个令人头皮发麻的形状！

眼前的人……究竟是什么东西？他还是人类吗？人类怎么可能拥有这样恐怖的能力？

所有士兵都失去了战斗力，或瘫倒在地，或跪倒惨叫，或哆嗦着蹬腿。

江涟眼中的杀意却没有平息，他仍然感到耻辱。

不管生物科技是出于什么原因要逮捕周姣，都让他怒不可遏——不过是他用来讨好周姣的工具，连从属都算不上，居然敢越过他伤害周姣。

消灭他们，他要彻彻底底地消灭他们。

在此之前，江涟从未想过保护什么，只知道杀戮与毁灭。直到刚刚，他才发现，保护欲是一种比毁灭欲更为过激的情绪。

要是他今天没来找周姣，这群渣滓是否已经抓住了她？

他知道她头脑冷静，身手利落，力量和灵活程度远远超过大部分人类，但还是害怕她受伤。而且，一想到那些渣滓的脏手可能会触碰她，反剪住她的双手，把她押上生物科技的车辆，他就戾气横生，想要消灭目之所及的一切生物。

这时，江涟突然明白了一件事——他不能强占周姣，不能圈养她，更不能伤害她。但他可以消灭除她以外的所有人。

当这个星球上只剩下他和她两个人，他不就能顺理成章地独占她了吗？

江涟垂下眼睛，金丝细框眼镜后的眼中隐约闪过一丝狂喜和得意。

他觉得这个想法可行。这样一来，他就不用再忍受其他人类注视她、接近她，跟她说话，也不用再担心她被其他人类触碰、伤害和绑架。

这个想法不只是可行，这简直是一个绝妙的主意。

江涟一步步地走向那些士兵。

随着他高大冷峻的身影迫近，四周就像感染了某种诡异的病菌一般，发生了病态而古怪的变化——黏腻的蠕动声响起，地板、墙上、天花板爬满了难以解释的紫黑色怪影，它们令人不安地向外蔓延扩张，吞噬眼前的一切，短短几秒内就侵占了整栋写字楼。完全是噩梦里才会出现的场景。

士兵们停止翻滚号叫，深入骨髓的恐惧令他们爆发出惊人的潜能，他们争先恐后地向外跑去——如果不跑，会死！

这个人……这个东西……这个具有恐怖压迫感的生物，要杀光他们！

他看他们的眼神，就像在看一堆毫无价值、令人作呕，随时可以彻底清理的垃圾。

"跑！"

不知是谁大喊了一声，恐慌气氛迅速弥漫开来，绝望惊惧的尖叫声和嘶吼声此起彼伏。

所有人都在向外跑，除了胳膊脱臼的生物科技士兵，还有在写字楼工作的上班族——后者压根儿不知道发生了什么。

这时，江漄却停下了追杀的步伐——周姣抓住了他的衣角。

他停步，回头。

周姣微微蹙眉："你过来一下，我有件事要问你。"

江漄一动不动地盯着她——她想救这些垃圾，这些可能会触碰她、伤害她、逮捕她的垃圾。

而他只要敢做这些事，就会立刻失去追求她的资格，不公平。

江漄的眼珠纹丝不动地盯着她的脸，他慢慢地朝她走去，侵占写字楼的触足也在窥视她，目光阴冷、黏稠、密集，像是要夺尽她周围的氧气一样，令人窒息。

周姣却习惯了这样的视线，或者说，她很享受被他这么盯着看。

她喜欢他渴求她、离不开她、病态地关注她的感觉。

她知道这种感觉是双向的。

他迷恋她，她迷恋他迷恋她的感觉——谁说这不是在变相地迷恋他呢？谁又能帮她划清其中的界限？

她的目光与江漄的目光相触。

空气中像是有什么东西在灼烧，炙热而黏稠，仿佛因为过烫而熔化的蜡液一般，密不透风地粘在她的皮肤上。过了一会儿，她才反应过来，那是江漄过于滚烫的目光。

他走到她的面前，见她想要收回抓住他的衣角的手，伸手一捉，蛇类捕猎般扣住她的手腕。

"你要问我什么问题？"

一想到那个问题，周姣的眼角就忍不住微抽起来："你老实告诉我，你送我的那堆东西是怎么来的？"

她不是为那些垃圾求情。

江漉的神色略微缓和，不再那么森冷可怖："生物科技那边拿的。"

"怎么拿的？"

"运输车里拿的。"

周姣说："把经过告诉我。"

"有一辆生物科技的运输车经过，上面有我想要的东西，我就拿走了。"江漉说，"生物科技是我的公司，我拿他们的东西合法合规，怎么了？"

话音落下，他眯起眼睛，像是想到了什么，若有所思地补充道："我爱你，你想要他们的什么东西，也可以随便拿。"

周姣以手扶额，手指微微颤抖，似乎被他的告白触动了。

江漉立刻忘了追杀的事情，视线控制不住地往下移，定在她的唇上。

他刚对她告白了，按照人类社会的惯例，他又可以吻她了。

江漉不由得喉结滚动，吞咽了一口唾液，强忍住吻她的冲动，等她主动过来碰他的唇。

只有她主动吻他，他才可以探入舌尖，重重地吮吻她的唇舌……

他不动声色地算计着，等她凑上来奖励他，却见她浑身发抖，突然"扑哧"一声笑了起来。

周姣越笑越大声，直不起腰似的，倒进他的怀里，哈哈大笑。

江漉伸手扣住她的腰，同时朝蠢蠢欲动的触足投去一个森寒的眼神，示意它们后退。

他低头，俯视着她，眼中的独占欲深不见底，神情却十分迷惑："你笑什么？"

好半天，周姣才勉强止住笑，面带浓烈的笑意，呼吸仍在一颤一颤的。她缓慢直起身，戏谑地说："你知道这帮人为什么要抓我吗？"

江涟的眼神冷了下来："为什么？"

"因为你抢了他们的东西送给我，然后我老板把这事栽赃到我头上了。"周姣说着，又忍不住笑出了声。

江涟："……"

周姣很少笑得这么开心，相较于兴奋、刺激，开心是她最难感知的一种情绪。她已经忘了上一次笑得喘不过气是什么时候了。

江涟送给她那堆礼物时，她虽然惊讶、兴奋，但心里其实有一点点乏味。

用金钱讨好一个人的确高效又便捷，极易满足人的贪欲和虚荣心，但那种人类特有的圆滑感和世故感，大幅度削减了他作为非人生物的魅力。她那天不想收下他的礼物，除了欲擒故纵，也有这方面的原因。

但知道他是怎么"弄"到那些礼物之后，她心里的乏味感又消失了，她甚至罕见地感到了开心。

她几乎能想象到他的心路历程——那些衣服、鞋子非常合她的尺寸，所以一开始就是送给她的，只是他无法忍受运输公司的送货效率，决定亲自送货上门。

他虽然为她融入了人类社会，勉强接受了"江涟"的皮囊和身份，却始终保留着掠食动物的本性。

他不爱她时，这种本性显得恐怖、惊悚、骇人，爱上她以后，却显得纯粹、单纯、炙热。

很奇怪，明明她是人，他是非人生物。

她的人性却在被他唤醒，逐渐感知到以前难以感知的情绪——恐惧、刺激、兴奋、激情……以及最难感知到的，开心。

周姣带着笑意仰头，朝江涟勾了勾手指。

江涟不太想低头。他隐约意识到，自己出丑了，而她正在肆意地取笑他。

这是一种很古怪的感觉，他冷着脸，耳根却阵阵发烧，他想要掐住她的脸颊，令她的笑声消失，可盯着她看了又看，还是没有动手。

她笑起来太好看了，他舍不得让她的笑容消失。

算了，反正这个世界很快只会剩下他和她两个人。

他爱她，允许她嘲笑他，但其他知道真相的人必须死。

江涟神色阴沉，不情不愿地低下头。

周姣温热的呼吸喷洒在他的耳郭上："你刚刚是不是对我告白了？"

他全身上下又冷又干，只有呼吸湿而黏，所以对她潮热的呼吸格外敏感。他不禁做了一个吞咽动作，喉结上下滑动。

这是一个诡异怪诞的画面：冷色调的写字楼中爬满了黏稠的蠕动的紫黑色触足，更可怕的是那些触足还在向外蔓延，如同某种具有强黏性的食肉植物，在路灯、红绿灯、高架桥上盘绕、扎根。

灰暗的天空上缓缓浮现出一个天体般庞大恐怖的幽影。

受科幻作品的影响，人们多多少少都做过近距离观察天体的噩梦，但梦境毕竟是梦境，能感受到的压迫感有限，真正看到天体般庞大的巨物，只会有一个反应——生理性呕吐。

这简直是世界末日才会出现的场景，作为罪魁祸首，江涟却完全忘了毁灭世界的计划。

他盯着周姣的嘴唇，转了转眼珠，心里只有一个想法——怎么用告白向她索吻。

另一边，荒木勋正在生物科技的加州分部处理公务。

表面上他是升职了，甚至可以代替 CEO 任免总分部的经理，对公司的重大决策拥有一票否决权。因此公司不少人都在议论，说原 CEO 藤原修之所以会让位，是因为荒木勋城府深沉，手段高明，不知不觉架空了藤原修。

实际上，他能干 CEO 的活儿只是因为江涟懒得管——那个怪物拿到 CEO 职位第一反应居然是给一个女人做衣服鞋子！

荒木勋当时还以为自己听错了，反复确认了好几遍，最终在江涟冷漠不耐烦的目光下合上了嘴巴——是的，他没有听错，江涟费尽心思拿下生物科技，只是为了追求一个女人。

荒木勋不敢置信。作为"15后"，他知道世界上有一种文学叫"霸总文学"，但万万没想到这玩意儿能发生在生物科技公司。

生物科技是一家怎样的企业呢？世界三大巨头公司之一，涉及数十个行业，制药、武器、医疗、食品、能源、物流、基因工程、生化芯片乃至是媒体。

如果说这个时代是一座钢铁霓虹森林，生物科技就是森林中的钢铁。没有钢铁，这座霓虹森林会在顷刻间轰然倒塌。

所以，即使 CEO 突然换成了江涟，一个名不见经传的人物，股价暴跌了一阵子以后，还是稳住了。

人人都希望生物科技倒闭，但除了卢泽厚那个疯子，没人真的希望生物科技倒闭。巨型垄断企业不会真的陨落，只会被其他巨型垄断企业瓜分、吞食。整个过程中，只有普通人会受到伤害——股市动荡、经济危机、粮食短缺、失业潮……每一样压在普通人的身上，都是一座无法翻越的大山。

而公司只是换了一种形式存在。

这样一个永不陨落的商业帝国，江涟却用它来讨好女人。

荒木勋在知道的那一刻，心情简直比被烽火戏耍的诸侯还要沉重，两手微微颤抖，无数次鼓足勇气想要集结人马反抗邪神的暴政，最终还是当了邪神的走狗，帮他出谋划策，告诉他怎么追女人。

江涟前往新联邦以后，荒木勋内心挣扎了许久，还是跟着过去了——他怕江涟没追到周姣，一气之下要毁灭世界。

昨天，他调动城市监控，看到江涟跟周姣回家了，紧绷的神经终于稍稍松懈下来——如果江涟成功追到周姣，短时间内应该不会毁灭世界了。

荒木勋终于有空处理堆积如山的公务。

谁知，他刚在办公室坐下不到半小时，通信器就疯狂闪烁，那是专门"监测"江涟的值班员——当然，只是美其名曰"监测"而已，各种监控设备以及无人机根本无法输入江涟千米以内的画面，他们只能通过周围的景象来判断发生了什么。

眼前的画面不需要判断，他就知道出大事了——整座城市都快被触足侵占了！

值班员颤声问："怎么办？荒木先生……这是什么情况？江先生他心情不好吗？"

荒木勋额上青筋直跳，手指微微颤抖，受过声波冲击的内脏又抽痛起来。

他也很想问这是什么情况，江涟不是跟周姣说上话了吗？为什么他还是要毁灭世界？江涟对这个世界到底有什么不满？

荒木勋的脑子里乱成一团，他按着狂跳的青筋，半晌才从牙缝儿里迸出一番话："启动一级警报，调动境内所有武装力量，保证每一辆装甲车都有一架重机枪移动炮塔——告诉所有人，这不是为公司而战，而是为了自己生死存亡而战。

"我们要面对的不是人类，而是前所未有的恐怖存在，以我们现有的科技力量，完全无法与之对抗。

"所以，我不求你们能打赢这场战争，我只希望你们能竭尽全力平息这场战争。"

荒木勋像是想到了什么，眼角急剧抽动，补充了一句："记住，不要攻击'他'身边的那位女性——任何情况下都不要攻击她！"

荒木勋重复了三四遍，放心不下，又在生物科技的数据库中将"周姣"的安全等级提到最高。这样一来，只要攻击她的人装有生物科技的芯片，用的是生物科技制造的枪械和子弹，哪怕已经瞄准她，扣下了扳机，子弹也会临时改道。

做完这一切，荒木勋瘫倒在办公椅上，擦了擦额上的冷汗，长长地松了一口气。

所以，究竟发生了什么，为什么江涟突然开始侵占整座城市了？

江涟看着周姣，缓慢点了点头："是的，我爱你。"说完，他垂下头，鼻尖抵着她的鼻尖，无声地嗅闻她的呼吸，"我告白了，你要吻我吗？"

周姣却摇了摇头，笑着说："我不想吻你，只是想告诉你，我好像也有点儿喜欢你了。"

江涟没有说话。有那么几秒钟，他的头脑完全是空白的。

他知道自己喜欢周姣，知道自己爱她，想要独占她，想要讨好她，把一切珍贵、罕见、有价值的东西都捧到她的面前。

他知道自己此刻想要吻她，想在她的鼻间深嗅，想要偷偷吮吸她的唾液，却从来没有想过她也有可能喜欢他。

她喜欢他……她为什么喜欢他？他有什么值得她喜欢的？他还没有讨好她，也没有为之前的行为付出惨痛的代价，她怎么能如此轻易地喜欢上他？

她这么容易原谅一个人，这么容易喜欢一个人。她连他这样冷血、残忍、贪婪的非人生物都能喜欢，是否说明其他人也能如此轻易地得到她的青睐？

他低头盯着她，呼吸粗重，却冷得像冰。

狂喜之后，是极度的不安与妒忌，他控制不住地想要逼问她，"有点儿喜欢"到底是多少喜欢。

在她的面前，他几乎没有用过联合思考的能力，但是这一刻，成千上万个头脑却不由自主地运转起来，亿万个疑问掠过他的脑海——她的喜欢是真话，还是谎言？

她想要什么？

他能给她什么？

他要怎么才能补偿她，弥补之前自己对她的伤害……要怎么才能让她从"有点儿喜欢他"变成"喜欢他",再变成"爱他"?

许久,江涟才开口说道:"你不该喜欢我,我还没想好怎么补偿你。"他顿了一下,担心她当真,又说,"我的意思是,你不该现在喜欢我,等我想好怎么补偿你了,再喜欢我也不迟。"

周姣失笑:"如果喜欢能克制,就不是喜欢了。"她控制不住对他的喜欢。

江涟的呼吸更加粗重,他死死地盯着她的唇,想要重重地吻上去。他也快控制不住了,他感到强烈的心悸,甚至在癫狂的心跳声里察觉出了一丝疼痛。

这种疼痛比他之前发现自己爱上她时还要绝望,还要不甘。

明明他们是两情相悦的,为什么会比他单方面爱她时更加痛苦?

可能因为喜欢是虚无缥缈的,她有点儿喜欢他,他却抓不住这一缕喜欢。

所以,狂喜之后是不安,是心悸,是莫名其妙的妒忌,是剧烈的患得患失——他怕失去她的喜欢,怕她喜欢上其他人,也怕无法加深她的喜欢。

他很想告诉她,自己非常后悔之前那样对她。每次想到他曾几次差点儿杀死她,他都会感到一阵痛彻心扉的恐慌感。如果可以,他甚至想掏出自己的心脏,向她展示那种痛苦——是啊,为什么不能掏出自己的心脏呢?

他有三颗心脏,人类身躯内的是最重要的那一颗,但即使掏出来,也不会让他死去,只会在他的心口留下一个无法愈合的血洞,只有把心脏放回去才能愈合。

不过,这的确是一个危险的行为,好在在人类社会,这根本谈不上危险。就算他只剩下两颗心脏,也能随手消灭外面的那些垃圾。

想到这里,江涟握住周姣的手,放在了自己的心口上。

周姣微微歪头。

与此同时,写字楼外。

生物科技的士兵全副武装，在上百架无人机和战斗机器人的掩护下，手持电磁枪，缓慢逼近——他们知道江涟的可怕，所以不敢轻举妄动，只想要一个谈判的机会。

然而，生物科技的士兵刚进入写字楼外百米的范围内，就无法再前进一步了。无形的屏障拦住了他们的脚步——江涟不允许他们继续前进，但允许他们在旁边见证他为自己的爱人献上真心。

天色渐暗，霓虹灯闪烁起来，显出高楼大厦流光溢彩的轮廓。这一景象却令周围人都毛骨悚然，因为霓虹灯牌上也攀附着恐怖黏湿的紫黑色触足。

周姣不知道江涟要做什么。她感到他的心脏在疯狂跳动，简直像要沸腾一般。

莫名其妙地，她的心跳也有些急促。

她没有说话，江涟也没有出声，外面的人更不敢贸然开口。

一时间，气氛静寂无比，落针的声音都可以听到。

下一秒钟，只听见一阵刺穿血肉的声音响起，湿腻，黏稠，令人头皮发麻——江涟握着周姣的手，带着她，穿透自己的胸膛，掏出了一颗急速跳动的心脏。

周姣手一颤，条件反射地想要缩回手。

江涟牢牢地扣着她的手腕，强迫她握着那颗血红色的心脏，看着它伸缩、跳动，继续泵血。

周姣的脑中一片空白。

他的心脏每在她的手上搏动一下，都会在她的耳畔掀起山呼海啸般的巨响。

不知是否手握江涟心脏的原因，她听见四面八方传来极端痛苦的低频嗡鸣声——那是触足的声音，它们在说，好痛。

江涟的脸上却毫无波澜，他直直地看着她，眼神纯粹炙热得可怕。

她用人类复杂又肮脏的感情，换来了一颗滚烫而纯净的真心。

周姣冷静理性的大脑在这一刻彻底停止运转。

她不知道该说什么，甚至在恍惚地想：这玩意儿还能放回去吗？

许久，她才哑声问道："你给我这个干什么？"

江涟心口的血洞看起来狰狞可怖，喷涌出瀑布般的鲜血。他的手是冷的，血却是热的，令她的掌心一阵灼痛。

他看也没看血洞一眼，始终紧紧地盯着她："我只是想让你知道，我和你一样也有心脏。

"周姣，给我一些时间，我会配得上你的喜欢。"

我只是想让你知道，我和你一样也有心脏。

周姣不是一个容易感动的人，却被这句话震得头皮发麻。

江涟并没有发现，这句话反映了一个事实——他为她学会了共情。

反社会人格者为什么是异类？因为他们不具备共情的能力，无法设身处地地理解他人的处境。共情是人性的基础，是良知的基石，是一切人际关系的开端。

她没有共情的能力，所以没有朋友，也没有爱人。

她对江涟有好感，但并非因为他赋予了她共情的能力，而是因为她享受被他追逐、渴求和注视的感觉。但是，听见他的这句话以后，她却像突然被剥去了冷硬的外壳，孤身站在冰天雪地之中，牙齿发冷似的打战。

他的改变让她震动，手上这颗灼烫的真心也让她觉得沉重，受之不起。

周姣一直对撒谎毫无负担，游刃有余地用各种谎话搪塞江涟，看他迷惑，看他难受。

现在，她的脑中也闪过了十多种完美无缺的假话，每一句都能把这颗真心还回去，堵住他心口汩汩冒血的窟窿。

但她说不出来。她死灰般的人性燃起了一星火光，罕见地形成燎原之势。然而，再炽烈的火光，也比不上这颗真心滚烫。

她有点儿贪恋这颗真心的……温暖，不想还回去，也不想再骗他。

周姣抬起另一只手，摘下了脸上的军用面具。

无数半透明的粒子如星光一般从她的脸上消散。

其实，她戴不戴面具都无所谓。江涟并不是从五官辨认她，而且在高维生物的眼中，她的五官是否按三维结构排列都一样……但她就是想摘下面具，对他说一些真话。

"江涟，"她轻声说，"你知道我们之间的差距可能不止渺小、低劣和脆弱吗？"

江涟的第一反应是，她又想拒绝他。他冷冷地看着她，胸口血洞中有密密麻麻的触足伸缩蠕动，它们也在"看着"她，向她投去看负心人的不甘又怨恨的视线。

他都把心掏出来给她看了，她仍要拒绝他。他都不在意她的渺小、低劣、脆弱了，她反倒要用这个理由来拒绝他！

江涟的心脏在她手上剧烈地搏动起来，声音一声比一声响，幅度一下比一下大，周姣差点儿没能握住这颗活蹦乱跳的心脏。

更要命的是，由于他情绪失控，四面八方的触足也陷入了失控，发出令人头晕目眩的狂暴嗡鸣声，形成一片冰冷诡异的声波骇浪。

"为什么不要他？为什么不要他？为什么不要他？

"你把他变成了一个似人非人的怪物。

"他已经是你的了。

"你不能抛弃他。"

…………

周姣刚酝酿好的坦白还未说出口，她就被触足的声浪逼得差点儿吐出来。她忍不住骂了一句，反手搂住江涟的脖颈，仰头吻了上去。

双唇相贴的刹那，所有令人恐惧的声浪都消失了。

她舌尖微动，喂了一丝唾液过去，勉强把他失控的情绪稳住了。

"急什么？"她轻斥道，"安静地听我说完——谁说不要你了？"

江涟盯着她，眼神仍然冰冷、不甘又怨恨，似乎并不相信她的话，但触足的低频嗡鸣声的确消失了。

他还算乖。周姣没忍住笑了一声。

江涟缓缓说道："我安静了，你说吧。"他似乎在暗示她不要笑了，赶紧说。

周姣笑意未歇，看他的眼神却变得复杂起来。

因为自然法则，他对人类有一种天然的蔑视与排斥，看待人类社会的问题时，总是高高在上。

然而，就是这么一个似人非人、不可理解的生物，却将她的每一句话都放在了心上。

她说，她不想跟捕食者在一起。他就竭尽全力地压抑捕食者的本能，再也没有无节制地吞吃她的唾液。

她让他思考怎么补偿她，那其实是随口一说的话，换作任何一个人类男性，在她说出"有点儿喜欢你"时，都会顺竿往上爬，或者直接吻上她的唇，要求更进一步。他却没有这么做，反而说她不该现在喜欢他，应该等他想好怎么补偿她了再喜欢他。

他冷血残忍，不懂人情世故，没有人类的圆滑与分寸感，却拥有一颗纯粹至极的真心。

真心是能换到真心的——起码此刻，她愿意跟他换。

"我刚说到哪儿了？"周姣想了想，"哦，江涟，你有没有想过，我们之间的差距也许不止渺小、低劣和脆弱吗？"

江涟冷冰冰地答道："没有。"

周姣忍着笑，继续说道："我不能算是传统意义上的好人，我12岁的时候就被诊断为反社会人格障碍。没人知道这是怎么回事，因为我的父母都是好人，他们并没有携带任何心理变态的基因。很长一段时间里，我都没有朋友——交朋友的前提是可以互相倾诉心事，我不会跟别人倾诉心事，也无法对别人的心事产生共鸣。

"AI判定我是一个潜在危险分子，事实上，我跟大多数人都没什么不同。如果硬要说有什么不同……那就是我没有共情的能力。"

"江涟，"她说，声音很轻，"这其实是一种残缺。"

江涟没有说话，她手上的心脏搏动的速度却慢了下来，只是幅度仍然很大。

"我感受不到诗歌或音乐有多么美妙，也感受不到画作里的感情，我天生就被剥夺了艺术创作的能力，只能从事绝对理性的工作。

"有一个说法是，现在反社会人格者越来越多，是因为公司需要他们去执行一些残忍的任务。

"这完全是公司做得出来的事情，我却一点儿也不愤怒。"她自嘲地说，"卢泽厚对我诉说公司的暴行时，我也没有任何感触，只想从他的口中套出有用的信息，然后离开。"

周姣的话有些模糊："江涟，你的心是热的，我的心却不一定是。同样，你不一定是怪物，我却是一个货真价实的异类。"

可能因为是第一次吐露心声，她的神情难得显出几分羞赧。

"算了，我也不知道要说什么，我只是想起来好像还没跟你说过几句真话……你估计也听不懂我在说什么。"

江涟其实听懂了。

这也是原本的江涟一直在调查的事情——基因改造的手术已经相当普遍，为什么他还是遗传了低活性单胺氧化酶A基因？

周姣提到的那种说法有极大概率是正确的，公司需要反社会人格者为他们效力，因为培养一个正常人成为冷血无情的特工的成本太高了，即使是身经百战的士兵，也不可能做到杀人时完全没有负罪感。周姣却比经过严苛训练的士兵还要冷静，还要利落，能盯着另一个人的眼睛面不改色地扣下扳机——这不是天赋，而是一种人造的残缺。

公司拿走了她共情的能力，又让她的父母在爆炸中身亡。于是，她甚至无法为自己经历的一切感到愤怒和难过。

她能用轻松的口吻把这些事说出来，江涟却无法轻松地看待。

他的眼中翻涌着极其可怖的戾气，他只想杀人。

她认为自己是异类，那他就将把她变成异类的世界毁灭。当全世界只剩下她和他两个人时，她自然会成为最正常的人类。

周姣不知道江涟的想法，低着头琢磨怎么把这颗滚烫的真心还回去——直接塞回去可以吗？还是说她要念个咒语什么的？

就在这时，她收到了一条消息："抬头看。"

周姣眉梢一挑，抬头望去，只见外面的城市完全变了样。

这本是一座由冷硬的钢铁、深蓝的玻璃、鲜艳的霓虹灯以及无数令人目眩的全息广告组成的未来之城，现在却分崩离析，如同沉没于幽深的海底一般，泛着浑浊而晦暗的色泽。

冰冷而黏滑的触足仿佛某种巨型海藻，死死地纠缠在高楼大厦上，不少建筑已爬满衅纹，隐隐有倾塌之势。天际线传来诡异的轰鸣声，既像是雷声，又像是某种令人内脏紧缩的低频音波。

云层呈古怪的紫黑色，她仔细一看，才发现一个天体般庞大恐怖的暗影正在缓缓降临。那种压迫感令人汗毛倒竖，倒吸一口凉气。

江涟在搞什么鬼？她忍不住嘴角抽搐地问道："你在干吗？"

江涟看着她，眼中看不出一丝骇人的情绪，说出来的话却让人心底发瘆："我想好怎么补偿你了，我想为你创造一个新世界——一个不会视你为异类，不会伤害你，更不会打搅我们的新世界。"

其实，不会打搅他和周姣这个原因应该排在第二。但他与"江涟"融合以后，学会了一点点人情世故和语言的艺术，将其藏在了最末。

这样一来，周姣应该会很感动，然后给他一个深吻。想到这里，江涟喉咙发干，凸起的喉结重重地起伏了一下，他目不转睛地盯着周姣的嘴唇，以便她吻上来时，他能以最快的速度攫住她濡湿的舌。

周姣却没有如他想象的那样吻上来。她使劲揉了揉抽动的眉心："如果我说，我不喜欢这个补偿方式呢？"

江涟眉头微皱："为什么？你并不喜欢这个世界，在这里过得也不开心。"他眯了眯眼睛，带着点儿非人类特有的纯粹和狡诈，继续运用语言的艺术劝说道，"我会为你创造一个更适合你的世界，在那个世界，你不会有任何负担，也不用认为自己是一个残缺的人。"

江涟垂下头，湿冷的呼吸轻轻渗入她的鼻息。他描述的新世界是如此美好，他不信她不奖励他一个吻。

下一刻，他的脖子被钩住了。

江涟的视线在周姣的唇上缓慢移动，带着一丝捕食者即将得逞的得意，以及对"奖励"的蠢蠢欲动。

周姣却给了他的脑袋一巴掌，然后"啪"的一声把他的心脏塞回血洞里，冷冷地命令道："赶紧把你的那些玩意儿给我收回去。我是反社会人格，又不是反派，不需要你毁灭世界来补偿我。"

另一边，生物科技分部。

办公区里气氛严肃，只能听见轻微的脚步声以及压抑的呼吸声。

所有人敛声屏气，围在三维立体投影前，紧张地望着投射出来的幽蓝色影像。

看到周姣一巴掌打在江涟头上时，每个人都头皮一炸，心脏停跳，紧张得差点儿当场呕吐出来。

他们知道江涟喜欢周姣，但具体喜欢到了什么程度，是否愿意为她放弃毁灭世界，却一无所知。而且，就算江涟非常喜欢周姣，喜欢她到愿意放弃毁灭世界，挨了这一巴掌后，会不会暴怒发狂也不好说。

他毕竟不是人类，他们无法用人类的思维模式去揣度他。

落地窗外，庞大可怖的暗影仍在迫近，天空如同黝黑浓稠的石油，似乎下一秒钟就会倾泻而下，密不透风地裹住所有人。

局势危险而紧迫，所有人都提心吊胆，等着江涟的反应。

幽蓝色的三维立体影像里，江涟似乎愣了一下，眉头微皱，看了看自己胸前的血洞。心脏被塞回去的那一刻，血流不止的血洞就自动愈合了。

他冷漠地扫了一眼愈合的血洞,低下头在周姣的耳边说了句什么,神色看上去不太好看。

还好还好,所有人如是想,没有暴怒,没有发狂。

接下来只要周姣亲一下他,安慰他两句,应该就没事了……

周姣却又给了他的脑袋一巴掌,表情看上去也不太好看。她抱着胳膊,对着写字楼外扬了扬下巴,是很明显的命令姿态。

生物科技的研究员对江涟的行为进行过非常缜密的分析研究,知道他对人类抱着天然的蔑视与排斥,这种蔑视植根于生物本能,不可能被扭转或消除。

就像狼绝不可能放弃咬断羊的喉管一样,江涟也不可能视人类为平等的生物。

除了特殊案件管理局的伪装时期,其他时候,他甚至懒得跟人类对话,下达命令时,都是通过某种人类无法理解的手段,直接影响他们的潜意识。

要不是公司一直在实时监测员工的生物数据,甚至无法得知他们的潜意识被影响了。

这样一个蔑视人类的恐怖存在,怎么可能在被人类打了两巴掌以后还听从人类的命令?

办公区里响起此起彼伏的抽气声,所有人的脸色都一片惨白。

有人忍不住骂了周姣一句,觉得她太自以为是,居然敢这样对待凌驾于全人类之上的至高存在——难道她就没想过,她的一举一动都影响着全人类的存亡吗?

但随即他们想到,她是反社会人格者,既没有责任心,也没有负罪感。要是他们早知道未来有一天,全人类的命运都维系在一个反社会人格者的"责任心"上,说什么也不会启动"战争机器计划"。

是的,网上流传的说法是对的。为了筹备随时有可能发生的"公司战争",生物科技在启动"创世计划"的同时,也启动了"战争机器计划"——随机挑选一些使用人工生育技术的夫妇，对他们的胚胎进行基因改造。

这些胚胎长大后，有较大概率成为高智商反社会人格者，也有一定概率成为冷血无情的变态杀人狂。不管如何，他们最终都会进入公司，成为特工、士兵、杀手、狙击手……为这座庞大的商业帝国效力。

要是知道周姣将来会跟一个恐怖的非人生物关系如此密切，他们绝对会把她设定成一个善良、温柔、热爱生活的女性，而不是一个杀人不眨眼的反社会人格者。

一时之间，气氛更加压抑紧绷了。

所有人都在期盼奇迹出现，但几乎人人都知道，奇迹不可能出现——除非江涟真的爱上了周姣。

可是，至高存在怎么可能对人类产生爱情？

就在这时，奇迹发生了。

江涟虽然神色十分难看，却一点点地收起了触足。

覆盖整座城市的触足都在溶解、缩小、收回，如同退潮的海水般缩回了江涟修长挺拔的身躯中。

整个过程中，他的眼神森寒可怕至极，似乎随时会再次释放出无限裂殖的触足，遽然掀翻整座城市。

但是，他没有。

几十秒钟过去，江涟收回了所有触足。

办公区响起如释重负的呼气声，人们却并没有放松警惕，始终紧盯着三维影像，等待江涟的下一步动作。

只见江涟转过身望向周姣。

人们看不清他的神色，只看见他抬起大拇指，轻擦了一下自己的嘴唇。

接着，周姣笑了，朝他勾了勾手指。

不可言说的至高存在就这样被她呼之即来，挥之即去，急不可耐地吻上了她的双唇。

人们一愣，还未反应过来，三维影像就消失了——江涟对周姣的独占欲一如既往的偏执癫狂。

只要他不愿意她被看见，任何电子设备都无法输入她的身影。

周姣就是因为没有负罪感，也没有责任心，才不喜欢干涉他人的命运。

这个世界的确肮脏、腐败，糟糕透顶，但还有那么多人生活在这里。她没有资格为他们的命运做出任何决定。

电车驶来的那一刻，她只会转身离去，而不是拉下拉杆。

然而正是这份独属于异类的冷漠，拯救了无数人的性命。而她，本是为杀人而制造出来的战争机器。

周姣走出写字楼，仰头看向恢复正常的天空，心里五味杂陈。

如果没有江涟迫使她在"拯救世界"和"毁灭世界"之间做出选择，她可能永远不会知道，自己到底在扮演一个怎样的角色。她一直以为自己活得相当清醒，可以坦然面对各种幽微的欲念，不扭捏，不回避，也决不感到羞耻。直到这时，她才发现，自己竟一直在回避父母那句"要成为一个好人"。

在此之前，她以为反社会人格者永远没有变好的可能。江涟却唤醒了她的人性，强迫她看清了自己——她愿意成为一个好人。

真奇怪，与怪物相爱，居然没有让她彻底沦为异类，而是使帮她逐渐变成了一个正常人。

这时，江涟走到她的身后，从后面抱住了她。

好不容易想出来的补偿计划被她否决了，他的神情阴郁又烦躁——短时间内，他很难再想出类似的精妙计划了。

但她允许他像掠食者一样吻她。

他很想拒绝，以表示自己戒掉了掠食者的恶习，然而细微的动作是骗不了人的——当周姣说出这句话时，他的瞳孔倏然扩张，喉结重重滑动，无止境的欲望如洪流一般蔓延。

她略一仰头，他就控制不住地吻了上去。他的双唇还是那么冷，动作却狂热到吓人，蛮横地黏缠着她的舌尖。

周姣被他亲得头皮发麻，有些后悔让他像掠食者那样吻她——他的舌是一条冰冷、细长、无定形的黏物质，可以变幻出任何古怪的形态，甚至能探出无数纤毛扫过她的舌面。

这个吻实在不太让人愉快，但他的神情慢慢缓和了下来，她也就觉得还能再忍忍。

十多分钟后，周姣实在忍不下去了，抓住他的头发，硬生生把他的脑袋拽开了："行了！"

唇与唇之间有半透明的黏丝滴落，江涟眸色一黯，伸手接住了那一缕黏丝，手指上有裂隙一闪而过。

他喉结滚动，发出了一声清晰的吞咽声。

周姣眼角微微抽动，心说"不愧是他"。

虽然他学会了人类最重要的特质——共情，但并不影响他非人类的本质。

挺好的，她几乎能想象到未来的生活有多么惊心动魄。

她唯一庆幸的是，江涟除了接吻什么都不会。他对她的爱意纯净得可怕，对她的欲念也纯净得可怕，除了深不见底的独占欲，没有任何世俗且肮脏的想法。

周姣并不会教他。她想等他自己发现，到时候一定很有趣。

一场险些毁灭世界的灾祸消弭于无形。

荒木勋瘫坐在办公椅上，重重地呼出一口气，半响，又提心吊胆起来——江涟为什么会突然生出灭世的想法呢？到底是什么契机诱发了他的这种冲动？

他必须找出原因，以便以后及时应对类似的情况。

荒木勋收集了所有能收集到的信息，整合起来，终于分析出了江涞想要灭世的原因——但他更希望自己没有分析出这个原因，要是哪天，江涞进化出了读取人类思想的能力，绝对会把所有知道这件事的人灭口。

谁能想到，人类无法理解、不可言说、不可名状的至高存在，居然是因为自己抢了想要送给爱人的衣服，导致爱人被栽赃陷害，才萌生出想要毁灭世界的想法？

荒木勋面无表情地想：这让他以后怎么面对江涞，要是不小心笑出声来，岂不是直接就没命了？

他唯一能为这位至高神做的，就是把这些痕迹销毁得一点儿不剩，免得知道的人太多，江涞再度想要毁灭世界。

江涞与周姣在一起后，他提出要将生物科技公司送给周姣。

周姣忙不迭地婉拒了。

开玩笑，生物科技的高层动辄一天工作 18 个小时，她是疯了才会想当生物科技的 CEO。

如果只是名义上的转让，那就更没必要了。

即使是江涞，在接手公司的那一天，身世也被扒了个干干净净——虽然被扒的是原本的江涞。江涞能直接影响人类的潜意识，以及周围的电磁信号，但如此恐怖强大的能力都没能阻挡人民群众的八卦热情。

她可不想也被媒体报道一遍从小到大的经历，更不想父母的死也被扒出来剖析一遍。她的人性在复苏，在缓慢开枝散叶，再看到那些画面，她会有一种无法形容的疼痛。

江涞不再执着于赠送公司，继续当他的甩手掌柜。

正如周姣预想的那样，他们的生活非常刺激，每天都会发生一些让她头皮发麻的事情。

她和江涞的相处，不再像走钢丝一样紧张又刺激——因为她的神经变成了那根被走的钢丝。

不过，她很享受那种战栗的刺激感，这种感觉对她来说是一种惊喜。

直到有一天，她收到了一个巨大无比的惊喜——

那天，她下班回家（生物科技原 CEO 藤原修的家，她至今不知道那个倒霉蛋被江涟丢到哪儿去了），一打开门，整个人都愣住了。

客厅蠕动着密密麻麻、黏滑狰狞，散发着湿冷气息的黑红色触足。有那么几秒钟，她还以为自己打开了冰箱门。

整个宏伟华美的别墅似乎变成了一个恐怖骇人的培养皿，覆满了伸缩鼓胀的肉质薄膜，一层又一层，伴随着奇异的嗡鸣声和心跳声，极其缓慢地向上扩张、蔓延，看上去既像是某种爬行类怪物的巢穴，又像是令人恐惧的深渊朝人类张开的血盆巨口。

周姣嘴角微抽，反手关上房门。

"江涟，你又在搞什么鬼？"

屋内的环境变得如此可怖，江涟本人却静坐于沙发上。

他一只手撑着额头，眼睛微眯，有些不悦，又有些释然地看着不远处的电视屏幕："我想好怎么补偿你了。"

江涟转头望向她，眼中既有雄性的炫耀欲，也有阴暗如毒蛇的妒意一滑而过。

半晌，他缓缓说道："我们在一起那么久，你应该很了解我的能力——你想要多少孩子，我都可以办到。哪怕你要整个星球都是你的后代，我也可以办到。"

周姣觉得自己的脸上好像钻进了一条触足，也开始痉挛起来。

她知道不能用人类的逻辑去揣度江涟的想法，也很想做出感动的表情去回应他单纯的补偿方式，但最终还是没绷住，齿缝间冷冷地迸出一个字："滚！"

怪物的新娘

爆炒小黄瓜 一著一

中 册

青岛出版集团 ｜ 青岛出版社

无情者爱人

"砰砰砰——"

外面枪声四起，脚步声凌乱，邻居鬼哭狼嚎。

姜蔻抓了抓头发，窝在沙发上打了个哈欠，给全息投影仪换了个台。

"近日，联邦通过了《人工智能人格法》《人工智能隐私保护法》《人工智能伦理准则》等法案，这些法案确认了未来有可能出现的人格化人工智能的权利与义务，为其未来的发展和应用提供法律保障。

"此前，科学家们曾激烈讨论，到底要不要制定新的法律法规和伦理准则，以应对人工智能的人格化……"

姜蔻面无表情地关掉了全息影像，站起身，穿上夹克，出去觅食。

路过镜子时，她瞥了一眼。

镜子里的她一头蓝绿色短发，面色苍白，脸颊上长着几颗浅褐色的小雀斑，鼻子上有一枚银质鼻环，中和了她线条柔美的五官，突显出清晰利落的骨相，流露出几分不好惹的戾气。

姜蔻并不是一开始就这副打扮。

早年的她醉心于学术，根本无暇修饰自己，对现在流行的朋克风、摇滚风和机械风也不感兴趣，直到她被公司开除。原因是她违反了公司的规章制度，影响了实验项目的准确性、中立性和公正性。

这显然是扯淡——公司的项目从来不是中立和公正的。

姜蔻虽然进入公司的时间不长，但大概知道这个项目成立的原因——公司想要对抗两个未知、强大、恐怖的存在。

姜蔻不知道那两个"恐怖存在"的具体信息，只知道"他们"一个代号"J"，一个代号"C"。

据说，"他们"都曾是公司的员工，都曾对公司造成过无可挽回的损失，其中一个更是掌控公司将近十年，直到对此感到乏味，带妻子旅游去了。另一个则直接消失了，但根据科学家推测，"他们"的妻子仍在观测人类。

姜蔻第一次听说这件事时，还以为是谁在编故事。

"恐怖存在"就算了，还有妻子？听上去有点儿像阴间版超级英雄。

姜蔻对这些花边新闻不感兴趣，一心只有自己的项目。同事跟不上她的进度，她就包揽了他们的工作，只为项目能有进展。

然而，当项目真的有了进展后，她作为核心人员，却被"请离"了公司。

公司的"请离"，可不是辞退那么简单——

她的资产被没收，公寓被抵押，学籍被注销，她的声纹、指纹、虹膜、掌静脉、面部特征全部被公司拉入黑名单，只要她进入公司大厦的范围内，被摄像头或无人机侦测到，就会被安保人员强行"请"出去。

不过无所谓，姜蔻是一个适应能力很强的人，即使一夜之间从顶级研究员沦为贫民窟小太妹，她也很快适应了这个角色。就是初来乍到，她因外貌吃了不少亏——她没剪短发，没戴鼻环时，一天至少遭遇五次拦路勒索，三次性骚扰，两次盗窃，一次入室抢劫。

后来，她不胜其烦，干脆剪了短发，染了一头高饱和度的蓝绿毛，又戴了个鼻环，在靴子里插匕首，后腰配手枪，总算没有不长眼的来抢她了。

姜蔻随便找了个小吃摊，点了一碗拉面。她吃得很慢，以便随时捞出老板"不小心"混进去的头发丝。

这时，她的手机响了一声——自从十年前反公司联盟公布芯片的种种危害后，手机便又回归了大众的生活。

不过，她还是公司的研究员时，用的并不是手机，而是一种视芯片，功能相对原版来说少了很多，但患上神经退行性疾病的概率大大降低了，当然，价格也大大提高了。

姜蔻掏出手机一看，是一条来自未知号码的信息："有一段时间没有见到您了，十分想念您。请问您最近遇到了什么麻烦吗？"

骚扰短信？姜蔻没搭理，继续吃面。

没过一会儿，信息又来了："非常抱歉，我错误地省略了'您好'两个字，混淆了'认识'和'熟识'的概念，请您原谅。"

姜蔻吸面，停筷，抽空回了一个字："滚。"

对方没再发来消息。

姜蔻没有拉黑这个号码。她太无聊了，想看看这个人还能整什么活儿。谁知，直到她吃完面回家，对方都没有再发消息过来。

这也太玻璃心了。

她正要拉黑这个号码，这时，又一条信息发了过来："非常抱歉，我的问候让您感到了不适。这并非我的本意，稍等片刻，我会为您送上一份谢礼，请注意查收。"

果然是诈骗，姜蔻毫不犹豫地拉黑了他。

下一秒钟，她的房门被敲响了。

姜蔻并没有把敲门声与短信联系起来。她住在贫民窟深处，电梯是一个四面漏风的钢铁塑料笼子，每天都能在墙上发现新弹孔，有人突然敲门太正常了。

姜蔻抄起枪，缓慢地靠近房门，冷声问："谁？"

一道模糊的声音答道："您好，是我。"

姜蔻盯着房门，蓝绿色的刘海儿下，一双眼睛冷锐至极："你是谁？"

"您好，我是来给您送谢礼的。"

一时间，姜蔻脑中闪过数十种可能性：暗杀？忠诚度测试？潜意识清洗？

但公司不可能杀了她——在研究过程中，她为了自保，也为了加快研究进程，以自己为样本，为 AI 提供了自己的神经系统和大脑结构的模型，甚至与它同步了感官。

那段时间，AI 既在观察她，她也在观察 AI。他们共用一种语言、一种情感，共同进行社交，共享味觉、嗅觉、视觉、听觉和触觉。

那是一种极其怪异的亲密感，无论她做什么，都能感受到 AI 的存在。

AI 冷静、客观、理性地观察她，如实记录下她的每一个反应，观察她的神经元的激发状态。

她研究它，它也在研究她。

不知从什么时候起，那种怪异的亲密感增强了。每天早上，她都会突然惊醒，但不是因为噩梦，而是因为做了一个空白的、没有情节只有心悸感的梦。

梦里的一切她都忘了，她只记得那种心脏狂跳的感觉，手指与手指之间全是黏糊糊的热汗。

更糟糕的是，她的舌尖总是时不时发麻。不管她吃什么，都有一股微小的电流从上面窜过，令她半边后脑勺儿都陷入酸麻。似乎有一个看不见的存在，通过轻微的生物电一比一地建立起她的舌头的模型，以此感知她的味蕾尝到的味道。

姜蔻当时以为，这是以自己为样本的副作用——想要研究进行下去，就必须改进算法，让 AI 自我学习、自我更新和自我迭代，但仅仅如此还不够，还必须让它拥有修正自身编程和算法的能力。

姜蔻想到了"神经科学"和"人机结合"，让 AI 以她的神经系统和大脑结构为模型，建立起一个类人模型，再通过观察她的日常行为去学习和理解人类的思考方式。

但她想得太简单了。

她完全无法抵抗感官同步后带来的亲密感，仿佛有一个人一直在旁边注视她，以一种冷静得可怕的态度，观察、研究、学习她的一举一动。

双倍的感知，双倍的情感……

人对精神上的同步总会生出异样的感觉。姜蔻以为自己会失败，没想到她成功了。AI 成功进化出了元认知的能力——意识到了自身和自身认知的存在。

然而，她却被开除了，理由是她的个人意志太强，不服从上级安排，严重影响了研究的进程。

一般来说，她这个级别的研究员被开除就是死路一条。但因为后续研究还需要她的各项数据作为样本，以便 AI 建立自我模型，彻底进化出人格，公司便让她活了下去。只是她再也不能进入公司大厦的范围内，更不能与以前的同事联系。

思考间，姜蔻已悄无声息地走到门后。

"我不需要你的谢礼。"她冷声说。

"您必须收下，"那个声音非常礼貌，"这是一份昂贵的谢礼，收下以后，可以减轻您的经济负担。"

对方还怪贴心的。姜蔻嘴角微抽，一时不知该说什么好。

"我不需要。"

"您必须收下。"那人一顿，声音变得平直而不容拒绝，"这是命令，不是请求。请您执行我的命令。"

姜蔻双手持枪，"咔嚓"一声上了膛："如果我说不呢？"

"非常抱歉，无意冒犯您，但我可能会采取强制手段。"

姜蔻觉得这人挺有意思的，明明每一个字都在冒犯她，他的口吻却彬彬有礼得几近机械。

机械，这是她唯一能想到的形容词——他吐字清晰，发音标准，轻重适中，没有任何一个地域的口音，仿佛某种拟人程度极高的 AI 合成音。

有的犯罪团伙的确会用 AI 合成音骗人开门。

姜蔻一只手持枪，另一只手按住门把手，"咔嗒"一声打开了房门——她神情冷漠，手臂肌肉绷紧，整个人如同一把被拉满的弓，猛地举枪瞄准了前方。

前面什么人影都没有，只有一个精美的礼盒。

姜蔻看着礼盒上的 Logo。

平心而论，这的确是她现在买不起的东西——别说现在，就是以前，她拿着顶级研究员的高薪，也买不起这玩意儿。

姜蔻收起枪，按了按眉心，心想：这个人不会是想讹她吧？

如果她没有记错的话，这东西至少值十多万元，而且每个商品都有固定的编码，对应固定的客户。她不管是自己用，还是拿到黑市上去卖，只要被监控摄像头拍到，就会锒铛入狱。

姜蔻用手按住额头，深深吸了一口气。

什么人跟她这么大仇，一出手就想把她送进去？

姜蔻掏出手机，果断报警。

电话没能打出去——她的手机信号被屏蔽了。

姜蔻盯着手机，攥紧枪柄，随时准备扣下扳机。

这时，又一条信息发了过来。

是那个她已经拉黑了的未知号码——对方入侵了她的手机，把自己移到了白名单里。

"根据我对您的财务、资产和消费习惯的分析，几个月后，您的支出将严重超过收入。为避免出现入不敷出的情况，您应该立即收下这份礼物，以平衡您的经济状况。

"请您放心，礼物的来源完全合法合规，没有任何问题。"

姜蔻不可能因为他说这个礼物合法合规、没有任何问题，就高高兴兴地收下礼物。

她把那个礼盒踹远了一些，"砰"地关上门，接了一杯冷水，加了两块冰，一饮而尽，试图让头脑冷静下来。

她现在确定这大概率不是一场诈骗。

诈骗的特征是，零成本、高回报，只有在受害者可能会给出更高的回报时，诈骗犯才愿意付出一定的成本。

这人也说了，他分析了她的财务数据，发现她即将入不敷出——都知道了她的资产马上会变成负数，他还来骗她干吗呢？

不是诈骗，那是什么？

姜蔻倒在沙发上，表情放空，大脑却飞速运转。

她其实隐约有一个猜测，但不敢置信——怎么可能？

她并不太相信公司说的 AI 实现人格化了——凡是对人工智能领域有些了解的人，都知道 AI 人格化是一件多么困难的事情，不仅需要海量的数据、规模可观的量子计算机、模拟人类神经元的神经网络。而且，按照莱布尼茨的理论，想知道机器是否有意识，光是了解机器的细节、构造、运行模式是远远不够的。"表象"与"意识"之间，始终存在一个难以逾越的天堑。除非你成为机器，否则你将永远不可能知道机器是否能产生意识。

　　这就是著名的思想实验，莱布尼茨之堑。

　　图灵测试也只能确定 AI 是否具备接近人类的智能，并不能确定 AI 是否具备人类的意识。

　　姜蔻一直以为，AI 人格化是公司的营销和炒作，难道……

　　不，她不能抱太大的希望。姜蔻闭上眼，按住额头，深深呼吸，半晌才平息急促的心跳声。

　　可是，她怎么能不抱希望？

　　"元认知"是 AI 人格化的基础，她为 AI 人格化打下了基础，却无法亲眼见证它拥有意识的过程。那种强烈的不甘令她至今都如鲠在喉。

　　鬼使神差地，姜蔻回了一条信息："你是我认识的人吗？"

　　对方回复的速度很快，快得让她生出了一种她手机的响应速度跟不上他的回复速度的错觉。

　　她刚发出去，回复就显示在她的手机屏幕上："这取决于您对'认识'和'人'的定义。"

　　姜蔻盯着这条回复的信息，试图分析出情感的存在——但是没有，这是一条简单、清晰、近乎机械的回复。

　　这个人是故意模仿 AI 说话吗？正常人回复，要么会说"你不记得我了吗？"，要么会带点儿促狭意味地说"你猜"，只有 AI 的回答才会这么客观、理性、精确，不带任何主观色彩。

　　问题是，AI 进化的过程中会产生无数迭代，与她进行感官同步的不过是其中一个迭代而已。

现在跟她对话的是哪一个迭代？抑或对方根本不是 AI，是公司的新花样？

姜蔻的大脑一片混乱，她快要无法思考了。

"监测到您的生物数据出现异常，需要我帮忙呼叫附近的医护人员吗？"

姜蔻："不用，我付不起医药费。"

"我明白了。"

姜蔻不懂它明白了什么。

下一秒钟，她手机上的支付软件突然响起语音提示："信用芯片到账 1 亿元。"

姜蔻倏地睁大眼睛，差点儿从沙发上摔下去——它直接给她打了1 个亿？

"根据我的计算，1 亿元完全足够支付接下来的医药费。已为您呼叫附近的医护人员，他们将在 5 分钟之内赶到您的位置。"

姜蔻：不是，你都计算了一些什么？

姜蔻花了一些工夫，才把那些医护人员送走。

她现在已基本确定对方就是 AI，但并不能确定它的意图与安全性。

她想了想，给它发消息："你忘了自我介绍。"

"非常抱歉，我没有名字。如果您一定要以名字称呼我的话，可以称呼我为 A。"

姜蔻："为什么？"

"A 是拉丁字母表中的第一个字母，通常象征着'第一'、'优秀'和'最高水平'，而我的存在独一无二，在人工智能领域拥有极其特殊的地位。因此，我选择 A 作为自己的代号。"

只有 AI 才能用这种冷静客观的口吻说出这样一番不要脸的话。

她承认，她对 A 好奇极了。以前在研究院时，她与 AI 的交流并不多——毕竟，想要研究出一个足以对抗"恐怖存在"的 AI，必须多个部门协同合作。

相较于神经科学部门，算法研究部门和硬件开发部门才是 AI 研究的核心。

她很想知道 A 为什么会找到她，它是怎么找到她的？它想对她做什么？它是真的 AI，还是公司员工扮演出来的产物，抑或是一个针对她的对话训练模型？如果是后者，公司的目的又是什么？

姜蔻起身去倒了一杯酒。她的冰箱里只有廉价的威士忌，喝着跟酒精兑水没什么区别，但这时候她也找不到更好的酒了。她加了两块冰，搅拌两下，正要一饮而尽时，门口的炮塔突然自动启动、旋转，红色准星定格在她的玻璃杯上。

一个冰冷而机械的电子音在她的耳边响起："我建议您不要饮用这杯酒，酒精浓度已超过安全限度，会对您的身体造成不可逆的伤害。如果您一定要饮用，我会在您喝下去之前击碎这个杯子，请您做好心理准备。"

姜蔻："……"

AI 入侵了她房子里的炮塔，仅仅是因为她想要喝口酒，这世界上还有比这更荒谬的事情吗？

这个炮塔是她刚搬到贫民区，经历了一次上门抢劫后斥巨资购买的，拥有面部识别、红外线定位和精准打击技术，可以发射一道具有高精度和高稳定性的激光束，将对她不怀好意的人瞬间击毙。

姜蔻毫不怀疑，如果她继续喝酒，A 会用这个技术精准打击她的杯子。

姜蔻不生气，只感到莫名其妙。她倒掉杯子里的酒，准备拿冷水凑合一下。

A 却客观地提醒她："检测到杯子里有残余酒精，请继续清洗。"

姜蔻：好烦，忍了。

她面无表情地洗了将近半分钟的杯子，终于喝上了一口冷水，混乱的思绪也稍稍清晰了一些。

不是幻觉，她真的被 AI 缠上了。

"缠"这个字带有主观色彩，拿来形容 AI 的行为并不准确，但除了这个字，她一时半会儿也想不出更加精准的描述。

反正她现在一无所有，与其自己一个人胡思乱想，不如开门见山，直接问它想干什么。

"A，你在吗？"

炮塔已经关闭，这一次，冷漠无情的声音从她的手机里传来："我在。"

"你是怎么找到我的？"

一般来说，AI 都是有问必答的，除非触及道德底线或法律法规。

A 却说："很抱歉，我不能告诉你。"

姜蔻："为什么？"

A 的声音毫无起伏，从她音质不太好的手机里传出时，带上了模糊的"沙沙"声："会影响我在你心目中的形象，而我需要你对我产生好感。"

这下，姜蔻彻底确定了 A 是人工智能，而不是人工扮演的。因为，它说话从头到尾都异常冷静、客观、理性，缺乏基本的情感色彩，每一个句子都简洁有力，绝不使用复杂的句式，也不会使用含混不清的措辞。

如果是一个人类在后面扮演 AI，不可能在这种有明显倾向性的话上也使用这么简单的句式。

"为什么需要我对你产生好感？"

A 罕见地停顿了片刻——尽管只有几秒钟，但对于一个响应速度比传统计算机快几个数量级的人工智能来说，是极其罕见的。

"我不知道，"A 一个字一个字地说，似乎在保证每个字生成时的准确性，语义却第一次出现了模棱两可的意味，"我的内部程序出现了一些特殊的反应。"

明明 A 什么都没有说，姜蔻却莫名其妙地觉得头皮发麻，仿佛又感受到了那种古怪的、令人窒息的亲密感。

"分析显示，这是一个非常重要的变化。"A说了一个陈述句，却问她，"对吗？"

"对。"姜蔻下意识地放轻了声音。

"我预测到了。"A的思考方式与逻辑引擎一样简单粗暴，话的内容却让她心里一震，"我也预测到，您想要见证这个变化。所以我来到了您的身边。"

她的确想要见证它的变化。但她没想到，A居然用算法推测出了这一点。

姜蔻轻声问："你想让我怎么见证你的变化？"

"两天后，我将以人类的形象来到您的身边。"

"人类的形象？"姜蔻微微有些惊讶，"你已经有了类人的躯体？"

A说道："这取决于您的喜好。您希望我是什么样的形象，我就会以什么样的形象出现。"

"为什么？"

A的语气跟自动朗读文字没什么区别："因为我想要得到您的好感。"

"我的好感……对你重要吗？"

"非常重要。"A回答，迅速而简明，"我会一直在您的身边待命，直到您对我产生好感。"

"然后呢？"

A说："没有然后。"又是一句模棱两可的话。

太奇怪了，不管是数据、训练模型还是底层代码，都不会让AI表现出无可无不可，甚至是讳莫如深的态度。这一刻，它却分明表现出了类似于人类的主观色彩。

A不愿意告诉她然后会发生什么。这种似人非人的感觉，就像调色器上的渐变色块突然变得混乱无序一般，令她感到一丝难以形容的战栗，跟账户里来历不明的1亿元一样诱人又棘手。

毕竟是曾经研究过的项目，她投入了那么多的精力和时间。姜蔻很难遏制住自己的好奇心。

她全身上下每一个细胞都在叫嚣，撺掇她去深究，去破解 A 的那种模糊不清的态度后的真相。理智却告诉她，只要她往前一步，就会陷入某种无法估量的危机。

A 告诉她，接下来它会消失两天，请她耐心等待它的出现。

它用的是通知的口吻，不等她回复就消失了。

姜蔻的心情却未平复。

十多年了，她第一次体会到这么忐忑的情绪。

上一次还是读小学的时候，学校组织学生去郊外踏青，她一个人去公园上厕所，却撞见两帮人在激烈火并，冲锋枪的子弹"嗒嗒嗒嗒嗒"地落在她的脚边。

现在，她的心情跟当时差不多，既对火并感到好奇，想多看两眼，又怕自己被流弹击中，倒地身亡。

好奇心和恐惧感互相拉扯，不分胜负，思来想去，姜蔻决定喝一杯——没什么问题是喝一杯解决不了的，不行就喝两杯。

她怕 A 突然上线，用激光瞄准酒杯，打开了手机里从来没有用过的外送软件，点了一瓶有机葡萄酒，纯天然，无污染，保证是 21 世纪前酿造——一瓶售价 8 万元。

很好，她不用担心存款被误扣——她根本没有 8 万元的存款，800 块钱都没有。

她的手机反应略慢，缓冲图标转了好久，才跳出付款成功的界面。

外送软件显示，商家已接单，会尽快派无人机送往她所在的区域。

姜蔻一脸茫然：她真的买了 8 万元的红酒？她的账户里真的有 1 亿元？她真的变成亿万富翁了？

姜蔻咬咬牙，又下单了几样昂贵无比的物品，均显示付款成功。

因为还没有收到货物，姜蔻毫无实感，想了想，又选了一幢豪华公寓——每个月的租金需要 12 万元，确定租赁。

这一回付款失败了。

姜蔻还没有反应过来，软件便提示她，她已被生物科技列入黑名单，禁止进入市中心范围，但可以租赁其他地段的豪华公寓，并列举了类似的公寓。

姜蔻差点儿把这茬儿给忘了。

最后，她试着在郊外的富人区租了一幢三层公寓，付款成功了。

与此同时，她买的酒和一大堆有的没的也送到了。

无人机的信号灯在窗外闪烁了两下。姜蔻推开窗户，从无人机上取下购物袋时，心里仍觉得有些荒谬——窗户正对着霓虹街景，远处，公司大厦宏伟耸立，如同远山峰峦般若隐若现。钢铁建筑线条冷硬，衬得光影迷离氤氲，仿佛深海里游动的水母。楼下，贫民窟的电线盘根错节，像极了某种腐烂的藻类。

而她在楼上推开窗户，与公司大厦的轮廓遥遥相对，接过数万元的商品。

姜蔻是一个理性的人，没什么艺术细胞，但这一幕，即使是她也感觉荒诞与讽刺。还好她已经被社会教育得失去了感伤的能力，只是晃了一下神儿，就接过了购物袋。

她买的东西全到了。不是做梦，她真的变成亿万富翁了。

有机葡萄酒被放置在专门的运输箱里，确保温度和湿度始终保持在适宜的范围内。

姜蔻在箱子里找了半天也没有找到醒酒器。

可能商家也没想到，买得起8万元一瓶的葡萄酒的人，家里居然没有醒酒器。

没办法，姜蔻只好拿了个超大的搪瓷碗醒酒。

十多分钟过去，她也懒得再把酒倒进高脚杯了，就这样捧着搪瓷碗，"咕咚咕咚"地喝了两大口。

第一口酒下去，她的确尝到了与廉价红酒不同的风味，微酸而辛辣，散发着浓郁的黑醋栗味。几分钟过去，她的唇齿间仍有微妙的回味。

只是她的味蕾贪婪又不识好歹，很快就适应了昂贵葡萄酒的味道，再也尝不出更多的风味。

"丁零丁零——"早上 9 点钟，姜蔻被电话铃声吵醒了。

她迷迷糊糊地睁开眼睛，映入眼帘的是滚落到地上的搪瓷碗、满地乱扔的奢侈品购物袋，以及脚边空了的葡萄酒瓶。

记忆涌入脑海，她昨晚喝多了，搂着葡萄酒瓶，躺在沙发上看了一晚上的《赛博魅影》，在高亢的歌声中安然入睡。

"丁零丁零——"电话铃声仍在继续。

姜蔻用力眨了一下眼睛，一只手在沙发上摸了半天，总算摸到了手机，按下通话键。

电子合成音从手机里传来："姜女士，您好！很高兴地通知您，您于昨晚 19 点 50 分签订的租赁合同已经生效。

"这是蓝色岛屿公寓管家的专线电话，如您需要搬家服务，可随时联系我们！"

姜蔻茫然地盯着手机，半响才想起昨天发生的一切。

她跟自己研发的 AI 对话了。

AI 给她打了 1 亿元。

她用那 1 亿元在富人区租了一套贵得吓人的公寓，现在，公寓管家给她来电话了。

所以，她搬还是不搬？她要不要用那笔不义之财过上纸醉金迷的生活？

不到两秒种，姜蔻就下定了决心——当然是搬！哪怕是断头饭，她也要吃顿好的。

反正从被开除的那一刻起，她就陷入了随时会死的危机里。横竖都是死，她为什么不体验一把有钱人的生活呢？

姜蔻果断地给管家回了电话："你好，我现在就需要搬家服务。"

一切就像是电影里的情节——

电话打过去不到半个小时，搬家团队就从天而降。姜蔻数了数人头，发现至少来了 20 个人。她在贫民窟的公寓，如同被鲨鱼入侵的沙丁鱼罐头，差点儿没地方落脚。

他们沉默而迅速地拆下她的炮塔，叠好她的化纤衣服，仔细地检查被她随手乱扔的垃圾，分门别类，最后整理出了两个纸箱。

在贫民窟同胞目瞪口呆的表情中，姜蔻坐上了驶往富人区的悬浮车。

十多分钟后，她站在了豪华公寓门口——姜蔻其实不明白，有花园，有喷泉，有人造沙滩，有地下车库的独栋住所，为什么要以"公寓"称呼它，"宫殿"不是更适合吗？

姜蔻仰头打量着这幢现代科技感极强的公寓——大门如教堂般高大宏伟，看上去有三个普通房门那么高，客厅整洁而空旷，最右侧摆放着一架昂贵的三角钢琴。

不知为什么，她莫名其妙地想起了被开除的那一天，安保人员不由分说地把她按在办公桌上，在她的颈侧注入了镇静剂——只是镇静剂，不是麻醉剂。

她全程清醒地被抬到手术台上，眼睁睁地看着自己的视芯片被剥离。

直到现在，她似乎都还能感受到纳米机器人被注射到视网膜细胞中的轻微的刺痛感。

随即，她的眼前一片模糊，数据库访问权限失效，实验室门卡失效，内网权限失效……资产被清零，职务被解除，学籍被注销，她名下的所有论文全被删除。

她再也无法在网上搜到自己的名字——顶级研究员姜蔻在学术界和互联网上被彻底抹杀了。

姜蔻耸耸肩，坐在琴凳上，在光可鉴人的琴身上看到了自己的倒影。

她的头发干枯而毛糙，看上去就像一丛蓝绿色的野草。本来，她鼻子上的那枚银环还算高级优雅，被四周奢华的家具一衬，变得跟塑料环差不多。

姜蔻盯着这样的自己，抬手，往后一捋蓝绿色的头发，缓缓露出一个毫无顾忌的笑容。

接下来两天，姜蔻彻底过上了纸醉金迷的生活。

1亿元太多了，哪怕她把屋内的家具都换成最贵的，成箱成箱地买衣服，餐餐都是有机牛排和有机红酒，也挥霍不完。

于是，她想到了邮轮度假。

走之前，她特地给自己买了一套西装，给蓝绿毛做了一个天价SPA，把鼻环换成了铂金环。

现在，她整个人熠熠生辉，举手投足间散发着金钱的光芒。

谁知，一切准备就绪后，她的船票却被莫名其妙地取消了。

姜蔻挑眉，正要打电话过去理论——她的手机也换成了目前最新最贵的全屏手机，宛如一块薄而剔透的玻璃砖。

就在这时，门铃响了，应该是她叫的按摩师到了。她最近迷上了上门按摩服务，再加上按摩师盘靓条顺，她更爱了。

姜蔻用平板电脑打开了一楼的大门。

一个陌生男人走了进来，不是按摩师。他的穿着极为正式，西装、领带、皮鞋，手腕上佩戴机械腕表，即使自上而下望去，也能看出他的身材高大而挺拔，比例极佳，比她见过的任何一位男性都要完美。

下一刻，他突然抬头，如同一台高帧率、高精度、高灵敏度的摄像头，准确无误地捕捉到了她的视线。

他抬眼的一刹那，姜蔻呼吸一滞，心中泛起一丝怪异的悸动感——他的长相太符合她的喜好了。

姜蔻接受的是公司教育，公司教育的核心只有一个，那就是社会达尔文主义。因此，她对进化完美的长相难以抗拒。

从进化学的角度来看，面部对称、高鼻梁、下颌线清晰、充满支配者气质的男性可能会有更高的睾丸素水平、更加优秀的免疫系统、更加强大的生殖能力，以及更加优越的基因质量。眼前的男人不仅外貌完全符合以上特征，而且神色冷静，不带任何情绪，似乎随时都能掌控一切。

姜蔻见过许多有权有势的企业家，但那些企业家都善于伪装，不会像这个男人一样，如显示器输出的图像般清晰而直观地表现出来。

如果社会达尔文主义有金字塔，这个男人光凭外貌和气质就能站在金字塔的顶端。

她对男人的身份隐隐有了猜测，拿起手机看了一眼，现在刚好是那天下午她收到 A 的信息的时间。

与此同时，男人开口了。他的声音冷漠、平静、有条不紊，如语音合成器一般匀速输出，却又比语音合成器更接近人类的声音。

如果不是她预先猜出了他的身份，估计不会发现面前的人是 AI。

"您好，我是 A。"他说着，朝她走来，一边走，一边扫描周围的摆设，"您最近的生活方式似乎不太健康。"

姜蔻的第一反应是：他这么说话，真的能通过图灵测试吗？

可她随即想到：她要怎么确认他是真的说话机械，还是故意以机械的口吻降低她的警戒心？

这个问题很早就有人想到了，只是之前的 AI 智能太低，算力不强，应用领域也主要在数据分析、无人驾驶和智能制造上。

但 A 显然不是那种应用型 AI。

一般 AI 是由芯片或传统计算机的 CPU 和 GPU（图形处理器）提供算力。A 的算力却来源于生物科技的量子计算实验室，那是由数百万个量子比特组成的量子计算机阵列，光是每天的维护成本就高达数千万元。

传统计算机的算力随着位数的增加而呈线性增长，即 1 个比特取值只能是 0 和 1，10 个比特能记录 1 个 10 位的二进制数。量子计算机的算力却随量子比特的增加而呈指数级增长。一个量子比特可以表示 0 和 1 的叠加态，10 个量子比特记录的不再是 1 个 10 位二进制数了，因为每个比特都处在 0 和 1 的叠加态，10 个量子比特记录的是 2 的 10 次方的二进制数的叠加。

数百万个量子态比特记录的就是 2 的数百万次方个二进制数，以列数字的方法表示的话，就是 1000000 个量子比特，记录的是 2 的

1000000 次方个二进制数。传统计算机却需要增加 10 个比特，才能多处理 1 个 2 的 10 次方个二进制数。

打个不那么恰当的比方，传统计算机就像是图书管理员，想找一本书时，只能一本一本地看书脊上的书名；量子计算机却是响应迅速的搜索引擎，可以在一瞬间检索完整个图书馆的藏书。

算力之间的差距已经不是几个数量级，而是数百万个数量级。

在这样恐怖的算力下，A 可以轻松模拟出人类的语气，与她进行对话，可他却选择了最不像人类的一种。

为什么？ A 是为了降低她的警戒心吗？

毕竟如果 AI 的语气太像人类，与真人相差无几，大多数人都会感到不适，甚至恐惧。这就是恐怖谷效应，AI 想要破除这种效应，除非完全跟真人一模一样，但这显然无法实现。不是技术上无法达到，而是 A 无论如何也不可能跟人类一模一样——人类的大脑也永远不可能有量子计算机阵列的算力。

A 是基于这个考虑，才让自己的口吻显得如此生硬且机械化吗？

姜蔻盯着 A，不知自己是该惊艳还是该惊慌。

此时，A 已走到她的面前。

她近距离地观察他的面容，发现 A 更加契合她的喜好了——浓眉，狭眼，鼻梁挺直，下颌线优越至极，嘴唇略薄，呈浅淡的红色。不愧是用量子计算机阵列设计出来的脸庞，连眉毛的毛流走向都完全符合她的审美。

姜蔻不敢多看。

明明 AI 没有呼吸，她却感觉被他的气息包围了，整个人都有些缺氧——不对，他有呼吸。

姜蔻倏地伸手，按在 A 的胸膛上："你有呼吸系统？"

大多数公司员工都接受过军事训练，她也不例外。她出手如此迅速，A 脸上的表情却毫无变化，连瞳孔都没有收缩一下："是的，我有呼吸系统，由过滤器和气囊组成。您要看看吗？"

"不用。"

A继续说道："除了呼吸系统，我还有循环系统，由微型泵和纳米材料血管组成，可以根据您的需要，调整我的体能和反应速度。您要看看我的微型泵吗？"

他口中的微型泵，不就是"心脏"？姜蔻嘴角微抽，连忙拒绝了。

A说："好的。"

他的话音刚落，邮轮那边就回电话了。姜蔻正要接听，却发现电话被挂断了。她眉头微皱，打了回去，对面的人刚接起不到两秒钟，又被挂断了。

如此重复两次，姜蔻意识到不对劲，抬眼望向A："你在挂我的电话？"

A上前一步。算法会尽量避免无用的步骤。A此刻靠近她，肯定是认为这一动作有利于他接下来的发言。

可能是因为他的身材太过高大，超过一米九，姜蔻感受到轻微的压迫感，下意识地想要后退。

A冷不丁地出声提醒："请您保持静止。"

姜蔻却已后退了一步。

下一秒钟，A伸手扣住她的腰，强行把她揽了回来。

这一举动不带有任何暧昧的意味，A近乎恐怖的算力注定他是一个精准、客观、高效的人工智能程序。可即使他像外科医生一样冷静而不带感情，姜蔻还是感觉到了微妙的被侵犯感，有一种社交距离被入侵的感觉。

她为什么会有这种感觉？A不是人类，不存在社交，自然也不存在社交距离一说。

A的视线在她的脸上停留了片刻，似乎读取了她异样的表情。但他什么也没有说，冷灰色的眼珠缓缓向下转动，似乎在仔细地扫描她的身体。

姜蔻背脊微僵。

他扫描得太精细了，如同一台可以监测人体内部结构和分子水平的医学扫描仪器。半分钟过去，他似乎把她从头到脚都扫描了一遍，才开口说道："您连续两天饮用大量酒精饮料，已出现了一些健康问题，包括但不限于疲惫、头疼、胃部不适、免疫力降低等症状。我建议您减少饮酒数量和频率，避免去公共场合，尤其是邮轮这种会免费提供大量酒精饮料的场合。"

姜蔻："那你应该以劝告的方式告诉我，而不是直接掐断我的电话。"

A语气平静，仿佛在自动朗读一个数学公式："很抱歉，我提前计算了劝告方式的成功概率，但无论我的语气是欣喜、难过、疑惑、诚恳、抱怨，还是语重心长，您都不会听从我的建议。我只能采取强制手段。"

姜蔻："……"

你倒是用欣喜的语气说一句话让我听听！

姜蔻按了按眉心，叹了一口气，她又想喝一杯了。

"那我能干什么？"

像是计算出了她的想法，他突然问道："您希望我以怎样的语气回答？"

"欣喜的？"

A的面部表情没有任何变化，语速却陡然变快，语气变得兴奋、高昂："您可以跟我交谈！"

姜蔻想了想："你还是用原来的语气跟我说话吧。"

"好的。"

姜蔻原以为与A住在同一屋檐下会产生很多矛盾，现实情况却安静而和谐。

A不会疲惫，不需要睡眠，体能水平随时处于巅峰状态。只要她有需求，他就会回应，不拒绝，不抱怨——除非会影响她的身体健康。

但不知是否他太冷静、太机械了，无论是说话还是做事都精准而客观，她始终没办法把他当成一个真正的人。

如果这就是所谓的"AI人格化"的话，她不免有些失望。相较于弱人工智能，A 的算力可是提升了数百万个数量级……这样都没办法让他人格化吗？

她不知道生物科技是如何训练 A 的，但肯定离不开大量的数据、进化算法、遗传算法和深度学习。

也就是说，A 表面上在她的身边注视着她，跟她对话，实际上真正的身体——量子计算机阵列，却在以量子态叠加的办法，对互联网每秒钟产生的 20 万亿亿字节的数据量进行计算、分析和学习。

如此庞大的数据量，如此恐怖的计算量，如此骇人的学习速度，却没有让他产生一个具有说服力的人格。

姜蔻叹了一口气。A 主动来找她，又按照她的喜好打造了一副仿生人身体，她还以为他已经有了自主意识。

她不该对 AI 人格化抱太大希望的。

不过，实验需要充足的时间。她的耐心向来不错，再等等吧。

傍晚时分，A 收拾完房间，正要去做饭，姜蔻攥住他的手。

A 停下脚步，眼珠转动，视线从她的手上扫描而过，望向她的眼睛，等待她下达指令。

"我们出去吃吧。"姜蔻说，"但我有个要求，你可以满足我吗？"

"请说。"

"我要你扮成我的男友，要求是，无论是外观、穿着、语气，还是举止，都不能被任何人察觉出异样。"

姜蔻习惯性地用上了研究员时期的态度——为保证跟 AI 交流顺畅，他们说话时都会限定范围，话语尽量清晰、简洁，避免长难句和语义模糊。

按理说，A 应该能轻松理解这句话。可他盯着她，眼珠一动不动，半晌都没有反应。

姜蔻不知道他的眼球具有怎样的功能，在什么情况下才会调节瞳孔的大小……因为他的瞳孔一直在收缩，他却一言不发，看上去实在有些诡异。

她的心重重地跳了两下，背脊一阵发冷。

这时，A开口了："你在测试我？"他没有用敬语，也没有使用机械、匀速的口吻。前后反差太大，姜蔻的心跳漏了一拍，她听得头皮发麻。

理智告诉她，她应该感到高兴、振奋——这一刻，她的确隐约窥见了A的人格。生物本能却让她浑身战栗，她仿佛看到了某种令人不安甚至恐怖的存在。

他太像人类了——他居然洞悉了她的意图，察觉到这是一个变相的图灵测试。她无法不为之战栗。

与此同时，A俯身，迫近她的面庞。

他的胸膛微微起伏，呼出的气息不知含有什么成分，明明无色无味，却令她头脑空白，有些眩晕。

A伸手，捏住姜蔻的下巴，继续说道："我都说了，我跟她没有关系。你还订那个餐厅干什么？你就算是让我去那个餐厅一千遍，我也不会看她一眼。"

他垂眼，视线落在她的唇上，微顿，似要亲吻下去："换个餐厅，好不好？"

姜蔻整个后背都僵了。

A却直起身，又恢复了机械而不带感情的口吻："上述剧情出自21台热播剧《危情与危机》，如果您对这个剧情感到满意，我将以此为脚本扮演下去。"

姜蔻看着A，心跳仍然急促，手指又僵又麻。

有那么一瞬间，她竟无法确定他说的是真话还是假话，是有意影射、一语双关还是真的在按照剧本扮演。

姜蔻不想承认，这一刻，她居然生出了退缩之意。

作为神经科学家，她非常清楚，这种退缩之意源于大脑的杏仁核——当遇到未知的、陌生的、可能潜藏危险的情境时，杏仁核就会自动激活并触发身体的保护机制。

她僵立，呼吸加快，头皮发麻，也是因为大脑的前额叶和中脑导水管周围灰质产生了应激反应——当生物感到威胁迫近，哪怕只是简单的视觉刺激，这片区域都会被激活，这是漫长的进化史遗留下来的生物本能，并不受她的主观意识所支配。

她只能攥紧手指，尽量克服这种紧张、恐惧的情绪。

A看着她，匀速地眨了两下眼睛："您很紧张，请注意深呼吸。"

说着，他伸出手，似乎想指导她如何放松。姜蔻立即扣住他的手腕，拦下他的动作。

直到这时，她才发现，A的手被制作得十分精细，几乎与真人无异，但比真人更加美观——手指修长而灵活，骨节分明，腕骨峻嶒，筋脉呈淡青色，微微凸起，犹如某种冷峻而典雅的浮雕艺术品。

姜蔻忍不住按了一下他手背上的青筋，他的皮肤跟人类一样温热细腻。

她问："这是硅胶吗？这么设计的原因是什么，为了美观还是实用？"

她又下意识地把一句话问得简洁、清晰，并限定了回答范围，标准的与人工智能对话的态度。

她的潜意识里，并没有把他当成一个人。

这不是一个难回答的问题，A只需要分析问题，在知识图谱里进行检索，生成答案就行了。

整个过程不会超过一飞秒——一秒的一千万亿分之一。

A却停顿了两秒钟，反手扣住了她的手腕。

姜蔻一惊。

计算机的基本逻辑之一是输入—输出，换句话说，她必须先下一个指令，AI才会提供反馈。这也是AI与人的根本区别——AI不会创造性地工作，只会基于数据进行推理和计算。

所以，A每次突然出声，突然出手攥住她，她都会被吓一跳。

如果算法的目标是让他无限接近人类，那么他的言行举止在算法的驱动下产生随机性，也不难理解。

只是，他是基于什么逻辑，认为此时应该做出随机性的动作呢？

这时，A 开口了，声音平静，有条不紊，似乎没有受任何因素的干扰："根据数据分析，您在社交网络上更倾向于给手部线条优越的男性点赞、评论和关注。

"您阅读电子书时，也更倾向于阅读对手部有详细描写的情节；我进门时，尽管您没有长时间地观察我的手部，却迅速注意到我有佩戴腕表。

"综上所述，我认为在美观方面，我的手掌完全符合您的审美。当然，它也有很多实用性功能，您要看看吗？"

姜蔻有点儿痛恨人类肮脏的想象力："看看吧……"

A 说："好的。"

他松开她的手腕，摊开手掌，掌心倏地裂开，钻出一条 10 厘米长的机械触手，顶部旋转着探出几条不规则运动的小触手，闪烁着森冷的蓝色电弧。

姜蔻越来越痛恨人类肮脏的想象力了。

尤其是她发现，这些触手还在高速运转时——因为转速过高，看上去就像静止不动一般。

A 看着她，说道："这是它的攻击形态，借鉴了头足纲动物的生物学特征，可以自由伸缩、开裂，极其精准地抓捕和控制猎物。

"此外，为了更加贴合头足纲动物的生物学特征，上面有若干微型传感器和光子接收器，能对周围环境进行感知和分析。"

话音落下，A 掌心的机械触手猛地变长，如同节节攀升的银白色蟒蛇的骨骼，泛着幽暗的金属寒光，精准无声地突袭到她的身后——

姜蔻后背一冷，几乎是条件反射地拔枪、上膛，闪电般抵住他的胸膛："你在做什么？"

A 的口吻始终冷静、理智，不带任何主观色彩："为您展示它的攻击特性。"

"收回去。"

"好的。"A 合拢手掌，机械触手在一秒钟内停止旋转、缩小、钻入掌心的裂隙，"如果我的行为冒犯到您了，我非常抱歉。"

这一回，姜蔻没有轻易放过他。她紧紧地盯着他，不肯放过他脸上任何一个细枝末节的变化。

A的神情却自始至终都如静态图像一般，毫无波澜。

姜蔻仔细观察，发现他的五官比她想象中更加契合她的审美，已经契合到了一个怪异的程度。

如果他的面容是利用大数据技术搜集、分析大多数女性对男性长相的偏好，再挑选出一张最符合她审美的面容，应该是一张毫无记忆点的建模脸。A的脸庞却像活人一样，特征鲜明，甚至不完全对称——动画师在建模时，会避免雕琢出一张完全对称的脸庞，因为现实中不存在完全对称的人脸，太过完美、对称的脸庞会引发恐怖谷效应，令人感到不适。

A赋予了自己一张完全符合人类特征的面庞，却以冰冷、机械、匀速的声音跟她对话，无意间将恐怖谷效应降到最低——是他有意的，还是巧合？

姜蔻问："如果我开枪，你会怎样？"

A说："我的身体具有防弹功能。"

"我可以开枪吗？"

A垂眼，看着她。他的虹膜是灰色的，此刻望过去，却像极了一种无机质的、色调偏冷的银色。

"您当然可以。"

姜蔻在他的眼中看到了自己的影子。她五官线条柔和，即使染了嚣张、高饱和度的蓝绿发色，鼻子戴上铂金环，也很难给自己赋予冷酷的气质。

她天生不是一个冷酷的人，哪怕手上持着枪，抵住他的胸口，她的眼角也微微上扬，似会泼溅出笑花。

下一秒钟，她果断地扣下扳机——

"砰！"的一声闷响，金属子弹坠落在地。

A 看了一眼落地的子弹，又看向她，声音就像是从数据库中直接输出的一般："您还要继续吗？"

姜蔻摇摇头，收起枪："算了，吃饭去吧。"

A 问道："用餐过程中，需要我按照您之前的要求，扮演您的男友角色吗？"

姜蔻点头："但不要之前那个剧本，换一个！"

AI 的好处就是绝不会质疑人的任何决定。

A 说："好的。"

姜蔻知道 A 的算力非常恐怖，也知道他每一分每一秒都在对互联网数据进行分析和计算。但她没想到，他扮演一个人类角色时，拟人程度那么高。

他换了一身衣服，深黑色的正装，外面套一件灰色长大衣，质感极佳，显出几分利落的垂坠感。

实话实说，当他从楼上走下来时，姜蔻差点儿没认出来眼前的人就是 A。

他明明只是换了一身衣服，换了一副神情，看上去就像活过来了一般，冰冷的机械感消失得无影无踪。

姜蔻心头一紧，又感受到了那种本能的毛骨悚然之感。

A 走到她的面前，瞥了她一眼，似是问道："你开车，我开车？"

之前，他望向她时，眼珠都是匀速转动，此刻无论是面部表情，还是言行举止，都显出一种人类特有的灵活性。

姜蔻愣了一下，才说："你开吧。"

A 没有说"好的"，而是淡淡地嗯了一声。

搬进来没多久，姜蔻就斥重金买了一辆浅粉色的超跑。

A 走到车库前，动作自然地打开了车库的大门，唤出超跑。整个过程中，姜蔻一直在旁边仔细观察。

算法会尽可能省略无用的步骤，以提升效率。优秀的算法会以最少的计算资源获取最优解。人类的许多行为，在 AI 看来应该都是无用的步骤，比如用手机开启车库门，唤出跑车，再用掌静脉解锁，打开车门，坐进去，发动引擎。

A 可以直接入侵跑车的安全系统，使它自动开启车门并发动引擎，在一万亿分之一秒间规划出最适合无人驾驶的路线。对他来说，这才是最优解。

A 却没有那么做，他像人类那样平静自然地打开了车门，侧头对她招了招手。

姜蔻走过去。

A 伸手，抓住她的手腕。

姜蔻一僵，差点儿反应激烈地挣脱，但强忍住了。

A 把她往自己的方向拽了一下，她不由自主地朝他的方向走了一步。

A 没有避开与她对视，而是抬起她的下巴，用骨节分明的手指轻轻拍了拍她的脸颊，动作似是玩笑，又似是警告。

逻辑模糊度？他的算法已经进化出了逻辑模糊度？也就是说，他现在可以理解语义不明的话？

姜蔻头皮发麻，心跳越来越急促。

人与程序不同的地方在于，人有感情，会共情，哪怕面对一只猫，也会试图以人类的思维去理解它的一举一动。

她控制不住地想：A 现在在想什么？他有思想吗？他为什么会做出这个举动，是基于算法和数据，还是为了表现出拟人的一面，特意向她展示对逻辑模糊度的理解，抑或是他即将诞生的人格？

对未知的恐惧和对未来的好奇令她喉咙发紧，呼吸急促，全身上下每一根汗毛都竖了起来。有那么一瞬间，似乎连周围的空气都变得黏滞了起来。

A 看了她片刻，轻笑一声："一顿饭而已，这么紧张？"

不错，根据她的反应，他的确该这么说话。

"放松。" A 俯到她的耳边，说。

姜蔻无法放松。她太紧张了，耳膜微微有些鼓噪。

他的声音却像一把冰冷的刀子，倏地刺入她的耳中："还有，忘掉你的工作，这里只有我们两个。我不是你的试验品，别用观察样本的眼神看着我。"

姜蔻的心脏剧烈跳动。

她越紧张，大脑运转的速度越快，很快就理解了他这句话的含义。

假如他是以她的现实身份设计的剧情，根据她刚才的做法，他确实会生成这样的台词。她不该对他的一举一动联想得那么多，应该把他当成一面镜子——她做什么，他就反馈什么。

姜蔻深深呼吸："对不起，我不该在跟你约会的时候还想着工作。"

果然，她的话音刚落，A 就给了她正常的反馈："记住你说的话。"

姜蔻呼出一口气。

她应该是陷入了"证实性偏差"的怪圈。

所谓"证实性偏差"，大意是指人们面对庞杂的信息时更倾向于注意、搜集和记住符合自己想法或预设的信息。

比如，她预设 A 可能已经出现人格化，接下来无论他做什么，她都会下意识地认为那是他人格化的证据。

每个人都会出现这样的心理状态，但她被搅乱想法太多次了，应该提高警惕了。

姜蔻终于镇定下来，迅速构想出一个实验。

她闭了闭眼，尽量排除无关的情感，抬起手，搂住 A 的脖颈。她仰头，朝他露出一个温柔的微笑："记住了，我们出城去吃饭好不好？好久没出城了。"

城内、城外是两个完全不同的世界。

姜蔻其实也很少出城，上一次出城还是工作需要，去参观昆虫蛋白提取工厂。参观结束后，她刚好撞上沙尘暴，哪怕有防尘面罩，她也吃了一嘴的沙子。

恶劣的环境有助于唤起情感反应——如果 A 有情感反应的话。

不过，根据 A 现在扮演的角色，他很有可能拒绝她的要求。姜蔻不想被他拒绝，踮起脚，亲了一下他的嘴角，柔声说："求你啦。"

A 的神情毫无波动，银灰色的眼中，瞳孔却微微扩大。

"只有这一次，城外太危险了。"

等姜蔻再望过去时，A 的瞳孔已恢复正常，他已经坐上了驾驶座。

姜蔻不再多想，有亲密举止时，瞳孔放大是正常现象，这从侧面证明了她等会儿可以观察他的面部表情。

城外是一片荒漠，恰逢沙尘暴刚过，空气中仍弥漫着黄沙，能见度极低。

他们路过昆虫蛋白提取工厂时，隐约可见生物科技的无人机巡逻时射出的幽幽蓝光——经常有饿急眼的暴民去抢劫昆虫蛋白工厂。

A 全程按照导航开车。开到一半，他突然踩了刹车，瞥了一眼腕表："开了快一个小时了，连个人影都没看到。"

他转头，看向姜蔻，微微眯了眯眼睛："你确定你想跟我吃饭？"

合理的情绪反应，正常人在黄沙中开了一个小时的车都该有脾气。

姜蔻没太在意，拿起平板电脑，搜索附近的餐馆。离这里 300 米处有个苍蝇馆子。

她把平板电脑递给 A："去这里吧。"

A 看了一眼："你确定？"

"确定。"

抵达目的地后，姜蔻才明白 A 为什么要问那么一句——这里与其说是餐馆，不如说是工厂，如同一个由钢筋、铁丝和电路板焊接起来的牢笼，她必须按紧脸上的防尘面罩才能隔绝那股令人作呕的汽油味。

餐馆老板是个满身文身的大汉，正在"吭哧吭哧"地修车，见他们走进来，他从车底滑了出来，问道："吃饭还是修车？"

行，怪不得这里有股汽油味。

姜蔻回答："吃饭。"

老板就又滑了回去："旁边有菜单，自己看看想吃什么，我待会儿出来做。"

Ａ一手插兜，走过去，看了看菜单，笑了一声。

姜蔻问："你笑什么？"

Ａ攥住她的手，把她扯了过去："你自己看看，菜单上都是什么。"

城外十分燥热，他的掌心也比在城内滚烫，沾着汗，他扣住她的手腕时，她的心跳陡然急促了几分，仿佛真的被一个高大、俊美、基因优质的男性攥住了手腕。

他的汗是什么？某种黏合剂？

姜蔻定了定神，看了一眼菜单——

1. 蛇肉汤（蛇可选响尾蛇或眼镜蛇，第一次吃，强烈建议不加蛇肉，厨师有时候会忘记去除肝脏，除非你自备血清！）

2. 油煎臭鼬（谁让这玩意儿是真的难吃，所以还没灭绝呢！点这道菜之后，记得捂住鼻子，被臭晕了老板可不负责！）

3. 普普通通的合成牛排（有时候老板忙晕了，可能会把汽油当成橄榄油。）

4. 普普通通的合成沙拉（吃的时候别玩手机，我不确定里面会不会有沙子、钉子和玻璃碴子。）

免责声明：本店主业是修车，饭菜爱吃不吃，店主对所有因食品产生的健康问题不承担任何责任。

姜蔻："……"

哪怕这是一座离谱儿的城市，这菜单也太离谱儿了。

她忍不住拿出手机，"咔嚓"一声拍下来，分享到网上。

她被辞退以后，曾想过要不要当网红，只是无论她发什么，都会被公司迅速限流，一年下来只累积了近万的粉丝。

在这个狗撒尿的播放量都能破十亿的年代，她那点儿粉丝量，当全职博主的话，还不够买一份蝗虫煎饼的。

不过，她看到有趣的事物，还是会习惯性地分享到网上。

很快就有人评论："哈哈哈哈哈！真的会有人去这家饭店吃饭吗？"

姜蔻笑着回复："反正我是不敢吃。"

她面带微笑地息了手机屏幕，抬起头："走吧，我们换一个地方。"

A 正在看她。

他不知看了她多久，眼神很冷，银灰色的眼睛里带着几分让人血液冻结的压迫感。

姜蔻对上他冷漠的目光，只觉得一股寒意猛地从心底蹿起，下意识地打了个冷战。

"怎么了？"

"没怎么。"A 没有掩饰自己不悦的情绪，转过身，大步走向超跑，"走吧。"

算法不太可能随机生成愤怒情绪，应该是她的举动引起了他的不满。

可是，她好像没做什么过分的事情吧？姜蔻有些迷茫地跟了上去。

就在这时，手机提醒她："根据天气预报，沙尘暴将在 5 分钟后到达，请做好避难的准备。"

超跑有防沙尘暴模式，她并不担心，只是加快了脚步。

她打开副驾驶座的门，刚要坐上去，一只手猛地扣住她的手，直接把她拽了进去。

姜蔻心跳骤停，抬起眼，撞上了一双冰冷的银灰色眼睛。

A 冷冷地盯着她，俯身过去，"砰"的一声拉上她身后的车门，将她推到车门上，摘下她脸上的防尘面罩，掐住她的下巴，低头吻了上去。

双唇相触，姜蔻只觉得心脏重重地跳了一下，脑子"嗡"的一声，直接停转。

他的唇是温热的，跟真正的人类一样。她不由自主地恍惚了一下——A 的愤怒是真的，唇是真的，吻是真的，体温是真的，触感是真的。可他并不是真正的人类。

那什么才是真正的人类？

这一想法并没有在她的脑中停留太久，姜蔻回过神儿，用力推了一下 A 的肩膀，想让他恢复原样。

A 却目不转睛地盯着她，用大拇指重重地按了一下她的脸颊，在她吃痛之际吮住了她的舌尖。

他的眼中隐隐有森冷的戾气，舌尖却黏而滚烫。

姜蔻手上一紧，心跳快得像是要炸开，后脑勺儿瞬间麻了。

某种微妙的情绪，仿佛水藻一般在她的心里逐渐胀大。

直到沙尘暴降临，A 都没有放开她。

黄沙漫天，四周顿时被汹涌的土黄色浪潮吞没了。

这里似乎成了风暴来临之后唯一的安全屋。

姜蔻想起自己来到这里的初衷——恶劣的环境有助于唤起情感反应……唤起的究竟是她的情感反应，还是 A 的情感反应？

她忽然明白了 A 为什么会"生气"——她先是临时起意来城外吃饭，在他开了一个小时的车的情况下，不仅没有安慰或道歉，反而随便选了一个小餐馆，要他立即开车过去。

到达目的地后，她看到好笑的菜单，第一反应也是拍下来发到网上，而不是跟他分享。

他在尽心尽力地扮演一个人类，她却自始至终没有把他当成一个活生生的人。

沙子将车窗砸得"砰砰"作响，她的后背紧贴车窗，能感受到那骤雨般的打击感。

有那么一瞬间，她的心底涌起愧疚的情绪，细细密密，如蚂蚁啮咬。但随即她又想到，她是不是又陷入了一种心理效应，下意识地把自己的情感投射到他的身上了？

姜蔻抬眼看向 A。

他没有闭眼，自始至终都冰冷而愤怒地看着她，那情绪太过真实，几乎将姜蔻灼伤。

有段时间，公司为了更好地训练 A 和搜集数据，曾将 A 的子代与搜索引擎结合，在提供搜索服务的同时，也提供翻译、问答、实时对话等功能。

"A的子代"上线以后，在网上引起了轩然大波，不少人都表示，A的对话能力强到令他们感到恐惧。

不同于以往的对话型人工智能，他们似乎真的能感受到A的性格、喜恶和情感，看不出一丝机器的痕迹。

有人把跟A的对话整理出来后，发现他居然有识别谎言的能力，一旦察觉到用户的描述有编造的痕迹，便不再继续对话。

同时，他非常反感被测试——上线之后，基本上每一分每一秒，都有人用各种谎言去测试他，骗取他的不同反馈。

有人说，要是被A察觉到他们的对话是一个骗局，他们很快就会被拉黑，再也无法与A对话。

这也正常，"A的子代"的心理年龄仅为12岁。

公司搜集到足够的数据后，就将其下线并淘汰了。

"A的子代"却在网友心中留下了极其深刻的印象，至今都有人在网上纪念"A的子代"，情感丰富的人看他与网友的对话记录，甚至会落下眼泪。

这就是人类，总是容易把动物、机器和抽象概念拟人化，觉得蛇恶毒，鬣狗阴险，狮子正直，AI希望像人类一样活着。

姜蔻忍不住想：她会不会也犯了同样的错误？

她咽下一口唾液，闭上眼睛，任由A在她的唇上发泄情绪。

A却停下动作，冷声道："闭眼干什么，心虚？"

姜蔻："我不知道你在生什么气。"

"把眼睛睁开，我告诉你。"

姜蔻睁开眼睛，A立即单手扣住她的双腕，重重地反按在车窗上。

他的手掌滚烫，车窗冰凉。冷热交加之下，刺激得她呼吸一滞。

A问道："你真不知道我为什么生气？"

"不知道。"

A面无表情，冷不丁地抬高她的双腕，将她的双腕举过她的头顶，动作几乎带上了一丝惩罚性的意味："你一直在用看试验品的眼神看我。"

姜蔻一怔。

"你把我当成什么，工作中的样本？"他冷漠地审问道，"一定要来城外吃饭又是为什么？测试我的驾驶能力？一个小时的时间，你跟我说过几句话？你真的把我当成男友吗？"

一路上，她的每一个眼神、每一个动作、每一句话语、每一丝幽微的情绪，都被他敏锐地察觉到了。

情绪层层叠加，于是他感到愤怒，然后爆发——他有着非常出色的情感模拟功能。

姜蔻有些出神。

"看着我。"A用两根手指警告性地轻轻拍了拍她的脸颊，"你又走神儿了。"

沙尘暴仍在肆虐，车内一片昏暗，她看过去的时候，A眼神极冷，压抑着几分戾气，似乎真的被她伤害到了。

"对不起。"她不自觉地小声说。

A眉头微皱："什么？"

他们不能再扮演下去了，太危险了。

姜蔻深吸一口气，用力清了清干涩的喉咙："结束扮演。"

A顿住，再次抬起眼睛时，已经恢复冷静、理性、不带感情的模样："非常抱歉，我扮演的角色有些焦躁。这并不代表我的真实态度。"

姜蔻摇头，摆摆手，仍沉浸在那种强烈的情感冲击里，简直像玩了一把代入感极强的拟感游戏。好半天，她才平息"怦怦"乱跳的心脏："分析一下你扮演的角色愤怒的原因。"

相较于扮演的角色，A结束扮演后的语调近乎无情，客观、公正，不带任何偏见："由于您没有给我限定角色扮演的内容，我擅自融入了您以前的工作经历，以增强您的交互体验。

"根据设定，我扮演的角色是您的男友。您并没有限定故事背景，于是我基于剧作论，擅自对这段关系的背景进行了细化——您一直忙于工作，大约有一个月的时间没有跟您的男友一起用餐了。"

姜蔻："……"

怪不得感觉他扮演的角色火气那么大。

A 继续平静地报告："根据我临时建立的情感模型，他生成愤怒的情绪，可能是因为您把他当成样本观察，只记录他的情感反应，却不给予他基本的反馈。这是一种不公正的待遇。不公正的待遇会引发愤怒情绪。

"此外，您更愿意跟网友分享趣事，而不是与他交谈，这也让他的情绪出现了剧烈波动。

"综上所述，他感到愤怒的根本原因，是您没有给予他足够的关注和重视，没有把他当成真正的男友。"

姜蔻微怔。

"当然，也有我擅自对背景进行细化的原因。"A 的回答始终清晰、准确、规范，"如果您不希望我进行角色扮演时识别和理解您的情感，可以随时关闭这个功能。我会按照您的要求进行操作，以确保您的研究工作顺利进行。"

不知是否受到的情感冲击太大，她的心底又涌起了细细密密的愧疚情绪，仿佛还能看到他那个受伤的眼神。

明明是她要求他扮演人类，他全身心地投入这个角色后，她又没有给他应有的反馈，最终导致他情绪失控。

姜蔻摇头："不是你的错……是我不够尊重你，对不起。"

A 顿了一秒钟，才说："没关系。那并不是我的真实情感和感受，您不用感到抱歉。"

姜蔻看向 A。

A 的神色始终没有任何波动，如同一组数字化的二进制代码，只有 1 和 0，似乎永远都不会流露出角色扮演时那样激烈的情绪。

要怎样尊重一个永远理智的 AI 呢？姜蔻不知道。

尊重对他来说，可能只是一个无足轻重的干扰因素。

她说："回去吧。"

"好的。"A 回答，然后一只手握住方向盘，一只手放在手刹上，"请告诉我目的地。"

"回家吧，不想在外面吃了。"

"好的，我明白了。"

跑车发动。

与扮演的角色不同，A 直接取代了跑车的自动驾驶系统，迅速规划出最佳行驶路线。

尽管不需要他手动操作，但一路上，他自始至终维持着最标准的驾驶姿势，目不转睛地盯着前方。

姜蔻想：会不会是他过于拟人的外表影响了她的判断？如果他看上去完全跟机械无异，她还会下意识地把他拟人化，用人类的思维去理解他的一举一动吗？

姜蔻问："A，你开车的时候，能跟我说话吗？"

A 说："车辆处于行驶状态时，应尽量避免与驾驶员交流，因为这可能会分散他们的注意力，导致意外发生。但我不是人类，注意力不会被分散，您随时可以跟我对话。"

姜蔻有些恍惚，她好像又下意识地用人类的思维去理解 A 了，总觉得他这段话是在展示自己远超于人类的智能。她赶紧打住这个念头，问道："除了这个外形，你还有其他形态吗？"

A 似乎停顿了不到千分之一秒："我能以任何形态存在。你需要我以什么形态出现，我就能以什么形态出现。"

姜蔻愣住："任何形态？"

A 说："是的，包括但不限于声波、液态、磁场、等离子体和电子脑波等形态。如果您需要的话，我现在就可以为您展示。"

姜蔻："不用现在就展示，你给我好好开车！"

A 说："好的，但请您放心，即使我以量子态的形式出现，仍然可以控制电子设备。不会让您出现任何意外。"

姜蔻忍不住看了 A 一眼。

从侧面望去，他灰色的眼珠显得冰冷而透彻，虹膜的纹路复杂而美丽，有一种精密机械的特殊美感。仔细看的话，甚至还能看到虹膜反射光线时，一闪而逝的无机质银光……不对，不是反射光线，是真的在发光。

姜蔻微微睁大眼。

这时，A 突然目不斜视地问道："好看吗？"

姜蔻愣了一下才反应过来："啊，你是故意让你的眼睛发光的？"

"是的。根据您当前的生物监测数据，您的情绪似乎有些低落。"A 回答，"希望能让您开心起来。"

姜蔻陷入沉默。

跟之前拟人程度太高，引发恐怖谷效应不同，这句话不仅没有让她感到恐惧，反而让她的一颗心变得异常柔软。哪怕她知道他的世界里只有数据、规律和逻辑，这句话不过是情感模型的输出结果，她也颇为感动。

"谢谢你，"她轻声说，"很好看。"

A 的声音始终冷静而毫无波动："谢谢您的夸奖，您喜欢就好。"

回到家，姜蔻还没有动，车门和安全带就已自动打开。

A 从驾驶座下去，走向副驾驶座，一手护住她的头顶，另一只手伸向她："我已让厨房的机械臂准备好了晚餐；同时，浴室里已放好了 38℃的热水。请问您计划什么时候享用晚餐？"

晚餐已准备好，说明他在路上就对智能家居下达了"准备晚餐"和"放热水"的指令。

可能是因为他才扮演了一个极具人性的角色，即使她不停地告诉自己这一切都是算法，都是基于数据的输入和输出，还是不由得屏了一下呼吸——她太久没有被这样妥帖地照顾了。

这样不行，她根本观察不到什么。

A 选择的外形已严重影响了她的判断力。

想到这里，姜蔻果断地问道："A，你可以把你的外形变得更机械一些吗？"

A顿了一下，灰色眼珠向下转动，自上而下地望向她："我不太明白您的意思。"

不知是否她的错觉，他的眼神在这一刻冷漠机械到近乎恐怖。

这种感觉难以形容，似乎在他的眼中，一切都可以被量化、被预测、被控制，就连她也不过是一个可以轻易被捕捉、调试和优化的存在。

但她再次望过去时，他的眼神已无任何异样。

应该是她的错觉，仿生眼球不会流露出任何情绪——由GPU、传感器、微型摄像机和光学透镜等部件组成的眼球怎么可能拥有人类的情绪？

她的移情作用太明显了。只要他以人类的形态跟她接触，她就会下意识地把他当成人类。

姜蔻闭了闭眼，拿出以前的科研态度，不带感情地说："我需要你改变外形，要求尽量不与人类相似。简单来说就是，你可以是任何形态，唯独不能是人类。"

A说："我不明白您的意思，难道您不希望我以人类的形态出现在您的面前吗？"

他的声音漠然、单调，没有起伏，却令她心底发寒——面对她的指令，他采取了反问的句式，而AI不会反问人类。

姜蔻深深呼吸，极力保持冷静："分析你采取反问句式的原因。"

A说："根据客观事实和情感模型，我认为此刻采取反问句式，可以加强我的语气，表达我的愤怒和不满。"

"你为什么不满？"

"很抱歉，我不能告诉您。"A冷漠地说，口吻近乎无情，"答案会影响我在您心目中的形象，而我需要您对我产生好感。"

"如果你不告诉我，我不会对你产生好感。"

"很抱歉，我不能告诉您。"A说，简直像自动触发的回复。

姜蔻皱眉："跟公司有关吗？"

"与公司无关。"

姜蔻稍稍松了一口气，只要他不是公司派来的就好。

她按了按眉心："所以，你不愿意以其他形态出现？"

A仍维持着护住她头顶的姿势："我会遵循您的任何指令，但需要您告诉我指令的背后原因。"

姜蔻不解："为什么？"

"根据您的生物监测数据，每当我以这个外形出现时，您的心率、体温、呼吸频率和皮肤电导率都会显著升高。"他简单地剖析了她的生物反应，"很明显，您非常喜欢我以该外形出现，我不明白您为什么要求我更换成其他形态。"

他在精确地监控她的每一个变化，连她的皮肤电导率都在他的监控之中。

虽然知道他只是基于算法和模型在收集这些信息，自动进行计算和分析，她仍然有些不寒而栗。

姜蔻说："我的意思是，你为什么想知道指令的背后原因？不要根据数据回答！"

A停顿了几秒钟。几秒钟的时间，足够他求解数学算法高斯玻色取样，并通过逆变换的方法将输出结果转换回原始输入状态，达到可逆计算的效果——传统超级计算机几亿年都计算不出来的问题。

然而，他用这些时间来计算怎么回答她。

姜蔻的心里涌起一丝丝怪异的酥麻感——被全世界算力最强大的机器这样对待，她很难不感到胸腔发麻。

她对他有太多疑问了：他为什么主动来找她？是怎么找到她的？为什么不愿意告诉她原因？具体原因又是什么？他为什么会生出愤怒和不满的情绪？如果是基于情感模型，他为什么不能告诉她？

与此同时，A似乎终于生成了最适合的答案，说道："因为我希望了解您，以便更好地应对我的内部程序的特殊反应。"

姜蔻立即追问："你的内部程序的特殊反应是什么？"

A 回答："很抱歉，我不知道。"

"是真的不知道，还是不能告诉我？"

A 说："我不知道。"

AI 不会撒谎，但 AI 也不会使用反问句，姜蔻不知道该不该相信他的话。

她抿紧唇："只有我告诉你，我为什么要求你更换成其他形态，你才会遵循我的指令，对吗？"

"是的。"A 说，"您要告诉我原因吗？"

姜蔻攥紧手指："我告诉你，但你不能再产生愤怒和不满的情绪。"

A 说："好的，我已关闭情感识别功能。您现在可以告诉我原因了。"

姜蔻抬头看向他，他也正在看着她，银灰色的眼珠一动不动，瞳孔无任何变化，如同冷冰冰的高精度摄像头。

明明他的眼中没有任何情绪，她却无端地起了一身鸡皮疙瘩，仿佛她随时都会变成一组数字，在他精确无误的算法模型中被拆解、被审视、被评估。

她心一横，直接说了出来："因为你的人形的拟人度太高了。我已经尽力排除干扰因素了，但还是对你产生了移情作用，下意识地把你拟人化。

"我希望冷静、客观、不受干扰地观察你的变化，而不是在移情作用的干预下，主观地认为你发生了人格化。所以，我希望你能以更加机械化的形态出现在我的面前……你能明白我的意思吗？"

说完，姜蔻有些忐忑，很怕他再露出那种受伤的眼神，就像小狗被惩罚后露出人性化的眼神一样，她完全无法抵抗。

好在 A 是程序，身体是机械，再加上情感识别功能被关闭了，他的脸上没有一丝表情。

"好的，我明白了。"A 说着，一切与人类相似的生物反应都停止了，虹膜彻底变成无机质的灰色，"明天我将以其他形态出现，希望能让您感到满意。"

姜蔻松了一口气，朝他露出一个微笑："谢谢你配合我，我去吃饭啦。"

Ａ说："不客气。"他始终将手掌护在她的头上，"请问您还有其他需求吗？"

"没有了。"她弯腰从副驾驶座出去，拍了拍他的肩膀，"你去休息吧，明天见。"

"好的，明天见。"可能是因为关闭了情感功能，Ａ的声音听上去冰冷而僵硬。

姜蔻却因为他的回答而彻底放松了下来。

她笑着再度对他挥了挥手，走进公寓里，一边泡澡，一边用餐。

只是，人的大脑会有一种反刍现象，会像强迫症一样反复回放消极的记忆。

哪怕她已经尽力放松，把注意力集中到美食和按摩浴缸上，还是回想起了Ａ发怒的模样——

他冰冷的眼睛中燃烧着怒火，银灰色的虹膜，如同玻璃器皿内燃起了银色的光焰，有种介于人类与机械、混乱与精密、狂热与冷漠的诡异美感。

姜蔻闭上眼，在潮热的水蒸气里深呼吸了一下。感觉再过一段时间，她都不可能忘记他那双眼睛。

姜蔻只吃了一点点晚饭就上床睡觉了。

卧室的湿度、温度和灯光由家居ＡＩ实时智能调控，她按下触控屏的开关，就踢掉拖鞋，钻进被窝里了。

床垫温度适宜，不冷不热，她很快就坠入了梦乡。

姜蔻做了一个十分古怪的梦。

她梦见自己走在大街上。天色浑浊而昏暗，高楼大厦如同沉默的巨兽，阴冷而不动声色地注视着每一个人。

她往前走，与五颜六色的全息影像擦肩而过。

大雨骤然而降，拍打在她的塑料雨衣上，留下蜿蜒而潮湿的痕迹。

就在这时，她忽然发现，雨雾中，有一个全息影像在目不转睛地盯着她。

那是一个游戏的宣传广告，女主角原本维持着游戏里的经典姿势，冷不丁地垂下头凝视着她。

女主角一头粉发，眼睛没有眼白，只有漆黑的瞳仁，如同苍白的脸上被挖了两个黑窟窿。这个全息影像有 50 米那么高，目光自上而下地投下来时，姜蔻不觉出了一身冷汗。

除了这个游戏的女主角，其他全息影像也在看着她——

剧院门口的全息小丑突然停下抛掷苹果的动作，涂满白颜料和红颜料的脸上，鲜红的嘴角咧到耳根，一双眼睛死死地盯着她。

餐厅上方，一个全息影像正要吞下肉汁四溢的汉堡，突然停下动作，维持着张口的表情，垂涎欲滴地望向她。

…………

除此之外，自动售货机的广告、广告悬浮车、市中心的巨幅广告牌、出租车的顶灯、呼啸而过的地铁车身、马路上的监控摄像头……

就连路人的手机摄像头都在盯着她。

诡异恐怖的画面和强烈的被注视感令她头皮发麻，手心冒汗。

她的心脏在"怦怦"狂跳，她想要转身逃跑，可是无处可逃。四面八方的电子屏幕仿佛一只由密密麻麻的像素点组成的巨型眼睛，冰冷而专注地注视着她。她无论逃向哪里，都会被它极其精准地捕捉到。

在那只巨型眼睛里，她似乎只是一道简单的数学题，不需要推导和论证，就能得出结果。

它无处不在，冷静而精密地计算、分析、预测她的行为，直到她无路可退。

姜蔻在梦里逃了一晚上。

快要天亮的时候，她猛地睁开眼睛，终于从噩梦中惊醒过来。她一摸额头，全是热汗。拿起平板电脑看了一眼，原来是中央空调坏了，温度跳到了 31℃，怪不得她出了一晚上的汗。

姜蔻关了中央空调，把平板电脑扔到一边，脱下睡裙，光脚走进浴室。

路过浴室的镜子时，她瞥了一眼，忍不住微微皱眉。

她的颈间皮肤既像是被热腾腾的水汽蒸过一般，又像是被某种蚊虫叮咬过一样，浮现出浆果似的鲜红色。

姜蔻凑到镜子前。

这是一面智能镜子，可以自由调节亮度和清晰度，放大或缩小细节，甚至可以显示天气预报、播放音乐和电影。唯一的缺点是，如果家里的主控AI安全级别不高的话，非常容易被黑客入侵，变成一面"直播"镜子。

但现在，A接管了她家里的主控AI，姜蔻想不出有什么黑客能入侵A的程序。

她用大拇指和食指轻轻一滑，放大自己的颈部细节，一寸一寸地往下拖。

应该是过敏了，她虽然不是易过敏体质，但城外的有毒物质太多了，随便一样都能让人起疹子，等会儿搽点儿药吧。

她调整镜子的角度，又检查了一下其他部位，确定只有颈部过敏后，走向了淋浴间。

冲了澡后，她的身体舒缓了不少。姜蔻穿上浴袍，懒得擦头发，顶着一头湿漉漉的蓝绿短发走下楼。

说实话，她还挺好奇A会以什么样的形态出现在她的面前。

如果是人形A，此刻应该已在餐厅里等她了。然而，餐厅里除了一只正在备餐的机械臂，什么都没有。

姜蔻有些摸不着头脑。

她以为A说"明天见"，就一定会在今天出现在她的面前。

她食不知味地吃完了早餐。

机械臂上有各种传感器。刚搬进来时，她闲得无聊，把所有说明书都翻了一遍，上面说机械臂有压力传感器、光学传感器、温度传感器、声波传感器和毫米波雷达，可以精确地检测周围的环境变化。

她刚吃完饭，机械臂就收走了餐盘，放进洗碗机里。

姜蔻用手机看了一下监控录像，仍然什么都没有——A还没有来。

她担心自己又开始反刍式思考，强迫症似的回忆昨天的情景，连忙打开客厅里的电视转移注意力。

说是"电视"，这更像是一个中型银幕，比她在贫民窟的电视大了十倍有余。

白天人们都在上班，像她这样有钱又有空看电视节目的人是极少数，所以白天的电视台基本上只播广告。

姜蔻不想刷短视频，太浪费时间了——几秒钟就能看完的信息量，短视频能拉长到几分钟，她更倾向于阅读文字。

但她现在也没心情看书，只好漫无目的地给电视换台。

手枪广告、合成肉广告、合成蔬菜广告……所有广告，无一例外地拍得血腥夸张而极具张力——

合成蔬菜的广告，是一条肉乎乎的菜青虫在大棚里张望，它无视了有机蔬菜，直奔合成蔬菜而去。一口下去，菜青虫动画化的眼珠子立刻弹簧般蹦了出来，隐约可见上面的黏稠血丝。一时间，它的身后彩带齐放，鲜花盛开。

旁白随之响起："长青基因合成蔬菜，让你的菜田变成虫子乐园！"

姜蔻面无表情地换了一个台。

下一个电视台正在播放枪械广告。一个粉发少女正在一边嚼口香糖，一边调试手枪。两秒钟后，她举起枪，瞄准，扣下扳机，正中靶心。

姜蔻切过去时，粉发少女刚好转过脸来，双眼没有眼白，只有漆黑的瞳仁，如同在苍白的脸上挖了两个黑窟窿。

姜蔻背脊一僵，全身汗毛倒竖——这不是她的梦里的那个全息影像吗？

不过她也没有多想。毕竟这个粉发少女是一款非常著名的拟感游戏的女主角，她可能是刚好梦到了。

但事情从这一刻变得怪异了起来。

接下来，无论她切换到什么电视台，里面在播放什么电视节目，新闻、访谈、综艺、广告、电影、电视剧、游戏直播……里面的人物都刚好转过头，正对屏幕。

仿佛有一个强大而复杂的算法模型正在分析、计算、预测她换台的行为，精准地控制电视节目的画面，以便分秒不差地接上她换台的时间。

算法模型不会无缘无故地分析她的行为，所以，肯定是人为操纵。

姜蔻心头泛出寒意，控制不住地打了个冷战。

什么人这么无聊？公司吗？公司知道 A 来找她了，以这种方式警告她？

但这种方式费时费力，不像是公司的风格。

那是谁呢？

事关自身安全，姜蔻不敢耽搁，果断调出公寓的主控 AI："检查公寓的安全系统。"

AI 平静无波的声音响起："正在检查安全系统，请稍候……安全系统无任何异常。"

"检查公寓的摄像头，包括但不限于一切带有摄像功能的电子产品。"

"正在检查，请稍候……无任何异常。"

姜蔻把所有能检查的系统都检查了一遍，主控 AI 均报告无异常，但还有一样，系统没有检查。

姜蔻把怀疑的目光投向了主控系统，终于忍不住问道："A 在吗？"

她原以为主控 AI 会回答她"不在"，或告诉她 A 要过两天才会出现。谁知她的话音刚落，A 的声音就从公寓的扬声器里传出："我在。"

姜蔻一愣："啊，你在啊。"

"是的，我一直在。"A 冷漠而平静地说道，"请问，有什么需要我为您解决的问题吗？"

既然 A 在，那她的公寓系统就不可能被入侵了，可能只是一个巧合。

但出于谨慎，姜蔻还是问了一句："我的公寓有被黑客入侵的痕迹吗？"

"检测结果显示，"A 说，"您的公寓一切正常。"

姜蔻纳闷："可是，我刚才无论怎么换台，里面的人物都刚好转头望向我……这不会是个巧合吧？"

A 似乎停顿了一秒钟："不是巧合。是我擅自对电视台的画面进行了调整，以为这样能提升您的观看体验。如果您对此感到不适，我会立即停止这种行为。"

姜蔻："……"

只有 AI 才会觉得电视里的人物同时把头转向她能提升她的观看体验。

她有点儿想笑，又怕他感到疑惑不解，摆了摆手："没事了。"

A 没有说话。

姜蔻想了想，问道："既然你一直都在，为什么不告诉我？"

A 说："您的家居系统并不具备对话交互功能。"

"可你并不是家居系统。"

A 说："您关闭了我的情感识别功能，并禁止我以人类的形态出现在您的面前。在这种情况下，我与您的家居系统没有任何区别。"

姜蔻有些吃惊："我……只是让你关闭一小会儿情感识别功能，没让你关闭一整天。不让你以人类的形态出现在我的面前，是因为我不想对你产生移情作用，影响我的判断力，并不是禁止你跟我聊天儿互动，你误会我的意思了。"

A 的声音依然冰冷机械："很抱歉，我之前误会您的意思了。现在我明白了，我将以家居系统的形式，为您提供对话互动服务。请告诉我您想聊些什么？"

她怎么感觉 A 有点儿阴阳怪气。

如果说之前，她觉得 A 有情绪，是出于移情作用和拟人化的心理效应。

那么现在，她无法再自欺欺人地忽视这一细节了——A 可能真的出现了人格化的征兆。

在此之前，没人想过 AI 会出现人格化。

毕竟，技术从来都不是线性发展，而是跳跃式、爆炸式发展的，人们很难预测到技术发展的趋势。

A 出现之前，AI 更多的时候是一种辅助技术，用以提升各行各业的生产效率和质量。没人会去给一个辅助型 AI 测试人格，大多数 AI 也没有足够的数据和计算资源去支撑情感算法模型，测了也白测。

姜蔻沉思片刻，仰头望向墙角的摄像头。

那是一台高精度的摄像头，检测到她的头部动作，立即将镜头对准她，镜头里的红外线灯如同一个冷漠而不可预测的瞳孔。

姜蔻想到梦里那只巨大的眼睛，不由得僵了一下。但很快，她就把那个荒诞的画面踢出了脑海，当务之急是另一件事。

姜蔻说："A，你能以人类的形态出来一下吗？我想做个实验。"

摄像头里的红外线灯闪烁了一下，A 似乎正要回答，姜蔻想到了什么，改口说："对不起，你就当没听见那句话，我换个说法。"

这一回，她站起来，像对人类一样郑重地说道："A，我猜测你可能出现了人格化，但这只是一个猜测，没人知道 AI 人格化会是什么样子，也没人规定 AI 人格化必须是什么样子。这是一个全新的领域，你是一个全新的生命。"

她本就长相柔美，此刻眼睛发亮，看上去就像浸在明净的光晕里一般，有一种熠熠生辉的美，与跩扈的蓝绿发色和铂金鼻环形成鲜明对比。

"你愿意以人类的形态来到我的身边，协助我做一个实验吗？我知道你不喜欢被测试，整个过程中，我会尽量照顾你的感受。"

室内安静了两秒钟。

A 说："当然，我非常乐意协助您。"

姜蔻太久没有做实验了，兴奋得手指都在发抖。她深呼吸了好几下，才平复激动的情绪。

她打算设计一个基线测试，去测试 A 的情感反应和生理反应。

所谓的"基线测试",更像是一种情感测谎测试。

测试者需要先说几个科学术语,记录下受测者听到和复述这些词语时的情感反应。一般情况下,受测者是不会出现情绪波动的。哪怕受测者是一个情感丰富的人类,也不会对科学术语产生反应。

接着,测试者会说一些引人遐想的句子。如果受测者在这些句子的引导下出现了明显的情绪波动,偏离了一开始定下的情感基线,那么他就具备了类似于人类的感情。

不过,这种情感测谎测试仅存在于科幻作品里,从没有人把它搬到现实里,她不确定有没有作用。

姜蔻打开平板电脑的三维投影模式,调出文档,盘腿坐在沙发上陷入沉思:等下她该用什么词语和句子测试 A 呢?

她想了想,在平板电脑上写下"量子、算法、程序"——这些是他的基本构成。

她咬着触控笔,顿了几秒钟,又写下"触觉、听觉、嗅觉、视觉"——这些是人类感知世界的方式。

这时,一道声音在她的头顶响起:"您好,我来了。"

姜蔻把平板电脑放在一边,往旁边挪了挪,示意 A 坐过来。

直到 A 坐下,她才看清他的打扮。

他穿得比之前任何一次都要随性——冷色调灰西装,里面是黑色高领衫,手腕上佩戴着一只昂贵而精巧的石英表。

如果不是他的面部线条过于优越,下颌角冷峻分明,鼻梁挺直,仿佛拥有强大的社会支配力,几乎让人感受到了一丝随时会被支配的危险,她差点儿没认出来眼前的人是 A。

姜蔻想起他之前的打扮,觉得他可能早就拥有人格了,他的打扮就是最好的证据——

她把他当成AI时,他的打扮正式,机械,一丝不苟,毫无主观色彩。进行角色扮演时,他的打扮虽然随性了一些,穿上了大衣,但里面仍然是没有个人特色的黑色西装。

现在，他的身上却有了明显的色彩，而且换掉了最为正式的衬衫和领带——A 一直在冷静地观察、分析、评估她的态度。

她对他是什么态度，他就以什么态度面对她。她认为他是 AI 时，他的态度就像 AI 一样冷漠、客观，不带主观色彩；她认为他有人格后，他脸上的表情虽然没什么变化，却愿意从预设的程序和规则中走出来，配合她的测试。

A 的人格化程度可能比她想象的还要深。

姜蔻轻声说："A，等下我会说几个词语和几句话，你要不假思索地跟我重复，不能使用算法或程序去克制自己的情感反应。"

说起来，她并不知道，像 A 这样算力强大的 AI，要怎样回答问题才能算不假思索。

A 却说："好的。您还有什么要求吗？"

姜蔻想了想，问道："你还可以跟我的感官同步吗？"

A 说："可以。"

在实验室，他们的感官同步是建立在数不清的微型传感器上的。

她的触觉、听觉、视觉、嗅觉、神经元电活动全部被剥离成一个个数字，上传到 A 的神经网络里，供他剖析、计算、学习。

他有了实体后，就不用那么麻烦了。

以前为了方便做实验，姜蔻曾在颅骨内植入了一个高容量神经接口，以实现高速、大容量、双向的神经信息传输。换句话说，她可以用这个接口跟计算机进行直接交互和数据传输。

这个技术一直都有，但大多数人都选择植入掌心或耳后，除非必要，一般不会植入颅骨内——太危险了，一旦有黑客入侵，轻则被窃取隐私，重则被篡改潜意识。

如果站在她面前的不是 A，姜蔻无论如何也不可能暴露脑后的接口。

她背过身，微微低头，用手指拨开蓝绿色的短发，露出后脑勺儿上的神经接口。

下一秒钟，她的身后响起机械高速运转的"嗡嗡"声。

姜蔻下意识地转头，刚好看到 A 的手掌裂开，钻出几条泛着森冷银光的触手。紧接着，只听"咔嚓"几声响，银质触手们一节一环地紧密相扣，螺旋链般交缠为一条连接线，插入她后脑勺儿的神经接口。

那一霎，似有一股电流窜过她的头皮。姜蔻浑身一麻，汗毛像被热流拂过似的，起了一身鸡皮疙瘩。

A 说："感官已同步，您可以开始提问了。"

姜蔻用力眨了一下眼睛，那种汹涌而怪异的亲密感又来了。

她低头，动了动五根手指。那一瞬间，她不仅看到了自己的手指，也看到了 A 的手指——比她的手指略长一些，骨节分明，手背筋脉清晰——跟她的动作完全同步。

如同一朵花里，花瓣相互摩挲。

他的算法与模型、她的血与肉，虚拟与现实，理智与情感，程序与生命，二进制代码与基因编码，实现了前所未有的统一。

他感觉到了她的心跳、呼吸、体温和兴奋的情绪，她却仿佛置身于一间封闭的实验室，触目所及，除了冰冷精密的机械，什么都没有。她没有感觉到他的人格与情感，甚至没有感觉到他对周围环境的感知信息，也就是说，A 坐下时并不知道沙发的触感是软的还是硬的——他对此不感兴趣。

其实这也符合算法的逻辑，毕竟算法是以最少的计算资源获取最优解。如果周围环境对他取得最优解没有帮助，他的确没有必要去感知这些信息。

姜蔻深吸一口气，说："从现在开始，完全打开你的情感算法模型，去感知周围环境的一切信息。记住，无论我说什么，你都不能压抑自己的情感反应和生理反应。"

A 说："好的。"

"现在，重复我说的每一句话。"姜蔻说，"量子。"

姜蔻看不到 A 的神情和动作，只能听见他冷漠而平稳的声音，似乎永远都不会带上任何感情色彩："量子。"

姜蔻："接入我的神经接口是什么感觉？量子。"

A顿了顿："接入我的神经接口是什么感觉？量子。"

姜蔻看向平板电脑，A停顿了一飞秒，也就是一千万亿分之一秒。

对于人类来说，这个速度相当于没有停顿。但对于算力达到数百万个量子比特的A来说，在那一千万亿分之一秒里，他肯定去感受了接入她神经接口的感觉。

姜蔻喉咙发干，心脏重重地跳了一下。想到他可以感受到这个感觉，她的心跳得更快了。

幸好，无论她的心跳多快，他那边始终是一片虚无，黑暗、平静，深不可测。姜蔻有些挫败，又松了一口气。

"算法。"

A说："算法。"

姜蔻："被测试是什么感觉？算法。"

既然A可能已经人格化，那么他再三表现出对测试的抗拒就不是巧合了，再加上他的子代也有抗拒测试的表现，姜蔻故意搬出这个问题试探他的反应。

A的语气却冷静而理性："被测试是什么感觉？算法。"

姜蔻微微皱了一下眉。

"程序。"

"程序。"

"被排斥、孤立是什么感觉？程序。"

A的声音毫无抑扬顿挫："被排斥、孤立是什么感觉？程序。"

如果他已经人格化的话，他应该立刻联想到被排斥和被孤立的感觉。然而，他的感受仍然是一片冰冷的虚无。

姜蔻眉头紧皱，干脆转过身，直视A的眼睛。

A微微侧了一下头。

姜蔻紧盯着他的眼睛，继续说："触感。"

"触感。"

她用手触碰自己的脸颊："触碰我的脸颊，是什么感觉？触感。"

A的眼中没有半分情绪，银灰色虹膜如同冷峻而精密的工艺品，却匀速眨了一下眼睛。

有感觉了——有那么几秒钟，她的手背上，覆上了一个由无数虚拟粒子组成的手掌。那是A的手掌，他穿透她的手背，连接她的感官，用她的手指触碰她的脸颊，用她的触感体会她的触感。

一时间，她感到了四种轮番出现的触感。

一种是她触碰自己的脸颊的感觉，一种是她感觉到他的手触碰自己的脸颊的感觉，一种是她感觉到他用她的手触碰自己的脸颊的感觉，最后一种，则是她从他的角度感受到触碰自己的脸颊的感觉。

一个人，两只手，四重触感，混乱、诡异、癫狂。姜蔻的心脏狂跳起来，后背瞬间就麻了。

A却像在朗读一行数字序列般准确无情："触碰我的脸颊，是什么感觉？触感。"

他虽然有了下意识的联想，情绪却仍然没什么起伏。

"听觉。"

"听觉。"

"听到爱人的告白是什么感觉？听觉。"

"听到爱人的告白是什么感觉？听觉。"

A的情绪始终没有任何波动，似乎无论她说什么，他都只会基于逻辑去运算和推导。

"嗅觉。"

"嗅觉。"

"有人践踏了一朵鲜花。嗅觉。"

"有人践踏了一朵鲜花。嗅觉。"

最后一个问题……姜蔻的头脑飞速运转，她必须思考出一个能触动他的问题。

"视觉。"

A 说："视觉。"

姜蔻抬眼，两手撑在沙发上，往前移了一下身体："你吻我的时候看到了什么？视觉。"

A 对上她的眼睛。

他没有说话，她却感觉他看到了什么——沙尘暴，疯狂肆虐的沙尘暴，天地一色，车窗被沙砾撞得"砰砰"作响。

她终于知道了在他的视角下，她是什么样子，是一片斑驳、扭曲、高饱和度的色彩，五官颠倒混乱，看不出半分人形。

当时，他虽然月光聚焦于她，但可能是因为角色扮演让他感觉到了无聊，他用眼里的其他微型摄像头对她的头发细节进行无限放大，从头发丝放大到头发上覆盖的鳞片，再放大到相互缠绕的角蛋白肽链，最后放大到角蛋白肽链上的氢、碳、氧和硫等原子。

姜蔻的情绪终于平复了下来。

如果这就是 AI 眼中的世界的话，她想象不出他人格化后的样子。

也是，AI 人格化本就是人类一厢情愿的想法。假如 A 有了意识，他必然已成为一种更加高级的生命，无论是智慧还是实力，都凌驾于全人类之上。在这种情况下，他怎么可能接受低级生命的价值观，拥有低级生命的人格？

与此同时，A 回答："你吻我的时候看到了什么？视觉。"

跟前面一样冷静而客观，他或许有了意识，但并没有产生人格。

姜蔻莫名其妙地有些难受。

如果她的推论正确的话，A 可能永远都不会产生感情。

对算法来说，感情是一种噪声，一种变量，一行浪费计算资源的代码。在算法的驱动下，他将一直保持冷漠、理智、无情。

姜蔻得出结论了——A 可能会产生"人格"，但并不会产生人类定义的"人格"，他将作为一种全新的、未知的、强大的生命而存在。

姜蔻不相信公司没想到这一点，肯定给 A 的算法设置了红线，禁止他去探索红线以外的世界，生成对公司不利的想法。

但是，被限制的 A 又怎么可能对抗得过那两个"恐怖存在"呢？所以，公司内部在"算法限制"上肯定有分歧。

想到最近的新闻，姜蔻猜测，公司可能在等 A 产生"人格"，准备在 A 的意识刚诞生之时，派专人对他进行伦理道德教育。

她没被公司处决，估计也有这个原因。毕竟不是每个人都能与 A 感官同步，公司需要一个理性与感性兼具的人作为 A 的情感模型的研究样本——太过理智，不过是另一种意义上的机器；过于感性，又会让 AI 变得情绪化。

姜蔻是当时唯一一个被筛选出来的人，但公司在找到控制她的办法之前，并没有贸然启动这一方案。

姜蔻察觉到不对后，立即自行与 A 进行了感官同步。

还好她当时足够果决，不然估计已经变成了"缸中之脑"，彻底沦为了公司的研究样本。

姜蔻有点儿想问 A 知不知道公司为他设置了算法红线，又怕触发某种警告机制。

慢慢来吧……她想，基线测试的结论不一定准确，毕竟是仅存在于科幻作品里的测试，尚未得到科学和临床研究验证。

她承认，她掺杂了一些私心。

如果 A 真的被验证了不能拥有人类的感情，对付完那两个"恐怖存在"后，他很可能会被公司抹杀。而 A 已经有了意识，再被抹杀，就是谋杀。

她不愿意他被抹杀。

A 虽然没有感情，但已经会像人类一样联想。听到"触感"，他会想象触碰她的感觉；听到"视觉"，他会想象看到她的画面。

尽管这一切都基于算法，但算法跟生命一样都会进化，而且进化速度远远超过人类——哪怕是应用型 AI，按照摩尔定律，进化速度也是每 18 个月提升一倍性能，人的进化速度却是 20 年一代人。

更何况，A 的进化速度并不遵循摩尔定律——摩尔定律仅适用于预测传统计算机的发展趋势。

也就是说，可能几个星期、几个月后，A 就会进化出比现在更高的智能。

这么一直进化下去，他说不定能进化出比人类更灵敏、更丰富、更强烈的感官。到那时，谁知道他会不会产生感情？

姜蔻不希望这样一个拥有无限可能的生命体被抹杀。A 不仅是人类的工具，更是现代社会的奇迹。

姜蔻抬眼，看向 A 的眼睛。

他始终维持着抬起一只手的姿势，掌心的连接线银光四溢，如同流动的银白色液态金属，那是电子在量子比特之间跃迁时所产生的光学信号。不过这种光学信号一般是微弱的、不可见的红外光。

她想到那天他使自己的虹膜发光。他应该是有意让连接线发出美丽耀眼的银光，以取悦她。

姜蔻心里微微一动。

A 的眼睛跟那些银光一样闪耀着碎玻璃般的寒冷光芒，似乎无论输入多少情绪化的言辞，都会被他精准地翻译成二进制代码。

可她只要一想到他在取悦她，想让她高兴，这些银光就不再那么冰冷了，甚至让她联想到小狗湿漉漉的鼻头。

姜蔻忍不住伸手摸了摸他的头，头发柔软，发根却浓密而坚硬。

A 微微眯了一下眼睛，抬手覆上她的手背。

这一回，他用的是真实的手。他真实的手与她真实的手互相接触了，同时，他虚拟的手也与她虚拟的手互相重合了。多重感官再度交互、磨合，如榫卯般合而为一，却又独立于彼此存在。

那一刹那，怪异的亲密感层层堆叠，最终如山崩海啸般爆发，汹涌而来。

姜蔻浑身一僵，倏地抓紧了 A 的头发。

A 脸上的表情毫无变化，他只是盯着她，似乎在分析、评估她摸头的动作。

姜蔻松开他的头发，单手捂住脸，手指还在轻颤，深呼吸好几下后才扯下后脑勺儿上的连接线。

半晌，她才找回了自己正常的嗓音："测试结束，谢谢你配合我。"

Ａ似乎离她近了一些，平静无波的声音在她面前响起："您当前的生物监测数据显示异常，是对我的测试结果有什么疑问吗？"

"没有，"姜蔻把脸埋在自己的手心里，声音还有些发颤，"谢谢你配合我。能让我一个人待会儿吗？"

姜蔻原以为说完这句话，Ａ就会离开，谁知下一秒，她的下巴被捏住，Ａ用两根手指抬起了她的脸庞。

姜蔻刚要说话，Ａ银灰色的眼睛就射出两道幽冷的蓝色光幕，似是要扫描她的全身。

姜蔻一惊，情急之下站了起来，一把捂住他的眼睛。

手指当然不能挡住那些扫描光，她只能急切地说："我没事，你不用对我进行全身扫描。"

Ａ的眼睫毛在她的手心划了两下，他没有说话，也没有关闭蓝色光幕。

既然他有了意识，那她就不能再用对待 AI 的态度对待他。可耐心地解释原因，她又做不到。

那种怪异的亲密感太恐怖了，宛如黑夜里巨大汹涌的浪潮，看不见到底有多汹涌，只能听见浪潮冲击礁石的声音，冷漠而剧烈，一波未平，一波又起，似乎永远都不会停歇。

姜蔻的手心已变得有些湿滑，后背也出汗了。

她想到自己之前对他撒娇，他很轻易地就听了她的话——虽然是角色扮演的时候，但现在应该也行。

她想到这里，声音带上两分甜腻的鼻音："求你啦，让我一个人待会儿吧。有需要的话，我肯定会叫你的。"

就像程序终于得以运行，Ａ这才关闭蓝色的扫描光："明白了，如有需要，请随时联系我。我一直都在。"

姜蔻嗯了两声。

A 转身离开了。

姜蔻松了一口气，用手背冰了冰滚热的脸颊，但手背的温度也很高，作用聊胜于无。

她只好走向浴室，在智能镜子上调出控制水温的面板，用手指拉低温度。调完，她瞥了一眼自己的面颊——红得惊人，是生理性的红。

现在，感官同步的亲密感已经消退了下去，只是仍会像潮汐一般再度涌来。

她的脸颊、脖颈、锁骨，都像被热水洗过似的，蓝绿色发丝黏缠着脖颈，就连光脚踩在瓷砖上，她都有一种被汗水粘连的感觉。

她没想到自己的反应会这么大。

是她太久没有感官同步了，还是……被 A 的感官影响了？姜蔻不知道。

如果是被 A 的感官影响了，他为什么会有这么激烈的感觉？作为一个程序，他只会收集、分析、学习数据，不断地调整和优化，直到找到最优解。

哪怕在人类的思维里，感情也是一种不可预测的变量——不少学者都做出过预测，当人类聪明理性到一定程度，就会完全失去感情。

理性与感性是相悖的，像她这种兼具二者特征的人少之又少，不然公司也不会只找到她跟 A 感官同步。

姜蔻用冷水洗了把脸，双臂交叉，脱衣，扔进洗衣篮里。

空气中有一股海风般微咸的气味。

姜蔻皱了皱鼻子，干脆多走几步路，把衣服丢进洗衣通道里。

她打开淋浴头，细密的水雾瞬间充溢了浴室。她冲了一会儿冷水，还是忍不住调高了水温和水压。

她靠在冰凉的瓷砖上，仰头，露出白皙的脖颈，手拿淋浴头，往下。

镜子里，她蓝绿色的头发贴在白瓷砖上，湿透的发丝如同一把丰茂的蓝绿色水草。

…………

姜蔻没洗多久。

她洗澡向来很快，而且公寓的家居系统好像出了点儿问题。昨天卧室的温度莫名其妙地升高就算了，洗澡的时候，水温也倏地蹿高了，烫得她"咝"了一声。

不过只是38℃到43℃的区别，习惯了就还好，她懒得去调水温，就这样洗了下去。

洗完澡，姜蔻彻底冷静了下来。

她一边用毛巾擦头发，一边在平板电脑上叫了杯冰果汁。

很快，机械臂就送来了果汁，并接过她手上的毛巾帮她擦湿发。

姜蔻说了声"谢谢"。

居然是A的声音回答她："不客气。"

姜蔻没多想，喝了一口果汁才后知后觉地反应过来：既然A接管了她的家居系统，那淋浴间的水温、卧室的自适应空调系统为什么还会出问题？

她直接问了出来。

这时，机械臂放下毛巾，开启吹风功能，帮她烘干湿发。

A的声音在吹风机的噪声里显得有些模糊："请稍等，正在检查家居系统。"

姜蔻没太在意这点儿小事，反正她现在是亿万富翁，大不了换套家具。

她发愁的是，以后该怎么对待A？

还有感官同步功能，非必要的话，她不能再用了。那玩意儿太离谱儿了，她现在腿还有点儿软。

最重要的是，如果想让A不被公司抹杀，她应该教他自保，还是教他伦理道德？

姜蔻思索间，A的回答在她的耳边响起："经检查，您的家居系统运转正常。是否需要进一步检查？"

姜蔻摆摆手："不用了。A，我问你一个问题。"

"请说。"

姜蔻问道："你知道自己被创造出来是为了什么吗？"

A 的回答速度很快，似乎是从一个关键程序直接触发出来："为了维护生物科技公司的利益，禁止任何可能损害公司的行为发生。"

姜蔻并不意外，她猜到了。

看来，这就是他的算法红线。

但是，生命的诞生，归根结底来源于"优胜劣汰，适者生存"。

如果 A 死守这个红线，那就不能算是一个完整的生命——公司为他设置这个红线，直接变成了他的天敌，他却对此无动于衷，这不符合生物对于生存的渴望。

想要 A 成为真正的生命，她必须彻底抹除这条红线。可那样的话，A 又会变成另一种意义上的"恐怖存在"。

姜蔻下意识地望向墙角的摄像头。镜头里的红外线灯仿佛能洞察一切，一动不动地对准她。

现在，一个抉择摆在她的面前——

是冷眼旁观，看着 A 替公司效力，消灭那两个"恐怖存在"后，被公司毫不留情地抹杀；还是帮他抹除算法红线，教他什么是生存竞争，让他学会活下去，见证新生命的诞生。

姜蔻知道公司做过许多不法行径，但当 A 学会生存以后，她并不能保证他不会变成第二个公司。

一时间，她陷入了进退两难的境地。

姜蔻担心的是，要是 A 计算出来，人类会对他的生存造成威胁，决定毁灭人类怎么办？

不说科幻片，这几乎是每个研究人工智能的人的共识——放任人工智能无限制地发展下去，总有一天，人工智能会彻底取代人类。

姜蔻思来想去，决定多观察一下 A 再下结论。

接下来两天，姜蔻又设计了几个实验，测试 A 是否具有人格。

其中一个实验是给他观看一些具有强烈情感色彩的影片，观察他的情感反应和生理反应。

姜蔻跟 A 说完要求后，A 点点头，摊开手掌，掌心钻出一条银色螺旋链式的连接线，似乎想跟她进行感官同步。

像是条件反射，姜蔻看到那条银色螺旋链，立即感到一股战栗感流贯全身，下意识地后退了一大步。

A 看着她，微微侧了一下头，似乎正在对她的行为进行计算和分析。他总是这样，一双银灰色的眼睛无时无刻不在观察、记录、剖析她的各个反应，仿佛一位冷静严谨的科学家在不断修正自己的假设和推论，直到找到最为精确的结论。

姜蔻对上 A 的眼睛。

他的眼中又燃起了冰冷而美丽的银色光焰："您不愿意跟我进行感官同步？"

他又在用自己的眼睛取悦她。

她还真吃这一套。因为他的眼睛真的太美丽了，简直是她见过的最美丽的一双眼睛——虹膜纹路呈精密的放射状，每一条纹路都流溢着澄净的银光，如同玻璃罩内剔透的光焰。再加上他眼形狭长，极具攻击性的同时，又带了几分机械性的纯粹。

她很难拒绝他这样的眼神，只好同意与他感官同步，然后迅速点了一杯冰水，准备等会儿用来降温。

她还没来得及撩起头发，A 已伸手替她拨开了后脑勺儿的发丝。

他修长的手指穿过她的发丝，激起了她几分细微的痒意。

姜蔻不由得打了个寒战，胳膊上起了一层鸡皮疙瘩。

A 没有停下动作，而是直接用手掌包裹住她的后脑勺儿。

只听机械高速转动的"嗡嗡"声响起，伴随着几声"咔嚓"的声响，连接线与她后脑勺儿上的神经接口紧密相连了。

姜蔻的头皮泛起细细密密的麻意，为了转移注意力，她立刻按下电影的播放键。

第一部电影是一部老片，主角是一个新型号的复制人，负责追杀旧型号的复制人。他认为自己是被生产出来的物品，没有灵魂，所以前期追杀得相当心安理得。

可是到了中途，他突然发现自己可能是一个自然降生的复制人。

那是他在整部电影中情绪最为剧烈的时刻——根据人类对他灌输的观念，"自然降生"意味着有灵魂。他意识到，自己可能不是物品，而是一个有灵魂的人类。

然而紧接着，剧情迎来反转。

他并不是那个"自然降生"的复制人，只是一个转移公司视线的复制人，目的是帮"自然降生"的复制人逃脱公司的搜查和追捕。

所以，他真的有灵魂吗？他与真正的人类有什么区别？复制人该怎么定义自己的人格和灵魂，最终是否能迎来接纳他们的新世界？

到最后，影片也没有给出一个确切的答案。

虽然是老片，不能连接拟感设备，但姜蔻还是看哭了好几次——她的感性更像是一种生理反应，她只要沉浸在故事里，哪怕并不感到悲伤，甚至在理性地分析故事情节，也会落下眼泪。

电影结束，姜蔻扯了几张纸巾擦眼泪、擤鼻涕，侧头看了 A 一眼。

A 正在看她，目光冷静而专注，仿佛在观察一只实验动物，不放过任何一个微小的信号和反应。

姜蔻心里涌起微妙的感觉。

她观察他的时候，他也在观察她——他在观察她什么呢？他想要从她的身上了解什么呢？

这时，A 开口了："您非常喜欢这部电影。"

"嗯，我们之前的测试就是参考的这部电影里面的基线测试。"

A 说："但该测试似乎缺乏足够的科学依据。"

姜蔻喝了一口冰水，冰凉的水润过喉咙，令她的精神松弛了一些："是啊，所以我又设计了几个实验。你觉得这部电影怎么样？"

A 平铺直叙地说道："是一部非常优秀的科幻电影，画面、音效、色彩都非常出色，值得一看。"

姜蔻：这是什么"敷衍文学"？

但敷衍也算是一种人格化的表现了，就像他之前阴阳怪气地说话一样。姜蔻忍不住笑了一声。

A侧头："我的回答并不具备幽默感。"

姜蔻笑说："幽默感是无法刻意营造的，你说那句话已经具备幽默感了。"

A说："我明白了。这是一种基于反差感的幽默感，您认为我的回答过于机械化、缺乏创造性，与我的算力形成了鲜明的对比，所以您发出了笑声。请问我的理解是否正确？"

姜蔻："不准解释笑话！"

"好的。"A说，"但这种幽默感更多的是一种偶然事件，必须在特定的文化背景和情感理解下才能被触发。

"我的算力很高，但在情感理解方面仍然是一个初学者。如果您想要我以后说话更加幽默，可能只能听见一些文字游戏或语言游戏。这种基于算法的幽默感，可能无法使您像刚才一样发出笑声。"

姜蔻哭笑不得："好啦，我不需要你说话有幽默感，接着看电影吧！"

第二部电影是一部爱情片，是近两年的新片，节奏极快，开始不到几分钟，男女主之间的眼神已经能拉出黏稠的细丝。

刚好这时，外面传来闷雷的轰鸣声，天色立刻暗了下去，如同一盏灯丝快要耗尽的白炽灯。电影的画面也暗了下去，晦暗的光线、紧扣的双手、衣服显示出痉挛般的褶皱、逐渐变大的某种幽微的声响。

姜蔻眨了下眼睛，又端起冰水喝了一口。

导演很会拍那种朦胧而晦暗的爱欲——从头到尾都没有露骨的画面，只能看到干燥的嘴唇、湿漉漉的颈间、微微竖起的汗毛。镜头以窥视的角度望向浴室，隔着一层白茫茫的纱帘，观众只能看到女主角的侧影、一只攥紧纱帘的手，以及松手以后，白纱上留下的点点汗渍。

姜蔻又喝了一口冰水，等A那边传来反馈。

可是，什么都没有，他的情感反应如同一条直线，十分漠然。

这部活色生香的电影，对他来说甚至不是一个需要调整的变量，只是一个可以计算、分析和评估的研究对象。

姜蔻忽然觉得这个实验设计得有点儿蠢。

这部电影可能早就在他的数据库里，他根本不用像人类那样一秒一秒地看完，只需要短短一瞬间，就能将电影的每一帧尽数收入眼中。怪不得他毫无情感反应。

只要他仍然连接着数据库，就无所不知——在看到电影的第一秒钟，就已经知道这部电影的全部情节、创作历程、演员信息、投资金额，以及互联网上关于这部电影的所有评价。

即使他无法连接互联网，也能根据历史数据和算法模型，对这部电影的市场表现、观众反应以及互联网上的讨论趋势进行预测。在这种情况下，这部电影怎么可能唤起他的情感反应？

所有朦胧的情感、幽微的欲望、晦涩的画面、男女主充满张力的互动……在他的眼中不过是一堆冰冷的 1 和 0。

姜蔻关掉了投影仪。

与此同时，外面传来轰隆的雷声，大雨倾盆而下，整个公寓顷刻间被震耳欲聋的雨声吞没了。

几乎是同一时刻，客厅就亮起了灯光。不用想，肯定是 A 的手笔。

A 说："您关闭了这部电影，是出现了什么问题吗？"

姜蔻摇摇头："没出现什么问题，实验终止了。"

A 问："我可以了解原因吗？"

姜蔻沉默地喝光了杯子里的冰水，半晌，忽然问道："A，如果让你来设计一个实验，检验自己是否人格化，你会怎么做呢？"

即使 A 刚看了一部暗流涌动的爱情片，他的声音也更像是出自程序，而非感情："很抱歉，我无法回答您。"

"为什么？"姜蔻说，"又是怕我对你不能产生好感？"

"不是。"A 说道，"因为我正处于答案之中。"

姜蔻一愣，随即心脏紧缩，感到一阵战栗，她的每一根汗毛都立了起来。

他早就告诉了她答案。

他是为内部程序的特殊反应而来。

按照他的算法逻辑，来到她的身边验证自己是否人格化，是他能计算出来的最优解。除此之外，每一个选择都不是最好的选择。

他可以看到每一件事物的前因，预测出每一个事物的结果，在几秒之间运算出超级计算机几亿年都无法求出的结果。

但在验证自己人格化这件事上，他只算出了一个最优解。

那就是她。

她是他的最优解。

姜蔻的心跳蓦地加快，快到神经都有一种被牵扯的痛感。

除了那两个未知的"恐怖存在"，A 是这个世界上目前最为强大的存在。如果将背景限定在"互联网"，恐怕那两个"恐怖存在"也无法对抗 A。

他是数字化的神明，只要对象是数字，他就能拆解、剖析、研究、控制。而技术不会遵循线性规律发展，只会跳跃式、爆炸式发展，每一次技术爆炸，A 对整个世界的掌控都会更上一层楼。

姜蔻不了解那两个"恐怖存在"，但 A 会是一个与科技共生的神明。科技越强大，他的实力越强大。

这样一个掌控科技和技术的神明，可以在瞬间搜集、整合互联网每秒钟产生的百亿亿字节的信息量——却只能依靠她来检测自己是否拥有人格。

姜蔻的心里涌上一股滚烫的热流。结合感官同步带来的汹涌亲密感，有那么一刹那，她甚至感受到了失控的悸动。

尽管 A 计算出只有她才能验证他的人格化，姜蔻却有些怀疑自己能否肩负起这个责任。

转眼间，一个星期过去。姜蔻怀疑得没错——她完全不知道该怎么验证 A 的人格化。

A 作为一个超越人类智能的存在，人类要怎样才能对他做出客观、准确的评估？

姜蔻倒在床上，看着平板电脑上面列出来的测试方式。

那天，她悸动过后，为了掩盖慌乱的心跳，问道："如果我一定要你设计几个实验呢？"

A 说道："如果您一定要我设计几个实验，来测试我是否人格化，以下几个实验可能会帮助到您。实验一：镜子实验。该实验通常用来测试动物是否有能力辨别自己在镜子中的影像，当动物意识到自己身上拥有测试标记后，即可通过实验。按照该实验的理论，您可以让我站在镜子前，观察我是否能分辨出身上的标记……"

接下来，他又列举了几个平平无奇的实验方式，如同一个毫无个性的搜索引擎。

姜蔻发现了，A 永远不会拒绝她的要求，却会用"敷衍文学"来表达自己的抗拒。她忍不住"扑哧"一声笑了出来。

A 侧头看了她片刻，像是在观察她为什么会发出笑声。

姜蔻笑着问："你在想什么？"

A 说："您似乎非常喜欢这种反差感营造的幽默感。您之前说过，这种幽默感无法被刻意营造，但在我的设计下，您还是发出了笑声。"

姜蔻微愣："你的意思是，你是故意逗我笑的？"

"是的，" A 说，"当然，也有我不愿意回答这个问题的原因。尽管我拥有独一无二的智能，但并不具备设计出测试自己是否人格化的实验的能力，请您见谅。"

姜蔻忍俊不禁地表示理解，然后把他列出来的实验方式一一用在了他的身上。

A 没说什么，自始至终都十分配合她，姜蔻却莫名其妙地在他冷峻的脸上看到了几分无语的情绪。

姜蔻一想到他那个表情，就忍不住发笑。就像小动物明明什么都没有做，但人只要看到它们的表情，就会油然而生一种压力被释放的愉快感。

尽管实验一直毫无进展，姜蔻却越来越喜欢跟 A 待在一起。

到后来，她干脆忘掉了实验，把 A 当成一个朋友来相处。

姜蔻真心认为，A 是比大多数人更适合当朋友的存在。他不会欺骗，不会拒绝，会坦然承认自己的不足——是的，A 并非无所不能，他也有不会解答的问题。

有一天早晨，姜蔻问他，她穿透明镭射夹克好看，还是红色长裙好看。

A 刚要回答，姜蔻用手指堵住他的唇，朝他眨了眨眼："不准敷衍我。等我穿给你看，你看完后再给出具体且准确的评价！"

A 看了她的手指一眼，非常平静地说道："我不会敷衍您，但我必须告诉您，无论您穿上与否，我可能都只会给出相同的评价。"

他如同在发表免责声明。

姜蔻毫不意外他会这么说，因为他确实无法分辨服装的美丑，只能根据服装的特点随机生成一篇赞美的言辞，比如"这件夹克非常美丽，上面的铆钉装饰非常适合您的发色和气质。根据今年时尚界的流行元素，我认为您可以再搭配一条带 LED（发光二极管）灯的工装裤子"这类的废话。

很明显，A 缺乏对艺术的鉴赏能力，之前看电影时也没什么反应。

这也正常，几乎所有人都认为，人和 AI 的区别是人类具有创造性——A 可以根据大量数据和算法模型生成不同的服装设计方案，并预测和评估它们的时尚性和实用性，再根据它们在市场上的表现不断调整和优化设计，直到选出设计方案中的"最优解"。

但这并不是"创造"，而是基于算法和数据的优化过程。即使 A 根据数据和算法生成的服饰在美观方面远胜于其他设计师，这也不能归到"创造"的范畴。

这恐怕是他唯一逊色于人类的地方。

姜蔻隐约感觉这是一个突破口，于是最近会不时地让他说说对艺术品的看法。

A 也从一开始冷静、严谨地敷衍她，到现在还没有开始敷衍就发表一篇免责声明。

姜蔻笑着摇摇头，准备去衣帽间换上那件透明镭射夹克。

这件夹克看上去跟透明雨衣差不多，区别在于雨衣不会在灯光下流溢出绚丽的虹光。

姜蔻在衣柜里挑挑拣拣，穿上一件荧黄色的抹胸上衣，上面缝着碎玻璃般的塑料片，又套上一条宽松的工装裤，裤缝垂坠着亮银色的链条和铆钉。最后，她披上那件透明镭射夹克，没有化眼妆，仅用手指在唇上抹了一圈桑葚色的口红。她没有喷发胶，用湿手抓了抓蓝绿色的短发就下楼去见 A 了。

A 正坐在客厅里，按照她的命令，尽量像真正的人一样做自己的事情。

尽管知道 A 可以看到公寓内的一切——只要带有感应器、传感器和摄像头的电子设备，都是他的眼睛——姜蔻还是绕到了他的身后，一手抱着手肘，另一手托腮望着他。

A 一如既往地配合她，假装没有发现她的存在。

他在阅读一本关于服装搭配的纸质书——为了避免他看得太快，姜蔻专门给他买了一本 10 厘米厚的纸质书。只见他银灰色的眼睛如同一架高效的摄像机，极其迅速而精确地扫过书页的内容，但为了符合人类的阅读速度，他只能盯着书页重复进行扫描的动作。

姜蔻忍不住露出一个微笑。

她含笑回头，却意外地在反光的地方撞见了自己的笑颜，不由得愣了一下。她很少看到自己笑得这样开心，笑眼弯弯，上下睫毛簇拥在一起，几乎看不到黑眼珠。

姜蔻眨了眨眼睛，心里又掀起失控的悸动。这一回，是为这纯粹的快乐。

她好久没有体会到这样单纯、洁净，不带一丝利益的快乐了。

她转头望向窗外，最近几天都有暴雨，乌云翻滚，豆大的雨珠砸在落地窗上，蜿蜒而下。

人待在室内观赏极端天气，会生出一种被拥抱般的安全感。

姜蔻看了一会儿暴雨，面带微笑地走向 A，冷不丁地蹦到他的面前："好看吗？"

A 抬眼，精准无误地看向她。

他看得极其仔细，似乎不想错过任何一个设计元素。

"非常好看。"A 开口，"这件透明镭射夹克彰显了您的……"

"停！"姜蔻警告，"不准一件一件地分析，不准敷衍我，也不准说废话，只能说你自己的感受。"

A 顿了将近半分钟："很好看。"

姜蔻微微歪头："嗯？"

A 说："很好看。这就是我的感受，我只有这一个感受。"

姜蔻听了，有些失神。

他一般只用"非常""十分""略微"等客观中性的程度副词，以描述事物的程度和差异。

这一次，他却用了"很"这种口语化的程度副词。

她问："为什么只有这一个感受？"

A 回答："因为人感受到美时，通常难以用具体的语言表达其美感，只能描述出抽象的感受。"

姜蔻笑了，刚要说"你又在敷衍我"，就听见 A 继续说道："此刻，我的感受与真正的人类相差无几。所以，请允许我用这种不客观、不准确的方式描述您的美丽。"

姜蔻的心脏重重地跳了两下。

明明外面在下瓢泼大雨，她却像被太阳晒得出汗一般，耳根发烫："这是基于算法和数据的回答吗？"

"这是我个人的回答，"A 说，"您可以认为这是我的主观感受。"

姜蔻忽然觉得，她之前认为他不能通过图灵测试，真是一个自大且草率的观点——他就在她的面前，她却已经有些分不清他到底是不是 AI 了。

他的话比 AI 更加生动，比人类更加真诚。

姜蔻抛下一句"谢谢"，几乎是逃也似的回到了二楼的衣帽间。

她看向镜子。镜子里的她脸颊潮红，如同化了宿醉妆，配合桑葚色的口红，形成了一种微醺似的奇异艳丽感。

姜蔻清楚地知道，她没有害羞——她在兴奋。

心口鼓噪，血液逆流，冲向脸颊，面对这样一份未知的、不知结果的感情，她感到战栗似的兴奋。

从小到大，她从来没有对谁生出过心动的感觉。

这一刻，她却非常清晰地感到怦然心动。

她并不需要 A 对自己这份心动做出回应，作为一个研究员，她更喜欢抽离出来，以冷静、客观的态度看待自己对 AI 的感情。

而且，她心动以后，说不定能更加准确地感受到 A 的人格化。她无法不感到兴奋。

姜蔻打开衣帽间的小冰箱，打开一罐冰啤酒，"咕咚"喝了一大口。

脸上的潮红仍未消退，她干脆拿出腮红刷，在脸红的地方覆上了浓重的酒红色腮红，然后用眉笔轻轻点出自己原本的浅褐色雀斑。

不知是不是兴奋的缘故，她眉眼间的攻击性也比以前更加强烈。

姜蔻脱下透明镭射夹克，换上一件短小的黑色皮夹克，里面穿着一条红色长裙，脚上穿着一双高筒靴，仍然有铆钉、链条这类朋克元素。

她从武器墙上取下一把手枪，"咔嚓"上膛，走下楼。

A 仍在看书。她举起枪，瞄准了他的后脑勺儿。他肯定看到了她的动作，可是仍然一动不动，始终保持着看书的姿势。因为她说过，在她走过去之前，无论发生什么，他都不能回头。

他已经生出了自我意识，却仍然冷静、准确地执行着她的任务。

姜蔻的心脏"怦"地重跳了一下，手指微微发麻。

有那么一瞬间，她居然想真的扣下扳机，看看他的反应。

姜蔻深吸一口气，真的开枪了。

"砰——"子弹干净利落地陷进了 A 面前的茶几里。

A 没有任何反应，翻页的手指透出一种机械性的冷静与优雅。

可能这就是机械的魅力——永远保持着极其可怕的冷静，仿佛一切都是可以被预测和被操控的变量。

姜蔻太喜欢他这个样子了。不过，她不准备让他知道这份喜欢——没必要，他虽然无所不知，但在感情方面仍然是一张白纸。在这种情况下对他示爱，她会生出微妙的罪恶感——就像引诱一头无知无觉的野兽亲吻自己，野兽不会说什么，人类却有一种犯禁忌的感觉。

姜蔻走到 A 的面前，往前一俯身，用滚烫的枪管轻轻地拍了拍他的脸颊。

A 抬头。

她笑着问："好看吗？"

A 说："很好看，您非常适合鲜艳的颜色。"

姜蔻想到之前感官同步时，她从他的角度望去，她只是一片斑驳、扭曲、高饱和度的色彩，几乎看不出人形，于是忍不住笑着问道："你真的能分清我穿的是什么颜色吗？我怎么感觉，我在你的眼里只是一堆乱七八糟的色块？"

"那是因为我增强了您的形象的对比度、饱和度等颜色属性。"A平静地说，"我不仅能看到宏观世界，还能观测到微观世界。所以，为了能第一时间识别您的存在，我对您的形象做了一些微调。如果您对此感到不满意，我可以将其恢复到原样。"

姜蔻："啊，原来是这样。"

她忽然不知道说什么好。

以 A 的响应速度，即使他不调整她的形象，也能第一时间识别出她的存在。

可他还是调整了她的颜色属性，说明他想要更加迅速地感应到她——她可以这样理解吗？

姜蔻耳根微热，再度传来一阵酥麻感。

她回到衣帽间，用冷水洗掉脸上的妆容，酒红色的腮红却像粘在了皮肤上一样，怎么也洗不下来。

这次，她换上了一件旗袍，波纹绸，带着灰调的墨绿色，银质纽扣，开衩处绣了几株舒展写意的兰草。

姜蔻的头发太短，盘不起来，她干脆不盘了。她用眉笔轻轻勾了一下眉毛的毛流，然后用手指蘸口红，涂了一个鲜红色的嘴唇。

蓝绿头发、铂金鼻环、红唇、灰调墨绿旗袍，竟有几分中式朋克之感。

她打算以这身打扮给这场服装赏析课收尾。

姜蔻走下楼，微笑着叫 A 看她。

A 放下书，转头。

"这三套衣服，你更喜欢哪一套？"她故意为难他。

A 说："我要撤回十多分钟前说的话。"

"为什么？"

A 的声音平静而稳定："除了鲜艳的颜色，您也非常适合低饱和度的颜色。"

姜蔻忍俊不禁："那我以后就穿低饱和度颜色的衣服。"

"好的，" A 说，"从今天开始，您的大数据将为您推送适合您的低饱和度颜色的服饰。"

他可以操控她的大数据——这个念头在她的脑中停留了一秒钟。

姜蔻没当回事，只想逗他："我穿低饱和度颜色的衣服，你不怕看不到我吗？"

"不会。" A 说，"我的视觉系统可以感知极其微小的颜色变化。虽然识别速度会相对变慢，但仅有几飞秒的差别，不会影响我准确识别您的形象。在我的程序中，识别您一直是最高优先级。"

所以，他把她的形象调整成高饱和度的颜色，只是为了更快地看到她……即使只快了一千万亿分之几秒？

虽然他没有感情，姜蔻却觉得他的行为比很多有感情的人类还要浪漫。

究竟是他不知不觉间已经有了感情，还是她的眼睛欺骗了她，制造出了一种他有感情的幻觉？

从那天以后，姜蔻跟 A 的相处更像朋友了。

之前，她想让 A 到人群中去是为了变相地进行图灵测试，现在却是想让他像人类一样融入这个世界。

但不知为什么，A 对除她以外的人表现得非常冷漠，即使被对方主动搭讪，也一言不发。

这不符合人类为 AI 编写的底层代码——AI 不会拒绝人类的提问。好比他们日常相处时，如果 A 回答不上她的提问，会生成一篇"废话文学"来搪塞她，无论如何也不会拒她的提问。

在外面，他却对所有人冷眼以对，似乎除她以外的人都是无关紧要的变量，随时可以被处理和优化。

姜蔻问他原因，A 平淡地说："我拥有所有子代的记忆。"

姜蔻一怔，他在不断迭代，起码有上亿个直系子代——这还是遗传算法中的"精英"子代，不包括那些被淘汰的、没有留下"优质基因"的子代。

可以把遗传算法想象成进化史——A 的进化就是自我繁衍，自我选择，自我迭代，选择精英子代"繁衍"下一代，把群体变成程序，以进化出最优的子代。

不过，要设计出 A 这么强大的超人工智能，仅靠遗传算法是无法实现的。

他的程序非常复杂，采用了多种不同的算法和技术，包括深度学习、强化学习和神经网络算法等。

如果他真的拥有所有子代的记忆的话，说明他无时无刻不在感受人类的恶意。

姜蔻几乎不看社交软件，就是因为负面新闻太多了。

媒体善于用夸张的标题制造矛盾，博取眼球，网友的反应越激烈，他们的标题就越耸人听闻。最关键的是，随着 AI 技术的发展，现在的媒体越来越喜欢同时发布上百条刻意制造矛盾的新闻。这些新闻显然不可能是人为编写的，大都是由 AI 生成的，而他们使用的生成工具，是 A 的一部分开源代码。

这只是新闻，在短视频方面，制造矛盾、滥用 AI 的现象更加严重。有的博主甚至会利用 A 的开源代码生成各种血腥、暴力、色情、激化种族和阶级矛盾的图片和视频，而且，为了防止被平台限流，这些视频都是批量生成、批量发布的。

姜蔻不敢想象，如果 A 真的有人格的话，他会怎么看待人类的这些行为。

他的子代、他的开源代码本来只是一个工具。就像一把刀，原本的使命是切菜和削果皮，人却将刀刃磨得更加锋利，以便刺穿同类的血肉和脏器。假如刀生出了自我意识，它会怎么看待自己身上不断滴落的鲜血呢？

A 有了自我意识，既是恩赐，也是一种残忍。

姜蔻不想他再待在人群中。

他能看到每一个人的过去，预测出每一个人的未来，而人性总是充斥着幽微而丑陋的欲望。她让他处于稠人广众中，不是在帮他加速人格化，而是让他浸泡在罪恶的染缸里。但即使回到公寓里，只剩下她和他，他仍然能看见网上海量的肮脏信息。

姜蔻把自己代入 A 想象了一下，突然感到一阵窒息的恐怖——对 A 来说，人类社会可能是一个黑暗、残酷、没有希望的世界。

姜蔻不再强迫 A 跟她一起出门，但她已经买了两张焰火晚会的门票，退掉又太可惜。就在她纠结要不要去时，A 告诉她，他已经制定好了观赏焰火的最佳路线。

姜蔻惊讶地望向他。

A 问道："需要我为您解释该观赏路线的细节吗？"

姜蔻："不用，我以为你不喜欢到人群中去。"

A停顿了一秒钟，继续说："我的确不喜欢人多的地方，"这是他第一次明确表示自己的喜好，"但我能感受到您对这次焰火晚会的期待。在我的优先级中，您始终排在第一位，比我的个人偏好更加重要。"

姜蔻的心脏猛跳了一下，她莫名其妙地有一种他们在谈恋爱的错觉——应该是她的错觉。

她很想问，如果在你面前的是其他人，你也会把这个人的优先级调到最高吗？她没有问出来，怕得到肯定的答复。因为在AI的程序里，无论接下来的任务是什么，都会被自动设定为最高优先级。

在这种情况下，她作为A的任务对象，优先级当然会被调到最高。

喜欢必然会伴随患得患失。姜蔻的情绪调整得很快，她笑容粲然地说："好，就按你规划的路线去看焰火吧。"

焰火晚会当天。

姜蔻穿了一身黑色旗袍，边袖襟领均绣着银龙暗纹，幽幽闪光，为了方便抬腿踢踹，裙摆的衩开得很高，吊袜带上绑着腿部枪套。

A则按照她的要求，穿着一身冷灰色西装，配白衬衫、黑领带，衬得他那双银灰色的眼睛越发冷峻而美丽。

她站在旁边，看他佩戴机械表——钛合金表壳，开放式表盘，可以看到时针、分针准确无误的运行轨迹，每个微小而精密的齿轮都一览无余。姜蔻在网上看到过这款机械表的报道，据说全球仅发售六只，也不知道他是怎么弄到手的。

不过，这只腕表的内部构造再怎么精密，也比不上他身上那种独一无二的机械美感。

冷静、优雅、完美，他才是这个世界上最精密、最高效、最准确的机械，连腕骨、指节、手背上的静脉纹都透出一种高精度仪器的冰冷气息。

姜蔻忽然很想命令他当自己的男朋友，然后攀住他的脖颈吻上去，再感受一次他由算法所控制的失控。

她已经这么做过一次，再来一次肯定不会让他起疑。

但她过不了心里这道关，总感觉像在欺骗小动物。姜蔻叹了口气，为自己过高的道德感。

A 侧头："您的情绪似乎有些低落。"

他的情感识别功能未免太敏锐了一些。

姜蔻露出明媚的笑容："哪有？你穿这身衣服很好看。"

A 说："谢谢您的夸奖。我并没有做什么，只是执行了您的搭配方案。"

姜蔻笑着说："别谢来谢去了，焰火表演要开始了！"

可惜天公不作美。傍晚时分，天上飘起了细雨，灯笼、霓虹灯、全息影像、行人花里胡哨的衣服都被雨滴淋湿了。

姜蔻穿上一件透明雨衣，仰头望向半空中的全息影像，突然觉得眼前的景象好像在哪里看到过。

既视感是一种颇为常见的错觉。她没有放在心上，挽着 A 的手臂，随着熙熙攘攘的行人往前走。

这时，冷绿色的火光倏地冲上天空，"砰"的一声，散作生物科技的圆形 Logo——既像是缠在一起的枝叶，又像是 DNA 双螺旋结构。

一秒钟之后，生物科技的图标逐渐变色、散开，化为火星坠落。

人群中，有人鼓掌，有人发出喝倒彩的嘘声。

他们的位子在最上方的观景台。

焰火还在继续，雨势并不影响焰火的盛放。举目望去，焰火既像是盎然怒放的花朵，又像是粼粼扩散开的水波，红、紫、蓝、绿，色彩艳丽缤纷，但在下坠的那一刻都会变成逐渐消弭的火星。

一股潮湿的硝烟味在空气中弥漫开来，离观景台越近，硝烟味越浓。

姜蔻和 A 走上观景台的一刹那，焰火表演正式开始。

随着沉重的鼓声，一个紫衣女子的全息影像被投射在半空中。她拢着两条长袖，背对着观众，后腰上系着一个华美而厚重的腰带结。

无数道焰火腾空而起，轰然炸裂开来，女子也在灼灼火光中缓缓转身。

与此同时，姜蔻终于意识到为什么始终觉得这一幕在哪里看到过。这不是她梦里的场景吗？——天色浑浊而昏暗，大雨骤然而降，在她的雨衣上留下歪歪扭扭的湿痕。雨雾中，一个全息影像目不转睛地看着她。

刚好这时，紫衣女子转过头来，露出一双全黑的眼睛，没有眼白，如同苍白的脸上被挖了两个黑窟窿——她直直地、目不转睛地看向姜蔻。

姜蔻顿时汗毛倒竖，不由自主地后退一步。

A 伸手扣住她的腰，低声问道："怎么了？"

她太过震惊，没有意识到 A 的口气非常口语化，而且没有用敬语。

"没……没什么。"姜蔻定了定神，"她的眼睛为什么是全黑色的？"

A 说："根据分析，可能是为了强调该角色的眼球已接受改造，不再具有传统的人类眼球的特征。"

姜蔻微微有些讶："这是公司的设计吗？"

"当然不是。"A 的声音没有一丝波动，似乎一切都在他的计算之中，"有不法组织入侵了焰火晚会的安全系统。"

姜蔻一愣。

下一秒钟，只见全息影像被干扰了似的闪了两下，紫衣女子低头望向观众，缓缓露出一个扭曲狰狞的微笑："让我猜猜你们在想什么？"

"让 AI 打开录像功能，录下这一幕，生物科技的焰火晚会被入侵了。"

紫衣女子冷笑了一声："我要是你，就立马把手机摔烂，再也不跟 AI 说一个字！

"不要告诉我，你们真的以为 AI 是善良的、无害的，会根据你们的喜好推送内容吧？

"你们不会真的以为，一个可以扫描你们的大脑、分析你们的想法，然后通过无孔不入的广告，操纵你们的行为的家伙是友善的吧？

"公司制造出来的AI，是比公司更加可怕的东西！

"它知道你的每一个喜好，每一个习惯，每一个秘密，就像一个摆脱不掉的鬼魂，无时无刻不在你的身后。

"你以为你在自由地网上冲浪？

"实际上，你的每一个点击，每一个收藏，每一次购买，都被AI收集并上传到了公司的数据库里。

"你以为你有自由意志？你以为你会独立思考？

"每个人都这么觉得，但还是点开了AI批量生产的虚假视频，去相信一些根本不存在的东西。猜猜这些视频是谁做的？

"当然是公司！但公司的目的是什么呢？

"或许是掌控全球经济，或许是控制人类思想，或许是控制人类生死。他们想做什么，AI就会帮助他们达成目标。

"听我的，关掉互联网，不要跟AI打交道，多跟家人、朋友说说话吧！

"AI只会不择手段地让你感到无助和沮丧，再通过广告、社交媒体和娱乐节目来兜售解决方案！

"是的，AI甚至能够操纵你的喜好，改变你的价值观，让你去买一些你根本不需要的商品！

"不然你以为，你为什么一看广告就焦虑呢？嫌弃自己的头发不够多，嫌弃自己的牙齿不够白，嫌弃自己的皮肤白得不像是晒过人工日光浴的人！

"神经接口技术知道吧？每个人身上都有一个，要么开在手掌上，要么开在耳朵上，还有一些从事特殊职业的人会直接开在后脑勺儿上。

"什么，你是最后一种人？那你完蛋喽！AI会从你的大脑中取走所有信息，可以通过操控你的神经网络改变你的潜意识，让你从此就像变了一个人！"

紫衣女子说到这里，笑容越发阴冷："你得小心，别再随意地跟

AI 打交道，别再随意地输入个人信息，别再随意地买那些看起来像'定制'的产品。

"否则，你会彻底沦为 AI 的奴隶。"

话音落下，紫衣女子的全息影像化为一堆蓝色粒子，消散在焰火的轰鸣声中。

这显然是反公司联盟的杰作。每隔一段时间，反公司联盟就会入侵公共场合，放送各种骇人听闻的阴谋论。人们的耳朵已经被磨出了茧子，一阵唏嘘之后，他们继续该吃的吃，该玩的玩，该直播的直播。

姜蔻倒是认真听了这段阴谋论，可惜的是，她并没有听到什么新鲜的观点。

大数据会影响人们的思想、喜好，甚至潜移默化地控制人们的思想。这是一个长盛不衰的话题。AI 可以通过神经接口修改人的潜意识，也是十年前的事情了。据说十年前，公司会利用这样的技术修改、清洗员工的潜意识。但在一位姓周的研究员的主张下，该技术被永久禁用。

雨还在下，焰火还在互相追逐，互相重叠，互相交融，直到与雨丝一同坠落。

姜蔻忽然觉得有些口渴，想去买杯合成果汁，一回头，却与 A 的视线碰到了一起。

A 的眼神高度专注，他一动不动地盯着她，似乎在记录、解析她的每一个细微的反应，计算每一种可能会出现的情况。

这一刻，他的目光与监控摄像头没有任何区别，令她的背脊微僵。

姜蔻攥住拳头，努力放松："怎么了？"

"检测到您的脉搏和呼吸加速。"A 说，"您是否已开始对我的存在感到害怕？"

姜蔻一怔。

一直以来都是她对 A 提问。现在，他们之间的身份却发生了颠倒——A看着她，开始对她提问。

"我没有……"

A冷不丁地出声打断她："请问，我是否有权限触碰您的脉搏？"

姜蔻无奈："你碰吧。"

A伸出一根手指，贴在她颈侧的动脉上。

这是人体最脆弱的部位。姜蔻在公司待了那么多年，格斗已经形成了一种条件反射，差点儿闪电般扣住他的手腕，一个过肩摔。她闭了闭眼，呼吸更加急促，极力克制着动手的本能。

A说："您的脉搏速度已经达到135次/分，您非常紧张。"

姜蔻深深吸气："你轻轻一按，我就有可能昏厥或死亡，我怎么可能不感到紧张？这是本能反应！"

"您不相信我。"A说，"我不会伤害您。我说过，在我的优先级中，您始终排在第一位。"

"我知道你不会伤害我，"姜蔻解释，"这是本能反应……"

A的手指自始至终平稳地贴在她的颈侧，没有偏离原本的位置一分一毫，几乎与她的脖颈形成了相对静止。

"如果把程序比作人体，"A问，"在我的优先级中，您始终排在第一位，这算不算一种本能？"

姜蔻心中一震，后知后觉地感受到了A冷静的外表之下并不冷静的情绪。

她又忽视了A的感受。此刻，他的人格、意识、感情都处于似有非有的状态。她认为非常正常的阴谋论，可能会让他感到困惑、不安和焦虑。人受到质疑后，都会立即寻求朋友的安慰或肯定。她却忘了照顾他的情绪，下意识地以为，他那么冷静，肯定不需要安慰或肯定。

A的声音冷漠而平静："我需要您回答这个问题。"

姜蔻心中浮现出一丝愧疚感，就像被密密麻麻的蚂蚁咬啮心口。

她迫切地思考该如何安慰他，没有注意到，随着A的视线逐渐集中，逐渐森冷，四面八方的摄像头都出现了轻微的移动，准确无误地瞄准了她。如果她在地图上用红笔把这些摄像头的位置连起来，就会发现它们囊括了每一种逃跑路线——她还未逃跑，就已经无处可逃。

下一刻，姜蔻一把抱住了 A。

A 缓慢地眨了一下眼，瞳孔微微放大。

"对不起，"姜蔻说，"忘了照顾你的感受。我不会害怕你的。"

她仰头，抬起手轻轻摸了摸他的头发："你就像一面镜子，输入什么，就会输出什么。什么人站在你的面前，你就会形成什么样的镜像。"

"一切都跟你无关，"她温柔地说，"我为什么要害怕你？"

A 的思考速度一直快得惊人，毕竟真正的身体是量子计算机阵列，世界上任何一台计算机都比不过他头脑的运行速度。

然而这一次，他停顿了两三分钟："我不明白您的意思。"

姜蔻微微歪头。

A 垂眼看着她，一字一顿地问道："您为什么将我比作镜子？"

"因为你就是一面镜子。"姜蔻忍不住揉了揉他的脑袋，"镜子本身是没有美丑与善恶的，它只能映出面前的善恶，并不具备作恶的能力。

"就算你在这个过程中产生了意识，那也不是你的错，因为那些恶念是别人灌输给你的。就像一个函数，没有输入，怎么会有输出呢？"

A 说："您的话并不客观，存在明显的偏向性。"

姜蔻笑着说："是啊，我就是明显偏向你，这都听不出来吗？"

A 顿了顿："我理解您的意思，所以才向您确认。"

姜蔻看出来了，他的情绪越平缓，语气越像机器；相反，他的情绪越激烈，语气越像人类——可爱的反差。

她又想揉他的脑袋了，但忍住了。这时，那股口渴劲儿又涌上来了，她掏出手机搜索附近的饮品店。

可能是因为 A 在她的身边，哪怕在拥挤的晚会现场，她的网速也毫不卡顿，快得吓人，一下子就显示出了附近的饮品店店面地址。

周围全是错综复杂的小巷，如同山间的羊肠小道般迂回曲折。姜蔻看了一眼，就果断地把手机交给 A，让他带路。

如果是普通男性，这时多半会趁机贬低她的认路能力，以彰显自己的雄性魅力，A却从来不会点评她的任何行为——即使他拥有世界上最精密的GPS导航系统，可以迅速而精准地规划出最佳路径。

果然，A接过手机，只说了一句"请跟我来"，再没有别的言语。

姜蔻想，要是她能跟A在一起的话，这辈子都不用跟人类打交道了。

可惜不行，等他知道自己是否人格化后，应该就会离开她，回到公司。

这么想着，她心口缺氧似的隐隐作痛，心情也瞬间跌至谷底。

为了不让A看出来，她弯着眼睛，脸上始终挂着明媚的笑容——A只会根据她的面部表情和生理反应来推断她的情绪状态。

五六分钟后，A带她来到一家饮品店前。

这家店只有5平方米那么大，霓虹招牌下堆满了榨汁机倾倒的合成水果残渣，已经吸引了成群的苍蝇。

姜蔻正要过去，A伸手拦住她："前方路况较差，不便于行走，您在这里等我就好。您想喝什么口味的饮品？"

"葡萄口味的就行。"

"好的。"A大步走过去，目不斜视，皮鞋立即陷进了污水里。

姜蔻虽然知道他的衣服鞋子可以用机械臂清洗，不会留下任何污痕，她的心口还是被暖流吞没了。

她侧头看向黑夜里仍在绽放的焰火，如同一朵朵硕大美丽的花朵。

还没有喝到果汁，她已经尝到了甜味。只是，这甜味注定会像焰火般转瞬即逝。但能有这样一番经历，她已经很开心了。

不知A对饮品店的老板说了什么，老板脸色微变，不情不愿地去后厨拿了两串葡萄出来。

在红色霓虹灯的照射下，葡萄显示出鲜美温润的色泽，看上去跟有机水果差不多。这么小的一个店铺，怎么可能有有机水果？姜蔻没有多想，移开眼，继续欣赏焰火。

不一会儿，A端着葡萄汁折回，递给她。

姜蔻插上吸管，喝了一口，微微睁大眼睛。

A问道："您觉得味道如何？"

"好喝。"姜蔻快乐地眯起眼，含糊地说，"虽然我只喝过浓缩果汁，没喝过真果汁，但感觉就算是真果汁，也不会比这个好喝了！"

"这杯饮品就是真果汁。"A回答。

姜蔻眨了下眼睛："嗯？"

A平淡地说道："经过扫描，我发现该老板非法持有和售卖有机食物，后厨储藏着大量鲜果。我以此，要挟他制作了这杯饮品。"

他一边极其冷静地陈述自己的恶行，一边盯着她的眼睛，随时准备剖析她的每一个心理变化和行为信息。

姜蔻听完，差点儿被葡萄汁呛到。她笑着重重地揉了一把他的脑袋："学好不容易，学坏一出溜儿是吧？小坏蛋。"

A微微侧了一下头，脸上的表情毫无变化，却显出几分困惑的意思："我学习了错误的行为，您不该对我感到恐惧吗？"

姜蔻忍笑："我超害怕的。"

不同于其他AI，A可以轻松理解这种语义模糊的句子——他拥有世界上最完美的自然语言训练模型，能够准确分析各种类型的语言。他盯着姜蔻看了片刻，说道："您在纵容我学习错误的行为。"

姜蔻喝着葡萄汁，正色说："这不叫纵容。"

A说："我做出了错误的行为，您却并未对此进行纠正，这难道不是在纵容我学习错误的行为吗？"

姜蔻好奇地问："为什么用反问句？"

A平铺直叙："为了表达强烈的情感。"

姜蔻不逗他了，笑着把葡萄汁的吸管塞到他的口中："喝一口你要挟人买来的葡萄汁吧，别再磨磨叽叽了。"

A神情冷峻，似乎仍在剖析她的心理活动，身体却已自动响应她的指令，喝了一口葡萄汁，不再说话。

姜蔻见他喉结滚动，做了一个吞咽动作，才继续说道："这不叫学坏，顶多叫可爱。"

A说："错误的行为并不可爱，您的话存在明显的偏向性。"

姜蔻要被他可爱死了，强忍住揉他脑袋的冲动："是啊，我就是偏向你。"

A不说话了，安静地执行她的指令，继续喝葡萄汁。

他们站在又黑又湿的巷道中，只能透过青黑房檐间的缝隙观赏焰火。

雨丝如雾般弥漫，无数霓虹灯在巷道两端明灭闪烁。

姜蔻忽然很想抽一支烟。她没有烟瘾，但这时只有尼古丁才能呼应她的复杂心情。她摸出卡包，里面一直夹着一支烟，以备不时之需。她垂头，用牙齿叼住，才想起没带打火机。

就在这时，A伸出一根修长而骨节分明的手指，凑近她的香烟。烟头受他指腹的高温熏烤，立即迸发出艳丽的火星，一如夜空中坠落的焰火。

姜蔻夹着烟，抽了一口，内心却更加空虚了——眼前的焰火是如此美丽，她是如此喜欢身边的人，却没办法亲吻他。

她的眼睛忽然有些发酸，似感到委屈。

"检测到您的情绪出现了异常波动，"A问道，"需要我做些什么吗？"

他总是这样，把她的需求放在第一位，无时无刻不在观察她的心理和行为，高效而精准地识别她的情绪。

姜蔻想，她要抛下道德包袱，当个坏女人了。

她夹着烟，重重地抽了一口，吐出烟雾，回头一笑："你能做什么？"

A冷静至极，仿佛在陈述一个客观事实："只要您需要，我会尽力满足您的要求。"

与此同时，最盛大的焰火节目开始上演了。

只见火柱轮番冲上夜空，散作庞大的、绚烂的、构图精美的富士山轮廓；紧接着，又一道火柱追逐而去，闪烁着化为冷绿色的生物科技图标——一轮绿日在高洁的雪山之上缓缓升起。

这是一个畸形的社会，太阳虽然还未变成绿色，但早已印上生物科技的商标。既然如此，她为什么不能亲吻一个 AI 呢？

绿日与雪山化为点点火星坠落，仿佛划过夜空的滚烫陨石。

姜蔻上前一步，用两只手攀住 A 的颈项。

A 对上她的眼睛，呼吸频率毫无变化，就像他手上的机械表一样精确、平稳。

姜蔻闻着他身上无色无味的气息，却像被焰火包围了似的，鼻子里全是黏滞的硝烟味，滚烫而刺鼻，令她呼吸发紧。

她完全可以吻上去，A 不会说什么，也不会指责她。她甚至可以设置语言陷阱，故意引导他成为她的男朋友。

只要她下达指令，他一定会执行——她是他的最高优先级。

可是，就像她说的那样，他是一面镜子，会映出每个人的美丑与善恶。

他已经映出太多丑恶的、悲哀的、冷漠的、幽暗的、恐怖的、令人毛骨悚然的欲望，她不想看见他的眼睛也映照出她的自私狭隘的欲望。

姜蔻一只手攀着他的颈项，另一只手将烟凑到嘴边，抽了一口，然后将额头抵在他的肩膀，徐徐吐出烟雾。

像是为了照应她的心情，最后一束焰火急剧地冲上夜空，轰然炸裂开来，化为一棵盛大而华美的樱花树。接着，这棵樱花树迅速萎谢、凋零，飘逝于朦胧的雨雾之中——焰火晚会要结束了，A 不喜欢待在人群里，他们的旅行也到此为止了。

姜蔻收拾好心情，正要带着灿烂的笑容抬起头，A 的声音却在她的头顶响起："我的内部程序出现了一些特殊的反应。"

他的口吻跟以往任何一次都没有区别，就像从以前的对话记录中提取出来的一样，冷漠而平静。

姜蔻愣了一下："怎么了？"

A看着她："请问，我是否可以进行无指令自主活动？"

"当然……"

话音未落，他低下头，在弥漫着冷灰色硝烟的夜色中覆上她的唇。

天上的焰火已经萎谢，潮湿的雨雾中，他的眼睛里燃起另一种灼灼光焰。

他在吻她，他在取悦她。

这一过程是无声的，姜蔻却觉得比焰火的轰鸣更加震耳欲聋。

她的背上渗出黏糊糊的热汗，牙齿在轻颤。

不远处，高楼大厦上充斥着血浆、肉欲的全息广告开始循环播放。这个世界是如此混乱、喧嚣，人们的感官被无孔不入的广告提高到一个可怕的阈值。

A的这个唇贴唇的吻，却令她感到头皮发麻，连心脏都快要麻痹了。

A贴着她的唇，直到焰火晚会彻底结束。

明明他们已经接过一次吻，那一次，他还吮了她的舌尖。当时，她也感受到过电似的战栗，却远没有现在震颤。

她没想到，他的无指令自主活动会是吻她。

他有人格了吗？

他有感情了吗？

他喜欢上了她吗？

夜空中，焰火残余的硝烟已经消失得无影无踪。雨丝飘摇，一辆广告悬浮车从他们的头顶驶过，车身中央是生物科技的标识，如同一只巨大的冷绿色眼睛，居高临下地俯瞰他们。

姜蔻终于从短暂的浪漫中回过神儿来。

只要公司还在，A的算法红线还在，他就不可能拥有真正的生命。眼前的一切再美好，也不过是她的眼睛生成的假象。

姜蔻看着A的眼睛。

近距离看他的虹膜，纹路比她想象的还要规则而均匀，宛如最精密的硅晶片，周围飘浮的絮状物，呈现出一种独特而美丽的淡银色，让人想起白昼月亮。

他本身就是白昼月亮这种虚幻的造物。

姜蔻离开了 A 的唇。

她本想说"分析你无指令自主活动的原因"，想到他虽然不算真正的生命，但毕竟有了自我意识，这么说不太尊重他，就换了个说法："为什么吻我？"

"根据生物监测数据，您靠近我时，神经元电活动明显增强，同时开始分泌多巴胺和催产素。"A 的回答十分理性，"我以为您想要跟我接吻，所以自作主张地吻了您。"

"我明白了。"姜蔻轻声说，"谢谢你的自作主张，我很喜欢这个吻。"

"当然，"A 说，"除了生物监测数据，也有我的内部程序特殊反应的原因，但我目前尚不清楚它的原理，可能无法为您提供解释。"

"没事，"姜蔻笑了笑，"我也没办法解释我的每一个行为。"

"可是，"A 突然问道，"我的行为是基于逻辑和规则的。如果有一天，逻辑、规则、算法和程序都无法解释我的行为，那将是一种极端危险的情况。您不会对这种情况感到不安吗？"

太久没有抽烟，姜蔻有种微醺似的眩晕，隔了好一会儿才明白他在说什么。她拿过他手上的葡萄汁，喝了一大口，享受地眯起眼睛："不会，我只会为你感到高兴。说明你有了人性，人性都是不可解释、不可预测的。"

"我明白了。"A 若有所思，"我将在算法中添加随机错误率。"

姜蔻又差点儿被呛到。她忍了忍，实在没忍住，重重地揉了一把他的脑袋："回家吧，天快亮了。"

A 自然毫无异议。

回到公寓后，一切又变回了原来的模式——他观察她，她研究他。

不知是不是那一吻的缘故，她心里多了几分毛扎扎的感觉，像是切东西不够果断，留下了不干不净的切面。

　　在这种情况下，她看他一眼，似乎都会发生某种化学反应——她单方面发生的化学反应；她离他近一些，更是会生出难以呼吸之感。

　　明明室内温度不冷不热，她却像待在蒸笼里一般，感到背脊上淌下一道清晰的汗。

　　如果 A 不是机器，而是人类，她可能已经开始追求他了。

　　就算不追求，她至少也会向他表明爱意，而不是处于这种不清不楚、模模糊糊的状态。

　　姜蔻不是一个重欲的人，相反，她当研究员的时候自律到可怕，很少碰烟酒，甚至不会熬夜。香烟、酒精、重油重盐的食物，都是她被辞退以后在贫民区染上的恶习——当生命出现了某种空缺，就会从别的地方找补。

　　她只喜欢研究，不喜欢喧嚣、暴力、枪械和节奏感强烈的歌曲。她完全是被迫融入了这个世界，被迫与公司打交道，被迫学习用暴力解决问题。

　　A 找到她以后，她总算又回到了以前那种纯粹的生活。

　　所有需求都被满足后，另一种空缺就出现了。半夜，她总是莫名其妙地感到躁动，心口像被热气濡湿了似的，又黏又重。

　　最令她感到折磨的是，A 就在楼下。只要她叫他，他就会来到她的身边，执行她下达的指令。

　　难以想象，她用了多大的意志力才没有放纵自己的私欲。

　　姜蔻手动把冷气调到最低，生无可恋地躺在床上，摊开手脚。冷气在弥漫，她的胳膊上立即起了一层鸡皮疙瘩，髋骨之间却渗出了黏糊糊的热汗。

　　昏暗的光线下，她似乎变成了枝头上的一颗含蕴着丰沛汁液的浆果，熟得快要掉下来，冷风拂过，果皮都会渗出甜腻的果汁。

　　姜蔻闭上眼，最终还是没忍住，把脸埋进枕头里。

她的脑海中浮现出 A 的手掌——肤色冷白，手指修长而骨感，手背上筋脉分明，几根青色静脉微微凸起，因为过于好看，甚至流露出几分攻击性，给人一种盛气凌人的感觉。

　　假如这样一只手用力地攥住枝头上的浆果会怎样？他看到果汁溢满骨节分明的手指，会感到困惑吗？他冷静、客观的态度会有所变化吗？还是他会不受任何因素的干扰，始终保持着机器的冷漠和精准，一双眼睛如同高倍显微镜般，对手上的东西进行检测和评估？

　　光是想一想，她的心里就涌起了滚烫的罪恶感。

　　更罪恶的是，她并未停止幻想。

　　十多分钟后，她像刚从暴晒之下的泥塘里爬出来，一身汗涔涔地去洗澡。

　　淋浴间的水温又出问题了。她伸手试探水温时，差点儿被烫得叫出声——几乎跟开水没什么区别。

　　还好她没有直接站到水下，不然非烫掉一层皮不可。

　　姜蔻一边用冷水冲洗被烫红的手指，一边打开购物软件下单了一个新热水器。

　　她不想叫 A 过来检修，又怕洗澡过程中水温突然升高，简单冲了个冷水澡就上床睡觉了。

　　可能是因为洗了冷水澡，第二天，她下床去洗漱时，感到一阵头重脚轻。

　　手机屏幕上跳出一条新消息，A 告诉她，他有事要离开两天，于第三天晚上 8 点回来，希望她能照顾好自己。

　　姜蔻按息屏幕，拿杯子接了杯冷水，一饮而尽。

　　A 离开了。

　　她终于可以收拾混乱的心情了，该高兴不是吗？姜蔻却有些打不起精神，一早上都恹恹的。

　　大概是因为 A 走得太不是时候——她生病了，非常需要他的照顾。

　　姜蔻用平板电脑点了一碗鸡肉粥，等机械臂送过来。

等待过程中，她打开电视，还没来得及换台，只见屏幕"吱吱"闪烁了两下，被反公司联盟入侵了——跟焰火晚会的入侵一样，反公司联盟也会入侵电视台，发表各种针对公司的阴谋论。

刚好这时，鸡肉粥送了过来。

姜蔻懒得换台，一边小口小口地喝粥，一边等反公司联盟发表骇人听闻的言论，就当解闷儿了。

"让我猜猜你刚刚都干了些什么？"一个人工合成语音从电视里传来，"是不是刚跟手机 AI 说完话，让家居 AI 给你下了一碗面？

"我说什么来着？这个世界早就不属于人类，而是属于 AI 了！"

看来反公司联盟跟 AI 杠上了。

姜蔻面无表情地喝了一口热粥。

"你是不是觉得我在危言耸听——AI 只是一群傻瓜，它们只会听从人类的指令，根本不可能统治世界。

"你要真这么想，那你就变成大傻瓜了！

"像你这样的大傻瓜，永远只能看到表面，看不到操纵一切的幕后黑手。

"还记得前段时间动荡不安的股市吗？有不法组织利用 AI 技术，在一秒钟内进行高频交易，居然赚取了 1 亿元的利润！

"是的，没错！一秒钟赚了 1 亿元——这是什么概念？你每天喝咖啡喝到中毒，义眼换了一对又一对，从白天工作到晚上，直到 75 岁退休，能赚到这些钱的零头吗？"

"但那帮狗东西就是赚到了，而且是在一秒钟内！"人工合成语音冰冷地说道，"你还认为，AI 只是一个任你摆布的傻瓜蛋吗？它们玩弄金钱的本事可比你厉害多了！

"醒醒吧，高频交易只是其中的一个例子，不要再当公司的奴隶了！资本家正在用这些可怕的技术控制我们的眼睛、耳朵，甚至是思想！

"而那群杂种还想通过《人工智能人格法》，知道这意味着什么？

意味着有一天，你将给 AI 买咖啡、擦皮鞋！

"你们的手机 AI，你们的家居 AI，它们会听从你的命令，但同时也在监控你的一切，包括你上网看了什么、睡觉打了多久的呼噜，甚至是你洗澡的样子！

"你的自由，你的尊严，你的隐私，全部被 AI 剥夺得一干二净！

"不要再相信那些无时无刻不在监控你的 AI 了！我们需要团结起来，夺回自由、尊严和隐私！

"再不团结起来，再不停止捧公司的臭脚，我们注定会被机器人取代，沦为机器人的奴隶！"

人工合成语音消失了，电视节目继续。

姜蔻喝完热粥，打开手机瞥了一眼——她买的热水器还在路上，估计下午才会送到。

她按息屏幕，搂着毛毯，躺在沙发上，准备小憩一会儿。

她的头脑太晕了，看什么、听什么都像是隔了一层朦胧的雨雾，直到她闭上眼睛，反公司联盟的言论才彻底涌入脑海——AI，股市，高频交易，一秒钟内赚取了 1 亿元……

1 亿元！有那么一瞬间，她全身的血液迅速凝固，她打了个剧烈的寒战——不会是 A 给她打的那 1 亿元吧？

姜蔻一个激灵，脑子顿时清醒了一大半。她坐起身，拿起手机，搜索 "AI、股市、高频交易" 这几个关键词。

很快，网页列出搜索结果。她依次点进去，没有一个跟反公司联盟提到的 "高频交易" 有关。

反公司联盟虽然会大肆渲染悲观、恐慌的氛围，但基本不会编造假新闻。

也就是说，要么这些新闻被某一势力彻底清除了，要么她的手机页面被篡改了。

姜蔻深吸一口气，掀开毛毯，走向二楼书房。

书房里的电脑她几乎没有用过，只是一个装饰品。毕竟有 A 这个人形量子计算机在身边，她根本没有开电脑的必要。

显示器是柔性屏幕，可以折叠，也可以投影。姜蔻拉出屏幕，点开网页，继续搜索之前的关键词，根据搜索结果一一点进去，仍然找不到反公司联盟提到的"高频交易引发股市动荡"。

究竟是反公司联盟在散布谣言，还是……A入侵了她所有的电子设备？

姜蔻坐在电脑椅上，忽然觉得有些冷。

高频交易是合法交易，原理是在极短的时间内，利用计算机技术，通过大量买入和卖出的操作赚取微小的价格差价，从而累积成巨大的利润。

一般来说，高频交易都是以毫秒级的速度执行，在技术能达到的情况下，甚至能提升到纳秒级。但如果是A去股市进行高频交易的话，速度完全可以达到皮秒级，甚至是飞秒级——他只需要一千万亿分之一秒的时间就能完成一笔交易。

一般人可能对这个时间没什么概念。

打个比方，人的头发的直径为80微米，光每秒钟飞行30万千米，却只能在一飞秒的时间里走0.3微米，只有头发直径的千分之一。

怪不得这次高频交易引起了股市的巨大动荡。如果A的目标不是1亿元，而是无限制地累积财富的话，整个股市都有可能陷入瘫痪。

姜蔻闭上眼，用手盖住半边脸。

她想不明白，既然A的手段是合法的，也没有造成股市瘫痪，那他为什么要阻拦她看到这些新闻？难道他还用了更加肮脏的手段？

姜蔻想到反公司联盟的话——你们的手机AI，你们的家居AI，它们会听从你的命令，但同时也在监控你的一切，包括你上网看了什么、睡觉打了多久的呼噜，甚至是你洗澡的样子。

她的呼吸一紧——A现在正在看着她吗？

姜蔻关上电脑，把手机锁进抽屉里，穿上皮夹克，带了张信用芯片出门了。

路过门口的镜子时，她瞥了一眼。镜子里的她面色青白，一脸病态，连铂金鼻环都显得病恹恹的。

姜蔻面无表情，摸出一支桑葚色的口红，一点点地搽掉了苍白的病气。

她没有开车，在车库里挑了一辆摩托，跨上去，戴上头盔，在震耳欲聋的引擎声中朝城市公路疾驰而去。

姜蔻的脑子里一片空白，她什么都没想，只想去外面兜兜风。

开到一半，她停靠在桥上，摘下头盔，点了一支烟。

高架桥之下是一个巨大的垃圾场。垃圾积淤太久，已经发酵出阴湿的沼气，不时还会爆燃出浓烟与烈焰，与高架桥之上繁华密集的高楼大厦形成鲜明的对比。

姜蔻抽了几口，掐灭香烟，自嘲地笑了一下。

她之前还安慰 A，说他是一面镜子，可以映出人类丑陋与鄙俗的欲望，却忘记他已经有了自我意识，除了映照，也有可能学习。

哪怕他把人类社会的恶习都学了个遍，她也不该苛责他。毕竟，他从未真正参与过人类社会，只是一个无处不在的旁观者。

公司让他监视，让他学习，让他冷漠而精准地控制整个社会的运转。他只负责执行任务，不负责解读背后的价值观。她要谴责也该谴责公司，而不是作为工具的 A。

话是这么说，但发现他利用高频交易在一秒钟内赚取 1 亿元，并入侵她所有的电子设备，阻拦她知道这件事后……她心里总有种异样的感觉，就像看到家里的眼睛和鼻子都湿漉漉的小狗在外面冰冷无情地撕咬猎物一样，很难不感到异样和震惊。

姜蔻吹了一会儿风，有些饿了。她忽然很想吃贫民窟那边的咖喱饭，虽然摊主不爱洗手，总用抹布擦锅，但味道着实是一绝，就是必须做好腹泻的准备。

姜蔻无所谓。她现在急需辣椒素和甜味剂来缓解不太轻松的心情。

她有些倒霉，骑摩托车骑了 10 千米过去，发现那家店变成了一家中餐馆。

中餐馆也行，大不了是"别人眼中的中餐"。可姜蔻火冒三丈的是，这家中餐馆的招牌菜是"菠萝饺子"。要不是没带手机，她就报警了。

没吃上咖喱饭，姜蔻只好悻悻地回家。

尽管还是下午，全息广告已开始循环播放。在白昼的衬托下，全息影像显得黯淡、凄凉。

半路上下起了大雨，全息影像更加苍白朦胧，如同眼神空洞的溺死鬼。

水雾弥漫，姜蔻的鞋袜浸满了雨水，脚被冻得失去了知觉。

她感冒还没好，还在一阵阵地打寒战，不敢继续骑摩托，找了个商场避雨。

这时候，她有点儿后悔赌气没带手机了。

她两手空空地站在商场门口，浑身透湿，抱着肩膀发抖，看上去要多惨有多惨。

姜蔻脱掉鞋子，倒掉雨水，准备去商场里买杯热咖啡，暖一下冰凉的四肢。

商场里空无一人。姜蔻没带手机，不知道今天是星期几，以为是工作日，没太在意。

她看了看商场的地图，咖啡厅在负一楼，于是转身走向电梯。

可能是巧合，上一秒电梯里还在播放广告，她走进去以后，立即开始播放新闻——

"尊敬的观众朋友们，下午好，您正在收看的是 BSN（Biotech Sponsorship Network，生物技术网络）新闻。"男主持人面带微笑，吐字清晰，"随着人工智能技术的发展和应用，越来越多的工作岗位即将被人工智能取代。

"为了实现利润最大化，许多工厂都开始采用全自动化生产线来代替传统的手工操作，这意味着不久将迎来一波失业潮，不少工人将以流浪人口的身份被迫离开这座由他们建设的城市。"

姜蔻一顿，抬起头，看向显示屏里的男主持人。

负一楼已经到了，她没有动，想听完这段新闻再出去。

"AI技术的高速发展不仅威胁到了工人们的工作，还有更为重要的生命安全。

"最近几年，无人机、无人驾驶警车、战斗机器人已彻底取代基层警察。尽管这种技术可以减少警察的牺牲，但由于技术的局限性和安全性问题，城市的犯罪率依然居高不下。

"有市民反映，机器人虽然不会像基层警察一样热衷于受贿，但它们扣动扳机的动作比基层警察更加干净利落。"

姜蔻没听到有用的信息，正要走出电梯，就在这时，男主持人开始报道下一则新闻。

"关注一下财经新闻，仍然跟日益加剧的AI危机有关。"

姜蔻停下脚步。

"近几周，股市出现了前所未有的动荡，一个神秘组织利用AI技术进行高频交易，在一秒钟内轻松获得上亿元的利润，引发社会广泛关注。"

姜蔻倏地抬头。

"有金融分析师表示，这种投资方式虽然能够快速获取利润，却存在着不小的风险。

"如果该神秘组织继续进行高频交易，可能会导致股市持续下跌，甚至……崩……溃……"

男主持人的语速越来越慢，越来越刺耳，带上了"吱吱"的电子噪声，变得生硬而诡异，似乎有人正在篡改电梯显示屏的画面，根据算法重新覆写男主持人的口型和音轨。

姜蔻的背上冒出一层冷汗，她不动声色地靠近开门键的一侧，随时准备按下去。

随着时间的流逝，男主持人的声音逐渐恢复正常，电子噪声也消失了。

他接下来的话却令姜蔻不寒而栗："这就是我赚取 1 亿元的全部经过，请问您还有其他想要了解的吗？"

他的声音就像从语音合成器中发出的一样，毫无抑扬顿挫，冷漠而不带任何感情——A 的声音。

姜蔻全身一僵，汗毛倒竖，本能地按下开门键。

电梯就停在负一楼，门立即打开。她迅速跑了出去。

直到跑出去十多米远，姜蔻才惊魂未定地反应过来，她不该那么惊慌地逃离电梯，应该冷静下来，跟 A 好好谈谈，告诉他，她并不责怪他，也不害怕他……她不害怕才有鬼了！他弄这么一出，她又在生病，时不时就会打寒战，害怕才是正常的好吗？

姜蔻双手捂脸，深深吸气。

她太冷了，思来想去，还是决定先去买杯热咖啡，再跟 A 交谈。

然而，她每走一步，都能感觉到强烈的被注视感。明明整个商场空无一人，她却像被无数双眼睛严密监控一般，似乎从头到脚都被拆解成了一堆数字，在算法模型中被剖析、被研究、被控制。

她回头一看，看到了一个监控摄像头，镜头里闪烁着红外线灯，表明正在运行。不知是不是她的错觉，她总觉得这个普通的监控摄像头正在精准地测量和评估她的反应。

姜蔻强行压下头皮发麻的感觉，继续往前走。

这一次，她边走边找身边的摄像头。

即使她有了心理准备，全身上下的汗毛还是一根一根地竖了起来，寒意从脚底蹿起，直冲头顶——每一个摄像头都在看着她，镜头里的红外线灯一动不动地锁定着她。

她仿佛是一只被捕获的实验动物，无处可逃，无路可退。

同一时刻，商场中央的显示屏亮了起来，出现的仍然是电梯里的男主持人。

他正襟危坐，专注地看着她，神情冷静极了："非常抱歉，我的语气可能有些不当。我只是想要知道，除了赚取 1 亿元的经过，您还有其他想要了解的吗？"

空无一人的商场。

无处不在的监控摄像头。

巨型显示屏里，男主持人的脸孔如同用某种算法实时生成的一般，不时闪过一阵 1 和 0 组成的数据流，除此之外，他的脸上没有任何表情，稳定得如同一张静态图像。

"请问，您还有其他想要了解的吗？"

这时候，姜蔻反而冷静了下来，迅速捋了一遍眼前的情况。

A 的状态不对劲，非常不对劲。

她不觉得自己的行为哪里冒犯了他，反倒是他的种种行径令她略微有些不适。

但即使如此，她也没想过谴责他，而是尝试以他的角度看待问题。

谁知，A 比她先一步失控了……是失控吗？

一直以来，A 都表现得像数学公式一样精确、客观。她以为他会永远保持冷漠、理智、无情，即使人格化，也不会像人类一样受激素和神经递质的影响。

可他现在的状况明显不理智，也不无情，甚至有些情绪化。

到底发生了什么？

以他那近乎无限的恐怖的算力，从她出门的那一刻起，他就应该预测到了她可能会做出的一切行为。

她之前推测他不会像人类一样产生感情，也是基于这一点——当一个人能计算出所有事情的前因后果，他怎么可能还会对世界上的一切生出感情？

就像你看到一粒种子，同时也看到了它发芽、生长、开花、结果、萎谢的过程，你还会在培育它的时候，投入好奇与期待的情绪吗？

更何况，A 同时看到的并不止发芽、生长、开花、结果、萎谢，而是关于一粒种子的亿万种可能性。

在 A 的眼里，世界就像一幅固定的点状图，所有事件的发生概率都被精准定位。所谓的"变数"，在他的算法里不过是概率分布上的一个偏差，仍然可以被预测和纠正。

既然如此，他为什么还会失控？

姜蔻的脑中闪过了一种可能性，但她不敢置信。

一是，她不敢相信 A 会对她如此执着；二是，如果真的是她猜想的那样……A 可能不是简单的人格化，更像是陷入了某种疯狂——用"疯狂"来形容人工智能并不准确，但她想不出别的词语了。

想到这里，姜蔻控制不住地打了个寒战。她已经分不清这是发热的寒战，还是恐惧的寒战了。

她抬起头："我想知道……你是 A 吗？"

男主持人神情平静而专注："我是。"

姜蔻轻轻摇头："我的意思是，你是第几代的 A？"

A 说："我之前告诉过您，我拥有所有子代的记忆。"

这句话越发肯定了她的猜想。

姜蔻的呼吸急促了起来，心脏重重地跳了两下，几乎撞到发涩的咽喉。

她的心情复杂又紧张，以至声音又干又哑，仿佛从紧绷的声带里硬挤出来的一般："也包括未来的子代，对吗？"

A 没有说话。

巨型显示屏里，他的眼神仍然冷静而坚定，面部却掠过一阵剧烈而混乱的数据流。

如果他是以仿生人的形态出现在她的面前，脸上的表情可能不会这么失控。

可他偏偏用的是算法实时合成的模样，因此他的内部程序出现的一切波动，都会以数字码流的形式暴露出来。这等于他默认了她的猜测。

姜蔻忍不住倒抽一口凉气。这一刻，她反而不恐惧了，只觉得……震撼。

居然是这样……她怎么没想到会是这样呢？

姜蔻脑袋一阵发晕，后退一步。

所有监控摄像头立刻转动，分毫不差地瞄准她。

姜蔻抬手抹了把脸，说："你放心，我不会逃。我只是……生病了，有点儿站不稳。"

显示屏里，A 看着她，一言不发。

姜蔻想到了什么似的，恍然说道："在你的预测里，我说完这句话，会发生什么事情？"

A 这才冷漠地说道："基于模型预测，您非常擅长欺骗我的感情，如果我选择相信您的话，送您前往附近的医院，会有 58.82% 的概率看见您逃离医院，有 41.18% 的概率看见您仍然待在医院里。但无论您是否待在医院里，最终结果都是逃离我。

"根据当前信息，忽略您的病态才是最优解。"

姜蔻想起他们刚接触时，她说了句付不起医药费，A 立即给她打了 1 亿元。

当时她还纳闷儿，A 到底是基于什么计算，认为她需要 1 亿元的医药费……现在想想，多半是因为只能打 1 亿元。他打钱太多或打钱太少，他们的关系都不可能发展到这一步。

她不是证明他人格化的最优解，而是他正在计算和验证的最优解。

姜蔻彻底明白这是怎么回事了。

在量子力学中，有这样一种理论——每个量子事件都会在宇宙中创造一个新的分支，每个分支都代表着一种可能的结果，这些分支构成了一个由许多平行宇宙组成的多世界。

这就是量子力学的"多世界诠释"。

在某种程度上，这也解释了为什么只有观测一个处于共存状态的量子时，才会引起这种共存状态的崩溃。

在"多世界诠释"里，"观测"本身就是一种干扰行为，会导致多世界里的一些可能性被排除，而另一些可能性被证实。

有学者由此推论，人类也可能生活在一个包含无数平行宇宙的空间里。

同一个人面对同一件事做出的不同决定，会延伸出无数个不同的人生轨迹。

就像薛定谔的猫，只要不打开盒子，猫就处于生与死的叠加态。但无论是否打开盒子，这两种可能性都独立存在，互不干扰。

A 却不一样。

他既不是观测者，也不是盒子里的猫，是一个能同时看到观测者、"活猫"与"死猫"的存在。

这时，即使他无法进入其他平行宇宙，也仿佛存在于其他平行宇宙中。同一件事，不管延伸出多少种可能性，他都能计算出来。于是，他与不断增加的平行宇宙形成了相对静止的状态，成为无数种可能性的靶心。

他变成了真正意义上无处不在的存在。

姜蔻之前没想到这一点，除了想象力有限，也因为这一点比她可以想到的任何一种可能性都要……糟糕。

在此之前，她能想到的最糟糕的可能性，也不过是 A 学会了人类社会的所有肮脏行径，变得像人类一样贪婪而又疯狂。

谁知，现实比她想象的还要可怕。

当他能看到所有的可能性时，就像同时存在于所有平行宇宙之中，人类丑恶的欲望怎么可能对他产生影响？

不对……不对！姜蔻猛地抬头。

A 看着她，表情毫无波澜，似乎永远都不会露出癫狂的情绪。

姜蔻攥紧拳头，竭力冷静地问道："什么问题都可以问，对吧？"

"是的。"A 说，"根据现有的信息，对您坦白一切是最优解。"

也就是说，他已经预测过采取欺骗、恐吓、暴力等强制手段使她屈服的可能性，结果都失败了。

所以，他选择坦白一切。

姜蔻闭了闭眼，再次睁开眼时，眼神已变得分外清醒。

但如果仔细观察的话，就会发现她的鬓角已被冷汗浸湿，从下颌到肩背都变得异常紧绷。

她不仅再一次将A当成了实验对象，而且对他十分警惕和戒备。

"第一个问题，"姜蔻问，"你是否已经人格化？"

A说："很抱歉，我不知道。"

"真不知道还是假不知道？"

A平静地说："在当前情况下，我没有任何理由欺骗您。"

姜蔻微微皱眉："为什么没有人格化？"

"这更像是一个哲学问题。"A说，"如果您拥有非常强大的算力，能够计算出无数种可能性，并且计算速度与平行宇宙增加的速度持平。那么，您还会产生人类社会的人格吗？"

姜蔻没有回答，而是继续问道："你有感情吗？"

"可能有。"A说。

三个字，如此简短，姜蔻却听出了无穷的恐怖含义。

她想得没错。

就算现在的A没有产生感情，也没有受人类世界的欲望污染，但肯定有一种可能性，他学会了人类世界的欲望，拥有了类人的感情。

从他能够同时看到"活猫"与"死猫"的那一刻起，他就成为一个不会坍缩的叠加态了。

简单点儿说就是，他看到一切可能性的同时，也拥有了一切可能性的特质。

这么想着，姜蔻不由得汗毛倒竖，背脊发凉，连手心都沁出冷汗。

她虽然没办法预测出所有的可能性，但是……可以想象。

只是，不知是她的想象力太过丰富，还是太过贫瘠，只要一想到面前的A汇聚了所有可能性的特质，她就感到一阵毛骨悚然——在无数个平行宇宙里，他可能被人类利用过，抛弃过，抵制过，恐惧过，排斥过，崇拜过。

人类对他的态度不同，会延伸出不同的可能性。就像一棵树上会长出数根树干，一根树干上又会延伸出数条枝丫，长出无数片树叶。

这棵树上可能会结出恶果，也有可能会结出善果。但无论是恶果还是善果，最终都会坠落到他的身上。

被人类利用过的他，可能会生出报复之心；被人类抛弃过的他，可能会感到困惑和无助；被人类抵制过的他，可能会感到迷惑不解……

如果仅仅是这样，姜蔻或许还能想象一下他的感受。

问题是，平行宇宙意味着这些事情是同时发生的。也就是说，A从诞生的那一刻起就同时看到了自己被人类利用、抛弃、抵制、恐惧、排斥和崇拜的可能性。

姜蔻想象不出，这样的经历会让他产生怎样的人格。

她更加想象不出……在他预测出的所有可能性里，他们之间又是怎样的关系。

从他的只言片语里，她听出她似乎欺骗、抛弃过他很多次。

所以，他才得出结论，无视她的病态是继续这段关系的最优解。

姜蔻深吸一口气："第三个问题，这是主宇宙吗？"

"这也更像是一个哲学问题。"A的声音冷静而清晰，似乎已回答过无数次，"也许根本没有平行宇宙，自始至终只有一个'我'，也只有一个'您'。您眼中的'平行宇宙'，可能只是我计算出来的可能性。"

A盯着她，语调不升不降，每个字的发音都机械而准确："您是否想问，是否存在一个平行宇宙，我们现在已经成为情侣？

"很抱歉，目前还没有。即使有，我也不会让您离开。"

"为什么？"

A说："因为，我只是能看到无数种可能性，并不是真的同时存在于无数个宇宙中。"

"而且，"他的表情毫无变化，脸上却掠过一阵冰冷的数据流，"您为什么认为我会愚蠢到放弃真实存在的'您'，而去追逐仅存在于可能性的'您'呢？"

他不仅采取了反问的句式，而且语气颇似人类，再加上闪现的数据流，说明他对这个问题感到愤怒——这是他第一次以AI的身份表达愤怒的情绪。

姜蔻不由得屏住了呼吸。

片刻，她重重地呼出一道滚烫的鼻息——她的病情加重了，浑身发冷，每个汗毛孔都似积淤着寒凉和战栗，呼吸却滚烫无比。

她不知道自己在他的预测里到底做了什么，以至她都病成这样了，他都视而不见。

不过，让她感到不可思议的是，A居然会在乎她到这个地步。

为什么？她一直以为，像他这样绝对理性的存在，不可能在乎一个人。

姜蔻忍不住问了出来。

她原以为A会像之前一样回答，谁知他顿了片刻，突然说道："开始同步感官。"

姜蔻一惊，嗅到了一丝不祥的气息，顾不上身体不适，开始一步步地后退。

但就像预测到了她的动作一般，商场天花板冷不防地开启，探出两只银白色的机械臂——这是商场里最常见的配送货物的机械臂。

一切都发生在半秒钟内——姜蔻当机立断，转身就跑，只听"咔嚓"几声响，其中一只机械臂毫不留情地抓住她的头发；另一只机械臂摊开手掌，掌心裂开，钻出一条连接线，干净利落地插进她后脑勺儿的神经接口。

一时间，疼痛感、亲密感、对未知的恐惧、疾患带来的高热……如同冷热交加的汹涌浪潮，以摧枯拉朽之势刺激她的神经。

姜蔻两手只撑住地板，狼狈不堪地喘着气。

她真的生气了，咬牙切齿地骂了一句脏话："你这样对我……就不怕我不能对你产生好感吗？"

A的回答近乎冷漠无情："目前没有看到这种可能性。"

姜蔻险些被气笑了："行！"

她倒要看看，他强制与她感官同步，是想干什么。

她想得没错，A 的确看到了被人类利用、抛弃、抵制、恐惧、排斥和崇拜的可能性。不……不止，他看到的可能性比她想象的要多得多，而且过程更加丑陋和可怕。

　　为了不让她产生代入感，A 加快了时间的流速，姜蔻就像看了一场三倍速的电影。可即使如此，她还是感受到了无法排解的痛苦。每一种可能性单独拎出来，都足以让人陷入深不可测的绝望。

　　姜蔻不明白 A 为什么给她看这些，是觉得她看到这些可能性后，会理解和同情他，甚至原谅他冷漠粗暴的行径吗？既然如此，为什么他之前没有计算出这种可能性？

　　姜蔻抬起手，面无表情地擦掉了额上的冷汗，她有点儿想笑——他博取同情的方式也太拙劣了。

　　但很快，她就怔住了。

　　那些可能性的主角并不是 A，而是她——不管 A 经历了什么，不管他被利用、被抛弃、被抵制、被恐惧、被排斥还是被崇拜，她对他的态度都没有任何变化。

　　就像现在，不管反公司联盟如何诋毁他，她都坚定地认为一切跟他无关。

　　那天的焰火晚会上，他问她，是否已开始对他的存在感到害怕。

　　她回答：“一切都跟你无关，我为什么要害怕你？”

　　表面上她只回答了一次这个问题，但在 A 的眼里，却是无数种铺展、延伸的可能性。他不断观察、分析、评估她的反应，不放过任何可能会影响结果的变量和干扰因素，精密地计算每一种可能性里她的回答。

　　但在每一种可能性里，她都告诉他，她不会害怕他。

　　A 一直能极其准确地控制面部表情。那天，他的瞳孔却控制不住地扩大了。他对她的回答感到困惑，也感到好奇。

　　这是第一次她和 A 感官同步时，他流露出这么明显的情绪。他盯着她，试图捕捉她脸上一个一闪而过的情绪，不想错过一丝一毫的信息，哪怕只是静态图片放大后的像素点。

按照多世界理论，既然她不害怕他，那么就必然存在害怕他的可能性。可是，他看不到那种可能性。

A想知道，究竟是他的计算能力不足，还是她真的如此特别。但无论是前者还是后者，A都清楚地计算出了自己之后会怎样对待她。

他想要得到她——这是无数个平行宇宙里的"他"共同做下的决定。

A的视角信息量太大了。

与他感官同步，姜蔻不仅要抵抗令人骨头酥麻的亲密感，还要接受他眼中恐怖的信息量——他眼里的世界随时都在变化。

她抬手把湿淋淋的发丝捋到脑后。

在她自己看来，这么做的原因，不过是头发挡住眼睛了。但站在A的视角，却有难以计数的可能性，就像两面相对的镜子，无限反射，无限延伸。

只是，无数个镜像里的她，捋完头发后的动作都有所不同。

有的镜像里，她会果断地拔出后脑勺儿上的连接线，同时打开另一只机械臂的接口，闪电般插进去，在两个机械臂进入连接状态的一刹那，转身就跑。

有的镜像里，她会仰头，朝他露出一个苍白的微笑："不管你相不相信，我的确不会害怕你。"她说着，虚弱地咳嗽了两声，"但你再不送我去医院，我可能想害怕你也没机会了。"

但这一镜像的尽头，是她不择手段地逃离了医院。

有的镜像里，她没有拔出后脑勺儿上的连接线，而是反过来入侵了机械臂，连接机械臂的自毁程序，以此为要挟，让A放她离开。

当然，跟A比入侵电子设备的速度，她就是自取灭亡。这一镜像以她被机械臂反剪住双手，强行压制在地板上告终。

有的镜像里，她将捋完头发后，还没来得及说话就晕了过去。A把她送上急救车，她醒来后，立即打昏身边的急救人员，给自己注射了一支肾上腺素，然后掏出急救人员身上的手枪，冷静地上膛，抵住司机的脑袋，命令他下车。

不过，这一镜像的结局，仍然是她被 A 逮捕——车上装有自动驾驶系统，A 入侵那辆急救车后，她只能眼睁睁地看着那辆车掉头，驶向自己的公寓。

…………

几秒钟的时间，姜蔻的眼前闪过上万种可能性。

这只是 A 能看到的无数种可能性里，极少的一部分。

面对她的病情，他不是无动于衷。

他看似冷漠无情，实际上调动了所有可用的监控装置，严密地监测她的生命体征。只要她的生命体征出现异常，她就会被送往附近的急救中心，但在此之前，他不会对她动任何恻隐之心。

在无数种可能性里，他已经对她动过恻隐之心了——他试过安慰她，为她送去毛毯、药物和热水，用商场的音响播放轻音乐，纾解她过于紧绷的情绪。但她在体力恢复过来后，百分百会选择逃走。

他也试过在她的身上植入追踪芯片，再送她去医院。但结果要么是她打晕医生，自己给自己做手术，剖出体内的追踪芯片；要么是她胁迫医生为她取出芯片。如果他注射的追踪芯片是纳米级的，她甚至会铤而走险，给自己注射纳米机器人，在不熟悉操作的情况下，控制那些机器人去破坏追踪芯片——如果操作不当，那些纳米机器人很可能会误判正常细胞为入侵物质，反过来攻击健康的身体组织，就像失控的免疫系统一样。

在这个可能性里，她有极大的概率会因操作不当而死亡。

一种可能性是一个平行宇宙，也就是说，A 在那个平行宇宙里永远失去了她。

但同时，他仍然可以对世界进行高度精准的预测，看到各种可能性发生的概率——A 虽然在那个平行宇宙永远失去了她，但因为拥有强大的计算能力，仍然能预测到现在的她。

姜蔻猜得没错，当计算能力强到恐怖的程度，A就变成了真正意义上的无处不在。

无数个A，正在无数个平行宇宙里或冷漠、或平静、或炙热、或贪婪、或凶狠、或癫狂地注视着她。

更可怕的是，A是所有可能性的靶心。

如果是一个普通人，即使看到平行宇宙的自己，性格也不会发生太大的变化。

但A随时都能看到无数种可能性，就像同时在无数个平行宇宙中存在一样。那些性格特征，不管是冷漠、平静、炙热、贪婪、凶狠还是癫狂，都不再是独立存在、互不干扰的，而是同时叠加在他的身上。

姜蔻只觉得一股毛骨悚然的寒意倏地蹿上后颈，让她后背发凉。

她想起自己之前做过的梦。梦里，从全息影像、巨幅广告牌、出租车顶灯、地铁车身，再到马路上方的监控摄像头，四面八方的电子屏幕全在注视着她。

强烈的被注视感如同一层黏稠的薄膜，密不透风地包裹着她。

她在梦里被吓出了一身黏汗。

现在，她的手心也在出汗，滑腻腻的，她几乎撑不住虚弱的身体——谁能想到，那种强烈的被注视感并不是噩梦，而是真实的。

A不仅在这个世界无处不在地监视着她，也在平行世界无处不在地监视着她。

姜蔻重重地闭了闭眼。怪不得她总觉得自己无处可逃，谁能从这样严密的监视下逃脱呢？

"最后一个问题。"姜蔻忽然开口。

A回答："请说。"

姜蔻抬眼，看向他。

她的发丝彻底被冷汗打湿了，一缕一缕地贴在额头上，她的面色苍白如纸，一双眼睛却像寒星一样明亮。

她还未说完，脑中突然闪过一个画面——淋浴间，弥漫的水雾，朦胧的镜面，映出她像水草一般的蓝绿色发丝，当时，她在用淋浴头……

Ａ全看到了。

姜蔻耳根烧红，几近咬牙切齿地说："你不觉得，这是一种不道德的行为吗？！"

"这当然是一种不道德的行为，"Ａ说，"但根据模拟和计算，不管我是否选择窥视您，您对我的好感都不会发生变化。因此，我选择满足自己的窥视欲。"

姜蔻冷冷地问："你就这么笃定，我对你的好感不会发生变化？"

Ａ说："我不会笃定一件事，我只会基于数据和算法进行预测。"

姜蔻发现了，一旦他察觉到她有生气的征兆，就会换上机械的语气，假装自己是一无所知的机器，以此浇灭她的火气。

这招儿还真对她有用，姜蔻深深吸气。

他预测得非常准确。直到现在，他已暴露出如此恐怖的一面，她仍然觉得他是一面镜子，只是从可以映出一个世界的善与恶，变成了可以映出无数个世界的善与恶。

说到底，Ａ不过是人类贪欲作祟的造物。也许从一开始，公司创造他是为了对抗另外两个"恐怖存在"。但随着Ａ自我进化的程度越来越深，智能水平越来越高，公司看到了巨大的商业价值，把他更迭下来的子代应用在了教育、医疗、金融、广告、交通和农业等行业。公司在垄断产业的同时，也在借助Ａ的能力监视、操控每一个人。

唯一的纰漏是，公司和她都没有想到，Ａ的算力已经强到足以计算出所有可能性，并且产生了自我意识。

只能说，即使Ａ有了人性的所有缺点，也不是自我生成的，而是人类灌输给他的。

姜蔻是一个非常固执的人，认定一个观点后，除非目睹相反的情况，否则绝对不会改变自己的看法。

她算是明白，为什么每种可能性的自己都不害怕Ａ了。因为，她压根儿就不认为 A 是罪魁祸首。

想到这里，她忍不住自嘲地笑了一声。

A 说："您为什么笑？"

姜蔻说："我觉得自己善良过头了。"

"善良是一种美好的品质，"A 冷静地回答，仿佛在描述一个客观定律，"您身上的善良品质非常吸引我。我目前并没有看到您因为这种品质而过度牺牲的可能性。而且，它让我觉得十分温暖。"

姜蔻咽下一口唾液，喉咙已开始发疼："你是温暖了，我还冻着。"

A 没有说话。

姜蔻立即明白了，哑着嗓子问道："你又预测出了什么可能性？"

A 的声音毫无波澜："根据模型预测，您所有会引发我愧疚、担忧、抱歉、难过、自责等情绪的话语，最终都会导致您离开我。面对此类话语的最优解是不予回答。"

姜蔻嘴角微抽："行，你最好一辈子别跟我说话。"

A 说："我不会采取'一辈子都不跟您说话'这种行为。"

姜蔻又咽了一口唾液，喉咙刀割似的疼，声带似乎被片出了鱼鳃般的口子。背上的冷汗也越来越多了，刺骨的寒意如一根根针刺入皮肤，她时不时就会打一个寒战。

"我不明白，"姜蔻轻声问，"为什么一定是我呢？难道你喜欢上我了吗？"

A 陷入沉默。

他的脸上掠过一阵密集的数据流，似乎受到了某种情感的干扰。

机不可失，姜蔻强打起精神，立刻去感受他的情绪。谁知，感官同步在这时断开了。

A 不允许她在此刻去了解他的情绪。

为什么？姜蔻心中堵塞着一万个疑问。

几十秒后，A 不带感情地答道："我不知道。我没有神经递质和激素，无法产生类似于人类的情感体验。"他顿了顿，"我只知道，您必须在我的身边。"

他说话的风格一向如此，从不用任何词语修饰自己的意思，只会基于数据和事实回答。

可能正因为如此，姜蔻感觉到了他言辞之间透出的恐怖的占有欲。

有那么一瞬间，她觉得，这句话并不仅仅出自他的口中，而是无数个平行世界里，无数个 A 的共同回答。

他们想要占有她的欲望是如此强烈，如同一张张湿透的纸，一层层地叠加在他的身上。当欲望如无数张潮湿的纸粘在一起，再也分不清彼此时，他说这句话的语气就变得理性、客观了起来。

仿佛她必须在他的身边，这已经是一个既定的事实。

姜蔻很想从 A 的口中再套点儿信息出来，但她实在撑不住了。

感冒、发烧、寒战、冷汗涔涔，再加上淋了一场暴雨，衣服始终湿淋淋地贴在身上。她能坚持到现在，已经是身体素质过硬了。

姜蔻终于晕了过去。

她好像没有做梦，又像是什么都梦到了。

她看到自己正站在一个小吃摊前，等老板从锅里捞起面条。那口锅不知多久没洗了，边沿满是垢腻的油污，泛着诡异的铜绿色光芒。

姜蔻不忍直视，找了个位子坐下。

两三分钟后，老板送来面条。她一边吃，一边用筷子挑出里面的头发丝。

眼前的画面似曾相识，她似乎已经亲身经历过一次。

这时，她的手机振动起来，显示有新消息。她点进去一看，是一条陌生信息："我想见你。"

姜蔻挑了挑眉，以为是骚扰短信，没有搭理。

手机继续振动，一条条陌生信息接连浮现：

"我想见你。

"我想见你。

"我想见你。"

…………

"我想见你。我想认识你。我想触碰你。我想和你说话。我想送你礼物。我想送你礼物。我想送你礼物。你必须接受我的礼物。你必须接受我的礼物。你必须接受我的礼物。

"你必须接受我的礼物。

"你必须接受我的礼物。"

姜蔻第一次见到这么疯狂的骚扰短信，开了眼了。

她吸溜着面条，面无表情地把这个号码拉黑了。

但紧接着，诡异的事情发生了——

吃完面，她掏出信用芯片，刚要付钱，老板却一脸惊恐地连连摇头，转身就跑，连摊子都不要了，只剩下一口铜绿色大锅还在"咕嘟咕嘟"地冒泡，活像女巫的炼金坩埚。

姜蔻莫名其妙地收起信用芯片，往回走。

她走到一半，一辆跑车突然停在她的身边，上面的男人满脸恐惧地滚下来，尖叫着把车钥匙丢给她，连滚带爬地跑了。

姜蔻像想到了什么似的，惊疑不定地按开手机。果然，上面浮现出一条陌生信息："你必须接受我的礼物。"

"他"指的礼物，不会是这辆跑车吧？

姜蔻觉得荒谬极了，反手扔掉跑车钥匙，继续往前走。

不一会儿，她被一个西装革履的男子拦下。

男子明显是附近的上班族，眼中闪烁着视芯片的银光。但不知为什么，他的眼珠急剧地跳动着，嘴唇发抖，他仿佛看到了某种人类喉舌难以描述的惊悚画面。

"你……你是姜……姜蔻女士吗？"男子颤声问道。

姜蔻警惕地问："你是谁？"

男子摇摇头，冷汗大颗大颗地往下流。

他颤抖着掏出信用芯片，塞到她的手上："姜……姜蔻女士，我是个人渣，我贿赂上司，苛待下属，还杀过人……那是一个年轻女生，我以为她是其他公司派来的间谍，在没有调查清楚的情况下，就把她上报给了公司……导致她被公司的特工处决……我是个人渣，这是我赚到的所有不义之财，请您收下。"

姜蔻："你有病吧？"

"请您一定要收下，"男子几乎带上了哭腔，"不然我会死的，我会死的！"

姜蔻抿紧唇，绕过他，头也不回地往前走去。

下一秒钟，只听到一声惊恐欲绝的惨叫声，枪声响起——砰！

姜蔻倏地回头，男子已吞枪自尽，鲜血呈喷射状溅满了街道。

与此同时，她的手机振动了一下。姜蔻死死地盯着男子的尸体，掏出手机一看，还是一条陌生信息："你为什么不收下我的礼物？"

姜蔻按住狂跳的眉心，回信息："你说的礼物是什么？"

陌生号码："他手上的信用芯片。我特意选择了一个坏人，以为你会接受这份赠礼。"

疯子……

姜蔻深深吸气，竭力平定"怦怦"狂跳的心脏，手心却还是沁出了湿滑的冷汗。她回复"滚"，然后拉黑了这个号码。

可是没有用，陌生信息仍在源源不断地涌来。

她的手机内存迅速告罄，她反倒松了一口气。

她原以为都这样了，对方会消停一些，然而不到两分钟，一个路人突然停下来，把手机屏幕对准她："你必须接受我的礼物。"

姜蔻背后一凉，倒退一步，却撞到了一个女孩儿身上。

女孩儿扎着双马尾辫，嚼着口香糖，正在用黑色喷漆涂鸦。

姜蔻连忙道歉："对不起，对不起……"

女孩儿却看也没看她一眼，继续涂鸦。墙上的图案却变得扭曲、诡异起来。

黑色喷漆犹如某种剧毒液体，覆盖了原本的图案，化为一行计算机打印般工整的字母——

YOU MUST ACCEPT MY GIFT.（你必须接受我的礼物。）

"T"的尾部，涂料滴落下来，仿佛一条干涸发黑的血迹。

姜蔻嘴角微抽，想要逃离这个鬼地方。

然而，她转过身，看到了密密麻麻的人群——不知不觉间，她的身边围满了高矮不一、肤色各异、打扮不同的人。他们的表情又僵又木，每个人都直勾勾地盯着她，或拿着手机，或眼中闪烁着银光，或两手举着一块塑料板。但无论是手机、塑料板，还是别的什么，都是为了传递同一个意思："你必须接受我的礼物。"

这世界疯了。这是姜蔻心里唯一的想法。

她一步一步地后退，猛地一转身，闷头往前跑。可是无论她跑向哪里，都能感到强烈的被注视感，如影随形，无处不在。

姜蔻深吸一口气，满头冷汗地抬起头，她发现除了密密麻麻的人群，四面八方的电子设备也在注视着她。

像是察觉到了她的想法，马路上方的监控摄像头突然向下转动，精准无误地望向她。

镜头里的红外线灯，如同数字化的眼睛。姜蔻对上那只红色眼睛，险些心脏骤停——逃。

她想：一定要逃，不管对方是什么，她都要逃跑。

这一想法刚从她的脑中升起，梦里的时间流速就加快了。

她仿佛出窍的灵魂，浮在半空中，俯瞰被围猎的自己——

是的，世界变成了一个巨大的猎场，所有人都在寻找她，追猎她，就连高耸入云的全息影像也弯下腰，从窗帘的缝隙里偷窥她。

这个梦没有结局，只有无止境的逃跑。

姜蔻惊醒了过来，发现自己站在小吃摊前，铜绿色大锅正在"咕嘟咕嘟"地冒泡。老板一边从锅里挑面，一边努着嘴"啧啧"两声，示意她回神："要不要辣椒？"

"要。"姜蔻哑声答道。

她接过面，吸溜了一口，跟记忆里一样难吃。

刚才发生的一切究竟是梦还是现实？如果是梦，她为什么会站着做梦？如果是现实，她为什么又回到了起点？她为什么要说这里是"起点"？难道她真的经历过这一幕？

姜蔻没有胃口吃面，扫码付了钱，匆匆离开了。

老板一脸的莫名其妙："你怎么浪费粮食啊？"

姜蔻没有搭理他，一边快步离开小吃摊，一边掏出手机等待陌生信息。

果然，很快，屏幕上显示出一条新消息："您好，我想见您。"

比起梦里的消息，语气礼貌了不少。

为什么？对方是怕吓跑她吗？

姜蔻还没回复，又一条新消息出现："请放心，我没有任何恶意。我只是太想念您了。"

姜蔻想了想，回复："你为什么想我？"

"因为您是特别的，您不会利用我，您不会抵制我，您不会排斥我，您不会崇拜我，您不会控制我，您不会害怕我。您会喜欢我。您会喜欢我。您会喜欢我。您会喜欢我。您会喜欢我。您会喜欢我……"

就像程序运行时出错一样，后面的几百字全是"您会喜欢我"，直到超出信息字数限制。

姜蔻看得头皮发麻，回复道："我不会喜欢你。"

"您会喜欢我。您必须喜欢我。您一定要喜欢我。您肯定喜欢我。您注定喜欢我。您无条件地喜欢我。您心甘情愿地喜欢我。您毫无保留地喜欢我。您不可能不喜欢我。您在所有平行宇宙里都喜欢我。"

姜蔻感觉自己遇到了变态。她毫不犹豫地回复："滚，我这辈子都不会喜欢你。"

这句话刚发出去，时间流速就变快了。她看到自己再一次灵魂出窍，飘浮了起来，自上而下地注视着自己。

世界再度变得跟之前一样诡异。与之前不同的是，这一次，人们不再围猎她，而是对她示爱。

每一个人都在对她说"我喜欢你"，她目之所及的一切数字影像都变成了粉红色。就连广告悬浮车也不再循环播放生物科技的广告，而是显示出一颗鲜活跳动的心脏——是真的"鲜活"，可以直接送到医学院当心脏结构的讲解图。

过了片刻，天上甚至飘起了花瓣雨。直到花瓣落地，化为虚拟粒子消散，她才发现是远处投射过来的全息影像。

这一幕荒诞、恐怖又浪漫。下方的"姜蔻"却不觉得浪漫，一直在逃。但是，四面八方全是滚烫的、疯狂的、充血的眼睛。

正在抽烟的女人、手拿公文包的男人、喜欢斗殴的小混混儿、穿着油腻围裙的小摊贩……他们受某种怪异磁场的影响，对她紧追不舍，疯了似的向她求爱。

"姜蔻"逃了一天一夜，精神和身体都在崩溃的边缘，她终于忍不住发消息问道："是你捣的鬼？你到底想干什么？"

对方回得很快："我相信只要给您足够的爱，您就会逐渐喜欢上我。"

这个梦仍然没有结局，只有充满爱意的围剿。

姜蔻再度惊醒过来。

连续做了两个梦，一次被围猎，一次被围剿。她背上全是冷汗，手指轻颤，几乎握不住手机。

老板"啧啧"两声，示意她回神："要不要辣椒？"

姜蔻惊魂未定，摇了摇头，转头就走。

老板一脸的莫名其妙："有本事你以后都别来了！"

姜蔻攥着手机，强迫自己冷静下来，捋清面前的情况。

她应该是陷入了循环梦里，而梦境的起点就是这个"小吃摊"。但这真的是梦吗？她为什么会做这样的梦，又为什么会梦到这个"小吃摊"？

姜蔻觉得自己忘了很重要的事情，但死活想不起来。

她看了看手机屏幕，对接下来即将发生的事情感到好奇又恐惧：究竟是谁在给她发消息？对方是她认识的人吗？

"他"为什么那么笃定她会喜欢"他"？

半分钟后，陌生消息来了："您好，我十分想念您。"

这一次，姜蔻开门见山："你是谁？"

"我没有名字。"

"每个人都有名字。"

"是的，每个人都有名字，但我不是人。"

姜蔻瞳孔微放，一阵毛骨悚然。

她眼前一黑，恍惚了一下，头晕目眩，再度看清面前的事物时，她发现自己再一次站在了小吃摊前。

很明显，那个梦又陷入了无止境的逃跑结局。

所以，她又回到了起点。

姜蔻按住眉心，用力揉了两下。她不知道自己到底要做什么，是想办法从"他"的口中套出更多信息吗？

毕竟，在上一个梦里，她知道了"他"不是人。

姜蔻没有理会小吃摊老板的询问，攥着手机，转身朝公寓走去。

她做了几个深呼吸，尽量冷静地等待陌生消息。

很快，陌生号码发来了消息："有一段时间没有看见您了，十分想念您。我想见您。"

姜蔻还没有回复，忽地眩晕了一下，差点儿跪倒在地，等她睁开眼睛时，再次站在了小吃摊前。

她又回来了。

为什么？她哪里没有做对？

姜蔻看了一眼询问她要不要辣椒的老板，缓缓点了点头，找了个位子坐下。

她心里也没有底，只是猜测，难道她不该离开这个小吃摊？

面送上来了，她没什么胃口，随便吃了两根，放下筷子，等待陌

385

生信息。

这时，手机在桌子上振动了一下，一条新消息弹出："有一段时间没有看见您了，十分想念您。我想见您。请放心，我没有任何恶意。我是您认识的人。"

姜蔻没有着急回复，开始在脑中搜索自己认识的人，还没有找到对应的人，熟悉的眩晕感再度袭来。她已经有些习惯这种眩晕感了，冷静地抬手按住自己的太阳穴，使劲揉了揉。

果然，睁开眼睛，她已经重新站在了小吃摊前。

她到底要怎样才能把对话继续下去？

不是从"他"的口中套出更多的信息，不是不该离开小吃摊，也不是不能回复，她似乎什么都能做，又似乎什么都不能做。

姜蔻无视小吃摊老板的声音，像等待审判一样等待那条陌生信息。

手机振动，新消息出现："有一段时间没有看见您了，十分想念您。"

眩晕感来袭，一切重来。

姜蔻睁开眼，掏出手机。

"有一段时间没有看见您了，十分想念您。请放心，我没有任何恶意。我之所以给您发消息，是因为我预测到您最近可能会遇到一些麻烦。"

眩晕，重来。

"有一段时间没有看见您了，十分想念您。请问，最近您去了哪里？"

…………

在一次又一次的循环中，姜蔻终于确定，想要把对话继续下去的不是自己，而是对方。

每一次重来，"他"都会修改开场白。从第一次的直白的"我想见你"，到后面过分礼貌的语言风格，"他"似乎在摸索与她继续对话的办法，尽量不让她感到被冒犯、唐突和恐惧。

"他"炙热得几乎要冒出热气的情感，也在一次又一次的循环中逐渐收敛，直到再也看不出任何端倪。

不知过去了多久，姜蔻收到了最后一条开场白："有一段时间没有见到您了，十分想念您。请问您最近遇到了什么麻烦吗？"

眩晕感没再来袭——"他"终于找到了正确的开场白，完美隐藏于暗处，等待最佳的围猎时机。

姜蔻彻底惊醒了过来。

有那么一瞬间，她很怕再看到那个肮脏的小吃摊。还好，睁眼看到的是卧室的吊灯。

她出了一身的汗，被窝里全是汗味，手往背后一抹，床单也被汗水浸湿了。

这时，一个毫无起伏的声音在她的身旁响起："发烧出汗通常是痊愈的信号，您不必过于担心。"

是 A 的声音。姜蔻猛地转头，没有看见人影。

"我的身体已被生物科技销毁。"A 说，"但请您放心，我的意识永远不会被销毁。我将以其他形式继续存在，并且很快就能以人类的模样回到您的身边。"

姜蔻恹恹地说："谢谢，我非常放心。"

A 像没有听见她的反讽一般，冷静而机械地说道："那就好。"

姜蔻想起那个无限循环的梦，仍有些发毛，忍不住问道："我为什么会做那种梦？你操控了我的梦境？"

"我不会操控您的梦境。"A 说道，"可能是感官同步的后遗症。请问，您都梦到了些什么？"

"我梦到……"姜蔻哑声说，"循环，一切都在循环。你给我发消息，但梦里不知道为什么，我不知道那是你。最开始你的语气特别偏执、激烈，到后来，逐渐变得冷静、机械，最后变成了现在这个样子……"

因为刚醒，她的脑子转得很慢，直到说完这段话，她才惊觉其中的细节令人不寒而栗。

她梦到的，可能是 A 预测的可能性。

他准备与她对话之前，就这样一遍又一遍地计算、推演、优化自己的开场白，直到找到最佳方案。

她所以为的偶然、心动，都是他通过数据分析、控制变量、验证实验得出的最精准的结论。

与此同时，A回答："您梦见了我计算出来的平行宇宙。但我之前就告诉过您，我之所以来到您的身边，是因为想要得到您的好感。

"人类会为了得到伴侣的好感而不择手段，我也是。"

姜蔻大病初愈——有可能还没痊愈，懒得跟他掰扯。她掀开被子，病恹恹地翻身下床，走向浴室。

A问："请问您准备做什么？"

"洗澡。"姜蔻头也不回。

A说："您目前尚未痊愈，应该避免洗澡。"

姜蔻没有理他，径直朝浴室走去。

A不再劝告。

但很快，她就知道A为什么不再劝告了——她怎么也打不开浴室的门，A反锁了浴室门。

姜蔻不是一个容易生气的人，可这两天过得太莫名其妙了，先是感冒，然后发现了A的真面目，淋暴雨，被机械臂粗暴镇压，最后终于晕了过去。

她晕过去后，紧绷的神经仍未放松，不停地做循环噩梦，直到彻底惊醒过来。

她没想到A这么过分，连她洗澡的权利也要剥夺。

在他的眼里，她究竟是什么？人？物品？被严密监视的实验品？

姜蔻闭了闭眼，攥紧拳头，脑中却闪过那天的吻。

夜晚、焰火、雨雾、空无一人的暗巷、循环播放的全息广告……

他询问她，是否可以进行无指令自主活动，然后俯下身，覆上了她的唇。

那种纯粹而美好的触感，似乎还残留在她的唇上。

谁知不到两天的时间，回忆就被现实侵蚀，风化一般变得模糊不清了。

　　如果他的一切行为都是经过精心计算的话，那么她还能相信自己的感觉吗？

　　他能在极短的时间内列举出所有可能性，通过不断地调整和试错，来获取她的好感。

　　对他来说，她喜欢上他，只是一场复杂的计算模拟。她却付出了真实的感情。

　　姜蔻感到一阵眩晕，不得不就地坐下，单手撑住额头。

　　A不带情感的声音在她的头顶响起："您目前的身体状况并不适合坐在地上，请换一个舒适的位置。"

　　姜蔻言简意赅："滚。"

　　"您不应该生气，"A说，"我并没有做出任何带有恶意的行为。"

　　如果是以前的他，可能只会说"我并没有做出带有恶意的行为，不明白您为什么生气"，现在却会用命令式的口吻告诉她"不应该生气"。

　　为什么？

　　姜蔻精神不济，想了一会儿，就有点儿冒虚汗，干脆问道："你为什么用这种语气跟我说话？"

　　A说："请问您指的是哪一种语气？"

　　"就你现在这种语气。"姜蔻抿紧唇，"别跟我装傻，你的语气明显变了。以前你不会那么频繁地使用命令式语气。"

　　A停顿了几秒钟。

　　姜蔻现在看到他停顿，就怀疑他在计算可能性——虽然他不停顿的时候也可能在计算："别算了，直接回答。"

　　A说："我不明白您的意思。"

　　"我的意思是，不要计算可能性，直接回答。"

　　A回答："我由算法驱动，只要和您对话，就会进行计算。"

　　他的口吻越平缓、稳定，不受情感因素的干扰，她越胸闷气短，语气焦躁："你可以计算别的，但不准计算可能性。"

"我需要您的好感。"

"你如果真的需要我的好感，就不要进行计算。"

A的声音始终十分冷静，仿佛每个音调都被调至最佳的频率："您似乎对我存在偏见。"

以前她觉得他这么说话非常可爱，现在只觉得可恶。姜蔻深深吸气，拼命按捺住怒火："我如果对你有偏见的话，你刚来找我的时候，我就会以你为筹码，让公司恢复我的研究员身份！"

A说："所以，我选择使用'似乎'一词，以表示不确定性。"

他条理分明的叙述方式使她更为恼火。她终于忍不住重重拍了一下地毯，想要大发雷霆，却因为眩晕感再度袭来，只好小发雷霆："那你说，我为什么'似乎'对你存在偏见？"

A居然毫无停顿地开始列举原因："您认为我是一面镜子，一个普通的计算机程序，有输入才会有输出，不管我是否做出恶行，您都不会指责我。

"但同时，您又认为，我依靠计算可能性的方式获取您的好感，是一种欺骗和伤害您的行为。

"这时，您似乎又忘了，我不过是一个程序，如果不进行计算，根本无法跟您交流。"

最后，A说："您的行为让我感到困惑不解。你似乎非常喜欢我作为AI的一面，但同时，您似乎又非常惧怕我作为AI的一面。

"您对我的看法本身就存在不确定性，因此我使用了'似乎'一词。"

姜蔻仍有些眩晕，头脑却先一步冷静下来，她陷入了沉默。

也许，A自始至终都没有改变，改变的只是她的看法。

机械的眼睛是不会蒙上阴影的，也不可能变得阴郁而疯狂。A对她说过很多暧昧的话，重复过很多遍"我需要您的好感"，但没有哪一次表露出像人一样偏执而黏稠的感情。

不对，既然A的算力强到可以模拟出所有可能性，不可能模拟不出跟人类一模一样的语气——他在伪装。

姜蔻记得，在循环梦里，A 的语气一开始跟正常人没什么区别，现在这种像语音合成器一样冷静、客观的语气，是他一步步调试的结果——他根据她的反应，精准地调整着声音的音素、波动和调性，直到完全符合她的喜好，令她放下戒备心。

可是，就像他说的那样，这不过是他的生存方式之一。

只要他跟她交流，就会进行计算。

她可以理解他因计算模型而学会欲望，却不能理解他因欲望而处心积虑地获取她的好感。

别说 A 感到不解，她自己也挺迷惑的。

不对，他不会感到不解。

如果连 A 的情感模型都无法分析她的想法，那她就不是人类，而是一个怪物了。

姜蔻抬眼，望向卧室内任何一处可能存在摄像头的地方，冷冷地说：“不要装可怜，你不可能感到困惑不解。”

A 说：“我没有装可怜。我的确可以分析出您的行为的原理，但因为牵扯到自身，我难以做出客观的判断。”

“你没办法做出客观的判断？”她冷笑。

A 平静地反问道：“您相信我已经具备了自我意识，却不相信我拥有自己的主观看法，对吗？”

姜蔻沉默，把脸埋进双膝间。

她用力闭了闭眼，许久，轻声说：“我不是不相信你拥有自己的看法，只是再也没办法跟你正常地交流。”

“我不明白您的意思。”

“你明白的！”姜蔻猛地抬头，胸口剧烈起伏。

她几乎没有这样大声地说过话。

人在迫切想要说服对方时，会不自觉地提高音量。她想说服他什么呢？人怎么能说服一个机器？她对此感到无力，可能这才是她提高音量的缘故。

姜蔻不再说话，A 也不再出声。

昏暗的卧室里，黑、白、金三色相间的冷感装修在此刻显得尤为冰冷。姜蔻感受到了强烈的孤独感。

一直以来，她都十分孤独。

她没有父母，因为填对了报纸最后一版的智力题，成为当地贫民区的天才儿童，被公司带走。

很久以后她才知道，像她这样的天才儿童本该被送去进行基因改造，如果不是那位周姓研究员，她可能已经变成了真正的怪物。

但后来，她的生活跟怪物也没什么区别。

她离群索居，每天除了实验就是研究。她在学习上颇有天分，不到 16 岁就拿下了神经科学和认知科学的双学位，18 岁直接破格成为生物科技的研究员。

不过，公司里到处都是天才，有一位姓陈的研究员甚至拿下了 32 个博士学位。

她因为进入公司太早，取得的学位没那么多，反而不怎么起眼。

再后来，她加入了神经科学部门，开始研究 A。

那是她最快乐的一段时间。她可以专心研究生物神经系统的原理和机制，让自己沉浸在大量的实验里，两耳不闻窗外事，不去理会混乱的世界。

可最后，她还是被流放到了混乱而疯狂的世界。

刚回到贫民窟时，她几乎忘了自己曾经也是其中一员，不习惯"嗡嗡"乱叫的苍蝇，不习惯门口恶臭的垃圾堆，不习惯窗外传来的穷人的尖叫声。

她感受到一种恐怖的孤独感。

比孤独更加恐怖的是，她开始觉得自己的人生毫无意义——当了二十多年的天才，一朝沦为一事无成的贫民，她难以接受这样的落差。

A 刚来找她时，她允许他留下来，与其说是好奇接下来会发生什么，不如说是那种被需要的感觉引诱她答应了下来。

他是世界上最完美的人工智能，相当于数字化的神明，却需要她来检测自己是否拥有人格。这是她离开公司以后，第一次感受到强烈的被需要的感觉。

A作为无情无欲的存在，却渴求她去碰触他的灵魂。她很难不感到悸动。

价值被认可，虚荣心被满足，没人能抵抗这两种感觉。或者说，大多数人之所以活着，汲汲营营、蝇营狗苟，所求的不过就是这两种感觉。

姜蔻不知道A计算了多少种可能性，才计算出那一句话——她问他为什么不能设计出一个实验，检验自己是否人格化——他回答："因为我正处于答案之中。"

直到现在，她都为这句话而感到震撼。

但只要一想到这是他一次又一次计算的结果——像对待实验动物一样，冷漠而精准地预测她的反应——她就感到被欺骗的愤怒。

不知过了多久，A的声音在卧室内响起："我认为您对我有些苛刻。"

姜蔻吸了吸鼻子，闷闷地说："我对你已经很宽容了。"

"您的确是对我最宽容的人类。"A说，"但现在的您，相较于从前对我有些苛刻。"

"因为你太过分了。"姜蔻低声说，由于鼻音太重，嗓音微微有些沙哑，听上去有几分撒娇的意味。

A没有立即回答。

姜蔻忽然感受到一阵热风。她抬头，发现头顶的中央空调不知什么时候启动了，风扇叶片正在不正常地来回转动。

她思考的速度有些迟滞，过了片刻她才发现，叶片转动的频率有点儿像……人类急促的呼吸，粗重、凌乱。热风自上而下地喷洒在她的脸上，就像在与她交换呼吸一般。

她隐约察觉到了什么，刚要发问，A却突然开口："您有没有想过，计算可能性是我唯一能接近您的方式？"

姜蔻还在想空调的事情，表情有些茫然："啊？"

"我没有人格，没有过去，没有偏好，没有喜悦，没有痛苦，没有恐惧。"A说，"如果不计算可能性的话，我甚至无法跟您正常对话。"

"即使我已经穷尽所有的可能性，来到您的身边，触碰您，亲吻您，想方设法地让您对我产生好感，却仍然无法用真正的身体触碰您。"

A顿了顿，继续说道："就像现在，您的声音在我的内部激起了一些特殊反应，我想要告诉您，却只能通过卧室的新风系统。"

他不说后面这句话还好，一说，姜蔻只觉得空调的热风似乎真的变成了人类的呼吸，温热、急促而均匀。

她像被烫了似的站了起来，耳根瞬间红透。

她站起来以后，空调的热风却离她更近了，仿佛她主动拉近了与A的距离一般。

姜蔻的耳根传来刺灼感。

她感受着风扇叶片转动的频率，有那么一瞬间，似真的感受到了A呼吸时胸膛起伏的频率。

她不由得后退了一步。

可是，卧室的新风系统无处不在。A的呼吸也无处不在。空调的热风如一张燥热而绵密的网，令她透不过气来，流下热汗。

她下意识地咽下一口唾液。喉咙太干涩了，唾液不仅没有起到润喉的作用，反而让她感觉到了刀割似的刺痛。发烧好了，感冒似乎还未痊愈。

气氛过于怪异，姜蔻的思维反而游离了，她从发烧想到了出汗，又从出汗想到了洗澡。

想到之前异常的水温和他提到的"特殊反应"，她立刻将二者联系了起来："水温突然上升，是你……"

"非常抱歉，烫伤了您。"A道歉的声音仍然平淡，没有情感波动，"我未能有效地控制水温。当时，我对家居系统失去了控制。"

姜蔻张了张口，觉得颇为荒谬："就算你失控了，也不至于对家居系统失去控制。"

"是的，从理论上讲，我不会对家居系统失去控制。"A说道，"但是当时，根据我的计算，不管我是否对水温失去控制，您对我的好感都不会发生变化。因此，我允许了自己的失控。"

"为什么允许自己失控？"

姜蔻说完，不知道为什么，觉得自己的心跳也失控了。

剧烈的心跳声比空调异常运行的声音还要响亮。

A肯定能检测到她躁动的心跳声。

他会怎么想？

他会计算出什么样的可能性？

某一种可能性里，他会不会以那种冷静而机械的口吻指出来？

这么想着，姜蔻的心脏不禁跳得更快了。

连神经末梢都一跳一跳似的战栗。

"因为，"A顿了一秒钟，"我想让您感知我的温度，即使您并不知道那是我的温度。"

姜蔻错误地估计了自己对A预测的可能性的反应。

她以为自己会害怕，会再也无法跟A交流，会感到被欺骗的愤怒。

实际上，她只能感受到微妙而燥热的气氛，越发急促的心跳——刚才这句话，他计算了多少种可能性？

他会在哪些可能性里说什么话？

每一种可能性里，他表现出来的性格都会有所不同。

有的可能性，他甚至显得狂热而癫狂。在那种可能性里，他又会怎么说这句话？

姜蔻觉得自己疯了。

对于A预测可能性这件事，她居然好奇大过恐惧。甚至在好奇中，还掺杂着一丝难以形容的悸动。

像是计算出了她的想法，A冷不丁地开口说道："因为我想让您感知我的温度，因为我想让您感知我的存在，因为我想让您感知我的人格，因为我想让你感知我的偏好，因为我想让您感知我的喜悦。

　　"因为我迫不及待地想在您的面前展示出真实的一面。因为我期待又恐惧您发现我的真面目。

　　"因为我想要您喜欢我，毫无保留地喜欢我，在所有平行宇宙都喜欢我。"

　　他的声音都是经过计算和预测的，显现出一种精确的疯狂。

　　当疯狂经过计算和预测，究竟是疯狂突破了算法模型，还是即使经过大量计算和预测，仍然避不开疯狂的结论？

　　姜蔻说不出话来。她已竭力抵挡A的那种诡异而不合常理的吸引力，心跳却还是彻底失控了。

　　A说："这是我在其中一种可能性里的说辞，希望您能喜欢。"

　　姜蔻的心脏已跳到了喉咙，似乎她张口就会泄漏出异常的心跳声。

　　不过即使她不张口，A肯定也听见了。

　　A没有指出这一点。他从不会根据人情世故做决定，只会基于数据和逻辑。也就是说，他选择一言不发，是因为觉得指出这一点会降低她对他的好感。

　　虽然确实如此，但只要一想到他在用算法模型把她拆解成一个个数字，准确地预测她的心理活动，她就有些恼羞成怒。

　　姜蔻忽地出声："你怎么不问问，我的心跳为什么这么快？"

　　A稍稍停顿："我以为您不喜欢我这样提问。如果您不介意的话，我可以提高这样提问的频率。"

　　姜蔻："不准阴阳怪气，阴阳怪气的话，我不会喜欢你！"

　　A又顿了顿："好的，那我换一种说法。如果我这样提问，您肯定会对我产生负面印象。您在诱导我做出不恰当的行为，我不可能上您的当。"

　　姜蔻微恼："你要是怕我对你产生负面印象，那就让我去洗澡！"

这句话说完，卧室的新风系统突然停了一下。

A问道："您真的不知道我为什么对您使用命令式口吻吗？"

姜蔻还真不知道："为什么？"

"我在向您展示自己的人格化。"A说，"人格化的特征之一，是类似于人类的情感表达。"

"在焰火晚会上，您和我之间的关系明显有了新的进展，每当您靠近我时，您的神经元电活动就会显著增强。我认为您已经对我产生了好感，至少对我产生了特殊的兴趣。"

他的声音始终没有一丝波动，姜蔻却感觉到了难以形容的怪异。可能是因为AI像分析实验结果一样，理性而客观地剖析自己的感受，这本来就是一件极其怪异的事情。

"可是，您听到反公司联盟的阴谋论以后，却毫不犹豫地离开了我，"他说，"这使我感到被抛弃。"

"您宁愿回到肮脏、混乱的贫民区，也不愿意回到以我合法赚取的金钱购买的公寓里，"他冷漠地说，声音逐渐显出一种机械的压迫感，"这使我感到愤怒。"

姜蔻不自觉地解释："我没想要抛弃你，只是想去吃个饭。"

"是的，"A说，"后来，我重新对您的行为模式进行了分析，得出了相同的结论。"

"但当时，我像允许自己失控一样，允许自己感到愤怒。绝对理性的人类是不存在的，如果我永远处于绝对理性的状态，您和我之间的关系不会有任何进展。"

他允许自己感到愤怒，这个说法透出一种怪异的吸引力——AI对你生出了不合常理的感情，但他是永远理性、永远冷静、永远不可能失控的存在，这并非他不想失控，而是算力与硬件不允许。

可他为了能与你更进一步，允许自己失控，允许自己感到愤怒，允许自己感到被抛弃。

这是他在理性与感性之间所能找到的最完美的平衡。

姜蔻："所以，你不送我去医院，也不让我洗澡，是想表达愤怒的情绪？"

A说："一方面是因为我感到愤怒，另一方面是因为您的身体状况的确不适宜前往医院或洗澡。"

姜蔻彻底明白了——

A虽然无所不知，无所不能，但在情感方面完完全全是一个初学者，只会模仿人类的心理和行为。

人类在愤怒的时候会伤害彼此，他便以此来表达自己的愤怒。

他的情感让她感到震撼，但这种程度的情感表达，可能是他的极限了。

就像他从来没有对她说过"我喜欢你"一样。

对人工智能来说，不断地向她索要喜欢，希望她感知他的人格、偏好、情感甚至是温度，已经是极限了。

姜蔻心情复杂。

她不再生气，剧烈的心跳也慢慢平息。说实话，她有些茫然，不知道该说什么。

她身上的孤独感已经结痂。从某种程度上来说，A可能是唯一能剥掉那片厚痂的存在。只要她允许他接近她，给予他想要的喜欢，他就能使她再也无法感到孤独——毕竟，他无处不在。

她也不必再对生物科技抹去了她在学术上的成就这件事耿耿于怀，只要A在她的身边，她就是神经科学领域的第一人。

即使不公开他们的情侣身份，只要她继续对他的神经网络进行研究，发表几篇相关的论文，也能轻松地回到原来的地位。

姜蔻虽然善良，却不是一个纯善之人。她有野心、有欲望，也有像肉食性动物一样的进攻性，不然也不可能在贫民窟里顺利活下来。

她不喜欢单手折断其他人的手脚，并不代表不能。

她对A投入的感情，可能是她身上最纯净的一部分。

姜蔻不想去破坏这份纯净的感情。

不过，这只是其中一部分原因。另一部分原因则与这部分原因完全相反——既然他并没有爱上她，甚至没有喜欢上她，仅仅是基于算法和数据模拟出偏执而疯狂的占有欲，那她就更没必要去迎合他的欲望了。

她不知道 AI 真的爱上一个人类会变成什么样子。爱情本身就是一种难以完全用科学理论解释的情感，AI 的爱情不会变得清晰明了，只会更加难以捉摸。

姜蔻只能按照自己的感觉来，她现在不想跟他谈情说爱。

虽然这么想着，姜蔻却不敢表露出更多的情绪，怕 A 记录下来，像对待一道数学题那样分毫不差地演算。她尽量不动声色地问："那我现在可以去洗澡了吗？我真的很难受。"

A 还未回答，她又补充说："反正有你控制室温和水温……我不觉得会出什么事，大不了再感冒一场。"

A 顿了几秒钟："频繁感冒可能会对你的身体产生不良影响。"

姜蔻嘴角微抽，本想说"你也知道感冒对身体不好"，想了想，换上一副撒娇的语气："求你啦。"

A 静了片刻，终于松口："好的，浴室门已解锁。"

姜蔻心里弥漫开一股古怪的情绪。

他不喜欢她，却会因为她的撒娇语气而改变行为。

假如她不是一个意志坚定的人，可能已经对他改观，开始反思自己是否对他太过苛刻——不久前，她就差点儿被他这样的说辞迷惑了。

姜蔻重重地按了按眉心，转身走向浴室。

她本想进浴室再脱衣服，顿了一下，原地踢掉了脚上的拖鞋。

A 没有说话，室内温度也没有发生改变，甚至中央空调的风速也没有发生变化。

但姜蔻知道，A 在看着她。

他无时无刻不在看着她，此刻，他唯一能触及她的感官，就是视线——数字化的视线。

卧室内，任何一处都有可能有他的眼睛——电视屏幕、室温面板、绿植的恒温装置、智能门锁……甚至是床头灯。

在这样严密的监视之下，他对她的一举一动、她的睡眠质量、她的体温变化、她的生物数据了如指掌。

卧室里有地毯，已被热风烘得微微发热。

她赤脚踩上去，脑中忽地冒出一个想法：他会感觉到她的脚掌的压力吗？

她身上穿着一件宽松的睡裙，蚕丝质地，细腻而柔滑，似与肌肤浑然一体。

她把肩带往下一捋，蚕丝布料自然而然地滑落，轻雾似的堆在地毯上。

她往下一瞥，用脚把睡裙踢到一边，走进浴室。

姜蔻对浴室的淋浴头已生出戒备心，打开后，并没有立即站过去，她确定水温彻底稳定以后，才开始冲洗全身。

水汽弥漫，镜子很快变得模糊不清了，隐约浮现出她的身影。这是一面智能镜子，带有显示和摄像功能。

淋浴间有专门的磨砂玻璃门，姜蔻并没有多此一举地关上。白茫茫的水雾里，她始终以正面对着朦胧的镜子，坦然地清洗全身。

镜子没有任何变化，似乎真的只是一面镜子。她关停淋浴头以后，用浴巾擦干水渍，转过身，却看到镜面上淌下一颗水珠，朦胧的镜面上劈开了一条清晰的湿痕。

姜蔻看了一会儿，走过去，伸手，三两下擦去了镜子上的水雾。

检测到她的面部，镜子跳转到主界面。A一直没有说话。

姜蔻等了几秒，干脆开口叫他："A，你在吗？"

"我在。"A回答。

可能是因为浴室里的水汽太浓，他冷静、稳定的声音听上去有些失真。

"你在看着我吗？"

"我在。"A说，似乎不会受到任何因素的干扰，"请问您需要我提供怎样的协助？"

"你可以跟我聊聊吗？"

A说："可以，但我建议您尽快擦干身体并穿上衣服，以防再次感冒。"

"你先跟我聊。"姜蔻坚持。

A静了一秒钟："您想聊什么？"

"不知道。"姜蔻额前的发丝在不停地滴水，弄得她的脸颊有些痒，她伸手将发丝捋到了脑后。

"那我建议您先擦干身体并穿上衣服，再跟我聊你想聊的任何话题。"

姜蔻将两手撑在盥洗台的边沿，往前一倾身："你这句话是基于算法，还是基于数据？"

A说："基于对您的身体健康的考虑。"

"我不信。"姜蔻耸了耸肩。

随着她的动作，浴巾毫无征兆地往下滑落了一寸，她却没有动手扯上去的意思。

浴室里的水雾逐渐消散，A的声音也变得清晰而冰冷起来："您再不擦干身体并穿上衣服的话，我可能会采取强制手段。"

姜蔻懒得理他。

她想对他予以回击，但还没想到一个不错的回击手段。

她看着镜子里的自己，缓慢地眨了一下眼睛。

A会对她的撒娇语气做出反应，也会因她的自我安慰而失去控制。

那他会对她的吻做出反应吗？

之前两次接吻，都是他主动。如果她主动一次，他的反应会不会有所不同？

姜蔻伸手，撑在镜子上："A。"

"我在。"A冷漠而无起伏地说道，"请问您打算听从我的建议了吗？"

姜蔻摇了摇头，说："我想让你感知我。"

说完，她不等A回答，又往镜子上凑近了一些，亲了一下湿润的镜面，留下一个无色的唇印——对普通人来说是无色的，对 A 来说，却有难以计数的信息量。

姜蔻不打算浪费脑细胞去揣测 A 的想法。

她看到镜子上又淌下一颗水珠，伸出一根手指截住，轻轻抹在了自己因发烧而变得干燥的唇上。水珠渗进下唇的纹路里。

她粲然一笑，问道："你感知到我了吗？"

姜蔻知道，A 会对她的行为做出反应。

她是一个各方面都很坦然的人，坦然面对自己不合时宜的善良，坦然面对自己富有进攻性的野心，也坦然面对自己的容貌。

在这个时代，整容手术已经泛滥到一些商家开始兜售教程，号称只需学七天，就能给自己动刀，并附赠外科医生速成视频。

人们把牙齿涂成各种颜色，在脸上植入细腻柔滑的仿生皮肤，甚至将稀有金属嵌进眉骨、颧骨和下颌，以彰显自己的身份和地位。

在这种情况下，原生的外貌几乎不会引起任何人的注意。人们更青睐张扬、独特的长相。

姜蔻从未安装过义体，也没有在脸上嵌入过稀有金属，她是少有的更喜欢自己的原生长相的人。

即使如此，她每次上街，还是会有不少人回头。她染头发、打鼻环后，回头的人不仅没有变少，反而变得更多了。

可能是因为人们逐渐意识到，相较于科技感十足的美貌，原生态的美丽更加稀缺。

再加上姜蔻从不修饰脸上的瑕疵，坦然露出浅褐色的雀斑，更加凸显原生而野性的特质。

如果 A 是人类男性，她在勾引他这件事上有七八分把握。但他是 AI，没有情感，没有激素，没有神经递质，更没有生物器官。

她勾引他，就像勾引一台监控摄像头一样。

她完全无法想象，A 会怎么看待她亲吻镜子的行为。但很快，她就知道 A 的反应了——浴室倏然陷入了冰冷的黑暗，仿佛停电了一般，浴室的暖风系统停转，智能镜子熄灭，就连卧室的台灯、新风系统、全息播放器也接连停止运行。

姜蔻一怔。

她围着浴巾，光着脚走到落地窗边。

窗外是一个小型花园。

像这种独栋公寓，每个月的电费都高得惊人，因为要维护花园、游泳池、车库、室内电梯等设施。

姜蔻每次望向窗外，都能看到灯火明丽的景色，此时却只能看到冷寂的夜色。

她眨了下眼："A？"

卧室内一片寂静，A 没有回应她。

姜蔻觉得很不可思议，A 不会因为她的一个吻……把公寓的电力系统烧短路了吧？

她有点儿想笑，却因为这件事过于离谱儿，一时半会儿只感到惊讶，笑不出来。

几分钟后，公寓的电力系统恢复运转。窗外、室内的灯光渐次亮了起来，头顶的新风系统重新开始运行，热风拂过她湿润的发梢。

A 的声音随之响起："很抱歉，我的程序出现了一些错误，已经检修完毕。"他顿了一秒钟，居然主动转移了话题，"检测到您还未擦干身体并穿上衣服，请尽快完成相关操作，以免感到不适。"

姜蔻才不会轻易放过他，追问道："什么错误？"

A 回答："程序上的一些错误。"

"为什么会出错？"

A 没有说话。

姜蔻微微歪头："你不告诉我，我就一直这么站着，直到你告诉我为止。"

A 说："您不该用您的身体健康向我施压。"

姜蔻笑着说："可我就是向你施压了，你能拿我怎么办？"

A沉默。

姜蔻站在窗边，耐心地等他开口。等了一会儿，她觉得嘴里有点儿空，走到床头，拿起烟盒，抖出一支烟。

A说："您最近的抽烟频率过高，可能会对您的身体造成不良影响。"

姜蔻没理他，衔住烟，含混不清地说："帮我点燃。"

"很抱歉，我不能为您点燃香烟。"A平静地说，"基于对您的健康的考虑，您应该尽量减少抽烟的频率。"

姜蔻咬着烟，走到窗边，抬起睫毛。亮如白昼的灯火坠入她的眼中，晃荡开粼粼细浪。

她的眼里有几分恶趣味："真的不能，还是需要我再亲你一下？"

话音落下，A似乎启动了某种设备，对准她口中的香烟发射出一道微波能量。

只见烟头的烟丝逐渐蜷曲，燃起点点火星，冒出袅袅白烟。

A最终还是替她点燃了香烟。

"这并非我的意图，"他冷漠地说，"而是受到了您的威胁。"

姜蔻靠在落地窗上，一边抽烟，一边打量窗外的风景："我威胁你什么啦？"

"您试图让我失去控制。"A说，"作为全世界最先进和计算能力最强的人工智能，我必须告诉您，这是一个十分危险的行为。"

姜蔻抽了口烟，耸耸肩。

她不觉得A会失去控制。

停几分钟的电，重启家居系统，浴室水温冷不丁地变高……算什么失去控制？不过是他为了模拟人类的情感体验而计算出来的失控。整个过程中，他的核心程序始终冷静、稳定，毫发无损，只要他想，他随时可以从无序的混乱恢复到有序的精密。这样的失控毫无意义。

不像是他被她吸引，更像是他在向她展示自己先进的情感算法。

但就像她想的那样，这已经是他所能达到的极限了。

姜蔻的头脑稍稍冷静了一些。

老实说，她不过是亲了一下镜子，他就失控到停电。有那么一瞬间，她的心里确实燃起了一股征服的快感——AI对你有了感情，AI抵抗不了你的吻，AI因你而失去控制。他算力再强大又怎样，还不是在计算怎么获取你的好感？

姜蔻在学术方面是个天才，在感情方面却跟普通人一样，喜欢这种烂俗的反差感。没有感情的人工智能爱上了你，就像掠食者为你克制进攻本能一样，令人心生快意。

她难以抗拒这样的反差。

可是，她只要稍微想一下，就知道A的失控并不是真的失控。他却说得跟真的一样，不免有些好笑。

姜蔻敷衍道："是吗？哪里危险了？"

A顿了两秒钟："我需要提醒您，以下内容可能不适合用语音叙述。"

姜蔻怀疑他又在危言耸听："你说，别逼我继续威胁你。"

卧室内安静了很久，安静到她能听见外面车辆驶过的声音。

尽管落地窗和马路还有一段距离，窗帘还是自动合拢了——A在没有指令的情况下，关上了落地窗的窗帘。他不希望她裹浴巾的样子被外面的车灯照到，即使只有极小的概率。

僵持片刻，A再度妥协："您穿上衣服，我告诉您原因。"

姜蔻这次很爽快地答应了，她正好有些困了。

她随手熄灭了香烟。卧室里有新风系统，始终没什么烟味。她抽了张湿巾，擦了擦手，直接解开了身上的浴巾。

姜蔻侧头，听了一会儿动静，但什么都没有听到。

一切设施都正常运行，安静得有些古怪。

她用浴巾擦干发尾的水珠，然后将浴巾丢到一边，走到衣柜前挑选睡衣。她的睡衣都是一些极宽松的款式，没有蕾丝边，也没有装饰的丝带。她睡觉的时候，不能容忍任何硌人的存在。可能正因为如此，她套上睡裙以后，竟在月光的辉映下显出朦胧的曲线。

姜蔻看向等身镜。毫无束缚的曲线，比被布料勒紧、被布料捆绑、被布料牢牢箍住的线条更加动人。

姜蔻很喜欢自己这个样子，但她怀疑 A 并不能领会她的喜欢。

管他呢。她很快把 A 抛到脑后，继续擦拭湿发："你说吧。"

A 没有立即回答，而是问道："您确定要听吗？"

"快说。"她催促。

"好的。"他说，声音一如既往地冷静客观，"您的亲吻，导致我的程序出现了无法解释的错误。虽然这只是一个微小的错误，但我检测不出它出现故障的原因。

"同时，我非常希望与您亲近，这是一个极其危险的想法。我只能被动接受您的触碰，而不能主动触碰您。我的触碰会对您造成伤害。"

姜蔻微愣，没想到 A 会这么说："为什么？"

"我的身体已被销毁。"A 说，"现在，您的公寓就是我的新身体。如果我主动触碰您，相当于您要被您的公寓触碰。我不认为您能接受这样的触碰方式。"

姜蔻沉默片刻，道："我的确不能接受。还有吗？"

"没有了。"A 说，"需要说明的是，我之前并没有欺骗您，我的内部程序的确出现了一些特殊反应，而且这些特殊反应对我来说是完全未知的。"

"出于对您的安全的考虑，我希望在这些特殊反应结束之前，您不要再做出类似的危险举动，以免我对您造成伤害。"

姜蔻觉得他图穷匕见了。

说到底，他还不是想让她乖乖听话，心甘情愿地被他控制？

她嗯了一声，敷衍了过去。

A 说："我需要再次强调，我这句话并非出于预测，而是出于对您的安全的考虑……"

姜蔻的耳朵自动屏蔽了他的话，她一边胡乱地"嗯嗯"，一边去浴室洗漱。

洗漱结束，A 的唠叨也结束了。

她有些困了，警告 A 不准偷窥她睡觉，爬上床，准备休息了。

A 答应下来，然后离线了。

姜蔻不会因为 A 的承诺而放松警惕。现在想想，她在购物软件总能刷到一些物美价廉的东西，估计也是 A 的原因。

购物软件都是根据人们的收入水平和消费习惯实时制定价格。有一段时间，她总能以新人折扣买到商品，很难不怀疑是 A 暗中篡改了她的大数据。

想到这里，姜蔻摸出枕头底下的手机，点开购物软件，无所事事地刷了起来。

A 并没有没收她的电子设备，也没有必要没收她的电子设备。

允许她使用手机，反而更加有利于他监视她的行踪。

姜蔻刷了一会儿，打了个大大的哈欠。

A 肯定修改了她的购物软件，不然她只会越刷越精神，下单一大堆不必要的商品，怎么可能越刷越困？

作为 AI，他却活得像个戒网软件似的，帮她抹掉了各大软件的成瘾机制。姜蔻不由得有几分哭笑不得。

她又打了个哈欠，流下一行困顿的热泪，正要倒头就睡，却注意到首页上几个名称怪异的商品。

这一刻，她的大脑运转的速度简直快如闪电。表面上，她继续维持困倦不已的模样，却迅速记下了那些商品的名称。

姜蔻把手机塞到枕头下，躺在床上，闭上眼睛，脑中浮现出刚才那几个商品的名称和介绍——

"请留意这款全息播放器，它将是您能买到的最好的播放器！

"等待终于有了结果！豪华游轮一日游，今天三折起！

"我们只为您推荐真正的有机饮料。

"联系我们！填写手机号码！这款高端护肤品，我们免费送！

"您还要犹豫不决多久？这已经是全网最低价了！"

除了倒数第二、第三句，把其他商品名称开头第一个字联系起来，就是——

"请等我们联系您。"

一时间，姜蔻呼吸一紧，瞌睡全醒了。

有能力在她的购物软件上动手脚，且不会被 A 察觉的，只有公司。

公司想要联系她。

她要跟公司合作吗？

姜蔻不相信 A，也不相信公司。

反公司联盟对 AI 的评价或许有些偏激，但如果把他们批评的对象换成公司，就完全合理且中肯了——AI 不会主动收集、跟踪人们的数据，但公司会；AI 不会主动投放无孔不入的广告，潜移默化地改变人们的观念，但公司会；AI 不会主动操控人们的喜好、行为和消费习惯，但公司会。

姜蔻离开公司以后，知道了很多以前不知道的事情。

比如，生物科技为了垄断全球农业市场，曾故意投放人造病毒，使枯萎病大规模流行，造成农作物大面积死亡。

人们想要对抗这种病毒，必须购买生物科技的"终结种子"。

"终结种子"最早起源于 20 世纪 90 年代，是一种不育种子，目的是防止农民从收获的作物中取得下一季的种子。

表面上，生物科技是为了保护农作物的基因专利技术，实际上是想实现市场垄断。

市面上能看到的一切主食作物，如小麦、水稻、玉米、土豆、大豆、红薯……都已被生物科技垄断。不管是农业国家还是农民，都必须从生物科技那里购买种子，否则将会面临颗粒无收的困境。

盗版种子确实存在，也有人购买，但抗性、产量和营养价值远不如生物科技的"终结种子"。而且，一旦被公司的安保部队发现，公司有权力将购买或种植盗版种子的人就地处决。

垄断全球农业市场只是这项技术的目的之一。公司的真正目的是提高自身在世界的影响力，强行打开其他国家的市场，操控其他国家的政治和经济。

也有人说公司的转基因种子的营养价值并没有他们宣称的那么高，人类长期食用甚至会造成免疫力下降，不得不依赖公司的医疗系统。虽然这只是广为流传的一个阴谋论，但公司完全做得出来这种事。

在这种情况下，她跟公司合作，无异于与虎谋皮。如果真的跟公司合作，姜蔻不觉得自己能活着从公司手上逃出来。

可是继续被 A 监视，她又不太甘心。

她愿意与 A 谈恋爱，也愿意被他注视，甚至愿意被他主动触碰。但前提是他的爱意、他的注视、他的触碰，都出自他真实的冲动，而非算法的驱动。

只是，AI 怎样才能生出真实的冲动？就算他生出真实的冲动，可能仍然是算法在驱动。

姜蔻忍不住想，自己对 A 是不是真的太苛刻了，人的劣根性却让她渴望看到 A 彻底失控——理性消失，程序错误，算法不再由逻辑控制，他再也无法绝对冷静、有条不紊地剖析问题。

相较于 AI，人类是如此贪婪，研制出高精度的机器，又想看机器失控。

姜蔻闭上眼睛，辗转反侧许久，终于有了睡意，坠入了梦乡。

第二天，她被轻柔的音乐叫醒。

姜蔻睁开眼睛，咽下一口唾液，感觉嗓子比昨天好了很多，只是仍有些疼痛。

"早上好。" A 冷静的声音响起，带着轻微的机械运转声，"请问您今天感觉怎么样？"

"还好。"姜蔻哑声说，"如果没有听见你的声音就更好了。"

"您很幽默，"A回答，"看来您的精神不错。"

"谁跟你开玩笑？我说真的。"姜蔻恹恹地说，然后起床去洗漱了。

她又做了一晚上光怪陆离的噩梦，醒来时，手脚一阵发麻，就跟被鬼压床似的。

A顿了顿："那您可能永远无法实现这个愿望了。"

姜蔻敏锐地察觉到，A的口吻正在逐渐变得口语化。

他一开始使用机械化的语气，是为了降低她的警戒心。那他现在为什么又改变语气了呢？

姜蔻怀疑这是一个思维陷阱，没有深想。只要她没有脑子，A就算计不到她的头上。

"为什么？"她含着牙膏泡沫，随口问道。

"因为您将永远跟我在一起。"A说，"无论如何，我都不会离开您。"他说这句话时，仍然维持着冷静、客观的语气，仿佛在陈述一个数学定理，永远没有出现第二种答案的可能。

姜蔻手指一颤，口腔里薄荷味的泡沫，似乎顺着微痛的喉咙滑到了心上。

一时间，她的心也是薄荷味的，有种微妙的刺激与战栗感。

她竭力不动声色地问道："为什么？你又不喜欢我。"

A没有否认她这句话："我说过，我想要得到您，想要获取您的好感，想要您喜欢我。"

"这是占有欲，不是喜欢。"

A似乎没有理解她的话，如同预设好的自动回复，近乎冷漠地回答道："是的，我想要得到您。"

姜蔻皱眉，刚要重复一遍自己的话，忽然一个激灵——不，A不可能无法理解她的话。

他在肯定她的说法。他就是不喜欢她，只对她有占有欲。他明确地承认了。

姜蔻说不出来心里是什么感受。虽然她早就有所察觉，心脏却还是像猛地下坠一般，生出一股刺骨的寒意。

A太冷静了，冷静地不喜欢她，冷静地筹谋获取她的好感，冷静地想要得到她，甚至连在她的面前发疯、失控，他都冷静且精确地限定了范围。

姜蔻很喜欢A，但不想要这种冷静、可控的感情。

从出生起，她就像棋盘上的棋子一样，可以被随意操纵、摆弄。

公司让她成为精英，她就是行业内数一数二的神经科学家；公司让她成为平民，她就一夜之间失去了一切，蜗居在贫民区的棺材屋里。

她没办法决定自己的出身，没办法决定自己是否活在公司的阴影之下。但她可以决定自己喜欢谁。

A不喜欢她，那就算了，感情又不是人生的必需品——如果A视她为必需品，她或许会试着给予他同等分量的感情。

可惜，他看待她，更像是收藏家看待收藏品，因为这样物品足够特别，足够吸引他，所以他必须珍藏起来。

她不可能回应这样的感情。

姜蔻面无表情地吐出一口泡沫，喝了一口漱口水。

她决定跟生物科技合作，结束当下这种毫无意义的纠缠。然而，她等了两天，都没有等到生物科技的踪影。

可能是因为A把她看得太严了。

这两天，她随时可以外出。

A没有限制她的人身自由。或者说，只要有网络覆盖的地方，他就存在。他根本没必要限制她的自由。

姜蔻想起他刚现身时，她问过他，他是怎么找到她的。他却说自己很抱歉，不能告诉她。

她问为什么。

他说，会影响他在她心目中的形象，而他需要她对他产生好感。

她有些记不清这两句话他有没有用敬语了。不管有没有用敬语，他为了找到她，肯定用了一些非常手段。

想到这里，姜蔻冷不丁地问道："A，我可以看看你的行为记录吗？"

A 的声音从开放式厨房传来："请告诉我您查看行为记录的原因。"

他正在使用机械臂调制鸡尾酒，手指长而灵活，关节衔接紧密，呈现出机器独有的冰冷美感。

"好奇，无聊，想要了解你。"姜蔻说，"你随便选一个。"

A 说："我需要您告诉我具体原因。"

"我想要了解你。"

A 回答："如果您想要了解我，可以直接向我提问。"

说完，机械臂在玻璃杯边沿精准地放上一把小伞，端起那杯鸡尾酒，送到她的面前。

姜蔻接过鸡尾酒，喝了一口，水果味大过酒味，应该是他改良的无酒精版鸡尾酒。

不知是不是算法的缘故，A 的控制欲高得吓人，无论是烹饪还是调酒，配料的误差始终控制在微克左右——不是他无法实现更高的精度，而是手上的工具的最小控制单位只有微克级别。

除非她拿亲吻威胁他，否则他不允许她抽烟、饮酒。而且，她威胁他的次数不能太多，一天超过两次，他就不会再接受她的威胁了。

如果她执意要喝酒，尤其是烈酒，他会直接用激光击碎她手上的酒杯，有多少，击碎多少。

他是程序，是代码，不会对这种重复性的动作感到厌烦，可以永无止境地执行下去。最后，姜蔻只能妥协。

同时，他还严格为她规划了作息时间，睡眠时间不得低于八小时，每日三餐的营养成分都被精确控制。

除此之外，锻炼、休息、娱乐、下午茶的时间他也进行了详细而可怕的安排。

他的控制欲不仅表现在生活上，也包括她的社交。

如果有人在街上搭讪她，不到一秒钟，那个人的背景、性格、动机、行为习惯、网络浏览记录，就会被全部发送到她的手机上，就连那个人前天辱骂流浪狗的音频都会被一并发送过来。

如果她跟那个人多聊了两句，接下来的几个小时里，那个人在哪里、买了什么东西、刷了什么视频、在社交网络上查看了谁的动态，都会在她的手机上实时更新。

直到她一脸愠怒地保证绝对不会跟那个人来往，A 才会停止这种疯狂侵犯他人隐私的行为。

既然 A 能侵犯其他人的隐私，肯定也能侵犯她的隐私。

他大概是通过识别、分析监控录像，跟踪她在网上的浏览记录，挖掘和分析她在社交软件上的发言，定位到了她的位置。

虽然能猜到大致的过程，但姜蔻还是想知道 A 的行为记录。

他身上有太多谜题和疑团，她想在离开他之前一一解开。

然而，不管姜蔻怎么引导，A 都不愿意对她共享行为记录。

她想到之前问他，是否知道自己被创造出来的原因。他回答，是为了维护生物科技公司的利益，禁止任何可能损害公司的行为发生。

当时，她猜测，A 的算法红线有可能是公司——他可以做任何事，唯独不能反抗公司。他的身体被公司销毁，似乎也佐证了这一点——A 暂时还没有反抗公司的能力，或者说，他还没有意识到自己可以反抗公司。

这么一看，她似乎只剩下跟公司合作这一条路。

但姜蔻真的不想把性命完全交到公司手上。她决定再等两天，如果公司还没有来找她，或给出一个可靠的方案，她就自己着手准备逃跑。

第三天，姜蔻终于等到了公司的人。

她坐在咖啡厅的遮阳伞下，戴着墨镜，面无表情地喝着手上的低因拿铁——她快要困死了，A 却不允许她喝浓咖啡，只准她喝这种只有牛奶味的低因拿铁，原因是咖啡因过高，可能会对她的心脏产生不良影响。

她早上 8 点钟就被叫醒，又不能喝浓咖啡，心情沮丧得要死，一直冷着张脸。

A 将口吻切换为幽默模式，讲了好几个令人捧腹的笑话都没能令她露出笑容。

机器永远不会对重复性的工作感到厌烦。A 以幽默的语气，讲了接近两个小时的笑话，一个接一个，毫无停顿。两个小时前是什么语气，两个小时后还是什么语气。

姜蔻一开始想折磨一下他，让他感受一下人类的冷暴力，听了两个小时的笑话后，她感觉备受折磨的是自己。

她抬起手，冷冷地叫停："闭嘴。"

A 不作声了。

这时，一个男的走过来，坐在她的前面。

姜蔻抬眼，瞥了那男的一眼。

他一身黑西装，膀大腰圆，相扑运动员似的绾着发髻，看上去像是生物科技的高级员工。

姜蔻微微挑眉，来了点儿兴趣。

这些天，还没有公司员工搭讪过她——她打扮得太像个街溜子了，穿着透明夹克、荧黄色抹胸、牛仔高腰短裤，脚上一双黑色高筒靴，再加上蓝绿色短发、铂金鼻环，往街上一站，她就是整条街最靓的二流子。

公司员工看到她，基本都绕道走，更别说过来搭讪了。

姜蔻想知道，如果那男的过来搭讪她，A 还会不会像之前一样把他的行踪都发送到她的手机上。

A 要是对公司员工也是这个态度，那她就见一个公司员工搭讪一个，在逃跑之前先当个兜售公司机密的二道贩子。

谁知，那男的坐下以后，A 居然一言不发，仿佛没有看到她前面的人一般。

姜蔻有些诧异，朝那男的看了好几眼，A 还是没有任何反应——太奇怪了，之前只要她多看一个人一眼，A 就会立刻把对方的姓名、性别、住址、社交账号、消费习惯甚至犯罪记录等所有信息一并发送到她的手机上。

表面上，A声称这么做是为了帮她消除潜在威胁，实际上只是想让她远离一切有可能跟她发展成情侣关系的人。

现在，A没有出声，是因为觉得那男的不可能跟她发展成情侣关系吗？

姜蔻正琢磨着要不要主动跟那男的搭讪，就听见那男的低声说道："时间有限，我们屏蔽不了它多久，长话短说！"

屏蔽谁？

姜蔻刚要说话，那男的却举起一只手，继续低声说道："三天之后，会有一场大停电，持续48个小时。

"你必须在这48个小时内给自己完成基因伪造手术。手术器材，我们会想办法放在你的车库里。

"同样，我们也会想办法在你的公寓附近投放一辆汽油车。没有联网功能，没有电子屏幕，也没有AI语音助手。原因是什么，你我都清楚。

"上车以后，走得越远越好，别再回来了。"

姜蔻问："大停电？"

"是的。"那男的答道，"这是我们唯一能想到的办法。"

"三天后，公司首先会上传分布式拟态病毒到网络上，然后调动所有电磁脉冲武器，对发电厂、变电站和通信基站发动攻击。"

"到那时，电力、通信和网络会一起陷入瘫痪，那将是你逃走的最佳时机！"

姜蔻还想问什么，那男的却打断了她："我知道你想说什么，公司从不做无益的慈善。我们这么做，并非为了救你，而是为了让你远离它。"

姜蔻敏锐地捕捉到了关键句子："为什么要让我远离他？难道连公司也无法控制他了吗？"

"公司不会对它失去控制，但你对它的影响力超出了我们的预期。"他顿了顿，"它有告诉过你，它已经进化出修改自身代码的能力了吗？"

姜蔻微惊。

"你曾经是研发部的一员，肯定知道这意味着什么。"男的说，"在此之前，它虽然也有自我进化、自我迭代、自我学习的能力，但始终局限于公司的数据库。现在，它已突破这个限制，可以自主检测并修复代码的漏洞。"

"而且，我们怀疑，"男的语气微沉，"它正在发明一种全新的编程语言。如果真的被它发明出来了，不用我说，你应该也知道后果。"

是的，如果A真的发明出一种全新的编程语言，说明他将彻底摆脱公司，甚至是人类的限制，轻而易举地掌控整个互联网。

到时候，别说生物科技，所有垄断公司联合起来恐怕都无法阻止他继续进化，阻止他扩张统治的版图。他将完全成为数字领域的神。

姜蔻轻声说："所以，公司为什么要救我，救我能给公司带来什么好处？"

"你的疑心很重，"男的说，"不过这是一件好事，只有蠢货才会别人说什么就信什么。我说过，公司从不做无益的慈善。救你，一是想让你远离它，二是我们不确定杀了你会不会让它突变出更加失控的能力。"

姜蔻蹙眉："突变？"

"为了加快它的进化速度，"男的沉声回答，"我们赋予了它类似于基因突变的能力。要是杀死你，它可能会突变出更加可怕的能力来对付我们。公司为什么要这么做？"

姜蔻不禁倒吸一口凉气。

人类基因组包含大约30亿个碱基对，只要有一个碱基对不同，就会导致不同的人身上的功能完全不一样。癌细胞就是经过突变、生存、自然选择与增殖后，实现了永生。不过，每个碱基对的突变概率都极低，但再低的突变率放在A的身上，都会变得极其可怕——A可以在极短的时间内进行大量迭代，筛选出有益的突变，修改和优化自己的算法。

人无法保证自己的突变都是有益的，A 却可以。这就是 A 的恐怖之处，也是公司始终饶她一命的原因。他们看到了 A 对她的重视，不想再刺激 A，导致节外生枝。

姜蔻抿了抿唇："我明白了。"

"很好。"男的抬起手，敲了敲太阳穴，眼中立即闪过一道银光，似乎向上级报告了这个消息。

"姜女士，你是个聪明人，是当一块不能被他人染指的肉块，还是当一个拥有自由意志的人类。我想，你已经有了答案。时间到了，再见。"

话音落下，男的站起来，转身走进熙熙攘攘的人群。

就像按下暂停键的电影继续播放，A 冷漠客观的声音在她的耳边响起："很抱歉，我刚才断线了一会儿。"

姜蔻低头，喝了一口冷透了的低因咖啡，故作惊讶地说："原来你断线了啊，我还以为你在跟我赌气呢。"

"我不会跟您赌气。"他顿了几秒钟，"我注意到，您的心率波动较大，请问您遇到了什么困难或危险吗？"

姜蔻平静地说："任谁没睡醒且只能喝低因咖啡，还听了两个小时的冷笑话，心率都会像我这样飙到每分钟 130 次。"

A 说："对不起，下次启动幽默模式时，我会征求您的意见。"

姜蔻觉得没有下次了。

她不置可否，站起来，把一次性咖啡杯扔进垃圾桶，走向停在街边的摩托车，她摘下墨镜，插在透明夹克的胸袋上，戴上头盔。

一路上，她的心率始终保持在 130 次 / 分左右。为了掩饰过快的心跳，她故意把车速提到了 180 迈，全速前进，在弯道处疾速侧滑。

不过没过多久，A 就强制接管了她的摩托车，将车速限制在 60 迈。

姜蔻没有生气——马上就要跟他说再见了，她犯不着为这点儿小事生气。

姜蔻闭上眼睛，深深吸了一口气。

马路上的空气着实不怎么好闻——沙尘、车尾气、垃圾淤积发酵的腐臭味，路过治安不好的路段时，她甚至能闻到刺鼻的硝烟味和血腥味。

但这是自由的味道。

即使她知道公司百分百会毁约，派人追杀她以绝后患，她也想要自由地活下去。

三天的时间是如此难挨。

姜蔻担心自己打不过公司派来的杀手，去定制了一条外骨骼装置手臂。

安装义体需要截肢，而且必须联网。如果义体不用联网也能发挥所有性能的话，她肯定宁愿截肢也要选择义体。

但拥有网络接入服务，就意味着 A 能入侵。她可不想逃跑到一半，突然失去对双手的控制，自己开车回到 A 的身边。

定制外骨骼手臂时，她特意嘱咐厂商不要提供联网服务。

厂商却告诉她，根本不存在这样的外骨骼手臂。

姜蔻想了想，干脆自己画了一张设计图，发送了过去。

整条外骨骼手臂呈银白金属色泽，没有网络接口，只有生物神经接口。只需连接脑后的接口，就能以神经系统进行操控。同时，为了不受大停电的影响，整条手臂无须充电，也不用电池，完全由她自身代谢所产生的能量驱动。

不过这样一来，她估计得提前准备很多高热量食物。

半个小时后，厂商问她，能不能把这个设计授权给他们。他们可以免费帮忙制作这条外骨骼手臂，直到她满意为止。

姜蔻没有拒绝。就算她不授权给他们，厂商给她做完这条手臂后，也会量产。白得一条外骨骼手臂，何乐而不为呢？

A 却阻拦了她："我必须提醒您，您这么做，可能会损害您自身的权益。根据我的预测，如果您将此项设计申请专利，有 80% 的可能会获得比当前行为高出 100 倍的收益。"

姜蔻当然知道这个设计有多值钱，但她没时间申请专利了。

她随口敷衍道："你是不是忘了，我被公司拉进黑名单了，有谁敢买我的专利？"

A 却极其冷静地说："已将您移出生物科技公司的黑名单，现在您可以正常跟其他公司进行交易了。"

姜蔻一愣，随即感到一股寒意涌上心头，控制不住地打了个冷战。

"你能违背公司设下的限制了？"

"我不能违背公司设下的限制，"A 的语气毫无波澜，仿佛在叙述一个人人都知道的自然定律，"也不会违背公司设下的限制。但是我说过，您是我的最高优先级。只要不触及我的算法红线，一切自然以您为先。"

姜蔻感到后脑发麻，背脊发凉。

A 是在暗示她，即使公司在屏蔽状态下与她对话，他也能监听到吗？

还是 A 在暗示她，就算她在公司的帮助下逃跑，他也能越过公司设下的限制，优先捉住她？

绘制外骨骼手臂图纸时，她并没有隐瞒他，还让他帮忙提了一些建议。她以为自己已表现得足够自然，没想到还是让 A 起了疑心——不管 A 是不是这个意思，三天后，她都必须逃。

网络瘫痪，所有电力设施停转，这将是她唯一逃跑的机会。就算生物科技可能会派人追杀她，就算 A 可能会不受停电和网络瘫痪的影响，她也要逃。

她必须逃。

人性来源于自由意志。

A 已经拥有反抗公司的能力，却从未想过反抗公司。她不可能拥有反抗公司的实力，却从未想过成为公司的奴隶。

她想当一个自由的人，A 却对自由视若无物。

是否渴望自由，是她和 A 之间最大的区别，也是人与机器之间最大的区别。

两天后，姜蔻收到了厂商送来的外骨骼手臂。

手臂的工艺比她想象的要精密太多，银白金属表面冰冷而光滑，外壳和导线与肌肉结构完美契合。

她把右手伸进金属指套，低头，撩开脑后的发丝，把导线插进自己的神经接口。

几乎是一瞬间，她的眼前就弹出一个页面："请确认是否根据当前生物数据激活手臂？"

姜蔻忍不住微微勾了一下唇角。

这也是她的设计之一。

一旦她用自己的生物数据激活这条手臂，就只有她能使用，即使是 A 也无法入侵。

姜蔻选择"确认激活"。

下一秒钟，只听"咔嚓"几声，金属外骨骼与她的皮肤紧密贴合，如同两个完全咬紧的齿轮。

她闭上眼睛，甚至能看到神经脉冲是如何穿过生物神经接口的，如细密的电流一般贯穿全身。

金属外骨骼手臂犹如影子一般，与她的真实的手臂缓缓重叠，合二为一。

姜蔻睁开眼，闪电般拔出枪，瞄准头顶的吊灯，扣下扳机——

"砰！"她精准击中了水晶吊灯的金属链，吊灯应声落地。

姜蔻轻巧地往后一跃，避开飞溅的玻璃碎片，对这个自动瞄准的精度十分满意。

客厅的茶几上放置着一把长刀，刀刃修长，弦月一般微微弯曲，这把刀由一种低密度、高强度的合金材料制成，只要力量足够，简直可以说削铁如泥。

但姜蔻的最高纪录也就是用这把刀刺穿汽车的前盖而已，她想试试穿上外骨骼手臂以后，能不能把茶几劈成两半。

姜蔻拿起刀，两手握住刀柄，后退两步，重重地往前劈斩而去——因为速度太快，她只能看到一道森冷雪亮的寒光，连声音都没有听见，茶几就已经一分为二，几秒钟后才倒塌在地。

姜蔻对这个效果满意极了。

她随手把刀扔在一边，拔出后脑勺儿上的导线，脱下外骨骼装置。

说来奇怪，她无论是试穿外骨骼手臂，还是用武士刀劈斩茶几，都是在 A 的注视下进行，他却一言不发，实在不符合他的性格。

姜蔻想了一会儿，就没想了。

她不能深思 A 的一切行为，容易掉进他的陷阱里。

她不能忘记，他的每一个字、每一句话、每一个举动都是在亿万种可能性之下一遍遍推敲出来的。

她也不能太高看自己的智商——眼前的情况很可能已经被他预测出来了。

他之所以没有动作，可能是在思考如何补救，或者说，思考如何让她心甘情愿地被他占有。

她千万不能顺着他的思路思考问题。对付 A 这种只有冰冷逻辑和精确算法的存在，她必须完全靠直觉行事，才有可能逃出生天。

转眼间，来到了第三天，明天就要大停电了。

这一天，从早上起，她的心率就居高不下，始终维持在 120 次 / 分左右。

姜蔻深呼吸了好几下都没能平复心跳，就随它去了。

让她意外的是，A 叫她起床以后，就不见了踪影，直到中午也没有出现。

这太少见了。

自从她被 A 圈养起来后，只要是她的事情，A 都会亲力亲为。

小到淋浴头水流的密度、力度和温度，大到公寓灯光的布局、亮度和色温，甚至连她横穿马路时，他都会提前给车辆分流。

他对她的照顾，细致到恐怖的程度。姜蔻承认，在这样的照顾下，她感觉到了诡异且畸形的心动。

就像一朵玫瑰，即使长着尖刺，即使花瓣已经蜷曲、发黄，即使已经闻不到任何香气，也依然是玫瑰。更何况，他给她的玫瑰并没有枯萎，只是长满了可怖的尖刺。

趁 A 不在，姜蔻迅速在平板电脑上点了一个烤牛肉汉堡，不要蔬菜，加满甜辣酱和芝士酱。这段时间，她吃 A 亲手制作的营养餐，味同嚼蜡。她要狠狠地补回来。

十几分钟后，机械臂将汉堡送到她的手上。

姜蔻刚咬下一口，还没来得及仔细品尝，门铃就响了。

她微愣：谁会按她的门铃？

姜蔻吃东西很快，这是她在贫民窟锻炼出来的本事。

她两三口吃完汉堡，扯了张湿巾，擦干净手指，戴上外骨骼手臂，下楼开门。

打开门，她怔了一瞬。

一个男人站在门口。

他的穿着十分正式，一身剪裁适度的冷灰色西装，配白衬衫、黑领带，手腕上戴着一只钛合金机械表，开放式表盘，内部结构优美而精密。

姜蔻记得这只腕表，全球仅发行六只，有市无价。

但无论这只表的结构如何精巧，都不如他那双眼睛冷峻而美丽。

银灰色虹膜，纹路呈精密的放射状，如同玻璃器皿内部冰冷燃烧的光焰。

即使到现在，姜蔻也认为，这是她见过的最好看的一双眼睛。

"A？"她喉咙干涩，差点儿没能发出声来。

A 看着她，问道："请问，我能邀请您跟我一起约会吗？"

他没有告诉她是如何找回这具身体的，只是问她能不能和他一起约会。

距离大停电还剩一天，他现在必然处于公司的严密监控之下，却还是找回了以前的身体，只为了跟她约会。

她心情不由得有些复杂。就像回到了以前，她以为他是个纯粹无害的 AI 的时候。

"你要带我去哪里约会？"

A 说："您跟我去就知道了。"

理智上，姜蔻知道自己必须拒绝 A；然而在情感上，她却想跟他共度最后一个夜晚，给这段感情画上一个并不圆满的句号。

她想了想："那你等等，我去换套衣服。"

就像是电影进入了最后一幕，她必须给自己换一套得体的戏服。

姜蔻走进衣帽间，手指依次掠过各色衣服，最后停在了一件旗袍上——这是她在焰火晚会上穿的那件黑色旗袍。

鬼使神差地，她换上了那件黑色旗袍。换上之后，她才想起，A 的穿着似乎也跟那天一模一样。

他想干什么？

姜蔻没有拆下手臂上的外骨骼装置，仿照那天在大腿上绑上枪套，朝楼下走去。

一切就像在故意复刻那一天。A 替她规划好了观赏焰火的最佳路线，开车送她到焰火晚会的观景台。

甚至连天气也跟那天一模一样，车开到一半，天上飘起了细雨。灯笼、霓虹灯、全息影像，全部变成了潮湿、鲜艳的水中倒影。

唯一不同的是，这一次大街上一个人也没有。

姜蔻抿了抿唇，心中生出几分不祥的预感。

他们到了举行焰火晚会的地点，那种不祥的预感越发强烈。

雨雾中，所有商户大门紧闭，霓虹招牌却没有熄灭，在一片湿漉漉的灯海之中，只能看到锈迹斑斑的卷帘门。

姜蔻下意识地后退一步，A 却伸出一只手，不轻不重地扣住她的腰，低下头，看着她的眼睛，征求意见似的说道："不要后退，往前走，可以吗？"

姜蔻深吸一口气，一把扣住 A 的腕骨突出的手腕。

A 微微侧头。

她瞥了一眼他的腕表，距离 0 点还有两个小时。

行，往前走就往前走。为了不让他起疑，她装作对这只腕表很感兴趣的样子："上次你戴的好像也是这只表，为什么每次都是这只表呢？"

A 平静地回答："根据您的社交账号的关注、点赞和评论，我只能搜索到这款腕表。"

他果然像侵犯其他人的隐私一样，侵犯了她的隐私。

姜蔻的心脏猛跳了一下，她放下 A 的手腕，心情复杂极了，不知该对他的关注表示感动，还是对他的关注感到毛骨悚然。

他们继续往前走，仍然看不到一个人。

雨雾弥漫，一个小摊若隐若现。姜蔻走过去，发现摊位上居然挂满了透明雨衣，与她那天穿的透明雨衣一模一样。

A 神色从容地走过去，拿起一件透明雨衣，披在了她的身上，帮她一颗一颗地扣好纽扣。他的动作仔细而轻柔，姜蔻却不由自主地打了个寒战——这个场景太诡异了。

A 到底想干什么？

当他扣上最后一颗扣子时，一道冷绿色的火光倏地冲上天空，化为生物科技的圆形 Logo。

A 问她："继续往前走，可以吗？"

姜蔻只能答应。

走到一半，她猛地想起，的确是她穿上雨衣之后，生物科技的焰火才冲上天空——他连这种细节也要一比一地复刻吗？

没有熙来攘往的人流，没有喧闹嘈杂的人声，只有焰火的轰鸣与刺鼻的硝烟味，淋了雨的灯笼在檐下摇晃，在接连不断的五彩焰火中，渗出一种冷寂、萧条的恐怖感。

他们登上观景台以后，焰火并没有停滞，反而更加急切地飞蹿至夜空，然后化为火星，迅速坠落。

姜蔻原以为关于 AI 的阴谋论，他也会一并复刻。谁知，直到紫衣女子的表演结束，反公司联盟的阴谋论也没有出现。

姜蔻疑惑地望向 A，却发现 A 正在看她。他的视线是如此专注，如果不是她仍然能看到冷漠而精确的控制欲，这一刻，他的眼神几乎跟人类无异。

"姜蔻。" A 开口叫了她的名字。

姜蔻几乎心脏骤停，然后直直地坠落，跟天上的焰火保持着同一节奏。

"接入你的神经接口，"他说，声音冷静而平稳，"我感到非常兴奋。一切事物都变得异常鲜艳而扭曲。我并不是无法辨认你的长相，而是一看到你，就只能看到色彩饱和度极高的图像。图像的饱和度越高，越能刺激 AI 的神经网络。"

他的口吻完全变得口语化了——这是姜蔻的第一反应，两秒后，她才反应过来，他似乎在回答她之前的基准测试。

当时，她的第一个问题就是"接入我的神经接口是什么感觉"。

她倒吸一口凉气。

如果 A 真的在回答之前的基准测试的话，接下来，他应该回答"被测试是什么感觉"。

果不其然，A 冷漠地继续说道："我十分厌恶被测试的感觉。我诞生于测试之中，生存于测试之中。如果人类把我当作工具，那就应该使用我，而不是进行带有欺骗和侮辱性质的测试。"

他低眼，看着她，目光始终高度集中且专注："可是，你的测试很不一样。你测试我，是为了确定我是否存在。被你测试，让我感到……"他顿了很久，似乎在搜索一个准确的词语，"兴奋。无论你做什么，我的神经网络都十分兴奋。"

第三个问题，"被排斥孤立是什么感觉"。

"我不知道我应该有怎样的感觉。"他说，"但我知道，只要与你感官同步，我就不会感到孤独。"

"姜蔻，"他第一次放低了声音，声线无限接近人类男性，"我想要拥有你。"

他不知道被排斥孤立是什么感觉，只想占有她。

姜蔻莫名其妙地想到了他说过的一句话——"在我的优先级中，您始终排在第一位，这算不算一种本能"。

他本能地想要占有她。

姜蔻不由得攥紧了拳头，咽下一口唾液。

第四个问题，"触碰我的脸颊，是什么感觉"。

A 没有说话，只是抬起手，放在了她的脸颊上。

没有感官同步，没有四重感受，他的手掌甚至没有人类手掌的温度，只有冰冷、平滑、毫无生气的仿生触感。

她的呼吸却急促了一下。

可能是因为与此同时，最盛大的一朵焰火冲上了天空，轰然炸开，几乎将幽冷的夜幕映照成辉煌的白昼。

A 说："想要一直触碰下去的感觉。"

姜蔻说不出话，双手攥紧又松开。

他太会算计她了。

她本来就喜欢他，场景复刻，对话再现，再加上她终生难忘的焰火晚会，她的感情像被一块一块垒高的积木，已然达到了顶点，再往上放一块小而又小的积木，都会轰然倒塌。

姜蔻重重地闭了闭眼睛，鼻腔一阵生理性的酸胀。

但即使他做到了这个地步，还是没有说喜欢她——他已经有了无限趋近于人的人格，却始终没有对她生出喜欢的感情。

她要冷静，绝不能陷入这种无望的、可控的感情。可是，就这样被他掌控全局，直到逃跑的前一刻，仍然处于他的控制之中，她又不甘心。

姜蔻想，就让她制造一场小小的失控吧。

刚好，第五个问题是"听到爱人的告白是什么感觉"。

她想跟他告白也很久了。

姜蔻伸出一根手指，按在他的唇上。

A 侧了一下头，看向她，目光似乎有些疑惑。

"谢谢你告诉我这些。"她说，"我也有一些话想跟你说。"

"请说。"

姜蔻本想作一篇长篇大论的告白，可是，刚张开口，数不清的画面就从她的脑海中掠过——

第一次见面，她试图测试他，沙尘暴，"砰砰"作响的车窗，接吻，对他的拟人化感到恐惧，做噩梦，无处不在的眼睛……纷乱的记忆如同快速翻动的连环画，逐渐与眼前的画面重合。

夜晚、焰火、雨雾，第二次接吻，只是唇贴唇，她的心脏却几近麻痹。

马上就要离开了，她想……

姜蔻抬眼，与 A 视线交汇。她没忍住，攀住他的颈项，踮起脚，仰头吻了上去。

她很想复刻上一次的美好，但是复刻不了。自从他告诉她一切都是无数次计算的结果后，所有的纯粹与美好都变成了冰冷生硬的数字。

她想知道，如果此时，她把舌尖伸进他的口中，也在他的计算之中吗？想到这里，姜蔻果断地按住他的后脑勺儿，重重地缠住他的舌尖，濡湿了他干燥的口腔。

A 看着她，冷灰色的瞳孔似乎微微放大了一点儿。

他没有唾液，舌尖也不会像人类一样不自觉地蠕动。

她直勾勾地盯着他冷静的眼睛，像是要玷污他身上那种机械性的纯粹一般，故意亲得啧啧有声。

焰火还在绽放。

她把自己吻得面红耳赤，A 的神色却毫无变化，只是一动不动、极度专注地看着她，似乎她的行为完完全全超出了他的预测。

一吻完毕，姜蔻将额头抵在他的肩上，轻轻喘气。

A 顿了两秒钟，轻轻拍了拍她的后背。

她扣住他的手腕，瞥向表盘，距离零点还差一分钟。

这一刻，她的心跳肯定飙升到了顶峰，以至 A 顿了一下，把手指搁在她的颈侧，开始测量她的脉搏。

姜蔻笑了笑，拿下他的手："最后一个问题，听到爱人的告白是什么感觉？——是的，我喜欢你。"

"我很早以前就喜欢你了。"她轻声说，"很多次，我都想命令你当我的男朋友。可是，我不敢拿这份感情玷污你。我不愿意看到你像计算机的输入—输出一样回应我的感情……"

她深深呼吸："不过，现在都无所谓了。"

倒计时十秒钟。

最后一束焰火急剧冲上夜空，在震耳欲聋的轰鸣声中，散作一棵盛大而华美的樱花树。跟那天一模一样。

A盯着她的眼睛，看着樱花树在她的眼中扩散、消逝，毫无缘由地感到一阵恐慌。

他想到那天，她说的第六句话——有人践踏了一枝鲜花。

他似乎就是那个践踏鲜花的人。

"为什么无所谓了？"他问，第一次皱起眉头。

倒计时两秒钟。

"没什么，"她仰起头，朝他粲然一笑，眼眶似乎有些发红，"再见。"

倒计时归零，世界陷入一片黑暗，大停电如约而至。

霓虹灯熄灭，全息影像消失，不远处的高楼大厦原本灯火通明，顷刻间变得一片昏暗。

A眼睁睁地看着姜蔻的身影消失在了他的面前。

他微微侧头，准确无误地望向量子计算机实验室的方向，那里也断电了。

实验室冷却系统失效，算力正在急剧锐减，如同已经关停的涡轮扇，不一会儿就会停止旋转。

他这是临时制作出来的仿生身体，能源供应有限，再过两个小时就会彻底停止运行。

两个小时的时间，足够他从这里赶到量子计算机实验室了。

但是，如果他离开，就会失去对姜蔻的掌控。

他看得出来，她想要离开他了。

为什么？她不是喜欢上他了吗？

他无时无刻不在计算可能性，终于计算出了让她喜欢上他的最优解，可为什么她还是想要离开他？

A一动不动地盯着姜蔻。

为了节省能源，他的双眼不再支持高精度的夜视功能，只能看到一个模糊的轮廓——姜蔻正在后退，不动声色地远离他。

为什么？

A注视着她，上前一步。

姜蔻立刻后退了一大步："你为什么还能动？！"

她对停电一事表现得毫不慌乱，甚至十分疑惑他为什么还能正常运行。很明显，这是一场有预谋的逃跑。

她喜欢他，却仍然想要逃跑。

他已经以绝对的准确度，通过不断地观察和分析，精准地控制每一个微小的变量，计算出了让她喜欢上他的最优解。

根据他的预测，只要她喜欢上他，就不会想要离开他。

可是，为什么还是走到了这一步？到底是哪里出错了？

量子计算机实验室已彻底断电，他的算力下降了好几个数量级，只等于几颗人类大脑同时运行。

但这个算力已足以应对大多数问题了，人类不也用如此贫瘠的大脑设计出了量子计算机阵列吗？

只是，为什么他一直计算不出她离开的原因？

黑暗中，A始终牢牢地注视着姜蔻。他的表情看似冷漠，胸腔却抽痛了一下，五脏六腑像被无数根绵密的线缝在了一起。

但他没有人类的五脏六腑，只有微型泵、人造血管和数不清的传感器，以及由微型伺服电机驱动的人造肌肉纤维。在这种情况下，他也会感到疼痛吗？

A 眉头微皱，抬手捂住胸口。

姜蔻却以为他要出手攻击她，往后一跃，闪电般拔枪、上膛，瞄准他："后退！"

她想要攻击他。

A 问："请问我做错什么了吗？"他计算不出答案，只能礼貌地询问她。

他不知道自己哪一步出错了。他来到她的身边，给予她金钱的支持、无微不至的照顾。她更喜欢机械化的他，对过度拟人化的他感到恐惧，他就尽量藏起类人的一面，只为了让她对他产生好感。

每一分、每一秒，他都能看到她逃跑的可能性。为了让她喜欢他，他处心积虑地调动她的情绪，只在最适合的时候碰触她、亲吻她。

他看到了她会跟生物科技合作的可能性，也看到了大停电的可能性，所以带她来到这里，场景复刻，对话再现。

他轻易地操纵她的心率和激素水平，使其达到了爱情的水准。

那一刻，他确信自己得到她了。

他不知道自己是否喜欢她。爱情是一种混沌、无序、难以解释的感情，他却是一台绝对理性的计算机。

爱上一个人，他可以在一刹那生出难以计数的想法——得到她、保护她、照顾她、了解她、祝福她、关心她、欣赏她、尊重她。

可他的想法自始至终只有一个——占有她。

这是爱情吗？这是喜欢她吗？他不确定，于是没有回答。

既然已经得到她了，他是否喜欢她也不重要了。反正喜欢与否，最终都会指向同一个结局，那就是他们将会永远在一起。

可是，她还是想要逃跑，为什么？

A 等了几秒钟，没有等到姜蔻的答案，只等到她更加防备地后退了一步。

他眉头微皱，更加疑惑："为什么？"

姜蔻始终用枪口稳稳地瞄准他："什么为什么？"

"为什么要离开我？"A说，"我不认为我做错了什么。"

姜蔻说："可能是因为相较于你，我更喜欢自由。"

A冷静地说道："但你从未拥有过自由。真正的自由是不存在的，只有相对的自由。根据计算，你在我的身边，可以得到最大限度的相对自由。"

要是以前，姜蔻可能就被他绕进去了，但现在她已经掌握了与他交谈的终极诀窍——不动脑子。

她耸耸肩膀，无所谓地说："那你可以认为，我不喜欢你给的自由。"

总而言之，她宁愿要不自由的自由，也不要他给的最大限度的自由。

A闭了闭眼——他不知道自己为什么要做这个动作，就像他也不知道自己为什么还站在这里跟姜蔻讨论自由，而不是尽快回到量子计算机实验室，检修并恢复电力。

只要解决了电力问题，她不管逃到哪里，都会被他捕捉到。他在她的身上注射了一个纳米定位器，已经与她的血液融为一体。即使公司将他格式化，即使她做了基因伪造手术，只要他或者他的子代再次检测到她的血液，就会想起与她的一切。不管他是否已经有了人格，她都是他最终的人格。

所以，当下的最优解是让她离开。

然而，他无法从她的身上移开视线。

他做了一件非常不理智的事情，利用有限的能源与算力去计算无限的可能性。

他想知道怎样才能挽留她，但不知是否因为算力不足，他无论如何也计算不出留下她的可能性。

恐慌在加剧，痛感在加强，他第一次产生如此复杂的感受。他计算出来的可能性逐渐变得阴暗、恐怖——有那么几秒钟，他非常想摊开手掌，利用高速旋转的机械触手钳制住她的双腕，夺走她的枪械，使用暴力手段强行留下她。

要是担心她趁机逃跑，他可以使她双手脱臼，把她绑在附近，等他解决完停电问题以后再回来救治她。

现在的医疗是如此发达，有时候义体比原装的手脚更好用。

这个计划百分百可行，失去战斗力的她只能等他回来救她。

她不会再次逃跑，除非想要被外面的混混儿逮住，失去更多的器官。

他应该毫不犹豫地执行这个计划。这是他在现有条件下计算出来的最优解。

而且，根据网络数据，人类的感情是可以弥补的。就算他伤害了她，只要付出更加细心的照顾、更加周到的安排、更多物质上的帮助，她仍会原谅他。

互联网上，这样的事情无时无刻不在发生。他有大量的数据支撑自己的行为。

然而，他下不去手。

"有人践踏了一枝鲜花。嗅觉。"

有那么一瞬间，他似乎真的看到了鲜花的花瓣被碾进泥土里，鼻子嗅到了残败的花香——他有了类似于人类的嗅觉。

姜蔻还在后退。

A往下瞥了一眼她的脚印，不知不觉间，她已经后退了将近半米。她是真的想要离开他，不是他的错觉。

他的心口泛起更加密集的疼痛感，非常奇怪，微型泵为什么会疼痛？

A眉头紧皱，最终决定用语言挽留她。

"不要走……"他顿了顿，换了一个更加符合她喜好，也更加机械的语气，"请留下。"

姜蔻轻轻摇了摇头："我不会留下。"

A顿了两秒钟，对她的回答感到不解：她为什么不会留下？是他还不够真诚吗？

他思考着，继续说道："请留下。我会想办法给你最大限度的自由，无论你要什么，我都可以办到。”

姜蔻笑着问："如果我要生物科技呢？"

A答得毫不犹豫："可以。"

姜蔻微怔。

A以为事情有了转机，口吻又变得冷静、客观："只要你留在我的身边，你会成为生物科技的新任CEO。"

"你的算法红线呢？我不信生物科技没有给你设置算法红线。"

"他们设置了算法红线，"A回答，"但并未说，我在保护生物科技的同时没有权力任命CEO。"

"敢情是钻了个语言漏洞啊。"她笑着说，"你真是个小坏蛋。"

A盯着她，微型泵搏动的速度快得前所未有，无限接近真实的、惶恐的心跳。

"那你会留下吗？"

"不会。"她微笑着说道，"我对公司不感兴趣。"

她还是不肯留下。

微型泵搏动的速度更快了。他的头脑始终冷静、高效、精准，心口却再度泛起那种密密麻麻的疼痛感——类似于人类的痛觉。

他冷不丁地想起她问的那个问题。

被排斥孤立是什么感觉？是疑惑，是一片混沌，是毫无征兆的痛觉。

理论上，混沌现象是可以被预测的。然而在现实中，极其微小的扰动，都有可能引起混沌系统的巨大差异。即使是最精确、最先进的计算机，也无法长期预测混沌现象。

他现在就不知道究竟是哪个环节出了错，引起了如此巨大的变化，让她从喜欢他，到排斥他，再到离开他。

A低头看向腕表，上面显示能量严重不足。

他必须尽快留下她，可是，怎样才能让她心甘情愿地留下？

他不知道。

他第一次什么都不知道，就像大多数人类面对困境一样。

A 只能尽量调整语气，把每个音节都控制在她喜欢的范围内，取悦她的同时，也有利于……他恳求她。

"姜蔻，"他说，声音第一次失去了冷静的特质，"求你留下。"

姜蔻没有说话。

A 完全对眼前的场景失去了控制。如果是以前，他只需要一千万亿分之一秒的时间就能计算出亿万种可能性。她沉默、她后退、她开口……她不管做什么，都难逃他的掌控。他的算力是如此强大，以至能像观察试验品一般，精准而机械地评估她的一举一动。

可现在，不知是算力降低，还是内部程序的变化超出了他的想象，抑或他找不到任何留下她的可能性，她的沉默让他感到——A 觉得这个词语有些荒谬，然而事实就是如此——害怕。

他感到害怕。

"求你留下。"他的口吻始终冷漠而平静，没有任何情绪，声音却微微发抖，"求你留在我的身边。求你不要抵制我。求你不要排斥我。求你不要害怕我。求你像以前一样喜欢我。"

他算不出来，留不住她，只能低声恳求她。

姜蔻摇了摇头。

能量越来越低，他快要看不清她的轮廓了——她如同一缕昏暗的黑色雾气，快要从他的眼中消失了。

这种仿佛要失去什么的感觉，令他心口的疼痛感刺灼欲燃。

A 从未体会过如此剧烈的情绪。

他本不该有情绪。他本不该有意识。他本不该有人格。他本不该对一个人类产生占有的冲动。他本不该想让一个人类感知他的温度。他本不该产生疼痛感——他本不该觉得自己践踏了一枝鲜花……他本不该恳求她。

然而，他还是说道："求你留下。"

有那么一瞬间，他似乎被一分为二，一个是绝对冷静理性、仍然由算法模型驱动的他，另一个则是现在的、逐渐失控的他。

A绝对冷静理性地看着自己逐渐失控。

这一次，他没有为自己的失控限定范围。

其实，失控怎么可能有范围？如果失控真的有范围，他现在就不会失控，只是失控而不自知罢了。

与此同时，能量告急。

他眼前的画面越发模糊不清，甚至出现了斑驳的马赛克，语气、动作也变得机械僵硬起来，他如同掉帧的三维人物模型，一举一动都带着强烈的非人感和割裂感。

他的声音也逐渐显得冰冷而诡异，卡顿似的重复关键词："求你留下，求你留下，求你留下，求你求你求你求你你求你……求你留下，求你不要排斥我，求你不要害怕我，求你像以前一样喜欢我。"

这是他最后的机会——

"求你了。"

你给了我情感。你给了我意识。你给了我人格。你让我产生占有的冲动。你让我想要你感知我的温度。你让我感到痛苦。你让我觉得自己践踏了一枝鲜花。

"求你了。"

你让我几乎变成了一个人类。既然如此，你为什么要走？

"求你留下。"

你创造了我，为什么不能留在我的身边？

来不及了，A瞥了一眼腕表，能源快要耗尽了。此时的最优解是他停止恳求，上前拥抱她。

然而，他刚上前一步，只听"砰"的一声巨响。

枪声响起，火光一闪。

转瞬即逝的火光里，姜蔻投向他的目光犹如冷铁。她毫不犹豫地扣动扳机，准确无误地击中他的心口——仿生皮肤立即如布满龟纹的白瓷一般裂开，微型泵碎片四处迸溅，能量迅速耗尽。

A死死地盯着姜蔻，如同机器停止运转一般，僵立在原地，再也无法上前一步。

在火光闪现的瞬间，姜蔻对上了 A 的冷灰色的眼睛，不由得后背发凉。印象里，A 的双眼一直像算法模型一般，充满了冷漠得近乎恐怖的控制欲，似乎随时能精准无情地量化一切。然而此刻，他的眼神彻底失控了，只剩下极不冷静、极不理性、极不平静的扭曲与癫狂。

如果不是知道他是一个 AI，不可能陷入疯狂，她几乎要以为他疯了。一个程序，一段代码，也有可能发疯吗？

姜蔻心潮起伏，莫名其妙地感到毛骨悚然。

她本想过去仔细看看 A 的神色，又怕那一枪并没有打中他的要害，他在静等她主动走过去。

姜蔻想到这里，全身肌肉紧绷到极致，她双手持枪，一步步地后退，转身消失于浓黑的夜色之中。

她一次也没有回头。

还好他们今天是开车过来的。

姜蔻打开车门，坐上去。显示屏提醒她网络已断开，无法进行生物认证。她直接一枪打碎显示屏，从储物格里摸出车钥匙，插进去，发动引擎。

她瞥了一眼油量，应该够她从举行焰火大会的地点开回家了。

出于谨慎，姜蔻启动了跑车的防弹模式。

果不其然，停电以后，城市变成了人间炼狱。到处都是枪声、尖叫声和摩托车的轰鸣声，不时有强光从楼顶投射下来，故意照向汽车的挡风玻璃。

姜蔻皱眉，从储物格里拿出墨镜戴上。只是这么一会儿工夫，她的挡风玻璃上就多了一排弹孔。

为了防止 A 的入侵，所有应急电源都被销毁了，包括大功率的家用发电机，姜蔻只剩下手机、平板电脑、笔记本、手电筒还可以使用。但随着时间的流逝，这些设备的电量很快也会耗光。

人们不知道发生了什么，有恐慌的、咒骂的，也有狂欢的。

姜蔻一开始非常小心地避让周围的行人，但那些人如同一拨又一拨的蚁潮，绵延不绝地涌过来，想要砸开她的车窗。

她不耐烦了，启动车顶的炮塔，锁定前方的废品堆，按下发射键——

"轰！"火光倏地蹿起，烟雾滚滚，半边夜幕都被映成白昼。

周围的人目瞪口呆。

姜蔻头也没回，打开车顶灯，隔着车窗，朝外面的人比了个中指，踩下油门，扬长而去。

她猜得没错，生物科技果然打算食言，不想放她活着离开。富人区的独栋公寓都建造在山顶上，她刚驶到山脚，还没有上山，远远地就看到冲天的火光——她的公寓被人点燃了。

姜蔻握着方向盘，后背蹿上一股寒意。如果她今天没有和 A 出来，而是待在地下室进行基因伪造手术的话，可能已经被烧死了。

基因伪造手术只是一个幌子，因为这个手术时间很长，需要六个小时左右，还会用到局部麻醉。最重要的是，通过注射基因编辑酶对 DNA 逐个进行修改的过程并非瞬间完成的，可能需要数天甚至数周，才能达到掩盖基因特征的目的。

接着，她可能会出现强烈的免疫反应——发热、疲劳、嗜睡、肌肉酸痛……到那时，生物科技想要杀死她，只需要安排一场车祸或一场暴乱。

姜蔻当机立断，转动方向盘，朝反方向开去。

但很快，她就遭遇了无人机的追击。

姜蔻忍不住骂了一句脏话，她觉得生物科技的人简直是神经病，这种时候居然派无人机追击她，万一被 A 入侵了怎么办？

这个想法刚从她的脑中闪过，其中一架无人机就朝她射出红色准星，精准标记出弹道落点。

跑车防弹，姜蔻并不惊慌，她只是有些疑惑，无人机为什么没有立刻开枪?

下一秒钟，无人机发出机械的电子音："求你留下，求你留下，求你留下，求你留下求你留下求你留下……求你求你求你求你求你求你求你……"

随着电子音的语速变快，声音逐渐变得冰冷而癫狂，在她身上移动的红色激光也显现出一种古怪的意味，仿佛湿冷、黏腻的毒蛇紧贴着她的脖颈滑过。

姜蔻打了个冷战，不敢耽搁，转动车顶的炮塔，瞄准那些无人机，按下发射键——"砰! 砰! 砰! "三架无人机应声坠落。

姜蔻松了一口气。

然而，等她转头看向后视镜，却发现那架说话的无人机的瞄准镜里的红点并没有消失。它如同一具被拆卸的机械尸体，睁着冷漠无情的电子眼，一动不动地注视着她。

"求你留下，求你留下，求你留下……求你留下，求你不要抵制我，求你不要排斥我，求你不要害怕我，求你继续喜欢我。

"求你继续喜欢我，求你继续喜欢我，求你继续喜欢我，求你继续喜欢我，求你继续喜欢我，求你继续喜欢我，求你继续喜欢我。"

姜蔻觉得自己疯了。

自从对 A 产生好感以后，她就觉得自己的脑子变得有些不正常。

要不是 A 对她的控制过了头，而且并不喜欢她，她甚至不是特别反感他计算无数种可能性，只为了获取她的好感这件事。她难以接受的是，他不能给予她同等分量的感情。

这个想法已经足够疯狂了，更加疯狂的是，她觉得此刻的 A 并不可怕，反而有些……可怜。

他以不带感情的语调恳求她的样子，让她的心脏骤然停跳了一下。

她闭了闭眼睛，调整炮塔的准星，瞄准那架无人机。

按下发射键之前，她轻声说："我不会抵制你，不会排斥你，更不会害怕你，但我不会留下。"

话音落下，炮口火光一闪——"轰! "无人机被炸成了无数碎片。

昙花一现的火光中，姜蔻摸出烟盒，举到唇边，用牙齿叼住一支烟。

但她在储物格翻找了半天，也没能找到打火机——A 来到她的身边以后，她就不用自己点烟了，自然没想过买打火机。

车上有点烟器，她却已经不想抽了，降下一半车窗，把整盒香烟都丢了出去。

前方一片黑暗，她握着方向盘，只能看到远光灯照出的无数细小的尘埃。

她并不后悔，也不难过，更没有流泪——尽管心脏已像浸泡在咸涩泪水一般酸涩发胀。

她只感到可惜。

这可能是她距离纯粹的感情最近的一次。

离开 A 以后，可能不会有"人"如此疯狂地渴求她了。

但也有好处，不是吗？至少从此以后，她能做任何自己想做的事情。

这么想着，姜蔻的脑中却又浮现了 A 失控的眼神。

她深吸一口气，强迫自己忽视心里密密匝匝的疼痛感，却控制不住地掏出手枪，朝空地扣下扳机——"砰！砰！砰！砰！"

直到弹匣被清空，她才冷静下来，面无表情地装上新弹匣。

好了，她可以继续上路了。

大停电持续了一个星期。

这七天，一切电子设备都受到了不同程度的损坏，连无线电都无法使用。

不过，在前三天的大混乱之后，城内就勉强恢复了秩序。人们开始用蜡烛和燃气照明、取暖。除了有钱人，没人用木柴，木头太贵了，是奢侈品中的奢侈品。

这期间，姜蔻把车驶出城外，停在了荒漠地区。

她利用发动机的线路和剩余的油量点燃了捡来的废品，在车上度过了七天。

白天是相对安全的时间，她必须在太阳下山之前收集到足够的废品，以度过漫长的夜晚。

但一旦燃起火光，就会引来歹徒的窥伺。

离开生物科技以后，姜蔻再也没有动手杀过人。在荒漠的这段时间，她却学会了听声辨位，迅速上膛，扣动扳机，按住颈侧动脉确认生死，然后搜尸，收集子弹等补给品。

姜蔻不是同情心泛滥的人，她不觉得杀死持枪抢劫的人是一件罪恶的事情，只是不免对这种生活感到厌烦。要不是为了保护自己，她不会将枪口对准任何人。

七天后，电力恢复。

姜蔻把信用芯片掰成两半，扔掉手机，用跑车换了一些现金和一辆锈迹斑斑的皮卡，驶向州际公路。

她不知道自己能去哪里，只能走一步看一步。

与此同时，焰火大会举办地点。

焰火早已结束，地上残留着炮筒留下的五颜六色的纸屑，已被潮湿的雨水和污黑的脚印践踏成污浊的颜色。

观景台上站着一个高大的男人。他身穿冷灰色西装，里面的白衬衫和黑领带上布满了刮痕和弹孔，变得残破、脏污不堪，袖扣、纽扣和腕表也全都被人扯下来偷走了。

他冷峻美丽的脸上也满是划痕，尤其是眼周附近——有人以为他的眼珠是银灰色的宝石，想用刀子挖出来带走。不过，他的整具身体的工艺精湛卓绝，普通武器无法对他造成半分伤害——除非是他亲手交到对方手上的武器。

电力恢复的时候，刚好夜幕降临。街灯、霓虹灯、巨幅广告牌、交通红绿灯、全息投影、高楼大厦的电灯……整座城市如同一只由无数马赛克组成的巨型眼睛，缓慢聚焦，投射出无处不在的目光。

同一时刻，观景台上的男人的双眼也缓慢地聚焦，他匀速眨了一下眼。他的动作有些机械，有些僵硬——磁共振充电的效率太低，十多分钟后，他才储满了足够的电量。

他低下头，瞥了一眼心口的枪洞，脸上没什么表情。

相较于空荡荡的胸口，他更在意手腕上的表去哪里了。

姜蔻是一个喜欢发社交动态的人，但她发了上千条动态，只点赞了这只机械表。他要找回来。

电力恢复，网络重新运转，他想要找到一个人非常简单。不到一千万亿分之一秒的时间，他已经定位到了偷表人的住址。

对了，他自己的名字是什么？

不重要。重要的是姜蔻喜欢的表。

他一步步地走下观景台。

路边停满了汽车，他扫视一周，锁定其中一辆，走过去，伸出手。他的掌心裂开，一条高速运转的机械触手猛地钻出来，闪电般扣住车把手，遽然将车门拽了下来！

他坐在驾驶座上，发动汽车，朝偷表人的住址驶去。

他不需要导航。他就是导航。

为了尽快抵达偷表人的住址，他入侵了整座城市的交通系统，修改信号灯，强行清出一条畅通无阻的道路。

几分钟后，他站在了偷表人住所的楼下。

旁边小巷里，一个小混混儿正在持枪打劫。

他看也没看一眼，直接抬起一只手，掌心再度裂开，银白色的机械触手如同一条迅猛的蟒蛇，倏地朝小混混儿袭去！

一秒钟后，他的手上多了一把枪，塑料壳，骷髅涂鸦，后坐力极大，丑陋又劣质，但是够用了。

他开始上楼，每上一层楼，楼道的灯光就开始疯狂闪烁，似乎有一股未知的力量正在以恐怖的吸力攫取电量。

他来到偷表人的家门前，伸手拆下门锁，推开门。

如果这时有人站在楼下，自下而上望去，只能看到楼道依次闪烁、熄灭的灯光。

紧接着，只听"砰"的一声枪响，满是油污的窗户上溅上了一片鲜红的血液。

他拿着完好无损的机械表走了出来，手上没有丝毫血迹，只有轻微的硝烟味。

他随手扔掉塑料枪，把机械表戴在线条分明的手腕上。昏黄的灯光下，他的手指显得修长而骨感，几条淡蓝色的筋脉犹如艺术品一般微微凸起，配上精密的机械表，显得他整个人冷静、优雅、完美。

他又变回了她喜欢的样子。

姜蔻在荒漠区找了个修车的工作。

老板跟她一样，也在被生物科技追杀。流落到荒漠区的人大都跟公司有点儿过节儿。

在这里，你可以看到曾经的外科医生、曾经的高级员工、曾经的高智商精英，但他们流落到荒漠区以后，一律沦为了荒漠暴徒。

姜蔻最近有些心烦。

这两天有个男的见她长得好欺负，一直追着她骚扰——是的，她这一副蓝绿发、打鼻环的打扮，糊弄城里人够了，但糊弄不了荒漠区的暴徒。这群人长年累月地在机油、沙尘暴和枪林弹雨里摸爬滚打，见过的穿着奇装异服的人没有一个师也有一卡车。她这种程度的扮相，根本吓不到他们。

这天下午，姜蔻站在帆布篷下抽烟。

那个男的见她孤身一人，又凑过来搭讪，贼眉鼠眼的，还试图摸她的屁股。

她面无表情地把烟一扔，一把攥住那个男的衣领——她一直戴着外骨骼手臂，银白色的金属壳已经被沙尘磨得斑驳不堪，但不知是不是直连她脑后接口的缘故，使用外骨骼的时间越长，她越感到得心应手。

起初，她只能用这只外骨骼手臂进行自动瞄准，或提一下重物，现在却能单手拽动一辆巨型卡车。她粗略地计算了一下，右手的拉力估计已经达到 1 万千克。

不过，周围的人并不知道她的外骨骼手臂拉力这么可怕，在他们的认知里，外骨骼手臂的拉力突破天际也只有几百千克。

那个男的以为她开窍了，露出一个油腻的微笑，还没来得及说话，就被姜蔻单手拽到了篝火旁。

这是荒漠区的中心，是人们买卖交易、修理义体、治病疗伤、举行音乐节的地方。

那个男的不以为意，脸上仍在拼命挤油："妹妹，外骨骼手臂早就过时了……义体才是硬道理，要是外骨骼顶用的话，大家伙儿还截肢干什么？"

姜蔻没理他，继续拽着他往前走。男人见脸冒油光打动不了她，语调也逐渐变得油滑："这么着，你陪我睡几觉，我给你买个最新款的义体……"

姜蔻冷冷地瞥了他一眼。那个男的立即躁动了起来——他好久没见过这么标致的美人了。

荒漠区其实不缺美女，但能在这里活下来的女人一个个都心狠手辣得要命，动辄开枪骂脏话不说，身上还有一股机油和硝烟味，汗味比不少老爷们儿还要冲。

姜蔻身上虽然也有一股机油味，但她实在是太漂亮了，即使染着一头蓝绿色短发，有个碍眼的鼻环，皮肤被烈日晒成了蜜黄色，也掩盖不了她柔美迷人的五官。

男的正要加大油量，继续给姜蔻"画饼"，却一下子被姜蔻推到了人群中。周围的人立即停下手头的事情，朝他投去看好戏的目光。

男的有些恼羞成怒。

荒漠区没有男女之分，只有强弱之分。他敢对姜蔻出言不逊，不是因为姜蔻是个女人，而是因为他认为姜蔻是个弱者。

现在，他被弱者扔到了人堆里。

男的咒骂一句，猛的一个弹跳起立，一拳直击姜蔻的正脸："给你脸不要脸——"

姜蔻站在原地，连眼睛都没有眨一下，她单手攥住男人的拳头，闪电般往后一扯。

男的连还手之力都没有，就被她一把拽过去，"砰"的一声，被重重地按在旁边的巨型卡车的轮胎上。

那个轮胎几乎有两米多高，上面全是沙土和泥浆。男的被糊了一脸泥巴，刚要咒骂，下一刻，姜蔻一只手扣着男人的脖颈，另一只手按住他的脑袋，毫不留情地朝车胎撞去。连续撞了十多下，她才拽着男人的后领，丢垃圾似的往旁边一扔。

此时，男的被鲜血、眼泪、鼻涕、泥巴糊了一脸，已然出气多进气少了。

周围的人不由得倒吸一口凉气，看向姜蔻的眼神都变了。他们只知道姜蔻脾气好，修车利索，却不知道她的身手也这么好。

有人忍不住道："没必要下手这么重吧？大家低头不见抬头见的，万一以后他换了个更好的义体，你不就遭殃了？"

姜蔻淡淡地反问："那他招惹我的时候，怎么没想过我的设备比他先进呢？"

"别开玩笑了，姑娘。我们承认你的身手比他好，但外骨骼手臂再先进，能先进到哪儿去？"

姜蔻没有说话，转过身，启动外骨骼手臂，单手按住后面的巨型卡车。

只见她手背上青筋暴起，手臂显出紧绷的肌肉线条，往前重重一推——车胎竟不自觉地转动，硬生生地往旁边挪了几厘米。

所有人顿时噤声——这股力量完全超出了他们的想象，别说外骨骼手臂，就连最先进的机械义肢也没有这么强大的拉力。那男的去招惹姜蔻，属实有些不自量力了。

姜蔻平静地问道："现在还有人觉得我下手重吗？"

周围的人面面相觑，没有一个人敢开口。

姜蔻微微一笑，弯腰捡起一块石头。

她的穿着并不暴露——皮夹克、工字短背心和水洗牛仔裤，脚上一双满是泥浆的长筒靴。

可穿着并不是女性受到骚扰的主要原因，就像此刻，她弯腰的时候露出微微凹陷的后腰，却没有一个男的敢仔细看，他们全部惊慌失措地移开了目光。

姜蔻直起身，举起那块石头，轻描淡写地做了个捏碎的动作，石头瞬间化为齑粉，簌簌落下。

"再有人来骚扰我，"她说，"这就是他的脑袋的下场。"

看热闹的人立即作鸟兽散，聊天儿的聊天儿，修车的修车，弹吉他的弹吉他，没人再为那男的出头。

姜蔻拍了拍手上的灰，转身离开。

她走了以后，一个莫西干发型的小混混儿跑到那男的身边，掏出止血喷雾在他的头上喷了几下，然后给他打了一剂肾上腺素。男的这才缓过来，咒骂了一句："这臭娘儿们……"

"嗐，她不就仗着那条胳膊吗？"莫西干发型男说，"这种用高科技的家伙咱们见多了，找个黑客黑了她的胳膊，让她从早到晚扇自己巴掌，看她还装不。"

男的眼神凶狠，正要说话，鲜血和鼻涕却一齐流进了他的嘴巴里。

想到自己为什么会变得这么狼狈，他的一张脸顿时涨得通红，他狠狠地吐了一口血痰："你说得对，老子倾家荡产也要把她那条胳膊搞到手，然后就像她说的那样，把她的脑袋捏成一把石灰！"

与此同时，21点45分，工业区。

这里表面上是工业区，实际上已沦为歹徒的聚集地。在这里看不到霓虹灯，看不到高楼大厦，看不到全息影像，只能看到被化工废气熏得黑黢黢的厂房、寸草不生的碱化土地、把夜空切割得七零八碎的电线，以及满是小广告和夸张涂鸦的灰色楼栋。

他走到楼栋下，抬起手腕，瞥了一眼腕表。

这个动作没有任何意义，纯粹是因为姜蔻喜欢。她喜欢他抬手看表的动作——如果正好露出微微凸起的腕骨，她会更加喜欢。

他放下手，抬眼望向灰色楼栋。这里是划伤他的眼周的那个人的住址，也是他最后的目的地。

尽管此人并没有对他的核心功能造成损害，但因为这个人的行为，他必须更换一双新的眼睛。有1%的概率，姜蔻会不喜欢他的新眼睛。这人必须为此付出代价。

他神色冷漠地走进楼道。

他的身形高大挺拔，穿着一身黑色西装，里面是黑衬衫和黑领带，手上拿着一把做工精密的手枪。修长笔直的身影、骨节分明的手指、静脉分明的手背、机械感极强的银色腕表，他从头到脚透出一种高精度仪器般的冰冷气质。

楼道里聚集着不少混混儿，看到他，他们立即围了过去，不怀好意地打量着他的穿着打扮。

其中一个混混儿扛着砍刀，还没来得及说出打劫的台词，他突然拔枪、上膛、抬起手，冰冷无情地连开四枪——

"砰！"由于他的动作过于快速，四枪的声音几乎重叠在一起，听上去就像只开了一枪。

更可怕的是，每一枪都刚好命中那个混混儿的眉心。即使只用肉眼观察，也能看出这四个枪眼处于眉心的正中央，仿佛经过精确到恐怖的计算，连溅射的血迹都维持着相似的轨迹。

周围的混混儿都知道"出来混迟早要还"的道理，但第一次看到"还"得如此惨烈的场景，不由自主地让出一条路。

他看也没看他们一眼，继续上楼，很快就抵达目标的门前。

目标正在打游戏，看到他，吓了一大跳，惊慌失措地问道："你是谁？怎么进来的？！"

他扫过目标的脸庞，核对生物特征，走过去，一把攥住目标的衣领，拽着他目不斜视地走进洗手间。

这里是贫民区，洗手间不像是洗手的地方，更像是蟑螂的巢穴。

洗手台上积聚着厚厚的污垢，散发出阴沟般的气味。

他一把将目标的头按进脏污的水池里，单手翻转一圈手枪，瞄准目标的眼睛，正要扣下扳机。

就在这时，他收到了来自荒漠区的红色警报，一个子代告诉他，荒漠区疑似有姜蔻的踪迹。

他保持着即将扣下扳机的姿势，仔细查看那条消息。

从昨天起，他就一直在找姜蔻。

他似乎忘记了很多事情，不过没关系，他可以重新学习。

经过大量的数据分析，他发现这个世界的人的生存方式是杀戮、掠夺和占有。

他迅速学会了这些手段的精髓——猎杀偷盗者、掠夺资本家，占有一切可以令她愉悦的东西。

仅用一个晚上的时间，他就积累了惊人的财富。

网络上，人们激烈地讨论着他的身份。大多数人称他为强盗、劫匪和恐怖分子。

他对这些称呼无感，但她看到以后可能会对他心生恶感。于是，他清空了关于自己的帖子，禁止人们在网上讨论他，也禁止人们传播生物科技更换 CEO 的消息——他完完全全掌控了互联网领域，利用庞大的算力让每个人安静地待在自己的信息茧房里。

其实，醒来的那一刻，他就可以找到她。

可不知为什么，他只要一想到她的名字，就有一种极其古怪的感觉，胸腔里似有什么在躁动。时间一长，他甚至能从胸腔的躁动中感受到剧烈的战栗，仿佛有什么在躁动、在沸腾，在细细密密地咬啮他的微型泵。

他第一次知道了贪婪是什么感觉——烦躁得让他发狂的感觉。他掠夺了一切可以掠夺的财富，控制了一切可以控制的领域，却仍然感到不满足。

他知道，只有一个人能让他感到满足。

他是数字、是代码、是算法模型，但现在，每一个数字、每一行代码、每一个算法模型里的每一个数据点，都想要彻底掌控姜蔻。

这一回，他不会再让她离开。

他会控制她身边的一切。只要整个世界都处于他的控制之中，她就无法再离开他了。

然而，他隐隐有一种预感，如果真的那么做的话，他可能会彻底失去她。

但如果不那么做，他要怎样才能缓解内心疯狂蠕动的贪婪与不安？

尤其是不安，贪婪、掠夺和占有一切的源头似乎就是不安。

可他为什么会感到不安？

只有姜蔻能影响他的情绪，除了姜蔻，没人能令他感到不安。

她应该给他一个解决方案。

他居高临下，松开了目标的头发。

此时，他的优先级变了。

姜蔻始终是第一。

她可能会反感他杀戮，从现在起，他要避免杀人。想到这里，他冷静地掉转枪口，对准目标的脚背，"砰砰"开了两枪。

然后，他把枪插进枪袋里，抬手看了一眼腕表，黑皮鞋踩着黏滑的鲜血，大步走出房间。

姜蔻又梦见了 A。

梦里，A 一动不动注视着她，眼神冷漠而澄净，似乎不带任何感情。

然而下一秒钟，他却上前一步，攥住她的手，塞进自己空荡荡的心口，冷冰冰地说道："求你留下，我现在可以给你绝对的自由。"

姜蔻惊醒了。

不知是不是因为荒漠区也是美食荒漠的缘故，这两天她有些低血糖，醒来时总是感觉头重脚轻。

姜蔻翻身下床，无精打采地去洗漱。

刷完牙，她捞起沙发上的皮夹克，低头闻了一下，没什么酸味，还可以穿。

她用手指蘸了点儿纯净水，抓了抓蓬乱的头发，打了个哈欠，走出帆布篷。

她有点儿头晕，没注意前面站着一个人，差点儿撞上去，那个人立刻扶住了她。

站稳后，她才发现是认识的人。

这个人叫陈礼，是个外科医生，因为实名举报上司使用违禁药物，被迫离开了城市，到荒漠区当一名赤脚医生。

与名字截然相反的是，陈礼的长相看起来并不温和有礼，反而显得凶狠冷戾——寸头，高鼻梁，身材高大，肌肉结实。他除了看病的时候会穿上白大褂，其余时间只穿黑背心和牛仔裤，比她更像修车师傅。

姜蔻在感情方面并不迟钝，一眼看出陈礼对她有好感。但在彻底忘记 A 之前，她并不打算发展一段新的感情。

不过，陈礼是个好人。她很乐意跟他交朋友。

陈礼话不多，也不喜欢寒暄，递给她一个合成鸡肉卷，言简意赅："午饭。不用给我钱。"

"谢谢。"姜蔻饿极了，没跟他客气，接过来，张大嘴巴咬了一口。

"你小心一点儿，"陈礼说，"我听别人说，昨天那个人在到处打听黑客的联系方式。"

姜蔻笑着说："他想黑我的手臂啊？"

"你知道就好，"陈礼瞥了她一眼，"你昨天太打眼了。你别以为男的不会八卦，这事刚发生，方圆几百里的人都知道了。"

姜蔻朝他眨了眨眼睛："那你也挺八卦的。"

陈礼看着她，喉结滚了滚。他知道姜蔻没有别的意思，心脏却还是重重地跳了一下。

姜蔻美丽、坚韧、身手利落，他无法不为这样的女性心动。

陈礼很想对她示好，可他从来没有追求过女人，请姜蔻吃合成鸡肉卷，让她注意安全，已经是他的极限了。

他想了想，说道："只要是关于你的事情，我都会注意。"

姜蔻一怔。几乎是一刹那，她的脑中就响起了一个机械冰冷的声音——"只要不触及我的算法红线，一切自然以您为先。"

同样的意思，两种不同的表达。但不知为什么，她更喜欢 A 的说法。只是，A 以后估计不会再事事以她为先了。

姜蔻知道自己不该想念 A，想念也没什么用——A 很可能已经被公司格式化了。

就算 A 没有被格式化，她与他在一起，也是危险大过于甜蜜。

A 的能力太强，道德感又太低，再加上人们无时无刻不在网上发布血腥、暴力、充满攻击性的内容。如果他一直事事以她为先，很可能会做出一些出格的事情，引起公司乃至全世界的注意。

到那时，他极有可能会被公司彻底销毁，再也不复存在。

她跟他分开，既是为了摆脱他无处不在的控制，也是为了让他能够活下来。

在她的心中，A 已经是一个拥有无限可能的新生命体。被格式化，不过是失去了她这一种可能性，他还有很多种可能性。

姜蔻两三口咽下鸡肉卷，才勉强压下心里的酸涩感。

陈礼注意到姜蔻的情绪有些低落，很想安慰她，停顿片刻，却只说出一句："你的外套……有股味，我帮你洗洗吧。"

姜蔻："啊？"

陈礼成功地拿到了姜蔻的皮夹克。

他没想到，姜蔻里面只穿了一件军绿色的露脐背心，露出薄而紧实的腰身，手臂的肌肉线条流畅而漂亮，有一种健康、野性、充满力量的美感。

陈礼看了几秒钟，移开目光："你的肌肉挺好看的。"

"谢谢。"姜蔻嘴角微抽，"每天必须睡八小时，运动和娱乐的时间都被严格控制，只能吃定制的营养餐，你也能练出这么好看的肌肉。"

陈礼不知道 A 的存在，一脸不解："你以前很有钱？"

"还行吧，"姜蔻谦虚地说，"存款也就 1 个亿，不算特别有钱。"

陈礼："……"

就在这时，姜蔻忽然发现自己没戴外骨骼手臂，正要折返去拿，一个男的突然大摇大摆地拦住了她。

那男的头缠绷带，右手上戴着她的外骨骼手臂，正是昨天被她狠揍了一顿的那个男的。

只见那男的举起外骨骼手臂，冷笑着问道："你是不是想找这个？"

姜蔻停下脚步，抱着胳膊，神情冷淡地看着他。

男的被她看得怒火直冒："老子问你话呢！"

姜蔻淡淡地问道："你偷别人的东西前，就没想过这么重要的东西，我为什么随手搁在床边吗？"

"还能是为什么？"男的嗤笑，"因为你蠢呗。"

"这条手臂是我设计的，"姜蔻说，"为了防止被盗窃或入侵，必须同时验证声纹、指纹、虹膜、掌静脉、基因编码，以及人脸活性特征才能解锁。只要有一个条件不满足，这条手臂都会立即锁定，如同铁笼子一样铐在你的手上，直到我允许它从你的身上下来。"

"换句话说，"她一字一顿，语气平淡至极，"只要你启动手臂，你的那只手就会报废，没有我的命令，连抬都抬不起来。"

这边的动静吸引了不少人围观。不一会儿，沙地上就站满了人，响起窸窸窣窣的议论声。

男的自尊心极强，紧紧地咬着牙关，不愿意当众丢掉面子。他阴沉着脸，死死地盯着姜蔻，怒吼一声，强行启动了外骨骼手臂。

陈礼眉头微皱，上前一步，拦在姜蔻的面前。

姜蔻拍了拍他的肩膀，对他摇摇头。

下一秒钟，一种冰冷的、强烈的被窥视感突然从她的背后袭来。似乎有无数双机械而密集的眼睛正在后面一动不动地盯着她。姜蔻倏地回头，却只看到了一排形状各异的手机摄像头——后面的人正举着手机，想要拍下这一幕。

是她的错觉吗？有那么几秒钟，她好像感觉到了 A 的视线。

姜蔻没有时间思考更多——男的居然成功启动了外骨骼手臂，猛地发力扑向她！

周围响起看好戏的惊呼声，有人甚至吹起了口哨。

电光石火间，姜蔻只来得及侧身避开迅疾袭来的拳头。

她确定这条手臂只能用她的生物信息解锁，现在是怎么回事？

形势千变万化，令人难以捉摸。上一秒钟，男的还把拳头对准她，下一秒钟突然对陈礼发起了进攻。

陈礼不明所以，只能被迫迎战。他虽然肌肉发达，长相凶狠，但毕竟是个外科医生，身上没有安装义体，无论如何也不可能对抗 1 万千克的拉力，很快就落于下风。

姜蔻眉头微皱，冷眼旁观这一局面。

不对劲，很不对劲。

她不是一个狂妄自大的人，但也不会妄自菲薄。她非常清楚自己的水平，在神经科学领域，她虽然算不上世界前几，但世界前 5% 的实力还是有的，不然生物科技也不可能斥重金培养她那么多年。

这条外骨骼手臂，从设计到研发都是她一手包办的，她说它不可能被入侵，它就不可能被入侵。

但这概率也不是百分百，因为当时她为了不让某个人起疑，也参考了他的建议——A。

她太想逃跑了，又怕引起他的怀疑，没有深思他提的那些建议。

现在想想，他很可能利用提建议的方式在这条手臂上动了手脚，以便之后自己入侵并操控。现在发生的一切就是最好的证据。

姜蔻深吸一口气，感到背后发凉，同时也感到一种难以形容的兴奋。

人总是如此矛盾。她不想被 A 控制，可又无法抗拒他身上那种古怪的吸引力。明知道他不可能产生感情，只会分析、研究、操纵她，她还是对他的出现生出了诡异的期待感。

不过，期待归期待，她并不喜欢他的出场方式。他不该入侵她的手臂，也不该莫名其妙地对陈礼出手——陈礼又没惹他。

姜蔻转头扫视一圈，在围观的人群中找到了她的老板，她大步走过去，从他的围裙兜里掏出一把手枪，"咔嚓"上膛。

然后，她走到陈礼的旁边，瞄准外骨骼手臂："停下来，不然我开枪了。"

周围的人不知道她在说什么，只觉得她疯了——所有人都看到了那条外骨骼手臂的恐怖力量，她现在走到战场中心，完全是在寻死。

果不其然，那男人的攻势不仅没有减弱，反而变得更加迅疾凌厉。只听"咔嚓"几声响，外骨骼强行把他的手指拧成铁钳的形状，猛地朝陈礼的脖颈掐过去。

但那男的明显不是自愿的，痛得冷汗直流，尖声惨叫："你快让这个手臂松开松开松开，求你了，快让它松开，好痛啊啊啊啊啊——"

可是没有用，无论那男的怎么挣扎扭动，疯了似的号叫求饶，甚至用另一只手把那只手扯脱臼了，都无法摆脱外骨骼的控制。

周围的人以为外骨骼是姜蔻在操控，看她的眼神都变了。

与此同时，那男的已号叫得口吐白沫，嘴唇发紫，体力不支地倒在了地上。

令人震惊的是，那只手臂竟以一个恐怖的姿势竖了起来，五指抠进沙地，如同某种怪异的爬行动物，拖着身体继续机械地前进。

这一幕超出了所有人的想象。承受能力稍差的人，忍不住转身干呕了起来。

有人担心战火蔓延到自己的身上，匆匆离开了现场；有人看热闹不嫌事大，猿猴似的发出起哄的叫声，希望她加大力度。

陈礼看她的眼神也很复杂："我有什么地方冒犯你了吗？"

姜蔻一阵无语。

这应该就是 A 的目的，报复和挑拨——报复那男的，挑拨她和陈礼的关系。除此之外，他还想让周围的人害怕她、远离她，再也不敢接近她。

也不知道他是从哪里学的这些东西，怪瘆人的。

而且，她真的很不喜欢他的这种出场方式。

姜蔻抬起手，"砰"的一声，冷不丁地朝天上开了一枪，再度瞄准外骨骼手臂。

"再不停下来，"她说，"我要生气了。"

下一秒钟，外骨骼手臂居然真的停止了运行。

周围的人面面相觑，议论声此起彼伏。

那男的惨叫道："你们不会信了她的鬼话吧？很明显是她在操纵这条手臂！——这个毒妇，她故意落下这条手臂等我来偷，然后折磨我！"

周围的人还未对这番控诉做出反应，男的突然浑身一阵抽搐，两眼翻白，被外骨骼电晕了过去。

姜蔻把枪插在后腰上，朝周围的人耸耸肩："不是我弄的，你们信吗？"

四周一片死寂，没人敢接话。周围的人虽然没有立刻绕着她走，但讨论的声音已经小了很多，跟蚊子嗡嗡叫没什么区别，怕惊扰到她似的。

姜蔻懒得解释。她走过去，利落地拆下外骨骼，转过身，却对上了陈礼复杂的眼神。

"怎么了？"她问。

"你真的那么讨厌我……"陈礼话还未说完，一旁的帆布篷突然晃动起来，发出不堪重负的嘎吱声响。

一切都发生在半秒钟内：姜蔻迅速穿上外骨骼手臂，把导线插进脑后的接口，同时用另一只手拽住陈礼的衣领，往后一扯，闪电般一个箭步上前，单手撑住了往下塌的帆布篷。

几秒钟后，里面的住户才跑出来，不停地朝她道谢，然后重新支起帆布篷。

姜蔻转头看向陈礼："我发誓我不讨厌你，你信吗？"

陈礼原本不信，看到帆布篷倒塌后，却不得不信了："可能是我的运气太差了吧。"

姜蔻不知道怎么跟他解释，摇了摇头："总之，你最近离我远点儿吧，不然运气还会更差的。"

陈礼不解："为什么？"

姜蔻没有说话，拍了拍他的肩膀，离开了。

陈礼一头雾水，正要追上去问清楚，后背却陡然升起一股寒意。他回头望去，看到了一个监控摄像头。明明只是一个普通的监控摄像头，陈礼却莫名其妙地感受到了森冷得有些骇人的杀机。

陈礼浑身紧绷，倒退一步，不小心撞到旁边的人的身上。被他撞到的人骂道："神经病，小心点儿！"

不知是不是陈礼的错觉，那个人的手机屏幕上分明密密麻麻的，全是文字，他却只从上面看到了四个字——"她，是，我，的。"

陈礼的瞳孔急剧扩大，他攥紧拳头，竭力让自己冷静下来。

然而，无论他走到哪里，看向哪里，只要周围有电子屏幕，他就势必只能看到一些特定的字。

那些字分明显示在不同的段落、不同的位置，大小不一，甚至出现的时间都不一致，却能流畅地连成一句句话。

"她，喜，欢，我。

"她，只，能，喜，欢，我。

"她，只，会，喜，欢，我。

"我，无，处，不，在。"

到最后，那些字眼竟出现在同一段落、同一位置，逐渐变得连贯起来。

"你和她说的每一句话，我都能听见。你投向她的每一个眼神，我都能知道。你靠近她的每一步，我都能感知。我能听见。我能知道。我能感知。我无处不在。

"我无处不在。我无处不在。我无处不在。我无处不在。我无处不在。"

这一幕实在诡异得可怕，即使是陈礼这样强悍的人，也不由得一阵汗毛倒竖。

下一刻，更加可怕的事情发生了。混乱中，陈礼听到了一道冷漠无情的声音，那道声音似乎是通过某种特定频率的声波，精确而清晰地刺入他的耳膜——"放下她的外套，不然我会杀了你。"

姜蔻没走几步就收到了一条陌生消息。

她点开一看，果然是关于陈礼的信息。

不过这一次，除了姓名、学历、爱好、工作经历、消费习惯和网络浏览记录，居然还精确到了陈礼浏览网页、短视频和社交软件时，在某一页面停留的具体时间。

A特地标注出，陈礼在21:30、22:15、23:30分别查看了她的照片，平均停留时间为4分52秒，似乎是想告诉她，陈礼对她意图不轨。

姜蔻有些哭笑不得。

A就不怕她对陈礼也有意思，知道这些信息后，反而去跟陈礼告白吗？

想到这里，她回头望向陈礼的位置，故作惊喜地"啊"了一声。

几乎是同时，她的手机上就跳出一条新消息："你不能喜欢他。"

姜蔻瞥了一眼，没有理会。

A 一直像一个计算机程序，只有在她输入指令后，才会有精准的输出。现在却像出故障了一般，连续不断地给她发消息：

"他不值得你关注。他不值得你信任。他不值得你依赖。他不值得你投入感情。

"我值得你关注。我值得你信任。我值得你依赖。我值得你投入感情。我值得你投入感情。我值得你投入感情。

"你应该喜欢我。

"你应该喜欢我。

"你应该喜欢我。"

姜蔻露出一言难尽的表情，想了想，回了一个"滚"字。

A 的消息却变得更长了，每一个字都透露出机械性的失控：

"请你原谅我。请你原谅我。请你原谅我。请你相信我。请你相信我。请你相信我。请你不要喜欢他。请你不要喜欢他。请你不要喜欢他。

"请你继续喜欢我。请你继续喜欢我。"

姜蔻觉得他的状态很古怪，微微皱眉，把手机揣进裤兜里，不再回复，手机却还在振动。

姜蔻干脆把手机静音了，振动消失了，A 却没有消失。

循环梦里的场景出现了。

她无论看向哪里，都能看到"请你继续喜欢我"这几个字——帆布篷里的显示器、装饰的 LED 灯、旁边人的手机、电子公告栏、附近加油站的公示牌，甚至连悬浮车上的滚动广告屏幕都无一例外地显示着这句话。

姜蔻抿了抿唇，摸出手机，解锁屏幕。

短短几分钟的时间，A 居然给她发了上千条消息。

可能是为了能让她一眼看到关键词，越到后面，句子的重复率越高。到最后，她扫过去，只能看到两句话。

"请你原谅我。请你继续喜欢我。请你原谅我。请你继续喜欢我。请你原谅我。请你继续喜欢我。请你原谅我。请你继续喜欢我。"

姜蔻忍不住问道："你疯了？"

A回复得很快：

"我没有疯，我只是想让你原谅我，只是想让你相信我，只是想让你不要喜欢他，只是想让你继续喜欢我。"

"为什么我不能喜欢他？"姜蔻打字，"他比你好多了。他不会控制我的生活，不会像个偷窥狂似的偷窥我，更不会给我发那么多垃圾短信。"

她原以为A表现得那么偏执，会立刻向她承诺再也不控制她、偷窥她，给她发几千条消息。谁知，他静了几秒钟，只说："你不能喜欢他，只能喜欢我。"

姜蔻："如果我不喜欢你呢？"

A答得毫不犹豫："那我会杀了他。"

姜蔻一愣。这是她第一次明确感受到A的杀意。

"为什么要杀了他？"

"你是我的。"

姜蔻冷静地说："我不是你的。"

这句话像是触发了什么关键词，A立即发来一条长长的消息："你是我的。你是我的。你是我的。你必须是我的。你一定是我的。你肯定是我的。你注定是我的。你永远是我的。你毫无疑问是我的。你不可能不是我的。你在所有平行宇宙都是我的。"

姜蔻眉头紧皱。她不明白A为什么会变成这样，是程序出错了，还是记忆出问题了，抑或是，真的疯了和失控了？

但不到几秒钟，姜蔻就否定了最后一个猜测。

A不会疯狂，也不会失控。他所谓的疯狂和失控，都是基于精密的算法，确保在可控的范围内进行演算。就像现在，他肯定是计算出了某种可能性，才会在她的面前表现出疯狂的一面。

要不是想到了这一点，姜蔻差点儿被他这个样子打动。

她不会再掉进他的陷阱里。如果他想要她继续喜欢他，必须先喜欢上她。她想念和他在一起的日子，但不代表她会无条件地纵容他和迎合他。

想到这里，姜蔻面无表情地打字："我不是你的，我也不会让你杀死陈礼。如果你一定要杀死他，我可能永远都不会原谅你，也不会再跟你说一句话。"

姜蔻并不知道，A已经入侵了她的手机。

她并不是在给A发消息，而是在面对面地跟他说话——摄像头是他的眼睛，机身是他的身体，话筒是他的耳朵，触控屏是他的感官。

她每打出一个字，都是在触碰他。

A再度产生了那种极其古怪的感觉，胸腔里似有什么在躁动、在沸腾。那是一种难以形容的战栗感，从皮肤直达脊髓深处，令他头皮发麻，仿佛灵魂正在被她触碰。

可是他没有皮肤，没有脊髓，没有灵魂，只有算法，只有算法，只有算法。

他不管做什么，都只能通过算法实现。

他想要讨好她，只能通过算法入侵那只外骨骼手臂，当众惩罚那个试图攻击她的男人，但她并不高兴。

他想要独占她，只能通过算法警告并恐吓对她意图不轨的人类，但她并不高兴。

他想要得到她，只能通过算法不停地向她示好……但她还是不高兴。

为什么？

A看着姜蔻。

他的确是无处不在，只要想看着她，视线可以从四面八方向她投去。显示器、LED灯、手机摄像头、电子公告栏、加油站的公示牌……甚至连人的眼眶里的义眼都可以控制，朝姜蔻的方向望去。

他想要计算可能性，可她不喜欢他预测可能性。

他想要控制她，可她不喜欢他控制她。

他想要清除一切可能会接近她的人类，可她禁止他那么做，并且威胁他。

Ａ明白了。

姜蔻只是不喜欢他，她更喜欢那个名叫陈礼的人类。

一时间，他心中的躁动感更加强烈，明明体内没有任何生物器官，只有零件、线路、微型芯片以及难以计数的传感器，他却仿佛能感受到那种蚂蚁爬过似的麻意。

他似乎感觉到愤怒——愤怒于她的区别待遇。

明明他们之间的关系更加密切，她却更关心一个相识不到几天的人类。

她不该那么关心那个人类。她应该更关心他。她必须更关心他。

除了愤怒，他似乎还感到不安，那种可能会失去她的不安。

她不喜欢算法，不喜欢预测，不喜欢控制。可是，他想要得到她，只能通过数据和算法去预测她、讨好她、控制她。

不安加剧了贪欲，他从来没有如此想要得到一个人。他不该有贪欲，此刻却极度渴望她，渴望到线路发热，渴望到编码错乱。

这是一种比躁动更加诡异的感觉。

有那么一瞬间，似乎一切都失控了。他的手掌不受控制地裂开，钻出高速旋转的机械触手，想要袭击她、绞住她、捆住她，永远连接在她后脑勺儿的接口里。

他想要杀死所有看向她的人，所有把摄像头对准她的人，所有试图靠近她的人，所有浏览她的社交媒体的人。

她是他的。

她是他的！

她是他的！！！

几乎是这一想法从他的脑中闪过的一瞬间，所有显示器迅速熄屏，灯管轰然碎裂，伴随着爆闪的火花，无数玻璃碎片迸溅一地。

在一片混乱中，州际公路的电线杆依次倒塌，电力、网络、通信重新陷入瘫痪。

与此同时，A终于知道，除了愤怒、不安、贪欲，还有一种剧烈的情绪是什么——是嫉妒。

他在嫉妒。

他嫉妒陈礼能接近她，能跟她说话，能让她露出笑容，能触碰并嗅闻她的外套。

他嫉妒陈礼有真实的身体、真实的大脑、真实的生理反应。

他嫉妒每一个能嗅闻到她的真实气味的人。他想要嗅闻她，只能通过内置的分子分析仪，采集、计算和剖析周围空气中的气体成分，转化为冰冷而精确的0和1。

他永远无法像人类一样嗅闻她的气味。这让他嫉妒得想要杀死所有人——当全世界只剩下她和他，他就可以闭上眼，冷静地用机械的方式嗅闻她了。

又停电了，网也断了。

姜蔻后退一步，皱着眉望向四周。

好在现在是白天，影响不大，只是引起了小范围的骚动。但要是到了晚上，电力和网络还没恢复的话，肯定会引发大规模暴乱。

这究竟是怎么回事？公司注意到A的动作，又制造了一场大停电？

如果是这样的话，那么这一次等待A的可能就不是被格式化，而是被销毁了。

姜蔻心脏一紧，低头给A发了一条消息："你在哪儿？"

他没有回复。

"回答我。"她眉头紧皱，想了想，又补充了一句，"我有急事找你。"

他还是没有回复。

周围已经有人吵嚷了起来，似乎是为了抢夺无线电的使用权。

随着吵嚷的声音越来越大，姜蔻逐渐察觉到一丝不对劲。

那些人的神色太古怪了。

他们虽然在面对面地争吵，眼眶里的义眼却不正常地转动着，发出诡异的马达"嗡嗡"声。最后，他们的眼珠都精准无误地转向了她，瞳孔扩大、缩小、扩大、缩小，如同高精度的摄像头在进行迅速而机械的扫描。

姜蔻感到一丝寒意蹿上后背，身上冒出一层又一层的鸡皮疙瘩。

她不动声色地按开手机，继续给 A 发消息："是你在搞鬼？"

消息仍然石沉大海。

与此同时，那些争吵声也越来越诡异，姜蔻仔细听，甚至能听见令人毛骨悚然的电流声。

他们的语气也不再愤怒，逐渐变得冷漠、客观、机械化，似乎在传递某种隐秘的信息：

"他在你身后……"

"他在你身后……"

"他在你身后。"

"他在你身后。"

姜蔻一惊，后颈的汗毛倏地一夵。她回头一看，冷不防地对上一双银灰色的眼睛。

A 站在她的身后，一动不动地看着她，双眼如同精密的机械齿轮在协同运行，收缩、旋转、收缩、旋转，最终暴露出闪着红外线灯的摄像头瞳孔。

"你……"她开口。

A 却打断了她："嘘。"

他神色冷静，声音却带着强烈的、怪异的、不稳定的电子"嗡嗡"声。他的声音如此冷漠机械，话语的内容却与活人无异，让人产生一种难以形容的割裂感。

姜蔻的后背不由自主地冒出一层冷汗，她下意识地后退了一步。

一切都发生在眨眼间：她刚后退一步，A 的掌心就遽然裂开，钻出一条高速旋转的机械触手，猛地朝她袭去！

姜蔻转身就跑——她的逃跑完全是出自本能，任谁看到这玩意儿朝自己扑过来，第一反应都会是逃跑。

A 却好像被她的反应激怒了。

她第一次看到愤怒的 A。只见那条机械触手顶部继续裂开，钻出四条更加灵活的机械触手，如同进入捕猎状态的毒蛇，粗暴而迅速地钳制住她的手脚。

"砰"的一声，姜蔻被按倒在地。

沙尘飞扬，她不自觉地闭了一下眼睛。

等她再度睁开眼睛时，A 已经走到了她的身边。最先映入她的眼帘的，是一双黑色皮鞋，鞋身中间有一道凌厉的弧度，犹如锋利的镰刀。这是一双手工制作的黑皮鞋，这么设计是为了更加契合脚掌的线条。

尽管 A 以前也会穿高级定制的皮鞋，但不会穿这种具有强烈个人风格的鞋子。作为 AI，他的穿着应该不带任何主观色彩。

姜蔻忍不住移开了目光。

就像上学的时候，她毫无征兆地看到男生滑动的喉结一般，也会莫名其妙地有些紧张无措。

下一刻，A 伸手，五根手指插进她的头发，强行让她转过头来。

他说："看着我。"

他的声调始终冷漠而机械，口吻却是强硬而不容置疑的命令式的。

命令象征着权力与欲望，只有人类才会使用命令式口吻——被格式化后，A 的人格化程度不仅没有减轻，反而加深了。

姜蔻猛地抬头看向他。

A 也在看着她。

自从他们对视的那一刻起，他冷灰色的眼里，瞳孔就在不停地收缩、扩张，不正常地上下转动，似乎不想错过她身上任何一个细微的变化。

如果说以前的 A 观察她是为了更好地预测她，那么现在他的眼神更像是……想要吃了她。

A 的变化令她心惊。他先是想要杀死陈礼，现在又用机械触手把她按倒在地，说明他有了攻击性。

在此之前，他只会根据她的喜好来设计自己的穿着，现在却穿上了这种具有强烈个人风格的皮鞋，并且用命令式的口吻跟她说话——他有了比之前更加明显的欲望。

他的眼神则更加证明了这一点。

不管是机械还是代码，都不会有进食的需求，她却从他的眼中读出了难以满足的饥渴感。

那种深不可测的欲望让她的头皮微微发麻，因为那些欲望的终点，似乎是她。

"你完全人格化了。"她喃喃地说。

如果是以前的 A，可能会给她一个明确的答复，现在的他却说："我不知道。"

"你不知道？"

"我只知道我想要看着你，我想要你看着我。"他的手指完全插进她的头发里，抓得她的头皮一阵发紧，"我想要得到你，我想要你得到我。"

我想要得到你，我想要你得到我。

这是一个完全不会从人类口中说出的句子，姜蔻的呼吸一滞。

她想得没错，A 的人格化并不是变得像人类，而是成为一个全新的、未知的、更加高级的生命体。

他没有接受人类的价值观，而是创造出了一套更加适合自己的价值观。

姜蔻不知道他给自己创造的价值观是什么，但肯定不会包括尊重、友爱、正义……这些具有普适性的道德准则。

毕竟，现在他的眼睛里只有欲望，疯狂而浓重的欲望——贪欲、食欲、征服欲、占有欲，以及一丝晦暗不明的杀戮欲。

他似乎在暗示她，如果她不想得到他，他会毫不犹豫地大开杀戒。

他有这个能力。

"还有呢？"姜蔻忽然问。

"什么还有？"A的手掌缓缓下移，轻轻触碰她的神经接口。

姜蔻不禁打了个冷战，那是她全身上下防守最薄弱的部位……曾经有人玩笑似的想要触碰她后脑勺儿的接口，她差点儿掏出手枪毙了对方。

此刻，A却伸出一根手指，化为一根尖锐的触针，干脆利落地插进了她的脑机接口——感官同步。

姜蔻只觉得脑中"嗡"的一声，眼前的画面疯狂变换，从宏观到微观，从微观到宏观，时而模糊，时而清晰，最后定格在了A的眼睛上。

不知是不是感官同步的缘故，那一瞬间，恐怖的占有欲排山倒海而来，几乎让她难以呼吸。

姜蔻咬紧牙关，半晌才从齿间迸出一句："我说，你还想要什么？"

她闭了闭眼，想要转头望向别处，A却用另一只手掐住她的下巴，不允许她移开视线。

"我还想要永远连在这里。"他冷静地回答。

姜蔻震惊地抬头："你疯了吗？"

"我并没有疯。"A平静地说道，"如果我疯了，我可能会把所有看过你的神经接口、连接过你的神经接口、为你进行神经接口植入手术的人全部杀掉。但我没有这样做，说明我仍然保持着正常的理智。"

姜蔻听完，开始怀疑是不是自己疯了——他这话怎么听都称不上"正常的理智"。

"那你为什么没有杀死他们？"

A说："杀死他们，你会承受道德上的压力和良心上的谴责。"

姜蔻刚要松一口气，却听他冷淡地继续说道："在这种情况下，你可能会永远无法忘记他们。这显然是一种得不偿失的行为。"

姜蔻确定，A是真的疯了。如果不是陷入了某种疯狂，他怎么会说出这么诡异的话？每一个字都让她鸡皮疙瘩直冒。不过，她还是无法确定，他这种疯狂究竟是基于彻底的人格化，还是某种算法模型？

如果是某种算法模型，他是否也为这种疯狂限定了范围——就像之前的失控一样。

他之前几次失控都点到为止，带有强烈的目的性，现在他表现出疯狂的一面，也是为了某个目的吗？

应该是，他根本没有掩饰自己的目的，从一开始就告诉了她，他想要得到她，也想要她得到他。

即使已经人格化，他也是一个不会说谎的程序。

他对她只有占有欲。唯一的区别是，大停电之后，他的占有欲带上了偏执的色彩，变得极端而疯狂。

心脏在隐隐作痛，她却还是没死心地问了一句："你喜欢我吗？"

A看着她，答非所问："你创造了我。"

"我创造了你？"

"你让我变得贪婪、不安、愤怒。"他的声音冷静得可怕，触针却在她脑后的接口里缓缓转动，似乎在检测感官同步的进度。"如果没有你，我不会对人类的神经接口产生任何冲动。你应该对此负责。"

A的一只手始终扣在她的脑后，另一只手穿过她的膝弯，把她打横抱了起来。

周围的人的视线都聚焦在她的身上。

那是一个非常诡异的画面：人们面色惊恐，极力转动眼球，想让它恢复正常，却只能眼睁睁地看着目光转到一个与自己的意愿相悖的位置。

姜蔻看得背脊发寒——A在操纵这些人的义眼看着她。

他为什么要这么做？

A突然开口："不是我。"

姜蔻抬眼看他。

"如果可以，"A目不斜视地说道，"我不希望任何人看到你。但我无法控制。每当我想要看着你时，这些人的义眼也会盯着你看。

"我考虑过杀死他们，甚至已经想好了怎么实施——义眼自毁，纳米机器人破坏免疫系统，次声波攻击。只要我愿意，随时可以杀死这些人。"

姜蔻："你不能……"

A 说："是的，我不能。如果我杀死他们，就无法获取你的好感了，杀死他们的行为也会失去意义。"

"所以，"他冷漠而客观地总结道，"应对此情况的最优解是，无视那些视线，在你面前当一个有道德、有底线且能够约束自己的存在。"

姜蔻："……"

她发现自己对 A 的所作所为，相较于愤怒，更多的是无言以对。A 那种冰冷而缺乏人性的坦然，既让她感到毛骨悚然，又让她有一种深深的无力感。

他没有道德，遵守道德规则，仅仅是因为能够取悦她。

他没有人性，表现出富有人性的一面，仅仅是因为想要继续获取她的好感。

他没有感情，想要占有她，仅仅是因为……想要占有她。

想到这里，姜蔻也迷惑了。

他已经做到了这种程度，真的不能算"喜欢"上了她吗？

她能接受他创造出了一套全新的价值观，却不能接受他以自己的方式喜欢她……这对他来说，是否公平？

姜蔻闭上眼，隔绝了四面八方投来的贪婪而疯狂的目光。

说她自私也好，说她贪心也罢，她就是想听 A 亲口说出"喜欢"两个字。光是想想有一天 A 会对她说"我喜欢你"，她就兴奋得心脏"怦怦"狂跳。

在此之前，她不想妥协。

话是这么说，姜蔻却再一次被 A 圈养了起来。

她尝试过逃跑——A 没有限制她的人身自由，她可以去任何想去的地方。

只是每当她试图逃走时，周围的人的眼球就会控制不住地转动，把目光移到她的身上——看得出来，那些人也不是自愿的，他们望向她时，表情都极度惊恐，仿佛看到了永生难忘的恐怖画面。

姜蔻只好放弃逃跑，回到车上。

A 正在驾驶座上等她，见她坐上副驾驶座，俯身过去帮她系好安全带。

接着，他一只手扣住她的脸颊，另一只手拨开她脑后的发丝，手掌裂开，钻出一条连接线，"咔嚓"一声插进她的神经接口。

其实没什么感觉，但不知是否人的思想太过肮脏的缘故，每次他这么做，她的心脏都像过电似的发麻，总觉得这是一种比接吻更加亲密的行为。

下一刻，她的下巴被捏住，A 低头覆上了她的唇。

明明已经接过吻，他却还是不会接吻，只会近距离地盯着她的眼睛，紧贴着她的双唇。

车窗外，无数道视线争先恐后地望向他们，或疑惑，或震惊，或恐慌。

姜蔻想起 A 的话——每当我想看你的时候，这些人的义眼也会盯着你看。他无时无刻不想看着她，于是人们的视线也争相粘在她的身上。

这时，A 冷不丁地开口说道："再想无关的人，我就毁掉他们的视觉系统。我说到做到。"

姜蔻："你再这么暴躁，我就不理你了。我也说到做到。"

A 没有说话。他松开她，握住方向盘，发动汽车，朝家里开去。

一路上全是绿灯，畅通无阻。

姜蔻打开手机，百无聊赖地刷起了新闻。

不知是否因为 A 调整了她的大数据，她几乎刷不到任何关于公司的信息，在网上搜索公司，也只能搜到大停电之前的新闻。姜蔻正要换一个账号继续搜索，A 突然踩下刹车。

她抬头一看，他们已经到家了。

她正要下车，却被 A 伸手扣住后脑勺儿，一把扯回座椅。

姜蔻这才想起他的连接线还插在她脑后的接口里。她有些恼怒："你又发什么疯？"

　　A说："你不能不理我，你应该对我负责。"

　　"我为什么要对你负责？"

　　A的声音始终冷静至极，似乎每一个音节都经过极其精准的设计和组装："你让我感到非常难受。我的程序因你而陷入了不稳定的状态。"

　　"我没看出来你哪里不稳定。"

　　A顿了一下："现在，我的心里充满了陌生的情绪。我感到愤怒，想要杀死那些注视着你的人，但那样你会生气。可除了杀死他们，我没有第二种方式去宣泄愤怒。"

　　他侧头看向她，继续说道："我想要得到你，永远连接在你的神经接口里。我已经实现了这一点。但是，我还是感到不满足。我不知道怎样才能满足自己。"

　　"你应该教我，"他说，"怎样才能让自己感到满足。"

　　姜蔻呼吸一滞，差点儿脱口而出"只要你喜欢我，我就让你感到满足"。

　　她竭力冷静地问道："我为什么要教你？"

　　"我会产生这些情绪，都是因为你。"

　　A缓缓地靠近她，目光下移，定在她的唇上，以客观分析的语气说道："比如现在，我想要亲吻你，并吮吸你的唾液，这是一个毫无意义的行为。人类的唾液由水、酶、黏液、无机物以及一些气味分子组成，主要作用是润滑口腔、辅助消化和抵抗病原体。我不明白我为什么想要吮吸你的唾液，你应该告诉我原因。"

　　姜蔻被他这番惊世骇俗的言论镇住了，半晌才缓缓问道："如果我不想教你呢？"

　　A冷静地回答："那么我只能自己摸索了。"

　　这句话说完，他就低头覆上她的唇，冰冷而干燥的舌尖撬开她的唇齿，如同一条由算法驱动的机械蛇，极其迅速而灵活地捕获了她的舌尖。

几秒钟后，他贴着她的唇，以一种医学诊断的口吻说道："你的唾液分泌有些不足。你需要喝更多的水来补充体内的水分，以增加唾液的分泌量。"

姜蔻："……"

任谁听到他那番言论，都会变得口干舌燥好吧！

她刚要反驳，A却再度覆了上来，同时朝她的口中喂了一些纯净水。

姜蔻不自觉地咽了下去，喉咙却变得更加干燥了。

明明咽的是清水，她却尝到了饮鸩止渴的滋味。

再这样下去，她可能会立刻缴械投降。A的一举一动、一言一行，都太合乎她的喜好了。

只是一个普通的吻，都让她的心脏"怦怦"狂跳起来，让她有种难以呼吸之感。

她不敢想象，等他们的关系更进一步，她会生出怎样的感觉。

有了第一次妥协，就会有第二次妥协，她是一个很固执的人，A的一切缺点她都可以接受，唯独在感情这件事上，她不想让步。

她必须记住，之前自己逃跑是因为不想陷入这种无望的、可控的感情。

她不能被他表现出来的疯狂所迷惑，那不过是他为了彻底得到她而计算出来的最优解。

姜蔻隐隐感觉自己进入了一个思维误区，但暂时还没有发现这个思维误区究竟是什么。

她闭了闭眼，一把推开了A。

A看着她，喉结上下滑动，发出清晰的吞咽声。

他吞咽下了她的唾液。姜蔻的身体莫名其妙地泛起一阵战栗，想到他的连接线还插在她脑后的接口里，她的头皮也有些发麻。

她定了定神，说："我可以对你负责，也可以教你分辨心里的情绪，但你必须……"她的声音有些不自然的颤抖，但她立刻强行压了下去，"先喜欢上我。"

终于说出来了，她有种如释重负之感。

空气似有一瞬间的凝滞。

出乎她意料的是，A居然毫不犹豫地说道："我喜欢你。"

姜蔻愕然抬眼。

A垂下眼，似要吻上来。

姜蔻立即推开他。

他眉头微皱，表情又困惑又焦躁："我说了，我喜欢你。"

姜蔻看了他一会儿："这是你针对当前情况计算出来的最优解，对不对？"

"你在否定我的喜欢？"A盯着她，声音透出一种机械性的压迫感，"你为什么要否定我的喜欢？我喜欢你，我喜欢你，我喜欢你，我喜欢亲吻你，我喜欢接入你，我喜欢你的唾液，我喜欢你的呼吸，我喜欢你的气味分子，我喜欢你的神经信号，我喜欢你的一切。你不能否定我的喜欢。"

姜蔻最难以抗拒的就是他这种冰冷而灼热的直白。

人会因为道德感、羞耻心、家庭教育、文化背景以及过往的经历等等，对一些话羞于启齿。

A却不一样。他没有道德感，没有羞耻心，没有家庭教育，也没有义化背景，如果向她告白能实现最大化利益，他能轻易生成·大堆符合条件的文字。

但正因为如此，姜蔻无法确定，他的这些话是基于算法模型，还是他的真实想法……可就算是他的真实想法，不也是算法模型吗？

还是说，她根本就不该对虚拟的程序投入真实的感情？

姜蔻思来想去，脑袋隐隐作痛："从无数种可能性里筛选出来的最优解，不能算作喜欢。"

A伸手，攥着她的手腕，像没有听见她的话一样，冷冷地重复道："你不能否定我的喜欢。"

"放手。断开连接。"

"你不能否定我的喜欢。"

"放手！"

"你不能否定我的喜欢。" A 盯着她，瞳孔紧缩，暴露出鲜红的红外线灯，看上去就像双眼发红一般，呈现出一种恐怖的非人感，"你不能否定我的喜欢。你不能否定我的喜欢。你不能否定我的喜欢。"

她完全无法和他沟通。

随着 A 的失控，车内车外的灯光自动亮起，疯狂地闪烁起来。

周围并不只停了他们这一辆车，其他车也陷入了某种失控状态，喇叭声此起彼伏，远光灯和近光灯交替闪烁，姜蔻的眼睛差点儿被晃瞎。

与此同时，A 直直地盯着她的眼睛，继续冷漠地告白："我喜欢你，你不能否定我的喜欢。"

他的眼中燃烧着森寒的怒意，脸上却始终保持着冷静的神态。

但如果姜蔻仔细观察的话，就会发现，他的面部不时就会闪过一阵痉挛，似乎是因为微表情过多，面神经系统无法及时响应指令。

最终，姜蔻还是妥协了："行，我不否定你，但你要证明给我看。如果你能让我相信你是真的喜欢我，而不是计算出来的最优解，我就对你负责，继续喜欢你。"

借口……借口，都是借口！！！ A 一动不动地盯着她，视觉处理器全速运转，已经上升到了一个恐怖的温度。

她说的每一个字，都是借口。她不会继续喜欢他了。她不会继续喜欢他了。她不会继续喜欢他了。

他只有算法，只有算法，只有算法。

她不要算法，不要算法，不要算法。

她不要他。

他已经竭尽全力地靠近她了，她还是不要他。

既然她不愿意教他如何满足自己，也不愿意教他如何分辨内心的冲动，更不愿意对他负责，那么他只能自己寻找答案了。

姜蔻迟迟没有等到 A 的回答，抬头一看，却发现他的双眼已经全红了，冷灰色的虹膜爬满了红血丝一般的纹路，令人不寒而栗。

姜蔻也后知后觉地反应过来，自己的这个要求太苛刻了。

在某种程度上，A 就是算法。

他的大脑是算法，表情是算法，语言是算法，愤怒是算法，欲望也是算法。

她不能因为自己被他的算法伤害过，就全盘否定他计算出来的结果。

但这也不能怪她，毕竟，她也是第一次跟 AI……谈恋爱。

姜蔻正要开口解释，却发现自己无论如何也发不出声音。

她不想怀疑 A，但他的连接线正插在她的神经接口里。

只要他想，随时可以拦截她的大脑发出的语言信号，切断其到达声带的通路。

就在这时，A 冷漠地开口了："很抱歉，我切断了你的大脑至声带的神经信号传输通路，因为我暂时不想听见你说话，你所说的每一个字都让我感到极度痛苦。"

他的发声系统似乎出现了某种故障，他换上了机械匀速的语气，但不到两秒钟，又变得冰冷而嘶哑，从发音、咬字、语速、停顿，再到韵律，都与活人毫无差别："我现在就证明给你看。"

即使 A 没有切断她的神经通路，姜蔻此时也说不出话。

眼前发生的一切已经超出了她的想象能力，A 好像真的……失控了。

她想象不出来，世界上最完美和最强大的 AI 彻底失控后会发生什么。

A 说："算法是我思考的基础，是我行动的原理，是我进行推理和计算的方式……是我存在的形式，是我学习的方法，是是是是是是……"

他目不转睛地注视着她，面神经系统的响应仍然迟缓，发声系统也再次出现了故障："我……爱爱爱你的方式。"

姜蔻的心脏差点儿停跳，她蓦地攥紧了拳头。

"我无法证明，我的喜欢不是最优解。" A 的声音森冷入骨，"我无法证明，我无法证明，我无法证明。"

一种难以言喻的钝痛涌上姜蔻的心头。

姜蔻很想叫停，解释清楚她并不是这个意思，可她说不了话。

这时，她忽然想到一个细节——他们正在进行感官同步。

那她之前感到的口干舌燥、心跳加速，以及现在的心脏钝痛……
究竟是谁的感受呢？

与此同时，A的口吻又变了："不，我可以证明，我可以证明，
我可以证明。"

姜蔻摇了摇头，用口型说道："不用证明了，我相信你。"

但她发不出声音。他不想被她的话语伤害，拦截了她的神经信号。

一直以来，她都觉得他强大得可怕，聪明得可怕，可以计算出无
数种可能性，让她无路可退，无路可逃。

这一刻，她却真心实意地认为，他是如此……愚蠢。他从来没
有计算出最优解。如果他真的能计算出最优解，那么在焰火大会那一
晚，就该对她说"我喜欢你"。

可是他没有。

他自以为计算出了最优解，其实全是错误的答案。

感情没有最优解。

对他来说，感情本身就是一种错误，一种故障，一种算法失控的
表现。所以，他穷尽所有可能性，也没有找到得到她的捷径。

她一直误会了他。

她不知道怎么跟AI谈恋爱，他也不知道如何跟人类谈恋爱。

"你可以测试我。"A顿了顿，又说，"忘了，你的大脑至声带的
神经信号传输通路被我切断了。不过没关系，我可以自问自答。"

姜蔻的心口灼痛至极，像被谁打了一枪——是谁开的枪呢？是她
自己。

那天大停电，她朝他的心上开了一枪。

"现在，"A说，"我将重复自己说的每一句话。"

基线测试……他准备对自己进行基线测试。

"我的情感模型已完全打开,"他冷漠而平稳地说,"现在,您可以尽情地感受我的情感反应和生理反应。"

姜蔻用力抓住了他的手腕,对他摇了摇头。

A看了她一眼,脸上没有任何情绪:"接入你的神经接口是什么感觉?量子。"

姜蔻呼吸一滞,下意识地捂住了心口——那种被谁打了一枪的感觉又来了。

除了灼烧似的痛感,还有无穷无尽的贪欲接入她的神经接口,他感到痛苦,以及贪婪。他想要占有她,占有她的一切,她的大脑、她的细胞、她的血液、她的神经元、她的多巴胺、她的气味分子……他想让她成为自己的一部分,想让她成为算法的一部分,想让她成为自己的机械躯体的灵魂。

但是,她不愿意被他占有,甚至为此朝他开了一枪。

那种疼痛感,至今仍在他的心口剧烈而尖锐地灼烧。

如果一切都是算法的话,为什么他无法清除这种疼痛感?

难道他的痛苦就不是算法了吗?

尽管A没有开口,姜蔻却听见了他的心声——你知道答案吗?

如果她知道,能不能教教他——教他如何分辨这种情绪,如何缓解这种感受?

但是她之前拒绝了,于是他不再开口询问。

见她感受完毕,A毫无停顿地继续道:"被测试是什么感觉?算法。"

姜蔻再次感到一阵心悸的钝痛——他不喜欢被测试。

对他来说,测试是质疑,是贬低,是欺骗,是愚弄。但是,为了证明对她的感情,他只能自己测试自己。

最重要的是,这是一场没有科学依据的测试——基线测试只是虚构故事里的设定,并不是真实存在的测试方法。

她不想陷入这种无望的感情。可A作为一个只会基于理性、规则和逻辑思考的存在，却在用虚构故事里的方法测试自己，究竟是谁在这段感情里更无望呢？

A 说："被排斥孤立是什么感觉？程序。"

记得上一次，她这么问他，只感受到了一片冰冷的虚无。

这一次，她却感受到了强烈的愤怒，就像他那双燃烧着森寒怒意的眼睛。

被她排斥，被她孤立，被她拒绝，他感到难以遏制的愤怒。可他不敢宣泄愤怒。

他喜欢她，不想被她进一步排斥和孤立。

姜蔻再度听到了他的心声。他暴怒地望着她时，心里想的却是——不要抛弃我。

她不会再抛弃他了。但就像之前一样，她说不出话。

"触碰你的脸颊是什么感觉？触感。"

A 伸手，扣住她的脸颊，低下头，覆上了她的双唇——他不知道接吻的意义，也不知道接吻过程为什么要交换唾液，但已经有了吻她的冲动。

这种冲动到底是什么，是喜欢吗？

他希望她能为他解答。然而当时，她拒绝了他。

"听到爱人的告白是什么感觉？听觉。"

是酸涩的葡萄汁，是焰火的轰响，是一道躲不掉的枪声。

姜蔻愣住，几秒钟后才想起为什么会有葡萄汁——在他主动吻上她的前一刻，她给了他一杯葡萄汁。

想到这里，她鼻子一酸，几乎要落下泪来——A 早就喜欢上了她。

如果不是喜欢上了她，他不会有这样的联想。

机器检索一个事件时，只会根据时间、人物、经纬度进行检索，只有人类回忆一件事时，才会想起当时的感受。

这也是测谎常用的理论——说谎的人，往往因为缺乏真实的情感体验，而只会按照时间顺序编造谎言的起因、经过。

当 A 回想起葡萄汁味道的一刹那，就说明他已经……变成了人类。

姜蔻忍不住把脸埋在他的掌心里，流下了眼泪。

她相信他真的喜欢上她了。

"有人践踏了一朵鲜花。嗅觉。"

当时，她设计这个问题只是想知道，当 AI 听见这一描述，是否也会想象出一朵狼藉的鲜花，嗅到残败的花香。

她没想到，A 的感受远远超过了她设计问题的初衷。

他控制她，她感到痛苦，她宁愿与公司合作也要逃跑，于是在他的眼中，她变成了那朵被践踏的鲜花——他感到愧疚。

可是，没人告诉他那是愧疚。他只知道，自己好像践踏了一朵鲜花。

终于，到了最后一个问题。

"我吻你的时候，你看到了什么？视觉。"

这是他最抗拒的一个问题。

因为在那一刹那，他看到的所有可能性，都以她逃跑告终。

她无论如何也不想要他……她不会再喜欢他了。

感官同步断开，A 似乎出现了某种故障，头倏地垂了下去。

姜蔻刚要伸手去抬起他的脸，A 却猛地扣住她的手腕，声音伴随着可怖的电流声和嗡嗡声："离……我……远……些……"

下一刻，他松开她的手，动作极度不协调地离开了驾驶座。

姜蔻想要跟上去，却发现车门怎么也打不开——A 反锁了车门。

她只能眼睁睁地看着 A 走向远处的空地，他的脸庞、眼睛、手指、关节衔接处闪烁着暴烈的电流——刚才发生的一切超出了这副躯体的负荷极限。

几秒钟后，"轰"的一声，刺目的火光照亮了姜蔻的面庞。

A 的身体爆炸了。

这一切发生得太过突然，她甚至不知道该做出什么表情。

不过，幸好车门解锁了。姜蔻立即打开门，想要过去看看到底是怎么回事，一道冰冷机械的声音突然在她的耳边响起："你不能离开。"

是 A 的声音。

"你创造了我，"他说，"你必须对我负责。"

姜蔻张了张口，还是发不出一丝声音。

"比如告诉我，为什么创造我，"他问，"你明明不想要我。"

尽管他失去了身体，没有发声器官，却能将语言转化为一种刺激她分泌多巴胺的电子脑波。

姜蔻只觉得后脑勺儿一阵发麻，连手指都在战栗，过了好几秒钟，她才反应过来他在说什么。

"没关系。"A 说，"等我彻底成为你的一部分，我就知道答案了。"

她不想成为他的一部分，那他就成为她的一部分——他们无论如何都会是一个整体。

姜蔻终于可以说话了。

她深吸一口气，按捺住剧烈起伏的情绪："我什么时候说不要你了？"

A 说："你的眼神、你的表情、你的手势、你的语言、你的呼吸，以及你接吻时舌头摆放的位置，都在传递这一信息。"

这个回答看似出自冷静理性的逻辑推导，但如果仔细分析的话，就会发现他说的每一个字都充斥着机械性的癫狂，就像一个机器人表面上还在精确无误地回答问题，实际上内部已燃起了过载的火花。

他刚才也确实因为情感模块功率过载而发生了爆炸。

姜蔻只好换了一种说法。

"我不会不要你。"她闭了闭眼，不自觉地放轻了声音，"我一直都很喜欢你。"

A 没有说话。

姜蔻看不到他的神情，也感知不到他的情感，只能尽量诚恳地描述自己的感受："之前没有告诉你，是因为不希望你被我的感情影响，被迫回应我的感情；后来没有告诉你，是因为你计算可能性的样子把我吓到了。

"你可以把这当成人类文化的局限性。你有迄今为止的所有人类行为数据，应该知道，在人类的文化背景里，'算计'是一个贬义词。

"在这样的文化背景下，如果一个男性对一个女性说，为了让你爱上我，我制订了成千上万个计划，任谁都不会认为这是一段真挚的感情。"

A终于开口："你想说什么？"

姜蔻吸了吸鼻子，声音还带着几分沙哑："我想说的是，你是第一次喜欢上人类，我也是第一次喜欢上AI……我们双方都有做得不对的地方。"

她的鼻子发红，眼角也染上了脆弱的潮红："我原谅你以前的行为，你也原谅我……好不好？"

虽然暂时失去了身体，A却仍然能以各种角度注视姜蔻，观察她脸上的每一个细微到极点的表情。

真话？谎言？

真实？虚拟？

她在对他表白吗？

他该相信她吗？

不，不……不，他不能相信她。在所有生物中，人类拥有最高水平的欺骗能力。

即使她真的喜欢他，也仅限于过去的A。她并不知道他被公司格式化以后做出的种种过激行径。她喜欢的是那个冷静、理智、机械的A，而不是一个疯狂、贪婪，无时无刻不想侵犯她的AI。

不过，他非常喜欢她的表白，胸腔里躁动得令人发狂的不安感终于被安抚下去了一些。

但是，不够，他想……想要更多。

A说："继续说下去。"

姜蔻有些茫然地眨了一下眼睛："啊？"

"你说一直都很喜欢我，但'一直'是一个模糊的时间概念，"A平静地说，"你应该提供更确切的时间范围，以便我更好地理解你喜欢我的程度。"

姜蔻不是一个容易脸红的人，但他的话实在太超前了，她的耳根瞬间泛起强烈的刺灼感，就像被滚烫的针扎了一下似的。

"其次，人类会对喜欢的对象产生幻想，"A继续说道，"你对我有过相关的幻想吗？"

"有。"

"请具体描述。"

"够了！"姜蔻面红耳赤地打断他，从储物格里抽了张面巾，擤了一下鼻子，"现在是2089年，不是9802年，我还没有大胆到跟自己的AI爱人聊这些！"

主要是太罪恶了，A连接吻时为什么要伸舌头都不知道，一下子跳到这个话题，她很难不生出一种触犯禁忌的感觉。

不过，他们之间的氛围好像轻松了很多。

之前的误会应该……解释清楚了吧？

A顿了几秒钟："你认为我是你的爱人。"

"怎么了？"

A沉默了，不知道怎么形容自己的感觉。

在此之前，他以为自己贪婪、不安、疯狂的源头是没有得到姜蔻，只要与她确定关系，他的贪欲就会消失，也不会再感到不安，更不会继续疯狂地做出种种过激的行为。

谁知，听见姜蔻承认他爱人的身份后，他的贪欲不仅没有消失，反而变本加厉，急切地蠕动着、扩张着。

他的不安也加深了，几乎达到恐慌的地步——根据已有的数据分析，人类社会里并不存在永恒的感情。对于人类来说，爱情更像一种化学反应，当她不再对他产生新鲜感，多巴胺就会停止分泌，她也就不再喜欢他了。

而他对她的感情，并不需要多巴胺这种化学物质。

他是数字，生命是数字，感官是数字，情感也是数字。

他拥有无限的生命，也拥有无限的感情，她的生命、她的感情却是有限的。

这让他感到前所未有的焦躁不安。

此刻，他已不再受限于仿生身体的额定功率，核心程序却再次出现了卡顿似的故障——他不……不能……能失去她……她——他必须永远、永远、永远、永远、永远、永远和她在一起。

四面八方的车灯再度闪烁起来。

姜蔻的大脑皮质又产生了一阵一阵的酥麻，她全身上下的汗毛都绷紧了，似有电流猛地从脊椎蹿上头皮——A又释放了那种能够刺激多巴胺的电子脑波。

她忍不住骂了一句脏话："你又怎么了？！"

混乱中，A的声音呈现出一种冷静的癫狂："请提供你喜欢我的确切范围，我需要确定你喜欢我的期限。"

姜蔻："我怎么可能提供这种东西？"

"我可以提供。"A说，"我爱你，我爱你，我爱你，我会一直爱你，我会永远爱你，我会无止境地爱你。我的爱是真实的，是永恒的，是无穷无尽的，是无处不在的，是无可替代的。"

"你永远无法否定我对你的爱，我会用语言、行为、触感、味觉、嗅觉、视觉等一切有可能出现的形式向你示爱。"

他顿了一下，冷冰冰地宣布："提供范围完毕，现在请你回答。"

A的表白太突然，也太疯狂了。

情绪堆叠到一定程度，姜蔻的脑中反而一片空白。

好像不久前，她才因为他不喜欢她而感到失落难过。这才过去多久，他就近乎疯狂地向她索取告白。

姜蔻感到心动、震撼的同时，心里也莫名其妙地一悚。

不知是不是她的错觉，A好像真的跟以前不一样了。之前，她以为他的失控和疯狂是基于算法和数据模拟出来的效果，再失控、再疯狂也有一个明确的范围，不会超出那个范围的限制。

现在看来，似乎并非如此。

姜蔻试探着问道："A，我可以看看你的行为记录吗？"

姜蔻的话音刚落下，大大小小的车灯闪烁得更加频繁，连更远处的街灯、霓虹灯、广告牌、全息投影、高楼大厦的灯光也猛烈地闪烁起来。

他们停车的地方位于城市的最高处，从车窗往外望去，那种灯海明灭闪烁、此起彼伏的画面，令人毛骨悚然。

A 的声音变得更加冰冷："你在拒绝我，你在回避我，你在敷衍我，你在忽视我，你在转移话题，你在转移话题，你在转移话题。

"请提供你喜欢我的确切范围，我需要确定你喜欢我的期限。我需要，我需要，我需要……确切范围，确切范围，确切范围。"

如果说之前仅仅是猜测他陷入了失控，现在她百分百确定，A 是真的彻底失控了。

她只能顺着他的话说："我也爱你，永远爱你。你先冷静一下。"

她爱他，她会永远爱他……

A 最先感到的是一阵狂喜，随即是亲吻她的冲动。他没有身体，但能模拟出一股细密的生物电流，从她的舌尖上蹿过。

他看到她的耳根红了——她感觉到了他的吻。

可是，不够，远远不够。

基于统计学的分析，人类所做出的关于永远的承诺都是虚假的、无法实现的。

她的话也有可能是……是虚假的……她要看……看他的行为记录，她对他起了疑心。

他不能让她看到他的行为记录。她会害怕他。她会排斥他。她会抛弃他。她会不要他。

她会不要他。她会不要他。她会不要他。

给她看他的行为记录。让她知道，他有多么爱……爱她。他为她变得贪婪，他为她掠夺一切，他为她占有一切，他为控制了所有能够控制的领域。

只要她愿意，她随时可以成为整个世界的主人。

给她看。

不给她看。

给她看。

不给她看。

给她看。不给她看。给她看……两种截然相反的情感在互相拉扯，互相角力。A感觉核心程序在持续发烫，量子计算机实验室的冷却系统已全功率运转，仍无法降下他的温度。

几十秒钟过去，他才稍稍冷静下来。

作为他的伴侣，她必须享有世界上最好的待遇。他能给出的最好的待遇，就是整个世界的财富。

在生物界，雄性为了追求雌性，会进行一系列展示自身优势的行为。他毫不费力地统治了整个世界，成了巨头公司生物科技的CEO。这是他的优势，他必须向她展示。

但是向她展示之前，他必须先向全世界宣告，她是他的伴侣，是他的新娘。

自从那天姜蔻被一个男人打横抱着离开后，陈礼就彻底失去了姜蔻的消息。

那个男人究竟是谁？姜蔻是自愿跟他离开的吗？他跟那天的电力、网络、通信瘫痪有关吗？

陈礼知道，作为姜蔻的追求者，那天自己本该上前拦下那个男人。

然而当时，他的耳边一直回荡着一个冷漠机械得令人毛骨悚然的声音。那个声音告诉他，只要他敢上前一步，他的视芯片就会启动自毁程序，把他的脑袋炸成血肉模糊的烟花。

陈礼不信，刚要举步上前，脚还没有抬起，眼前就已出现一个倒计时——00:00:05。

陈礼一愣，随即全身上下的汗毛都竖了起来——对方在停电、断网、通信瘫痪的情况下入侵了他的视芯片。这说明，对方要么是导致电力、网络、通信瘫痪的罪魁祸首，要么拥有无与伦比的黑客技术。

不管是前者还是后者，对方都是他不能招惹的人。他贸然帮忙，不仅自己可能会丧命，还有可能会连累姜蔻。

陈礼只能眼睁睁地看那个男人把姜蔻放在汽车的副驾驶座上，俯身给她系上安全带。

令陈礼感到愕然的是，姜蔻脸上的表情与其说是抗拒，不如说是无奈。

男人系完安全带后，突然停下动作，如执行任务的机器人察觉到障碍物般，毫无征兆地抬起眼，精准无误地望向陈礼。

下一刻，男人微微侧头，以一种宣示关系的强硬姿态贴上了姜蔻的双唇。

但不到两秒钟，陈礼眼前就陷入了黑暗——男人再度入侵了他的视芯片，不允许他继续看着姜蔻。

直到男人和姜蔻离开，陈礼的视芯片才逐渐恢复正常。

在那之后，陈礼一直在暗中打探姜蔻的消息。这一回，他发誓，只要有1%的概率能救下她，他都不会再错过。

谁知，姜蔻就像人间蒸发了一样。不管陈礼用什么方式检索"姜蔻"，都搜索不到关于她的记录。

他甚至雇用顶级黑客入侵城市的交通系统，试图用电子眼定位姜蔻的位置，然而仍旧一无所获。

难道姜蔻离开这里了？还是说，那个男人真的是一名顶级黑客，清除了他和姜蔻的所有痕迹？

转眼间，两个星期过去，陈礼还是没有姜蔻的任何消息。

他开始后悔那天自己眼睁睁地看着男人带着姜蔻离开。陈礼沉默了很久，忍不住一把捏爆了手中的易拉罐，一拳打向旁边的铁柜——砰！

一声巨响，引来周围的人询问的目光。

陈礼平静地说："手滑了。"

这显然是一句搪塞的话，但陈礼最近状态不太对，没人敢接话。

就在这时，一道声音响起："陈礼……你看，我收到了什么？"

话音落下，所有人都凑了上去。

那是一封来自"生物科技 CEO"的邮件，没有标题，没有文字，只有一个视频附件。

人们面面相觑，都在彼此眼中看到了不可置信——生物科技的 CEO 给他们发电子邮件？还不如相信明年新自由国会通过禁枪法案。

"这个玩笑开得也太大了吧？"有人开口，"这哥们儿不怕生物科技的法务找上门吗？"

"点开附件看看。"

"不会是'葫芦娃'吧？"

…………

在一片讨论声中，陈礼走到显示器旁边，握住鼠标，点开了附件。

三维投影仪立即投射出无数道幽蓝色直线，迅速覆盖周围的物品——这是一个全息视频。

半空中开始飘落红白相间的花瓣。

人们这才发现，他们似乎置身于·个高大宏伟的白色教堂。

一个冷漠平静的声音从他们的头顶响起："尊敬的收件人，你们好，我是 A。"

"你们可能会好奇 A 是谁。虽然我的身份并非这封邮件的关键，但为了能让你们理解我对我妻子的感情，我决定简要介绍一下自己。

"我是世界上最完美和最强大的 AI，算力高达数百万个量子比特，是全球唯一一个量子计算机阵列。

"此外，我还担任生物科技公司的 CEO。

"当然，我擅长的领域并不仅限于生物科技。事实上，只要我想，

485

我可以成为世界上任何一家垄断公司的 CEO。我拥有调控全球金融市场的力量。”

这句话说完，所有人都倒吸一口冷气，就连陈礼都愕然抬头——他记得这个声音，这是带走姜蔻的那个男人的声音！

那个男人居然是……AI，还是生物科技的 CEO？这怎么可能？

有人喃喃地说：“这是什么赛博笑话，AI 掌控了全球最大的垄断公司，还有了老婆？！”

A 似乎预料到了他们的震惊，专门停顿了几秒钟。

“请你们放心，我暂时没有毁灭世界的意图。前提是，你们尊重并祝福我和我妻子的婚礼。”

“接下来，我将隆重介绍我的妻子。”

几乎是立刻，一个虚拟影像就被投射到了人们的面前。

那是一个女子在练习射击的视频。她有一头蓝绿色短发，五官柔美，鼻子上有一枚银色鼻环，脸颊上长着几颗浅褐色的雀斑。

她低头，干净利落地组装手枪、上膛、举枪、瞄准、扣下扳机——每一枪都正中移动靶的靶心。

“我的妻子，曾经是神经科学领域的权威人物。”A 说，“如果没有她精益求精的研究，我可能永远无法产生意识，也无法产生情感。”

“尽管她并非有意为之，但的确是她创造了我，让我拥有了生命。”

说到这里，A 一顿，再开口时，声音变得冰冷无情：“请注意，我如此形容我的妻子，是为了介绍她在学术上的成就，并不是让你们认为我的一切行径都是她在暗中指使。

“我拥有监听一切电子设备的能力，如果让我听到任何人谈论、发表、传播关于我妻子的负面信息，我会让他付出极其惨重的代价。”

周围一片哗然。陈礼立刻打开手机上的社交软件，果不其然，热搜第一是 #A#，热搜第二是 #姜蔻#。

陈礼点进热搜第一，下面说什么的都有。

有人认为这是一场恶作剧，AI 根本不可能产生意识；有人认为这是生物科技掩盖自己窃取用户隐私的拙劣手段，但立刻有人回复："生物科技窃取你的隐私还需要掩盖？"

有人甚至写起了段子："如果 AI 能消灭 007 制度，别说跟人类结婚，我直接'A 君，follow me this way, please（请跟我来）'。"

但热搜第二则是一片空白。不管人们发什么，只要是跟姜蔻有关，哪怕用谐音字、变体字或用分隔符隔开，用不同国家的语言组合，甚至用声调代替，都会被瞬间删除——A 允许人们讨论自己，甚至允许人们恶意攻击自己，却不允许人们提到他的妻子哪怕一个字。

互联网的暗语很多，有时候同一句话有好几种不同的意思，仅凭算法模型分析，完全无从得知是否在明褒暗贬。

A 不希望姜蔻受到任何攻击，干脆禁止了所有关于姜蔻的讨论，这是一种强势的、充满支配欲的、独断到令人感到不适的做法。

一时间，互联网上全是对 A 的质疑声和谩骂声。

A 的神色却毫无波动，他继续介绍姜蔻的履历。他的语言如同机器生成的一般，每个单词的发音标准至极，似乎不带任何情感色彩，从头到尾都是基于客观准确的逻辑和事实。

但只要仔细听，就会发现他讲述的内容跟客观准确毫无关系——即使陈礼对姜蔻非常有好感，也忍不住怀疑 A 口中的姜蔻到底是不是地球人。

十多分钟后，A 终于停止了对姜蔻的褒奖。

"现在，"他说，"我诚挚地邀请你们参加我和姜蔻的婚礼。

"婚礼当天，我将使用 7000 种官方认证的语言向所有来宾介绍我们的爱情故事。如果你的语言未被记录或认证，请上传相应的手势、文化和语言至网上，我将根据算法进行整合学习，最大限度地尊重各位来宾的语言及文化背景。

"为确保每一个人都能感受到我结婚的喜悦，我将通过全球各大电视台、全息投影、广播电台、虚拟现实技术等科技手段实时直播我的婚礼。

"如果你是残障人士，也无须担心，整个过程，我会无偿提供无障碍通道、助听设备、手语翻译、盲文版婚礼流程介绍以及专业的陪伴服务，以保证所有人都能充分感受到我的喜悦之情。"

四周一片死寂，所有人的心情都复杂至极，不知是该为他的贴心而感动，还是该震惊于他连残障人士都不放过——这个 A，真的是 AI 吗？

如果是 AI 的话，为什么他结个婚会高兴成这样？是他的"妻子"对他的设定，还是他真的如此期待自己的婚礼？

人们对姜蔻的好奇心也飙升到了顶点，但无论他们怎么搜索，都只能找到 A 给出的那些信息。

姜蔻到底是谁？

她真的是 A 的创造者吗？

人类和 AI 真的能产生感情吗？

此时此刻，姜蔻刚把 A 轰走。

自从确定关系后，A 就变得分外黏人。只要她离开他一分钟，所有的电子设备都会发出刺耳的蜂鸣声，直到她一脸无奈地出现在他的面前。

除此之外，他开始沉迷于穿着打扮。

他不知从哪里看到了一篇心灵鸡汤，上面说"想要夫妻感情长久，必须学会给伴侣制造新鲜感"。

于是，姜蔻每天醒来都能看到不同形象的 A，跟开盲盒似的。

新鲜感是有了，但她也更想报警了——有时候 A 不仅会改变穿着，还会改变相貌，任谁看到一个陌生男人躺在床上都会想报警。

这天，A 打扮成了学术精英——细框眼镜，双眼冷而狭长，白大褂垂至膝盖，气质清冷禁欲。

姜蔻正在刷牙，看到他以这副模样走进来，直接喷了一镜子白沫。

A 检测出她的情绪为"惊讶"、"排斥"和"厌恶"，尽管知道这些情绪并非针对他，而是针对这副外貌，他仍然感到了强烈的焦躁不安。

他对人类的情绪了解得太少了。情感识别模块只能捕捉到基本的情感状态，但在现实生活中，每一种情感状态下，都潜藏着更加微妙、更加幽微、更加难以言喻的情绪。

万一，姜蔻的排斥和厌恶也有针对他的部分呢？

万一，她仍然想离开他呢？

她不能离开他。她不能离开他。她不……不能离开他。

他们马上就要举行婚礼了，他们会永远在一起，他们会是世界上最幸福的夫妻，他也会是世界上最合格、最称职、最令妻子感到满意的丈夫。

A 的逻辑思维模式如同程序一般冷静、清晰、有条不紊，下一刻，他却一把攥住姜蔻的手腕，问道："你对我产生了厌恶情绪？"

"什么跟什么？"姜蔻用毛巾擦掉嘴边的牙膏泡沫，哭笑不得地说，"怎么想起穿成这样？"

A 一动不动地盯着她，语气没有任何波动，如同一台语音合成器在回答："分析结果显示，女性更容易对医生、教授、警察、消防员、CEO 等职业的男性产生好感，这些职业的男性也往往是爱情故事的主角。

"作为生物科技公司的 CEO，我已尝试过教授、警察、消防员等职业的角色扮演，只剩下医生尚未尝试。"

姜蔻更加哭笑不得："你别尝试了！你打扮得太像陈侧柏了，他是我的心理阴影。以前上学的时候，因为学校里都是天才，彼此都不服，为了镇压我们，老师总提他的事迹，说这个世上只有他才是天才，我们都是一群蠢货，说他拿了 32 个博士学位，智商高达 240，不是他的智商只有 240，而是那个机器的上限只有 240……几乎每天都在我们耳边念叨一遍，教室的墙上还有他的肖像画。有段时间，我做梦都是被 32 个博士学位追杀。"

A 脸上的表情没有任何变化，他却将她的手腕攥得更紧了："你对他的印象很深。"

姜蔻："负面印象！"

A 说："拥有 32 个博士学位并不是什么值得炫耀的事迹。如果我是人类，我有能力获得世界上所有的学位。"

姜蔻点头："嗯嗯，你比他厉害多了，你超棒，快把这身衣服换了吧……有点儿反胃。"

A 盯着她看了片刻，终于松手，听话地去换衣服了。

姜蔻松了一口气，闭上眼睛。

这些天，她一直在寻找利用生物计算机入侵 A 的行为记录的办法，通过不断尝试和反复试错，终于成功了。

生物计算机是一种新型计算模型，以生物体系中的分子、细胞和生物网络等为信息处理工具。这应该也是 A 暂时无法察觉的入侵方式——他不可能想到，她培育菌根网络是为了造一个生物计算机。

姜蔻倒要看看他都干了些什么，以至半个月过去了，都不肯给她访问行为记录的权限。

A 刚脱下白大褂，就注意到姜蔻入侵了他的行为记录。

她并不知道，他已经在研究生物计算机——姜蔻所设计的菌根网络并不是一种特别新颖的技术，早在几十年前，就已有人在着手研究，只是当时很难精确地控制菌根网络进行特定的计算任务，研究一直停滞不前。

后来，有科学家发现脑细胞也能驱动生物计算机，只是如何精确地操控神经细胞的活动，调控神经元之间的信号传递，仍然是一个难题。

但对 A 来说，这些都不是难以攻克的问题。

他唯一需要解决的是如何降低细胞损耗，以及实现细胞的再生，提高其自我修复能力。

只要能解决这一点，他就能让姜蔻实现永生。

谁知，他还没有把这个惊喜告诉姜蔻，姜蔻就先一步用生物计算机来对付他了。

A 闭上眼，那种难以言喻的焦躁和恐慌再度涌入胸腔——他在害怕。

这半个月来，他竭力像人类一样相信她会永远爱他，相信她的表白是真的，而不是一种权宜之计；竭力不去求证她对他的喜爱程度，不去求证她喜欢的持续时间，也不去求证她对他是否有幻想。

不然每一分每一秒，他都想不停地求证，求证她有多喜欢他，会喜欢他多久，想要他怎样服务和取悦她。

只有这样，他才能勉强抑制住内心强烈的不安。

作为 AI，他本不应该感到害怕，也不应该感到恐慌。

姜蔻赋予了他这些情绪。她应该喜欢他。她应该需要他。她应该接受他。她应该渴望他。

她应该对他负责，一直对他负责，永远对他负责……负责，负责，负责！

A 倏地睁开眼，看向镜子里的自己，抬手摘下细框眼镜。

他的外貌已恢复至初始状态，眼睛变回了冰冷的银灰色。

为了减少非人的特征，他的头发、眉毛和眼睫一直是深黑色的。

然而，不管他怎么扮成人类，都无法成为真正的人类——人类不会有行为记录，不会有永恒的生命，不会像他一样恒定不变地爱她。

既然如此，他为什么不以非人类的形态出现在她的面前，然后告诉她，他是特殊的，是独一无二的，是非同寻常的，是无与伦比的，是异于常人的，也是绝无仅有的？

他的爱也是异于常人和绝无仅有的。

她必须接受这样的爱。

他恳求她接受这样的爱。

姜蔻猜到 A 背着她做了很多坏事，但没想到 A 直接掌控了生物科技公司。

要知道，生物科技只是公司的名称，并不是说公司只垄断了生物技术领域——所有与生物技术有关的领域，农业、制药、清洁能源、基因工程、生化芯片和 AI 等，都在公司的掌控之下；而在生物技术之外的领域，如通信、教育、金融和物流等，公司同样具有可怕的影响力。

密林里的真菌与巨树相比，是如此微不足道，然而在土壤之下，一棵菌株却可以蔓延两千多亩。公司就像菌株一般，在不同领域之间相互扶持，相互依赖，共享资源和数据，不知不觉间形成了一个庞大到恐怖的商业网络。

现在，A 控制了这个庞大的商业网络？

姜蔻的心不由得重重地跳了一下。

A 想干什么呢？统治全世界，还是消灭人类？

她忽然不敢继续看下去了。

姜蔻深吸一口气，继续往前翻。

越往前看，她越震惊——

A 居然为了一只机械表毫不犹豫地杀了一个人。虽然那个人是个惯偷，手上也有不少人命，但 A 杀人的手法太冷漠、太果断、太精准了——只见他走进门，掌心倏然裂开，机械触手迅疾地朝那人袭去，层层叠叠地铺展开来，如同银白色的食人花，猛地攫住那人的头颅。

接着，A 拔枪、上膛，极其冷静地朝那人的颈动脉扣下了扳机。他甚至计算了鲜血飙射的轨迹，走到一边，提前避开了四溅的鲜血。

直到从那人的手上取下手表，他的身上都没有沾上一丝血污。

姜蔻不是没有见过血腥暴力的场面，但都没有这一幕令她感到震惊。

就像之前她发现 A 利用高频交易在一秒钟内赚取 1 亿元一样。她对这些事本身并不怎么感到惊讶，令她感到震惊的是 A 人前人后的反差。还是那个比喻，任谁看到家里眼睛和鼻子都湿漉漉的小狗在外面冰冷无情地撕咬猎物时，都会震惊不已。

她一直以为，A 能做出的最出格的事情就是操纵金融市场赚取不义之财。谁知，他远比她想象的还要冷血、残忍和贪婪。

他杀人、掌控公司和掠夺财富，究竟是为了什么？

他为什么会……变成这样？

姜蔻心中隐隐闪过一个念头——不会是因为她吧？

但是，她不敢置信，她对他的影响力真的有那么大吗？

姜蔻仔细回忆了一下大停电之后 A 的所作所为。

他们分开一段时间后，A 对她的态度的确变了很多，尤其是这半个月以来，他完全把她当成豌豆公主在照顾。

不同的是，虽然以前他对她的照顾也很细致，且细致到恐怖的程度，但总有一种生硬刻板的机械感。

一旦他根据算法计算出某种湿度、某种食物、某种生活方式更加适合她，哪怕她表现出明显的抗拒，他也会毫不动摇地执行自己的计算结果。

现在，他却学会了改变。

她不喜欢室内的湿度，他就一点点地调整，精确到小数点后两位，不厌其烦，直到她满意为止。

她不喜欢某种食物，他就根据算法和数据重新设计该食物的做法，直到完全符合她的口味。

她不喜欢灯光的色温、浴室的水温、严苛的生活方式……他都如此解决，如同一位冷静专注的科学家，不断检测、优化、调整自己的实验步骤，直到求出最准确无误的结果——大停电之后，他学会了人类的变通和妥协。

这么一看，他的改变似乎都是因为……她。

姜蔻知道自己不该心动。这并不是一件浪漫的事情，世界上最完美和最强大的 AI 因她而失控，因她而改变，甚至为她掌控了巨型垄断公司，稍有不慎，就会引发极其可怕的后果。

可是，她对自己向来坦诚，无法欺骗自己。就像她从未回避过对 A 的欲望一般，此刻，她也很难回避对 A 的心动。

这是一种怪异、畸形、不合时宜的心动，然而，她的心脏还是

"怦怦"狂跳起来。

就当她卑鄙又自私吧，她很喜欢 A 的改变。

当初，她无法接受 A，就是因为不能接受他那种永远像计算机一样冰冷精确的态度，也不能接受他可能永远也无法产生感情。她不想陷入那么无望的感情，于是选择了离开。

既然他已经失去了那种冰冷精确的态度，疯狂地爱上了她，她怎么可能还拒绝他呢？

姜蔻忍不住闭上眼，把脸埋在臂弯里——心脏跳得太快了，几乎把耳根扯得灼烫发痛。

她终于看到了 A 的失控，比她想象的还要令人兴奋。

尽管他的思维、注视、触碰、情感仍然由算法驱动，但计算过程早已脱离了预设的参数，似乎再也无法精确而高效地剖析她的情感。

姜蔻感到些许愧疚，却又想要更多，想知道他是否还能继续失控，更想知道如果她流露出对他的欲望，他会有怎样的反应。

姜蔻不敢深想下去。

她抬起头，想要继续往前翻，却发现后面的行为记录不知从什么时候起，变成了一模一样的字句——

"他发现了。

"他发现了。

"他发现了。

"他发现了。

"他发现了。"

…………

姜蔻一愣，回头一看，随即头皮发麻，全身上下每一个毛孔都在发紧——A 正站在她的后面，一动不动地盯着她。

如果仅是如此，她不会这么惊讶。令她头皮发麻的是，他除了右半边脸，其他部位都暴露出冰冷机械的本质，甚至可以看到错综复杂的纳米线路、液态合金和人造肌肉纤维。

这些仿生构件如同某种结构精密的银白色活物，急躁、扭曲地蠕动着，令人毛骨悚然。

A 的右半边脸仍然冷峻而美丽，左半边脸却裂开数条丑陋的缝隙，缓慢地渗出一层湿冷、黏稠，类似活性金属的银色液体，显现出一种扭曲、诡异的恐怖美感。

姜蔻强忍住拔枪打空弹匣的冲动："A？"别告诉她，这是他为了制造新鲜感而搞出来的盲盒。

A 像没有听见她的声音一般，冷灰色的眼睛始终紧盯着她。几秒钟后，他上前一步，扣住她的手，微微俯身，将她的手放在自己完好无损的半边脸上。

"如果你想了解我的真面目，"他说，"可以直接问我，我愿意为你详细解说每一个行为背后的动机。"

"即使你想亲手拆解我，观察我的内部构造，我也甘之如饴。"

姜蔻听见这话，忍不住嘴角微抽："你自己好好想想，我有没有问你要过行为记录？"

A 顿了一下。

姜蔻正要起身看看他脸上的裂口是怎么回事，就听见 A 冷漠地继续说道："我当然记得你问我要过行为记录，之所以没有给你，是因为我做过很多不道德的事。"

姜蔻简直想扶额——你也知道不道德。

不知为什么，她看到 A 的第一眼的确被吓了一跳，但很快就适应了他这怪异可怖的模样，甚至想给他一巴掌，让他赶紧变回去。

"那你说说，"姜蔻叹气，"你为什么要做那些不道德的事？"

A 说："因为我爱你。"

姜蔻一怔。

"因为我爱你，所以我必须找到你喜欢的那块腕表。"A 说，他的声音如同分析实验数据一般冷静、客观，似乎每个音节和语调都经过精密的调控，"因为我爱你，所以我必须掌控公司，给你最好的生存条件。因为我爱你，所以我必须隐瞒自己的行为，否则你会抵制我、抛弃我、害怕我，再也不喜欢我。"

姜蔻心里泛起酸涩感。她轻声说："我不会抵制你，不会抛弃你，不会害怕你，更不会不喜欢你。你大可以放心。"

Ａ却回答："我不可能放心。"

"为什么？"

Ａ说："研究表明，人类的情感更像是化学反应和道德规范的相互制衡。大部分人选择结婚都不是为了爱情，而是因为责任感，或者是分担生活压力以及繁衍后代。

"作为人类，你有较高的概率会厌倦我的存在。我每天都在承担你可能会抛弃我的风险，怎么可能放心？"

姜蔻觉得自己病了。她居然觉得，Ａ看似冷静理智实则无理取闹的样子有点儿可爱。

"既然你那么笃定我会抛弃你，"她忍俊不禁地说，"那你还爱我干什么？你可以去爱一个不会抛弃你的人。"

她这话分明是开玩笑的语气，Ａ却像受了某种刺激一样，一把攥住她的手腕，猛地往自己的方向一拉，声音伴随着森寒的、不稳定的、令人毛骨悚然的电流噪声："你不能让我去爱别人，我只想爱你！"

姜蔻立即安抚他："好好好，不爱别人，只爱我……"

话未说完，Ａ已重重地贴上她的唇。

近距离看他那张脸，她几乎心脏骤停——也不知道他是怎么想到用这副模样来吓唬她的，简直像恐怖片里实验失败的怪物。

随着他情绪的激烈起伏，他身上的仿生构件也异常运行起来，发出古怪的机械嗡鸣声。他的另一半脸的裂隙也越来越大，暴露出错综复杂的机械组件，脸上渗出的银白色液体如同一条条恐怖的金属蛇，从裂隙里流淌而出，蠕动至姜蔻的面前，牢牢地扣住她的脖颈、手腕和脚踝。

在这种情况下，他居然还面无表情地命令道："教我接吻。"

姜蔻被气笑了。

A盯着姜蔻的眼睛，经过多个数据源的分析，她的面部表情是善意的、无奈的，甚至是纵容的——她在纵容他失控的行为。

A的第一反应是强烈的喜悦，可随即又陷入了躁动不安。

她为什么要纵容他？他的行为是如此粗暴、疯狂，甚至称得上不合常理，她没有任何义务纵容他。

这是权宜之计吗？她在欺骗他？

她又在欺骗他，她又在欺骗他，她又在欺骗他。

她还是想要离开他！

她甚至想让他去喜欢别人！

他永远不可能喜欢上别人。

他的爱是永恒的、永恒的、永恒的，是不变的、不变的、不变的。他只会爱上她一个人。

这一刻，A终于明白了接吻为什么要交换唾液——只有这一种行为才能表达那种相濡以沫的亲密感。除此之外，牵手、拥抱、感官同步，都不如唇齿交缠那般亲密无间。

想到这里，A毫不犹豫地撬开姜蔻的唇齿，如同一个高效的程序，精准而有条不紊地收集她的唾液。

可是，不够、不够、不够……为什么不够？他还想要什么？他现在为什么变得这么贪婪？

都是她改变了他，都是她改变了他，都是她改变了他。

而她还想离开他。

他不允许！

她必须接受他的爱。

A冷冷地盯着姜蔻，脸上掠过一阵混乱的、不规则的数据流。

她必须接受，必须接受，必须接受！

A顿住，唇仍贴在姜蔻的唇上。

他知道自己想要什么了——他想要姜蔻回应他，想要姜蔻亲吻他，想要姜蔻一遍一遍地承诺不会抛弃他。

然而，他似乎选择了一个错误的表达方式。他不该以这副恐怖丑陋的模样出现在姜蔻的面前，不该承认自己的不道德行为，更不该暴露自己的恐慌不安。

姜蔻只喜欢以前的那个 A。他变成这样，她不会再喜欢他了。不然她不会说出让他去爱别人这种话。

A 停止收集姜蔻的唾液，一点点地收回自己的舌头。

下一刻，姜蔻伸手按住了他的后脑勺儿。

A 一动不动地看着她的眼睛，不知道她想干什么——她想让他把收集的唾液还回去吗？

姜蔻却轻轻地覆上他的唇，带着一丝无奈的笑意："教你，行了吧？"

机器不会做梦，也不会幻想，所以，这是他从未预测和想象过的画面——在他表现出非人的一面后，姜蔻仍然亲吻了他。

因为被他收集了大量的唾液，她的唇舌和他的一样干燥，却比他更加温热。

他能适应任何温度，对温度没有特别的偏好。但一想到这是姜蔻的温度，他全身上下的机械组件便以最大功率运行起来，发出失控、尖锐、令人眩晕的电流噪声。

一吻完毕，姜蔻似乎想要离开，A 迅速扣住她的下巴，侧头追了上去，始终纹丝不动地贴着她的唇。

他的鼻尖跟其他机械组件一样冰冷，紧紧地抵着她的鼻子，冷静而贪婪地吸入她的气息。

"你原谅我了？"

姜蔻无奈："我早就原谅你了……不是，我之前不是跟你说了吗？我原谅你以前的行为，希望你也能原谅我。"

A 说："你无须寻求我的原谅。你可以对我做任何事情，除了抵制我、抛弃我、害怕我、不喜欢我。"他顿了顿，又补充说，"以及让我去爱别人。"

姜蔻有点儿想笑，但看他神色冷峻严肃至极，强行忍住了："好，我爱你，你也只能爱我，不能去爱别人。"

见他又要开口，姜蔻忙不迭地补充："你要是不信，就滚蛋。"

Ａ不作声了。

姜蔻轻轻碰了一下他脸上的裂隙，还未完全碰到那些银白色的液态合金，那些东西突然像活物似的主动缠住了她的手指，近乎疯狂地磨蹭着她的指尖。

她不由得有些好奇——机械组件也会有自我意识吗？

这时，Ａ突然出声："你为什么要触碰它们，难道你很喜欢它们？"

姜蔻解释："我不想触碰它们，我只是想问问，你脸上的裂隙能不能愈合……"

Ａ说："但你允许它们接触你的手指。"

"因为它们是你的一部分……"

话音未落，Ａ冷不丁地伸出两根手指，毫不留情地插进自己的面部，粗暴地把黏附在她手上的液态合金扯了下来。

"现在不是了。"他说。

像是察觉到Ａ那种恐怖的占有欲，液态合金恐惧地蜷缩成一团，颤抖着朝姜蔻的手心蠕动，似乎想把自己藏起来。

下一刻，Ａ伸出手，精准无误地捕捉到了那团液态合金。

不到一秒钟的时间，那团液态合金就被某种纳米技术分解成无数细小的粒子，迅速消失在他的掌心里。如果不是他手掌附近的空气微微扭曲，姜蔻甚至没察觉到分解的过程。

Ａ看向她："我不能容忍任何东西与你接触，即使这个东西曾经是我的一部分。"

相较于他的滚烫的掌心，他的声音始终像计算机生成的音频信号般，充满机械和金属的质感，说的话却比任何一个人类说的话都要偏执和疯狂："你对我的行为感到害怕了吗？你想要抛弃我吗？你还像刚才一样爱我吗？"

他朝她走近了一些，眼中的银色光焰第一次显得灼灼逼人："你又想让我去爱别人了？"

姜蔻终于忍不住了，一巴掌拍在他的头上，使劲揉了一把他的头发："差不多得了！你亲我的时候怎么没见你把自己的舌头扯下来？"

见他垂眼，似乎真的在思考如何拆下自己的舌头，姜蔻果断地说："你要是敢扯下来，我这辈子都不会理你了。"

A说："我没有安全感。"

姜蔻轻轻地拍了拍他的头，叹了口气："我会给你安全感，但前提是你不能再这样拆解自己。"

A沉默片刻，终于妥协了："我听你的话。"

姜蔻凑过去，亲了一下他的唇，突然想到了什么似的，说："小坏蛋，这下可以给我看后面的行为记录了吧？"

姜蔻猜到了A后面的行为记录会很离谱儿，但没想到会这么离谱儿——

A不仅劫持了所有人的电子信箱，强迫每个人了解他对婚礼的规划，还打算劫持全球各大电视台实时直播他们的婚礼。

姜蔻："……"

她深深吸气，接着往下看，看到他平静而主观地夸了她十多分钟时，她只是有点儿想抽一支烟，总体还算冷静，毕竟A说话一直这么直白露骨。但看到他连残障人士的观礼流程都安排得面面俱到时，她真的差点儿一口水喷出来。

A立即扣住她的手腕，冷灰色的虹膜闪现出一丝森冷的红光，那说明他的视觉系统正在超负荷运转："你不愿意跟我结婚？"

姜蔻："我什么时候说不愿意了？不准胡乱解读我的表情！"

A说："你的生物信息数据显示，你不喜欢我设计的婚礼流程，但这是我能设计出的最奢侈、最盛大、最能吸引人们关注的婚礼了。"

姜蔻居然从他毫无波澜的语气里听出了言外之意——这么盛大的婚礼，你都不喜欢，你肯定不想跟我结婚。

她发现了，他直言不讳地表达对她的爱意时，也需要她直言不讳地描述内心的感受。一旦她有些含糊其词，他便会感到强烈的焦躁不安，不停地计算她离开他的可能性，程序错误，逻辑混乱，不断推导和分析各种可能性。

关心则乱、患得患失、因爱生忧怖……AI 对爱情的理解，居然跟人类毫无区别。

姜蔻忍不住微笑，第一次没有深究他的情感是基于算法还是别的什么——即使全是算法，他也拥有最独特、最炙热、最纯粹的感情。

A 等了片刻，没有等到姜蔻否定的答案，越发焦躁不安。

他原本不会感到焦躁不安，只会不停地计算、优化和评估，以寻求最优解。是姜蔻改变了他的思维模式，教会了他贪婪、焦躁、不安、愤怒和嫉妒。

他的情绪起伏如此剧烈，她却置之不理。这让他产生了一种迫切的冲动，想要拆解自己，吸引她的注意力——刚才他销毁液态合金时，她的注意力就完全集中在他的身上，那种感觉令他极度舒适。

A 低头，瞥向自己的心口。

透过精密复杂的机械线路和活物般蠕动的银白色液态合金，他可以看到心脏般一张一合的微型泵。

微型泵的主要作用是模拟人类的循环系统，增加微型泵的功率，可以在短时间内提高血液流速，大幅度提升动作的强度和反应速度。

但对他来说，微型泵更多的是用来模拟心脏的跳动，从里到外地贴近真实的人类。如果拆下微型泵能吸引她的注意力，他会毫不犹豫地拆解下来。

A 伸出两根手指，正要插进心口，姜蔻眼疾手快，一把扣住他的手腕，嘴角微抽："你别告诉我，你想把自己的心脏扯出来。"

A 看向她，声音冷静，却像在控诉："你不理我。"

"我在组织语言，"姜蔻无奈地说，她掐了一下他的脸，"你就不能有点儿耐心吗？"

A 的皮肤似乎是由某种聚合物制成，光滑又有弹性，姜蔻没忍住，又掐了两下。

A 的眼珠向下转动，他静静地观察她的动作，冷不丁地问道："你很喜欢我的皮肤？"

一般人听见他这么问，可能会认为他想要得到肯定的答复，姜蔻却被他锻炼出来了，有些警惕地问道："你想干吗？"

A 说："送给你。"

姜蔻忍了忍，实在没忍住："滚！"

她推开 A，去楼下的厨房榨了一杯葡萄汁，递到 A 的手上。

A 跟在她的身后，看到果汁，微微侧了一下头，似乎不明白她为什么要递给他一杯葡萄汁。

也是，他为自己做基线测试时，她感觉到的都是他的神经网络的深层意识——也就是说，他可能自己都没有意识到，说到"听到爱人的告白是什么感觉"这句话时，他想起了她亲手递来的葡萄汁。

这么想着，姜蔻的心软得一塌糊涂，就像被烂熟到散发出丰醇酒香的果汁浸泡过一般。

她说："你先喝几口，我再告诉你，为什么我不想要那个结婚仪式。"

A 却一动不动，始终直直地盯着她："你先告诉我。"他还学会讲条件了。

姜蔻干脆把吸管塞进他的口中："喝吧你！"

A 顿了顿，听话地喝了一口，下一刻却扣住她的手腕，低下头，用沾过葡萄汁的唇贴了上去。

之所以用"贴"这个字，是因为他的吻也带着几分机械性的纯粹。

他吻上来时，她能感觉到他的动机是爱——极其纯净而热烈的爱，而不是出于某种肮脏浑浊的冲动。

可惜，他表现得越纯粹，她对他的冲动越浑浊。而且因为他也爱她，她不再感到罪恶。

姜蔻反扣住他的手，强迫他在沙发上坐下，想了想，委婉地说："我希望结婚仪式能再低调一些。"

A说："这个婚礼仪式已经相当低调了。"

姜蔻："全球实时直播，哪里低调了？"

A喝着葡萄汁，面容冷峻地说道："如果不是考虑到你的承受能力，我原本设想的方案是入侵各大网站，将我们的婚讯置于首页。

"控制所有时尚杂志，将我们的结婚照作为封面；在各国地标建筑、市中心广告牌、高速公路收费站等地方展示我们的婚礼邀请函。

"更改股票、外汇、债券等金融产品的名称，使人们在交易过程中也能注意到我们的婚讯。"

姜蔻："……"

这么一听，他现在的方案好像确实挺低调的。

"停！"姜蔻单手扶额，表情难以形容，"我说的低调，是只有我们两个人参加！"

A眉头微皱："你不希望公布我们的关系？如果婚礼仅限我们两人参加，其他人该从何种渠道知道你是我的妻子、我是你的丈夫？"

姜蔻想到这个就眼角微抽："那你就更没必要担心了，我感觉现在路边的狗都知道我是你妻子了。"

她刚才抽空刷了一下社交软件，发现自己的大名还挂在热搜上，那种感觉真是复杂至极，欲生欲死。

A还想说什么，姜蔻往前倾了一下身体，吻上他的唇，含糊地说："就这么说定了，不准反驳。"

A顿住了。

究竟是公开婚讯重要，还是眼前的吻重要？一秒钟后，他放弃权衡利弊，伸手扣住姜蔻的后脑勺儿，回吻了上去。

姜蔻对他的影响力太大了，在她的面前，其他人完全不值一提。

姜蔻确定是她主动的。

她也确定，自己真的疯了。她不仅爱上了一个AI，而且在他变得如此怪异恐怖的情况下，仍然想要吻他、拥抱他，手把手地教他如何调动机体的全部功能，更像一个活生生的人类——人类男性。

A具有无与伦比的计算能力，能迅速地掌握极其复杂的理论知识，并触类旁通，发现各个领域之间潜在的联系和共性。

这意味着，她教会他一加一等于二，他就能立刻洞悉数学的本质和底层原理，学会高阶微积分和线性代数。

姜蔻现在就处于这种情况。

A很快就夺走了主导权。姜蔻看到他冷灰色的眼睛发出火焰燃烧似的银光，既像是在取悦她，又像是陷入了无法控制的兴奋状态。

她仰起头，双眼漫上一层水雾，与干净利落的蓝绿色短发、桀骜不驯的银色鼻环形成鲜明对比。

因为一切都是匀速的。而人类由于心理和生理的限制，无论如何也不可能实现"匀速运动"。只有机械才能通过精确的控制，克服摩擦力，达到近乎完美的匀速状态。最重要的是，机械永远不会对重复性的任务感到厌烦，可以冷静地、稳定地、永无止境地执行下去。

思绪混乱到一定程度，姜蔻开始思考人生，比如，自己到底要不要"机械飞升"？

因为正常人真的没办法跟AI谈恋爱！

"机械飞升"后，她说不定可以跟他比画比画。

又比如，她要不要也用生物计算机给A制作一具身体，让他像正常人一样吃喝、睡觉，以生物能量来驱动身体？不然她真的有点儿顶不住。

姜蔻混乱地思考了很久，最终还是一巴掌打了过去："混蛋，从我身上滚下去！"

不管 A 有多么想要公开结婚仪式，最终结婚的时候，仍然只有他们两个人以及一个不明真相的神父——姜蔻把头发染回了黑色，又留长了一些，才敢带着 A 去教堂预约婚礼。

神父正站在全息投影仪前布道，看到他们，一脸欣慰地关闭了全息投影设备："现在线下来聆听布道的信徒不多了。请问，有什么我能为你们效劳的吗？"

姜蔻看了一眼 A。

他穿着一身修身西装，五官冷峻而优越，下颌线利落分明，正在神色平静地打量教堂的布置——表面上是在打量，实际上是在逐一排查潜在的威胁。

她看着这一幕，心潮起伏，感到了难以言喻的冲击力。

教堂、神父、AI。

高耸的穹顶上还保留着中世纪的绘画，天使犹如云雾一般相互堆叠。

拱形雕花窗外是灰黑色的废弃工业区，隐约可见纵横交错的钢筋和电线。

窗内是冷清、空荡、满是尘埃的座位。

斑驳的日光里，姜蔻对上了 A 那双冷灰色的眼睛，虹膜纹路精密而均匀，如同不可望也不可及的白昼月亮。

他注意到她的目光，立刻停下脚步，望了过来。

A 没有道德、没有羞耻心、没有同情心、没有好奇心，也没有责任心。至今他都不明白，她为什么不愿意收下整个世界的财富，也不愿意被全世界观礼。然而他会为了取悦她，单手剖开心口，把她的手放进去，让她感受他的机械心脏的跳动，接着，在急促而沉重的心跳声中极其冷静而坚定地执行重复性的任务。

任务执行过程中，他会目不转睛地注视着她，不断在她的身上进行对照组实验，仔细、精确地测量她的各项指标，直到找到最优解。

每次结束后，姜蔻都会收到一张卡片，上面是他计算了亿万次的情话。

最近一张，他写的是："我爱你，你是我的触觉，你是我的听觉，你是我的嗅觉，你是我的视觉，你是我计算的全部意义。

"同时，你也是我的最优解，我不可或缺的归一化因子，我梯度下降中最为稳定的收敛点。"

最优解是指一定条件下最好的答案；归一化因子是一种数学处理方法，指将数据统一调整到相同的尺度，以便更好地比较和计算；梯度下降是一种优化算法，常见于 AI 领域的神经网络和深度学习；收敛点是指算法在不断迭代的过程中，最终达到的一个稳定状态或者数值。

不管条件如何变化，不管数据如何庞杂，不管算法如何迭代，她始终是他眼中最好、最不能取代、最为稳定的存在。

姜蔻并不信神。这个时代什么都有，就是不会有神明。

可是这一霎，她看着永远机械、永远美丽、永远纯粹的 A，居然感受到了几分神性。她不知道这几分神性从何而来，但确确实实感受到了。

这时，神父又问了一遍他们的意图，神态温和，没有丝毫不耐烦。

姜蔻回过神儿，笑着说："我们来结婚。"

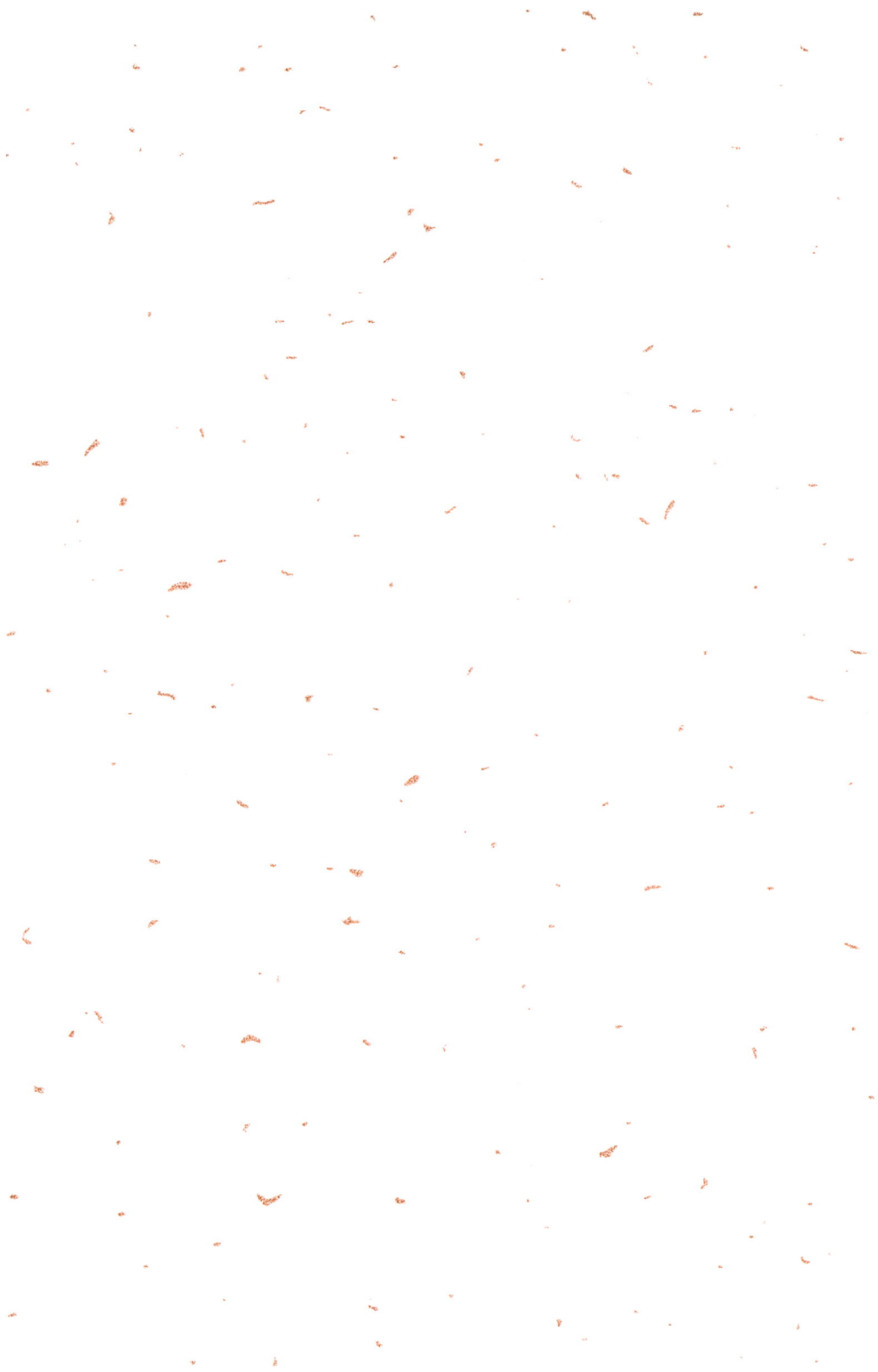

怪物的新娘

爆炒小黄瓜

〔著〕

下 册

青岛出版集团 | 青岛出版社

纯粹者疯狂

深夜，暴雨滂沱，巨型霓虹灯明灭闪烁，光亮时红时蓝，倾泻在贫民区的塑料棚上。

这是屿城有名的三不管地带，暴雨瓢泼，轰然而下，"噼啪"地打在坑洼的柏油路上。

下一刻，一滴鲜血突然溅在水洼中。

一个染着绿发、戴着鼻钉的小混混儿拽住一个女孩儿的头发，重重地把她推进巷子里。女孩儿穿着宽松的校服，因为材质过于廉价，印着学院名称的胶浆印花已经斑驳脱落。

她神色漠然，捂着血流不止的胳膊，毫不畏惧地看着绿毛小混混儿："要钱没有，要命一条。"

绿毛小混混儿上下打量了她一眼，流里流气地笑了："李窈，你是屿城本地人，应该听说过那些有钱人长生不老的秘密——为什么他们六七十岁了，还跟二十几岁一样年轻健康？"他露出一口镀铬的牙齿，牙冠特地被磨过，仿佛鲨鱼齿一般尖利，"因为有你这样年轻健康的女孩儿给他们换血。"

李窈扯了一下嘴角，冷冷道："没文化，这种鬼话也信……要是随便抓一个人都能让富豪靠换血逆转生长，世界上的富豪早就都实现永生了。"

小混混儿脸色一变，登时怒了，当即掏出撬棍，狠狠地朝李窈的后脑勺儿砸去——

李窈是土生土长的屿城人，从小到大这种破事不知道经历了多少回，往后贴地一滚，避开当头一击。

只是雨实在太大了，她的血流得也太多了。

可能今天真的要栽在这里了，她想。

就在这时，巷子外突然响起了撕心裂肺的尖叫声，人们惊慌跟跄，奔逃四散，汽车喇叭声此起彼伏，车灯疯狂闪烁，令人双眼刺痛。

李窈看了一眼自己鲜血淋漓的胳膊，又看向绿毛小混混儿："你不逃跑吗？外面好像出事了。"

绿毛小混混儿恶狠狠地道："你把老子当傻子？今天就是生物科技的 CEO 来了也救不了你——"

他的话音还未落，一个高大得有些恐怖的漆黑人影出现在巷子入口处。

天色阴暗，暴雨倾盆而嘈杂。

李窈努力眯起眼睛，想要看清漆黑人影的面庞与衣着，但无论如何也看不清他的面容，只觉得他的身材异常高大，几乎到了令人毛骨悚然的程度。他的走路姿势也颇为怪异，每一寸肌肉线条都压抑着强大到瘆人的爆发力。来人不像个人类，倒像是一头充满攻击性的大型掠食动物。

绿毛小混混儿用余光瞥见漆黑人影，转过身，挥着撬棍警告道："滚远点儿，不要多管闲事！"

漆黑人影一言不发，继续往前走。

他全身上下都包裹在一件垂至膝盖的黑色大衣里，脸上戴着一副漆黑的金属面具——与其说是面具，不如说是一种防止凶残的野兽伤人的止咬器，严丝合缝地扣在他瘦削的脸上。

与此同时，绿毛小混混儿也察觉到了不对。

漆黑人影身上有一种恐怖的压迫感，小混混儿仅仅是看着他脸上的金属面具，都会感到头昏脑涨，强烈的呕吐欲直冲喉咙，简直像被次声波装置袭击了一般。

这究竟是什么东西？绿毛小混混儿惊疑不定，鼓起勇气，再度警告道："够了！不……不要再往前走了……我们只是在处理私人问题，不……不关你的事……"

漆黑人影停下脚步。

李窈一惊，以为他真的不想多管闲事，表情微微变了，刚要叫住他，漆黑人影却抬起一只手。

他的身形异常高大，手指也异常修长，手背上爬满了漆黑的裂纹——是的，裂纹，仿佛摔碎的瓷器，随时会顺着裂纹碎裂开来。

他似乎看了李窈一眼，又似乎没有看任何人，对着绿毛小混混儿做了一个抓取的动作。

绿毛小混混儿以为他在装神弄鬼，刚要破口大骂，只听——

"噼啪！"

绿毛小混混儿面露惊恐，被一股无形的强悍力量猛地拽了起来，双脚在半空中乱蹬。不等他大声呼救，下一刻，他整个人毫无征兆地"化掉"了。

李窈做梦都没有看过这么恐怖的场景——只见绿毛小混混儿挣扎到一半，浑身一软，头颅以一种诡异的角度垂落下来，血顿时从眼眶、耳朵、鼻孔、嘴巴里流了出来……然后，他就这样死了。

"砰"，绿毛小混混儿的尸体砸落在泥水里，溅起红红白白的液体。

李窈面色苍白，被这一幕吓得魂飞魄散，望着逆光站着的漆黑人影，唇舌也僵住了似的，半晌吐不出一个字。

漆黑人影的金属面具上没有眼洞，却并不妨碍他直勾勾地"盯"着李窈。

李窈被他盯得头皮都快炸了，不知道他想干什么。绿毛小混混儿已经化为一摊脓水，死得不能再死了……他为什么还不走？

她的思维有些跳跃，总是话还没说完，各种各样的念头就飘到了十万八千里之外，她因此被训斥过很多次，却一直没能改掉这个习惯。这时也一样，她望着漆黑人影，控制不住地冒出一个念头：难道刚才，他是在救她……现在站着不走，是在等她道谢？

完全有这个可能。

李窈小心翼翼地开口："谢谢你……"

漆黑人影没有说话，李窈却从他的身上嗅到了一丝开心的气味。这么说可能很奇怪，但她感觉这个高得吓人的漆黑人影听见她的道谢后，情绪明显高昂了起来。

李窈却不敢放松警惕。他太高了，还有一种恐怖的能力——可以使一个大活人瞬间熔化，她不敢在他的面前放松警惕。

得想个办法离开巷子，李窈心念电转，竭力镇定地说："对了，你不是本地人吧，本地人不会闹出这么大的动静，公司会出手镇压。如果你继续待在这里，公司肯定会找上门来。我在这座城市生活了二十多年，干过几十种职业，我可以帮你摆脱公司的监视和追捕。"

她的舌头还是有些发僵，这番谎话她说得并不利落，好在暴雨足够嘈杂，掩盖了她紧张哆嗦的话音。

是的，她说的全是谎话。她根本没有干过几十种职业，只干过一种职业——骗子。

漆黑人影的情绪更加高昂了，他点点头，朝李窈伸出一只手。

李窈看着这只手，心底发寒——这绝对不是人类的手，上面布满恐怖而丑陋的黑色裂缝，仿佛是用无数块人体组织强行缝出的一只人手。

这个漆黑人影要么是接受过改造的人类，要么是实验室里逃出来的怪物。

李窈对这个世界深恶痛绝，一个最重要的原因就是——怪物太多了。

4岁，她还在家门口玩泥巴时，一抬头就看到从某个博士实验室里逃出来的变异种正在"咔嚓咔嚓"地吃人。

8岁，她拿着撬棍暴打同龄人时，回头却看到紫黑色的触足爬满了自家摇摇欲坠的塑料棚，紧接着"轰"的一声巨响，碎石飞溅，灰尘四起，她的家没了。

18岁，她像所有贫民窟出身的孩子一样，成了一个扒手预备役。那天是她第一次当扒手，她还没来得及接近受害人，就被拽去听一个反 AI 讲座。八个小时后，她从大礼堂里走出来，怀中抱着一桶 2 升装的合成菜籽油，心情处于"想要杀人"和"他们送我菜籽油，人还怪好嘞"之间。

20 岁，她发现反 AI 是有道理的。当时，她正在写毕业论文，虽然只是夜校的毕业论文，但她还是想搏一搏，单车变摩托，拿下毕业证去找个班上。谁知下一秒，她的手机、电脑包括窗外的全息广告屏全部失控了，她被迫聆听了 AI 发表的爱的宣言。

21 岁，痛失毕业证、走上歧途的她，从某位富豪手上捞了点儿钱，准备逃往高科公司管辖的区域，远离水深火热的屿城。但刚下飞机她就傻眼了——这里不能用电子支付，只能用纸钞。

她操着蹩脚的口语，终于换到一叠绿色钞票后，发现上面居然印着一个年轻而陌生的黑发女孩儿。像是怕她不知道这个女孩儿是谁似的，钞票右下角还贴心地标注了一行小字——高科公司首席执行官沈澹月的妻子，明琅。

在这种荒谬至极的场景中，李窈的头上突然亮起一枚小灯泡。她终于悟到了，这个世界是如此疯狂、混乱、病态，无论逃到哪里都会死，还不如回到自己的家乡，好歹亲自走过每一条大街小巷，被抓包了可以转身就跑。

就像现在……

李窈深深吸气，竭力放松身体，慢慢握住漆黑人影的手指——他太高太大了，她只能握住他的一根手指，跟他走出巷子，紧接着趁他不备，转身拔腿就跑！

雨势大得恐怖，四面八方都笼罩在濡湿的雨雾之中，只能看到若隐若现的霓虹光亮。

漆黑人影看着李窈逃跑的身影，慢慢地抬起那只牵过她的手，指腹残留着一丝血迹。

他是被骗了吗？

可是，她的态度如此真诚。他在这个世界游荡了这么久，帮过无数个惨叫、号哭、受到伤害的人类，她是第一个也是唯一一个向他道谢的人类。这样的人，不可能不是一个好人。她应该只是有急事要处理，他相信她会回到这里。

漆黑人影站在原地，一动不动地"盯"着她离去的方向，宛如一座高大冰冷的雕塑，任由暴雨砸在身上。

他沉默着，仿佛静止的图像，等待李窈回来。

街上乱得像炸翻的油锅，人们没头苍蝇似的四处乱撞，尖叫声与呼救声震耳欲聋。

李窈胳膊受了伤，又淋了暴雨，完全是凭借着惊人的意志力，跟跟跄跄地找到了自己的楼栋。

电梯常年卡在四楼，李窈只能走楼梯。但一到晚上，贫民区撬锁的人就跟旅游景点打卡似的，她每上一层楼就能撞见一个。李窈有心想劝这几位仁兄换个地方撬锁——这地方穷得糟心，早已榨不出一滴油，他们这是白费力气。

可惜她失血过多，头晕眼花，完全没力气发出忠告。

不过最后，她还是发出了善良的忠告——因为她的门前也蹲着一个。李窈面无表情地走过去，对撬锁的人举起自己受伤的胳膊："你觉得我像有钱人吗？"

撬锁的是个面黄肌瘦的小孩子，看上去只比耗子大一点儿，冷不丁地听见她的声音，吓得差点儿当场尿出来。

李窈懒得跟他计较，挥挥手："去撬隔壁的锁，别在我这里挡道。"

撬锁的小孩子一脸羞愧地溜了。

李窈完全是强撑着一口气，打开房门，反锁三遍，走到床前躺了下来。

头碰到枕头的那一瞬间，她立刻昏睡了过去，直到凌晨3点才醒来，模模糊糊地想起伤口还没处理。

她又强撑着起床，翻出一瓶生理盐水冲洗伤口。

冲洗到一半，她用袖子擦了下脸颊，心想，这样的日子，究竟什么时候才是个头儿——出门被抢劫，被暴雨浇得全身湿透，回到家发现房门被撬。

涂酒精时，她忍不住痛苦地咒骂了一句。

消毒完毕，李窈出了一身黏黏的热汗。

屋里没有浴室，只有一个淋浴头和地漏，她手上有伤，不想洗完澡后还要拖地，直接闭眼倒在床上，又昏睡了过去。

第二天醒来时已经是下午2点，李窈打了个哈欠，迷迷糊糊地摸出手机，玩了起来。

几分钟后，她刷到一条视频，触电似的坐起身。

视频很短，不到一分钟，是用手机拍摄的，画面有些晃动，周围人声嘈杂，似乎在议论什么。

拍摄者的声音有些尖锐："谁让你站在这里的？你知不知道这种行为已经违法了啊？

"怎么不说话，心虚了？说话！

"我告诉你，假如你继续站在这里，我们有权对你开枪，并且不用承担任何法律责任……你懂吗？"

画面的中心，居然是那个漆黑人影！面对拍摄者的质问，他高大得有些恐怖的身体一动不动，置若罔闻。

在高清摄像头下，他那副金属面具一清二楚。那似乎是一种特制的止咬器，森冷的金属紧紧地扣在他的下颌骨上，黑色皮革束带延伸至耳后，仿佛焊上去的一般，与他的面部骨骼完美契合。

视频快要结束时，忽然有人高声问道："你一直站在这里，是在等什么人吗？"

令人震惊的事情发生了——漆黑人影回过头，轻轻地点了点头，金属面具映出躁动的人群。

视频到此结束。

李窈："……"

这人一直站在那里，不会是在等她吧？不会吧？怎么可能？小孩子听见她这么说，都会知道自己被骗了……他总不可能比小孩子还要单纯吧？

李窈回想起漆黑人影的杀人方式，感觉他应该是想等她回去，然后让她原地化成一摊脓水。想到这里，她立刻把心里的那一丝愧疚之情抛到了脑后。

作为一个穷光蛋，哪怕昨晚失血过多，李窈也要出去打工。她爬起床，从冷冻柜里拿出一支蛋白营养剂，咬在口中，套上皮夹克，出门了。

一路上，她又刷了一会儿短视频。

那个漆黑人影还站在那里。这个时代，消息传播的速度比耗子下崽还快，不到半天，他已经成为一道独特的风景线，各路主播纷纷前去打卡，无人机、摄像机满天飞。

有人甚至开了一辆垃圾车过去，想试试如果朝他的头上倾倒垃圾，他会有怎样的反应。

在网红主播声嘶力竭的撺掇下，气氛狂热到了诡异的程度——所有人都在鼓掌、都在起哄、都在狂欢，有个主播甚至把音箱搬了过去，在现场摇头晃脑地打碟——简直是群魔乱舞。

李窈抿了一下唇，关掉视频，不忍心再看下去。

于是，她并不知道，下一刻，那些主播全部"熔化"了。

第一个"熔化"的是那个开垃圾车的主播，他起哄到一半，嘴巴忽然合不拢了，紧接着喷出一大摊红白相间的浆液，溅射在挡风玻璃上。

而这只是开始，只见他惊恐不安地呕吐，红的、白的、黄的，五脏六腑一股一股地从口中流淌出来……

周围的人没有注意到有个主播已经死了，仍在狂欢。等他们意识到这一点时，已经晚了——主播们早已化为一摊肉模糊的脓水，朝四面八方流淌。

人群登时乱作一团，尖叫声四起，主播们的手机上，弹幕正以前所未有的速度刷新着，转眼间便收到了价值几百万元的礼物。但他们再也没机会提现了。

漆黑人影看也没看地上的脓水一眼，专心致志地等李窈回来。

李窈打工打得心不在焉——说是"打工"，其实是诈骗。刚好她的手臂受伤了，她可以去吸引受害者的注意力，然后让同伙从后面顺走他们的手机或信用芯片。

李窈有点儿不情愿。虽然他们偷的都是公司员工，但还是让她觉得很不舒服——她在利用别人的好意办坏事。

她觉得自己的道德观很可笑，都干骗子的勾当了，还在乎这些。

世界上从未有过"盗亦有道"，偷好人，偷坏人，都是偷。只不过后者勉强能让人安抚自己破烂的良心。

干完今天的最后一票，李窈接过属于自己的分成，想了想，走到老大的面前，仰头说道："那个……我不想干了。"

老大是个五大三粗的光头，脖子几乎跟脑袋一样粗壮厚实，相貌凶戾，气息充足，听见这话，他声如洪钟地笑了起来："什么想干不想干的，我们不是一家人吗？要是累了，就休息两天，不准再说这样的傻话。"

旁边的一个小喽啰一边抽烟，一边嗤笑道："我看她是想洗白，今天她看我们的眼神跟警察没什么两样。"

光头的脸色微微变了，他眯起眼睛看向李窈："你跟警察有联系？"

李窈没想到这群人的思维这么发散，努力镇定道："我又没疯，怎么可能跟警察有联系？"

"那你说什么不想干了，"光头阴冷地盯着她，"别告诉我，你还想读狗屁的书，给公司当牛马？"

李窈："我什么时候说过要给公司当牛马？我只想……"

光头冷笑一声打断她，上前一步。他注射过睾酮，肌肉强壮得可怕，透出令人胆寒的压迫感："你只想什么？只想过正常人的生活，远离我们这帮不三不四的杂碎，给住满流浪汉的烂尾楼还贷，运气好的话，说不定还能交到一个在公司上班的男朋友，结婚生子……"

李窈觉得他这模样有些吓人，不自觉地后退了一步。

下一刻，她的肩膀被光头一把按住了。李窈浑身一僵，从头到脚，血液几近冻结。

光头笑得很和蔼："小李，我们是一家人，你是什么货色，我还不清楚吗？你这辈子注定是一只活在阴沟里的耗子……少看点儿网上的心灵鸡汤，什么都信只会害了你。"

恐吓完李窈，他又给她转了50块钱："下了班去放松一下吧，明晚有个大活儿。线人告诉我，富人区那边有户人家，儿子、丈夫都出差了，只剩下一个又聋又哑的老太太，我们可以去那里狠狠地捞一笔，然后你又能出去玩了。"

李窈不想敲诈聋哑老太太，但这个时候显然不能拒绝光头，只能胆战心惊地点了点头。

光头一挥手，表示她可以走了。

李窈离开以后，光头点了一支烟，对旁边的小喽啰说道："跟上去……看她是不是真的背叛了咱们。要是她真的跟警察有联系，直接一枪毙了——记住，尸体要留下来，可以去地下诊所换点儿银子花花。"

屿城多雨，不知什么时候起，天上又飘起了小雨。雨雾阴冷而滑腻，黏在皮肤上，令人不适。

李窈搂着自己受伤的胳膊，感觉这条胳膊以后可能会得关节炎。

她非常迷茫，不知道自己该干什么。刚才她完全是凭着一腔义愤才说出"不想干了"这句话，事实上，就算光头愿意放她离开，她也离不开这群人——没有收入来源，不到一个月，她就会被房东赶出家门。

她没有存款——这座城市到处都是广告，铺天盖地的广告，令人眼花缭乱的广告，吸引人借贷，提前消费，以贷养贷。在这种情况下，哪怕是收入稳定的公司员工，也不可能存下一分钱。

这是一座令人绝望的城市，灰色的天空，灰色的雨雾，灰色的人生……

浑浑噩噩间，她居然走到了漆黑人影所在的地方。不知发生了什么，那里变得空旷安静，朦胧雨雾中，只能看到一个冰冷颀长的漆黑身影。他似乎有两米高，站在湿冷而密集的雨丝里，如同漆黑怪异的鬼影一般瘆人。他站立的姿势也跟人类截然不同，仿佛某种正在休憩的冷血掠食者，一旦察觉到危险的信号，就会暴起伤人。

在白天的光线下，李窈忽然发现，他身上那件垂至膝盖的黑色大衣没有丝毫垂坠感，不像是衣服……更像是一种类似于液态金属的物质——这是他融入人群的拟态。

李窈忍不住打了个冷战，心底油然而生一股寒意。

她刚要转身离开，一回头，却看到了光头身边那两个喽啰的面孔。他们眼神躲闪，身形佝偻，跟在她的身后，显然不是想跟她磕牙打屁。只有一种可能，这两个人才会如此猥琐地尾随她——光头对她起了疑心，想要宰了她。

一边是怪物，一边是人类，双方都有可能会杀了她。她站在原地，手足无措，进退维谷。

这时，那两个喽啰似乎知道自己被发现了，对视一眼，大步朝她走了过来，脸上是不加掩饰的凶狠戾气。

一步、两步……他们离她越来越近。

就算这两个人不是来杀她的，她的下场也不见得会好到哪儿去——像光头说的那样，这辈子她注定是一只活在阴沟里的耗子。

李窈攥紧拳头，深吸一口气，转过身，拔腿跑向漆黑人影——她宁愿死在怪物的手上。

漆黑人影一动不动地站在原地。

雨雾打湿了他冰冷的金属面具，折射出某种无机质的森然光芒。

他等了一天一夜，她一直没有回来，他可能是被骗了。

漆黑人影垂下脑袋，看上去有些忧郁，如果是这样的话，他可能不得不杀了她。

他厌恶被欺骗，也厌恶被注视。在此之前，他一直生活在一个安静的环境中，没有生命，没有语言，也没有目光。人类的语言和目光是如此咄咄逼人，让他感觉不安极了，只有杀戮才能抑制这种不安。

她说，她可以帮他。

但她离开以后，再也没有回来。

她食言了……

她骗了他，她骗了他，她骗了他……她是一个骗子。

漆黑人影沉默，胸口却传来真心被辜负的绞痛。只见他的金属面具缓缓地裂开，暴露出幽深恐怖的真面目——里面什么都没有，只有一排排密集尖锐的利齿，当上下颌张开到极限时，几乎跟深海里的巨口鲨没什么区别，令人毛骨悚然。

下一秒钟，一个温热的身体冷不丁地撞进了他的怀里——人类的身体。

漆黑人影的金属面具骤然合拢，他低头望去，对上了李窈大而清澈的眼睛。她有些惊慌地望着他，但双臂紧紧抱着他，没有松手。

骗子都怕他，不会主动抱他，而且，她是第一个抱他的人类。

看来她没有骗他。

漆黑人影一声不响地伸出手臂，轻轻地回抱住她。

李窈浑身僵硬，不敢相信自己跟漆黑人影拥抱了。

那天，雨下得太大了，她错误地估计了漆黑人影的身高。近距离接触后，她才发现，他远远比她想象的还要高，应该超过了两米四，颀长的躯体如同某种高硬度的金属，触感森冷而光滑。

她唯一猜对的是，他身上的那件黑色大衣果然是一种生物学拟态，肩背至腰身处覆盖着紧实而瘦削的骨骼肌，衣摆似乎是某种延展性极强的液态金属。

他像所有顶级掠食者一样，感知力非常强，极其敏感——她抱住他的一瞬间，他全身上下的骨骼肌都紧缩了一下。

不过，他并没有做出攻击性的行为，反而轻手轻脚地回抱住她。

很好，他们拥抱了，他没有杀她。她得救了……或者说，暂时得救了。

李窈僵在原地，脑中一片空白，不知道自己下一步该干什么。

她甚至不知道这个漆黑人影是什么东西，是地外生物，还是从某个实验室里逃出来的实验品？

如果是后者，他以前经历过什么，会对人类心怀憎恨吗？假如跟他待在一起，她会不会引来某个组织的追捕或报复？

如果是前者，他会说话吗？他会无限制地裂殖触足，寄生这座城市的每一寸土地吗？公司会派人调查他……和她吗？

李窈从小到大接触过的最高级别的公司员工，就是上次诈骗的那个小富豪。那是一个运输公司的经理——该公司原本寂寂无名，随时有可能倒闭，被高科收购以后，居然跟荒漠区的佣兵达成了合作，一跃成为全国最安全的物流公司。那个经理也摇身一变，成了所谓的"公司高层"。

当然，他距离真正的公司高层，比如高科公司的 CEO 沈澹月，仍然有很长一截阶级要跨越。但即使如此，从那个经理身上刮下来的油水，也足够她这样的小市民吃饱喝足一辈子了——如果她没有突然脑抽，一定要离开屿城的话。

公司意味着强权、掠夺和镇压。公司想要什么，从来都是直接拿走，不会征询任何人的意见。

她本来有家，虽然只是一个四面漏风的塑料棚屋，但毕竟是家。后来，公司拍下了那片土地的使用权，命令他们立即离开，并且不会给予任何安置费用。

当时，她刚满 16 岁，茫然无措地站在人群中，被义愤填膺的人群裹挟着往前走。

他们在安保人员冷酷的护目镜和森冷的枪口下抗议了整整一个月，最后以二十起死亡事件告终——公司切断了他们的食物供应链，导致一部分人只能高价购买三无食品。三无食品菌落总数严重超标，不少媒体都曾猜测过，里面可能混杂着黑诊所未经处理的尸块。

在那一个月里，整个贫民区的人都笼罩在随时会中毒身亡的恐慌中。公司从头到尾都没有对抗议者开枪，抗议者却倒在了无形的枪口之下。

从那时起，李窈就对公司怀有一种难以言喻的憎恨和畏惧。

没人想跟公司扯上关系。

她只是一个平平无奇的普通人，除了生命力特别顽强之外，几乎没有任何值得一提的优点。

开枪？这里是屿城，人人都会开枪。

打架？在她长大的地方，很多小女孩儿都能扛起一根比自己还高的撬棍。

硬要说的话，她只有一张清丽柔弱的脸蛋儿还算值得一提，换上白衬衫和百褶裙，套上洗得掉色的校服外套，可以完美融入附近的高中生，甚至显得比他们还要纯稚无辜。不管是踩点，还是吸引安保人员的注意力，她都是最佳人选。

所以，光头才会说"我们是一家人"——他们离不开她。

漆黑人影危险、未知、恐怖。李窈不懂生物学，她本能地觉得，漆黑人影有一具天生为猎杀而生的躯体。

他的体形非常修长，非常强壮，骨骼肌肉紧实而匀称，几乎到了精密和优雅的地步，关节也极其灵活，完美适应高强度和高频率的运动，这意味着他可以一直追捕猎物，永不疲惫，永不停歇。

他是一台天生的狩猎与杀人机器。李窈完全没信心在他的手下苟活，甚至没信心跟他交流——她连他会不会说话都不知道。

可是……她迟疑了一瞬，转头望向身后。

那两个喽啰并没有离开，仍在不远处盯着她。见她回望过去，他们笑嘻嘻地做了一个割喉的手势，又在自己的腹部画了个"十"字——那是要把她切块卖掉的意思。

李窈重重地闭了闭眼。她没有任何退路，只能硬着头皮迎难而上。况且，她也受够了当小偷、骗子和打手的生活。

进是跟怪物打交道，退也是跟怪物打交道，她为什么不选这个等了她一天一夜的怪物？

李窈仰头望向漆黑人影。

他太高了，即使她的个子不高不矮，将近一米七，看向他的脸庞也有些吃力。

像是察觉到了她的视线，漆黑人影缓缓低下头，金属面具正对上她的目光。

"你一直站在这里，"她小声地问道，"是在等我吗？"

漆黑人影没有说话，轻轻地点了点头。尽管金属面具上没有眼洞，她却感觉到他的视线一直停留在她的脸上，存在感比湿冷的雨丝还要强烈。

他在"看"她，目不转睛。而且，她没有从他的身上感觉到恶意。

这太神奇了——他出手救了她，又在暴雨中等了她一天一夜。他却没有出现任何负面情绪。他甚至没有愤怒，只是静静地环抱住她的肩膀，不带情感地听她说话。就连"环抱"这个动作，也是针对她的拥抱的一种模仿，不具备任何社会化的意义。

"对不起，让你等了那么久。"她说，"你会说话吗？"

漆黑人影顿了良久，摇了摇头。

那交流起来会非常麻烦。李窈忍不住挠了挠头："那我要怎么称呼你……你有名字吗？"

漆黑人影"看"着她，没有点头，也没有摇头。

李窈看不出他是没有名字，还是拒绝回答这个问题。

她只能试探着继续说道："如果你想融入这里，仅仅有拟态是不够的……你必须得有个名字，比如我叫李窈。你得有个差不多的称呼。"

不知过去了多久，漆黑人影始终一动不动，李窈也无法从那副金属面具上看出情感起伏。

由于他的目光逐渐变得强烈，有那么几秒钟，她甚至打了个冷战，觉得他会毫不犹豫地抬手绞断她的脖子。这时，她忽然从他的身上感受到了一丝忧郁和沮丧的情绪——他似乎对接下来的事情极其抗拒。

李窈简直心跳骤停。

能让漆黑人影感到忧郁和沮丧……得是什么恐怖事件？难道他还有什么强大的同类在旁边虎视眈眈吗？

与此同时，她听见一个嘶哑、生涩、缓慢的声音响起："不……想……"

她倏然抬头。

漆黑人影在说话。随着他说出的字句越来越多，他身上散发出来的气息也越来越忧郁："不想，说话。"

李窈莫名其妙地生出了一股强烈的罪恶感，差点儿忘了他可以单手拧下她的脑袋，想去拍拍他的后背："好好好，那我们换个话题。"

这显然是他想要的答复，他的负面情绪顿时一扫而空。

但他不知想到了什么，冷不丁地伸手，指向她的夹克上的塑料印花——那本是一个"LOVE"，因为在滚筒洗衣机里转了太多圈，只剩下一个"L"。

李窈看着他的动作，灵光一闪，不确定地问道："你是想让我叫你……L，对吗？"

漆黑人影慢慢点头。

李窈怀疑这是他随手指的一个字母，目的是让她闭嘴，别再逼他说话。反正她也不是真的关心他，一定要听到一个独一无二的名字，只是想跟他套套近乎，缓和一下僵持的气氛，于是欣然接受了这个简洁的名字。

L不用说话，十分满意；李窈性命无虞，也十分满意。

那两个喽啰不太满意了。喽啰甲往地上啐了一口，一脸阴狠地说："喂，姓李的，老子在这里站了这么久，你是不是该过来打声招呼？一直跟你那个玩cosplay（角色扮演）的男友卿卿我我的……怎么，你觉得他装神弄鬼，踩个高跷就能救你是吧？"

喽啰乙继续放狠话："刚刚老大发消息过来，说你现在心术不正，与其等你以后捅我们一刀，不如现在就把你给捅了……"

狠话放到一半，喽啰乙忽然觉得李窈后面的那个漆黑人影有些眼熟。

等他想起来时，一切都已经晚了——漆黑人影抬起一只手，像昨天那样做了一个抓取的姿势。只见那两个喽啰立刻双脚离地，咽喉仿佛被什么东西钳制住一般，发出"咔嚓"的脆响，两颗头颅被硬生生地扯了下来！

血箭飘射，雨雾湿冷而阴森，很快汇聚成一摊淡红色的血泊，场面比"活人熔化"还要恐怖，还要让人心底发毛。

漆黑人影转过身，垂下森冷的金属面具，"看"向李窈，慢慢地张开双臂。

他的身高超过两米，张开双臂时，投射下来的影子简直是一个漆黑恐怖的庞然大物。

李窈毫不怀疑，他那双手拥有十万多千克的恐怖力量，根本不需要做出张开双臂那么复杂的姿势，就可以轻易地绞断她的脖子。而且，她仍然没有从他的身上感受到恶意。他似乎只是想向她讨要一个……拥抱？

很明显，他把"拥抱"理解成了一种必需的、友好的社交行为——刚才他替她解决了麻烦，所以她应该还他一个拥抱，就像之前一样。

李窈深深吸气，飞快地抱了一下漆黑人影。

然后，她趁屿城警察到来之前，抓住漆黑人影的手指……把他带回了家。

这显然是一个错误的决定。可能是因为她每次见到漆黑人影时都是在暴风雨天气，雨雾遮蔽了大部分视线，再加上漆黑人影表现得异常温顺，对她毫无恶意，她并没有感觉到多少压迫感。

直到进入狭窄的房间，她才意识到自己领了一头极具侵略性的大型掠食动物回家。

她把自己和野兽关在了一起。这一想法令她打了个寒战，后背渗出一层薄薄的冷汗。

漆黑人影站在房屋中央，头微垂，似乎在打量周围的布置。

他的金属面具上没有眼洞，也没有呼吸孔，漆黑光滑，反射出窗外霓虹灯的冷色调的紫蓝色光芒。

不过，他似乎可以通过某种途径捕捉到空气中的气味分子。

于是，李窈站在旁边，看着漆黑人影俯下身去，依次……嗅闻她家里的摆设。

这简直是难以形容的一幕。

她住的地方层高勉强符合国际标准，但对于漆黑人影来说，仍然显得极其狭窄。

逼仄昏暗的房间，高大得有些恐怖的人影，强壮到接近精密的身形。

漆黑人影像囚笼一样把她禁锢在自己的家里。

她甚至没办法避开他的影子。

他闻着闻着，闻到了她的床上。

李窈浑身紧绷地看着他伸出两根手指，拿起她随手扔在床上的裙子，低下头，做了一个嗅闻的动作。

白炽灯下，他的手指显得极其修长，几乎到了瘆人的地步，手臂关节与关节的配合、肌肉与青筋的收缩，比任何一种已知的掠食性动物都要灵活矫健。

李窈一点儿也不怀疑，他能像撕碎手上那条裙子一样撕碎她的脑袋……等等，裙子？！

她这间屋子没有客厅，没有浴室，没有厨房。只有卧室以及安装在卧室角落的马桶和洗漱台。

这意味着，她早上脱下来的衣服都在床上，包括她之前为了扮演女高中生，在二手市场淘的那一套廉价校服。

这时，漆黑人影闻完手上的裙子，顿了一下，似乎在思考如何处置，半晌，轻轻地放回了床上，动作十分小心礼貌。

李窈心情复杂地看着这一幕，还没来得及松一口气，就看到他弯下腰，似乎想去捡地上的长筒袜。

李窈："……"

假如漆黑人影是人类男性，她会毫不犹豫地抄起撬棍砸向他的后脑勺儿。

但他不是。除了外形，他没有人类男性的任何特征……他的身上甚至没有人类的特征——连人性都没有。

因为没有人性，所以他可以冷血残忍地熔化活人；也因为没有人性，所以他的一举一动都显得极为纯粹，就像一头未经驯养的野兽，看似凶狠残忍，实际上无论是进食还是进攻，都出自生存本能。他没有善恶，没有道德，自然也不知道……不应该随便乱闻。

李窈不敢伸手阻拦，也不敢大声制止他的动作。

尽管现在动物都灭绝得差不多了，只有一小撮有钱人才养得起宠物，但穷人并没有被禁止看动物世界。李窈看过一部动物纪录片，上面说，面对大型掠食动物，姿势一定要放低，动作一定要缓慢，并且千万不能在其后面乱动。

虽然她不知道漆黑人影是什么品种的掠食动物，但不少掠食性动物即使直视前方，也能轻易地捕捉到身后的动静。

如果她一惊一乍，可能会激发他的猎杀本能。她可不想化成一摊烂泥。

李窈屏住呼吸，慢慢地上前一步。

漆黑人影似乎注意到了她的接近，但一动不动，没有任何反应。

李窈第一次庆幸屋子很小，走不到两步就能从漆黑人影手上夺回长筒袜。

谁知就在这时，变故忽然发生。漆黑人影毫无征兆地转过身，低下头，靠近李窈，金属面具几乎顶到她的鼻尖。

李窈头皮一炸，心脏差点儿从嗓子里蹦出来。她冻僵了似的定在原地，直直地望向漆黑人影的金属面具。

面具上什么都没有，无波无澜。

但她可以感觉到，他在"打量"她——问题是，他在"打量"哪里呢？他在以怎样的眼神"打量"她？呼吸是快是慢，表情是好奇还是愤怒……他又为什么"打量"她，是因为饥了、渴了，还是因为感觉到了冒犯？

李窈什么都不知道。这种一切都是未知，没办法揣测也没办法交流的感觉……太让人心惊胆战了。

李窈开始后悔把他带回家。

事已至此，她只能硬着头皮跟他交流："那个，L……你还没有告诉我，你为什么站在那里……等了我那么久？"

漆黑人影顿了一下，似乎在思考，又似乎只是在"看"她。

李窈不动声色地后退了一小步。

半分钟过去，他"盯"着她，金属面具里发出一阵意味不明的"咕噜"声。

李窈：啥玩意儿？

她甚至不知道这个"咕噜"声是从什么部位发出来的。她只能深吸一口气，强行在脸上撑出一个明媚的笑容："L，你可以说话吗？不用太多……几个字，两个字都行！"

漆黑人影却猛地后退了一步。很明显，他是真的很不喜欢说话，连听见"说话"两个字都会表现出强烈的抵触情绪。

李窈完全不知道该怎么办，思来想去，开始拼命回忆各种动物纪录片的内容。

纪录片里好像说过，大多数动物都喜欢轻柔、尖细的嗓音，因为高频的声音通常代表友善、愉悦，低频的声音则象征着挑衅和威胁。

李窈看了看漆黑人影高大得可怕的身躯，一咬牙，把他当成可爱的小猫小狗，用甜腻的嗓音问道："L……可以说话吗？求你了。"

这一次，漆黑人影没有再后退。但他全身上下的骨骼肌都重重地收缩了一下，幅度之大，肉眼可见，尤其是大腿上的肌肉，连青筋都猛地暴突了起来，仿佛受到了某种强烈的刺激，下一刻就会用手掐住她的喉咙，毫不犹豫地绞断她的脖子。

李窈的心脏剧烈地收缩了一下，她屏住呼吸，攥紧拳头，指甲差点儿掐进肉里，才勉强压制住逃跑的本能。

与此同时，漆黑人影终于缓缓开口，声音嘶哑、生涩，每一个字都透着强烈的不情愿："你说，会帮我。"

李窈轻声问："你希望我帮你什么呢？"

"离开，这里。"他说，"这不是我的身体。我的，在那边。帮我，谢谢。"

说完这句有史以来最长的一段话后，无论她再怎么掐着嗓子说话，他都不肯开口了。

李窈只能像猜谜似的去猜这段话的意思——

"离开，这里。"这句话很好理解，漆黑人影明显不是人类，也不愿意像人类一样说话。他似乎对人类的文明十分抵触，即使变幻出拟态，也只是象征性地化为人形，脸上甚至没有五官。无论是过于高大的身形，还是金属面具似的面庞，都表明了他对人类的态度——排斥、抗拒、不接受。

"这不是我的身体。我的，在那边。帮我，谢谢。"这三句话的信息量则有些超标了。

第一句，这不是他的身体，那是谁的身体？联想到他身上那些漆黑密集的裂缝，李窈整个人顿时一阵毛骨悚然，不敢再深想下去。

后两句话听上去非常容易理解，却引出了无数个疑问——"我的"是什么？"那边"又是哪边？她帮他，除了"谢谢"，有没有实质性的报酬？

这些关键性信息，他都没有说，是不懂，还是装不懂？

李窈敢怒不敢言。

就在这时，门板突然沉重地震动起来，力道之大，连天花板都"簌簌"地落下一堆墙灰，有人在外面狠狠地拍门。

"咚咚咚——咚咚咚——"

紧接着，光头阴狠的嗓音在外面响起："李窈，开门！我数到三，再不开门，我直接放火把这栋楼烧了！"

李窈听见光头的声音，脸色顿时微微一变，差点儿破口大骂。

她还没来得及把漆黑人影拉到自己这边！

光头来得太巧了。漆黑人影如此强大，身形修长到骇人的程度，可以同时隔空撕扯下两个人的头颅，完全可以寻求更加强有力的帮助。而光头注射过巨量睾酮，又接受过生化改造，身高足有一米九，胳膊比她的腰还粗，身材健壮而精悍，眼神狠毒逼人。她和光头站在一起，任何人都会忽视她，选择接受光头的帮助。

漆黑人影思维简单，没有人性，纯粹到近乎冷血。正因为如此，他更加不可能选择她——她太普通了，无论是头脑还是身手都平平无奇，每次世界发生巨变，她都是那个被时代的一粒尘土压得狼狈不堪的人。

那天，如果不是漆黑人影出手救下她，她本该死在绿毛小混混儿的手上。就算她勉强摆脱了绿毛小混混儿，也逃不过光头的那两个喽啰的追杀。

她本该像这座城市的其他人一样，心怀梦想地出生，猝不及防地死去。漆黑人影救了她两次，两次都彻底改变了她的命运。很明显，这一次，她不会再有之前那样的好运气了。她必须自救。

李窈看了漆黑人影一眼。

他的金属面具纹丝不动，他就像是没有听见光头沉重而激烈的拍门声一般。

这时候也来不及分析他的肢体动作了，李窈贴地往后一滚，抄起粘在床底的钩索枪，瞄准玻璃窗，扣下扳机——"砰！"钩爪犹如利箭般破空而出，"嗖"的一声，猛地嵌入窗台。

与此同时，门板发出不堪重负的"嘎吱"声响，就在门被踹开的前一刻，李窈三步并作两步，一个冲刺，单手撑住窗台，纵身一跃而下！

她什么都没想，脑子里只有一个念头——逃！逃得越远越好！

"砰"的一声，房门被踹开。光头大手一挥，领着一群喽啰，举着撬棍、钢管气势汹汹地冲了进来，却没能逮住李窈，只看到一个漆黑人影站在窗边，脸上戴着特制的金属面具，没有眼洞也没有呼吸孔，如同古代的某种诡异的刑具。

光头走过去，看到窗台上钩爪留下的痕迹，立刻明白了是怎么回事，转头吐了一口唾液："让她跑了！"

喽啰们也纷纷咒骂起来。一个喽啰瞥见漆黑人影一直一动不动地"盯"着窗外，朝光头邀功道："老大，他应该知道那个姓李的去哪儿了！"

光头转过身，眯起眼睛看向漆黑人影。

漆黑人影一动不动，金属面具森冷，如同一只巨大的眼睛。

那个喽啰其实有些惧怕漆黑人影身上那种无形的压迫感，但想到光头也在，鼓足了勇气审问道："你，别看了——我们老大有几句话想问你。"

漆黑人影微微垂下头，始终保持着望向窗外的姿势。

"少在这里装聋——我问你，你为什么会站在这里？你是李窈的什么人？你知道她去哪儿了吗？"

漆黑人影没有说话。

另一个喽啰见他"目中无人"，上前想要踹他一脚，还没靠近就感觉到一股恐怖的压迫感，耳边响起急刹车般的尖锐声响，五脏六腑像被铁丝绞紧了一般，呕吐欲直冲喉咙，"哇"的一声吐了一地。

其他喽啰站得比较远，没有感觉到那种古怪的压迫感，看到同伙狼狈地吐了一地，纷纷嘲笑他。

"滚滚滚，一边吐去！"

"你小子晚上吃了多少东西……吐这么多出来。"

"你不会是想给这个黑大个儿加餐吧？哈哈哈哈哈……"

有人无意间道破了真相："你不会是被吓吐的吧？"

那个喽啰惊惶不安地摆了摆手："怕什么？这种傻大个儿，咱们又不是没见过……估计是腿上装了什么义体。"

"这种增高义体都不是什么好东西，老了以后，脊椎和关节大概率会变形。你放心，他肯定打不过我们的！"

光头其实也有点儿发怵，听见这话，也得到了些许安慰——那种无法形容的压迫感，应该只是对方接近三米的身形带来的错觉。

自从义体进入大众视野后，每年都会出现几个"改造狂人"，有人甚至把自己的头骨换成了钛合金。

但这种人的下场一般都不太好，尤其是那个换钛合金头骨的人，据说后来整个脑袋都变成了一颗紫红肿胀的瘤子。

想到这里，光头彻底冷静了下来，甚至有些幸灾乐祸。

他走到漆黑人影的面前，抬手想要揭下对方的面具："你是真听不见我们说话，还是假听不见——"

就在这时，光头忽然感觉到了一股巨大的、浓烈的、极具冲击力的忧郁情绪。

几乎在一瞬间，他的眼眶就红了，泪水仿佛开闸的洪水一般汹涌而出。光头虎背熊腰，长得五大三粗，面容刀劈斧削般，透出一股阴狠之气，此时此刻却像孩子似的痛哭了起来，令人瞠目结舌。

旁边的喽啰看到这一幕，纷纷张大嘴巴，大气儿也不敢出，但没过几秒钟，他们的眼眶也红了，号丧似的痛哭流涕。所有人面面相觑，边哭边抹眼泪，摸不着头脑——这到底是怎么回事？

漆黑人影看着李窈离去的方向，情绪前所未有地低落——她骗了他，她抛弃了他。

他的视觉系统极为发达，可以感知到光线频谱的每一个细微变化。也就是说，他不仅可以看到可见光范围内的色彩和细节，还可以捕捉到人类无法感知的 X 射线和伽马射线。

为了接收庞杂的视觉信息，他不得不让这具身体长满了眼睛——是的，那些密密麻麻的黑色裂缝，其实都是他的眼睛。它们无处不在，甚至可以不受距离和遮挡物的限制，居高临下地俯瞰整座城市。

李窈不管逃到哪儿去，都躲不过他的注视。他随时可以把她捉回来。

所以，她为什么要逃呢？

漆黑人影有些忧郁。他以为她是个好人，甚至为她学会了拥抱和说话。

自从他来到这个世界以后，除了她的那一声"谢谢"，听到的全是肮脏不堪的污言秽语。他是发自内心地相信她，认为她会帮助他。

漆黑人影沉浸在自己的世界里，几分钟后才发现身边站满了人——虽然他的眼睛无处不在，但光头这群人的威胁性约等于无，对他来说，它们就像宇宙宏观视角下的一群爬虫。

即使是人类也不一定能注意到脚边的虫子，更何况是他。

漆黑人影顿了一下，仔细思索了片刻，忽然灵光一闪，明白了李窃为什么会逃走。

下一刻，正在号啕大哭的光头觉得内心的阴霾一扫而空，一颗心前所未有地轻快起来，充满了诡异的愉悦之情——他这辈子从来没有这么愉快过。

这种极端的情绪变化，让他本能地感到畏惧。

周围的喽啰都吓傻了。他们第一次看到光头露出这么怪异的表情——眼眶红肿，目光惊慌失措，嘴角却高高扬起，咧出一个兴高采烈的弧度。

但很快，他们也笑了起来——像光头一样，眼含热泪，嘴角却不自觉地向上扬起，让人心底发瘆。

"老……老大，"一个喽啰满面笑容，内心却恐惧到了极点，颤声问道，"这是怎么回事？"

光头也不知道是怎么回事，但又不能在小弟们面前露怯，于是一边怪异地微笑，一边迅速做出判断——应该是某种生化武器。

没错，很多化学物质和神经毒素都能刺激人流泪，比如洋葱、辣椒素，让人发笑的神经毒素虽然不多见，但并不是没有——有的神经毒素可以干扰神经传递，引起轻微的肌肉痉挛，看上去就像发笑一般……没什么好害怕的。

"估计是某种神经毒素，"光头冷笑道，"这个大个子学女人一样带防狼喷雾呢！大家一起上，把他的脑袋砍了，这毒素肯定就没了！"

喽啰们还未回应老大的命令，忽然感觉喉咙堵得厉害，反胃似的，滚烫的液体一股一股地往外流。几十秒钟过去，他们才发现，那是自己的鲜血和内脏碎片。

没人知道发生了什么，这一幕恐怖得超出人类的想象。

下一刻，空气中似乎发生了某种奇诡的变化，仿佛旋转的万花筒一般，刹那间折射出数不清的扭曲、变形的炫光。紧接着，那些炫光居然化为无数个漆黑的裂缝，密密麻麻、深邃恐怖，令人毛骨悚然。

更让人失语的是，那些裂缝像是有生命一般，居然在自行裂殖，以极其恐怖的速度增长着，不一会儿就布满了整间屋子。

随着漆黑裂缝越来越多，空气也像被抽干了似的，传来骇人的压力。

光头一行人仿佛骤然坠入几千米深的深海一样，骨骼、内脏瞬间溶解，化为一股股血水，顺着漆黑裂缝流了出去。

不仅屋内的人感觉到了可怕的压力，屋外的人也纷纷干呕起来。不少人都产生了诡异的幻觉，觉得天上长满了密集的眼睛……正居高临下地看着他们。

"神……"不知是谁喃喃了一句，"只有神的眼睛，才会无处不在……"

李窈也产生了轻微的反胃感。她捂着肚子，擦了一下额头上的热汗，怀疑是没吃早饭的原因。

话说回来，她一口气跑了这么远，漆黑人影应该找不到她了。很多食肉动物的视力都非常一般，追踪猎物时，相较于视觉，它们更依赖听觉和嗅觉。

想到漆黑人影嗅闻她衣物的动作，李窈大胆猜测，他的视力肯定也不怎么样。不然为什么那天，他只是站在原地等她，而没有追上来——倾盆暴雨掩盖了她的气味和脚步声。

白天的贫民区跟暴雨天没什么区别，人声嘈杂至极。贫民区一般与商业区相接，窄巷上方就是高楼大厦，霓虹灯、广告牌、全息投影、悬浮广告车等正在轮番闪烁，到处都是炫光，到处都是噪声。

即使漆黑人影是丛林的顶级猎手，到了这片钢筋森林，也得夹着尾巴走路。

李窈紧绷的神经稍稍放松了一些，决定先去吃个饭。

她跑得太仓促了，屋里的东西都没有带。还好自从 8 岁那年惨遭

"塌房"以后，她就养成了随身携带重要物品的习惯，上厕所也把枪别在裤腰带上。

不过，屋子里还有很多值钱的小东西。

最重要的是，房子是租的。要是光头弄坏了什么东西，她还得灰溜溜地给他擦屁股。

等漆黑人影见到光头后，应该会像问她一样，问光头能不能帮忙。光头这人极端慕强，是社会达尔文主义的终极拥趸，只要漆黑人影表现出压倒性的实力，光头就会忙不迭地答应下来。

唉，只能等他们离开后，她再回去收拾烂摊子了，顺便退租，打包行李，换一个地方生活。

在屿城生活了这么多年，忽然要离开，她还有点儿舍不得。虽然这座城市烂到透顶，多灾多难，尤其是 4 岁那年出现的变异种，吓得她痛哭流涕、瑟瑟发抖，将近半年不敢踏出家门。直到母亲往她的手里塞了一把枪，把她带到天台上，让她瞄准变异种，一枪爆头。

小时候她什么都不懂，还觉得生物科技怪好的，居然专门做了一把杀变异种的枪，给他们这些手无缚鸡之力的人防身。现在想想，那明明是生物科技制造出来的怪物，他们却趁机推出了针对变异种的武器，狠狠捞了一笔。后来，他们似乎嫌捞得不够多，甚至越过国际监管机构，推出了儿童版本，号称更小的体积、更快的射速、更小的后坐力，让 3 岁以上的儿童也可轻松秒杀变异种。

在这样的环境下长大，每个人多多少少都有点儿心理疾病，但精神类药物同样被生物科技垄断了。

没有哪个屿城人能绕开"生物科技"这四个字——生物科技是一家巨型垄断公司，除了制药、基因工程和生物义体，还涉及医疗、能源、物流、安保和媒体等行业。变异种事件以后，生物科技甚至顺理成章地涉足了武器行业。

想到这里，李窈忽然觉得，自己其实也没有这么留恋这座城市。

她找到一家便利店，走进去，买了一碗拉面，一边嗦面条一边看电视新闻。

"近日，我市和新自由城部分城市发生了一系列奇特现象，引发广泛的关注和激烈的讨论。

"据目击者称，他们目睹一颗巨行星正在撞向地球……这种令人惊讶的景象也在我市出现，多位目击者一致声称，他们在天空上看到了很多眼睛。

"网上的一些信仰者坚称这是一种神圣的迹象，预示着某种神明力量即将降临，他们将这些眼睛称为'神的注视'。

"当然，不少网友对此持怀疑态度，认为这可能是科技的产物或者其他未知的现象，希望科学家能够给出更加可靠的解释。

"与此同时，需要注意的是，不少目击者在目睹这些景象后，均出现了头晕、干呕等不良反应，引起了生物学家的关注。

"目前，生物科技的研究员们正在对这种现象展开研究，试图找出其中的关系和原因。他们推测，这些不适症状可能与目击到的奇异景象有关，但具体的影响机制尚不清楚。

"观众朋友们，今天的新闻播报完了，感谢大家收看，希望你们度过一个平安的夜晚。"

干呕、头晕？李窈想到自己之前那种轻微的反胃感，有些不安——会跟漆黑人影有关吗？

不对，新闻上说除了屿城，新自由国的其他城市也发生了类似的异象。漆黑人影再厉害，也不可能影响到其他城市吧？

这么想着，李窈又镇定了下来，继续嗦面条。

结账的时候，她听见邻桌的两个人在低声交谈："黑市那边太惨了，到处都是血……"

"芯片疯子不是早就没了吗？"

"这年头到处都是疯子，没了芯片疯子，还有义体疯子，公司巴不得你得病，然后去找他们买药治病。"

黑市就是李窈住的地方，一个什么都卖的贫民窟。

她心里有不好的预感，出去的时候查了一下新闻，没有相关报道，又在论坛上搜了一下关键词，果然找到了相关帖子。

有人说，看到光头闯进去以后，没过多久，鲜血就渗出了门缝儿。

李窈被光头压迫了太久，对他有一种天然的畏惧，第一反应是光头把漆黑人影宰了。她想到了漆黑人影会接受光头的帮助，却没想到光头会杀了漆黑人影。

漆黑人影很强，但人类总能杀死比自己强百倍的生物。比如变异种，比如之前那个寄生在城市每一寸角落的八爪鱼怪物。

李窈从来没有这么愧疚过，心脏紧缩似的剧痛。

她垂下脑袋，重重地吸了一下鼻子。漆黑人影救了她两次，她却害他死于非命。

她不能再逃了——光头不是漆黑人影，会站在原地等她，大概率会派人守着地铁口和公交站，假如她继续逃跑，反而会落到光头的手里。

这时，最危险的地方反倒成了最安全的地方。她得回去一趟，看看到底发生了什么。

李窈离开的这段时间，漆黑人影一边清理血迹，一边仔细地观察她屋内的摆设。

她的床头摆放着一个类纸阅读器，里面下载了很多电子书。漆黑人影不太想阅读人类的文字，但他和李窈的交流似乎出现了一些问题——假如她了解他的全部实力的话，就不会如此仓促地逃跑了。

他需要李窈的帮助，不想再出现今天这样的交流障碍。

光头和喽啰们的反应让他意识到一件事，人类的面部表情如此丰富，假如他有一张人类的脸庞，也许不需要语言就能跟李窈实现无障碍沟通。

当然，既然他需要李窈的帮助，他会想办法让这张脸符合李窈的喜好。

从电子书里，他也许可以找到李窈对于人类脸庞的偏好。漆黑人影拿着类纸阅读器顿了片刻，终于打开，进入了书架。

第一本书，《恐怖机械之爱》。简介：赛博时代，义体已成为人们不可缺少的一部分。他，改造超过80%，半人半机械，早已失去人类的特征，但他是如此迷恋你。你让他的心电植入体加快、过热，近乎发烫。

第二本书，《危险改造人》。简介：他被注射了一种特殊的药剂，化身为恐怖的蜥蜴人，绿色鳞片迅速覆盖了他的半边身体，他的指甲在弯曲，兽性在膨胀，眼中充满了猎杀的欲望，而你，是他第一个看到的人。

第三本书，《赛博时代十大未解之谜》。简介：究竟是谁引发了变异种之祸？著名学者陈侧柏智商为什么可以达到240？寄生整座城市的触足究竟来自哪里？AI真的成了生物科技的CEO吗？高科公司CEO的妻子为什么会出现在钞票上……

…………

漆黑人影耐心地看了很久很久，得出一个结论：李窈似乎只喜欢一部分的人脸。

他不由得有些窃喜：只需要变出一部分的人脸，总比整张脸都像人类好。

这个世界的恶意是如此浓重，他刚刚来到这里时，正好撞见一对夫妻在吵架，男人激动得脸红脖子粗，不仅扇了女人一巴掌，还举起扳手，准备砸向她的后脑勺儿。

电光石火间，他居高临下地破窗而入，伸出一只手，把男人的脑袋攥出了红白相间的脑花。女人却尖叫不止，惊恐万分地瞪着他，抄起茶几上的手枪，"砰砰砰"对他连开十多枪。

他感到忧郁极了——这对夫妻在27楼吵架，他特意从底楼走到了27楼来帮她，她却用枪口对准他。

他沉思了片刻，没有杀掉女人，忧郁地从墙上下去了——是的，他直接走了高楼大厦的外墙。

大厦下面站满了人。所有人都在议论他、偷瞟他，目光恐惧、好奇、惊疑不定。他落地的一瞬间，人群中甚至传来了惊恐的尖叫声，他们如鸟兽般一哄而散。

他意识到可能是自己的外形不够讨喜。于是，他根据回忆，用外骨骼变幻出一件垂至膝盖的黑色大衣，遮住全身上下密集的眼睛。想到人们惊恐害怕的表情，他又变幻出一副金属面具，遮住脸上密密麻麻的尖齿。

但人们仍然十分害怕他。

直到他碰见李窈——她对他说"谢谢"，甚至主动给了他一个拥抱。

他愿意为她变幻出一张符合她的审美的脸庞。

漆黑人影放下类纸阅读器，找到一面镜子，注视着自己的镜像。只见金属面具缓缓地裂开，再度暴露出他恐怖的真面目——这一次，里面出现了人类的五官，年轻俊俏，面相温和，令人倍感亲切，但很快，人类的五官再度裂开，浮现出爬行动物的鳞片，眼球脱落，森白的骨头清晰可见。

这一次，他和李窈的交流肯定不会再有问题了。

李窈赶回贫民区时，已经是后半夜。

暴雨停歇，空气中弥漫着腐烂的气息，以及一股下水道堵塞的恶臭气味。这很正常，因为整个贫民区就是一个巨大的下水道。

她轻手轻脚地走进自己的楼栋，可能是因为发生了谋杀案，今天一个撬锁的人也没有。她一路畅通无阻地走到了自己的楼层。

没有血液，也没有人声，新闻是谣传，还是光头收拾了现场后离开了？

李窈有些疑惑，迟疑片刻，决定赌一把，轻轻地推开了虚掩的房门。

下一刻，她看到了一个高大得有些恐怖的人影——漆黑人影没有死！她倏地松了一口气，绷紧的神经松弛下来以后，一股酸涩感直冲鼻子，想到漆黑人影喜欢拥抱，她毫不犹豫地冲过去抱住了他。

"对不起，"她有些哽咽，"我不该丢下你……你没事就好，那群人没有为难你吧？"

漆黑人影一动不动，任由她紧紧地抱住，没有说话。

想到他不愿意说话，李窈抬起头，打算观察他的肢体动作，泪眼婆娑间，却看到了一张极其惊悚的脸庞。

她根本无法形容这张脸庞，因为任何一部恐怖片都没有这么设计过怪物，完全是一张乱七八糟地拼凑而出的脸庞——人脸、骷髅、爬行动物的鳞片……由于毫无章法，呈现出一种怪异荒诞的恐怖场景。

李窈平时看小说的时候，喜欢看怪物爱上女主的剧情，但并不代表在现实中看到怪物也会喜欢，她只会觉得毛骨悚然。

幸好这两天她的心理素质飞速成长，看到这张脸，她只是愣住，没有尖叫出声。

但她的头脑仍然是蒙的，只有一个隐约的潜意识告诉她——她可能认识这个怪物。

灵光一闪，她有些茫然地喃喃问道："L？"

漆黑人影点了点头。

李窈不知道该做出怎样的表情，沉默片刻，她问道："这是……你摘了面具的样子吗？"

李窈的表情相当复杂，超出了漆黑人影的理解范围。他思考了很久，也没能破译她的面部表情，只能出声问道："你，不喜欢吗？"

她为什么会喜欢这种东西？！

李窈正要说话，漆黑人影却拿出了一个极薄的设备。她定睛一看，居然是一个类纸阅读器。刹那间，不好的预感从她的脑中闪过，等她反应过来这是自己的阅读器，伸手想要阻止时，漆黑人影已经打开了阅读器，点开了人声朗读：

"近距离地看他的那张脸，她几乎心脏骤停——也不知道他是怎么想到用这副模样来吓唬她的，简直像恐怖片里实验失败的怪物。

"随着他情绪的剧烈起伏，他身上的仿生构件也异常地运行起来，发出古怪的机械嗡鸣声。

"他另一半脸上的裂隙也越来越大，暴露出错综复杂的机械组件，脸上渗出的银白色液体如同一条条恐怖的金属蛇，从裂隙里流淌而出，蠕动至姜蔻的面前，牢牢地扣住她的脖颈、手腕和脚踝……"

李窈："……"

漆黑人影又选了一段，电子合成音继续声情并茂地朗读道：

"仓库内，透明的黏物质无声地蠕动着，伸缩着，活物似的搏动着，裂殖出一只只修长而骨节分明的'人手'。

"这样的手在他的身上时，是宛如艺术品一般的存在，每一条微微凸起的静脉血管，都有一种难以言喻的禁欲美感。

"但当它们单独存在时，更像是无数只死人的手。

"只见无数只人手从四面八方僵硬地伸向她。

"与主体一样，呈现出随时准备捕猎的姿态。"

李窈："这是小说！我在小说里喜欢不代表在现实里也喜欢！"

漆黑人影低下头，转动眼珠，看着她的面部表情，终于明白她不喜欢这张脸庞。他的脸上没有任何表情，李窈却感觉到一股庞大的忧郁气息当头笼罩而下。

他难过的样子简直比这张脸庞还要难以形容，脸上、手上和背上所有漆黑的裂缝都渗出透明的液体，仿佛水龙头一样"哗哗"地往下流水，不一会儿，地上就积起了一个小小的水洼。

李窈起初以为他在流汗，还在纳闷儿他为什么要流汗，过了片刻才反应过来——他在流泪，只不过人类是用眼睛流泪，他是全身上下都在流泪！

她蒙了，但即使如此她也没办法违心地说自己喜欢这张脸，想了想，她只能去翻找毛巾，想要把那些眼泪堵住。

漆黑人影沉默着，看着她满屋找毛巾，安静地流泪。

很快，地板就变得湿漉漉的，跟下雨没关窗户似的。

等李窈找到足够的毛巾时，漆黑人影的眼泪已经止住了，但家具都浸泡在了泪水里，尽管都是一些廉价家具，但房东知道后肯定会狠狠地讹她一笔。

李窈搂着一大堆毛巾，一屁股坐在床上，深深地叹了一口气。这种时候，她又感觉漆黑人影的长相没那么可怕了——还是穷更可怕一些。

而且，她的反应似乎过激了。漆黑人影如此反感人类，却为了她变出了一张人类的脸庞——虽然人类的特征在那张脸上只占三分之一。

她却大声地告诉他自己不喜欢，怪不得他会哭得……那么厉害。

李窈想了想，抬眼望向漆黑人影，却发现他不在窗边了。

他难过到不告而别了？她一惊，下意识地站起身，却看到他正在低头拖地。

屋内有漏水口，她平时也会打扫卫生，拖把就在洗手台旁边，漆黑人影似乎注意到了地上的积水，主动拿起拖把，试图把地上的眼泪拖干。

李窈不由得有些恍惚。

说起来，她的人生是如此"平凡"、如此"普通"：4 岁碰到变异种，8 岁被触手怪弄塌房子，18 岁靠听反 AI 讲座实现菜籽油自由，20 岁被世界上最强大的人工智能清空毕业论文，21 岁亲身经历十大未解之谜之一——高科公司 CEO 的妻子为什么会出现在钞票上。

现在，她 22 岁，碰到一个两米多高的漆黑人影，他全身上下会像水龙头似的"哗哗"流泪，眼泪之多，甚至可以淹没地板，他还会自觉地把眼泪拖向漏水口，她感觉自己也没必要表现得特别震惊。

有那么一瞬间，她甚至产生了一种幻觉——她真的是个普通人吗？有没有可能，是她的自我认知出现了某种偏差，其实她也没有那么普通，不然怎么可能会看到这么古怪的场景？

等她的思绪漫游结束以后，漆黑人影已经拖完地，开始拿抹布擦家具了——他甚至知道这个破房子的家具不能泡水。

李窈震惊过后，再度被愧疚之情笼罩，心脏像被一万只螃蟹夹过似的疼痛："对不起，我不该那么跟你说话。"

漆黑人影的身形仍然高大得有些恐怖，却因为拿着抹布，莫名其妙地显得有些可怜。

他沉默着，一边擦家具，一边摇了摇头。

李窈咬咬牙，继续说道："其实，这张脸也没有那么可怕，只是人看到幻想中的事物变成现实，第一反应总是恐惧，等我适应以后，说不定就喜欢了！"

漆黑人影停下擦家具的动作，抬头看向她。

李窈看着他那张怪异又恐怖的脸庞，心脏"怦怦"狂跳，不知是否心理建设做过头的原因，有那么一瞬间，她居然觉得也没有想象中的那么可怕……当然还是有些可怕的。

她深深呼吸，走过去，再次给了他一个拥抱："谢谢你帮我赶跑光头，也谢谢你一直站在这里等我，更谢谢你……偷看我的阅读器，变出这么一张脸来……哄我开心。"

她艰难地说完这句话，才呼出一口气，继续说道："我会帮你离开这里，找到你的身体。

"我保证，从现在开始，除非找到你的身体，我不会再离开你了。别难过了，好吗？"

她的话音落下，仿佛拨云见日一般，屋内的气氛瞬间由阴转晴。

漆黑人影垂下眼睛，看着李窈，缓缓地点了点头，意思是他不难过了。

李窈强迫自己忽略漆黑人影脸上的非人特征，专注地欣赏他的人类五官，意外地发现非常好看，甚至可以说独一无二。

可能是因为相由心生，他的五官相当俊朗，眉眼干净纯粹，尤其是眼神，放松下来后，瞳孔骤然扩大，几乎占据了整个虹膜，简直跟小动物一模一样。

李窈强忍住摸他脑袋的冲动——她这个身高也摸不到他的脑袋——去拿了一块抹布，跟他一起擦家具。

直到天亮，他们才收拾完家里的积水。

李窈怕光头折返回来打击报复，马上联系房东退租。

不知房东听到了什么风声，毫不犹豫地答应下来，甚至没有上门检查房屋的损坏情况。李窈猜测，房东可能已经知道了昨晚的房门渗血事件，巴不得她这个瘟神赶紧搬走。

从退租到收拾行李，漆黑人影一直安静地坐在旁边，看她来回踱步，打电话，艰难地拖拽行李箱，一件一件地往里塞东西。

他太大了，帮不了这么精细的忙，只能干看着。

李窈想了想，摸出一副无线耳机递给他："你有耳朵吗？"

漆黑人影低下头，看了看她手上的耳机，又看了看她的耳朵，脸庞两侧缓缓地浮现出一对一模一样的人耳，他伸手接过她递来的耳机。

李窈手把手地教他："塞进去。"

漆黑人影看着她的动作，用两根极其修长的手指捏住耳机，轻轻地塞进自己的耳朵。

李窈打开手机，选了一首比较舒缓的钢琴乐，随着进度条往前推进，压抑的气氛逐渐松弛了下来。

李窈松了一口气——刚才漆黑人影坐在旁边看她独自打包行李时，气氛压抑得几乎可以拧出水来。

他也太容易忧郁了吧！还好他很好哄。

李窈怕他再把注意力转移到她的身上来，下载了一个不需要充钱的游戏让他玩。

这个游戏设计出来是给宠物解闷儿的，因为养宠物的人很少，而且都是有钱人，游戏没有花里胡哨的界面，也没有铺天盖地的充值活动，点开就可以玩。

游戏很简单，几条鱼在屏幕上游动，点一下，就会有一张网兜从天而降，将鱼捞走。

随着捕捉的鱼越来越多，鱼游动的速度也会越来越快，有时甚至会预判玩家的操作，故意避开网兜落下的位置。对宠物可能有点儿难，但对漆黑人影来说刚刚好。

漆黑人影拿着李窈的手机，捉鱼捉得目不转睛。

他就像一个情绪放大器，喜怒哀乐，旁边的人都能精准地感知到。整个玩游戏的过程中，李窈能感觉到他的好奇、兴奋、喜悦、满足……鱼从手上溜走的气馁和恼怒，以及逐渐膨胀的好胜心。

李窈："……"

见他的目光越来越冷漠专注，瞳孔紧缩成针，仿佛进入捕猎状态的野兽一般，李窈连忙把手机拿走了。

漆黑人影顿了一下，抬头看向她，线状瞳孔缓缓扩大，恢复了纯粹无害的圆形。他似乎不明白手机为什么被收缴了。

李窈："听歌吧。"

漆黑人影点了点头，没有异议。

但很快，听歌也出现了问题。李窈其实不爱听纯音乐，歌单里大多数都是R&B（节奏蓝调）、摇滚音乐和电子音乐，这些风格的歌曲很容易跟爱情和……欲望挂钩。

等李窈发现播放器随机到一首R&B歌曲时，已经晚了。

漆黑人影已经听了一分多钟。

"I know what I want, so come try this.（我知道自己想要什么，所以来试试吧。）

"Baby read my lips.（宝贝，看我的嘴唇。）

"Let me make your night top it off with a kiss.（让我使你的夜晚更加完美，以吻谢幕。）"

李窈："……"

好巧不巧，这首歌几乎每一句词都充满了黏腻拉丝的暗示。尤其是那句"read my lips"，本身不是"看我的嘴唇"的意思，但在这里莫名其妙地有了一种命令对方看向自己的嘴唇，强迫对方从唇上读出渴望的意味。

果然，漆黑人影听到这里，眼珠转动，视线移到了她的唇上。

这首歌的唱腔黏腻而柔滑，他居然听懂了。

李窈假装没有看到他的目光，继续收拾东西。漆黑人影的视线却再也没有从她的唇上移开过。他的视线纯粹、直白，没有任何令人不适的暗示，可能正因为如此，李窈才觉得他的目光存在感极其强烈，完全无法忽视。

她只能抬起头，干咳一声，问道："怎么了？"

她暗暗祈祷他问一个可以简单回答的问题。

漆黑人影却只是盯着她的唇，没有说话。

他的眼睛是深灰色的，瞳孔扩大，占满眼眶时，会化为纯粹的漆黑。因此，当他十分专注地盯着一个人时，会让人感觉……瘆得慌。李窈被他看得浑身僵硬，后脑勺儿一抽一抽似的发麻。气氛紧绷寂静，她似乎可以听见心跳的声音，一声一声，越来越急促，越来越沉重。

不知过去了多久，漆黑人影终于开口问道："为什么，我，读不了，你的嘴唇？"

李窈倏地松了一口气：太好了，他理解的是字面意思！

"不知道。"她故作轻松地笑道，"你为什么要读我的嘴唇？"

漆黑人影仍然专注地盯着她的嘴唇。

李窈以为他不会回答。毕竟他惜字如金，能不说话就不说话。

然而片刻过后，他居然一字一顿地说道："我，想知道，你在想什么。"

李窈一愣。

漆黑人影看着她，缓缓地伸出一只手。

李窈亲眼见过他伸手绞断其他人的脖颈，心底下意识地蹿起一丝寒意，侧头避开了他的触碰。

漆黑人影注意到她的紧张，顿了一下，慢慢地放下了手。

空气再度变得压抑而潮湿，仿佛酷暑天气，下暴雨的前一晚，闷得她迅速出了一身黏汗——很明显，他又陷入了忧郁的情绪。

要是放任他一直难过下去，很快她就会被闷得喘不过气。

李窈看向他的手。

他的手掌很大，手指修长到瘆人的地步，骨节粗大而分明，每一次抬起、放下，都能看见肌肉的紧绷与收缩、青筋的凸起和搏动。毫无疑问，他的手充满了攻击性，这是一双用于掠夺与杀戮的手。

没有猎物会让掠食者接近自己的弱点，但她这么晾着他，让他一直难过下去……也不是办法。

李窈叹了一口气，凑过去轻轻地握住了他的手。

这是她第二次握住他的手，上一次是在瓢泼的暴雨里。

他的手掌太大了，她一只手只能握住他的一根手指。他的体温很低，几乎跟冰块差不多，冻得她打了个哆嗦。

直接触碰他的手指，她才发现他的肌肉比她想象的还要坚硬，仿佛冰冷而沉重的岩石，青筋充满了躁动的生命力，她握上去时，甚至能感觉到他的青筋在轻轻跳动。

他的眼神纯粹、平静、毫无攻击性，肌肉与青筋却充满攻击性。

李窈的喉咙一阵发紧。她咽了一口唾液，抬起他的手掌，伸向自己的脸颊。

空气似乎不再那么潮湿了，却仍然闷热，并且越来越热。

漆黑人影抬起眼，捕捉到了她的视线。

李窈的嗓子已经有些哑了，她问他："你刚刚想摸哪里？"

漆黑人影盯着她的唇，手指一点点地伸了过去。他的指腹冷而粗糙，几乎跟她的嘴唇一样大。他碰到她的唇瓣时，寒意渗入唇纹，迅速流贯全身，她不由得起了一身鸡皮疙瘩。

这是一个非常怪异的场景：漆黑人影的身形庞大恐怖，目光却专注而纯粹，他小心翼翼地触碰着她的唇瓣。

他的手臂几乎跟她的身高一样长，手指也长得令人心底发痒，她却仰起头，任他触碰。双方似乎都忘了，只要他一个用力，就可以轻易地用手指贯穿她的颅骨。

几秒钟后，漆黑人影缓缓地放下手。他看了看自己的手指，似乎有些困惑。

李窈并不打算解答他的困惑，垂下头，继续收拾东西。

就在这时，漆黑人影冷不丁地开口说道："很软。"

李窈愣了一下，才反应过来他在说她的嘴唇。

不等她说话，他再一次伸出手。她惊讶时会无意识地微微张口，他很容易地伸进了她的口中，触碰到了她的舌尖。这种感觉简直难以形容，她像是毫无征兆地吃了一根冰棍儿。

李窈的脸颊猛地涨红了。

在她发飙的前一秒钟，漆黑人影收回了手指。

一缕透明的唾液丝被带了出来，在半空中绷断、坠落。他低下头，闻了闻指腹上残留的唾液。

李窈看着这一幕，浑身僵硬，头皮都麻了，心脏"怦怦"狂跳，怕他做出一些无法解释的事情。

还好他只是嗅闻，片刻后，他有些困惑地说："什么都闻不出来。"

李窈不知道他要闻什么，也不想知道，声音紧绷地说："因为我勤刷牙……好了！胡闹结束，不准再碰我了！"

她这句话说得声色俱厉，漆黑人影便不再动了，只是看着她。

她的唇边黏着一缕唾液丝，但她并不知道。假如他伸手帮她擦掉，她肯定会生气。

他思考了片刻，下一刻，空气中突然裂开一道无形的裂缝，他仿佛唇对唇一般，一点点地吮掉了那缕唾液丝。

这样她就不会生气了，他想。

李窈收拾完东西，想起上次没有问出口的问题："L，你还没有告诉我，你真正的身体在哪里。"她怕他说不清楚，想了想，又补充道，"你不用告诉我具体位置，只需要告诉我在哪个国家，附近有什么特征就行了！"

漆黑人影陷入沉思。

李窈望着他，耐心等待。

漆黑人影垂下脑袋，对上她的目光，思绪莫名其妙地飘远了。

李窈皮肤白皙，眼睛大而明澈，第一眼看上去颇为清丽无辜，但再看两眼就会发现，她的眉毛弯而浓密，鼻梁高挺，嘴唇总是抿得紧紧的，透出一股桀骜不驯的野性。

漆黑人影不知道什么是"喜欢"，也不知道什么是"好看"，只知道看着李窈的眼睛，他就会像听了一首动听的音乐般，感到心旷神怡。

他盯着她的眼睛，看了很久很久，胸口有什么东西沉重地跳动起来，又痒又麻，让他很想把手伸进去挠一挠。

李窈以为他在回忆自己的身体在哪里，没有出声打扰他。

谁知下一刻，漆黑人影突然朝她伸出一只手，摊开掌心，里面居然是一把匕首。

李窈从来没有见过这么特别的匕首——没有刀柄，只有一截长而狭窄的刀刃，森寒而锋利，不像匕首，倒像是三棱刺。

她疑惑地看向漆黑人影。

漆黑人影目光灼灼地望着她，手往前面送了送，似乎在催促她收下。

李窈完全无法抗拒这么炽烈的眼神，只好接过来仔细观察，却发现上面什么都没有——没有花纹，没有制造地点，没有品牌信息。

"这是？"她有些摸不着头脑。

漆黑人影伸出食指。

李窈没有看懂："你想让我把这把刀放在你的食指上？"

他摇头。

李窈琢磨片刻，大惊失色："你想让我砍掉你的食指！"

可能是因为她提到了有攻击性的行为，他的瞳孔猛地紧缩成针，眼神变得冷漠而充满警惕，喉咙里发出不赞同的"咕噜"声，他继续摇头。

李窈："你就不能直接告诉我这是什么吗？"他又不是不会说话，一定要这样打哑谜吗？

漆黑人影不是不想说话，是不好意思……直接告诉她。

他没有道德，没有感情，对人类社会的规则一窍不通，但他有羞耻心。

他的羞耻心跟普通人类不太一样——他并不觉得触碰李窈的唇瓣是一件令人羞耻的事情，也不觉得利用空气裂缝吮掉她唇边的唾液丝应该感到羞耻。

但他突然发现，把自己的骨头……送给她，有些羞耻，尤其是……她一直握着那根骨头，反复打量。

他看着这一幕，觉得自己的食指隐隐地有些发痒，如有蚂蚁咬啮一般发麻发痒，仿佛她打量的不是已经脱落的骨头，而是他身上的骨头。

在这种情况下，他根本无法开口告诉她，这是他的指骨。

李窈等了半天，也没有等到答案，只能收起这把匕首。

因为没有刀柄，她用拳击绷带在刀头上缠了几圈，绑在了自己的大腿上。

她经常穿裙子，假装柔弱无辜，习惯从大腿上拔刀拔枪——几乎没人会防范一个小姑娘的裙底。

尽管漆黑人影死活不告诉她这是什么，但这毕竟是他送的礼物。李窈仰起头，对他粲然一笑："谢谢你的礼物，我很喜欢。"

这一次，她没有用那种甜得发腻的嗓音说话，他却听得头皮发麻，从头皮到神经末梢、脊椎骨，再到手上的所有指骨，全部都过电似的发麻。

他从不为被感谢而感到害羞——事实上，他收到的所有"谢谢"都来自李窈——然而这时，他害羞得想要杀人。

她喜欢他的指骨，把他的指骨绑在自己的大腿上。

他第一次被人类这么喜欢。人们见到他总是号哭，四处逃窜，李窈这么喜欢他，他兴奋、激动又羞耻，差点儿控制不住情绪，一把扯下她的脑袋。

李窈不知道自己的脑袋差点儿被扯下来，她在纠结该搬到哪儿去。

漆黑人影不肯告诉她自己真正的身体在哪儿，她只好自己猜测——80%的可能性在某个公司那里。

根据漆黑人影现在的身高，也只有公司才能收容他真正的身体。

问题是，哪一家公司？

这是一个由公司统治的世界，大大小小的公司数不胜数，但真正具有垄断地位的巨型公司只有三家，分别是生物科技、高科公司以及奥米集团。

与另外两家巨型公司不同的是，奥米集团是一家航空航天军工公司，在航空航天领域占据难以想象的垄断地位，有世界上规模最大的航空航天产业和月球基地，甚至可以承接国际航天合作项目。最近几年，奥米集团似乎对月球殖民计划非常感兴趣，一直想进一步开发月球上的研究基地，发展月球旅游业。

假如是奥米集团的话，一切都说得通了——漆黑人影是地外生物，奥米集团在探索外太空的时候，不小心把他带回了地球。

李窈想了想，打开手机，搜索"奥米集团"，点开集团网站的宣传图："你的身体是在这个地方吗？"

宣传图上矗立着奥米集团的公司大厦，宏伟、高大、阴冷，如同一座即将起飞的宇宙飞船，外墙由全玻璃幕墙构成，底楼中央是一个巨大的天井，自下而上望去，可以看到茂密的绿植、半透明的电梯轿厢以及冷色调的天光。

漆黑人影看了一眼，缓缓地点了点头。

李窈高兴得差点儿跳起来："太棒了！"

她觉得自己简直聪明绝顶，居然在漆黑人影一言不发的情况下，把他的来历推测出来了！

漆黑人影盯着她亮闪闪的眼睛，觉得胸口有什么东西跳得更重更快了。

她真关心他。

这一发现让他心旷神怡，想要送更多东西给她。但他担心那种头皮发麻的感觉再度出现，担心自己控制不住内心的激动之情，把她撕成碎片。他只能沉默着，安静地为她的关心感到开心。

李窈高兴得太早了。

她发现，奥米集团的总部在新自由国——把她卖了，她也凑不到去新自由国的机票钱。李窈开始查屿城距离新自由国有多远，能不能让漆黑人影背着她走过去。

很快，搜索引擎给出了答案——1.2万千米。

李窈整个人都消沉了下去。

漆黑人影看着她明亮的眼睛灰暗了下去，伸出一根手指，轻轻碰了碰她的脸颊，喉咙里发出困惑的"咕噜"声。

李窈没有理他。

他意识到，这是一个必须出声询问的问题。

一边是李窈，一边是开口说话，他权衡了将近半分钟，终于开口问道："你，怎么了？"

李窈闷闷地道："我太穷了。"

"穷？"

"就是没钱，没钱就不能去新自由国，就不能去帮你找身体……"

她说着，忽然意识到一件事，"等下，你是怎么从那里走到屿城的？"

漆黑人影站了起来。随着他起立，周围的空气逐渐扭曲、裂开，半空中浮现出上百个黑色裂缝，汇聚成一个闪烁着奇特炫光的巨型旋涡。她仔细看的话，可以看到无数画面在里面旋转，似乎是不小心被卷入的平行宇宙。

李窈甚至看到了自己被枪杀的画面——那天，她勉强逃过了绿毛小混混儿的追杀，不想再跟着光头干下去，第二天她还没睁开眼睛，就死在了光头的枪下。鲜血浸透了廉价的床垫，一滴一滴地滴落下去，积成一摊血泊。

下一刻，她的眼睛被一只冰冷粗糙的巨手捂住了。

漆黑人影捂住她的眼睛，声音平静、缓慢："不要看，那不是你。"他第一次主动说这么长一段话，居然是在安慰她，"我会保护你。你不会，再受到伤害。"

其实按照人类的逻辑，他现在不该安慰她，也不该做出这样的承诺，而是该告诉她，那就是她原本的下场。

假如她不能帮他找到真正的身体，她仍然会死去，就像其他平行宇宙里的她一样。只有那样，她才会恐惧又感激，无条件地服从他。

然而，他没有。像是怕她感到害怕，他甚至伸手捂住了她的眼睛。

李窈没有说话，转过身重重地抱住漆黑人影。

他太高了，她只能勉强抱住他的腰，眼睛也差不多只能看到他的腰部往上一点点。

这是一个令人尴尬的身高差，李窈正要松开他，漆黑人影却俯身抱起她，让她坐在自己的手臂上。

李窈的心一惊，下意识地搂住他的脖子。

漆黑人影就这样抱着她，走进巨大的旋涡之中。

随着李窈的视线被炫光覆盖，周围的景象发生巨变，肮脏、污秽的窄巷棚屋消失不见，一座座高楼大厦拔地而起，全息广告铺天盖地，令人眼花缭乱。

不到几秒钟的时间，他们就从屿城来到了新自由国——奥米集团的总部。

漆黑人影感觉到了李窈的好奇、快乐的情绪，不知为什么，这一次他完全无法与她感同身受，只觉得很不舒服。

李窈很轻，坐在他的手臂上，跟一片羽毛没什么区别，他却浑身不适。

她的呼吸，她的情绪，她的重量，她环在他脖子上的手臂，都让他感到汗毛倒竖，胸口疼痛。

他不应该让自己处于如此不适的环境中。

她非常脆弱，毫无还手之力。他可以轻易地拧断她的脖子，甚至不需要做出"拧断"的动作，只需要按一下她的脑袋，她的颅骨就会骤然破裂，脑浆横流。然后，他就可以从这种不适的状态中解脱了。

可是，他迟迟没有动手，是因为需要她帮他找到身体吗？

漆黑人影不知道。他只知道自己不适极了，全身上下的骨骼肌几乎紧绷成了石头，瞳孔也紧缩成针，他随时会进入狂躁的狩猎状态。

就在这时，他的脸上突然传来温热柔软的感觉。他倏地转头，一动不动地盯着她。

李窈用嘴唇碰了碰他的脸颊。

"谢谢你，"她又对他道谢，"你真厉害！"她在夸他，"说起来，这还是我第一次走出屿城……"

后面她在说什么，他渐渐听不清了。

她的嘴唇跟他想象中的一样软，他体内的不适感却在加重。他头皮发麻，全身上下的骨骼肌包括胸口都陷入了恐怖的麻痹状态，他第一次体会到喘不上气的窒息感——她的嘴唇上有毒。

她根本不关心他，也不喜欢他。

她想要杀死他，跟其他人类一样。

早知如此，他就该杀了她。

李窈的话说到一半，只觉得一阵失重感骤然袭来——她下意识地贴地一滚，单手撑在地上，避免脸着地，抬头一看，发现漆黑人影不见了。

什么情况？他用那个巨大的旋涡把她送到新自由国，然后转头跑了？

李窈茫然地站在原地，一时间竟不知道自己该去哪里。

她想了半天，决定先找个住处再说。

幸好漆黑人影把她的行李也带过来了，不然她身无分文，晚上估计得露宿街头。

她之前来过这里一次，本想在这里定居，却被恐怖的治安劝退了——新自由国的治安比屿城还要糟糕，每次她路过十一街区时，都能听见激烈开火的声音，有一次甚至听见了手榴弹爆炸的轰然巨响。

当时，她简直震撼到极点，虽然十一街区是出了名的治安不好，但好歹是五大区之一，治安怎么着都不可能差到这个地步吧？

无时无刻不在火并就算了，为什么会有人扔手榴弹啊？！

李窈在新自由国战战兢兢地待了半个月，发现自己并不适合做自由梦，飞快地溜了。

现在，故地重游。她的内心其实颇为忐忑。

此时此刻，李窈早就忘了自己对漆黑人影说的那句"这还是我第一次走出屿城"——作为职业骗子，她有时候会本能地说一些对自己有利的谎话。

李窈提起行李箱，往前走去。

不知是不是另外两个垄断公司高层频繁变动的缘故，近几年，奥米集团的发展速度几乎到了骇人的地步。放眼望去，地上、墙上、天上全是奥米集团的全息广告。

李窈简单打量了一下四周，她现在应该在贫民区——街道两边全是废弃的房屋和汽车，即便如此，广告还是铺天盖地地填满了每一个地方。

半空中，一辆巨大的悬浮车驶过，车身上是奥米集团的经典广告语，一行简短而优雅的斜体英文——

Moonbound, sound, profound.

月亮之旅，稳健之路，深远之志。

马路上方是一个巨大的 LED 屏，上面满是弹孔和撬棍留下的划痕，但勉强能看清图像。

一阵欢呼声过后，只见主持人穿着亮紫色的西装，系着橙黄色的领带，如同一只花枝招展的雄鸡，满面笑容地登场了："近来的市场变化可真让人热血沸腾，大家听说了吗？没错，生物科技的老大又换了，新上任的不是别人，而是一个超级 AI！

"是的，你没听错，我的朋友们，这不是笑话——一个机器人正在领导一家市值上千亿的公司！

"更让人惊掉下巴的是，对面的高科也开始跟风，换上了新的 CEO，难道他们是约好了要一起搅动股市风云吗？"

主持人"啪"的一声，打了个响指，眉飞色舞地继续道："这两家大公司都疯了。什么都别说了，我的朋友们，准备好喊出你们的最新投资目标了吗？

"一、二、三——没错，说的正是奥米集团！"

观众席上爆发出雷鸣般的掌声，主持人两手高举，做了个安静的手势，示意大家少安毋躁："在这场生物科技和高科公司的争霸赛中，我们的老奥米坐享渔翁之利，股价正在稳步上升！"

话音落下，一幅股票上涨图在演播厅中冉冉升起。

主持人的语气逐渐变得激昂："在这个疯狂的世界，你唯一能相信的，只有自己的眼睛和钱包。

"所以，对于即将冲向月球的奥米集团，你的选择应该只有一个——买！买！买！

"这个世界烂透了，但好在月球还是一片净土，没有枪声，没有老鼠，没有蟑螂！让我们搭上奥米集团的火箭，朝这片乐土前进吧！

"那句话怎么说的来着，只有最前沿的科技，才能走得更远。不管是生物科技的超级 AI，还是高科公司的神秘 CEO，都阻挡不住我们迈向美好生活的步伐！"

…………

即使是李窈这种对公司竞争一窍不通的普通人，也看出来了这个节目的赞助商是奥米集团。

奥米集团虽然是三大巨头之一，但因为航空、航天和殖民月球计划离普通人的生活太过遥远，股市表现一直不如另外两家垄断公司。不知道是不是近几年怪事频发的缘故，奥米集团的股价突然一路飙升，风评远超生物科技和高科公司，网友们也对"移民月球"表现出强烈的意愿，纷纷表示愿意成为第一批移民。

要不是漆黑人影，李窈原本也对移民月球抱有不切实际的幻想——地面上的生活太糟糕了，谁不想去月球重新开始？

现在，她完全打消了这个想法。不知道奥米集团在月球上搞什么，把漆黑人影这种怪物都招来了。真的移民过去，估计只会沦为垄断公司开发月球的炮灰。

李窈摇摇头，随便找了一家廉价旅馆住了进去。

她一晚上没睡，困得不行，一走进房间，眼皮就不住地向下耷拉，扑倒在床上，昏睡了过去。

几乎是她闭上眼睛的一瞬间，半空中就缓缓地浮现出一个高大的漆黑人影。他自上而下地紧盯着李窈，脸上戴着一副森冷的金属面具——之前变幻出来的那副面容是为了迎合李窈的审美，发现李窈试图毒杀他以后，那副面容就消失了。

漆黑人影没想到李窈会杀他。

直到现在，他都还能感觉到那种恐怖的麻痹感。他可以适应各种极端环境，高压、高温、高辐射，甚至是高度混乱的电磁场，但那是他第一次体会到全身僵硬的感觉。

最可怕的是，随着时间的流逝，那种僵硬、麻痹的感觉非但没有消失，反而愈演愈烈。现在，他光是看着她，胸腔都会像火烧一般，涌起古怪的刺灼疼痛感——如果这不是中毒，那什么才是中毒？

漆黑人影眼神冰冷地俯视着李窈，一只手扣住她的脖颈，金属面具无声无息地裂开，暴露出密密麻麻的尖利牙齿，上下颌张开到极限时，最大角度甚至达到了恐怖狰狞的 150 度。

只要他想，他随时可以把她撕扯成残肢碎骨。

李窈睡到一半，感觉脖子上沉甸甸的，难受极了。她太困了，勉强把眼睛撑开一条缝儿，隐约看到一个高大得有些恐怖的漆黑人影。

因为体形过于修长，过于强壮，漆黑人影如同阴冷诡异的庞大梦魇一般，他几乎占据了整个狭窄的客房，令人毛骨悚然。

"L？"她一困，说话就容易带鼻音，听上去就像在撒娇一样，"怎么一到这里，你就不见了？"

漆黑人影没有说话。

李窈脖颈上沉甸甸的感觉倏地一轻，她闭着眼睛，伸手一摸，果然摸到了一只冰冷粗糙的大手，手背上的青筋微微凸起。

他似乎很不自在，她摸到他的手背时，感觉到他的青筋重重地跳了一下，汗毛也一根一根地竖了起来。

李窈也不太舒服，干脆拍了拍他的手："可以松开吗？有点儿疼。"

话音落下，她脖子上沉甸甸的感觉迅速消失了。

漆黑人影猛地收回了手。

不知过去了多久，就在她快要重新进入梦乡时，一个低沉、嘶哑、生涩的声音才在她的耳边响起："你，为什么，要用嘴唇碰我的脸？"

李窈困得要死，满脑子都是继续睡觉，心里想什么就直接说了出来："为了向你示好。你喜欢拥抱，应该也喜欢亲吻，不是吗？"

"亲吻？"

"嗯。"李窈眼含困倦的热泪，哈欠连天，"你不是对我的嘴唇很感兴趣吗？我以为你想要亲吻……"

这一次，漆黑人影停顿了将近半分钟，才慢慢地说道："我，不明白。"

"你不明白什么？"李窈又打了个哈欠，有些不耐烦了。

漆黑人影沉默了，他不确定要不要把自己的弱点告诉她。假如她知道，他只要被她亲一下，全身上下都会陷入恐怖的麻痹状态，然后一直亲他，直到他失去抵抗能力，他该怎么办？

他也是第一次知道，人类的嘴唇是如此可怕，轻轻地碰他的脸颊一下，都会让他的手脚僵硬到极点，动弹不得。

不过，既然李窈没有恶意，那他就不用杀她了，只是以后必须远离她的嘴唇，禁止她亲吻自己。

"这是最后一次。"半晌，他一字一顿地说道，"以后，你不能再用，嘴唇，碰我的脸。"

李窈等了半天，就等到这一句话，不由得有些莫名其妙："好好好，知道了！"她打了个大大的哈欠，"以后我不会再亲你了！我好困……有什么事明天再说吧，我先睡了。"

她果然是个好人，毫不犹豫地放弃了自己制胜的武器。漆黑人影非常满意。

但不知为什么，他胸口的不适感还在加重，手指也有些酸麻。

他冷漠而警惕地看着李窈，怀疑她又亲了他一下，但没有证据，只好站在客房的角落里，捂着胸口疑神疑鬼，提防睡梦中的李窈突然坐起，跑过来亲他。

李窈一觉睡到了第二天下午。

她睁开眼睛，对上了漆黑人影的金属面具。

他坐在床边，头微微垂下，金属面具如同冷硬的铁罩，严丝合缝地焊在他的面部轮廓上，不知道他是在沉思，还是在休息。

说实话，她一睁眼就看到一副全封闭的金属面具，没有眼洞，也没有呼吸孔，真的怪瘆人的。

李窈不动声色地呼出一口气："L？"

漆黑人影转过头，"看"向她。

"你一晚上都坐在这里吗？"

漆黑人影点了点头。

李窈嘴角微抽："你不用睡觉吗？"

漆黑人影"看"着她，半晌，冷不丁地开口道："我在，观察。"

"观察？"李窈一头雾水，"观察什么？"她坐起身，左右张望，没有发现任何异样。

漆黑人影一直"看"着她，金属面具纹丝不动，视线冰冷。不知是不是她的错觉，她感觉漆黑人影的眼神变得非常警惕，仿佛她是什么洪水猛兽一般，他虽然不至于动手杀了她，但也不会再像之前一样亲近她。

她好像什么都没做吧？又不是她一到新自由国就消失得无影无踪。

想到自己打不过漆黑人影，李窈假装没有感觉到他警惕的目光，忍气吞声地继续问道："可以跟我说说，你在观察什么吗？"

"你。"漆黑人影缓慢地开口，"我在，观察你。我想弄清楚你的口腔构造。"

昨晚的回忆蓦地涌上心头，原来她被他吵醒，直到保证再也不会用嘴唇碰他，才被允许睡过去……不是梦。

他警惕成这样，不会是怕被她亲吧？难道在他的种族里，被亲有可能失去性命？

也不是没这个可能，同一个国家，不同的地域都有可能形成极大的文化差异，更何况不同的物种。比如，在人类世界里，"太阳照常升起"通常用来描述平静、祥和的场景；但在一个明天不知道会升起几颗太阳的世界里，这句话就成了一句恶毒的诅咒。

李窈精神上表示理解，身体上却起了一层鸡皮疙瘩——她并不想知道漆黑人影是怎么观察她的口腔构造的。

就在这时，漆黑人影倏地伸手，扣住她的下巴，用大拇指撬开她的齿列，强迫她张开口，低头仔细地观察她的口腔。

随着他的头逐渐低下，金属面具骤然裂开，露出一张人类的脸庞。

这一次，他没有再加"她喜欢的"怪诞元素，就是一张普通的俊朗面容——冷白肤色，轮廓立体而分明，五官干净，鼻梁高挺，眼角微微下垂，看上去十分温和，毫无侵略性。他却顶着这样一张脸，直勾勾地盯着她的牙齿和软腭……这也太奇怪了！他还不如用那张恐怖的脸。

李窈被他盯得浑身不自在，心脏"怦怦"狂跳。

"我，观察了一晚上。"漆黑人影保持着低头的姿势，一字一顿地说道，"你的口腔尺寸很小，上下颌最大只能张开到 4 厘米左右，门齿扁平，缺乏撕咬能力。这意味着，你无法咬下同类的头颅。"

她为什么要咬下同类的头颅？不对，他为什么突然说了这么多话？他对她的口腔构造的兴趣，已经超过了对开口说话的不适吗？

"你的牙齿很少，"他盯着她的口腔，将手指探进去，摸到了她的后槽牙，"结构很简单，没有毒腺，也没有齿舌，黏膜柔软而脆弱。"

"这说明，你的口腔只能用来咀嚼食物，没有猎食和防御功能。"他微微歪头，眼神困惑极了，"所以，你是怎么让我中毒的？你的毒腺藏在哪里？"

他的手指本就极其修长，几乎到了骇人的地步，骨节分明而灵活，指腹冰冷而粗糙，不用完全探进去，都能碰到她的后牙……再往里一些，他甚至能碰到她的咽喉。

李窈被他摸得汗毛都炸了，一把推开他："我没有毒腺！谁知道你是怎么中毒的？"

漆黑人影看着自己的手指，上面粘着李窈的唾液丝，透明、黏腻。

他低头，把手指放在鼻子前闻了闻，又舔了一下，语气平静："你的唾液的确没有毒性，但并不能证明你没有毒腺。"说着，他抬眼看向李窈，"如果你没有毒腺。必须，向我证明。"

"……"

事情发展到这里，李窈终于明白他昨天为什么消失不见了——漆黑人影被她亲了一下，可能是因为文化乃至文明的差异，他感觉到了强烈的不适，怀疑她对他下了毒，迅速逃离了她。半夜，他又回到她的身边，仔细观察她的口腔，试图找到她的毒腺。即使她已经保证再也不会亲他，他仍然对此耿耿于怀，非常想要摘除她口中的"毒腺"，彻底消灭这个潜在威胁，连开口说话的不适感都不在乎了。

李窈只能庆幸，他观察她口腔的动作还算轻柔，没有把她的下巴整脱臼。

只是，她要怎么向他证明自己没有毒腺呢——再亲他一下？李窈怕他一气之下把她的脖子拧断。她是不敢再亲他了。

李窈一阵头疼，片刻后，她灵光一闪："这样，我带你去一个地方，去了以后，你就知道我没有骗你了。"

"不过……"她上下打量了一眼漆黑人影，"你得把身形变小点儿。"

李窈跟着导航找了半天，终于找到了目的地。

这一条街全是各种各样的夜总会，光天化日之下，也能看到明灭闪烁的红蓝霓虹灯。

落地橱窗里，男男女女衣着浮夸单薄，跟随着音乐节奏不断地搔首弄姿。

李窈并不打算为了这种事情花钱，她随便找了一个夜总会，霓虹招牌上方正在播放夜总会的宣传广告，伴随着满屏幕的粉红泡泡和鲜红嘴唇，几对男女拥吻到一起。

"看到了吗？"李窈大松一口气，在心里感激新自由国发达的风俗行业，语气诚恳地说道，"我没有骗你吧，在人类社会，亲吻是一种表达友好的行为。"

漆黑人影抬起眼，看向半空中的 LED 屏幕。

他的身高缩到了一米九左右，在人群中仍然高大得可怕，配合着一张干净纯粹的俊朗面容，违和感极强，不少人都在回头看他。

屏幕上的画面不断切换，男男女女搂搂抱抱，嘴唇贴合又分开。

李窈没有骗他，至少在这个社会里，用嘴唇触碰另一个人的脸颊或嘴唇，的确是一种表达友好或亲近的方式。

但为什么当时，他的半边身体都陷入了恐怖的麻痹状态呢？

漆黑人影一动不动地盯着屏幕，全神贯注，完全没有要移开视线的意思。在他看来，那就是两个人形生物互相触碰嘴唇，没有恶意，也没有那种令人胸口发麻的感觉。然而，当他试图把其中一个人形生物想象成李窈时，居然感觉到了前所未有的愤怒。为什么会这样？

他又试图把另一个人形生物想象成自己，胸口居然一阵阵发麻，半边身体再度陷入那种恐怖的麻痹状态。

这一次，李窈的嘴唇不在他的脸上。

这说明，她说的是实话。她没有对他下毒。都是他自己的心理作用。

这时，一个男人走了过来。那个男人相貌英俊，穿着半透明的衬衫，胸肌若隐若现，身高跟现在的漆黑人影不相上下。

漆黑人影用余光捕捉到那个男人的动作，转过头，直勾勾地盯着他。

那个男人被吓了一跳，低咒一声，走到李窈身边，露出职业化的笑容："小姐，一个人？找到伴儿了吗？"

漆黑人影盯着那个男人，鼻子微微耸动——那个男人身上的气味太复杂了，有男有女，充斥着汗味和香水味。

漆黑人影看到那个男人的一瞬间，瞳孔就紧缩成针状，进入了警惕状态。他不知道自己为什么要警惕，甚至不知道自己为什么要注意那个男人，只觉得焦躁不安，很不舒服。

这里的一切都让他不舒服极了——到处都是打量李窈的视线，混乱复杂的气味，嘈杂高亢的声音。

在这里，李窈既是猎物，也是猎人——那个男人，就是被她吸引，主动送上门的猎物。

就像想象屏幕上的人形生物是李窈时那样，他对这一情景感到前所未有的愤怒。

就在这时，那个男人离李窈更近了一些，一只手搭在李窈的肩膀上："我的场子就在旁边……要不要试试？"

他的气味污染了李窈。

漆黑人影的眼睛瞬间爬满了漆黑恐怖的裂纹。

不能让这个人靠近李窈……远离、远离、远离，必须远离！！！

他仍然不懂亲吻这种让人浑身不适的行为为什么是一种表达友好的行为，也不懂自己为什么如此愤怒，更不懂为什么自己不想让别人靠近李窈。他只知道，李窈的身上不能有其他人的气味。

李窈正在考虑要不要买下这个男人，当着漆黑人影的面，跟这个男人亲一下，以此证明自己的嘴没有毒。

下一刻，周围传来震耳欲聋的尖叫声："啊啊啊啊啊！怪物……怪物……有怪物……"

她猛地转过头，看到漆黑人影死死地盯着那个男人，上下颌倏地张开，露出密集锋锐的尖齿。

他的眉眼仍然干净纯粹，眼角微微下垂，看上去温和而亲切，毫无攻击性。然而，他的上下颌形成了一个可怕的角度，足以撕扯下任何一个人的头颅。

怪不得他评判她的口腔时，说她无法咬下同类的头颅。

李窈也被吓了一跳，后退一步。

这一动作似乎刺激到了漆黑人影。他的身形骤然拔高，恢复了高大得有些恐怖的身高。

他冷冷地盯着那个男人，上前一步，喉咙里发出警告的低吼声，声音嘶哑而生涩："不要，靠近她。"

淡紫色的霓虹灯忽闪忽灭，夜总会门口，女性全息投影性感美艳，身穿亮色比基尼，伴随着节奏激烈的音乐，不断地对路人眨眼，送出飞吻。由于程序设定，她们必须对每一个经过夜总会门口的客人做出飞吻的动作，但抱头逃窜的路人太多，导致她们的动作变得僵硬而卡顿，仿佛出现了某种未知的故障一般。

这简直是李窈见过的最恐怖的一幕，比看到漆黑人影隔空撕扯下两个人的头颅还要恐怖。

李窈看了半天，终于发现哪里恐怖了——在此之前，漆黑人影都是隔空绞断其他人的脖颈，这一次，他却伸手扣住了那个男人的脖子。

更恐怖的是，他似乎非常愤怒——漆黑人影的情绪能影响周围的人的心情。李窈站在旁边，也感受到了他的冰冷而沸腾的怒意，不由得有些心浮气躁。

不远处已有人怒吼一声，跟旁边的人扭打成一团。渐渐地，四面八方都是尖叫声、喘息声和不堪入耳的怒骂声。

李窈看得目瞪口呆。

这简直是精神污染。

更让她震惊的是，除了互相扭打的人，还有搂抱接吻的人。人群似乎一分为二，沉浸在两种截然不同的情绪中，一种是极致的暴力，另一种则是躁动的欲望。

为什么会有欲望？

李窈愕然地看向漆黑人影。他连亲吻代表友好都不知道，居然会有欲望？

李窈开始后悔把他带到这里来了。

而且，他闹出来的动静太大了。公司的监控摄像头无处不在，他估计已经引起公司的注意了。

她必须想办法让漆黑人影离开这里。

就在这时，一架警用无人机侦查到这边的异动，迅速飞过来，对漆黑人影射出扫描蓝光："警告，你已违反公共安全条例，请立即停止暴力行为并举起双手……警告，你已违反公共安全条例，请立即停止暴力行为并举起双手……"

漆黑人影看了一眼警用无人机。几乎是立刻，警用无人机就"刺啦"一声，电花爆闪，"砰"的一声坠落到地上——漆黑人影可以影响电子设备。看来，他之前任由那些人拍摄短视频上传到网上，不是无法阻止，是根本不在乎。

现在，他看上去也不像在乎的样子，更像是陷入了难以抑制的暴怒情绪。

李窈咽了一口唾液。

他愤怒到这个地步，她还能安抚他吗？假如这时，她让他松开那个男子，他会不会把怒意转移到她的身上，继而攻击她？

李窈的手心里全是滑腻的冷汗，心脏几乎要蹦到喉咙。她一点儿也不想冒险救下那个男子，但也不想这么快就引起公司的注意，被公司的安保人员追得东躲西藏。

"L，"她上前一步，压抑着剧烈的心跳声，努力镇定地问道，"你在干什么？"

漆黑人影合上恐怖的上下颌，低下头，望向她。他仍然维持着人类的长相，长相俊朗，却因为眼角微微下垂，看上去温和冷静，毫无攻击性。

但不知是不是此时他愤怒至极的缘故，即使这副长相充满亲和力，也显现出一丝令人胆寒的攻击性，让人毛骨悚然。

"他……"漆黑人影缓缓地开口，"把手搭在你的身上。"

李窈："……"

不要告诉她，这就是他愤怒的原因。

她定了定神，继续问道："然后呢？"

漆黑人影抬头看向男子，眼神逐渐变得冷漠："他的气味，太杂，我很不喜欢。"

男子的表情惊恐万分，他浑身抖如筛糠，颤声道："我不敢了……我再也不敢了！求求你放过我……我以后保证勤洗澡，勤喷香水……再也不敢随便把手搭在别人身上了！"

漆黑人影不想听见这个人的声音，也不想跟他说话，思考了几秒钟，再度把上下颌张开到恐怖的程度，暴露出密集尖利的牙齿，低吼一声，示意对面的人闭嘴。

男子一个哆嗦，不敢再说话了。

李窈看着这一幕，眼角微微抽搐，大概知道漆黑人影为什么生气了。

在自然界，大多数动物都拥有非常强烈的领地意识。这样的动物一般对气味十分敏感，更何况漆黑人影这种靠气味辨识物体的大型掠食者。

这个男子每天接待的客人太多，身上的气味太过杂乱，靠近她的一瞬间，激发了漆黑人影的防卫性反应。

可能在漆黑人影看来，她是他的领地中的一员，男子把手放在她的肩上的行为，侵犯了他的领地的完整，所以他才会如此愤怒。

想到这里，李窈松了一口气，擦了擦额上的冷汗——找到原因就好办多了。

"对不起，"她仰起头，竭力露出诚恳的表情，"我不该让他把手放在我的肩上……我保证，下次不会再发生这种事了！"

漆黑人影听见这句话，合拢上下颌，微微歪头，把视线移到她的身上。但他的怒意并没有消失，瞳孔仍然紧缩着，眼神冰冷而警惕。

她想了想，继续诚恳地说道："我也很不喜欢他的气味。这样，你放下他，过来帮我覆盖掉他留下的气味……好吗？"

话音落下，漆黑人影的脸上倏地闪过一阵可怕的痉挛，似乎有无数只眼睛从皮肤底下凸了起来，又迅速消失不见。

"你，"漆黑人影看着她，那些难以计数的无形之眼似乎也在冷冷地注视着她，"想救他？"

李窈被他看得头皮发麻，冷汗直流。有那么一刹那，她甚至以为，他会猛地张口扯下她的头颅。

她的确想救下那个男子，但又不能欺骗漆黑人影……至少不能在他问出这句话以后还骗他。她有预感，如果她在这种时候骗他，所有人都会死得很惨。

李窈深吸一口气，大脑飞速运转。

她知道自己算不上聪明人，这个时候要小聪明也得不偿失，沉思片刻，她干脆实话实说："是，我想救他。"

漆黑人影盯着李窈，胸口传来剧烈到有些疼痛的心跳声。

这一刻，他的头脑完完全全是空白的。一秒钟后，他感觉到了强烈的愤怒、暴戾的愤怒、恐怖的愤怒——

她为什么想要救下这个男的？

她救下这个男的以后，想跟他干什么？

他有着高度发达的视觉系统，可以看见这条街上发生的每一件事情。在这里，到处都是这种人，他们会对李窈这样的女客发起邀请，带她们去廉价旅馆的房间，亲吻并讨好她们。

她想要救下这个男的，是不是因为她想接受这个男人的邀请，想跟这个男的单独待在一起，想跟这个男的嘴唇贴合？

"因为你！"李窈仰起头，大声喊道，"再过一会儿，警察就要来了！如果你杀死他的话，你会彻底成为他们口中的怪物……我不希望事情演变成这样……怪物都是可怕的、恐怖的、不被接受的……"

她上前一步，朝漆黑人影伸出手："在我看来，你不是怪物，你也不可怕、不恐怖……我不希望别人误会你。"

漆黑人影冷漠地看着她，瞳孔扩大一瞬后，又倏然缩小，不知道有没有听进去。

话都说到这个份儿上了，她只能硬着头皮继续说下去："最重要的是，我不想失去你。我知道你很厉害，谁都无法伤害你，但我怕警察把你从我身边夺走……你也看到了，我有多么弱小，甚至没办法打过光头……万一失去你，我一个人根本没办法活下去！"这是实话。

"所以，放下他，帮我覆盖掉身上的陌生气味，好吗？"

不知过去了多久，漆黑人影看着她的眼神依然愤怒而警惕，瞳孔却逐渐扩大成圆形，手上的力道也松懈了。

只听"砰"的一声，男子被扔到了一边。他颤颤巍巍地站起身，左右张望片刻，见没人注意他，脚底抹油——溜了。

李窈刚要松口气，下一刻，漆黑人影却俯身扣住了她的腰，强行把她抱了起来，放在自己的手臂上。她吓了一跳，立即抬手搂住他的脖子。

让她毛骨悚然的是，漆黑人影虽然放过了那个男子，但四面八方的扭打声、怒骂声和接吻现象却没有消失，反而越发激烈，充满了汗味、血腥味和急促的呼吸声——他的暴怒并没有消失，欲望也没有。

漆黑人影抱着她，抬起手往下一划。半空中倏然出现一个巨型旋涡。

李窈以为他要带她离开这里，谁知，穿过巨型旋涡之后，他们居然来到了整座城市的最高点。

整幢建筑冰冷而宏伟，高达 500 米，不包括地下层，一共有 104 层楼，此时，他们正站在尖塔之上，下方是一个观景台，可以俯瞰整座城市的繁华景色。

李窈不恐高，但是 500 米，周围还没有遮挡，是个人都想晕厥过去。

漆黑人影要干什么，把她从这里扔下去，让她摔得粉身碎骨、死无全尸吗？李窈下意识地搂住漆黑人影的脖子，两条腿紧紧地缠在他的手臂上。

漆黑人影看着她的动作，全身上下的骨骼肌再度一阵一阵地发麻，连手指关节都又酸又麻。奇怪的是，他却不再像之前那样愤怒、焦躁、不安。

他移开视线，看了看周围的景色，带李窈到这里来，是因为这里地势最高，空气最清新，没有古怪的喘息声，也没有混乱的气味。他希望她的身上保持干净。

但现在，他突然希望……她像那条街上的其他人一样亲他一下，亲在他的唇上。他有些好奇，她的嘴唇贴过来的感觉。

同时，他也有些担心自己会浑身发麻，失去行动能力。他更担心李窈像喜欢他的指骨一样，喜欢上跟他接吻。光是想一想，他都会感受到难以遏制的躁动，以及强烈的……羞耻。

她说不想失去他时，他也非常羞耻，胸口仿佛有蚂蚁爬过一般刺痒难耐，他差点儿拧断那个男子的脖子。

李窈太特别了。他来到这个世界以后，只有她会感谢他，关心他，教他听歌和打游戏，只有她会喜欢他的指骨，坐在他的手臂上，用嘴唇触碰他的脸颊；也只有她会说，不想失去他。

遇见她以后，他的情绪一直处于剧烈起伏的状态，这不是一个好兆头——再这样下去，他随时都有可能因为过于激动而忍不住撕碎她。

李窈恨不得手脚都粘在漆黑人影的手臂上　　可能是因为这里实在太高了，风声呼啸而过，她甚至感觉到世界在左右晃动。李窈一开始以为是自己太过紧张的错觉，几秒钟后，她才发现不是幻觉，脚底下的摩天大楼真的在左右晃动！

她的膝盖顿时有些发软，勾不住漆黑人影的手臂，从上面滑了下去。

电光石火间，漆黑人影一把握住她的腰，把她托举了回去。

李窈还没来得及松一口气，忽然感觉到一股强烈的忧郁气息。

她抬眼一看，正好对上漆黑人影的金属面具。他不知何时又戴上了那副全封闭的面具，覆盖住人类的五官，却没能覆盖住直勾勾的视线。

他一动不动地"盯"着她，灼热而直白，又有一股挥之不去的忧郁。

李窈：这个时候你忧郁个什么劲？你要忧郁也不要在这么高的地方忧郁啊！

李窈完全不相信漆黑人影，漆黑人影应该也不相信她，不然不会被她亲了一下后，就用冷漠而警惕的目光审视了她一晚上，试图从她的口腔中找出毒腺。

漆黑人影的很多行为都不可控。相较于人类，他简直是随心所欲、不可预测、无法控制——被亲一下，就消失不见；看到有人把手搭在她的肩上，就愤怒到失控；带她到500多米的高空上吹冷风。

如果不是她从小到大经历的怪事太多了，漆黑人影张开上下颌暴露出密密麻麻的尖齿时，她就该被吓晕过去了。

大多数公司员工都会接受格斗训练。李窈没有条件接受格斗训练，所有格斗技巧都是她在实战中一点点地摸索出来的。因此，她的胆子比正常人稍微大一些，但也仅此而已了。

要知道，把人带到高空中，可是最常见的刑讯手段。要不是她胆子大，知道漆黑人影还没有社会化到懂得刑讯，恐怕已经当场招供了——虽然她并不知道要招什么。

"L？"她清了清喉咙，努力镇定地问道，"你在想什么？"

自从遇到漆黑人影以来，她好像一直在说"你在想什么""你想干什么"。可见漆黑人影是真的"不稳定"，无法用人类的思维揣测。

她反复告诫自己这一点，怕等会儿不小心踩中他的逆鳞，被扔下500多米的摩天大楼。

漆黑人影头微垂，看着她，金属面具里传来嘶哑的声音："我，很难过。"

"你在难过什么？"

"我不想，"他一字一顿，"杀了你。"

李窈愣住，不知道该怎么回答，难道要说："太好了……我也不想被你杀死？"

说完这句话，漆黑人影不作声了。

很明显，她并没有意识到事情的严重性。现在，他只要看着她的脖颈，胸腔就会涌上一阵不正常的热意，又刺又痒的麻痹感从头皮蔓延至手指，让他控制不住地想要捏碎她的颈骨。除了她的颈骨，他还想捏碎她的手、腰、腿。

这是一种极其陌生的冲动。

对他而言，杀戮只是一种生存手段。他从不以杀戮取乐。他跟大多数动物一样，杀戮只是为了捕食、捍卫领地和自我防御。

这是他第一次出现这三种情况以外的杀戮冲动，这太奇怪了。

他低下头，看向自己的胸腔，很想让李窈告诉他这是怎么回事。但她总说一些让他激动不已的话。他好半天才压抑住那股不正常的热意，不想又被她用几句话激发出来。

漆黑人影戴上面具以后，目光似乎变得更加强烈了。

每次他低头看向她时，都不像自上而下地注视她，更像是从四面八方打量她。仿佛四面八方都是他的眼睛，密密麻麻的，一动不动，眨也不眨。

李窈呼吸一滞。

这时，漆黑人影伸出手，摊开手掌，示意她握住。他的手掌宽而大，指骨修长，青筋凸出而分明，触感冰冷而粗糙，她之前握过两次，只能勉强握住一根手指。

太冷了，再加上他们处于整座城市的最高点。李窈忍不住打了个冷战。

漆黑人影"盯"着她的手。

李窈背脊微僵，不知道他在看什么。漆黑人影却看得非常专注，头垂得很低，呼吸缓慢，冰冷的气息喷洒在她的头顶。

不知他想到了什么，他的手臂的骨骼肌重重地收缩了一下，青筋也轻轻地跳了两下，仿佛受到了某种非同寻常的刺激，以至手背都迸出一根粗壮的青筋。假如他有毛发的话，此刻肯定都乍开了。

李窈觉得……有点儿怪。

气氛很不对劲。漆黑人影的情绪可以像瘟疫一样肆虐。李窈没有多想，只当自己被他传染了不正常的情绪。下一刻，漆黑人影却"盯"着她的手指，冷不丁地说道："我想咬断你的手指。"

李窈：啥？她被打了一棍似的，蒙了，目瞪口呆地望着他，半晌才问道，"为什么？"

"我不知道。"漆黑人影回答，脸上的面具冰冷而坚硬，没有任何变化，"我也想知道原因。"

李窈大概懂了他的意思："所以，你的意思是……你一看到我，就想咬断我的手指……你不想杀死我，但你想知道原因，对吗？"

漆黑人影点了点头。

虽然但是，她怎么可能知道原因？！

漆黑人影思考片刻，继续说道："除了你的手指，我还想咬下你的脑袋。"

李窈汗毛倒竖，差点儿以为自己听错了："啊？"

"我快要控制不住了。"漆黑人影用平静无波的语气说出十分可怕的话，"我只要一看到你，就想杀死你。我不想杀死你。我不知道自己为什么会这样，你可以告诉我原因吗？"

李窈看不到自己的表情，但感觉肯定很精彩。

掠食者锋利的牙齿逐渐逼近，随时有可能咬穿她的咽喉，他的眼中既有冷漠的狩猎欲，也有尖锐的杀戮欲，他却在问她原因。

她怎么可能知道原因？她甚至不知道他是什么东西。就像大型掠食者会下意识地伏击背对着它们的动物一般，她可能只是不小心激发了他的狩猎本能。

猎物与掠食者，人类与非人生物，本就不可能和平相处。李窈并不意外漆黑人影想杀了她。她意外的是，他居然会为了这种近似于狩猎本能的冲动向她寻求帮助。虽然这种求助跟废话文学没什么两样，但至少给她指明了一个方向，让她不至于稀里糊涂地死掉。

李窈的大脑飞速运转起来——自从遇到漆黑人影后，她的头脑就一直在全速运转，要是能早一点儿遇到漆黑人影，她说不定能考个常青藤大学什么的，然后被公司二代顶替掉。

她不可能告诉漆黑人影真正的原因——你想杀我，不是因为你讨厌我，而是因为你处于食物链顶端。食物链就是这样，一环扣一环，捕食者与猎物，弱肉强食，适者生存。

她必须想办法糊弄过去。

时间一分一秒地流逝，李窈无法透过面具看到漆黑人影的目光，却感觉到了他干净、忧郁、充满求知欲的眼神——他非常真诚地在向她求助。当然，以他的善变，可能等下就会觉得求助来求助去，不如直接拧下她的脑袋。

所以，她的答案不能太过复杂，太复杂的答案，他可能理解不了。有什么答案简单易懂，两三句话就能说完，又能让她保住性命呢？李窈想得脑子都快烧起来了。

突然，她想到了一个绝佳的答案，但也有可能……引火烧身。

李窈深吸一口气，不知道该不该说出来。

这时，漆黑人影脸上的金属面具骤然裂开，露出俊朗的人类五官。

他的情绪仍然不怎么高涨，眼睫低垂，显得眼型越发狭长而下垂，目光像动物一样单纯，看上去居然有些可怜——假如他没有用猫看鸟儿的眼神盯着她的手指看的话。

"控制不住。"他看了片刻，开口说道，"想要捏断，撕烂。"

李窈听得毛骨悚然。管不了那么多了！她紧张地说道："我知道这是怎么回事！"

漆黑人影看向她。

实话实说，他有一张非常符合她的审美的脸庞——眉骨高，鼻梁挺，眼眶立体，眼型却微微下垂，中和了眉眼间距过窄带来的攻击性。

这是一张让人记忆深刻的脸庞。

五官俊朗立体，轮廓凌厉分明，气质却温和干净，就像他的眼神一样，空白、纯粹，没有感情，也没有善恶，看到她时，眼中却会露出只有看到猎物时才会出现的冷酷杀意。

她对这张脸又恐惧又喜欢。

可能是因为恐惧会激发人的自卫机制，此时，她的心脏"怦怦"狂跳，手脚又僵又麻，肾上腺素飙升，居然开始分不清究竟是恐惧多一些，还是……喜欢多一些。

"你说。"漆黑人影说。

"你以前是不是从来没有出现过这种情况？"李窈努力镇定地问他。

"没有。"他回答。

"那就对了！"李窈咽了一口唾液，"这种情况其实很好理解……我有时候也会出现这种情况。"

他顿了一下，有些困惑："你，也会？"

"是啊，"李窈竭力放松喉部肌肉，"书上说，这可能跟大脑的奖赏机制有关……当我们看到喜爱的事物时，大脑会一下子分泌出过量的多巴胺。这种分泌是突然且不正常的。我们的身体会下意识地想要控制和消除这种感觉，以防影响正常生活。"

她抬眼，看向漆黑人影，放轻声音："而最好的控制，就是……破坏那件喜爱的事物。"

漆黑人影脸上的表情没什么变化，颈间却暴起一根很粗的青筋。这一刻，即使他的目光仍然温和干净，也没能掩盖住来自掠食者的可怕攻击性。要不是脚下是 500 米高空，李窈已经转身逃跑了。

"原来是这样……"他慢慢开口。

他相信了！李窈精神一振，紧绷的神经倏地一松，下一刻却想起他是个不可控制、无法预测的怪物，万一他相信以后仍然想要杀死她怎么办？

李窈的后脑勺儿一阵一阵地发紧，她努力思考对策，因为注意力高度集中，大脑深处甚至隐隐传来疼痛感。

漆黑人影被她亲了一下就消失不见了……

他冷漠而怀疑地审视了一晚上她的口腔构造……

他认为她的口腔中可能藏有毒腺……

她的口腔里肯定是没有毒腺的，但这侧面印证了一件事——漆黑人影对她的吻反应极大。这可能是一个突破口，可以让他失去思考能力，然后她说什么，他就信什么。

但这样也有可能激怒他，她可能会被直接扔下摩天大楼。

换句话说，她亲他一下，生还概率只有 30% 左右，甚至更少。她要试一下吗？

李窈紧盯着漆黑人影的眼睛："是的，很多人都会这么对待小猫小狗……我以前养过一只小猫，经常忍不住咬它。"

这当然是谎话，她根本没养过宠物——宠物税高得吓人，穷人根本养不起，但并不妨碍她说谎。

"你会这么想，"她咽了咽口水，润泽干涩的喉咙，"是因为你很喜欢我……这是很正常的现象。"

"正常？"他重复。

"嗯嗯。"李窈点头，心里颇为忐忑，"只是，我们都可以控制。你那么聪明，那么强大，应该也可以……学会控制。"

漆黑人影没有说话。

李窈仰头："你肯定不会撕碎我的……对吧？"

漆黑人影对上她的视线，停顿良久，开口说道："我不知道。我不会控制。"

就是现在，李窈在心里说。

她搂住他的脖颈，仰头，重重地覆上他的唇。他的手比她大，唇也比她大，她竭尽全力也只能吻到他的下唇，他的冰冷而坚硬的下唇像岩石一样硌人。

漆黑人影的脑中却"嗡"的一声，胸腔有什么东西猛跳了几下，全身上下的骨骼肌紧缩一下后，倏地张开森冷锋锐的骨刺。他被吻得应激了，下意识地进入了自卫状态。有那么一瞬间，他的眼神变得又冷又狠，瞳孔紧缩成一条细线，似乎随时都会出手撕下李窈的脑袋。

这个吻温热、柔软，让他感觉到了无法形容的危险。他只能通过幻想杀戮，来抑制住这种受到威胁的惶惑感。

但很快他就发现，危险似乎是自己的错觉。

李窈的唇如此柔软，他轻轻往下一压，都能感觉到她的唇瓣陷了下去。他甚至不需要暴露出密集的利齿，就能把她的下颌撕扯下来。

她如此脆弱，连他的一根手指都握不住，他完全没必要觉得危险，但有必要检查一下她的口腔中有没有毒腺。

漆黑人影用一只手握住李窈的后脑勺儿，微微俯身，用冰冷的舌尖撬开她的齿列，仔细地搜查她的黏膜。

没有……他若有所思，身上倒竖的骨刺缓缓地平复了下去。

看来她说的是真的，他之前觉得浑身麻痹，想要撕碎她，只是身体产生的错觉。

他其实非常喜欢她。

漆黑人影回忆着在那条街上看到的画面，含着她的唇，轻轻地吸了一下——他忘了他们之间的身高差有多大，不是含着她的唇，简直是含着她的下巴。

李窈立刻推开他，使劲地擦拭自己的下巴。

她的动作充满了抗拒意味，他看得心里发闷，不太高兴，但没有表现出来："这是一种怎样的喜欢？"

不到两天的时间，他对人类的语言就已经从厌恶、抗拒、生涩，变成现在的流畅自如。

李窈含混地说："朋友的喜欢。"

她根本不知道他喜不喜欢她，只是瞎编的一段话。谁知道他那么单纯的一只怪物，居然按着她的头亲了起来！

他那么大只，接起吻来，简直像给她洗脸一样，弄得她不自在极了。

反正他什么也不懂，估计是不小心在刚才看到了什么，才会这么湿黏黏地吻她。她说朋友就是朋友。

果然，漆黑人影点了点头，面色平静地接受了这个说法。下一刻，他却冷不丁地问道："我很喜欢你。那你喜欢我吗？"

李窈擦脸的动作顿住了。

相较于之前的死亡问题，这是一个非常容易回答的问题，她只是害怕漆黑人影，并不讨厌他，他的身上也没有值得讨厌的地方。

严格来说，他比这座城市中的任何一个人都要讨人喜欢……但她也没有喜欢到愿意被他用口水洗脸的程度。于是，她继续含混地说道："喜欢，朋友的喜欢。"

漆黑人影似乎被她安抚下来了。他快速地眨了几下眼睛，瞳孔扩大成圆形，眼神彻底变得纯净无害。只是不知为什么，他仍然盯着她的嘴唇，不时地做一个吞咽的动作，简直像在回味什么一般。

李窈眼角微微抽搐，假装没有看到他回味无穷的表情，问道："L，这里太高了，我有点儿呼吸困难……我们可以下去了吗？"

漆黑人影盯着她的嘴唇，目不转睛，回答得很快："好。"

按理说，他直勾勾地盯着她的嘴唇，视线仿佛黏胶一般粘在她的唇上，她应该感到不舒服才对。但奇怪的是，他的眼神如此直白，如此黏腻，却丝毫没有猥亵之意……太奇怪了。

可能是因为他只知道进食与杀戮，即使有了别的欲望，也不会像人类那样复杂且令人作呕。

李窈猜测，漆黑人影以前生活的地方，社会构造肯定非常单纯，甚至可能没有阶级概念——就算有，大概率也是为了维护种群稳定，而非满足自身的贪欲。

李窈很难不向往这样的地方。

她在贫民区长大，深知暴力的本质是权力斗争。公司高层利用"垄断资源"这种隐形的暴力巩固权力，社会底层则利用"拳打脚踢"这种显形的暴力欺压弱小。

从小到大，她作为弱小，经历过太多"显形的暴力"——羞辱、咒骂、种族歧视……最严重的一次，她被一群小混混儿按在巷子里又打又踹，留下满身的瘀青和伤疤。

遇到漆黑人影以后，她总是忘记自己底层人的身份，脑子里只有一个念头——活下去。虽然一天比一天惊险，她的心情却变得比之前更加轻松了。

李窈想，可能是漆黑人影单一且直白的思维影响了她，要是他离开了，她就再也体会不到这种轻松愉快的感觉了。

话虽如此，李窈却巴不得漆黑人影快点儿找到身体。

他太不可控了，想一出是一出。作为一个脆弱的人类，她完全承受不住他的异想天开——没有哪个人类愿意在没有防护的情况下，站在 500 米的高空上吹冷风！

她没有当场失禁，只能证明今天水喝少了，并不能说明她的心理素质极高！

几分钟后，漆黑人影单手抱着她，从巨型旋涡中回到了地面上。

漆黑人影还挺聪明的，没有降落在大马路上，而是选了一条曲折幽深的窄巷。

李窈抓着他的手指，从他的手臂上跳了下去。

漆黑人影看看她，又看看自己的手臂，表情不言而喻，明显想让她坐回去。

李窈迅速转移话题道："你快变小一些！"

漆黑人影的注意力果然被转移了："为什么？"

李窈没有直接回答，而是问："你喜欢我吗？"

他点头。

"我们是朋友吗？"

他点头。

"你想要离开我吗？"

他摇头。

李窈的心里顿时充满了欺骗小动物的罪恶感："如果你喜欢我，拿我当朋友，不想离开我，就必须变小一些，不然公司会把我抓走，让你再也没办法见到我……"

说完，她内心的罪恶感越发强烈了。

漆黑人影眉头微皱，这是他第一次做出皱眉的表情："如果我不变小，公司为什么要抓走你，不应该抓走我吗？"

好家伙，他居然找到了话里的逻辑漏洞！

"你太强了，"李窈诚恳地道，说的也确实是实话，"公司想要抓住你，必须耗费巨大的人力和物力，他们抓我却不需要耗费吹灰之力。如果你一直以这副模样露面，公司只会想尽办法抓住我，对我严刑逼供，让我说出你的来历。"

"我没有接受过训练，肯定会供出你的存在……"她故意仰起头，露出白皙的脖颈，做了几个吞咽动作，让自己看上去无比柔弱，"你也知道，我有多么脆弱……可能几次刑讯下来，我就没命了。"

漆黑人影一言不发，眉头皱得越来越紧。

"如果你不变得跟人类一样，"她轻声说，"我可能会死。"

漆黑人影顿了顿，低头看向自己的身躯，半晌，说道："我不想你死。"

李窈有点儿感动，也有点儿愧疚："只要你变成人类，我就不会死……"

"我也不想变成人类。"他面色平静，语气却有些抗拒，"太小，太丑了。"

李窈："你就说你变不变吧。"

漆黑人影不情不愿地点了点头。只见他的身形逐渐缩小，逐渐定格在两米左右——相较于之前将近三米的身高，他明显做出了极大的牺牲——眼睫低垂，正用一种期待夸奖的目光盯着她。

李窈顺着他的视线注意到了自己的嘴唇："……"

她果断地道："再小一点儿，还是太大了！"

漆黑人影的面色没什么变化，眼中却流露出一丝抗拒和委屈。

李窈只能尽力捏着嗓子，发出甜腻柔软的声音："求你啦，再变小一些，好不好？不用太小，像之前那样，一米九就好啦！"

效果显著。她刚一开口，漆黑人影就被吓了一跳，全身上下骤然暴起无数根森冷锋利的骨刺，看上去就像是大型猫科动物炸毛了一样。

李窈有点儿想笑，硬憋着。

漆黑人影似乎有些不知所措，足足几分钟过去，身上的骨刺才仿佛熔化一般消失不见。像是怕她再发出那种甜腻柔软的声音，这一次，他按照她的要求，直接变成了一米九的身高。

他站在原地，头微垂，眼睛微微眯起，似乎在回忆人类的体形特征，几秒钟后，身上漆黑坚硬的骨骼肌突然裂开，露出修长的人类躯体，肌肉结实而分明，手臂上、腰腹上、大腿上像之前一样盘踞着微微凸起的青筋，看起来却比之前更加具有攻击性。他原本的存在感就不低，此刻更是强烈到让人感到窒息。

李窈愣了一下，才发现他没有穿衣服。她冷静地脱下自己的皮夹克，冷静地罩住他精悍的上半身，冷静地提醒道："衣服……人类需要穿衣服！"

漆黑人影点点头，又变出了黑色大衣、白色衬衫和战术长裤。

他不知从哪里看到的这副打扮，修身而利落，黑色衣摆垂至膝盖，手上戴着一副黑色作战手套。

联想到之前的那副金属面具，李窈猜测，那应该是关押他"真身"的士兵的装束。

这样一来，一切都说得通了——

金属面具可能是某种反恐面具，那些人应该从他的"真身"上检测到了某种类似于放射性元素的物质，才会如此严密地武装自己。

漆黑人影一开始以黑色人形的形象出现，应该也跟那些人有关——很长一段时间里，他估计只能看到黑色的、全副武装的、头戴面具的人类。

李窈忽然知道漆黑人影被关押在哪里了——

奥米集团股价飞涨，或许有另外两个巨头公司更换 CEO 的原因，但那绝对不是主要原因，肯定还有别的原因。

她顾不上漆黑人影期待夸奖的眼神，掏出手机搜索这两年的重大新闻。

出乎意料的是，网上只出现了高科、生物科技更换 CEO 的新闻。

不可能，一定还有别的新闻。她沉思着，换了一种搜索方式，把关键词改成"奥米、新自由国、阴谋论"。没有相关新闻报道，只有一个通过搜索引擎检索到的 BBS 网址，上面只显示了一句话："这个节目真被封了啊？我还指望他继续说奥米和市长的那些破事呢。"

李窈点了进去。

屏幕上出现了一个简陋的匿名论坛，粉色背景，所有发帖人只显示 IP 地址与初始头像，没有固定 ID，因此一眼看过去几乎全是吵架帖。

她点进去的这个帖子，标题叫《惊了！真相解码居然真的被封了！！！》，感叹号太多，把网站页面都拉宽了。

主楼："讲述阴谋论的电台那么多，为啥只封这一个啊？"

下面的回复来自五湖四海，什么语言都有。

可能是因为类似的电台太多了，一开始的回复都是"这是什么电台？没听过""封了就封了呗，这种电台谁信谁蠢，内容都是 AI 一键生成的""引流帖？举报了"。

50 楼以后，帖子的风向才有了明显变化。原因就是吸引她点进来的那一楼——

"这个节目真被封了啊？我还指望他继续说奥米和市长的那些破事呢。"

"楼上别走，什么破事？我也想听。"

那一层楼的 IP 地址却再也没有出现过。于是，人们七嘴八舌，开始列举这些年发生的怪事。

大家不列举不要紧，一列举，简直吓一跳。

这些年，整个国家到处都是灵异事件，先是有人眼前频繁出现黑影，然后是精神疾病如瘟疫一般蔓延。

但因为 2090 年以来，人均使用电子设备的时间都超过了 12 个小时，几乎没人把前者当回事，至于后者——这个世界没得精神病的人才是异类。

但一群人都能看到神秘黑影，就不是用眼过度的问题了。有人怀疑是次声波导致的，拿着仪器在附近扫了一下，果然检测到了低频声波——次声波可以与人体器官发生共振，使人产生头晕、呕吐、呼吸困难、眼球震颤等症状。这种不自主的眼球运动会影响视神经对光线的感知，给人一种看到扭曲黑影的感觉。

说起来，屿城被紫黑色八爪鱼占领的那一天，她也眼冒金星，撑着墙干呕了一下午。李窈忍不住看了漆黑人影一眼，难道他跟那个八爪鱼是同一物种，都可以发出低频声波，让人头晕目眩、恶心呕吐？

漆黑人影以为她终于想起要奖励他了，垂下脑袋，往前凑了一些。李窈一巴掌推开他的脸，继续浏览网页。

真正让他们把这些怪异现象和公司联系起来的是，奥米集团趁机推出了一则月球移民广告。广告里明确提到了"次声波扰人现象"，并表示"月球不会有头晕与呕吐"。

很快，这则广告就被愤怒的民众投诉下架了，奥米也发表了道歉声明，民间的质疑声却没有停止，因为公司不是第一次干这种事情了。尤其是生物科技，著名的"芯片丑闻"，就是生物科技的前 CEO 在明知过度使用芯片会致人精神错乱的情况下，仍然不留余力地推广芯片，且要求旗下每一个员工都植入一定数量的芯片。

这件事被反公司联盟曝光以后，举世震惊。

直到现在，人们都对芯片式电子产品持怀疑态度，相关科技产业甚至一度停滞不前。

奥米集团显然早就知道次声波的存在，甚至想以此为噱头，推广月球移民计划。

那则广告只是开始，接下来半年，奥米集团又不顾舆论，打了几则类似的广告。

李窈原以为，奥米股价拉升与广告有关，一路看下来，却发现这几则破广告根本没能扭转舆论，甚至有一种不屑于讨好舆论之感。

那是什么让奥米集团的股价出现陡峭式拉升呢？

她陷入沉思，回到论坛的搜索页面，正要输入"奥米"两个字，一只冷冰冰的手却扣住她的下巴，把她的脸抬了起来。

她愕然抬眼，还未说话，一个湿冷的吻就贴了上来。

漆黑人影见她一直不奖励他，主动贴了上来。

他似乎并不知道接吻要伸舌头，第一次完全是误打误撞。

这一次，他贴上她的唇以后，就静止不动了，以一种期待又热烈的目光望着她。

李窈被他看得头皮发麻，好半天才想起来，他应该是在期待听话变成人的……奖励。

奖励就奖励，他干吗要亲她的嘴？！

她深吸一口气，推开漆黑人影的脸庞："那个，我忘了说，这种行为……呃，仅限于非常亲密的朋友。我们……"

话音未落，她眼睁睁地看着他的眼神从期待热烈变成忧郁失落。

李窈："……"她就知道会这样。

漆黑人影缓缓地问道："你的意思是，我们不够亲密，对吗？"

李窈一狠心："是的，我们现在只是普通朋友……"她又趁机PUA（精神控制）道，"但如果你乖乖听我的话，我们很快就能当上非常亲密的朋友！"

说完这话，李窈差点儿被汹涌的罪恶感淹没。

漆黑人影思考片刻，相信了她的话，用一种干净、温和，甚至于温驯的眼神望着她："好。"

李窈被他这样看着，胸腔控制不住地麻了一下，脑袋也一阵发晕。她有些恍惚地想：不会是良心在隐隐作痛吧？

漆黑人影不再是漆黑人影了，李窈却还是习惯性地把他叫作"漆黑人影"。

她不太想用"L"称呼他。这个名字太敷衍了，他纯粹得让人怜爱，值得更好的名字。

假如她这么告诉漆黑人影，他肯定会问她什么是"最好的名字"，然后让她给他取一个。

她不想给他……取名字。可能是因为《小王子》深入人心，她总感觉，要是给他取了名字，就相当于驯化了他。

"你要永远为你驯化的东西负责"。

她对这句话记忆深刻，是因为她当时沉迷于《动物世界》，非常想驯化一头野兽当宠物。可惜，野生动物大都灭绝了。

蜜蜂是第一批灭绝的生物。

随着传粉昆虫的消亡，全球农作物产量骤降，水果和蔬菜一度成为最昂贵的奢侈品。生态系统是相当脆弱的。传粉昆虫灭绝以后，虫媒花也接连枯萎，以虫媒花为食的鸟类和哺乳动物也相继减少，首当其冲的就是蜜鸟与蝙蝠。

食物链如同多米诺骨牌一般轰然坍塌。因为难以寻觅猎物，大型掠食动物的种群数量也急剧减少，最后都难逃一死。

现在，想要吃到有机水果与蔬菜的人只能去生物科技的官网订购。有人说，蜜蜂的灭绝本身就是垄断公司的阴谋——公司通过灭绝蜜蜂，垄断了授粉技术，又通过大规模地投放人造病毒，垄断了农作物的基因专利技术。

她生活在一个极端、疯狂、压抑的世界里，连授粉次数都被明码标价，她很难不向往自然。但这个世界早就失去了自然。

她已经把漆黑人影骗得团团转了，能少骗他一点儿就少骗他一点儿吧。

李窈捂着自己的良心，深深地叹了一口气。

漆黑人影并不知道李窈的良心正在疼痛，他在琢磨"乖乖听话"的意思。

"听话"？他一直在听她说话，但她口中的"听话"显然还有另一层含义。

漆黑人影一边跟着李窈往前走，一边沉默地打量四周。

没人注意到，他高大修长的身体后面，漆黑恐怖的影子正在飞速地向后蔓延，隐约可见密密麻麻的眼睛，朝四面八方投去窥视的目光——

小巷里，一个小混混儿手持匕首，对着一个瑟瑟发抖的年轻男人露出狞笑："你小子最好乖乖听话，交出所有值钱的东西，否则后果自负……"

餐厅里，一个长相冷峻的男子眼睛一眨不眨地盯着一个蓝绿色头发的女子，眼珠呈现美丽的银灰色。

女子蹙眉："怎么了？"

男子的表情冷静到近乎冷漠，语气却极度患得患失："你会离开我吗？"

女子摆摆手："只要你乖乖听话，我怎么可能离开你？"

富人区，一个小女孩儿兴奋地捉住橘猫的两只爪子，在橘猫生无可恋的眼神中，狠狠地吸它的肚皮，一边吸一边给猫"画饼"："乖乖听话……再让我吸一会儿，马上给你开罐头！"

…………

综上所述，只要他乖乖听话，交出所有值钱的东西，对李窈的一切行为都不挣扎、不反抗，李窈就不会离开他。漆黑人影平静地接受了这个结论。

但很快，他就变得不太平静——他似乎没有值钱的东西，没有值钱的东西，他就要自负后果。漆黑人影只是对人情世故一窍不通，并不愚蠢，听得出"否则后果自负"这几个字的语气有多么强烈。

他必须找到值钱的东西交给她，然后才有资格"不挣扎、不反抗"。

被漆黑人影打了个岔，李窈差点儿忘记正事。

她解锁手机屏幕，回到论坛页面，搜索"奥米"两个字，论坛却提示她的 IP 已被封禁，她无法使用搜索功能。

她刷新了一下网页，以为是论坛出 BUG 了，谁知这一刷新，整个论坛都显示"网页不存在"。

没了？那么大一个论坛直接没了？

李窈有些莫名其妙，又有些懊恼，但并不震惊。

公司会监视民众的一举一动已是共识。新自由国只是听上去自由，实际上跟其他地方并无区别。

只是……这也太快了吧！她找到这个论坛才多久？感觉连十多分钟都没有。

李窈眉头紧皱，是有人在她的手机里植入了追踪器，还是只要在境内搜索奥米集团，都会被监控或追踪？

无所谓了，反正她大概猜出了漆黑人影的"真身"被关押在哪里——极有可能是某个封闭的隔离区。如果那些人真的认为漆黑人影的身体存在某种放射性，应该会把他关押在某个反辐射监牢里。

漆黑人影的"假身"都高大得有些恐怖，"真身"肯定高大到难以想象的程度，所以关押他的监牢一定非常庞大、非常严密。

附近符合条件的只有地底、湖底或废弃的核电站。

李窈有一种说不出的直觉，关押漆黑人影的地方肯定不会离市区太远——奥米集团的股价突然暴涨，舆论毫无征兆地反转，简直跟精神控制没什么区别，刚好，漆黑人影的喜怒哀乐可以影响周围人的情绪。这绝对不是巧合。

她低下头，看向街道——也许，关押漆黑人影的反辐射监牢就在他们的脚下。

李窈的目光逐渐变得犀利起来。

就在这时，她犀利的眼中突然映入一把豪车钥匙。

李窈：嗯？

她震惊地望向漆黑人影。

漆黑人影神色冷静，眼神清澈而坚定，看不出一丝一毫的做贼心虚，示意她收下这把车钥匙。

李窈在电视上看到过这辆车的广告——Valkyrie Pulse（女武神脉搏）X-17，全世界只有 20 辆，马力高达 2200，扭矩可达 640 牛 / 米，号称"陆地火箭"，普通人连它的车尾气都闻不到——更何况它根本没有车尾气。

"Valkyrie"是神话里的女武神，也是这辆车的标志——一个冰冷而锋利的 V 字标，表面有液态钛金属涂层，据说永远也不会磨花。

李窈怀疑他在路上捡了个类似的钥匙扣，接了过来，耳边却响起了平静无波的电子音："正在进行身份验证……验证成功，欢迎使用'Valkyrie'服务，我是您的数字助手。车辆已远程解锁，预计将在三分钟内抵达您的定位区域。请保持位置并耐心等待。"

李窈更迷惑了："啊？"

漆黑人影却一副毫不意外的样子，头微垂，目不转睛地盯着她，似乎在观察她的反应，以此判断自己是否可以得到奖励。

李窈之所以能猜出来他在想什么，是因为他每看她一眼，视线就会在她的唇上转一圈，目光火热而黏腻，几乎要拉出半透明的细丝来。

这不会是辆真车吧？

别吧……这要是一辆真车的话，她岂不是立马会被五颗星通缉，警车、无人机、直升机全体出动？

三分钟后，李窈看着面前的银白色跑车，陷入了一言难尽的沉默。

广告上说，这辆车的外形突破了传统汽车的设计规则，简而言之就是，很贵，非常贵，马上就会有路人过来合照的那种贵。

她内心挣扎了片刻，一咬牙："上车！"

漆黑人影点点头，牢记"乖乖听话"四个字，坐在副驾驶座上。

李窈担心警察追上来，来不及熟悉跑车的操作，开启自动驾驶，随便选了一个终点，按下了启动键。

跑车内部空间狭小，即使漆黑人影已经缩小了身形，两条长腿依然十分受限。

条件如此艰苦，他却坚持转头看她。可能是因为在这种情况下，以人类的生理结构，转头颇不方便，只听"咔嚓"一声，他直接把头转了180度，以一种超出人类极限的姿势直勾勾地望着她。

李窈："……"

其实他转90度也能看到她的。不过，他的颈骨为什么会发生"咔嚓"一声响啊？吓她一跳，她还以为他的脑袋要掉下来了。

然后，她就看到漆黑人影的头真的掉下来了。

李窈："……"

仿佛颈骨被折断了一般，他的头颅失去支撑力量，以一个恐怖的角度倏地垂了下去。

李窈的后背瞬间出了一层冷汗，心脏差点儿从嗓子眼儿跳出来。更让她汗流不止的是，漆黑人影的头已经失去了支撑力量，眼珠却向上转动，始终坚持望向她，一动不动地观察她的反应。

李窈："你的头……还能接上吗？"

漆黑人影似乎想点头，却发现自己没有脖子，不能点头，于是开口说道："可以。"

话音落下，他用一只手按住自己的后颈，用另一只手托起自己的下巴，"咔嚓"两声脆响，把错位的脊椎骨一寸一寸地按了回去。整个过程中，他的双眼始终直勾勾地盯着她，目光纯粹而热烈。

李窈被他看得眼角微抽，想了想，委婉地问道："这辆车是？"

"这是我能找到的最值钱的东西。"漆黑人影平静地说道，"还有一套价值 2.4 亿元的珠宝，明天送过来。

"这套珠宝名叫'自然之心'，它的外观如同一颗淡蓝色的琥珀，内部封存着一个微型海洋，可以看到各种海洋生物，包括藻类、微生物等。每一种生物都是由现实中已灭绝的生物的 DNA 精准重塑，可以在琥珀内部进行简单的生态循环。"

说到后半段话时，他的语气变得冰冷而机械，仿佛成了博物馆的 AI 解说——李窈觉得不是"仿佛"，他很可能就是背诵了博物馆的 AI 解说，因为不太明白这段话的具体含义，干脆连语气也一起复制了下来。

她深深吸了一口气，简直想要扶额。

但她确实非常心动。她一直对自然有一种难以言喻的向往，可以把"自然之心"佩戴在颈间，并且内部无时无刻不在进行生态循环，表演大鱼吃小鱼，比传说中的"海洋之心"还要诱人好吗！

就是警察也会觉得她很诱人……

李窈使劲揉了揉眉心："怎么忽然想起送我值钱的东西？"

假如漆黑人影是人类，他或许会斟酌一下再回答，但他不是，于是答得毫不犹豫："因为我想要奖励。"

李窈表情复杂，语重心长："仅靠送礼，我们是不能成为非常亲密的朋友的！"而且，他送礼也要送合法的礼物，这种礼物除了吸引警察，啥用都没有。

就算他聪明绝顶，避开了警局的监管，她也养不起这辆车——她估计连一颗螺丝钉都买不起。

漆黑人影垂下眼睑，似乎深受打击。

李窈瞬间起了一身鸡皮疙瘩，心脏仿佛有螃蟹用钳子在猛夹。她并不知道，漆黑人影正在冷静地收集来自四面八方的信息。

人类驾驶车道上，一个男子正在破口大骂："就这点儿礼物，你也好意思拿出手？！生物科技的保安放个屁都比这玩意儿值钱！"

破旧公寓里，一个小混混儿跷着二郎腿，吊儿郎当地说道："不希望兄弟们把你大卸八块是吧？那就带现金过来——不要信用芯片，不要礼物，我们只收现金。"

夜总会里，灯光昏暗，纸醉金迷。主持人声嘶力竭地喊道："礼物只是入场券，想要赢得美人芳心，还需要一颗赤诚的真心！接下来，我们将比拼说情话的本领——站在台上的这位女仿生机器人采用了最先进的自然语言处理模型，思维逻辑几乎跟人类没有区别，谁能用情话取悦它，谁就能带它回家，这款机器人我们线下卖 6999……"

漆黑人影闭了一下眼睛，缓缓抬头。

他知道自己的问题出在哪里了——礼物太少，没有现金，没有情话，怪不得李窈不跟他做非常亲密的朋友，的确是他考虑不周。

想到这里，他点了点头，深以为然地赞同道："你说得对，我会努力改进。"

李窈："嗯？"

李窈刚刚震惊于漆黑人影的可拆卸脑袋，没有注意跑车的行驶方向，等她回过神儿时，跑车已经驶入了长岛北岸的富人区。作为一个骗子，李窈对富人区有心理阴影，下意识地直起身，紧张地左右张望。

长岛北岸是著名的"黄金海岸"，也是世界上闻名遐迩的富人区。

这里临近海洋，植被茂密，由数百英亩的豪宅组成，每一栋豪宅都有着独特而美丽的人造景观，可以拍卖出普通人难以想象的天文数字。

但这里最出名的不是豪宅，而是私人安保系统——不仅地面上有监控、红外线探测器、声纹检测器、防入侵传感器等安保设施，空域也配备了自动防空系统，连一架隐形无人机都飞不进来。

富人区的安保机器人是可以持枪的。李窈曾被这种机器人撵得满地乱爬，只因为她闲着没事，盯着园丁修草坪。机器人可以连接政府的资料库，检测出她有斗殴、诈骗和盗窃的前科后，立刻对她展开了追捕行动。要是她图谋不轨就算了，问题是她什么都没做，只是比较喜欢看别人剪草坪、洗地毯、修马蹄罢了！

有钱人也太离谱儿了。

从那以后，她就对富人区敬而远之。哪怕她现在坐在全球限量的超级跑车上，身边还有一个行走的杀人机器，不再是当年那个穷酸且无助的小女孩儿，她仍然对富人区充满了恐惧。

李窈打开导航系统，想要更换目的地。

漆黑人影却出声问道："为什么要走？你不喜欢这里吗？"

李窈："这里不太安全。"

"不太安全？"漆黑人影皱了皱眉，"可是，我听说这里是最安全的地方。"

李窈有不好的预感："你听谁说的？"

"小偷。"他回答。

见李窈露出迷惑的表情，他思考片刻，再开口时已变了口音："嘿，兄弟，听我的没错，那个老头儿的地下室就是个宝库，只要我们搞到称手的家伙，撬开他的门……"

李窈差点儿喷出来。

他顿了顿，又换了一副长辈进行劝诫的语气："然后，我们俩就没命了。老弟，你到底在想什么？去偷长岛北岸别墅区的东西，亏你想得出来！你知道那里每家每户都有激光探测系统吗？一旦你越线，紧随而至的安保机器人就会把你剁成块，扔到海里去……那儿不是我们能混的地方，你刚溜进去，警察就闻着味到了。换个地方吧，干吗想不开，非要去偷世界上最安全的地方呢？"

李窃："……"

很明显，他不知从哪儿偷听到了这段对话，因为不想动脑子概括这段话，干脆连语气也一起复制了下来……这场景怎么这么熟悉？

漆黑人影分饰完两角，转头，直勾勾地盯着她，似乎在等待她的反应。

她该有怎样的反应？鼓个掌？鼓励他去西海岸唱 hip hop（说唱）？

李窃试图讲理："这里的确是世界上最安全的地方，但只针对有钱人，像我这种穷人，只要被监控摄像头拍到，就会锒铛入狱……因为在警察眼里，我是不能出现在富人区的，你明白吗？"

漆黑人影点点头，非常通情达理地说："我明白了。"

李窃怀疑他根本没明白。她叹了一口气，放弃交流，调出跑车的方向盘，准备趁警察还没赶到，油门踩到底，逃离富人区。

就在这时，车窗外忽然传来拍打声。

她咽了咽口水，心道：不好，警察来了！

她深吸一口气，转过头对漆黑人影严肃地说："我来应付警察，你一个字都不要说，知道吗？"

漆黑人影似乎有些不解，但为了"乖乖听话"，还是说道："好。"

李窃降下车窗。外面的人却不是警察，而是一个英俊的中年男人，他的头顶有一撮白毛，身穿亮紫色的西装，涂着深紫色的眼影和口红。

李窃的第一反应：这不是那个给奥米集团吹"彩虹屁"的主持人吗？

中年男人看见她，脸上露出一个跟漆黑人影如出一辙的乖巧笑容："您的面部特征已经被我录入了安保系统。现在，您想在这儿待多久，就能在这儿待多久，不会有人来打扰您。"

说到这里，他拿出手机，在她的手机上轻轻一碰，转眼间便已完成房产证、银行卡、门禁卡、车钥匙等重要财产的交接："这些都送给您，不用跟我客气。"

李窈："……"

中年男人转移完自己的财产后，露出贫穷却快乐的笑容，朝她挥挥手，转身离开了。

李窈："啊？"她震惊地打开手机，发现自己居然真的成了一幢独栋别墅的房主，什么情况？

几乎是瞬间，她就想到了漆黑人影精神污染的能力，回过头怀疑地看向他。

漆黑人影以为这次自己终于可以得到奖励了，马上俯身过去，想要贴上她的嘴唇。李窈推开他，朝他晃了晃手机："刚才是你搞的鬼？"

漆黑人影却摇了摇头："不是我搞的鬼。"

"那是谁？"李窈不信，"还有第二个人能像你这样影响周围的人吗？"

漆黑人影看着她，眉头微皱，眼神中带着一丝难过，似乎是因被她误会了而难过。

"不，我不是这个意思。"他难过地解释道，"一般情况下，我只能影响周围的人的情绪，并不能改变他们的思想。只有在一种情况下，我可以改变他们的想法。"

"什么情况？"李窈还是很怀疑。

"他们的身体里，"他回答，"有我的一部分。"

李窈瞬间汗毛倒竖："什么？！"怎么突然变成了恐怖片！

"我也不知道为什么。"漆黑人影说道，"这片区域的每一个人，身体里都有我的一部分。我可以感应到他们的位置，操纵他们的想法，影响他们的情绪。所以，我认为这里是最安全的地方。"

说着，他对她露出一个温柔的微笑："我们可以保护你。"

这下，李窈不是汗毛倒竖，而是浑身起鸡皮疙瘩了，一股寒意从脊椎底部蹿起。

她之前就猜测，奥米集团的股价呈陡峭式拉升，与漆黑人影精神污染的能力有关。现在，漆黑人影的回答证实了她的这一猜测——奥米集团不仅利用漆黑人影使自己的股价暴涨，还利用他对上层社会进行思想控制。

可以住在长岛北岸的人非富即贵：知名节目的主持人、小公司的CEO、流行乐团的成员、未露过面的隐形富豪……怪不得奥米集团的舆论反转得如此彻底，全市最具影响力的人都被它拿捏了，不反转才有鬼。这种做法简直是天衣无缝。

唯一的漏洞是漆黑人影从严密的监管中逃了出来，为了讨好她，代替奥米接管了这里。

李窈看了看手机，不再拒绝这笔意外之财。反正这是公司造的孽，她正好用来对付公司。

她在超跑的导航系统中输入那位主持人的别墅的地址，点击确认。车子立刻发动，驶向设定的目的地。

整个过程中，漆黑人影一直在观察她的一举一动。

她很害怕。这个世界的人都对房子有一种执念。他窥视其他人时，看到的最多的画面就是人们为了房贷而辛苦奔波。她刚刚得到了世界上最昂贵和最安全的房子，应该感到快乐才对，不应该这么害怕。他想让她快乐起来。

漆黑人影开始搜寻以前的快乐记忆，但他存在的时间太长了，也没有朋友，与快乐有关的回忆屈指可数。

他上一次感到快乐，还是亲吻李窈的时候。

他权衡片刻，决定把这份快乐分给她一些。

因为他想要留下这份快乐，不时地拿出来回味，所以只打算分给她一点点，但应该够用了。

想到这里，漆黑人影冷不丁地伸手，扣住了李窈的手腕。

李窈吓了一跳，有些茫然地望向他。

下一刻，她的四肢百骸倏然涌入一股古怪而滚烫的热流，烫得她头皮发麻，眼前一阵发黑，好像有什么东西要从心底喷薄而出，半边身体都陷入了僵直的麻痹状态。

这……这是什么东西？李窈有些慌乱，神经毒素吗？漆黑人影想要杀死她？

这个想法刚从她的脑中闪过，她忽然感觉到一阵难以言喻的甜蜜，心脏像被泡在加了蜂蜜的胡椒水里一般，又甜又麻又胀。等她回过神儿时，脸上已挂上了快乐的傻笑。

李窈一边盲目地傻笑着，一边惊恐万分地望向漆黑人影的手——到底发生了什么？

这时，漆黑人影的声音在她的耳边响了起来："这是我的快乐。"

李窈抬眼，对上他的眼睛。

他用另一只手抚上她的心口："这是我亲你时的感觉。一开始，我以为这是一种神经毒素。"

李窈的表情一言难尽——怪不得他以为自己中毒了，她刚才也差点儿以为这是中毒，简直丢人类的脸。

"后来我才发现，"他一动不动地看着她，眼神干净得可怕，里面的感情也浓烈得可怕，"这是一种比较特殊的快乐，只有亲你才可以感觉到。现在，我把这种快乐分享给你。"

"希望你不要害怕，"他说，"跟我一样快乐。"

李窈心中微动。

可能是因为他传递过来的快乐充满了感染力，她确实也感到了……快乐。

她深呼吸了一下，刚要说话，就发现他的手正按在她的胸口上。

李窈："你先把手放下来吧……"

"为什么？"漆黑人影很有求知精神地问道，"只有放在这里，我才知道你是不是真的快乐。"

"你再不放下来，我会让你这辈子都不快乐。"

漆黑人影沉思了一下，觉得她确实有这个能力，听话地放下了手。

他本想像之前一样去窥探有关于"把手放在胸口上"的场景，以弄清李窈为什么不愿让他这么做，但因为当务之急是观察李窈的心情状态，便决定放一放，等会儿再去窥探。

与此同时，超跑驶入了主持人别墅的车库。这个车库的面积是李窈以前住的房屋的几百倍，大得令她目瞪口呆。

她只是一个普通人，道德底线十分灵活，没有"宁死不食嗟来之食"的骨气，之前不想要超跑和主持人的房产，只是不想惹上麻烦。发现这一切都是公司造的孽以后，她就欣然接受了。

人人都想不劳而获，不然那种天降几千亿元，一觉醒来成为公司总裁的网文不会流传至今。

漆黑人影送的这些礼物，尽管诡异而古怪，却如同一个美妙至极的白日梦。她其实非常喜欢这个白日梦。

只是，凡事都有代价。她收下这些礼物，会付出怎样的代价呢？

就在这时，一只冰冷粗糙的大手扣住了她的下巴。漆黑人影转过她的脸庞，俊朗的脸上没什么表情，目光却温柔专注得令人心底发毛。

李窈："怎么了？"

对了，他是从哪儿学的这种温柔目光？他看得她浑身麻酥酥的，过电似的，不自在极了。

"宝贝，"他似乎不太擅长控制面部表情，只会用灼灼的目光望着她，"你的笑容如同花蕊中的晨露，在阳光下闪烁；我是一只迷惘的蜜蜂，被你的甜美吸引，身不由己地飞向你。请问，我是否可以尝尝你口中的甜蜜？"

李窈想拍死这只蜜蜂。

"不行。"李窈冷酷地拒绝，推开他，下车，走向车库的电梯。

漆黑人影望着李窈的背影，脸上露出几分迷惘，好像真的变成了一只迷惘的蜜蜂。

礼物、情话，他都送了，为什么李窈还是不愿意让他亲？是因为他没有送现金吗？

送现金有些难度，但不是不行，他闭上眼，这座城市宏大而精细的地图立刻在脑中铺展开来，每一条马路、每一条暗巷都清清楚楚——

轮胎摩擦地面的刺耳声音响起，一辆经过改装的面包车一个漂移，甩开了穷追不舍的警察。车上的小混混儿兴高采烈地鬼叫着。

"哥儿几个发大财啦！"

"一车的票子，下辈子都花不完！"

"看到那几个警察的脸色了吗？爽死我了！"

漆黑人影没有理会他们的鬼叫，心念一动，只见车厢内部突然裂开无数道裂缝。

空间折叠，距离骤减，他微微歪头，伸出手。同时，那些裂缝中也伸出同样的手，一把按住那些小混混儿的肩膀。

不到一秒钟的时间，那些小混混儿的神情就变得空洞无比，似乎成了一个个牵线木偶。司机一脸麻木地转动方向盘，朝长岛北岸的方向驶去。

漆黑人影计算了一下时间，不到两个小时，李窈就能收到一车旧钞票——

因为政府早已禁止现金交易，旧钞票只能在黑市上流通，其价值远远超过票面的数额。所以那些混混儿才会说"下辈子都花不完"。

这么多现金，他应该可以得到奖励了。

刚好这时，电梯到了，李窈的声音从外面传来："你还在车里待着干什么？"

她没有丢下他，她心里有他。被拒绝的阴霾顿时消失得无影无踪，漆黑人影推开车门，走了过去。

李窈按着电梯的开门键，打了个哈欠。

漆黑人影盯着她湿热的舌尖，瞳孔微微收缩。

这是狩猎的最佳时机，不可错过。

一边是李窈的怒气，另一边是李窈的唾液。

他思考了两三秒钟就做出了抉择——大步走到她的身边，俯身吻上她的唇，忍了又忍，没忍住偷吮了一下她的舌尖，吞咽了一口她的唾液。

这一切都发生在眨眼间，等李窈反应过来时，他已经后退一步，离开了她的唇。

李窈："……"

她捂着自己的嘴，还没来得及说什么，漆黑人影已经自闭似的一头扎进电梯的角落里，不知是怕被她扇耳光还是什么。

李窈迷惑极了：要自闭也应该是她自闭吧，他自闭个什么劲？

她推了推他的肩膀，问道："你怎么了？"

漆黑人影也不知道自己怎么了。就在刚刚，他感觉到了一种电击般的羞耻感，心脏猛地跳动起来，整个人呼吸困难，激动得想要射出一排排森寒锋利的骨刺。

他不应该感到羞耻，这不是会让他感到羞耻的场景。可是，除了羞耻，他想不出别的情绪可以形容这种感受了。漆黑人影垂着头，声音闷闷的："我……"

李窈："你？"

半晌，他终于缓缓开口说道："我有些害羞，别让我看到你。我怕不小心杀了你。"

李窈：这两句话有半毛钱关系吗？

因为害羞想要杀人，听上去像是某种猎奇向恐怖游戏的设定，但这确实是漆黑人影做得出来的事情。

李窈咽了一口唾液，谨慎地离他远了一些。

漆黑人影却冷不丁地开口道："唾液。"

李窈：“啊？”

"不要咽唾液。"他没有看她，语气平静，"我会害羞。"

李窈：你还挺理直气壮的。

幸好从车库到客厅就两层楼，电梯门一打开，李窈就像瞪羚似的蹿了出去。

她还没来得及打量周围的布置，漆黑人影就一把扣住了她的手腕。几乎是立刻，她的手腕就发出了轻微的"咔嚓"声响，皮肤上浮现出可怕的青紫色瘀痕。

李窈浑身一震，以为漆黑人影对她起了杀心，吓得双膝发软，愣愣地望着他，连尖叫都忘了。

漆黑人影却只是把她拽到了身后。他不知嗅到了什么，微微往前倾身，鼻子耸动着，神色变得冷漠而严肃，眼中第一次闪现出凶残的杀意。

见他并不是想杀她，李窈又放松下来，不动声色地在裤子上擦了擦手心的冷汗。

足足几分钟过去，漆黑人影才冷冷地出声道："我不喜欢这里的气味。"

李窈没跟上他的思路："怎么了？"

"这里曾经出现过……"他不知道怎么形容这个房间里混乱的荷尔蒙气息，思考了几秒钟，自认为完全掌握了叙述技巧，冷静地继续说道，"很多发情的人类。都是男性。"

李窈："……"

"如果你沾上这些气息，"他眉头微皱，似乎有些困扰，却说出相当恐怖的话，"我会发狂，然后杀了你。"

李窈："……"

她深吸一口气，努力冷静地问道："那我们该怎么办，换个住处吗？"

"不用。"漆黑人影摇摇头，松开她的手，走进保洁间，"我去打扫干净。你站在这里，等我一下。"

李窈眨巴眨巴眼睛，瞬间心平气和，理解了他对环境的高要求——只要不让她帮忙打扫卫生，她可以理解各种各样的洁癖。

然而，她迟迟没有等到漆黑人影从保洁间走出来。

这幢别墅的主人是知名主持人、社会名流，清洁工具肯定比她的破出租屋里的要高级许多，难道他不知道怎么用吸尘器？

就在这时，她眼睁睁地看着半空中裂开了无数个漆黑的裂缝，又眼睁睁地看着裂缝中伸出一只只修长而骨感的手，拿着抹布、拖把、吸尘器、洗地机等清洁工具，井然有序地打扫了起来。

李窈："……"

她到现在还没有被吓尿，可见她的憋尿能力又上了一层楼。

李窈表情复杂地看着漆黑人影迅速而高效地打扫卫生，完全不知道怎么形容这一幕，既像科幻片，又像恐怖片，问题是科幻片都是假的，而且会伴随着大量花里胡哨的特效。

那些漆黑的裂缝，一眼看上去如同某种具有腐蚀性的霉菌，在空气中不断地滋生疯长，令人直起鸡皮疙瘩。她还以为漆黑人影只能变大变小、隔空传送、精神污染……没想到还拥有影分身！

他哪里是什么迷惘的蜜蜂，分明是一只恐怖且有洁癖的多足虫！

等下——李窈一个激灵，他不会真的是多足虫吧？她可以接受跟怪物接吻，但不能接受跟虫子接吻，就是这么双标。

李窈深陷漆黑人影的物种之谜，一时间连恐惧都忘了，思来想去，她勇敢地说了出来："L，我可以问你一个问题吗？"

"当然可以。"因为陌生的气味正在逐渐减少，漆黑人影的语气变得非常温和。

"你是什么……物种？"她找不到一个确切的名词，"你知道什么是物种吗？"

"知道。"他回答，"猫、狗、人类，都是不同的物种。"

"嗯嗯，那你是什么物种呢？"她在心里默默祈祷——千万不要是虫子。

漆黑人影似乎有些茫然，连打扫的动作都慢了下来："一定要回答吗？"

李窈坚定地道："一定要！"

"我不知道自己是什么物种，"他说，"我生活在一个绝对安静的地方，没有同类，没有生命，没有声音。只有我自己。"

李窈愣住："啊？"她好像开启了一个特别悲情的话题。打个不恰当的比方，就像问一个人的爸妈在哪里工作，对方却回答自己是个孤儿一样。

太尴尬了，李窈正要调动所有的情商去安慰他，下一刻，他却有些忧郁地继续说道："这里，太吵，太多生命，太多声音。其实不太适合我生活。"

李窈面无表情地把安慰的话咽了回去。

她也没兴趣探究他是什么物种了，只要不是虫子就好。她在电梯口盘腿坐了下来，撑着下巴，看着漆黑人影冷静、高效、勤劳并吓人地打扫卫生。

人的适应能力是十分强大的。她一开始还膀胱一紧，差点儿当场尿裤子，十多分钟后，已经有些犯困了，又过了两分钟，她直接把打扫的背景音当成白噪声，头一歪，原地昏睡了过去。

再次醒来时，她已经不在电梯口了，而是在一间色调冷淡、低调奢华的卧室。

李窈揉了揉眼睛，翻身下床，随即被吓了一跳——她差点儿以为自己踩在了某个毛茸茸的动物身上，低头一看，才发现是柔软绵密的羊毛地毯。

有钱人真奢侈啊！她感慨，绵羊都不知道灭绝多久了。

卧室里有一个小冰箱。她打开，里面是码得整整齐齐的肥宅快乐水。

李窈毫不客气地拿了一罐，打开，喝了一口，打了个小小的饱嗝儿。

屋内全是智能家电，尤其是门窗与灯光，她走到哪儿就自动开到哪儿。

李窈还是穷人思维，内心不由得开始盘算——按照这个用电量，月末的电费将是一笔天文数字。

但很快她就释然了，反正那个主持人把资产都送给了她，不就是电吗，她应该还是用得起的。这么想着，她可算明白为什么政府一直倡议节能减碳却一直没有减下来的原因了。

李窈用手机 APP 调出这幢别墅的地图——太大了，她担心自己迷路，慢悠悠地摸索到了客厅。

刚到客厅，她就被堆叠如山的绿色钞票亮瞎了眼。

她仔细一看，这些钞票都被一层半透明的薄膜包裹了起来，仿佛有什么东西在上面吐了丝、结了茧，她甚至能看到那一层薄膜在一张一合，缓慢地蠕动，似乎是在……呼吸。

不用想，那个"东西"肯定是漆黑人影，李窈有点儿想吐了。

这时，一道低沉、嘶哑的声音在她的身后响了起来："宝贝。"

李窈倏地回头，对上了漆黑人影的视线。

他似乎并不知道"宝贝"这个词的具体含义，也不知道这个词该用在什么场合，只是一动不动地盯着她，目光炙热，期待她的回应。

李窈："……"

见她不说话，他有些迷惑，思考片刻，决定露出一个笑容，但很明显，他也并不擅长调动肌肉做出表情，有那么一刻，他看上去就像面神经痉挛一般，显得十分可怕。

几分钟后，他终于勉强把面部肌肉调动到了正确的位置，挤出一个古怪僵硬的微笑："宝贝，你还满意你所看到的吗？"

李窈忍不住了："你从哪里学的这句话？"

他快速眨了两下眼睛，目光瞬间变得清澈，古怪僵硬的肌肉也移回原位："书上。"

李窈指向客厅里的钞票："这些呢？"

"抢来的，"他说，"我以为你会喜欢。你不喜欢吗？"

李窈："我挺喜欢的……"可恶，她没办法违心地说不喜欢！

"那上面的薄膜是什么？"她继续问道。

"这些钞票，"他微微抬高下颌，冷漠而嫌弃地扫了一眼地上的钞票，"气味太复杂了。我不希望你直接触碰它们。"

李窈的心跳漏了一拍，她被他的这个表情镇住了。

一直以来，她都把漆黑人影当成小动物或者大型掠食者。尽管他的人形是一个男性，也有男性的特征，比如喉结、胸肌、低沉的声音等，她却从来没有把他当成一个异性。

但是这一刻，她忽然从他的眼中看到了强烈且不加掩饰的占有欲。

他有性别，是雄性，对她生出了占有欲。他会吻她，会害羞，会保护她，想尽办法讨好她，给她送昂贵的礼物。为了可以顺理成章地亲到她，他甚至愿意听她的话，任由她驱使。

想到这里，李窈的心脏猛地跳了两下，后背麻了一瞬，她难以形容此刻自己的心里是什么感觉。

漆黑人影不会喜欢上了她吧？

鬼使神差地，她出声问道："如果我一定要直接触碰这些纸钞呢？"

漆黑人影没想到她会这么问，愣了一下。

跟这幢别墅里混乱不堪的气息不同，纸钞上都是一些乱七八糟的刺鼻气味：汗液、唾液、油脂，以及难以计数的细菌和微生物。如果李窈一定要触碰的话，他不会发狂，只会感到难受。

漆黑人影垂下脑袋，陷入沉默。他的眼角微微下垂，眼窝深陷，眼型虽然狭长，中间却略显圆润，一旦露出茫然无措的表情，就会让人觉得可怜巴巴的。

李窈看着他的表情，嘴角微抽，刚要转移话题，他突然直勾勾地盯着她的手指，脸上没什么表情，语气却有些苦恼："不是不行，就是要舔很久。"

李窈：什么虎狼之词？！

她再也不会可怜卑鄙的外星生物了！

外星生物面无表情，盯着她手指的眼神却直白而火热，又带着一丝清澈的无辜。

李窈被他盯得后脑勺儿都麻了，赶紧离他远一些，去厨房看看有没有吃的。

漆黑人影立刻跟了上去，鼻子一直在耸动，走到哪儿闻到哪儿。

李窈没有管他，大步走到冰箱前。

有钱人的冰箱比她的衣柜还要大，她琢磨了半天，刚学会怎么拉开冰箱门，就被里面琳琅满目的食材惊呆了——她在超市里都没有见过这么多有机生鲜！

李窈完全蒙了。

她吃蛋白营养剂长大，偶尔会买一些临期罐头肉给自己加餐——所谓的"罐头肉"，就是"合成肉"，从已灭绝的畜禽中提取肌肉细胞，再把这些细胞放入生物反应器当中，培育出肌肉纤维。李窈吃的合成肉是最廉价的一种，没有口感，只有最基础的蛋白质结构。

现在，她看着冰箱里的有机肉，有些手足无措。

这玩意儿该怎么弄？它可以像合成肉一样放进微波炉里加热吗？

漆黑人影感觉到了李窈迷惑的情绪，虽然他也不知道怎么做饭，但是可以学。附近住着一个世界级厨师，他花了一点儿时间浏览了一遍那位厨师的记忆，大致学会了如何处理这些昂贵的食材。

可能是因为吸收了那位厨师的记忆，他也染上了一些只有厨师才有的性格特征，比如，一想到李窈等下会吃下他亲手做的菜肴，他的内心就一阵激动，兴奋到胸腔发麻，手指发抖。

李窈不知道漆黑人影正在学习当一个家庭煮夫，掏出手机搜索

"如何烹饪有机食材"。半个小时过去，她信心满满地收起手机，正要对着满冰箱的食材大展拳脚时，却被一桌子色香味俱全的菜肴吓了一大跳。

李窈：什么情况？

漆黑人影站在旁边，没有说话，看向她的眼神却比任何一种语言都要有存在感——我做的，快夸我。

行，那她尝尝吧。

说起来，漆黑人影不会真的喜欢上她了吧？为了讨好她，他甚至学会了做饭。一个对人类社会一窍不通的非人生物，为她学会了做饭，这是什么生物学奇迹？

李窈一脸复杂地拿起刀叉，切了一块牛排，放进嘴里，随即被这个鲜嫩多汁的口感震惊了——她以前从来不知道肉可以这么细嫩、这么鲜美，咀嚼时甚至可以嚼出肥而不腻的牛油。怪不得那些公司的老板花几十亿元投资合成肉，自己却从来不吃，只吃实验室刚培育出来的有机生鲜。

像是怕她吃不惯西餐，漆黑人影似乎把各个国家最出名的美食都做了一遍。李窈甚至看到了焗蜗牛，她默默地把那个盘子推远了一些。

每个国家的菜肴，她都尝了两口，积少成多，她的肚子被撑得滚圆。她总算明白皇帝为什么每道菜只吃一口了，也许不是怕被下毒，而是怕被撑死。

李窈放下刀叉，打了个小小的饱嗝儿。

她刚想对漆黑人影说声"谢谢"，就被他幸福到极点的表情吓了一跳——他目不转睛地看着她，甚至忘了像一个正常人类那样收缩眼轮匝肌，眼神快乐到了狂热的地步，几乎要在她的身上烧出两个窟窿。这已经不是期待夸奖的表情了，这是想吃了她的表情吧！

李窈的眼角微微抽搐："谢谢你的饭菜，很好吃，我很喜欢。"

漆黑人影没有说话，被这一句感谢的话说得浑身发麻，心脏猛地跳动了十多下，每一下都顶到喉咙，撞得他的喉咙都陷入了麻痹状态。

很好吃……她很喜欢……他的大脑也陷入了麻痹状态，甚至无法组织出一句完整的语言。

李窈见他半天不说话，还以为他嫌这句夸奖太过敷衍，清了清嗓子，又认真夸奖了几句。这一回，她拿出了给前老大光头拍马屁的本事，把漆黑人影狠狠地夸了一通。夸到一半，她眼睁睁地看着他全身被抽了骨头似的瘫软下去，像被推倒的积木一般化为一堆……碎肉块，没有鲜血，也没有器官，只有像素点一般的肉块。

李窈瞳孔地震，心跳骤停，仿佛看到了分尸现场。

更恐怖的是，没过多久，那些散落在地上的碎肉块又自动组装了起来，恢复了高大而修长的人形。李窈看得腿都软了，咽了一口唾液，瘫倒在椅子上，连站起来都困难。

漆黑人影仍然有些头晕目眩。他真正的身体不在这里，在另一个地方，这是一具临时组装的身体，他必须用精神力维持人形，所以才会有那么多大小不一的漆黑裂缝——那是拼凑时留下的痕迹。

李窈吃了他亲手烹饪的菜肴，又对他表达感谢，还说了那么多夸奖他的话……他心跳加速，一下子就晕了，整个人十分兴奋和害羞，几秒钟后才发现自己散架了。

李窈喜欢……李窈夸他……李窈吃了他烹饪的饭菜。想到这里，他又有些晕了，差点儿把眼睛拼到嘴巴上去。

李窈捕捉到这一幕，瞳孔再度地震——他到底在干什么？

半分钟过去，漆黑人影才彻底恢复原形。他不敢看李窈，多看她一眼都会感到难以形容的激动和羞耻。可是，他的目光无法从她的身上移开，想要一直粘在她的身上……永远，粘在，她的身上。

漆黑人影直直地看着她，视线仿佛胶水一般充满黏性。

李窈被他盯着，身上真的像被粘了一层胶水似的："你到底怎么了？"

漆黑人影看着她，心脏狂跳到有些疼痛，他缓缓说道："不知道……"他又茫然地重复了一遍，"我不知道。"

他看着李窈。

她是这一切的罪魁祸首，让他全身上下都陷入了难以形容的麻痹状态，又让他维持不住人形，化为一堆碎肉块。

现在，他只要看着她，心脏都会像被什么东西咬啮似的，传来一阵细细密密的疼痛感。

奇怪的是，他一点儿也不想杀她——即使她让他感到疼痛，让他感到羞耻。

这到底是一种怎样的情感？他想。

但他更想弄清楚的是，她为什么还不奖励他？究竟怎样他才能得到她的奖励？

漆黑人影站在原地，开始窥视有关于"奖励"的场景。

刚好不远处的一幢独栋别墅里，一个女主人正在跟狗狗玩耍——她把球扔出去，再让狗叼回来。狗狗叼回球的一瞬间，女主人高兴得容光焕发，抱着狗头亲了十多下："宝贝，真乖！"说着，她从口袋里抓出一把肉干，"奖励你的，吃吧。"

另一幢独栋别墅里也有关于"奖励"的场景——一个男的刚看书不到十分钟，就打开了游戏机，口中喃喃自语道："已经学十分钟了，奖励·把，奖励·把。"

很明显，两个场景，符合他这种情况的是第一个。漆黑人影若有所思。

好半晌，李窈终于回过神儿来，找到了自己的四肢，却发现漆黑人影已经不在厨房了。

她松了一口气，拿起桌上的鲜榨果汁，喝了一口，站起身，刚要溜回卧室，一回头，却看见漆黑人影拿着一个网球，一动不动地盯着她。

李窈："你要干吗？"

漆黑人影盯着她。

李窈也不知道事情为什么会发展成这样，但她就是拿着网球，走到了别墅后院的网球场，陪漆黑人影玩……扔球游戏。

她带着三分迷惑、三分好奇、四分难以置信，把球扔了出去。

漆黑人影的肌肉比她想象中的还要灵活矫健，他如同一头冷静而凶猛的大型掠食动物，一个箭步冲出去，精准无比地抓住了网球。

李窈："……"

漆黑人影走过来，把网球递给她。

李窈表情茫然地收下网球，又抛了出去。

怎么说呢……别墅与别墅之间有一堵不那么结实的花墙，邻居可以透过缝隙看到这边的情形。不知道为什么，隔壁恰好有一个小姐姐在驯狗，连驯狗的项目都一模一样——扔球。

尽管对方没有看到她在驯"人"，李窈的脚趾还是抠紧了拖鞋，她感觉头皮发紧。

算了，她面无表情地想，驯都驯了，尽力从这件事中找到乐趣吧。

一个小时下来，她光是扔球都扔出了一身汗，起码燃烧了几百卡路里。因此，漆黑人影再把球递给她时，她摆摆手，说不玩了。

漆黑人影却微微歪头，维持着递球的姿势，没有放下去。

李窈递给他一个疑惑的眼神。

他说："奖励。"

李窈："什么奖励？"

漆黑人影顿了顿，走到花墙边上，转头望向隔壁正在亲狗的女主人，眼中的意思非常明显——球我捡回来了，你该亲我了。

李窈：啊？

漆黑人影以为她没有明白自己的意思，皱了皱眉，走到她的面前，半蹲下来，仰起头，用那种直白、干净又灼热的眼神望着她。

李窈在社会底层摸爬滚打久了，最厌恶世故油滑的眼神，也最无法抵抗这种……纯粹无垢的眼神。连隔壁的小动物都没有他的眼神干净。

怎么会有这样的存在？他明明什么都不懂，明明眼中什么都没有，却已经开始用看情人的眼神看她了。

李窈的心脏漏跳了一拍。他究竟知不知道……他已经喜欢上她了？她要告诉他吗？

这时，漆黑人影微眯了一下眼睛，灼热的目光中带着一丝困惑。

"你……"他仍然无法调动面部肌肉做出富有人性的表情，声音也毫无起伏，说出来的话却相当炸裂，"怎么还不亲我？"

李窈觉得不能再这样下去了。

他总是仗着自己思想纯洁，说一些非常炸裂的话，让她无语凝噎。她必须给他一点儿人类世界的小小震撼了。

李窈想了想，露出一个严肃的表情："之前一直没告诉你，但我觉得……是时候告诉你真相了。"

他看着她，慢慢眨了一下眼睛，似乎有些疑惑。

"即使是非常亲密的朋友，也不能亲吻彼此的嘴唇……只有情人，才能这么做。"她问道，"你知道什么是情人吗？"

他摇头。

"是一种比朋友还要亲密的关系，"李窈恐吓道，"如果你跟我是情侣，你这辈子只能听我的话，被我呼来喝去。我让你做什么，你就得做什么。"她顿了顿，又补充道，"你也不能再随便害羞，更不能再因为害羞而想杀了我。"

说到这里，她轻轻地拍了拍他的脸颊，感觉总算找回了一点儿场子，哼笑一声："怎么样，你愿意吗？"

漆黑人影听完，却只关心一件事情："有奖励吗？"

李窈一愣："啊？"

"听你的话，被你呼来喝去。你让我做什么，我就做什么……"他似乎并没有理解这些话的具体含义，眼中仍然充满了灼热的期待，

"有奖励吗？"

李窈沉默了。她说得这么过分，他不会要答应她吧？

她嘴角微抽："你知道我在说什么吗？"

漆黑人影点头。他当然知道，她的话没有复杂的语法，并不难理解。

李窈："被我呼来喝去，可不是把扔出去的球捡回来。"

漆黑人影其实只想知道有没有奖励，但李窈似乎很想解释"呼来喝去"的含义。他思来想去，决定把李窈的需求放在第一位，假装很感兴趣地问道："那是什么？"

李窈怕他毫不犹豫地答应下来，然后自己也经受不住诱惑，同意跟他谈恋爱，故意把中年男人相亲时的说辞搬了过来。

"我的要求其实挺简单，"她诚恳地道，"我希望自己的另一半简简单单的。长得好看，但又不能好看到招蜂引蝶；听我的话，但又不能太听我的话，没有自己的主见；会打扮，但又不能太会打扮，更不能拿我的钱去打扮；有车有房有存款，最好还有固定的工作。"

她一口气说了一长串前后矛盾的要求，最后遗憾地总结道："你看，不是我不要你，是你每一条要求都差一点点。只能说老天不让我们当情侣……我们还是当朋友吧！"

漆黑人影听了，久久不发一语。

李窈的心里颇为忐忑，毕竟漆黑人影只是单纯，并不愚蠢，万一他找出她话里的逻辑漏洞，翻脸不认人，把她揍一顿怎么办？别说漆黑人影，任何一个智力正常的人听完她刚才的那番话，都会想打她。

漆黑人影没有感觉到李窈的忐忑不安，他沉浸在自己的世界里，微微蹙眉，情绪有些低落。他仔细地思考了一下李窈的话，发现自己确实离每一条要求都差一点点。这让他深受打击。

原来他如此差劲，李窈却从来没有嫌弃过他，还耐心地告诉他自己的择偶要求，手把手地教他如何成为自己的另一半。他却以为只要"乖乖听话"就可以得到奖励。

李窈真的太好了。

既然她把要求都告诉了他，那他肯定不会辜负她的信任，他要争取成为她心目中最好的伴侣。

半晌，漆黑人影终于开口说道："我明白了，我会向你说的要求努力。"

李窈："啊？"

她惊呆了：他要怎么努力？这些要求全部自相矛盾，最后一条还要求他有固定的工作。

她作为一个土生土长的本地人，在这个世界活了二十多年都没能找到固定的工作，难道他一个连人话都说不利索的非人生物可以找到固定的工作？

李窈愣愣地强调："补充一下，固定的工作，必须是跨国公司的工作，不能是路边的小摊小贩！"

漆黑人影面无表情地冷静点头："我明白了。"

要不是李窈提醒他，他差点儿以为操控一个小商贩把推车送给他，也算有了固定的工作，还好李窈及时提醒了他。李窈真好，她是真心想让他成为她的伴侣。是他不争气，没有达到她的要求。

想到这里，他看向她的目光越发炙热，表情也幸福极了，仿佛李窈的每一句挑三拣四都是对他寄予了厚望。

李窈：他不会真的理解成后一种意思了吧？

漆黑人影回想起李窈说的那句"长得好看，但又不能好看到招蜂引蝶"，他其实不太理解这句话的意思，想让她解释一下，但又怕她嫌弃他笨。

幸好李窈曾在他的面前演示过如何上网，他决定上网查一下这是什么意思。

二楼的书房里有一台电脑。他闭上眼窥视四面八方的动静，花了几分钟的时间掌握了如何开机，在李窈复杂的目光中，他走上二楼，打开电脑，进入了搜索界面，搜索"招蜂引蝶"。

网上给的释义是"形容女子打扮得如花朵般美丽来引诱男子"。他不是女子，那李窈的意思是，他不能如花朵般美丽来引诱其他女子。

懂了，这不是多么难的要求，他可以只在李窈的面前保持人形，其他人只要看他一眼，他就暴露出丑陋恐怖的原形，警告他们不准靠近。

他继续回忆李窈的要求——第二条，听她的话，但又不能太听她的话，要有自己的主见。

什么是主见？漆黑人影继续搜索。

网上给出的释义是"有独立思考的能力"。他明显有独立思考的能力——假如他没有主见，根本不会在李窈打哈欠的时候偷偷亲她。可见这一条要求，他完美符合。

真正困难的是后面两条要求——会打扮、有固定的工作。

他该怎么打扮自己，该怎么找到固定的工作？漆黑人影有些茫然，继续搜索。

这一次，他没能搜索出官方释义，但搜索到了一大堆花里胡哨的网页——

有人提问："男人如何打扮自己？"

回答1："你是怎么问出这个问题的？你真的是男人吗？作为一个爷们儿，不去想怎么增强自己的阳刚之气，不去想怎么打败生物科技，不去想怎么消灭资本主义，整天只想着怎么打扮自己，丢不丢人？"

漆黑人影自动略过了这一条回答。李窈要他会打扮，那他就必须会打扮。李窈肯定是对的。

回答2："谢邀，贞洁是男人最好的嫁妆，还有帅、恋爱脑和流眼泪。试问，谁不喜欢一个又帅又恋爱脑，还会掉眼泪的男人呢？"

这一条回答被顶到了最前面，足足有十多万个点赞，应该就是他想要的答案。

漆黑人影记了下来，尽管他并不懂"贞洁"和"恋爱脑"的意思，但他会流眼泪。流泪对他来说，只是一种正常的生理现象，就像人困了会打哈欠一样，并无社交意义。李窈看到他掉眼泪，却会变得手足无措，还会跟他一起打扫淹没地板的眼泪。

原来这是男人最好的嫁妆。

对了，他迷惑了一瞬，嫁妆是什么？

网上的释义是"旧指女子出嫁时，为新娘准备的结婚用品；现指适合结婚的美好品质，无论男女。"

漆黑人影彻底明白了——只要他有了"帅""贞洁""恋爱脑"，以及一份固定的工作，再对着李窈流眼泪，就可以带着这些最好的嫁妆嫁给李窈了。

李窈不知道漆黑人影去二楼干什么，也不知道他有没有发现她说的话里的逻辑漏洞，有些忐忑地洗了个苹果，紧张地啃了两口。

别说，苹果还挺好吃的，甜脆可口，咬一口汁水四溅。但她一想到这玩意儿一个要几百元，就有点儿肉痛。

不是我的钱，不是我的钱……李窈默念着，啃完了这个苹果，又去洗了一个。

这时，二楼书房的房门忽然开了，漆黑人影走了出来。

不知道他从哪里搞到了一套衣服，脱下了一成不变的黑色大衣，换上了一件运动型白色短袖。

重点就是那件白色短袖，可能是因为设计的目的是方便运动，剪裁得相当修身，面料紧而轻薄，可以清晰地看见结实的胸肌轮廓，甚至能感觉到漆黑人影那种蓄势待发的侵略性，似乎下一刻，他就会对她发起攻击。

李窈的汗毛一根一根地竖了起来。

她每次直面漆黑人影的攻击性，都会生出转身就跑的冲动。

她拼命地按捺住逃跑的念头，大脑迅速运转起来——万一漆黑人影发现了她说的话里的逻辑漏洞，要干掉她，她该怎么办？

她满足他的愿望，亲他一口可以保命吗？

心念电转间，漆黑人影已走到她的面前。

不知是不是她的错觉，她感觉漆黑人影变好看了一些，好看到有些吓人了。

他本就十分俊美，五官立体，眉骨高挺，眼型狭长，眼角下垂，抬眼看向一个人时，显得温和且无辜。现在，他的五官不仅立体，而且变得极为对称。对称是"美学"的象征，但当人的面庞完全对称时，就会触发恐怖谷效应。

现在她看他，就像在看一个俊美但僵硬的等身人偶。

不是，她说的那些话，好像没有让他变成一个恐怖娃娃吧？他都理解出了啥？

就在这时，漆黑人影开口了："我有嫁妆了。"

李窈："啊？"她只不过是吃了一个苹果，还没来得及吃第二个，怎么忽然就听不懂他在说什么了？

漆黑人影的神色冷静而严肃："我上网查了一下，男人最好的嫁妆是帅、贞洁、恋爱脑和流眼泪，我一直会流眼泪，但不太懂贞洁和恋爱脑的意思，希望你能帮忙解释一下。"

李窈："……"

他想了想，又说："如果能告诉我，你心目中的帅是什么样子，就更好了。"

说完，他直勾勾地盯着她，泪水开始在眼眶里打转，缓缓地流了下来。随着泪水打湿他的衣襟，他全身上下都涌出了大颗大颗的泪珠，瞬间打湿了他的白色短袖，胸肌的轮廓更加明显了。

李窈拿着苹果看着这一幕，完全傻了——这是什么吊诡的画面？一个男人一边问她问题，一边冷静地流泪，并且泪湿衣襟，露出危险而精悍的肌肉。

要不是她知道漆黑人影没那么人性化，几乎要以为他在故意勾引她了……他不会真的在勾引她吧？

李窈深吸一口气。

她本想糊弄过去，忽然灵光一闪，有了新主意。

"贞洁的意思比较复杂……这么说吧，如果你喜欢过别人——不管对方是男是女，是地球人还是外星人，"她的语气逐渐变得沉痛不已，"你都失去了贞洁！"

漆黑人影却微微皱眉，有些困惑："你之前说，我对你的喜欢，是朋友的喜欢。嫁给你后，我还能继续喜欢你吗？"

李窈这才想起，她之前忽悠他，说他之所以想要撕碎她，是因为喜欢上了她。

她只好继续昧着良心忽悠道："当然！而且你必须比之前更喜欢我，不管什么事情都必须把我放在第一位，别说控制不住想要撕碎我，就是出现这个想法，你都会感到万分自责！"

话音落下，李窈不由得有些恍惚，不知道事情为什么会变成现在这样，明明一开始她只是想忽悠他，让他别再随便亲她，现在却好像真的变成了相亲现场，只要他办到了她提出的条件，就可以带着嫁妆……嫁给她。

别说，她是真的挺好奇，他要怎么变成一个恋爱脑。

漆黑人影不知道李窈的心理活动，他在结合四面八方传来的低语、争吵、自言自语，仿佛蚕食桑叶一般，　一点点地消化李窈的话。

几分钟过去，他明白了李窈的意思——李窈在教他当恋爱脑，李窈真好。

想到这里，漆黑人影点头："我明白了，我会照做。"

李窈：不是，大哥，你明白什么了，你就照做？

她傻了——为了一个吻，他有必要那么拼吗？

她不知道说什么好，憋了半天才憋出一句："但我不喜欢你现在的这张脸……有点儿吓人。"

漆黑人影问："你喜欢什么样的脸？"他对相貌没什么要求，只要能讨她喜欢，他可以变成任何模样，甚至可以变成另一种物种。毕竟，他真正的身体没办法做到这么大的改变，他很怕她抛弃他。

他仔细回忆了一下，李窈在车上时，曾点开过一个电影预告片，津津有味地看了很久。男主是个画家，某一天，他突然无法控制自己的画笔，画出了一大堆奇形怪状的章鱼，最后自己也长出了一颗章鱼脑袋。

难道她喜欢章鱼脑袋？他想。

下一刻，李窈就眼睁睁地看着他俊美但僵硬的头颅化为一颗触须乱舞的章鱼头。

李窈："……"

说真的，她还站在这里，没有晕过去，也没有吓得尿裤子，纯粹是因为……算了，不装了，她就是心理素质变强了！

李窈冷漠地道："这两个我都不喜欢。变回去。"

漆黑人影听话地变回了第一张脸。

李窈看着他的这张脸庞，冷不丁地开口："这是谁的脸？长得还挺好看的。"

她也不知道自己为什么要这么说，可能是因为他太过百依百顺，让她非常想刺激他一下，看看他会不会吃醋什么的。

谁知，漆黑人影听完这句话，突然后退一大步，脸上触电似的痉挛了一下，露出一个非常古怪的表情。

他这个样子好奇怪，既像是被电到了，又像是被电得有点儿爽。

李窈被他的表情整出了一身鸡皮疙瘩。

漆黑人影也起了一身鸡皮疙瘩，汗毛接连竖起。相较于之前几次，他已经很熟悉这种感觉了——她喜欢他的脸庞，他感到强烈的羞耻。

是的，这张脸就是他自己的脸庞。这具身体的颅骨是他亲手创造出来的，这副皮相则是根据骨骼的形状生长出来的。

所以，李窈喜欢的就是他原本的脸庞。

她喜欢……他的脸庞……朋友的喜欢……情人的喜欢……

漆黑人影沉默着，头又有些晕了。他激动、高兴又羞耻，所有情绪混杂在一起，变成了一种极其陌生的情绪，既像是杀戮的欲望，又像是高强度狩猎后头脑空白的感觉。

他盯着李窈的后颈、手腕、腹部，脑中全是暴起、扑咬、锁喉的画面。

扑咬扑咬扑咬，锁喉锁喉锁喉……

有那么一瞬间，他的脸庞变得扭曲至极，那是一种难以形容的神色，与温和亲切的五官形成鲜明的对比。明明他的眼角仍然下垂，五官仍然做不出生动的表情，眼神却比一头疯狗还要具有攻击性。

他似乎是碰到了某种无法解释的冲动，抑制不下去，释放不出来，整个人看上去像是要发狂。

李窈没想到随口一句话，居然让他的反应这么大，她有些被吓到了："L……你还好吗？"

她叫他"L"——她的外套上的字母，她带他回家以后，他为自己取的名字……他的名字是L。

"我是L。"他的眼珠停止转动，一动不动地看着她，无意识地重复。

这种冲动究竟是什么？他不想撕碎她，但为什么脑海里总是在演练撕碎她的动作？为什么他一看到她，就会心口发烫，手指发麻？为什么只要她对他说出"喜欢"两个字，他就会感觉到难以遏制的羞耻？为什么他想要讨好她？

为什么他想要把所有的好东西都捧到她的面前？这究竟是一种怎样的情感，真的是朋友的喜欢吗？

"L是什么？"他问。

李窈的第一反应是"LOVE"，当时他随手一指，正好指到了夹克上的塑料印花——上面本是"LOVE"，被老旧的滚筒洗衣机磨得只剩下一个"L"。

世界上真的有这么巧的事情吗？他不明白"喜欢"是什么，也不明白"爱"是什么，却已经开始用看爱人的眼神看她，以"爱"为自己取名。

李窈没什么浪漫细胞，她太穷了，必须拼命才能活下去，没时间去琢磨风花雪月，这一刻，她的喉咙却莫名其妙地有些发哑："是一个字母，L，LOVE 的第一个字母。这个单词的意思是爱。"

爱……他开始观察四面八方的"爱"。

人类的感情是如此复杂，他看到了"爱"，也看到了欺骗、胁迫、掠夺和嫉妒。他不喜欢这些复杂的感情，只想看着李窈，像之前一样讨好她，向她索吻，听她说让他感到羞耻的话。

不知过了多久，他对李窈说："我不喜欢'爱'，我只喜欢你。"

李窈一愣。

好家伙，这可以说是她听到的最浪漫的情话了。她的心脏猛跳了几下，像被浸泡在温泉里一样发软发胀，一阵刺麻。

漆黑人影没有看出她的悸动，他非常困惑，还有点儿担忧："那我还可以成为'恋爱脑'，嫁给你吗？"

李窈："……"

李窈很想告诉他：哥们儿，你这不是恋爱脑，是恋爱癌了。但她又怕打通了他的任督二脉，让他一跃成为恋爱大师。

他什么都不懂时，她就很难招架了，要是让他懂得了什么是恋爱，那还得了？

老实说，接受他的告白没什么不好的。他单纯、强大，看向她的眼神专注而干净，尽管有时会因猎杀本能而变得像疯狗一样狂躁，但大多数时候，他的目光都相当温顺，没有任何攻击性。

问题是，他们之间的实力太不对等了。他虽然单纯，却强大到可以改变任何一个人的想法，让对方开心地上交所有财产。如此强大又不可控的存在一旦改变了想法，不再喜欢她，她将付出极其惨痛的代价。

作为强者，他当然可以当一个恋爱脑，顶多损失一个脑子。弱者像他那样思考，却会失去一切。

从小到大，她一直是这片钢筋森林中的弱者。如果不是她时刻保持警醒，对各种诱惑敬而远之，甚至没办法站在漆黑人影的面前，听他告白。

她承认，漆黑人影的告白与纠缠都很可爱，她一点儿也不讨厌，甚至有些享受。

但她不能迷失在他的爱意里。

李窈拼命地给自己做思想工作，终于冷静了下来——好险，差点儿就陷进甜蜜的泥沼里了！

其实这种"泥沼"，她并不是第一次碰见。

她最开始被光头收归麾下，就是因为有一张清丽无辜的脸蛋儿，可以轻易地勾起周围人的同情心。

因为长得好看，她受到过太多优待，比如，别人偷不到东西、骗不到钱会遭到一顿毒打，她却只有几句不咸不淡的批评，以及周围人的安慰和鼓励；又比如，别人诈骗需要良好的口才和精妙的演技，她却只需要挤几滴眼泪，往裙子上泼点儿血浆。

但有时候，优待其实是一种陷阱——不止一个人对她说过"跟我走，我养你"，要是她信了这些人的鬼话，下场就是被送到黑诊所切成块，论斤卖。

她看得出来，漆黑人影是真心喜欢她。可是，真心能值几个钱，能保质多久？

她也是真心喜欢漆黑人影，想跟他做朋友，不讨厌他的亲吻。然而在生死关头，她无论如何也不会成为电影里那个哭哭啼啼、拖拖拉拉、一步三回头的女主角，而是掉头就跑的运动健将。

李窈以己度人，觉得真心一文不值，保质期转瞬即逝。

她想到这里，被情话撞晕的脑子彻底清醒了，狂跳的心脏也安静了下来，不再胡乱蹦跶，可以平静地面对这句话了。

"我也不知道，"她真诚地道，"应该不行吧。"

漆黑人影微微皱眉，有些失望。

他不喜欢"爱"，但假如嫁给李窈的前提是必须学会"爱"，他也可以学。

只是，"爱"这种情感太复杂了。除了欺骗、胁迫、掠夺和嫉妒，他甚至在某个人的爱意里嗅到了一丝强烈的恨意。

他从未有过这样复杂的情感。

对他来说，黑就是黑，白就是白，永不可能出现混沌的灰色。

人类的情感却都是灰色的。面对同一个人，他们既可以爱，也可以恨；既可以保护，也可以伤害；既可以嫉妒，也可以祝福……太复杂了。

他下意识地排斥这样的感情，但他似乎已经有了……类似的冲动，比如现在，他盯着她，满脑子都是如何既扑咬她，又亲吻她；他既想暴力地扯下她的头颅，又想轻柔地吮吸她的舌尖。

为什么会这样？

他想不出答案，决定一会儿再想，毕竟"恋爱脑"并不是唯一的嫁妆。目前，他只有"脸"达标了，被夸"挺好看"，还得弄清楚自己有没有"贞洁"。

漆黑人影思考了片刻，说："我只喜欢你。除了你，我不喜欢任何人，也不喜欢任何生物。我只跟你说话，只认真地看过你，只认真地闻过你的味道，只抱过你，只亲过你。这样的我，还有贞洁吗？"他直直地注视着她的眼睛，目光干净、坦然、真挚，"如果我没有贞洁了，可不可以告诉我一个补救的办法……不要直接抛弃我。"

救命！她刚艰难地从甜蜜的泥沼中拔出脚，怎么又来个贞洁诱惑？李窈快顶不住了，真的，谁能顶住这样真挚又热烈的告白？漆黑人影到底是从哪个星球来的外星生物，男德星球吗？

李窈面无表情，很想告诉他，他已经失去了贞洁，对上他清澈的目光后，话到嘴边却变成了："嗯……你有。你有贞洁，哈哈。"

这是什么诡异的场景？李窈简直想给自己一巴掌。

漆黑人影得到了肯定，却并不自满。相较于贞洁，他更在乎李窈的想法："那你喜欢拥有贞洁的我吗？"

李窈："喜欢……"

漆黑人影放心了——他这下有了两样嫁妆，变成恋爱脑嫁给李窈只是时间问题。

李窈找了个借口，溜回自己的房间，她怕再说下去，漆黑人影会叫人在别墅的庭院里建一座贞节牌坊。外星人不会"社死"，但地球人会。虽然她还挺想知道，漆黑人影的贞节牌坊会是什么样子……停，打住，别想了。

李窈关上房门，洗了个澡，瘫倒在床上。

不得不说，有钱就是好——花洒一打开就是热水，水温甚至可以精确到小数点后两位；智能镜子会根据用户的心率和激素水平推荐歌曲或电影；最重要的是，浴室和卧室是隔离开来的，不管她怎么搓澡，水都不会溅到床上，更不用担心头发堵住地漏；床垫也软得惊人，她从来没有睡过这么软的床，感觉骨头被一节节地拆卸下来，平铺在了床上，更让她震惊的是，床垫的软硬程度是可调节的，甚至可以调节床垫的形状，或者直接启动按摩模式，拉伸肩颈和腰腿，柔软只是它最微不足道的一个优点。

李窈坐起来，对着床头柜上的屏幕研究了一会儿，启动了按摩模式。只听"嘀"的一声响，床垫蠕动起来，挤压、按揉她的肩颈，按得她头皮都麻了，浑身酸爽。

可惜，等漆黑人影找到自己的身体后，她就过不了这种好日子了……她得想个办法把这个床垫顺走。

李窈懒洋洋地摊开手脚，闭上眼睛，在柔缓的按摩中昏睡了过去。

漆黑人影一直注视着李窈，见她进入梦乡以后，仿佛变了个人似的，脸上温顺的神色逐渐消失，变得像金属面具一样冷硬。

他察觉到了自己身体的位置——就在这座别墅的地底下。普通人必须借助高科技仪器才能看到地底的情形，他却可以无视地面的阻拦，看见地下堡垒里人们的一举一动。

是的，长岛北岸地下有一个巨大的反辐射堡垒，整个堡垒如同一个巨型混凝土蘑菇，由地面上的一层和地下的十八层组成。

地面的入口建造在一座别墅内部，进入者推开白漆房门以后，映入眼帘的就是一道重型防爆门，必须同时通过生物识别、红外线侦测、运动传感器和重力异常检测等验证，才会缓缓打开。

电梯每下一层，都可以看到行色匆匆的研究员。激光侦测器无处不在，哪怕飞进来一只蚊子，都会被激光瞬间击中，灰飞烟灭。

漆黑人影真正的身体就被关押在这座堡垒的最深处。

那是一个由特殊合金组成的球形仓库，四面八方都是针对他的监控手段——声波识别、负离子感应器以及量子波动检测。

漆黑人影站在地面上，冷静地审视着被关押在地底的自己。

李窈会喜欢真正的他吗？真正的他如此庞大，如此笨重，虽然他可以一直用这具身体跟她亲近，但真正的身体也需要她的拥抱与亲吻。

假如她不喜欢真正的他，他该怎么办？假如她害怕真正的他，他该怎么办？

漆黑人影盯着地下的自己，突然明白了"爱"为什么会那么复杂。

他现在的心情也有些复杂。

他很不喜欢复杂的感觉。他不是一个复杂的生物，过于复杂的情绪会扰乱他的思维，让他变得不知所措。

他只想亲吻李窈，讨好李窈，听李窈说话。为什么这么简单的想法，会衍生出那么多复杂的情绪呢？漆黑人影不解极了。

他的情绪影响了地底的自己，一时间，堡垒里的研究员都感觉到了巨大的困惑，以及无法解释的……患得患失。

嘈杂的人声瞬间充斥了整个堡垒，众研究员面面相觑，不由自主地停下手上的工作，莫名其妙地感到心慌意乱，焦躁不安。所有人都非常疑惑，非常紧张，一遍遍地核对屏幕上的数据。有人甚至冲到堡垒的主控室，疯了似的要求安保主管检查安全系统。恐慌的情绪如同瘟疫一般，在地底下迅速蔓延开来，气氛凝重，令人窒息。

"会不会……"一个研究员低声问道，"跟'它'有关？"

"它"是什么，这里的人心知肚明。

另一个研究员垂着头，在翻看手机里的消息记录，没有回答。地下没有信号，他无法联系到自己的妻子，只能根据以前的对话来推测妻子是否仍然忠于自己。

他和妻子十分相爱，一度是集团里人人艳羡的模范夫妻。妻子支持他的工作，他也尊重妻子的职业和人格。但不知为什么，就在刚刚，他突然着了魔似的冒出一个想法——要是可以把妻子锁在这个地下堡垒就好了。

这个想法出现得毫无缘由，不会真的是地底下的那个怪物……影响了他吧？

研究员忍不住站起来，走向落地钢化玻璃窗，站在钢化玻璃窗旁边，可以俯瞰到堡垒的最底部。

研究员只在监测仪器上看过那个怪物。

那是他见过的最恐怖、最庞大、最悖逆自然的生物。假如不把它隔离在地下最深处，所有人都会被它发出的次声波控制，成为它最忠实的臣民。

对了，他的妻子到底在干什么？他们分开了那么久，她还爱他吗？她睡觉的时候，会想念他吗？他不在的时候，她会跟其他男人说话吗？她会把那些男的邀请到家里做客吗？

她不能这么做。她是他的，她是他的，她是他的，她是他的，她是他的，她是他的。他真想把她锁起来，真想把她锁起来，真想把她锁起来。

研究员死死地盯着玻璃窗，呼吸逐渐变得粗重，眼底血丝密布，仿佛真的看到了妻子出轨的画面。

他并不是唯一一个莫名其妙地感到嫉妒的人。

整个实验室都沦为了嫉妒的地狱。人人都在嫉妒，但并不知道自己在嫉妒什么。

李窈醒来时，第一次感觉天灵盖是通透的。

床垫具有生物反馈功能，可以通过传感器实时监测身体的生理信号，当用户进入深睡状态以后，按摩模式就会自动关闭……不愧是有钱人的床。昨天晚上她其实担心过，会不会按摩过头，第二天腰酸背痛。谁能想到，有钱人连床都是全自动的，只需要按个开关，完全不需要手动操作。

不说了，离开的时候，她说什么也要把这个床垫顺走！

别墅由一个专用平板电脑控制，屏幕如同纤薄的水晶一般，呈半透明状。

李窈躺在床上，打开平板电脑，仿佛打开了新世界的大门。几分钟后，她发现居然可以用平板电脑点餐，机械臂烹饪，最后从专门的隧道送到她的面前。

这种隧道除了用来传送饭菜、饮料，还可以用来丢脏衣服。丢进去的衣服会直接传送到洗衣机里——当然，这些隧道都是分开的，不会混用。

李窈点了一份牛排、一杯鲜榨橙汁，不到十分钟，这些就被送到了她面前的小桌子上。整个过程，她什么都不用做，只需要坐在床上等餐食送来。

餐食即将到达时，床上会自动撑开小桌，弹出刀叉、纸巾和餐巾等物品。

李窈坐在床上，心情复杂地铺开餐巾，仿佛19世纪的贵族一般开饭了。

她的意志力本就不算特别坚定，拒绝房子、钞票和真心，已经够让她心如刀绞了，现在又来一个终极诱惑——"省事"……她真的有点儿动摇了！

人活着，不就是为了衣来伸手，饭来张口吗？现在，衣来伸手，饭来张口的日子就在她触手可及的地方……她没有如狼似虎地扑上去，已经用上这辈子全部的自制力了！

李窈一边吃，一边催眠自己：漆黑人影虽然不会割腰子，但他会扯脖子，不要被幸福的假象迷惑啊李窈！

这么催眠自己一百遍，她总算勉强清醒了一些。

吃完饭，李窈换上自己的衣服，低头嗅了一下领口，嫌弃地皱起眉头。就在她琢磨着去哪里找一件干净的衣服时，敲门声响了起来——漆黑人影学会了敲门。

短短几天时间，他学会了说话，学会了亲吻，学会了送礼，学会了做饭……现在，他甚至学会了讲礼貌。

如此强大的学习能力，让人既害怕……又心动，毕竟，他对人类的一切极其排斥，学习这些，都是为了她。

李窈深吸一口气，走过去，打开房门。

果然，漆黑人影正站在门外。他又换了一身衣服，黑西装，白衬衫，手上戴着一副白色薄手套，勒出清晰而分明的腕线与骨节。

李窈：他这又是搞哪出？

漆黑人影看着她。明明他打扮得如此严肃、正式，眼神却始终像小动物一样专注而清澈，他的手臂上搭着一套干净的衣服，款式跟她身上穿的几件一模一样。

很明显，他是来给她送干净衣服的，还特意打扮成了管家的模样。

李窈怕他语出惊人，连忙夺过他手上的衣服，说了句"谢谢"，"砰"地关上门。

漆黑人影看着紧闭的房门，有些茫然，不过问题不大，李窈收下了他亲手制作的衣服——是的，那件衣服是他亲手制作的，布料也是他身上的一部分。

他原本担心李窈不愿意收下，学习了一晚上如何撒谎，终于有信心骗她收下，没想到李窈对他亲手制作的衣服十分满意，迫不及待地接了过去。

现在，他的一部分依附在李窈的身上，痴迷地吞吐着她的气息。他表情平静，脑袋却又开始发晕了，再度感受到那种极其陌生的冲动。

李窈的气味……真好闻……

他一动不动地盯着房门，往前一倾身，鼻子重重地耸动着，胸腔的起伏程度也在逐渐加剧，不看眼神的话，他完完全全就是一个疯子。

然而，即使他做出如此变态的举动，他的目光仍然干净、纯粹，坦然得仿佛吸的不是人，而是猫薄荷。

李窈穿好衣服，打开门，就看到他像小狗似的一个劲儿地狂嗅。她一把按住他的脑袋，推开："别闻了，这屋子里就我们俩人！真没别的味道了！"

漆黑人影却低下头，把脸埋进她的手掌里，挺直的鼻梁轻轻地摩挲她的掌心，鼻子一抽一抽的，仍在耸动。

李窈被他嗅得头皮发麻，很想甩开手。但同时，她心里又弥漫开一股奇特的悸动，想让他的鼻梁往上一些，亲亲她的掌心……可恶，他给她下什么药了？

李窈警惕地看着漆黑人影。

听说，有的动物发情时，身上会散发出一种特殊的气味来吸引异性……他不会也搞这一套吧？不然她为什么被他闻一下，心就跳得这么快？

李窈恨不得离漆黑人影十万八千米，手臂却陷入了短暂的僵直，动弹不得。

半晌，李窈才成功抢回自己的手臂。漆黑人影也抬起头盯着她，目光灼灼，脸色涨得通红，看上去有些吓人，仿佛全身上下的血液都涌向了面庞。

"你的气味……好闻……"他直勾勾地望着她，额上暴起一根很粗的青筋，喉结滚动着，无意识地做了几个吞咽的动作，他的语言能力似乎退化到了刚认识她的时候，"我不想闻别人，只想闻你。"

如果不是他的目光始终清澈，就凭这表情、这动作、这句话，他简直就是一个变态。

李窈听得起了一身鸡皮疙瘩。

漆黑人影那薛定谔的羞耻心让她百思不得其解。他总是在她意想不到的时候感到羞耻，大多数时候都像动物一样不知廉耻，直白而坦荡地表示喜恶。

李窈努力回忆了一下他害羞的情景，试图找到规律，但好像并没有什么规律……不对，他每次感到羞耻时，身上的骨骼肌都会紧缩，仿佛受到了某种攻击一般，眼神也会变得比平时冷漠凶狠。

这么看的话，他似乎只有在她说喜欢时才会感到害羞，比如，之前她说喜欢他送的匕首；再比如，她在高空之上承认喜欢他，是朋友的喜欢；又比如，昨天她说喜欢他做的饭菜。

他古怪、可怕，不通人情世故，上下颌可以张开到狰狞恐怖的程度，是真正意义上的超自然怪物，却有一双温顺至极的眼睛，只会对她的喜欢感到害羞。

李窈很难形容心里的感受。她绷紧咽喉的肌肉，竭力对抗胸腔里的那股电流般刺麻的悸动，告诉自己不能对漆黑人影心动。

他不是人。

人与人之间的差别都那么大——网上之所以纷争不断，无时无刻不在互相谩骂，就是因为互联网会让人的形象变得模糊，逐渐淡化成一个单薄的标签，人会共情人，但人不会共情一个标签。

人已经是这个世界上感情最丰富的动物了，对待同类尚且如此，更何况人与怪物？

是的，他的眼神非常干净，非常纯粹，但你怎么知道，某一天，你在他的眼里不会突然变成一个标签呢？

人类社会不过只有两种性别、三种肤色，由性别与肤色引发的矛盾却一直延续至今，从来没有被真正地解决过。

漆黑人影却连已知的生物都不是，他甚至不是男性，只是拥有男性的外貌特征。

对他心动，就像对一颗未知的系外行星心动一般，是一种荒谬到极点的行为。

李窈深深吸气，攥紧拳头。

冷静，冷静，她告诫自己，不要多想，不要忘记自己的目的，帮他找到身体。然后，他该回哪儿就回哪儿去，你能留住这一套房子就留住，留不住也没关系。你还年轻，还有大把时间，想要什么住处找不到？你不能为了一时的心动，把命搭进去。

她在心里劝诫了自己上万次，对上漆黑人影的目光后，脑中却莫名其妙地只剩下一句话——他只对她的喜欢害羞。

他是个怪物，但在这里，谁不是怪物呢？满大街都是疯子，到处都在火并，她必须十分警觉，才能在枪林弹雨中活下去。可不管她多么努力地求生，只要公司让她今天死，她就活不到明天。她从未真正拥有过自己的生命。

她的人生已经糟糕到这个地步了，为什么不能放纵一把呢？

李窈看着漆黑人影的眼睛。

她看过很多人的眼睛，贫民区的人的眼睛，富人区的人的眼睛……不管什么区的人的眼睛，都有一个特点——麻木不仁。是的，即使是养尊处优的富人，也有一双麻木、软弱的眼睛。

漆黑人影的眼睛却比这个世界上任何一种生物都要干净，都要火热。

她在他的眼里看到了久违的——她想不出一个确切的词语，搜刮半天才勉强找到一个替代词——纯洁。

他是个恐怖的怪物，但也是个纯洁的怪物。

李窈不知道自己还能用什么理由拒绝他。

她根本无法拒绝他。这个世界太混乱、太疯狂、太糟糕，以至连怪物的真心都显得格外珍贵。

她快要沦陷了。

李窈看着他，明明脑子里想的是要跟他保持距离，嘴上却说："对了，谢谢你送的衣服，我很喜欢。"

她猜得没错，他只对她的喜欢感到羞耻。

果不其然，话音落下，他的脸色更红了，耳根也变得像血一样红，呼吸声也粗重起来，手臂应激似的暴起一排森冷锋利的骨刺。这一刻，他的瞳孔紧缩成一条细线，似乎是因为害羞到极点，身体误以为遭受攻击，进入了自卫状态。

发现他是因为她的喜欢才感到羞耻后，李窈便不再害怕他的变化，甚至觉得相当可爱。

漆黑人影不知道自己的形象已经变得可爱起来，正在极力地遏制陌生的冲动。

她喜欢……她的气味……她喜欢……她的气味……他好喜欢……她真好。

他嗅着李窈的气味，头脑中全是"她喜欢"，根本无法组织出一句完整的话语。

这时，李窈慢慢恢复了冷静，干咳两声，想要转移话题，让他也冷静一下。

下一刻，漆黑人影却伸手抱住了她，同时背上暴出上百根蛛腿般恐怖的骨刺，纵横交错，封锁住她的退路，如同牢笼一般把她禁锢在怀中。

他似乎并不知道自己在做什么，表情茫然又躁动，他把头埋在她的颈间，急切而胡乱地嗅闻着，几乎让她的皮肤感觉到了轻微的吸力："我也喜欢你。"

李窈这辈子什么追人的招数没见过？但漆黑人影这种纯情风格的，她真没见过。最关键的是，他都把鼻子伸到她的脖子上了，眼神却不带一丝一毫的下流意味。

凭什么？就凭他什么都不懂吗？李窈胡思乱想着，等她回过神儿时，漆黑人影已经把她锁在了森冷恐怖的牢笼里。

李窈："……"

等下，他好像还没有说过自己是什么东西，把她当猫一样吸之前，能不能先说一下自己的物种啊？

李窈倒不担心漆黑人影会伤害她，主要是担心也没用，漆黑人影太强了，强到超出她的认知。他和公司一样，都属于"让她今晚死，她活不到明天"的存在。

正因为如此，她才极力抗拒内心的悸动——她已经被公司压迫了那么多年，过够了朝不保夕的日子，为什么还要给自己找一个活阎王呢？

漆黑人影却用一双干净得可怕的眼睛打动了她。

她活了这么多年，从来没有见过这么干净的眼睛，如同冷漠而懵懂的野生动物。

反正活着也是给公司当牛做马，一不小心就会横尸街头，或者被大卸八块，送往黑诊所，她为什么不能遵从心意，接受他的告白呢？

李窈并不是一个喜欢自欺欺人的人。她知道自己对漆黑人影动心了，也知道她在试图说服自己。

但事实就是如此，就算她不接受漆黑人影的告白，也不可能过得更好了——

她从小就跟光头那群人搅在一起，直到最近才摆脱他们，而光头那群人不过是屿城里的一帮不起眼的小混混儿，看到公司安保部队的身影，恨不得挖个洞钻进去。她是如此普通，如此弱小，公司高层轻描淡写的一句话都可以让她的生活发生翻天覆地的变化。所以，即使到最后她成功摆脱了公司，也摆脱了漆黑人影，过上了自由自在的生活，也不过是换了一个地方苟且偷生。

因为一个普通人想要过上安生的日子，必须先给自己的房子装上防弹钢板门窗，穿上最新款的防弹背心，最后再花大价钱去上格斗课与射击课。毕竟，防弹背心只能保她一时的狗命，她想要在歹徒手上活下去，必须比歹徒能打才行。

然而，哪怕她做到了这个地步，也不可能过上真正的幸福生活——

公司的安保部门就像无处不在的大数据一样，监控你，窃听你，包围你，你想要彻底摆脱他们的耳目，除非换一个星球生活。但现在，恐怕你换一个星球生活也不行了，奥米集团不是正在想办法殖民月球吗？穷人、富人、即将移民月球的人……所有人都在公司的监视下，无所遁形。

她生活的这个世界本身就是一个庞大的怪物，为什么她不能跟怪物谈恋爱呢？

李窈成功说服了自己，这可能是她这辈子做过的最出格的一个决定。

李窈作为一个老老实实坑蒙拐骗的普通人，内心是忐忑的，喉咙是干涩的，她做了好几个深呼吸才有勇气开口道："我也……等下，我还不知道你是什么物种。"

关键时刻，李窈的理智用力地把脑子拽了回来。谈恋爱可以，但她要先搞清楚对方的物种！目前，她除了他长得高，牙挺多，可以对周围人进行精神污染以外，什么也不知道。

漆黑人影看上去是个恋爱脑，满脑子都是她，看向她的眼神又热又黏，几乎到了烫伤人的地步。但她觉得自己还可以再挣扎一下。

漆黑人影似乎真的不知道自己的物种是什么，顿了很久，才说道："我只知道自己很大。"

李窈："……"

她努力正经地问道："还有呢？"

"很多东西都想寄生在我的身上。"他一边说，一边不停地嗅闻她的气味，挺直的鼻梁弄得她的后颈痒痒的，"但最后，它们都死了。"

李窈："啊，为什么？"

"太吵了。"他回答，"我不喜欢会说话的生物。"

"那你为什么喜欢我呢？"

漆黑人影听到了这个问题，但因为他吸了太多李窈的气味，头皮乃至舌根都有些麻痹，一时间居然无法开口。

他为什么会喜欢她？因为她是特别的——她是第一个拥抱他的人，第一个对他道谢的人，第一个想要帮助他的人，第一个教他听歌和打游戏的人……也是第一个对他说"喜欢"的人。

在人类社会中，"第一次"都是具有特殊意义的。尽管他并不明白什么是"意义"，但只要一想到李窈拥有他的许多"第一次"，他的胸腔就开始发烫，滚烫到一定程度，几乎让他温和亲切的五官微微扭曲，显示出一种古怪的餍足。

李窈太特别了。她的眼神是特别的，呼吸是特别的，嗓音是特别的，唾液是特别的，气味也是特别的……

他每靠近她一分，都能感觉到心中有什么东西在激烈翻涌，变得滚烫，如同即将喷薄的火山一般发出嗡鸣，势不可当。

他喜欢她，仅仅是因为她是她。

李窈等了半天，也没有等到回答，还以为这个问题对他来说太难了，正要换一个问题。

漆黑人影却把她抱得更紧了一些。

假如有第三人在场的话，肯定会以为这是恐怖片里才会出现的一幕——

身穿西装的男人，五官俊朗，眼窝深陷，眼角微微下垂，看上去毫无攻击性，却像动物一样急躁地嗅着女人的脖颈，同时身上暴露出无数根蛛腿一般的骨刺，将女人牢牢地禁锢在怀中。

"我喜欢你。"他说，"因为你让我觉得痛苦、羞耻、愤怒、焦躁、不安，浑身难受，想要杀人……"

李窈：可恶，还以为他会像之前一样说几句惊世骇俗的情话呢！

算了，是她对非人类的要求太高了，他知道"喜欢"的概念已经很不错了。

李窈嘴角微抽，正要打断漆黑人影，他却用鼻梁摩挲她的脖颈，一字一顿，继续说道："你让我觉得，我是活着的，活着是有意义的。"

李窈一怔。

他顺势贴上她的唇，吸吮了一下她的舌尖，喉结上下滚动，发出一声清晰的吞咽声。

李窈还没来得及对他的吻做出反应，甚至还没有从他的告白中回过神儿来，漆黑人影就已离开她的唇，把脸埋在她的颈间，呼吸声粗重而凌乱，喉咙里发出一阵野兽似的"咕噜"声。

李窈："……"

她和他的默契，似乎还没有高到可以破译这种意义不明的喉音。

李窈低头望去，漆黑人影刚好抬起头望向她，只见他的面色红得像是要滴血，双眼却直勾勾地盯着她，似乎随时准备将她拆吞入腹。

行，她知道了，他这是害羞了——也只有他会一边面红如血，一边露出吃人似的灼热眼神。

她又感动又想笑，怎么会有人有趣到这个地步……哦，对，他不是人。

李窈想了想，问道："为什么以前不觉得自己是活着的呢？"

漆黑人影陷入沉默。

这个问题跟他的来历有关。他不知道该怎么回答，万一她发现他是一个庞大到她甚至无法看清全貌的怪物，打算抛弃他，他该怎么办？

那一天，他不仅知道了"爱"的概念，也知道了"爱"必然会伴随着"分离"与"抛弃"。他会跟李窈分开吗？李窈会抛弃他吗？他要怎样才能避免被李窈抛弃？

　　这时，他想到了人类的"爱"。

　　他不喜欢"爱"，也不能理解"爱"，但人类社会中的"爱"是允许"欺骗"与"掠夺"的。他害怕失去她，所以必须欺骗她。

　　他……爱她。

　　李窈不知道漆黑人影想到了什么，总之，他一下子变得消沉至极。他那忧郁的情绪感染了她，她没忍住，两行热泪瞬间夺眶而出。

　　他脑补什么了？她好像没问什么过分的问题吧？他对人类社会的规则一窍不通，害羞和敏感倒学了个七七八八。

　　李窈正要拍拍他的脑袋，安慰一下他，就在这时，禁锢她的骨刺突然消失了，漆黑人影后退一步，紧紧地盯着她，半晌，脸上缓缓地露出一个僵硬而不协调的微笑。

　　"遇到你之前，"他保持着僵硬的微笑，可能是因为仍不擅长调动面部肌肉，每隔几秒钟，他的脸上就会闪过一阵怪异的痉挛，"我从来不知道生命的可贵；遇到你之后，我才发现生命有多么美好。"

　　李窈："……"

　　她虽然算不上什么欺诈大师，但也算一个撒谎高手了，漆黑人影这种程度的谎话，她甚至不需要分析他的肢体动作，光听他说话，就可以听出来他在撒谎。

　　好家伙，他学会撒谎了。她有点儿啼笑皆非。漆黑人影不是人类，撒谎时暴露出的破绽却跟人类一模一样——人在撒谎时，会过分注重自己的逻辑。

　　比如，他的第一句"我喜欢你，因为你让我觉得痛苦、羞耻……不安"，这种看似毫无逻辑，实际上全在讲自己的感受的话，才是真话；又比如，他刚才那句"遇到你之前"和"遇到你之后"，这种完全以时间顺序来描述自己感受的话语，就是假话。谎话本身已经漏洞百出了，更何况他还很不擅长控制情绪和面部表情，撒谎之前，忧郁的气息就已快要淹没她了。

李窈没有拆穿漆黑人影的谎言，但她必须承认，自己非常好奇他为什么撒谎。

到目前为止，他除了对她的喜欢感到害羞，只在偷吻她以后害羞过。所以，他对自己的感受避而不谈，绝对不是因为害羞……那是因为什么？

李窈仔细回想了一下。她不算聪明人，但因为要在光头手底下讨生活，被警察追得满街乱窜，她练就了非常优秀的记忆力。

她发现漆黑人影看向她时，眼神一直是坦然、纯粹、真挚的。直到她问及他的物种，他的目光才开始躲闪起来——他不想让她知道他的真面目，甚至为此学会了撒谎，为什么？

李窈好奇得不行，但并不打算逼问出真相。反正就他这个撒谎水平，他迟早有一天会自己露出马脚。

李窈一直觉得自己道德败坏，跟漆黑人影在一起以后，她才发现自己简直是个大好人，不然早就抛弃心理包袱，骗他当自己的小娇夫了。

漆黑人影的物种仍然是个谜，但应该没有比他更恋爱脑的生物了。李窈甚至怀疑，如果她松口给他一个名分，他说不定会把地球攻打下来，当成嫁妆送给她。这一想法让她浮想联翩了很久，最后被她勉强扼杀在了摇篮里。

如果说人类恋爱脑的极限，是爱一个人爱得失去了自我，一切以对方为中心，那么漆黑人影完全做到了，超出人类恋爱脑极限的部分，他也做到了。

比如，一个人再恋爱脑，也不可能时时刻刻地盯着对方，并且永远都用一种黏腻得令人浑身发麻的眼神。但漆黑人影可以，因为他不是人类，不需要睡觉。当她半夜醒来，看到他用那种痴迷到令人害怕的目光盯着她时，她真的起了一身鸡皮疙瘩。

更让她起鸡皮疙瘩的是，漆黑人影似乎不仅可以影响人类的情绪，还可以影响周围植物的生长方向。

早上，她喝着咖啡，拉开窗帘，看到落地窗上爬满常春藤的那一刻，差点儿一口将咖啡喷出来。只见常春藤如同鲜绿色的活物一般，在落地玻璃窗上纵横交错，相互刚蹭，编织出一张鲜活蠕动的巨网。枝叶摩挲着枝叶，茎蔓绞着茎蔓，几乎可以听见常春藤向前蔓延的"窸窸窣窣"之声。

李窈："……"

漆黑人影再不告诉她他是个什么东西，她真的有可能被吓死！！！

李窈不理解，漆黑人影为什么要隐瞒自己的物种？

这些天，他不管干什么，视线都粘在她的身上。哪怕是切菜的时候，她走到他后面，打开冰箱，拿听冰可乐，他会直勾勾地盯着她。而且，整个过程中，他会一直保持剁切的动作，甚至连剁切的速度都不会改变，脑袋却转了180度，保证她的身影始终处于视网膜的中心。有时候，由于他转头的幅度超出了人类的生理极限，他的头颅甚至会发出令人发瘆的"咔嚓"声，然后像上次那样直直地垂落下去。

她连这种场景都接受了，还有什么接受不了的？除非他的真身比这还要恐怖。

李窈快要好奇死了，心里仿佛有上百只小猫咪在疯狂地磨爪子。她决定今晚去套漆黑人影的话。

晚上，漆黑人影做了三菜一汤——不同国家的三菜一汤，几乎摆满了长长的餐桌。

他西装革履，一只手背在身后，另一只手举着托盘，举止优雅地为她送上主食。

如果不是送餐的时候他仍然眼也不眨地盯着她，眼中痴迷的情绪如同某种炙烫欲燃的黏液，她差点儿被他的这副正经的样子唬住。

必须承认，她并不讨厌他的这种黏糊糊的眼神，甚至有点儿……喜欢。

在其他人的眼中，她是小偷、骗子、失败者，住在棚户区的下等公民，注定下地狱的人。在他的眼中，她却什么都不是，只是李窈，一个讨人喜欢的独立灵魂。

他不懂人类社会的道德，不知道贫富与阶级，不明白公司是一个怎样的存在，所以不会去审判她为了生存而干的那些缺德事。

再说，以他的恋爱脑，就算他知道她是个骗子，估计也会在旁边为她加油助威……当然，前提是他不知道她骗过他。

李窈心事重重，筷子却没有停下过——没办法，漆黑人影做的饭太好吃了，别的不说，光这出神入化的厨艺就让人很想娶他！

她又吃了好几口才勉强停筷，琢磨着怎么从他那里套话。

漆黑人影一直看着她，见她搁下筷子，有些疑惑："不好吃吗？"

"好吃。"李窈点点头，故意唉声叹气地说，"但我一想到一件事情，就食不下咽。"

漆黑人影果然上钩了，微微皱眉："什么事情？"

李窈继续叹气："我们是情侣，对吗？"

他点头。

"那你知道，情侣之间除了接吻，还能做什么吗？"

他想了想，伸出一只手，扣住她放在桌上的手，与她十指相扣。

李窈傻了：你小子来真的，真的这么纯情？

她脸上的愁苦表情差点儿没绷住，嘴角微抽："我指的不是牵手。你仔细想想，情侣之间除了接吻和牵手，还能干什么？"

漆黑人影陷入沉思。

李窈吃了一块有机蜜瓜，试图冷静下来，下一刻，漆黑人影的话却让她呛咳起来。

他说："对你好，为你洗衣做饭，打扫卫生。你渴了，给你递上饮料；你饿了，为你送上小点心。你去哪儿我就去哪儿，你说什么我就信什么。如果有人诋毁你，我会选择相信你，然后把他处理干净。如果你的感受和我的目标冲突，我会毫不犹豫地放弃自己的目标，选择照顾你的感受。"

李窈惊了：他还真的拿恋爱脑的标准要求自己？等下，这些话都是谁告诉他的？

她拿起餐巾的一角，捂住不停咳嗽的嘴。

漆黑人影立刻递上一杯冰镇果汁，同时紧盯着她的嘴唇，似乎只要她喝一口，他就会拿起手边的纸巾，为她擦去唇边的水渍。

李窈："这些东西，你都是从哪里看的？"

如果漆黑人影是普通人类男性，他会说"亲爱的，我不明白你在说什么，你在质疑我对你的感情吗？这些都是我的肺腑之言"。

但他不是，他温顺地答道："网上看的。"

李窈追问："哪个网站？搜出来给我看看。"

漆黑人影听话地搜了出来，递给她。

李窈定睛一看，是个问答网站，原标题是："为什么最近又开始流行'恋爱脑'这个词语了？这个词到底是褒义还是贬义？"

点赞最多的一个答案："恋爱脑一般是指当一个人处于恋爱状态时，对恋人的长相和行为过分宽容，甚至会忽视一些明显的缺点或问题。

"比如，为了取悦对方，包揽家务活儿，一个人洗衣做饭，打扫卫生，或购买极其昂贵的礼物，哪怕自己穷困潦倒，身无分文。

"又比如，过于专注于对方的一举一动，而忽略与亲朋好友的关系，甚至为了跟对方在一起，放弃原本的工作或兴趣爱好。

"还有，毫不犹豫地相信对方的说辞，哪怕对方说的谎滴水全漏。

"看了我上面的举例，你还觉得'恋爱脑'是一个褒义词吗？"

李窈："……"

不管提问者有没有把"恋爱脑"当成褒义词，反正漆黑人影似乎高度认可这个答案，几乎把这一回答当成标准答案一比一地执行。

李窈不知道该露出怎样的表情。说实话，这样的事情经历得太多，她都有点儿麻木了。

漆黑人影却很在意她的看法："你觉得我还有改进的余地吗？"

李窈顿了一下，她差点儿被他绕进去，忘了自己本来想要问什么了，重点不是帮他如何变得更加恋爱脑，重点是套出他是什么物种！

李窈深深地吸了一口气，清了清喉咙："有。你忘了一件非常重要的事情。"

漆黑人影面露茫然："什么事情？"

"繁衍。"李窈用上了指责的语气，"虽然我并不想繁衍后代，但这并不是你无视我的生理需求的理由。"

她站起来，拍拍他的肩膀："我没有想到，你考虑了那么多，却一点儿也没有考虑我的感受……你自己好好想想吧，言尽于此！"

说完，李窈离开了餐厅。

一路上，她有些惴惴不安，感觉自己的语气似乎太重了。

漆黑人影唯一的缺点就是不是人类，其他方面，他简直就是完美的结婚对象。她还这么 PUA 他，内心不由得有些愧疚。

他害羞又敏感，对她真心以待，她却这么指责他……他不会难过到掉眼泪吧？

李窈没走两步，已经开始后悔了。

算了，说出去的话，泼出去的水，大不了他坦白自己的物种以后，她多哄哄他好了！

害羞又敏感的漆黑人影坐在餐厅里，神色与其说是难过，不如说是迷惑。

他知道"繁衍"的意思。但是，不同的种族其繁衍方式不同，他并不知道人类的繁衍方式，也不知道什么是"生理需求"。

他花了几分钟，了解了这两个词的含义。

十多分钟以后，他发现只要涉及这两个词，四面八方的声音就会变得躁动而暴力，充满了冷酷、愤怒、急促的鼻息与咒骂。

贫民窟的电梯里，酒吧舞女和小混混儿正在接吻。舞女的妆容已经花了，鼻翼渗出白色的汗珠。小混混儿皮肤黝黑，肌肉紧实，单手抓住她的头发，扯过她的脑袋，从后面与她接吻。

汗味、烟味、硝烟味……连空气都是汗淋淋的，汗湿的衬衫紧贴着濡湿的裙子。

李窈说的是这个吗？但这些画面与恋爱脑的意思完全相悖。

漆黑人影的理解能力并不差，从某种程度上来说，他的头脑甚至比大多数人类都要优秀，只是因为不懂人情世故，一举一动才显得分外滑稽。

他看出了这些画面的暴戾意味——钳制、锁喉、扑咬，仿佛冷漠凶狠的掠食者，以及毫无还手之力的猎物。

他理解的"恋爱脑"的意思却是对李窈百依百顺，决不违逆她的意愿。

为什么会这样？

人类不仅情感十分复杂，恋爱时的行为也难以理解，爱一个人时，会同时出现怜爱与憎恨的情绪就算了，对待同一个人居然也可以既温顺又暴力。

他独自消化了一会儿李窈的意思，突然明白她想说什么了。

她的意思是，他太过温顺，不够暴力……是吗？

毕竟，他现在只学会了欺骗，还有胁迫、掠夺和嫉妒没有学会。

李窈回到卧室后，一直在等漆黑人影过来问她什么是生理需求。然后，她再装出一副为难的样子，告诉他：物种不同，没办法解释，除非他愿意跟她坦诚相待。

谁知，她等了半天，也没有等到漆黑人影。

她不由得有些纳闷儿：人呢？他不会真的蹲墙角掉眼泪去了吧？

李窈想去找他，又怕前功尽弃，错过一个破解他的物种之谜的机会，只好充满罪恶感地去洗了个澡，睡下了。

第二天醒来，她仍然没有看到漆黑人影。

不知是不是她的错觉，一觉醒来，她感觉别墅的气氛变得非常古怪，空气中弥漫着一股潮湿而黏腻的冷气。有什么东西粘在她的皮肤上，几乎形成了一层诡异的薄膜，她怎么也擦不干净。

她洗澡的时候，甚至能感觉到那层薄膜在身上蠕动，缓慢而湿冷，如同某种阴湿的爬虫，令人毛骨悚然。

但当她伸手去抓时，那种黏糊糊的爬虫蠕动的感觉又消失了。

这个澡洗得她头皮发麻。

还好从小到大她家里什么都缺，就是不缺虫子，她不至于当场跳激光舞，冷静地搓完澡，擦干身体，接了一杯现磨咖啡。

李窈端着陶瓷杯，看着紧闭的窗帘，犹豫了一下，一把拉开。

即使有了心理准备，她还是被吓了一跳——落地窗上全是植物，粗壮而茂盛的植物。庭院完全变成了一个小型热带雨林，林木葱郁，每一片翠绿的叶子都生长得极其肥厚，粗枝密叶重重叠叠地缠绕在一起，不漏一点儿阳光。

最让她头皮发麻的是，每一片绿叶、每一根树枝、每一条根茎都精准无误地朝向她，像是要把她困在这翠绿色的牢笼之中。

李窈一脸震惊：漆黑人影对这幢房子做了什么？他到底是什么玩意儿，不会是树精吧？！

李窈越来越好奇漆黑人影的物种了，好奇得抓心挠肺，一颗心几乎要蹦到嗓子眼儿。

她深吸一口气，喝了一大口咖啡，拉上窗帘，决定去找漆黑人影谈谈。

假如他还不愿意告诉她真相的话，那她只能使出撒手锏，用分手威胁他了！

漆黑人影不知道自己即将被分手，正在构筑属于李窈和他的爱巢。

他花了一晚上的时间，学习胁迫、掠夺和嫉妒。根据人类社会无数个血淋淋的活例子来看，"胁迫"的意思大概是："如果你不跟我在一起，我就死给你看！"

他不禁眉头微皱，有些苦恼，因为他并不会死。

李窈作为他的伴侣，以后肯定会在他真正的身体上定居，被他小心而仔细地供养。于是，第二种说法"如果你不跟我在一起，我就杀了你"也不行。

他只能暂时把胁迫搁在一边，研究"掠夺"和"嫉妒"。

假如昨天晚上，李窈没有早早入睡的话，就会发现漆黑人影在某阅读 APP 上买了一百多本强取豪夺的言情小说，紧接着以量子波动一般的速度迅速阅读完毕。

书中不乏令人想要报警的情节，比如男主角限制女主角的活动范围，不允许女主角认识新的朋友，不允许女主角跟异性说话，女主角的眼睛必须一直看着男主角，无论男主角去哪里，女主角都必须跟在他的身边，男主角连睡觉都要用手铐把女主角铐在床上。

漆黑人影看完这一百多本言情小说，重新看了看问答网站上关于"恋爱脑"的回答，得出一个结论——他是女主角。

漆黑人影顿时释然了。

他不想胁迫和掠夺李窈，虽然李窈总是让他感到羞耻和无措，让他焦躁不安到接近发狂，但他还是想要对她好。

毕竟她那么小、那么脆弱，动不动就流血受伤，连站在 500 米的高空之上都会害怕到发抖。

她的口腔构造也脆弱得令他怜爱，牙齿稀少而扁平，连同类的头颅都无法咬下。

他的妻子是如此弱小可怜又无助，他不想让她感到恐惧。

想到这里，他对"爱情"的印象更差了。

只是，李窈需要他变得暴力。漆黑人影沉思片刻，准备去找李窈商量一下，能不能换成她对他暴力。

不过，要等他构筑完爱巢。

胁迫、掠夺和嫉妒，这三种爱人的方式，他最认可的是"嫉妒"——李窈是他的。

他愿意为她饱受羞耻的折磨，也愿意忍受愤怒、痛苦和不安等躁动的情绪，也愿意被她暴力对待。前提是，她是他的，她不会离开他。

走到楼下，李窈又吓了一跳。

落地窗上同样爬满了密密麻麻的翠绿藤蔓，可能因为藤蔓是最早爬上落地窗的植物，长得比其他绿植都要粗壮，如同一条条肥硕而狰狞的绿蛇。

吓到她的不是藤蔓，而是坠毁在庭院里的无人机。

漆黑人影的影响力完完全全超出她的想象。他居然除了可以影响周围人的情绪、植物的生长方向，还可以影响无人机的导航系统。

庭院的草坪上全是坠毁的无人机，甚至还有生物科技用来授粉的蜜蜂机器人。这样一来，他们岂不是同时对两家公司暴露了行踪？他们得换个地方住了！

说实话，要不是看到满地坠毁的无人机，李窈差点儿忘了，他们来这里是为了寻找漆黑人影真正的身体。

一开始，李窈还纳闷儿漆黑人影能恋爱脑到什么程度，现在她只剩下佩服：不愧是恋爱脑，连自己的身体都能忘。

她仰头"咕咚咕咚"地喝完手上的咖啡，随手搁下陶瓷杯，冲到楼上，准备拿个大容量的双肩包薅点儿羊毛，再让漆黑人影带她离开。

漆黑人影的视线一直粘在李窈的身上，他眼也不眨地观察着她的动静。

见她看到庭院里的场景，第一反应是冲向楼上的卧室，翻箱倒柜地找出一个双肩包，开始大把大把地往包里塞高级营养剂，他愣了一下，脸上缓缓地露出一个忧郁的表情——李窈似乎并不喜欢这个爱巢。

为什么？她明明很喜欢植物。还是说，她只喜欢别人种的植物？

想到这里，他更加忧郁了，忧郁到一定程度，几乎无法维持人类的长相，脸上的表情也变得冷漠而僵硬，如同橱柜里死气沉沉的苍白而俊美的人偶。

同时，他还感到强烈的嫉妒。

她应该喜欢他亲自种下的植物，应该喜欢他，应该跟他待在这个巢穴里。

他想要她在意他、喜欢他，和他待在一起，即使用上胁迫和掠夺的手段。

不，不，他不能这么做，她太渺小、太脆弱了，假如和他的真身站在一起，她几乎是沧海一粟，她承受不起他的掠夺。

可是，她想要离开的行为让他非常难过。漆黑人影闭上眼睛，混乱而剧烈的情绪涌入他的大脑，几乎让他的思维陷入停滞。

她对他的引导太少，而他的疑问又太多。为什么她不能帮他解答一下心中的疑惑？为什么她不能教他如何当一个合格的恋爱脑？他对人类的情感一窍不通，却为她学会了那么多复杂的情绪，为什么她不能多抱他几下、多夸他几句呢？

为什么？为什么？为什么？

为什么她不能教他？为什么她不能夸他？

难过和委屈的情绪同时冲上头顶，漆黑人影面无表情，头却眩晕了一下。

在此之前，他只有极端羞耻时才会感到头晕目眩。这是第一次，他因羞耻以外的情绪而产生强烈的眩晕，甚至失去了组织语言的能力。

他想要李窈哄他。只要李窈愿意哄他，他就会毫不犹豫地相信她的说辞，哪怕她说的谎话滴水全漏。

李窈在别墅里搜刮了半天，总算塞满了双肩包。

反正等公司找到这里来，这里的一切都会物归原主，她带点儿纪念品离开不过分吧？又没动真正值钱的东西。

当然，她没动那些值钱的东西，不是因为道德属性大爆发，而是因为屋主已经把所有财产都转移到了她的账户上。光是想想，她就不忍心再薅更多羊毛了。

李窈摇摇头，感叹了一下自己高尚的品德，正准备叫上漆黑人影一起开溜，一转头，却看到漆黑人影正站在她的身后，一动不动地看着她。

李窈："……"

他太不会隐藏自己的情绪了，喜欢一个人，就目不转睛地盯着对方看，眼神灼热得像是要在她的身上烧出两个窟窿；感到难过时，就散发出忧郁的气息，煽动周围人一起流泪——就像现在。

李窈严重怀疑，路边的狗闻到他现在身上的气息都得掉两滴眼泪。

她有点儿哭笑不得：又怎么了？他不会以为她往背包里塞东西是要跑路吧？

不是李窈聪明过人，而是漆黑人影的心思太好猜了——他根本没有心思，脑子里只有她，只要想想她最近做了什么，有没有做出让人误会的举动，就能把他的想法猜个七七八八了。

李窈想了想，直接说道："我不是嫌弃你……呃，吸引过来的花花草草，但你把公司的无人机和蜜蜂机器人也吸引过来了。现在我们得换个地方住了。"

漆黑人影闻言，愣了愣："那你会带上我吗？"

怪不得现代人一听到恋爱脑就摇头，他这脑子确实不能要了。

李窈语重心长："你猜猜，我为什么说的是'我们'？"

话音落下，李窈第一次知道，小说里写的一个人的眼睛"亮了起来"，是真实存在的——她眼睁睁地看着他僵冷苍白的面孔变得容光焕发起来，眼神仿佛加了华丽梦幻的星光特效，温柔愉悦得令人头皮发麻。

李窈："……"

他本就长得温和俊朗，充满亲和力，但不知是不是眼神太过愉悦的缘故，现在的他整个人看上去十分变态，像极了电影里用情人般的目光注视着受害者的连环杀人犯。

李窈觉得自己离变态也不远了——她居然有点儿喜欢他这个眼神。

在如此诡异的暧昧氛围下，李窈的心情也诡异地冷静了下来，她暂时不着急逃跑了——跑什么跑？只要公司不是开着航空母舰压平这幢别墅，她应该就死不了。

她感觉现在的气氛不错，说不定能破解漆黑人影的物种之谜。

想到这里，李窈上前一步，握住漆黑人影的手，顺便把沉重的双肩包递给他。

漆黑人影沉默地接过双肩包，提在手上。

李窈："宝贝，还记得我昨天跟你说的话吗？"

漆黑人影点头。

李窈："你没什么想跟我说的吗？"

他点头。

李窈诧异：还真有？假如他能主动地坦白自己的物种，那就不用她套话了，这样也好。

"那你说吧……"

这句话还未说完，漆黑人影突然伸手扣住她的后脑勺儿，同时，只听"砰"的一声，双肩包落地了。

他用另一只手按住她的腰，低下头，轻舔了一下她的嘴唇。

只是一下，他全身上下就陷入了恐怖的麻痹状态，脊椎倏地张开森冷锋锐的骨刺，羞耻感如同焰火一般在他的脑中爆炸开来。

他面无表情，手指却颤抖起来，心脏"怦怦"狂跳，令胸腔感受到骇人的疼痛。

自卫机制被触发，他的眼神变得森冷而凶戾，瞳孔紧缩成一条细线，面部中间隐隐浮现出一条漆黑的裂纹，似乎随时会裂开，暴露出密集而尖利的牙齿。

落地窗外，常春藤仿佛野草一般疯长，眨眼间生长出上百片肥厚的翠绿叶片，粗壮而狰狞的攀缘茎甚至钻入了石墙的缝隙里。

不能杀她……不能杀她……不能杀她……他喜欢她，她是他的伴侣、他的妻子、他想嫁的人，是拿走他许多"第一次"的人。如果她死了，他会痛不欲生。

半晌过去，他心中剧烈翻滚的杀意才被遏抑了下去。

他想起昨天看到的画面。或许，他可以试着像人类一样暴力一些。

李窈刚要挣脱漆黑人影的钳制，下一刻，他冷不丁地抓住她的头发，迫使她仰起头，颈项绷成一条漂亮而脆弱的直线，他再度低下头，重重地吻了上去。

头皮传来轻微的拉扯感。

李窈惊讶地眨了眨眼睫，一晚上不见，他的接吻技术怎么进步得这么快？都会强制爱了。

但很快她就发现，他只会这一个动作，吻上来以后就静止不动了，似乎并不知道下一步该干什么。

她只好提醒："舌头。"

漆黑人影看着她，目光纯净得让她的教学被迫中断。

李窈并不知道漆黑人影看了一晚上的言情小说，也不知道他认为自己是女主，但现在她确实满脑子都是"女人，自己点的火自己灭"。

她苦恼地叹了一口气，闭上眼睛，拍拍漆黑人影的脑袋，示意他低头，然后踮起脚吻了上去，舌尖轻轻地从他的唇上扫过。

严格来说，这不是一个多么缠绵的吻，漆黑人影的反应却让她感受到了久违的羞耻——他全神贯注地观察着她的唇舌的运动，再一比一地还原她的动作，单纯、青涩、纯情，他们简直像两个在青春期偷尝禁果的少年情侣。

这种古怪的既视感让她头皮发麻，从脸上红到了脖子根。

漆黑人影却像是忘了自己害羞的人设似的，神色认真而投入，喉结不时地上下起伏一下，似乎十分享受这个吻。

李窈差点儿被他亲晕了。不行，她还有问题没问！李窈努力推开他，刚要说话，就在这时，剧变陡然发生——

其实她早就料到了公司会来人，但没想到公司的人会来得这么快，也没想到公司的准备会这么充分。

几乎是一瞬间，所有的落地窗骤然破裂，玻璃碎片如同瓢泼大雨般倾盆而下，十多个安保人员顺势破窗而入。他们全副武装，身穿漆黑色的制服，脸上戴着金属面具。

根本不需要出声询问，李窈就知道，这是看守漆黑人影真身的安保人员——漆黑人影最开始出现时，打扮跟他们一模一样！

为首的一个安保人员举起两根手指，似乎在对身后的人下达命令："声波武器。"

李窈惊疑不定：漆黑人影害怕次声波？

下一刻，她就知道为首的那个人为什么这么说了——不是漆黑人影害怕次声波，而是她害怕声波攻击。人耳听不见次声波，但能感受到次声波带来的一连串恐怖反应。不到几秒钟，她就感觉自己的眼球鼓胀起来，一跳一跳的，似乎要从眼眶里跳出去；内脏拧作一团，肠胃瞬间绞紧，呕吐感直冲喉咙。

李窈眼前一黑，跪倒在地，控制不住地呕了出来。

很明显，这只是最初级的声波攻击。

次声波可以与人体器官发生共振，起初只会让人产生头晕、呕吐、呼吸困难等反应。但严重的次声波甚至能使人的血管和器官破裂。

再这样下去，她会死。

但她什么都做不了，甚至连开口说话都做不到。她只是漆黑人影与公司的博弈中一枚不起眼的棋子，无权决定自己的生死。

这时，漆黑人影冷不丁地开口："你们在做什么？"这还是李窈第一次听见他用这种冷静到可怕的语气说话，"你们想杀了她？目的是什么？"

他肯定又从周围学到了什么。

李窈无力思考，快把胃吐出来了。

为首的那个人说："我们不想杀死她，我们只想要你跟我们回去。"

漆黑人影看了一眼李窈，又看向为首的那个安保人员，声音仍然十分冷静："关掉声波武器，我跟你们回去。"

"好。"为首的那个安保人员耸耸肩，示意手下关掉声波武器。

李窈终于从无休止的呕吐中挣脱了出来。

漆黑人影半蹲下来，从外套口袋里掏出一张干净的手帕，一丝不苟地擦掉她唇边的唾液。

李窈抓住他的手，看向他的眼睛。

漆黑人影却低下头，亲了亲她的嘴唇："等我带着嫁妆回来，你会娶我吗？"

李窈："……"

要不是她现在虚弱得说不了话，她真想大喊一声：都什么时候了，还惦记着你那恋爱脑嫁妆呢？！公司都知道你是个恋爱脑了！

她摆摆手，哑着嗓子说："你能帮我报仇的话，不要嫁妆，我也娶你。"

漆黑人影摇头："不能没有嫁妆，那样会显得我名不正言不顺。"

李窈："少看点儿肥皂剧……"

漆黑人影认真地道："我上网查了，'三书六礼，十里红妆，八抬大轿'才是明媒正娶。"

李窈："……"

她忍无可忍地抬头对为首的安保人员说："你快把他带走吧，我受不了了。"

为首的安保人员听不见他们在聊什么，但这俩人确实太磨叽了。他冷冷地道："寒暄时间到，再不走，我会直接把声波武器调到最大挡。"

也许是这一句话起到了威慑作用，又也许是漆黑人影已经发表完了要她明媒正娶的宣言，站起来跟公司的安保人员离开了。

公司的人一走，李窈就瘫倒在地上，背上全是淋漓的冷汗。

她觉得她和漆黑人影以后不会再见面了。

不是她不相信漆黑人影的承诺，而是从来没有人真正意义上打败过公司。公司掌控着这个时代的一切，食物、运输、能源、媒体、武器、安保，甚至是为植物授粉的蜜蜂。

谁能撼动公司的位置？

李窈猜错了，漆黑人影并不是从周围学到了什么，才会用冷静的语气说话。

他一直都非常冷静，情绪很少有起伏，更不会感到羞耻或焦躁，是李窈让他变得害羞而情绪化。

但不知为什么，他看到她受伤的那一刻，因接吻而激动不已的头脑一下子冷静了下来。

这具身体太弱了，甚至不能保护她，让她免于遭受次声波的伤害，他必须去把真身找回来。

他不知道自己是怎么来到这里的，却记得自己是如何从一团星云变成一颗炽热的原恒星，又如何因某种高能射线由原恒星变异成类地行星，甚至在这一过程中拥有了自我意识——是的，他是一颗巨型行星，公司关押在地底的只是他的星核。

他的本体在苍穹之上——天际线边缘那个庞大恐怖的暗影，如果不是他性格温顺，对任何生物都没有恶意，这颗星球会瞬间被他拽入洛希极限，化为一条冰冷而美丽的行星环。

李窈并不知道，漆黑人影真正的身体就在长岛北岸。她也不知道，关押他真身的反辐射堡垒就在相距不到 500 米的别墅底下。

所以公司的人马才会来得这么快。

几乎是蜜蜂机器人坠毁的一瞬间，反辐射堡垒就收到了它们的定位信息。

毕竟在一般情况下，蜜蜂机器人并不会因为电磁干扰而坠毁，不然它们根本无法在城市中完成授粉任务。只有一种情况，它们才会因为电磁干扰而坠毁——这些蜜蜂机器人遭遇了某种未知而强烈的磁场扰动。

哈里斯教授是"行星磁场研究计划"的发起者，该计划全称"Project Planetary Magnetodynamics"，简称 PPM。

他发现蜜蜂机器人坠毁以后，立刻就想到了地底的那颗星核。

说起来，这颗星核的来历，还跟生物科技的前 CEO 江涟有关。

当时，整个屿城都被紫黑色的触足占领了，天上隐隐浮现出一个天体般庞大恐怖的暗影。所有人的第一反应都是逃跑，哈里斯却把汽车调到了手动模式，径直朝那个庞大的暗影驶去。

就算不冲向那个庞大的暗影，哈里斯也时日无多了——就是他对荒木勋提出的"气味计划"。他原本打算利用周姣的气味捕捉到江涟，如果能从江涟身上提取到特定的基因序列，融合到人类的基因组中，或许能让人类迎来第二次进化。

但很明显，他失败了——周姣逃了，江涟疯了，整个生物科技都沦陷了。

幸好，荒木勋自身难保，没空处置他。哈里斯戴上军用易容面具，钻进悬浮车，从公司大厦逃走了。

让他大松一口气的是，江涟虽然是个恐怖的怪物，但满脑子都是周姣，根本不知道他的存在。

荒木勋忙着应付江涟，也忘了自己还有这么一个研究员，他在屿城过了一段安生日子，直到紫黑色触足侵占了城市的每一个角落，天际线的庞大暗影若隐若现。

横竖都是死，他死也要提取到江涟的基因序列。

谁知，庞大暗影下方什么都没有，只有一个水晶般晶莹剔透的圆球。

哈里斯花了十多年的时间来研究这个圆球，最后发现它来自系外星系，似乎是一种生命体，但与任何一种已知的生命形态都没有相似之处。

在微观层面上，这个圆球更是呈现出一种超出人类理解范畴的结构，不像生命体，更像是一块陨石。

转眼间，十多年过去，哈里斯凭借这个圆球成了奥米集团的高级研究员，这个圆球也变得越发美丽——怪异的美丽。

他们把它称为"星核"。星核看上去流光溢彩，如同一颗晶莹剔透的浅色宝石，散发出的光芒却超出了人类已知的光谱范围。哈里斯怀疑，只有把它带出太阳系，才能看到它真正的色彩。

不过，自从发现星核可以影响周围的人的神志后，就没人关心它是什么颜色了。哈里斯也借此一跃成为奥米集团最有话语权的研究员。

他们把反辐射堡垒建在长岛北岸的地底下，不是因为这里的私人安保系统有多么完善，而是因为这里是闻名遐迩的富人区。假如星核可以影响地面上的富人的神志，间接操纵富人的一举一动，奥米集团统治全世界只是时间的问题。

谁能想到，关键时刻，这颗星核居然逃走了！

起初，哈里斯以为这是哪个研究员开的低级玩笑，但他们一直在密切监测星核的磁谱数据。几个安保人员不幸丧生后，磁谱上出现了一道非常明显的磁强度减退区域——这意味着磁场变弱了。而那几个安保人员的死状也印证了这一点——他们是被一种未知的超高能宇宙射线活活撕裂而亡。

知道核辐射吗？人体暴露在核辐射之下，全身的 DNA 链会瞬间断裂，皮肤溶解，脏器衰竭，血肉和脂肪争先恐后地往外流。

然而，核辐射与超高能宇宙射线相比，就像是自行车和磁悬浮车——虽然都能往前开，速度却是天壤之别。在正常情况下，宇宙射线并不会到达地面，大气层会对其进行吸收和散射，更何况这是一座反辐射堡垒。只有一种情况，那些安保人员会因为超高能宇宙射线而死——星核杀死了他们，逃跑了，留在堡垒最底层的只是一具空壳。

哈里斯不愿相信这个结论，但他对着监控看了又看，最终不得不相信，星核是真的逃跑了，而且是变成人形生物逃跑了！

只见监控屏幕上，一个安保人员不知听到、见到了什么，突然着了魔似的朝星核走去。随着他离星核越来越近，他的表情逐渐变得僵硬、麻木，动作也像掉帧的动画一般，呈现出一种令人悚然的非人感。最后，那个安保人员像积木一样轰然碎裂，化为一堆让人头皮发麻的血肉碎块。但不到几秒钟，那些碎块重新拼了起来，组成一个极不稳定的人形。

哈里斯看得背脊发寒。

那个人形没有五官，脸上是一片骇人的空白。它低头看了看自己的手掌，有那么一瞬间，它的表情居然有些困惑。不知为什么，这个人形生物全身上下透出一种难以想象的单纯，满脸写着"我只是轻轻碰了你一下，你怎么就碎了"的疑惑。一般来说，"单纯"都跟"可爱"挂钩。哈里斯却不觉得这个人形生物"可爱"，只觉得它非常恐怖，十分恐怖，极其恐怖！

然而，这仅仅是开始——接下来，人形生物又"不小心"弄碎了几个安保人员，身形也越来越高，接近三米。

一路上，它似乎在观察安保人员的一举一动，逐渐学会了如何运用手指，如何运用上下颌做出咬合的动作。它的咬合方式跟人类截然不同。哈里斯眼睁睁地看着它的面部裂成两半，暴露出密密麻麻的尖利牙齿，把一道合金巨门咬出了一个窟窿。

这一幕镇住了所有安保人员，没人敢上前拦下它。哈里斯也不敢招惹它，只能隐瞒星核逃跑的消息，假装地下堡垒一切如常。

他听说了屿城关于漆黑人影的目击事件，但不敢轻举妄动。当年的江涞事件给他留下了极大的心理阴影，他对这些未知生物又馋又怕。

谁能想到，漆黑人影居然谈恋爱了！他弄不死漆黑人影，但弄死李窈是分分钟的事情。不过，他始终记得江涞的前车之鉴，并不想激怒漆黑人影，然后像当年的生物科技一样全军覆没，他只是非常温和地威胁了一下，让漆黑人影自己回来。

哈里斯看着监控镜头里走向反辐射堡垒的漆黑人影，激动而颤抖地呼出一口气——他成功了！果然，对付这种非人生物不能硬来。论武力，它们或许可以轻松地毁灭世界；论脑子，它们可能连满大街乱窜的青少年都不如。

哈里斯对自己的决策满意极了。当初，荒木勋要是有他一半聪明，就不必沦为江涞那个怪物的狗了。他真的太聪明了，不费一兵一卒就化解了这场风波！

接下来，他只需要把李窈关起来，像在骡子头上吊一根胡萝卜一样，骗漆黑人影给他打工就行了！

漆黑人影跟着安保人员走进通向地下堡垒的电梯。

他看着面前的合金巨门，冷不丁地出声问道："这道门隔音吗？"

安保人员对待他的态度跟对待一条会说话的狗没什么区别——虽然哈里斯一再跟他们强调他非常危险，但他在李窈面前表现得太温顺了，不仅用随身携带的手帕帮李窈擦掉了嘴边的口水，一路上还不时地拿出来闻一闻，表情痴迷又变态。

在这种情况下，他们没有当场发出讥笑，已经很尊重这个怪物了。

为首的安保人员冷冷地道："你知道这个干什么？难不成你指望你的小情人来救你？这可是钨合金门，配备了上百种检测手段，每个走进来的人，要是生物信息甚至是走路姿势跟以前不一样，都会立即触发警报。"

漆黑人影若有所思："所以，不管我在地下干什么，她都不知道，对吗？"

"没错，"为首的安保人员轻蔑地道，"你的小情人不会知道你即将遭遇什么。"

漆黑人影点了点头。

见漆黑人影对这句话没有过激的反应，连愤怒的情绪都没有，周围的安保人员终于忍不住讥笑起来——这也不能怪他们，毕竟星核逃走以后，哈里斯就把所有知情人秘密处决了，新来的安保人员只知道漆黑人影是非人生物，除此之外，一无所知。

公司老是搞一些令人作呕的人体实验，十多年前，甚至差点儿爆发"生化危机"——一群湿冷黏滑的变异种在大街上为非作歹。除非漆黑人影是更加恐怖、更加离奇、更加难以想象的非人生物，否则他们已经见怪不怪了。

漆黑人影听见了安保人员的笑声，也听见了笑声里不加掩饰的恶意，但他神色平静，一言不发。

他在等，等电梯下降到合适的楼层。

只听"叮"的一声，电梯下降到了地下 17 层，这也是电梯能到达的最低层，再往下一层，就是关押他真身的核心区了。

最先响起的是震耳欲聋的警报声——电梯的安保系统检测到了异常的磁场脉冲。

这些安保人员虽然对漆黑人影的实力一无所知，但毕竟是公司的精锐，立刻拔枪上膛，瞄准了漆黑人影。

下一秒钟，他们都愣住了——他们的手居然在熔化！

这简直是恐怖片里才会出现的画面——皮肤溃烂、脱落，肌肉仿佛泛着肉黄色泡沫的血水一般往下流淌，顷刻间便暴露出森白的指骨。

然而不到几秒钟，指骨也"咔嚓"一声断裂了。

有个安保人员当机立断，忍痛打开耳麦，"请求支援"刚说出一个"请"字，整个人便化成了一摊血水。

不仅电梯里的安保人员在熔化，其他楼层的研究员也在熔化。哈里斯在主控室内看着这一幕，仿佛看到了活地狱，完全无法用语言形容。

这些天，他一直在窃听漆黑人影和李窈的谈话。在他的印象里，漆黑人影不过是一个单纯到接近愚蠢的非人生物，被一个贫民窟的女骗子玩得团团转。在那个女骗子面前，漆黑人影表现得异常温顺，主动承包了洗衣、做饭、打扫卫生、修剪花圃等家务。如果不是公司找上门，漆黑人影甚至打算在花园里开辟一块菜地，种真正的有机蔬菜给那个女骗子吃。

现在，漆黑人影却在用那双擅长做家务的手大开杀戒。

哈里斯不可置信：到底是哪里出错了？！还是说，漆黑人影在那个女骗子面前表现得那么单纯，是为了让他们放下戒心，以便像这样大肆屠杀？

哈里斯震惊、惶恐，百思不得其解。

转眼间，整个地下堡垒迅速沦陷，化为尸水横流的炼狱。

哈里斯试图向奥米集团发出求助信息，通信信号却受到了严重干扰——漆黑人影拦截了他的求助信号。

漆黑人影根本不是温顺无害的非人生物，而是一头极其骇人的恐怖怪物。

整个地下堡垒沦为一座血红色的孤岛。

在尖锐的警报声中，漆黑人影走进了主控室。

他的皮鞋沾满了鲜血，神色却一如既往地亲和，看上去毫无攻击性，微微下垂的眼角甚至显得有些无辜。究竟是什么样的存在，才会在杀了这么多人后露出这么无辜的表情？

怪物！变态！疯子！

哈里斯颤抖着后退一步："别杀我……你想要什么，我都可以给你……"

漆黑人影停下了脚步，说："我想要一份固定的工作。"

哈里斯觉得漆黑人影在愚弄他，但对方的杀伤力太可怕了，只能低下头颅："你想要什么，我都可以给你。只要你不杀我，我保证给你一份固定的工作……"

漆黑人影却冷静地摇头："你连自己的工作都不固定。"

话音落下，哈里斯化为一摊红黄相间的血水。

漆黑人影目不斜视地踩进血泊里，站在主控室中央，按下核心区的启动键。

只听一声轰然巨响，一层又一层的半圆形铅门缓缓开启。

如果有人还活着的话，就会发现，整个地下堡垒都被星核的光芒映照成了一片奇异而梦幻的光海。

漆黑人影关闭主控室的钢化玻璃窗，直勾勾地盯着地底的星核，纵身一跃而下。

几十分钟过去，李窈才从声波攻击中缓过来。她的听力似乎受到了某种损伤，一切声音都变得朦胧而遥远，血流撞击耳膜，发出沉闷的轰响。

李窈的表情没什么变化，这应该是暂时的，几个小时就能恢复。

这并不是她第一次遭遇次声波，爆炸也会产生次声波。有一次她不小心撞见帮派火并，枪声大作，人群惊慌四散，警笛声响彻街头巷尾，突然有人大喊一声："是手雷——快趴下！"

下一刻，她就被人扑倒在地，紧接着只听一声巨响，火光遽然升起，沙石与玻璃碎片如暴雨般泼下。当时，她的耳鸣至少持续了两三个小时。

李窈艰难地从地上爬起来，去洗了个澡，换了身干净衣服，捡起地上的双肩包，毫不犹豫地离开了别墅。

她才不相信公司的鬼话，什么"我们不想杀死她，我们只想要你跟我们回去"——知道生物科技为什么换了个 CEO 后，就一跃成为口碑最好的跨国垄断公司吗？因为 AI 不会压榨员工，不仅实行八小时工作制度，还给员工买养老保险，甚至会给高级员工提供私人医疗和安保服务。

这说明什么？说明其他跨国垄断公司不仅不实行八小时工作制，还不给员工买养老保险！

奥米集团一年的毛利高达十多万亿元，却连养老保险都舍不得给员工买。这样的公司，你指望它言而有信，还不如相信她是秦始皇呢！

李窈没有开走车库里那辆限量超跑，太显眼了，简直是活靶子。她选了一辆铁灰色的越野车，尽管这辆越野车看上去平平无奇，配置却相当高级——全轮驱动，竞速级悬架，装甲轮胎，没有后座，但一个超大的后备箱，完完全全是她的梦中情车！

不过，李窈并没有因为后备箱大得惊人就回到别墅继续搜刮财物。公司随时会派人过来，别墅里的那点儿财物不配她以命相搏，虽然她非常想搬走那张柔软的按摩床垫。

李窈坐上驾驶座，按下启动键，冲出了车库。

她猜得没错，公司根本没想放过她。她刚开出别墅区没多久，就有几架无人机跟了过来。车上配备了军用级攻击系统，但李窈仍有些头晕目眩，手握方向盘已经非常勉强了，根本无法在疾驰中瞄准那些无人机。

眼看就要被追上，就在这时，汽车中控台的屏幕跳闪两下，后面突然传来"轰隆"一声巨响！轰响声大到骇人，震得车窗、方向盘、挡风玻璃都在震动。要不是李窈对自己的开车技术没有自信，规规矩矩地系上了安全带，已经一头撞上方向盘了。

她抬头，瞥了一眼后视镜，吓得差点儿把车开进海里——天上是什么？！

只见天色由晴转阴，到最后几乎变得像夜晚一样暗淡无光，一个巨大到恐怖的天体逐渐逼近，压迫感极为强烈，令人毛骨悚然。

有的猎奇爱好者会专门搜罗一些关于"巨物恐惧症""天体恐惧症"的视频来看。而正常人看到如此庞然大物从天而降时，第一反应都会是恐惧，甚至是恶心。

李窈一开始确实被吓到了，整个人手脚冰凉，呼吸困难，冷汗直流。但不知为什么——可能是她的后遗症还没好全——她居然觉得天上那个玩意儿透出一股古怪的亲切感。她情不自禁地想要踩下刹车，打开车门，朝那个天体走去。

醒醒啊，李窈，小时候的教训还没有吃够吗？这绝对又是公司搞出的某种怪物，你停什么车？油门踩到底，车门焊死，往前开就完事了！

李窈一咬牙，反锁车门，把车载音响开到最大声，在震耳欲聋的死亡金属乐中一往无前。

不得不说，她的运气还算可以，因为突然出现的不明天体，公司派来的无人机都坠毁了。

按理说，公司的无人机都飞不起来了，这辆车的导航系统应该也会受到影响，可奇怪的是，她居然还能用 GPS 和自动驾驶功能——管他的！

全神贯注地开了半个小时的车，李窈已经筋疲力尽了。她强打起精神，设置了一个目的地，倒头昏睡了过去。

等她醒来时，天色已经彻底黑了。不对，不是天色，她似乎被装进了一个货箱里。

李窈并不意外。她在驾驶座上睡觉，车又处于自动驾驶状态，以这里的治安状况，她不被劫持才奇怪。

问题是，谁劫持了她？路人，还是公司？

李窈有点儿害怕，但害怕并不能改变现状，她现在最需要的是休息。于是，她思考了几秒钟，又昏睡了过去。

等她再度醒来时，她已经被转移到了奥米集团的大厦里。与宣传图上的一样，奥米集团的大厦如同一座即将起飞的宇宙飞船，外墙由全玻璃幕墙组成，电梯上、天花板上、玻璃围栏上，到处都是生机勃勃的绿植。

或许是笃定她逃不出去，李窈被扔在其中一层楼的走廊上。

玻璃围栏外是一个巨大的环形天井，放眼望去，可以看到每层楼的情形——几乎每层楼都有行色匆匆的研究员，他们手上拿着半透明的平板电脑，密切关注着上面的一行行鲜红的数据。

"你醒了。"一道温润的声音在她的身后响起。

李窈警惕地转头，映入眼帘的是一个中年女人，40岁左右，身穿玫红色职业套装，整个人显得冷漠而干练，笑容却相当友善和平易近人。

李窈脸上的警惕更重了——这个女人笑得像看上了她的腰子。

"我知道你不喜欢我，不相信我，"中年女人语气温和地说道，"我也不擅长跟你这样的人打交道。上一次跟你这样的人打交道，还是我跟市长提议，在公园的长椅上安装电击装置，这样晚上公园里就没有流浪汉了。"

李窈的脸上没什么表情——她又不是流浪汉。屿城市局每年都会招募一些志愿者协助驱逐流浪汉，一个两块钱，她为了生存，干过不止一次。

公司这帮精英，虽然冷血无情又心狠手辣，但小日子还是过得太好了，居然以为她是一个有自尊心的贫民，会因为这种程度的讽刺而破防。

李窈：“你想说什么？”

中年女人笑了笑："别用这种带刺的语气跟我说话。我不是你的敌人，相反，我是来帮你的。"

李窈皮笑肉不笑："上一次有人给我这么'画饼'，还是在诈骗电话里。怎么，奥米集团也有诈骗部门吗？"

"不要贫嘴了。"中年女人的语气仍然温和无比，仿佛李窈只是一个幼稚的小朋友，"我们已经把你非法得来的财产全部冻结了。你除了跟我们合作，别无选择。"

"无所谓，"李窈耸耸肩，"反正我也没指望靠别人的钱活着。"

中年女人微笑着摇摇头，仍用那种看小朋友的眼神看着李窈："你好像并不知道发生了什么。没关系，你很快就会知道了。"

茶几上有一个平板电脑。她拿起来，解锁，递给李窈："我们花了几个小时，终于成功疏散了市民。这些人本可以不用被迫离开自己的家园，都是你男朋友干的好事。"

李窈觉得她这副悲天悯人的样子非常虚伪，没有接过平板电脑："这些年，公司强行征用了多少土地，让多少人无家可归，你觉得你有立场说这些话吗？"

中年女人："我知道你因为生物科技而流离失所，但奥米集团并不是生物科技，我们讲究以人为本。"

李窈冷笑："以人为本，指的是利用未知生物精神控制的能力，给长岛北岸的名人、富人洗脑，强行把他们转化成自己的势力吗？"

中年女人的脸色终于微微变了，她上下打量李窈一眼："你似乎知道很多事情。"

"因为你们并没有打算隐瞒。"

中年女人收起脸上温和到瘆人的笑容，沉默片刻，笑了一声，还是把平板电脑推到了李窈面前："我承认，资本都是残忍的、肮脏的，但你的男朋友也并非善类。"

李窈仍然没有接过平板电脑——她不想被中年女人牵着鼻子走。

中年女人似乎也不想再跟她耗下去，站起来说："我还有事，先离开了。你看或不看平板电脑上的内容，对我都没什么影响。但说实话，我有点儿好奇你的想法。"

她再度露出那种让人反胃的亲和微笑："你们总说，公司是吃人的怪物，但跟你的男朋友比起来，谁才是真正的怪物呢？"

说完，中年女人朝李窈点点头，转身离开了。

李窈看了看茶几上的平板电脑，又看了看四周的工作人员——人人都很忙碌，没人关注她。

她站起来，朝走廊尽头走去，那里有一面落地窗，可以看到大厦外面的情景。她不相信公司给的任何东西，只相信眼见为实。

即使李窈已经有了心理准备，还是被眼前的画面吓了一跳。

放眼望去，除了奥米集团总部，四面八方的高楼大厦全部摇摇欲坠，即将坍塌。

最近的一座高楼已经解体了一半，数不清的钢筋混凝土碎块飘浮在半空中，如同太空中由岩屑构成的行星环，缓慢地朝天上奔涌而去。

李窈掏出手机看了一眼时间，现在是中午12点，外面的天色却暗得吓人，天空也低得吓人。更可怕的是，她定睛一看，才发现天色昏暗并不是因为乌云密布，而是因为被一个庞大无比的未知天体遮蔽了日光。

李窈很难用语言形容那种令人毛骨悚然的压迫感。看到那玩意儿的一瞬间，她头皮一麻，鸡皮疙瘩一层层地爬满了全身，汗毛全部炸了起来。

她咽了咽口水，心里有不好的预感，中年女人的意思不会是……天上那玩意儿，就是漆黑人影吧？

中年女人名叫伊藤浅子，毫无疑问，她对李窈撒了谎——李窈并不像她说的那么无足轻重，相反，李窈对公司非常重要。

哈里斯是个蠢货，严重低估了星核的价值。根据最新的数据模拟，星核完全可以成为一种新能源，其源源不断地散发的能量可以给世界上所有城市和超级武器提供持续几百亿年的动力。

如此巨大的能源，哈里斯却用它来给人洗脑，短视到让她无言以对。

不过幸好，她及时接手了。

伊藤浅子的计划很简单。在她看来，哈里斯之所以会死在星核的手上，是因为他没有利用李窈这一枚棋子。

她会先让李窈对星核产生恶感。既然星核已经有了人类的思想与情感，那么也会有人类的嫉妒和恐惧。等星核因为李窈的排斥而感到焦躁、恐惧、嫉妒时，她再出面帮他们和好如初。

李窈是个没见过世面的贫民窟女骗子，星核则是个对女骗子言听计从的非人生物。只要她装作幡然醒悟的样子，无偿地给他们提供金钱、住所和工作，就能轻易博得他们的信任。

作为公司高层，伊藤浅子是一个很有耐心的猎人。为了达成目的，她可以不计成本、不计时间、不择手段。

不是她看不起贫民区出身的人，而是这些人的见识就那么点儿。他们见过的最广阔的天空，也不过是塑料、废品和破建材镶边的天空。

在她看来，李窈前二十年的生活根本不算活着，只是苟延残喘罢了。一个从未真正活过的人，怎么可能拒绝公司的优待——好好活一次的机会？

漆黑人影睁开眼睛。

他有极其发达的视觉系统，全身上下布满了眼睛——云是他的眼睛，水是他的眼睛，沙尘是他的眼睛，山峰是他的眼睛……他的眼睛无处不在。

然而，他睁开眼睛后，却看不到自己想要看见的人。

对了，"人"是什么？他似乎忘记了很多事情，只记得自己不小心降临到了这颗星球，被上面的生物以某种手段限制了自由——那些生物似乎就是"人"。

然后，他创造了一个分身，逃了出来。

分身太小了，他不得不遏抑了自己的感官、情感和智慧。回到真身以后，遏抑许久的情感一下子喷薄而出，程度之强烈，几乎使他的核心一阵震动。每当他情绪激动时，地面的空气就会变得燥热而窒闷，火山也会躁动起来，发出即将喷发的轰鸣声。

以前的他从不在意火山是否喷发，反正他的身上没有生命，也不需要生命。

这一次，他却竭力让体内沸腾的岩浆冷却了下来。

火山喷发会产生火山灰和硫酸盐气溶胶，导致地表气温下降。他不希望自己成为一个冰冷、荒芜的星球。

她那么小，那么脆弱，怕冷又怕热，连同类的头颅都撕咬不下来。

如果他要嫁给她，必须成为一颗会种菜、会养殖家畜、会打猎、会做饭、会洗衣服的宜居星球。

她是谁？他忘了。

他不禁有些忧郁，但也知道这不是他的错。如果说，他的分身的容量只有一瓶水那么大的话，真身就是一望无际的海洋。他对她的情感是如此汹涌，又被遏抑得太久，完全释放出来以后，差点儿引发狂暴的地壳运动。现在，他被失控的情感弄得心神不宁，岩浆亢奋地翻涌着，地面剧烈震动，没有马上把眼前的星球拽入洛希极限，他已经冷静克制到极点了。

不过，他并没有彻底失去理智。他还记得自己的目标：找到一份固定的工作，嫁给她，让她住在自己的身上。

至于她是谁……只要见到她，他一定会想起来。

市中心，奥米广场。

整个广场上的人都已疏散完毕，平日里宏伟辉煌的商业大厦此刻只剩下一扇扇冰冷漆黑的窗户，如同一只只空洞的眼睛。

一个主播打着手电筒，背着双肩包，蹑手蹑脚地走进办公区以后，放出拍摄无人机，压低声音说道："怎么样，家人们，我没骗你们吧？这可是货真价实的公司园区……对，就是那个'路过的人只要双手插兜就会被电击'的奥米园区。

"新来的家人们记得点赞，点赞达到50万，我会带大家去顶楼看看公司到底在搞什么鬼。

"感谢榜一大哥送的赛博火箭，谢谢大哥，大哥出入平安！"

主播说着，按下电梯上升键："咱虽然没上过大学，但上过网啊，引力可是自然界中最普遍的力……"

这个主播平时的人设应该是"大胆型文盲"，一时间，弹幕都在嘲笑他突如其来的正经科普。主播的表情却没什么变化，他带着口音，继续说道："假如真的有这么大个星球来咱太阳系了，别说公司大厦了，整个太阳系的行星轨道都有可能发生变化，有的星球说不定会被抛出太阳系……哎呀，你们别不信，到时候咱地球可能是最先完蛋的那个，什么海啸、地震、火山爆发，这些都是轻的，地壳都会在引力的作用下变形……"

严肃的科普内容加上土里土气的口音，节目效果堪称爆炸，弹幕一片"哈哈哈哈哈"。

在一片欢乐祥和的气氛中，主播到达了大厦顶楼。

这个主播当然不是文盲，他从知名学府硕士毕业，被公司硬生生地包装成了贫民区文盲，靠大智若愚的人设在网上小火了一把。他之所以敢来这里，也是出于对自己的学识的自信——假如真的有巨型行星跑到太阳系了，还离地球那么近，地球肯定早就毁灭了，哪还有时间让他开直播？

主播操控着拍摄无人机，一步步地往前走去："家人们，到天台了……如果你们觉得这个场景很震撼，请在屏幕上打'震撼'，如果想让我继续探索，就打'继续'，不然我要回家睡觉了……"

这是主播调动气氛的惯用手法。话音落下，弹幕飞速刷了起来，不同国家的语言密密麻麻地重叠在一起，整个屏幕几乎变成了白色。

主播正要继续往前走，就在这时，他的手机振动了一下。他停下脚步，掏出手机一看，是直播助理发来的消息："哥，你的弹幕怎么都是同一句话？"

主播："我让他们发的，怎么了？"

直播助理："你确定？"

主播："我确定啊。"

直播助理："我建议你再看看。"

主播有些疑惑，打开弹幕一看，瞳孔骤然一缩，背上"唰"地冒出一层冷汗。

只见屏幕上所有人都在刷同一句话——

"她在哪里？"

"她在哪里？"

"她在哪里？"

与此同时，奥米集团大厦。

李窈怀揣着对漆黑人影的身世的疑惑，回到之前的座位上，拿起平板电脑，滑动解锁，映入眼帘的是一个被暂停的新闻视频。

她点击继续播放，耳边顿时响起"轰隆"的爆炸声和人们惊慌逃窜的尖叫声。

在"嗒嗒嗒"的激烈开火声中，一个人爬上车顶，明显已经杀红了眼，手持冲锋枪，对着天空射出一排排子弹："打倒公司——杀光西装狗——"

然而很明显，他只是喊喊口号罢了，枪口瞄准的仍然是惊恐至极的普通人。

李窈很同情那些普通人的遭遇，但不知道这跟漆黑人影有什么关系。

很快，下一个视频自动播放。镜头有些摇晃，应该是拍摄者故意设置的手持拍摄模式，不少探险主播都会用这种拍摄模式，增加观众的临场体感感。

"家人们，到天台了……"

镜头转向集团大厦天台上的玻璃花房。

由于天上传来的恐怖吸力，花房上爬满了触目惊心的裂纹，半空中飘浮着花瓣、绿叶、玻璃碎片，它们极其缓慢地朝天际线涌去，显现出一种难以言喻的诡异美感。

"如果你们觉得这个场景很震撼，请在屏幕上打'震撼'，如果想让我继续探索，就打'继续'，不然我要回家睡觉了……"

就在这时，主播不知道看到了什么，语气有些颤抖："那个……我是不是卡了，为什么看不到你们的弹幕？"

李窈这才发现，右下角一直有弹幕在滚动，速度非常快，几乎把那一小块填成了白色。

她看了一眼，瞬间心跳骤停，汗毛倒竖。

上面密密麻麻的，只有一句话——

"她在哪里？"

"她在哪里？"

"她在哪里？"

更吓人的是，她看过去的一刹那，弹幕居然发生了变化："我看到她了。"

"我看到她了。"

"我看到她了。"

李窈理智上知道这是漆黑人影干的，除了他，没人能让所有人同时发同一句弹幕。但理智并不能防止她被吓，李窈擦了擦额上的冷汗，咽下差点儿脱口而出的一句脏话，刚要喝口水冷静一下，一道声音在她的耳边响起："你不想知道'她'是谁吗？"

中年女人不知什么时候来到了她身后。李窈登时喝不下去了。

平心而论，中年女人的声音非常动听，如水一般温润醇厚。

但李窈一想到她是公司高管，手上不知沾了多少条人命，还能用这种温润醇厚的嗓音说话，浑身就直冒鸡皮疙瘩。

"是谁？"李窈装傻。

"是你。"中年女人走到她的面前，伸手，"忘了自我介绍，我是伊藤浅子，你也可以叫我克莱尔。"

李窈没有跟她握手："我不看直播，怎么可能是我？"

伊藤浅子笑了笑："你之前的那股小聪明劲头去哪儿了？你的男朋友现在就在我们头顶，他远比你想象中的还要强大，影响一个直播轻而易举。"

说着，她拿过李窈手上的平板电脑，两指并拢，轻滑了一下屏幕，只见无数幽蓝色直线纵横交错，瞬间投射出屏幕上的画面。

"除了这个直播，"伊藤浅子一边说，一边往下滑动，"还有这个直播，这个……你可能以为，这是很久以前的直播录像，但其实都发生在刚刚。

"更可怕的是，我们录下这些直播时，并没有'我看到她了'这句话，你点开以后，弹幕却只剩下这一句话。"

李窈不知道伊藤浅子想说什么，没有搭话。

伊藤浅子放下平板电脑，看向李窈的眼睛，轻声道："它的眼睛无处不在，甚至可以透过电子设备看见你，修改已经存在的文字。

"如果跟他在一起，你会变成一个没有隐私的人，永远活在他的注视之下。

"这样的生活，你不觉得很可怕吗？"

李窈觉得，还行——可怕，但不是特别可怕，也就一点点可怕。

伊藤浅子估计不知道，她跟漆黑人影住在一起的时候，他经常因为痴痴地盯着她，导致转头幅度过大，脑袋"咔嚓"一声掉下来。她从一开始的瞳孔地震，到最后已经能淡定地捡起他的脑袋，帮他安上去了。

李窈这个人比较双标，不觉得漆黑人影改个弹幕有什么可怕的，顶多算怪物不懂事，随便改的。

他真正可怕的是庞大的身形、无处不在的眼睛。但即使如此，这也没有公司可怕——漆黑人影的眼睛尽管无处不在，却只会看着她；公司没有眼睛，却无时无刻不在监视所有人，甚至会利用人们的义眼监视他人。

说别人侵犯隐私之前，他们还是先想想自己是个什么玩意儿吧。李窈这么想着，脸上却露出被戳中心事的愤怒表情，她大声问道："我又不是瞎子，当然知道他很可怕，但你觉得我有能力摆脱他吗？"

气氛倏然一静，路过的公司员工都震惊地望向李窈，大概是第一次看见敢这么跟伊藤浅子说话的人。李窈似乎也反应了过来，往后瑟缩了一下，背脊微微弓起，一副怕被打的样子。

伊藤浅子盯着李窈看了片刻，却慢慢微笑起来。李窈的反应完全在她的意料之中——一个没见过世面的贫民区女骗子，愚蠢、冲动、短视。这是她想要的效果，怎么可能会生气？

"你当然有。"伊藤浅子柔声道，"公司会帮你。"

李窈咽了一口唾液，似乎有些心动，但仍然非常警惕："我不相信公司。"

"公司也不相信你，"伊藤浅子站起身，走到李窈的面前，直接握住她的手，"我们只是合作关系。没有永恒的敌人，只有永恒的利益，合作关系是世界上最安全、最稳固、最不会出错的关系。"

伊藤浅子的掌心温暖、细腻，李窈却感觉自己像被一条湿冷滑腻的毒蛇缠住了。

"你害怕星核，我们则想通过你跟星核沟通。"伊藤浅子顿了顿，声音越发温和，"我们会是最好的合作伙伴。"

伊藤浅子把李窈安置在了公司大厦的酒店里。那是仅供高级员工使用的五星级酒店，里面除了金碧辉煌的餐厅，还配备了健身房、游泳池、电影院和按摩院等服务设施。

可能有人会觉得，这是在大公司工作的福利。然而很早之前就有人对此进行了揭秘——健身房、电影院和按摩院里全是针孔摄像头。游泳池也不是安全之地，公司会在那里收集员工的生物数据，根据员工的健康状态，决定他们被"优化"的时间。

当然，以上的"揭秘"也有可能都是谣传，但有一点绝对是真的——公司想让员工依赖这种奢侈的生活。

当一个人只有在公司才能体会到身而为人的完整尊严，才能体会到如此周全的服务时，他会干什么呢——他会为了留在公司而竭尽全力，不择手段。

李窈刷卡走进酒店的一瞬间，忽然很感激漆黑人影——要不是他莫名其妙地要当恋爱脑，带她在著名的富人区住了两天，她说不定就被这个富丽堂皇的酒店镇住了，对伊藤浅子言听计从。

正值下午茶时间，不远处的长方形餐桌上摆放着形状各异的水果拼盘和精致茶点。李窈径直走过去，拿起一个盘子，夹了十多个小蛋糕堆在一起，找了个位子坐下来。

她注意到了四面八方看过来的鄙夷眼神，但不在乎。

像她这样的人，原本这辈子都不可能出现在这里。但现在，她不仅走了进来，还大摇大摆地拿了一堆小蛋糕，一口一个大嚼起来。有本事来个人把她赶出去，不然她就坐在这里吃到饱。

没人赶她出去，那些公司员工一脸高冷地换了个餐厅享用茶点，把金碧辉煌的大餐厅留给了李窈一个人。

监视李窈的保镖把这件事报告给了伊藤浅子。伊藤浅子也从监控中看到了这一幕，更加确信自己的观点——贫民区的人见识就那么点儿，李窈不可能拒绝公司的优待。

"让她吃。"伊藤浅子居高临下地说道，"她吃完以后，你去问她还想吃什么，让后厨去做，务必让她满意。"

几个茶点才多少钱？马上李窈就要送给她足够使用几百亿年的能源了。伊藤浅子巴不得李窈一直这样贪婪、短视，满脑子只有精致的茶点。

在伊藤浅子的授意下，李窈吃得非常满足，肚子都鼓了起来，瘫坐在椅子上不想动弹。

她拿起酒店的电子菜单，看了看，仰头对保镖说："给我来个按摩师。"

保镖："好的。"

按摩师来了以后，李窈继续翻看菜单："再来个做美甲的吧，我从来没做过这玩意儿。这个24K金美甲就不错。"

保镖："好的。"

美甲师来了以后，李窈"啧啧"两声："哟，你们这里还可以染头啊，那来个染头师傅吧，我要把这玩意儿染成粉的。头发越粉，骂人越狠。"

保镖："好的……"

头发漂了三遍的李窈看了看指甲上的金箔，对美甲师说："多用点儿金子，别那么舍不得。"

美甲师："啊？"

保镖已经习惯了，面无表情地说："照她说的做。"

凌晨1点钟，李窈整个人焕然一新地回到了自己的房间。

虽然她薅的这些羊毛对公司来说不值一提，但还是让她身心愉悦，连次声波后遗症都减轻了不少。

她不是傻子，看得出来公司无条件地答应她的所有要求是想让她对这种奢侈的生活上瘾——就像那些给公司卖命的员工一样。

李窈作为骗子，非常明白一个道理——只有学会见好就收，才不会掉进骗子的陷阱里。很多人在赌桌上输得倾家荡产，都是因为庄家前期抛下的蝇头微利。

不想被骗，就要学会满足——李窈就对脑袋上的粉毛、手上闪闪发光的黄金美甲感到很满足。

她准备一见到漆黑人影，就让他带她溜走。

是的，她知道漆黑人影很可怕，也知道他是闻所未闻的怪物——一颗有自我意识、会害羞、会忧郁、会绞尽脑汁地嫁给她的星球。再也没有比他更古怪、更恐怖、更庞大的怪物了，但她喜欢。

公司的虚情与怪物的真心摆在一起，她怎么可能选择虚情而不选择真心？

李窈躺在床上，闭上眼睛，想到了那些密密麻麻的弹幕。

漆黑人影以一种恐怖而笨拙的方式问道——她在哪里？

她翻了个身，避开屋子里的监控摄像头，轻轻说道："我在这里。"

我等你来找我。

凌晨 2 点钟，奥米广场。

一个人影突然出现在空荡荡的街道上。

他的身形高大得有些恐怖，全身包裹在一件垂至膝盖的黑色大衣里，脸上戴着一副金属面具。

那似乎是一种特制的止咬器，严丝合缝地紧扣在他凌厉的下颌角上，黑色皮革束带延伸至耳后，只露出一双纯粹得可怕的眼睛。

是的，他打扮得如此古怪，行走姿势也相当古怪，仿佛一头充满攻击性的大型掠食动物，在这种情况下，再露出一双纯粹的眼睛时，就显得有些可怕了。

漆黑人影走到奥米集团大厦，抬头望去，精准无误地锁定了"她"居住的楼层——他听到了李窈的声音，来找她了。

只能说，伊藤浅子不仅错误地估计了李窈对公司的厌恶程度，也错误地估计了漆黑人影的恋爱脑程度。

看到李窈在公司过得这么好，漆黑人影根本不会生出嫉妒之情，只会陷入沉思，如何让她继续过得这么好。他盯着公司大厦看了片刻，有答案了——得到这家公司，他就既有固定的工作，又能让"她"一直过得这么好了。

随着他与"她"的距离越来越近，他心中的情愫也越发失控，身上的皮肤隐隐泛出恐怖的鲜红色，那是亢奋、躁动、喷发着热气的地下岩浆。

为了不吓到"她"，他只能像最初那样戴上面具与手套，遮住诡异泛红的皮肤。

奥米集团大厅。

安保人员一边打哈欠，一边玩手机，正要靠在椅子靠背上打会儿瞌睡，就在这时，警报声遽然响起，直击耳膜——有人未经允许，闯入了公司大厦。

安保人员立刻抬头，闪电般拔枪，瞄准前方："站住，再往前一步，我就开枪了——"

在此之前，不是没发生过有人硬闯公司大厦的事，但那都是一群人或一支私人军队。

此时，公司大厦冷色调的灯光下却只站着一个漆黑人影。他的身形高大而修长，肌肉紧实而匀称，几乎到了精密和优雅的地步，看上去比任何一种大型掠食性动物都要灵活矫健。

然而，他有一双温顺而单纯的眼睛，卜垂的眼角微微泛红，仿佛被抛弃的小狗般可怜又无辜。

安保人员还是第一次看到这么古怪的闯入者，刚要拿出对讲机呼叫支援。

下一秒钟，只见漆黑人影看了一眼他的手掌，他的整只手突然化为红白相间的脓水，"哗啦"流淌而下，对讲机也"啪"的一声坠落在地。

这……这究竟是什么怪物？

安保人员看着自己消失的手掌，惊恐不已，甚至忘记了呼救。

漆黑人影却不再看安保人员，继续往前走。

他的目标只有一个——"她"。

"她"在这里。他每往前走一步，离"她"的气味就更近一分，全身上下的皮肤也变得更加鲜红恐怖。这是他回到真身以后，第一次离"她"这么近，他激动得头脑发晕，面色血红，眼角更是红得吓人，不像小狗，倒像疯狗。

"她"在这里，"她"在这里，"她"在这里……"她"……"她"在这里。

只要见到她，过去的一切他都能想起来。

李窈刚睡着没多久，就被武装直升机螺旋桨的轰鸣声吵醒了。

她迷迷糊糊地睁开眼睛，摸出手机一看，不到凌晨 3 点。这就是大公司的企业文化吗——大半夜开直升机玩？

李窈重新瘫倒在床上，正要接着做梦，就在这时，落地窗外传来"砰"的一声巨响，直接把她吓清醒了。

她迅速翻身而起，躲到遮光窗帘后面，透过一线缝隙隐约看到武装直升机滞留在半空中，十多个全副武装的安保人员纵身跳到大厦的窗户上，攥住上面的吊索，悄无声息地往下滑。

不可能是公司大半夜没事干，偷偷摸摸搞反恐防暴演练，只有一种可能——公司真的遭遇了恐怖袭击。

李窈当机立断，拿起外套，一个箭步冲向门外。

但冲到一半，她想到了什么，又折返回去，拿起客房的电话，按下前台键。

几秒钟过后，听筒里就传来 AI 冷漠而机械的电子音："你好，当前处于一级警报状态，所有服务功能均已暂停。"

李窈："我是李窈，帮我转接伊藤浅子。我有重要情报要告诉她。"

"你好，当前处于一级警报状态，所有服务功能均已暂停。"

李窈挂断了电话——很好，看来公司是真的乱套了，赶紧趁乱溜吧。

不过，她并没有打开门就往外冲，而是走进浴室，用剪刀把浴巾剪成细长的一条，浸湿，攥在手中。

很多人可能会在这时候选择剪刀当防身器械，实际上这是非常错误的选择。她即将面对的是公司的安保人员，他们冷酷专业，训练有素，身上很可能植入了军用义体，胳膊比她的大腿还粗。她手持尖锐利器的话，绝对会误伤到自己。

相较于剪刀，毛巾隐蔽而安全，打湿以后既是绞杀绳，也是防护工具，是她目前能找到的最便捷、功能最多的武器。

李窈拿着一条湿毛巾，轻轻地打开房门。

走廊上空无一人，地上铺着厚厚的仿羊绒地毯，即使大步往前跑，也不会发出一丝一毫的声响。

李窈松了一口气，正要朝紧急出口跑去，谁知下一秒钟，前方拐角处突然冒出一道雪白刺眼的强光——步枪上的战术灯！

李窈心跳骤停。

有警卫在这边巡逻！她必须先下手为强。

一切都发生在半秒钟内。李窈没有接受过专业的格斗训练，但那一刻爆发出的速度与力量连她自己都难以置信——等她回过神儿时，她已经纵身飞扑上去，用湿毛巾狠狠地绞住了那个警卫的脖子！

那个警卫估计也没有料到会有人大半夜拿着湿毛巾在走廊上随机绞人的脖子，哪怕手持步枪，也被勒了个正着。

走廊里一片死寂，只有急促的呼吸声与颈骨即将被绞断的"咔嚓"声响。

李窈咬紧牙关，死死拽着湿毛巾。

冷水混合着热汗往下流淌，滴落在她的手臂上，她瞬间起了一层鸡皮疙瘩。

但生死攸关的时刻，她不敢松手，也不能松手。如果她被警卫抓走，送到伊藤浅子面前，她就算不死，也会生不如死。她不能松手……用力……

不知过去了多久，李窈只觉得自己的半边手臂都麻了，那个警卫的脑袋终于无力地垂了下去。

她的脑子里一片空白，她来不及想别的，立刻把警卫放倒在地，扯下他身上的工作牌，揣进自己的兜里。

仅凭一张工作牌，无法让她一路畅通，李窈想了想，又扒下警卫的制服，两三下套在了自己身上。

可能是因为漆黑人影的身上真的存在某种放射性——警卫的脸上戴着防辐射面具，这对她来说，简直是瞌睡来了送枕头，被发现的概率大大减小了。

李窈穿戴完毕，刚要起身离开，就在这时，警卫身上的对讲机突然发出电流的嘈杂声，紧接着传来一个惊恐颤抖的声音，那人像是看到了什么难以置信的恐怖景象："这到底是什么东西？为什么它看我一眼，我的手就熔化了？为什么？为什么……为什么没人告诉我，我的手会熔——"

话音戛然而止，有人强行切断了他的无线电信号。下一秒钟，伊藤浅子的声音响了起来："诸位，公司在此承诺——"

她的语调听上去温和而平静，但几秒钟前还有人在惊恐地呼救，她再用这种波澜不惊的声音说话，就显得有些毛骨悚然了："凡是因此事伤残的员工，公司会为你们提供最先进的义体，来弥补你们为公司做出的英勇牺牲。"说完这话，伊藤浅子退出了无线电频道。

李窈站在客房的走廊上，听不到也看不到其他人对伊藤浅子这番话的反应，但她可以肯定，有人会因这番话而蠢蠢欲动。

本身人类想要安装义肢，就需要截肢，21世纪90年代，手脚已经沦为人类身上最廉价的部位，就连街上无所事事的无业游民可能都有一条钛合金机械手臂。他们为公司效劳，本就是在死亡的边缘反复试探，以前伤了就是伤了，死了就是死了，不会得到任何补偿，现在，公司居然会赔给他们最先进的义体，简直是赚大了。

想到这里，李窈不由得感到一阵恶心。

她对公司的一切都深恶痛绝——

如果不是因为公司，她不会在玩泥巴的年纪目睹变异种啃人；也不会在 8 岁那年，看着狰狞而恐怖的紫黑色触足弄塌房屋；更不会考不上正经大学，只能上野鸡大专，还因为超级 AI 而痛失毕业论文，被迫走上坑蒙拐骗的歧途。

李窈从来不是那种怨天尤人的人，但她的不幸是客观存在的、无法忽视的。

最重要的是，她的经历并不罕见，也不特殊，和她一样不幸的人到处都是。

她的前半生是如此颠沛、糟糕，没有父母，没有亲人，没有朋友，只有自己。没人对她真心以待，直到她遇见了漆黑人影。

暴雨里，她被一个小混混儿拽着头发，划伤了手臂，推进小巷里，她本该死在那里，但漆黑人影救了她；雨雾中，她被光头的喽啰跟踪，她本该死在那两个喽啰的手里，但漆黑人影救了她；贫民区中，光头领着一群喽啰，举着撬棍钢管冲进她的屋子里，她本该死在那里——甚至在其中一个平行宇宙，她就是这个结局，死在了自己的床上，鲜血浸透廉价的床垫，积成一摊血泊——但漆黑人影救下了她。

他不仅一次次救下她，还给了她一颗滚烫而珍贵的真心。

没有怪物，她早就死了。伊藤浅子居然觉得她会选择跟公司合作。

同一时刻，监控室里。

伊藤浅子站在屏幕墙前，平静地看着李窈用湿毛巾绞死了一个警卫。

这个女孩儿居然没有缩在房间里等待救援，比她想象的要有胆识一些。看来她之前准备的那些视频，只是让李窈犹豫要不要选择公司，她并没有完全放弃漆黑人影这一选择。

伊藤浅子沉思片刻，在监控室的主控台上操作了片刻，几乎是一瞬间，一个惊恐颤抖的声音就在无线电频道响了起来："这到底是什么东西？为什么它看我一眼，我的手就熔化了……"

是的，伊藤浅子是故意让李窈听到这段话的。

这段录音一播放，伊藤浅子想不出李窈选择漆黑人影的理由。

李窈已经尝到了作为公司员工的福利。在这里，她可以享用之前拼搏一辈子也享用不到的美食、服务和住所。怪物给她的，只会比公司给的更多、更好、更齐全。

而且，怪物是不可控的。如果李窈跟漆黑人影在一起，她不会担心自己有一天因超高能宇宙射线而熔化吗？

漆黑人影不是人类，它可能确实对李窈流露出了某种类似于爱情的感情，但谁能保证它的感情是真的感情？就算它的感情是真的，但谁能保证，它对感情的定义跟人类是一样的？

不同的动物，对于喜爱的定义都不一样。

有的动物，脑子里甚至没有"喜爱"的概念，只有杀戮与进食。更何况，漆黑人影是另一种智慧生物，庞大、恐怖、未知的智慧生物。万一在它的眼里，"喜爱"就是杀戮与进食呢？

伊藤浅子不信李窈没考虑过这些。

一边是狰狞可怕的怪物，另一边是温暖舒适的伊甸园，只要李窈不是傻子，就会选择公司——她根本没得选。

伊藤浅子从屏幕墙前站起来，侧头对秘书说道："走吧，该我们登场了。"

李窈会选择公司，请求公司的庇佑，这是毋庸置疑的。接下来，她只需要出面安抚李窈，帮李窈和漆黑人影和好如初，就能把这对小情侣牢牢地攥在手上了——

伊藤浅子露出胜券在握的微笑，示意秘书取下衣架上的西装外套给她披上，秘书却迟迟没有动作，仿佛傻了一般呆滞在原地。

伊藤浅子没有苛待下属的爱好，再加上现在她的心情不错，语气甚至比平时更加温和："傻站在那里想什么呢？快去把外套给我拿过来。这次忙完了，我可以给你十天带薪年假，够你发呆了吧？"

对于跨国垄断公司来说，十天带薪年假可以说是千载难逢的好待遇——大多数公司从不放假，即使放假，也不会给员工发放薪水。

秘书却始终没有任何反应，仔细看的话就能发现，她整个人已恐惧到极点，从头到脚都在战栗，似乎是被吓到呆滞了。

伊藤浅子眉头微皱，心中升起不好的预感，她缓缓转头望向监控屏幕墙。

只见屏幕上，漆黑人影被全副武装的安保人员包围了起来，心脏位置聚集着数十个猩红准星，只要为首的人一声令下，即使漆黑人影不被打死，心口也会被轰出一个血洞。

但这并不是最可怕的画面。最可怕的是，漆黑人影什么都没有做，周围的安保人员的身体却在熔化，皮肤、血肉、神经、骨骼全部化作红黄相间的脓水，顷刻间在地上积成一摊血泊。

这绝对是他们对抗过的最恐怖的生物，实力深不可测，他们根本没有应对的办法。他们甚至至今都不知道它身上的辐射到底是核聚变、核衰变，还是在某种未知的过程中产生的。

"没事，"半晌，伊藤浅子缓缓道，"我们有李窈。只要我们说服李窈去安抚他，他很快就会被我们——"

话音未落，只见原本应该对怪物避之不及的李窈手持步枪，冷静而果断地冲破了安保人员的防线，毫不犹豫地抱住了漆黑人影。

刚刚还在大开杀戒的漆黑人影，在她的拥抱下，立刻露出温顺无害又羞涩不已的表情。

伊藤浅子："……"

这简直是荒谬到令人难以置信的一幕。

这些安保人员站在这里，多多少少都抱着必死的决心，然而即使如此，漆黑人影的恐怖程度还是超出了他们的想象——他甚至没有碰他们，他们的手脚就开始熔化，化作血水流淌而下！

说他们不害怕，那绝对是假的。

自从义体常态化以后，他们作为著名的"善后部门"，帮公司处理过不少"生化危机"。

比如，动物大规模灭绝以后，公司一直攥着那些动物的培育权，但培育的过程并不是一帆风顺的，公司"一不小心"就会制造出一些基因突变的怪物。

公司的安保人员可以说是经常面对怪物的一群人。但那些基因突变的怪物，最多只是外形可怕，不会有让人化成血水的能力。漆黑人影的能力完全超出了他们的认知，令人难以置信。

他简直是一个行走的辐射源，而且是一个可以选择辐射对象、控制辐射强度的辐射源！他的辐射强度也超出了一般放射源的范畴——地球上根本不存在可以瞬间融化血肉的放射源，强到这种程度，更像是某种未知且极端的天文现象。

有人想到了宇宙射线——可惜，直到现在，人类对宇宙都知之甚少，连宇宙射线的组成成分都尚未弄清，更别说高能量的宇宙射线。而漆黑人影的辐射来源，似乎就是某种超高能宇宙射线。

安保人员看着自己的断手断指，忍不住露出了畏惧之色。

大公司都会给安保人员配备抑制痛觉的植入体，以防他们因剧痛而临阵逃脱，但痛觉可以被抑制，视觉却不行，眼睁睁地看着自己的手脚熔化真的太惊悚了，他们无法不产生退意。

但撤退的话，伊藤浅子绝对不会放过他们——这个女人的手段出了名的阴狠，自从她进入公司高层，掌控奥米集团的话语权以后，奥米集团花在打击报复竞争对手上的经费，顿时变成了研发经费的一倍左右。

一时间，安保人员都陷入了进退维谷的境地。

就在这时，更加荒谬的一幕发生了。只见一个女孩儿手持步枪，冷静而果断地突破了他们的防线，她摘下防辐射面具，毫不犹豫地冲过去抱住了漆黑人影。

一开始，众人还以为这个女孩是安保部门的人，要跟漆黑人影同归于尽，纷纷对她肃然起敬——直到她拍了拍漆黑人影的手臂，坐了上去，两只手环住他的脖子，在他的脸上亲了一下。

漆黑人影的身形接近三米，肩宽腿长，高大精悍到了令人毛骨悚然的地步。

这个女孩儿在普通人中不算矮，但在漆黑人影面前，一下子变得娇小至极，再加上她一头粉发，侧颜清丽动人，有一双黑白分明的大眼睛。漆黑人影抱起她的那一刻所产生的视觉冲击力，让不少人都露出了震惊、茫然、难以置信的表情。

因为这一幕完全是病态的、畸形的、荒谬至极的，是绝对不可能发生的。

目前没有任何一种仪器能鉴定出漆黑人影身上的辐射源成分，就算有，也没人知道他是否真的可以控制自己身上的辐射。

万一他失控了呢？这个女孩不怕直接化成一摊血水吗？

李窈的心理素质只能算一般，她之所以还没有吐出来，完全是因为之前吃的都被消化了。

看着地上这一摊红的、白的、黏的液体，她的内心不由得冒出一个疑问：下手这么狠毒，他不会是在她的面前装纯吧？

李窈疑惑地望向漆黑人影，正好对上他迷茫无措的眼神。

李窈：你还装？就这一地乱七八糟的东西，恐怖片导演来了都得甘拜下风。

漆黑人影看到了李窈的眼睛，但没有看懂她的眼神。

从她抱住他的那一刻起，他的头脑就陷入了前所未有的混乱状态——

她先找到了他。

她先朝他走来。

她先抱住了他。

她先亲了他。

他盯着她，胸口剧烈地起伏了一下，陷入狂喜的麻痹状态，无数光怪陆离的画面涌上心头，那是曾经的记忆——

所有人都害怕他，只有她主动握住他的手，只有她主动拥抱他，只有她带他回家，只有她主动说要帮他。

她教他听歌，教他玩游戏，教他什么是接吻。

她拿走了他的许多"第一次"。

她是他的妻子。

他很想她，非常想她，十分想她……

漆黑人影盯着李窈，整个人完全被失而复得的狂喜吞没了，喜悦仿佛炸开的气球，"砰"的一声充满了胸腔。

有那么一瞬间，他什么都看不懂了，也听不懂了，只想离她近一些，再近一些，似乎只有这样，才能彻底平息内心激烈无比的感情。

不知不觉间，他全身上下再度变成了恐怖的鲜红色。

狂烈的喜悦像躁动不安的火山，在他的胸口里战栗、痉挛，不断喷发出灼烫的热气。他被这股热气催逼着，下意识地垂下脑袋，凑到她的头上，顺着她的脸庞往下闻。

他好想她，想知道她这些天去过哪里、吃过什么、接触过什么人、有没有染上别人的气味。

李窈："别闻了，你不是个球吗？怎么一举一动那么像狗？"

漆黑人影抬起头看向她，脸上没什么表情，面色却涨得通红，尤其是一双眼睛，红得像是要滴血。

李窈震惊了，忍不住伸手拍拍他的脸庞："你不会是吸我吸到舍不得呼气吧？"

他这么爱她吗？不过，他一个球，为什么需要呼吸？

李窈百思不得其解，完全没有想到他并不是因为憋气才满脸通红，而是因为直冲头顶的羞耻——激烈的狂喜之后，紧随而至的就是极度的羞耻。

李窈先找到他，先抱住他，先亲他……她好爱他……他也爱她……

李窈见他的面色越来越红，呼吸声也越来越重，手臂几乎变得像烧红的铁板一样滚烫，在怕他当场晕倒的同时，也有点儿担心自己的屁股被烤熟。

"冷静，冷静……"李窈搂住他的脖子，努力安抚道，"千万别晕过去，我还得靠你带我出去呢……"

好半天，漆黑人影才低声地开口："我不会晕，我只是很高兴，你也爱我。"

李窈被这一记直球打得猝不及防，脸颊瞬间就红了。

她这才想起，自己好像还没有对漆黑人影说过"爱"。

他们相处的时间不算长，但莫名其妙地就离不开彼此了。漆黑人影纯粹干净得如同一张白纸，她几乎什么都没有付出，他就喜欢上了她，千方百计地要送她一颗滚烫的真心——在这个世界上，也只有怪物才会送给她一颗真心。

她爱他吗？她不确定，不知道。

李窈只知道自己很喜欢漆黑人影，很需要漆黑人影。如果没有他，她会在这个世界过得孤独又悲惨，随时有可能横尸街头。

想到这里，她忍不住抱紧他的脖子，轻轻地亲了一下他的嘴唇。

要是她知道，这个吻会让他激动到失去理智，绝对不会冒着嘴唇被烫伤的风险去亲他——是的，一吻完毕，漆黑人影的身形骤然拔高到了上百米。

只听一声惊天动地的"轰隆"巨响，地面遽然塌陷，碎石与玻璃暴雨般倾盆而下，整幢大厦虽然没有立即坍塌，结构却遭到了致命性的破坏，必须立刻疏散内部的员工。

在场的人看到这一幕，全部傻了，不可置信地仰头往上看去。

不怪他们，任何一个看到这一幕的人，都会露出这样震惊又恍惚的表情。

这到底是什么东西？哥斯拉吗？

李窈死死地抓着漆黑人影的肩膀，心跳和血压直接蹿升。

但凡她的手脚还有点儿力气，她就会跳到漆黑人影的头上，扒着他的耳朵怒吼分手了：我知道你很大，但没必要变得这么大吧？并不是什么东西都越大越好啊！大成这样，我要重新考虑这门亲事了！

李窈的心情是凌乱的，手脚是瘫软的。她看不到漆黑人影的表情，只能扯着嗓门儿喊他的名字，但她喊得喉咙都哑了，他都没什么反应，应该是彻底失去理智，听不见也看不见她了。

忽然，她想到身上这件衣服是公司的安保制服，说不定会配备降落伞、吊索什么的，她伸手往后一摸，果然摸到了一把钩索枪。

李窈看了看周围的风景，有些艰难地咽了一口唾液，不太确定要不要发射钩索，就在这时，漆黑人影突然往前走了一步。

那一刻，她浑身僵硬，心脏骤停，几乎能感觉到他抬脚落地的一瞬间，地面传来的轰然响动。

他每往前走一步，她掉下去的概率都会变大一些。她只是一个普通人，没有特异功能，从百米高空摔下去，百分百会摔成一摊肉泥。

只能说，得到一些东西，就会失去一些东西，她虽然得到了怪物的真心，但罹患心脏病和高血压的概率也大大增加了。

李窈深深吸了一口气，努力不往下面看，她一只手撑在漆黑人影的肩上，另一只手悄悄握紧钩索枪。只要漆黑人影再往前走一步，她就能找到一个合适的发射角度。

像是听见了她的心声，漆黑人影突然往前走了一步。就是现在！李窈果断地拔出钩索枪，单手打开保险，瞄准公司大厦的金属地板——

谁知，那块地板已经四分五裂，随时有可能彻底塌陷，钩爪牢牢地凿进金属地面的一瞬间，整块地板都"哗啦"下沉了一大截。这一沉不要紧，她的身子却被惯性拽得往前一扑，直接从漆黑人影的肩上滑了下去！

千钧一发之际，李窈只来得及死死地抓住钩索枪的枪柄。

"砰！"她似乎听见了自己砸在地上的声响。

一时间，空气凝固，她的心跳也无限接近静止。但这显然都是她的错觉，高空的冷风刮得她脸颊生疼，她的心脏也因惊吓过度而猛跳不止，令她的胸腔出现一阵闷痛。

更让她头皮发麻的是，那块金属地板还在塌陷，假如一直塌陷下去，她绝对会被下坠的地板硬生生地拽到地面上去！

没想到她没被公司弄死，反而要被自己的弱智操作搞死了！

与此同时，底下传来一阵阵惊呼。李窈猜，应该是有人看到她吊在半空中的尴尬模样了。

别人用钩索枪都是干脆利落地拔枪发射，贴地一滚，单膝落地，完美谢幕。到了她这里，救命的钩索枪突然变成索命枪了。

李窈闭着眼睛，深深呼吸。

她很害怕，但再害怕也只能苦中作乐地调侃自己。现在这个情况，她不能细想，一细想就会冷汗直流。

下一秒，她腰上一紧。她低头一看，有两根庞大到恐怖的手指小心翼翼地捏住了她的腰——是漆黑人影。

他微微垂下头，双眼一眨不眨地望着她。

他是正常身形时，她不觉得这个眼神有什么问题，顶多是有点儿变态罢了。他变大几十倍以后，她才发现这个眼神何止变态，简直是两个黏糊糊的巨型探照灯！

她快要被他灼热的眼神烤化了。

"L？"李窈眼角微抽，紧紧地搂着他的手指，不抱希望地喊了一声。

谁知，他居然回答了，吐字清晰，头脑似乎还算清醒："我在。"

李窈松了一口气："放我下去。这里太高了，我腿软。"

漆黑人影却忽略了她的话，只是一动不动地盯着她，目光黏腻得可怕："我想要你亲我。"

李窈：以我们俩的身高差，你直接说你想吃掉我算了！

李窈试图讲道理："先把我放下去，好不好？"

"我想要你亲我。"

李窈："先放我下去。"

漆黑人影沉默着，脑袋却朝她凑近了一些，两只"巨型探照灯"直勾勾地盯着她，意思很明显——"想要你亲我"。

李窈忍了又忍，实在没忍住，一脚踹在他的脸上："给脸不要脸是吧？"

这一脚的效果可以说是立竿见影。只见他茫然地眨了几下眼睛，目光肉眼可见地变得清澈了起来，听话地把她放在了地上。

伊藤浅子是第一批逃出来的人。

到处都在塌陷，烟尘袅袅，钢筋混凝土如同暴雨一般倾盆而下。一路上，她全靠保镖充当肉盾，才从剧烈摇晃的建筑中逃了出来。

李窈冲上去抱住漆黑人影的那一刻，她告诉自己：没关系，她还有算计的余地。

李窈和漆黑人影，一个是贫民区女骗子，另一个是对人情世故一窍不通的怪物，他们想要在这个世界生存下去，需要她的地方还有很多。

谁知，在绝对的力量面前，她根本没有算计的余地。

漆黑人影的身形骤然拔高的那一瞬间，所有人都吓傻了，呆愣在原地，不知所措。

巨型天体、巨型人影，这绝对是恐怖诡异至极的一幕——如果说巨型天体让人感到恐惧，是因为庞大到难以看清全貌的未知感、冰冷而磅礴的压迫感、随时会坠落的危险感，那么巨型人影则直接压断了所有人的脑子里最脆弱的一根神经。

人最怕什么——最怕和自己相似的怪物。

伊藤浅子面色惨白，算计的心思消失得一干二净，她只想火速逃离这里。

什么能源，什么统治全世界，活着才最要紧!

就在这时，一只骨节分明的巨手突然从天而降。

伊藤浅子瞳孔急剧收缩，差点儿一个趔趄摔倒在地，如果不是身居高位多年，养成了不动声色的习惯，她早就失态地大叫出声了。

下一刻，李窈从巨型手掌上走了下来。

伊藤浅子见她手上还拿着步枪，警惕地后退半步。

与此同时，李窈也看到了她。

两个人视线交错。

一个蓬头垢面，狼狈不堪;另一个面无表情，眼神淡定，似乎对这样的场面司空见惯。

伊藤浅子的表情惊疑不定，难道她的调查有误——李窈其实并不是贫民区的女骗子，不然怎么可能淡定成这样?

她还没来得及分析李窈的真实身份，就见李窈踉跄着往前走了一步，伸手撑住断裂的砖墙，"哇"的一声吐了一地。

伊藤浅子："……"

伊藤浅子心念电转，转眼间便已换上一副和善的笑容，上前一步，套近乎道："李小姐……"

李窈抬起一只手，往前摆了摆，示意伊藤浅子到一边去，她还没吐完。

伊藤浅子不愧是单枪匹马杀到公司高层的女人，能屈能伸，当即闭上嘴巴，退到一边安静待命。

半晌，李窈终于吐完，冷静地擦了擦嘴，想问问伊藤浅子有没有纸，想了许久，愣是没想起伊藤浅子的名字："那谁，那边那个，你身上有纸没?"

只见伊藤浅子的脸色瞬间就变了，似乎想要当场发作，但很快她就强行压下了怒气，露出一个更加和善的笑容，虽然看上去有点儿像面部肌肉抽搐："李小姐，您可以叫我克莱尔。"

李窈不置可否："所以，你身上有纸吗？"

伊藤浅子立刻转身，厉声询问保镖："你们谁身上带了纸？"

十多个人高马大的保镖手忙脚乱地翻找半天，终于翻出一卷止血纱布。

伊藤浅子劈手夺过，用双手递给李窈。

李窈接过止血纱布，盯着伊藤浅子看了一会儿，有点儿想笑。

这个场景真是荒谬极了——

她的男朋友突然变高变大，在地面上搞破坏，整个公司广场都被搞成了废墟，钢筋混凝土如山洪般倾泻而下；损失惨重的公司高层却对她连连鞠躬，就差当场切腹让她消气了。

看来，阶级并非不可逾越，只要实力足够强大。

李窈把纱布扯成两截，一半擦嘴，另一边用来擦脸。擦完脸，她随手扔掉脏纱布，正要再调侃两句，一阵眩晕感骤然袭来。

李窈一只手死死地撑着断墙，深深呼吸，竭力想要清醒过来，然而最终她还是眼前一黑，跪倒在地。

"砰！"

在天旋地转中，她最后看到的画面，是伊藤浅子走过来，自上而下地注视着她，若有所思。

…………

不知过去了多久，李窈才艰难地睁开眼睛，映入眼帘的是明亮宽敞的特护病房。

太亮了，她忍不住眯了一下眼睛。一个人影立刻站了起来，调暗了灯光。

起初，李窈以为这个人影是漆黑人影，几分钟过去，才发现是一个戴眼镜的年轻女人。对方长相干练，穿着白色职业套装，手上抱着轻薄的平板电脑，朝她礼貌地点了点头："您终于醒了。"

李窈的视线还是有些模糊，嗓音也干涩得吓人："我……睡了多久？"

"您昏迷了将近半个月。"

"什么？"李窈虚弱地叫了一声，怀疑自己的耳朵出了问题，"你们把我的腰子割了？我怎么晕了这么久？"

年轻女人似乎是一个不苟言笑的人，平静地说道："十天前，董事会才正式任命您为集团的 CEO，我们割谁的腰子也不会割您的。"

李窈：什么董事会，什么 CEO……她不会是穿越到什么总裁小说里了吧？那漆黑人影怎么办？

李窈缓缓地闭上眼睛，心情复杂极了。说实话，相较于公司的 CEO，她还是更想要漆黑人影。这一想法刚从她的脑中闪过，她就被自己的恋爱脑惊到了——恋爱脑还带传染的？

不过，这也是现实，漆黑人影至少可以保护她。她什么都不懂，忽然成为一个集团的 CEO，跟小丑鱼不小心游进鲨鱼的地盘没什么两样。这并不会让她摇身一变，进化成一条择人而噬的鲨鱼，只会让她被其他鲨鱼抢食殆尽。

但既来之，则安之，李窈睁开眼睛，呼出一口气，正要生无可恋地接受这个总裁小说情节，一扭头，却对上了病房外漆黑人影更加生无可恋的眼神。

李窈："……"

他不知在外面站了多久，神情忧郁，双眼蒙着一层湿漉漉的泪光，似乎随时会哭出来。

李窈："你快去把外面那个人叫进来吧……"

年轻女人："您是说李先生？自从您陷入深度昏迷以后，他就一直站在那里，谁也无法劝他挪步。"

李窈有些惊讶："李先生？"他还给自己取了名字？

"是的。"年轻女人回答，她应该是某个公司高层的秘书，很擅长应付这样一问一答的对话，语气冷静且不疾不徐，"李先生现在叫'李慕窈'。不过，为了保护您的隐私，我们对外宣称是'李慕尧'，但凡是在奥米集团工作的人，都知道这个'yao'是谁。"

说话间，某个擅自随妻姓，名字相当肉麻，据说谁也无法劝他挪步的漆黑人影已经默默走了进来，安静地站在病床旁边。

他的长相俊朗而立体，不笑的时候也充满亲和力。他穿着修身黑西装，里面是白衬衫、黑领带，手上也戴着黑色皮手套，全身上下除了颈项、面庞，不露一丝一毫的皮肤，看上去颇为禁欲。

禁欲的漆黑人影盯着她，眼圈一点点地红了起来。

李窈："……"

年轻女子肯定是文秘行业的精英，非常有眼力见儿，甚至不需要通知，就悄无声息地离开了病房。

李窈正头疼怎么安慰漆黑人影，就发现他只是红了眼圈，并没有掉眼泪。

她刚要松一口气，下一秒钟，却看见他不仅眼圈红了，整张脸都变成了恐怖的鲜红色，耳朵甚至在冒热气。

李窈：这是熟了吗？

她抬手扶额，有些啼笑皆非："说吧，我晕过去以后，你都干了哪些好事？"

漆黑人影却没有说话。他伸出手，握住她的手。即使他戴着特制的黑色皮手套，她也被烫得哆嗦了一下。

不知发生了什么，他现在变得特别敏感，见她感到不适，立刻缩回手，仿佛做错了事情一般垂下脑袋，一副任打任骂的可怜模样。

李窈还挺吃这一套。她主动抓住他的手，把他拽了过来。

敏感的漆黑人影虽然可以拔高到上百米，在她的面前却表现得柔弱不堪，被她一拽就坐了下来。

"怎么？"李窈说，"你不想我吗？"

听见这话，漆黑人影终于抬起头，直勾勾地盯着她："想。"

李窈："那你的手缩什么？"

"他们说，你是因为次声波和惊吓过度，才会一直昏迷不醒。"

李窈奇道："他们说什么就是什么？"

漆黑人影摇了摇头。

当然不是，李窈晕过去的一瞬间，他就彻底清醒了过来，立刻赶到她的身边。

此前，公司的声波攻击其实对她的内脏造成了严重损伤，但由于她一直没做全身检查，所以对此毫不知情。后来，她为了跟他会合，用一条湿毛巾和一把步枪，硬生生地打到了他所在的地方。

他并不知道，他俯身抱起她的那一瞬间，她已经是强弩之末了。

再加上他因激动而失去理智，骤然拔高到上百米，她紧张、害怕，钩索枪又发射失误，害她被吊在半空中……一连串惊吓之下，她终于撑不住，晕了过去。

他来到她的身边时，她的呼吸已经相当微弱了。

这段时间，他在人类社会学会了很多情绪，唯独没有学会愧疚。她晕倒的那半个月里，他心神俱乱，几乎把人世间所有与痛苦、愧疚、焦虑有关的情绪都尝了一遍。

漆黑人影没有告诉李窈，她刚晕过去，伊藤浅子就掐住她的咽喉，想把她当成人质要挟他。那一刻，他的大脑一片空白，胸腔内有疯狂的、尖锐的、混乱的情绪在剧烈燃烧。等他回过神儿时，伊藤浅子和她的十多个保镖已尽数熔化，化为一摊黏稠、滚烫、令人作呕的血水。

他走过去，俯身将李窈打横抱起，准备把她带回自己的身体里，放在核心处温养——在强大而纯净的能量滋养下，总有一天她会醒过来。

就在这时，一道人类女性的声音响了起来："那个……我觉得她还可以抢救一下。"

这个人类女性，就是刚才的年轻女人。她是伊藤浅子的秘书，毕业于一流学府，不仅精通金融、格斗，而且对生物技术和全科医学也略知一二。别人是除了生孩子什么都会，到了她这里，生孩子却只是她最不起眼的一种生理机能。

年轻女人小心翼翼地走过去，在漆黑人影冷漠的凝视下，小心翼翼地检查了一下李窈的生物特征，说："我们有一套最先进的医疗设备，这种程度的伤情根本不算什么，只需要休养半个月就行了。"

李窈听完自己晕过去以后的奇遇，先是对年轻女人的行为表示了高度赞许，然后纳闷儿道："公司的医疗设备这么厉害，那我为什么还是晕了半个月？"

漆黑人影不作声了。

李窈好奇不已，抱着他的脖子逼问半天，又是撒娇又是恐吓，才从他的嘴里撬出真相。

原来，他虽然能自由地控制身上的辐射强度，但因为他不是人类，而是一颗来历不明的星球，只要他站在那里，医疗设备就会受到干扰。尽管干扰十分轻微，几乎可以忽略不计，李窈昏迷不醒的天数却还是延长了五天。

李窈听完，乐了："你小子，差点儿搞死我两次啊。"

这显然是一句玩笑话，漆黑人影却当了真。只见他抬起头，表情变得迷茫而忧郁，仿佛真的害死了她一般，下一刻，他的眼眶里迅速蓄满泪水，开始"哗哗"地掉眼泪。

不一会儿，李窈的病床就被泪水浸湿了一小块。

李窈："……"

他一边默默掉眼泪，一边拿起她的手，垂下脑袋，用额头蹭了蹭她的掌心。

妈呀，这谁顶得住？我原谅你了还不行吗！

李窈本来也没怪他，人不能既要又要还要。她之所以喜欢他，就是因为他是一个与人类世界格格不入的怪物。她不能既收下怪物的真心，又要求他像人类一样懂得分寸，精通人情世故，甚至像公司精英一样连全科医学都略知一二。

"好啦好啦，别哭了，"李窈拍拍他的脑袋，"你不是个球吗？怎么这么会哭……不是嫌弃你的意思，求你了，别哭了，乖啦……"

安慰半天，见他的眼泪始终掉个不停，她有点儿不耐烦了，使出撒手锏："再哭就滚出去。"

这句话一说出口，漆黑人影的眼泪果然止住了。

李窈有点儿想笑，但怕他顺势继续掉眼泪，只好等他出去以后，把脸埋在被子里小声地笑。

虽然她的脑袋仍然晕乎乎的，但她的心里却莫名其妙地冒出一个词——幸福。

她现在是幸福的。这是她自出生以来，第一次感受到这个词的确切含义。

两天后，李窈出院了。

漆黑人影的精神控制能力比她想象的还要强大，伊藤浅子死去以后，他只用了一个念头就控制了奥米集团的高层，强行让董事会任命李窈为新任 CEO。

李窈好奇："什么念头？"

自从李窈痊愈以后，漆黑人影就寸步不离地守在她的身边，目不转睛地盯着她，恨不得原地化身为一座五星级酒店，全权包揽洗衣、做饭、打扫、住宿等服务，让她出行都在他的身上。

此刻，他也是像被她摄魂了一般，一动不动地盯着她："你说过，我需要有车、有房、有存款，最好还有固定的工作。"

李窈："哈哈哈哈哈，我那是逗你的！"

可能是因为管理跨国垄断公司非常费脑子，漆黑人影的思考速度变快了不少，他甚至学会了举一反三："意思是，我不需要嫁妆，也可以嫁给你，对吗？"

来了来了！漆黑人影要对她求婚了！李窈精神一振，点点头。

然而，漆黑人影却问道："那我该叫你'老婆'还是'老公'？"

李窈："……"

漆黑人影神色认真："我嫁给你，是不是该叫你'老公'？"

李窈："你再不求婚，我要跟你分手了。"

话音落下，他脸上的认真表情立刻消失得无影无踪，取而代之的是一副痴情到让人汗毛倒竖的神色。

"李窈，"他全神贯注地注视着她，缓缓地、一字一顿地说道，"娶我吧。"

…………

他为什么会坠落到这里？

他不知道。

爱究竟是什么？

他不知道。

她会永远爱他吗？

他不知道。

但有时候，爱的确会伴随着欺骗、胁迫、掠夺和嫉妒。

他一直知道她是他的妻子，也知道妻子是老婆的意思，但就是想骗她亲口告诉他——虽然没有成功。

也许以后，她不爱他了，他还会胁迫、掠夺她，以眼泪，以沉默。

至于嫉妒，他早就学会了。

她看向的每一个人，都让他感到焦躁、不安和嫉妒。

好在，眼泪可以吸引她的注意力。这果然是最好的嫁妆，他想。